HEYNE BÜCHER

W0343346

SCIENCE FICTION

Herausgegeben
von Wolfgang Jeschke

Von **Bruce Sterling** erschien in der Reihe
HEYNE SCIENCE FICTION & FANTASY:

Spiegelschatten · 06/4544
Schismatrix · 06/4556
Inseln im Netz · 06/4702
Zikadenkönigin · 06/4709
Schwere Wetter · 06/5490
Der Staubozean · 06/5491
Heiliges Feuer · 06/6361

BRUCE STERLING
Heiliges Feuer

Roman

Aus dem Amerikanischen von
NORBERT STÖBE

Deutsche Erstausgabe

WILHELM HEYNE VERLAG
MÜNCHEN

HEYNE SCIENCE FICTION & FANTASY
Band 06/6361

Titel der amerikanischen Originalausgabe
HOLY FIRE

Deutsche Übersetzung von Norbert Stöbe
Das Umschlagbild ist von Jürgen Rogner

Umwelthinweis:
Dieses Buch wurde auf chlor- und säurefreiem Papier gedruckt

2. Auflage

Redaktion: Wolfgang Jeschke

Erstausgabe 1996 Bantam Spectra Book,
published by The Bantam Doubleday Dell Publishing Group, Inc.,
New York
Mit freundlicher Genehmigung des Autors
und Thomas Schlück, Literarische Agentur, Garbsen

http://www.heyne.de
Deutsche Erstausgabe 2/2001
Printed in Germany 2001
Umschlaggestaltung: Nele Schütz Design, München
Technische Betreuung: M. Spinola
Satz: Schaber Satz- und Datentechnik, Wels
Druck und Bindung: Elsnerdruck, Berlin

ISBN 3-453-17942-01

1

Mia Ziemann wollte wissen, wie man sich an einem Sterbelager kleidete.

Im Netz riet man ihr zu Schlichtheit und Aufrichtigkeit. Mia war eine vierundneunzigjährige kalifornische Medizinökonomin, während der Todkranke, Martin Warshaw, vor vierundsiebzig Jahren auf dem College ihr Geliebter gewesen war. Mia rechnete mit einer vorbereiteten Erklärung. Höchstwahrscheinlich würde es eine Hinterlassenschaft geben. Die Unterhaltung würde sich darum drehen, Mr. Warshaws Leben nachträglich eine Ordnung aufzuprägen, um dem Bedürfnis nach Würde und Geschlossenheit, die im letzten Lebensabschnitt von besonderer Bedeutung waren, Genüge zu tun. Er würde sie nicht bitten, beim tatsächlichen Todeseintritt zugegen zu sein.

Die Wiedervereinigung ehemaliger Geliebter am Sterbebett stellte eine Herausforderung an die Etikette dar, denn gesellschaftliches Wohlverhalten genoss gegen Ende des einundzwanzigsten Jahrhunderts einen hohen Stellenwert. Problemfälle wie dieser wurden in endlosen Kommentarrunden, Arbeitspapieren von Expertengremien, anekdotischen Testamenten, auf Ethikkongressen, in vereideten öffentlichen Anhörungen und Benimmleitfäden ausgiebig erörtert. Kein Aspekt des menschlichen Lebens war davor gefeit, mit aufmerksamem, besonnenem und reifem Rat bedacht zu werden.

Mia hatte so viel von diesem Material studiert, wie sie verdauen konnte. Den Nachmittag verbrachte sie damit, sich mit Martin Warshaws finanziellen und medizinischen Daten vertraut zu machen. Sie hatte Martin seit fünfzig Jahren nicht mehr gesehen, seine berufliche Karriere aber bis zu einem gewissen Grad verfolgt. Martins Daten waren höchst aufschlussreich und informativ. Sein Leben wurde dadurch zu einem offenen Buch. Das war ihr Zweck.

Mia fasste einen Entschluss: schwarze, flache Schuhe, Stützstrümpfe, einen reaktiven Gürtel und ein Korsett, ein knielanges Seidenkleid in Kastanienbraun und Grau, lange Ärmel, hoher Kragen. Ein Hut kam ihr durchaus angemessen vor. Keine Handschuhe. Handschuhe wurden zwar empfohlen, wirkten aber zu klinisch.

Mia ließ sich das Blut filtern, die Haut enzymieren und unterzog sich anschließend einer knochentiefen Massage. Sie nahm ein Mineralbad und manikürte sich die Hände. Sie ließ sich das Haar waschen, laminieren, volumisieren, legen und lackieren. Sie erhöhte den Anteil gesättigter Fettsäuren in ihrer Kost. Die Nacht verbrachte sie unter einem Überdruckzelt.

Am nächsten Morgen, dem 19. November, ging Mia in die Stadt, um sich einen dezenten Hut auszusuchen, einen Hut, der den Umständen wahrhaft angemessen wäre. Es war ein kalter Herbsttag in San Francisco. Von der Bucht wehte Nebel heran und sickerte durch die belaubten Flanken der Bürotürme. Sie spazierte umher, besah sich die Auslagen und spazierte weiter, lange Zeit. Sie fand nichts, was ihrer Stimmung entsprochen hätte.

Ein Hund folgte ihr die Market Street entlang und bahnte sich geschickt einen Weg durchs Gewühl. In einem schattigen Säulengang streckte sie lockend die bloße Hand aus.

Der Hund verharrte furchtsam, dann kam er näher und beschnüffelte ihre Finger.

»Bist du Mia Ziemann?«, fragte der Hund.

»Ja, die bin ich«, antwortete Mia. Menschen gingen vorbei, mit energischen, zielstrebigen Schritten und ernster Miene; ihre sauberen Schuhe scharrten über das rote Backsteinpflaster des Gehsteigs. Der Hund ließ sich unter Mias stetigem Blick auf die Hinterbeine nieder.

»Ich bin dir von zu Hause gefolgt«, prahlte der Hund, rhythmisch japsend. »Das war ein weiter Weg.« Der Hund trug einen karierten Strickpullover, maßgeschneiderte Hundehosen und ein schwarzes Strickkäppchen.

Die behandschuhten Vorderpfoten des Hundes taugten auch zum Greifen, ähnlich den Pfoten eines Waschbären. Sein rehbraunes Fell war kurz geschoren, und er hatte hübsche, große Augen. Die Stimme kam aus einem in den Hals implantierten Lautsprecher.

Ein Auto hupte einen säumigen Fußgänger an, ein einzelner Ton, der die gedämpfte Geräuschkulisse des Zentrums von San Francisco unangenehm störte. »Ja, der Weg war weit«, sagte Mia. »Das hast du gut gemacht. Braver Hund.«

Der Hund freute sich über das Lob und wedelte mit dem Schwanz. »Ich glaube, ich habe mich verlaufen, und ich bin ziemlich hungrig.«

»Nur keine Sorge. Guter Hund.« Der Hund duftete nach Eau de Cologne. »Wie heißt du?«

»Plato«, antwortete der Hund schüchtern.

»Das ist ein hübscher Name für einen Hund. Weshalb bist du mir gefolgt?«

Diese raffinierte Gesprächswendung überforderte das beschränkte Sprachvermögen des Hundes, daher wechselte er mit der unerschütterlichen Wendigkeit seiner Art einfach das Thema. »Ich lebe bei Martin Warshaw. Er ist sehr gut zu mir. Er füttert mich gut. Martin riecht auch gut. Aber ... nicht mehr wie früher. Nicht wie ...« Der Hund wirkte gequält. »Jetzt nicht mehr ...«

»Hat Martin dich beauftragt, mir zu folgen?«

Der Hund dachte nach. »Er spricht von dir. Er will dich sehen. Du solltest ihn besuchen. Er ist unglücklich.« Der Hund beschnüffelte das Pflaster, dann sah er erwartungsvoll zu Mia auf. »Hast du einen Leckerbissen?«

»Ich habe keinen Leckerbissen dabei, Plato.«

»Das ist schade«, meinte Plato.

»Wie geht es Martin? Wie fühlt er sich?«

In den behaarten Augenwinkeln des Hundes zeigte sich eine unbestimmte Angst. Es war schon eigenartig, wie das Gesicht eines Hundes an Ausdrucksfähigkeit gewann, wenn er erst einmal Sprechen gelernt hatte. »Nein«, sagte zögernd der Hund. »Martin riecht unglücklich. Zu Hause ist es nicht mehr schön. Martin macht mich sehr traurig.« Er begann zu heulen.

Die Bürger von San Francisco waren sehr tolerant, zivilisiert und kosmopolitisch. Ganz offensichtlich missbilligten es die Passanten, dass Mia einen Hund in der Öffentlichkeit zum Weinen gebracht hatte.

»Schon gut«, sagte Mia beschwichtigend. »Beruhige dich. Ich begleite dich. Wir gehen gleich zu Martin.«

Der Hund winselte, zu durcheinander, um ein Wort herauszubringen.

»Bring mich zu Martin Warshaw«, sagte Mia.

»Ja, gern«, sagte der Hund, dessen Miene sich wieder

aufgehellt hatte. In sein Universum war wieder Ordnung eingekehrt. »Das kann ich. Das ist leicht.«

Er führte sie freudig umherhüpfend zu einer Straßenbahn. Der Hund zahlte für sie beide, und an der dritten Haltestelle stiegen sie aus. Martin Warshaw hatte sich dafür entschieden, nördlich der Market Street in Nob Hill zu wohnen, in einem der in den 2060ern erbauten erdbebensicheren Hochhäuser, einem polychromen Wolkenkratzer. Den aufdringlichen Schönheitsnormen jener Zeit entsprechend war die Fassade bunt gekachelt und mit ausladenden Erkern und Balkonen durchsetzt.

Im Innern herrschte betäubende Stille. In der Lobby wuchs ein Wäldchen durchdringend duftender Orangen- und Avocadobäume in bunten Zwei-Tonnen-Kübeln. In den Bäumen hüpften Scharen zwitschernder kleiner Finken umher.

Mia folgte ihrer Hundeeskorte in einen graffitiverkrusteten Aufzug. Im zehnten Stock traten sie auf einen Gang mit Kopfsteinpflaster hinaus. Die Innenbeleuchtung des Gebäudes imitierte hyperrealistisch den Sonnenschein Nordkaliforniens. Mia bahnte sich einen Weg zwischen den Kübeln mit großen Jakarandabäumen hindurch und kaufte an einem Automaten vakuumverpacktes Hundefutter. Der Hund nahm das knochenförmige Gebilde mit höflicher Begeisterung entgegen.

Duftende Glyzinen rankten an der Außenwand von Martins Wohnung empor. Auf eine Berührung der Hundepfote hin glitt die schwere Tür beiseite.

»Mia Ziemann ist da!«, verkündete der Hund lautstark ins Leere hinein. Das Wohnzimmer wies die klinische Sauberkeit eines altmodischen Hotels auf: Kübelpalmen, ein Medienschrank aus Mahagoni, große Messingstehlampen, ein Teaktisch mit Glasplatte, darauf makellose Glassachen und luftdicht verschlossene

Gläser mit Nussmischungen. Zwei große Ratten mit Steuerhalsbändern fraßen Laborfutter aus einer Schüssel auf dem Tisch.

»Gibst du mir deinen Mantel?«, fragte der Hund.

Mia legte den braunen Gabardinemantel ab und reichte ihn dem Hund. Darunter trug sie ihre gewöhnliche Einkaufskleidung: maßgeschneiderte Hosen und eine langärmlige Bluse. Sie war leger gekleidet; das ließ sich nicht ändern. Der Hund machte sich spielerisch an einem Garderobenständer zu schaffen.

Mia hängte ihre Handtasche auf. »Wo ist Martin?«

Der Hund führte sie ins Schlafzimnmer. Auf einem schmalen Bett lag ein Sterbender in einem gemusterten japanischen Pyjama. Entweder er schlief, oder er war bewusstlos; sein faltiges Gesicht war erschlafft, sein dünnes, lebloses Haar zerzaust.

Als sie ihn erblickte, hätte Mia beinahe kehrtgemacht und wäre fortgelaufen. Ein so starkes, elementares Gefühl wie den Drang, aus dem Zimmer, aus dem Gebäude, aus der Stadt zu flüchten, hatte sie seit Jahren nicht mehr empfunden.

Mia hielt stand. Angesichts der unerbittlichen Realität des Todes wurden all der eingeholte Rat und alle Vorbereitung hinfällig. Sie stand da und wartete darauf, dass sie sich erinnerte – an irgendetwas. Dann endlich erkannte sie den Mann wieder, und das Gesicht des Sterbenden stellte sich scharf.

Sie hatte Martin seit über fünfzig Jahren nicht mehr gesehen. Vor über siebzig Jahren hatte sie zuletzt mit ihm geschlafen. Doch unbestreitbar war dies Martin Warshaw. Das, was von seiner leiblichen Hülle übrig geblieben war.

Der Hund stupste mit der kalten Schnauze Warshaws Hand an. Warshaw regte sich. »Mach die Fenster auf«, flüsterte er.

Der Hund tippte auf einen Schalter in Bodennähe.

Vorhänge rollten beiseite, und die wandhohen Fenster glitten auf und ließen die feuchte Pazifikluft herein.

»Hier bin ich, Martin«, sagte Mia.

Er blinzelte überrascht. »Du kommst früh.«

»Ja. Ich bin deinem Hund begegnet.«

»Ach so.« Das Kopfteil des Sterbebetts hob sich, bis er eine sitzende Haltung einnahm. »Plato, bitte bring Mia einen Stuhl.«

Der Hund packte das geschwungene Holzbein des nächsten Stuhls und zerrte ihn, vor Anstrengung japsend und winselnd, mühsam über den Teppich. »Danke«, sagte Mia und setzte sich.

»Plato«, sagte der Sterbende, »bitte sei jetzt still. Hör uns nicht zu, rede nicht. Du kannst abschalten.«

»Ich soll abschalten? Ist gut, Martin.« Der Hund sank in tiefer Verwirrung auf den Teppichboden nieder. Er legte den Kopf auf den Boden und zuckte ein wenig, als ob er träumte.

Die Wohnung war makellos sauber und verräterisch ordentlich. Alles deutete darauf hin, dass Martin das Bett seit Wochen nicht mehr verlassen hatte. Reinigungsmaschinen hatten saubergemacht, und Leute vom Sozialdienst waren auf ihrer niemals endenden Runde vorbeigekommen. Das Sterbebett wirkte diskret, doch das leise Summen und ein gelegentliches gedämpftes Gurgeln ließen erkennen, dass es gut ausgerüstet war.

»Magst du Hunde, Mia?«

»Das ist ein sehr hübsches Exemplar«, antwortete Mia ausweichend.

Der Hund erhob sich, schüttelte sich ausgiebig und begann, ziellos im Raum umherzuschnüffeln.

»Ich habe Plato jetzt seit vierzig Jahren«, sagte Martin. »Er ist einer der ältesten Hunde Kaliforniens. Einer der am stärksten modifizierten Hunde in Privatbesitz – man hat sogar in den Hundezüchterzeitschriften über ihn geschrieben.« Martin lächelte schwach. »Plato ist derzeit jedenfalls berühmter als ich.«

»Offenbar hast du dir viel Mühe mit ihm gegeben.«

»Oh, ja. Er hat die gleichen Prozeduren durchgemacht wie ich. Ausschabung der Arterien, Nieren-, Leber- und Lungenregeneration … Ich habe keine lebensverlängernde Maßnahme angewendet, ohne sie zuvor am braven alten Plato ausprobiert zu haben.« Martin faltete seine knochigen, wächsernen Hände. »Natürlich ist es einfacher und billiger, veterinärmedizinisch vorzugehen, als das Leben eines Menschen über den Tod hinaus zu verlängern – aber ich nehme an, ich brauchte das Gefühl von Partnerschaft. Medizinischen Experimenten solcher Tragweite unterzieht man sich nicht gern allein …«

Sie wusste, was er meinte. Dieses Einstellung war weit verbreitet. Tiere waren bei der Fortentwicklung der Humanmedizin schon immer die Vorreiter gewesen. »Man sieht ihm seine vierzig Jahre nicht an. Vierzig, das ist ein sehr hohes Alter für einen Hund.«

Martin streckte die Hand nach der Bettsteuerung aus. Er streifte mit den Fingerspitzen über die Sensorfläche, dann fuhr er sich durchs Haar – nach sieben langen Jahrzehnten löste die Geste ein schockartiges Wiedererkennen bei ihr aus. »Hunde sind wunderbar unverwüstliche Geschöpfe. Schon bemerkenswert, wie gut sie durchs Leben kommen, sogar noch in der postcaninen Phase. Dies ist vermutlich besonders auf die Sprachfähigkeit zurückzuführen.«

Mia beobachtete, wie der Hund im Zimmer umherschnüffelte. Von der schweren kognitiven Bürde des Sprechens befreit, wirkte der Hund nun viel lebhafter, unbeschwerter, weniger angestrengt und irgendwie authentischer.

»Anfangs waren seine Äußerungen eindeutig rechnergeneriert«, sagte Martin und zupfte am Kissen. Sein

Gesicht hatte ein wenig Farbe angenommen. Dies hatte er bewirkt durch ein Scharren am Touchscreen, mithilfe des Betts und der medizinischen Geräte, die unter dem Pyjama mit seinem Körper verkabelt waren. »Nichts weiter als eine Sprachprothese für ein Hundehirn. Sehr stockend, sehr … technisch. Es hat zehn Jahre gedauert, bis die Schaltung voll integriert war. Jetzt aber ist die Sprache einfach ein Teil von ihm. Bisweilen ertappe ich ihn dabei, wie er Selbstgespräche führt.«

»Worüber redet er?«

»Ach, über nichts Besonderes. Nichts Abstraktes. Über einfache Dinge. Übers Futter. Über Wärme. Gerüche. Schließlich ist er immer noch mein braver alter Hund – tief im Innern. Nicht wahr, alter Junge?« Der Hund schaute hoch, wedelte stumm mit dem Schwanz.

Mia hatte ein langes und schwieriges Jahrhundert durchlebt. Sie war Zeugin weltweiter Seuchen und der darauf folgenden medizinischen Umwälzungen gewesen. Mit großer Anteilnahme hatte sie verfolgt, wie man dem uralten Haus der Schmerzen neue Krypten, Befestigungen und Türme hinzugefügt hatte. Sie hatte die Statistiken studiert, die Buch führten über den Tod von Millionen von Labortieren und Milliarden von Menschen, und sie hatte den unterschiedlichen Erfolg hunderter lebensverlängernder Techniken untersucht. Sie hatte dabei mitgeholfen, die zahlreichen furchtbaren Fehler und die wenigen, aber sehr realen Erfolge zu bewerten. Sie hatte die medizinischen Fortschritte akribisch ins Verhältnis zum eingesetzten Kapital gesetzt. Sie hatte den verschiedenen Körperschaften des globalen medizinisch-industriellen Komplexes Empfehlungen gegeben. Ihre ursprüngliche Furcht vor dem Schmerz und dem Tod hatte sie niemals vergessen, ließ sich aber nicht mehr so leicht davon beeinflussen.

Martin lag im Sterben. Um genau zu sein, litt er an amyloider neuraler Degeneration und partieller Querschnittslähmung, hatte einen Leberschaden und eine Nierenentzündung, was alles zusammengenommen die üblichen komplexen Stoffwechselstörungen zur Folge hatte, die in seiner Krankenakte nüchtern als ›unkompensierbar‹ bezeichnet wurden. Mia hatte seine Prognose natürlich aufmerksam gelesen. Doch die medizinische Analyse war ein Produkt ihrer Terminologie. Der Tod war im krassen Gegensatz dazu kein Wort. Der Tod war eine Realität, welche die Menschen heimsuchte und jeder Faser ihres Seins ihren Stempel aufdrückte.

Dass Martin im Sterben lag, sah sie auf den ersten Blick. Er starb und äußerte Platitüden über seinen Hund, anstatt über seinen bevorstehenden Tod zu reden, weil seine größte und elementarste Sorge darin bestand, seinen Hund im Stich zu lassen. Forderungen, Verpflichtungen zwangen einen zum Weiterleben. Geliebten Menschen, Abhängigen, jedem, der sich auf einen verließ, war man es schuldig weiterzuleben. Welches Jahr schrieb man gerade, 2095? Martin war sechsundneunzig Jahre alt, und sein bester Freund war ein Hund.

Martin Warshaw hatte sie einmal geliebt. Aus diesem Grund hatte er die Begegnung arrangiert und stellte nach fünfzig Jahren des Schweigens auf einmal emotionale Ansprüche an sie. Dies war ein komplexer Akt der Pflichterfüllung, des Zorns, des Bedauerns und der Höflichkeit, doch wie das meiste in letzter Zeit vermochte Mia auch diese Situation einzuschätzen, und zwar nur allzu gut.

»Nimmst du hin und wieder Mnemodrogen, Mia?«

»Ja. Ich nehme Gedächtnisdrogen. Die milderen. Wenn ich sie brauche.«

»Sie sind hilfreich. Sie haben mir geholfen. Aber wenn man's übertreibt, sind sie natürlich ein Laster.« Er lächelte. »In letzter Zeit habe ich's arg übertrieben. Das Laster ist sehr reizvoll, wenn man nichts mehr zu verlieren hat. Möchtest du ein Mnemo haben?« Er bot ihr ein paar Pflaster an. Eingeschweißt, mit holographischem Aufdruck.

Mia pellte eines aus der Verpackung, warf einen Blick auf die Bezeichnung und die empfohlene Dosierung und drückte sich das Pflaster auf den Hals. Ihm zuliebe.

»Man sollte eigentlich meinen, nach all den Jahren hätte man ein Mnemo erfunden, das die Seele öffnet wie einen Aktenschrank.« Er holte eine gerahmte Fotografie aus dem Nachttisch hervor. »Alles hat seinen Platz, alles ist organisiert, karteimäßig erfasst und voller Bedeutung. Doch das überfordert das menschliche Gehirn. Erinnerungen verdichten sich, sie verschwimmen. Sie verwandeln sich in Mulch, verlieren all ihre Farbe. Die Einzelheiten gehen verloren. Wie bei einem Komposthaufen.« Er zeigte ihr das Foto: eine junge Frau in einem hoch geschlossenen Mantel, mit geschminkten Lippen und Lidstrich, das brünette Haar windzerzaust, in die Sonne blinzelnd, die Andeutung eines Lächelns um die Lippen. Etwas Zurückhaltendes lag in ihrem Lächeln.

Die junge Frau war natürlich sie.

Martin betrachtete das Foto, in den Nebel des Mnemos gehüllt wie in eine psychische Decke, dann sah er Mia an. »Erinnerst du dich noch an uns beide? Es ist lange her.«

»Ich erinnere mich«, antwortete sie. Beinahe stimmte es sogar. »Ansonsten wäre ich nicht gekommen.«

»Ich habe ein passables Leben gehabt. Die Dreißiger, Vierziger … für den größten Teil der Welt waren das furchtbare Jahre, dunkle, grauenvolle Jahre, aber für mich waren es gute Jahre. Ich habe hart gearbeitet, und ich wusste, dass die Arbeit sinnvoll war. Ich hatte das alles gewollt, die Karriere, einen Platz in der Welt, ich wollte etwas zu sagen haben und etwas bewirken … Mag sein, ich war nicht glücklich, aber ich hatte zu tun, und das zählt eine Menge im Leben. Die Arbeit war schwer, und ich war froh darüber.«

Er betrachtete das Foto, nachdenklich, versonnen. »Aber sieben Monate lang, im Jahr '22, in dem Jahr, als ich dieses Bild von dir aufnahm … Also, zugegeben, unsere letzten beiden Monate waren ziemlich schlimm, aber fünf Monate lang, in den ersten fünf Monaten, als ich dich liebte und du mich und wir jung waren und das Leben noch neu – da war ich in Ekstase. Das war die wahrhaft glücklichste Zeit meines Lebens. Inzwischen weiß ich das.«

Es schien ihr ratsam, einstweilen zu schweigen.

»Ich war viermal verheiratet. Die Ehen waren nicht schlechter als die der meisten Leute, aber sie gingen mir nicht unter die Haut. Ich glaube, ich war wohl nicht mit dem Herzen dabei. Wenn man in der Situation steckt, meint man immer, Heirat sei eine gute Idee.«

Er legte das Foto mit der Vorderseite nach oben aufs Bett. »Ich möchte dir nicht zu nahe treten«, sagte er, »aber dies alles in die richtige Perspektive zu rücken, stellt jetzt, da es zu Ende geht, ein wirklich großes Privileg für mich dar. Dass du hier bei mir bist, Mia, persönlich anwesend, dass ich dir dies alles offen ins Gesicht sagen kann, ohne falschen Stolz, ohne Groll, ohne Verstellung, weil es ja zwischen uns nichts mehr zu gewinnen oder zu verlieren gibt – das macht es mir wirklich leichter.«

»Ich verstehe.« Sie stockte, streckte die Hand aus. »Darf ich?«

Er erlaubte ihr, das Foto zu nehmen. Das Papier hinter dem Glas war neu – er hatte das Foto erst kürzlich ausgedruckt, aus einer alten Datei, die er all die Jahre über irgendwo verwahrt hatte. Die junge Frau, die auf irgendeinem Campusgelände stand, umgeben von kalifornischen Palmen und regenfleckigen Marmorbalustraden, wirkte unschuldig, erregt, ehrgeizig und flachbrüstig.

Mia musterte die Frau eingehend, empfand jedoch anstelle des zu erwartenden Gefühls von Identität nichts als Leere. Sie und das Mädchen auf dem Foto hatten die gleiche Augenfarbe, die mehr oder weniger gleichen Wangenknochen, in etwa das gleiche Kinn. Es kam ihr vor wie DAS Foto ihrer eigenen Großmutter.

Die Wirkung des Mnemos setzte allmählich ein. Die Droge hob nicht ihre Stimmung, sondern reicherte das Leben ganz allmählich mit geheimnisvoller symbolischer Bedeutung an. Sie hatte das Gefühl, in das Foto hineinzufallen und mit einem Klatschen darin zu landen.

Seine Stimme rief sie in die Gegenwart zurück. »Warst du glücklich mit deinem Ehemann?«

»Ja. Ich war glücklich.« Sie pellte sich umständlich das verbrauchte Pflaster vom Hals. »Das ist jetzt schon lange her, aber es hat viele Jahre gehalten, und solange Daniel und ich ein Paar waren, war mein Leben sehr ausgefüllt und authentisch. Wir hatten ein Kind.«

»Das freut mich für dich.« Er lächelte wieder, und diesmal erkannte sie sein Lächeln wieder. »Du siehst gut aus, Mia. Ganz die Alte.«

»Ich hatte sehr viel Glück. Und ich war immer vorsichtig.«

Er blickte kummervoll aus dem Fenster. »Es hat dir kein Glück gebracht, dass du mich kennen lerntest«, sagte er, »und du hattest Recht damit, vorsichtig zu sein.«

»Das solltest du nicht sagen. Ich bedaure nichts.« Voller Widerwillen reichte sie ihm das Foto, als händigte sie ihm ein Unterpfand aus. »Unsere Trennung war schlimm, ich weiß, aber ich habe stets deine Arbeit verfolgt. Du warst klug, du warst sehr kreativ. Du hattest niemals Angst, deine Meinung zu sagen. Ich war nicht immer mit dir einer Meinung, aber ich war stets stolz auf dich. Ich war stolz darauf, dass ich dich schon kannte, bevor du berühmt wurdest.« Das stimmte. Sie war so alt, dass sie sich noch an eine Zeit erinnerte, da man diese Arbeit als ›Filmemachen‹ bezeichnet hatte. Filme – lange, hell und dunkel gemusterte Plastikstreifen. Der Gedanke an den Film, an die Beschaffenheit seines Mediums, löste eine Wehmut bei ihr aus, die so schmerzhaft war wie Glasscherben.

Er ließ nicht locker. »Es war richtig von dir, mit mir Schluss zu machen. Erst später habe ich begriffen, dass es gar nicht um Europa ging oder darum, unser Leben zu verändern. Ich wollte bloß als Sieger aus der Auseinandersetzung hervorgehen. Ich wollte dich zu einem anderen Kontinent mitnehmen und dich zwingen, mein Leben zu teilen.« Er lachte. »Ich habe mich nicht verändert. Ich habe nie dazugelernt. Mit zwanzig Jahren war damit Schluss. Vielleicht schon mit fünf!«

Mia rieb sich die Augen. »Du hättest mir mehr Zeit lassen sollen, mich darauf vorzubereiten, Martin.«

»Tut mir Leid. Ich habe keine Zeit mehr. Von allen anderen habe ich mich bereits verabschiedet. Dir ins Gesicht zu sehen, fiel mir immer am schwersten.« Er holte ein Papiertaschentuch aus einer Bettschublade hervor und reichte es ihr.

Sie tupfte sich die Augen ab, und er lehnte sich zurück, dellte mit seinen Schultern das Kissen aus. Der Pyjama öffnete sich am Hals, sodass sie das Blutfiltriernetz auf seiner Brust erkennen konnte. »Tut mir Leid, dass ich besser vorbereitet bin als du, Mia. Das war nicht fair von mir; aber im Herzen bin ich ein Dramatiker. Es tut mir Leid, wenn ich dich aufgeregt habe. Wenn du möchtest, kannst du jetzt gehen. Es hat mir sehr gut getan, dich zu sehen.«

»Ich bin jetzt alt, Martin.« Sie reckte das Kinn. »Ich bin nicht mehr die junge Frau auf dem Foto, ganz gleich, wie gut oder wie schlecht wir uns an sie erinnern mögen. Mach nur weiter wie geplant, ich werde schon nicht gehen. Ich war noch nie ein schroffer Mensch.«

»Ich beabsichtige, heute Abend zu sterben.«

»Ich verstehe. Jetzt schon?«

»Ja. In einem zivilisierten, geordneten Rahmen, gefasst.«

Mia nickte sachlich. »Ich respektiere und bewundere deine Entscheidung. Ich habe auch schon häufiger gedacht, dass ich auf die gleiche Art sterben will.«

Er entspannte sich. »Es ist nett von dir, dass du nicht mit mir streitest. Dass du mir meinem Abgang nicht verdirbst.«

»Aber nein. Nein, das würde ich niemals tun.« Sie beugte sich vor und berührte seinen kalten Handrücken. »Brauchst du etwas?«

»Es gibt noch ein paar Dinge zu regeln, verstehst du.«

»Ja, sicher.«

»Erbstücke. Hinterlassenschaften.« Er deutete mit sicherer Geste ins Leere. »Ich habe eine Hinterlassenschaft für dich, Mia – etwas, das, wie ich glaube, passend für dich ist. Und zwar meinen Erinnerungspalast.« Eine Burg, aus virtuellem Sand erbaut. »Ich möchte, dass du meinen Palast in Besitz nimmst. Er kann dir eine Zuflucht sein, solltest du mal eine brauchen. Er ist anpassungsfähig und vielseitig. Er ist alt, aber stabil. Paläste machen manchmal eine Menge Ärger, meiner aber wird keine Anforderungen stellen. Ein guter Ort. Ich bin sehr diskret damit verfahren. Jetzt habe ich ihn ausgeräumt – mit Ausnahme einiger Dinge, die zu löschen ich nicht über mich gebracht habe, weil sie mir sehr viel bedeuten. Vielleicht auch dir. Erinnerungen.«

»Wozu brauchtest du einen so großen Palast?«

»Das ist eine lange Geschichte.«

Mia nickte zustimmend und wartete.

»Ich nehme an, es ist deshalb eine lange Geschichte, weil ich lange gelebt habe. Mich hat's in den Sechzigern erwischt, weißt du. Die großen Netzinvestitionen, betrügerische Finanzgeschäfte.« Offenbar genoss er es, ihr zu beichten. Er stand ganz unter dem Einfluss des Mnemos. »Damals habe ich schon gar nicht mehr Regie geführt, sondern mich mehr um die Produktionsleitung gekümmert. In den juristischen Wirren habe ich viel Geld verloren, das ich beiseite gelegt hatte. Ich wollte nicht noch einmal hereinfallen, daher ergriff ich nach den Sechzigern ein paar einschneidende Maßnahmen. Hab mir einen richtigen Palast gebaut, unerreichbar für Steuereintreiber. Hab ihn seitdem gut gepflegt. Ein äußerst nützlicher Ort. Jetzt aber kann er mir nicht mehr helfen. Die Regierung will mir bei Leber und Thymus keine Vorrechte einräumen. Und was die amyloide Degeneration angeht, da ist die Prognose eindeutig.«

Er runzelte die Stirn. »Ich kann es nicht ausstehen, wenn jemand die Spielregeln zu genau einhält, verstehst du? Es hat etwas Erschreckendes, wenn es zu gerecht zugeht in der Welt ... Man will den Alkohol nicht verbieten, nicht einmal die Drogen, aber wenn du dich einmal durchchecken lässt, dann nehmen sie dein Blut und dein Haar und deine DNS und zeichnen alles auf, was du dir angetan hast. Alles kommt in die Krankenakte und wird übers Netz verbreitet. Wenn du wie ein kleiner Heiliger lebst, setzen sie Himmel und Erde für dich in Bewegung. Aber wenn du so lebst wie ich in den vergangenen sechsundneunzig Jahren ... Hast du dir meine Akte angesehen, Mia? Ich habe viel getrunken.« Er lachte. »Was bliebe einem noch ohne Alkohol?«

Ein Leben ohne Leberzirrhose, Magengeschwüre und kumulative Nervenschäden, dachte Mia.

»Die Politas. Die globale Politas, das ist, als würde die Regierung von deiner eigenen Großmutter geleitet. Von einer klugen, freundlichen, kleinen alten Dame mit einem Teller voller Gebäck und einem Henkerbeil.«

Mia schwieg. Ihr eigenes Behandlungsbudget belief sich auf achtundneunzig Prozent. Die Politas war eine

Regierung, geleitet von und gedacht für Menschen wie sie.

»Martin, erzähl mir von dem Palast. Wie komme ich hinein?«

Er ergriff ihre Hand, drehte sie um und musterte die Handfläche. Er fuhr mit der Fingerspitze darüber, als berühre er einen Touchscreen. Mia stand jetzt ganz unter der Wirkung des Mnemos und meinte, in der Berührung der welken Hand einen Widerklang der erotischen Erregung zu spüren, die sie vor vielen Jahren einmal ausgelöst hatte. Die Berührung des Geliebten, aufgeladen von jugendlicher Leidenschaft.

Er ließ ihre Hand los. »Kannst du dir die Berührung merken?«

»Ich werde sie mir merken. Das Mnemo wird mir dabei helfen.« Sie musste sich zusammennehmen, sonst hätte sie das Handgelenk, das er berührt hatte, nervös gerieben. »Ich mag diese alten Gestensysteme, früher habe ich sie auch ständig benutzt.«

Er reichte ihr die Steuertafel. »Hier. Programmiere den Palast auf deinen Daumenabdruck. Nein, die Linke, Mia. Die ist nicht so gut bekannt.«

Sie zögerte. »Weshalb sollte das wichtig sein?«

»Ich habe dir soeben den Schlüssel zu einer Festung gegeben. Wir beide haben ein Recht auf Privatsphäre, meinst du nicht? Wir wissen, wie das Leben heutzutage ist. Menschen wie du und ich, wir sind viel älter als die Regierung. Und trotzdem können wir uns nicht daran erinnern, dass eine Regierung jemals ehrlich gewesen wäre.«

Sie presste den linken Daumen auf die Tafel. »Ich danke dir, Martin. Ich weiß, dein Palast ist ein sehr kostbares Geschenk.«

»Kostbarer, als dir bewusst ist. Er kann dir auch in anderer Hinsicht nützen.«

»Wovon redest du?«

»Von meinem Hund.«

Sie sagte nichts.

»Du willst den armen Plato nicht«, meinte er niedergeschlagen.

Sie schwieg.

Er seufzte. »Ich hätte ihn wohl verkaufen sollen«, sagte er. »Aber die Vorstellung war mir zuwider. Das käme mir vor, als verkaufte ich ein Kind. Ich habe nie ein Kind gehabt ... Er hat so viel gelitten um meinetwillen und so viele Verwandlungen durchgemacht ... Ich habe mir alle durch den Kopf gehen lassen, aber es kam keiner infrage ... von den wenigen, die von denen, die ich als meine Freunde bezeichne, noch am Leben sind ... Ich traue einfach keinem von ihnen zu, dass er sich gut um Plato kümmert.«

»Warum gerade ich? Du kennst mich doch kaum mehr.«

»Selbstverständlich kenne ich dich«, murmelte er. »Ich weiß, du bist sehr umsichtig ... Du warst der größte Fehler, den ich je begangen habe. Oder der größte Fehler, den ich nicht begangen habe. Das Bedauern ist beidesmal gleich.« Er sah flehentlich zu ihr auf. »Plato stellt keine großen Ansprüche. Er wäre dankbar für alles, was du ihm gibst. Er braucht jemanden. Ich weiß nicht, was er nach meinem Tod anfangen wird. Er ist so klug, und das Denken strengt ihn sehr an.«

»Martin, es schmeichelt mir, dass du an mich gedacht hast, aber das ist zu viel verlangt. Das darfst du nicht von mir erwarten.«

»Ich weiß, es ist viel verlangt. Aber der Palast wird dir helfen, es gibt dort sehr nützliche Hilfsmittel. Willst du es nicht eine Zeit lang mit ihm versuchen? Er ist kein bloßes Tier mehr. Diesen Luxus habe ich ihm nicht gestattet. Du könntest es doch mal probieren, meinst du nicht?« Er stockte. »Mia, ich kenne dich. Ich habe deine Akte gelesen, und ich weiß mehr über dich, als du meinst. Ich habe dich niemals vergessen. Außerdem glaube ich, dass Plato dir helfen könnte.«

Sie schwieg. Sie hatte Herzklopfen und ein Klingeln im linken Ohr. In Momenten wie diesem wurde ihr mit unerbittlicher Klarheit bewusst, dass sie wirklich alt war.

»Er ist kein Ungeheuer. Er ist bloß anders, sehr weit entwickelt. Er ist sehr wertvoll. Wenn du ihn nicht erträgst, verkaufst du ihn.«

»Ich kann nicht! Ich will nicht!«

»Ich verstehe. Ist das dein letztes Wort?« Das Schweigen war voller Intimität und Bitterkeit. »Du siehst doch, wie es um mich steht, nicht wahr? Siebzig Jahre ist es her – für mich sind sie wie ein Tag. Ich habe mich kein bisschen verändert. Und du dich auch nicht.«

»Martin, ich will aufrichtig zu dir sein. Es ist bloß …« Sie blickte zum Hund hinüber, der friedlich in der Ecke lag, den schmalen Kopf auf die überkreuzten Vorderpfoten gebettet. Dann auf einmal dämmerte ihr nach und nach die erschreckende Wahrheit. »Ich habe keine Haustiere. Ich hatte nie welche. Mein Leben hat sich geändert. Ich lebe allein. Ich hatte mal eine Familie, einen Ehemann und eine Tochter, aber sie sind aus meinem Leben verschwunden, und ich rede nicht mehr mit ihnen. Ich habe Karriere gemacht, Martin. Ich habe einen guten Job bei der Behörde für medizinische Forschung. Da liegt meine Verantwortlichkeit, damit beschäftige ich mich. Ich betrachte Bildschirme, befasse mich mit Ökonomie und Bewilligungsverfahren und bewerte die Ergebnisse der Forschungsprogramme. Ich bin ein Funktionär.«

Sie atmete stockend ein. »Ich gehe in Parks spazieren, sehe mir allabendlich die Nachrichten an und nehme jedes Mal an der Wahl teil. Hin und wieder schaue ich mir einen alten Film an. Aber das ist auch schon alles, das ist mein Leben. Ich bin die Art Mensch, die du nicht verstehst und nie verstanden hast.« Sie weinte jetzt unverhohlen.

Er betrachtete sie voller Mitgefühl. »Ein Hund als Gefährte würde dir bestimmt gut tun. Ich weiß, dass er mir gut getan hat. Wir schulden den Tieren nämlich etwas, weißt du. Wir sind dadurch Menschen geworden, dass wir auf die Rücken der Tiere geklettert sind. Wir sind ihnen verpflichtet.«

»Ein Tier kann mir nicht helfen. Ich brauche keine Bindungen.«

»Nutze die Gelegenheit. Verändere ein wenig dein Leben. Hin und wieder muss man ein Risiko eingehen, Mia. Wenn du nichts riskierst, lebst du auch nicht.«

»Nein, ich will nicht. Ich weiß, du meinst, es würde mir gut tun, aber du irrst dich. Ich kann nicht. Ich bin nicht die Art Mensch. Hör auf, mich zu drängen.«

Er lachte. »Ich kann einfach nicht glauben, dass du das gesagt hast. Dieselben Worte hast du bei unserem letzten Streit benutzt – das waren deine allerletzten Worte!« Er schüttelte den Kopf. »Also gut, also gut … Ich habe schon immer zu viel von dir verlangt, nicht wahr? Es war dumm von mir, dich zu fragen. Ich stecke voller Pläne, lästig für andere Menschen, die immer noch ihr eigenes Leben leben. Du gehst nicht gern Risiken ein. Das weiß ich. Du warst immer vorsichtig, und du warst klüger und umsichtiger als ich. Pech für dich, dass wir uns jemals begegnet sind.«

Leeres Schweigen hing zwischen ihnen in der Luft. Ein kleiner Vorgeschmack auf die Stille des Todes.

Er raffte sich als erster auf. »Sag, dass du mir verzeihst.«

»Ich verzeihe dir, Martin. Ich verzeihe dir alles. Es tut mir Leid, dass ich nicht die Richtige für dich war. Ich konnte deine Erwartungen nicht erfüllen. Ich konnte deinen Bedürfnissen nicht gerecht werden. Bitte verzeih mir, es war meine Schuld.«

Er gab sich damit zufrieden. Sein gerötetes, bleiches Gesicht verriet ihr, dass er in einen Zustand der Verklärung eingetreten war, den er lange angestrebt hatte. Er hatte alles gesagt, was er hatte sagen wollen. Sein Leben war jetzt vorbei. Er hatte es zusammengeschnürt und weggepackt.

»Geh deinen Weg, Schatz«, sagte er mit sanfter Stimme. »Der, der ich einmal war, hat die, die du einmal warst, aufrichtig geliebt. Versuche nicht, mich zu vergessen.«

Der Hund stand nicht auf, um sie zur Tür zu geleiten. Benommen nahm sie Handtasche und Mantel vom Haken und verließ Martins Wohnung. Sie schritt durch die lebensvolle Sommerhelle der Gänge. Sie fuhr mit dem Fahrstuhl nach unten, sie trat in die herbstliche Kälte hinaus. Sie hüllte sich wieder in das dünne, aber sehr reale Gewebe ihres kleinen, aber sehr realen Lebens. Sie nahm das erste Taxi, das sie sah, und fuhr nach Hause.

Mercedes war da und machte gerade das Bad sauber. Mercedes ging mit dem Mopp und den Reinigungsutensilien ins Vorderzimmer. Mercedes trug die adrette Uniform des Sozialdienstes, ein babyblaues Jackett mit roten Epauletten, Freizeithose und Schuhe mit diskreten Schaumgummisohlen. Mercedes hatte auf ihrer Runde fünfzehn ältere Frauen zu versorgen und kam zweimal wöchentlich zum Saubermachen vorbei, meistens in Mias Abwesenheit. Mercedes bezeichnete ihre Tätigkeit als ›Hausarbeit‹, weil sie diese Charakterisierung den Bezeichnungen ›Sozialarbeiterin‹, ›Gesundheitsinspektorin‹ oder ›Polizeispitzel‹ vorzog.

»Was ist denn mit Ihnen?«, fragte Mercedes überrascht und stellte den Mopp und den Eimer mit dem Reinigungsgel ab. »Ich dachte, Sie wären in der Arbeit.«

»Ich hatte ein schlimmes Erlebnis. Heute stirbt ein Freund von mir.«

Mercedes schlüpfte sogleich in die Rolle professioneller Anteilnahme. Sie nahm Mia den Mantel ab. »Setzen Sie sich, Mia. Ich bereite Ihnen einen Aufguss.«

»Ich will keinen Aufguss«, sagte Mia erschöpft und setzte sich an den lädierten Küchentisch aus lackierter Pappe. »Er wollte, dass ich ein Mnemo nehme. Die Wirkung hält noch immer an, es ist fürchterlich.«

»Welche Sorte?«, fragte Mercedes, nahm das Haarnetz ab und steckte es ins Jackett.

»Encephalokryllin, zweihundertfünfzig Milligramm.«

»Ach, das ist doch gar nichts.« Mercedes lockerte sich das dunkle Haar. »Trinken Sie einen Aufguss.«

»Ich nehme lieber ein Mineralwasser.«

Mercedes rollte Mias Tinkturenset an den Tisch und setzte sich auf einen Küchenschemel. Sie maß einen halben Liter destilliertes Wasser ab, wählte methodisch Mineraltabletten aus und zerdrückte sie. Mias Tinkturenset war das bei weitem teuerste Inventarstück der Küche. Mia betrachtete sich nicht als besitzgierig oder materialistisch, aber bei den Aufgüssen machte sie eine Ausnahme. Außerdem legte sie Wert auf ordentliche Kleidung. Des Weiteren machte sie gewisse Ausnahmen bei den Kartonverpackungen von Videospielen und CD-ROMs des zwanzigsten Jahrhunderts. Mia hatte eine kleine Schwäche für alte Verpackungen.

»Ich glaube, ich würde gern drüber reden«, sagte Mia. »Wenn ich mit niemandem drüber rede, kann ich heute Nacht nicht schlafen. In drei Tagen muss ich zur Untersuchung, und wenn ich heute nicht schlafe, beeinflusst das die Ergebnisse.«

Mercedes blickte freundlich zu ihr auf. »Sie können mit mir reden! Erzählen Sie mir nur davon.«

»Müssen Sie das in Ihr Dossier aufnehmen?«

Mercedes wirkte verletzt. »Natürlich muss ich das ins Dossier aufnehmen. Es wäre unehrlich von mir, wenn ich meine Dossiers nicht auf dem neuesten Stand hielte.« Mit einem leisen Zischen leitete sie einen Strom von Gasblasen in das Mineralwasser ein. »Mia, Sie kennen mich jetzt seit fünfzehn Jahren. Sie können mir vertrauen. Sozialdienstler haben es gern, wenn ihre Klienten mit ihnen reden. Dafür sind wir schließlich da.«

Mia beugte sich vor und stützte die Ellbogen auf den Tisch. »Vor siebzig Jahren war ich mit dem Mann befreundet«, sagte sie. »Damals war er mein Geliebter. Heute hat er mir gesagt, wir hätten uns nicht verändert, aber das stimmt natürlich nicht. Wir haben uns bis zur Unkenntlichkeit verändert. Er hat sich zugrunde gerichtet. Und ich – vor siebzig Jahren war ich eine junge Frau. Ich war ein Mädchen, sein Mädchen. Jetzt bin ich kein Mädchen mehr. Jetzt bin ich jemand, der einmal eine Frau war.«

»Das ist eine seltsame Formulierung.«

»Es ist die Wahrheit. Ich bin nicht seine Frau. Ich bin schon lange niemandes Frau mehr. Ich hatte keine Liebhaber. Ich liebe niemanden. Ich sorge mich um niemanden. Ich küsse niemanden, ich umarme niemanden, ich muntere niemanden auf. Ich habe keine Familie. Ich habe keine Hitzewallungen, ich habe keine Regel. Ich bin ein postsexueller Mensch, eine postfrauliche Person. Ich bin ein altes Weib. Ich bin ein Techno-Weib des späten zwanzigsten Jahrhunderts.«

»Auf mich wirken Sie wie eine Frau.«

»Ich kleide mich wie eine Frau. Das ist alles berechnet und gewollt.«

»Ich weiß, was Sie meinen«, räumte Mercedes ein. »Ich bin fünfundsechzig. Das meiste hab ich hinter mir. Allzu sehr bedaure ich's nicht. Das Leben einer Frau – mit allem, was dazugehört – möchte man keinem Freund wünschen.«

»Es war sehr anstrengend«, sagte Mia. »Er war sehr höflich, aber allein schon die Nähe zu ihm hat mich erschöpft. Am schlimmsten dabei ist, dass es keinen klaren Bruch gibt zwischen mir und meinem früheren Leben. Meinem romantischen Leben, meinem Geschlechtsleben. Ich habe mich daran erinnert, wie erregend es war. Wie schmeichelhaft. Von einem großen, forschen, hartnäckigen Jungen umworben zu werden. Wie es sich anfühlte, als ich mich ihm ergab. Das Mnemo hat alles noch viel schlimmer gemacht.«

»Die meisten Leute würden sagen, dass klare Brüche schlecht für einen sind. Dass man sich mit diesem Aspekt des früheren Lebens arrangieren und ihn integrieren sollte, damit man seinen Frieden damit machen und ihn überwinden kann.«

Therapeutische Vorschläge irritierten Mia in direktem Verhältnis zu dem Takt, mit dem sie vorgebracht wurden. »Heute war ich gezwungen, mein früheres Leben zu bewältigen. Es hat mich kein bisschen glücklicher gemacht.«

»Tut es Ihnen Leid, dass er stirbt? Trauern Sie um ihn?«

»Ein wenig Leid tut es mir schon.« Mia nippte am Mineralwasser. »Von Trauer würde ich nicht sprechen. Dafür ist das Gefühl zu flach.« Das Wasser tat ihr gut. Einfache Dinge bereiteten ihr am meisten Freude. »Ich habe heute geweint. Das hat mir überhaupt nicht gut getan. Ich habe seit fünf Jahren nicht mehr geweint.« Sie berührte ihre verquollenen Augen. »Ich habe das Gefühl, die Membran wäre beschädigt.«

»Hat er Ihnen etwas hinterlassen?«

»Nein«, log Mia gewandt.

»Irgendeine Hinterlassenschaft gibt es immer.« Mercedes ließ nicht locker.

Mia zögerte. »Es gab eine, aber ich habe sie abgelehnt. Er hat einen postcaninen Hund.«

»Ich hab's gewusst«, sagte Mercedes. »Entweder das Haustier oder das Haus. Wenn sie jung sterben, machen sie sich vielleicht Sorgen um ihre Kinder. Niemand lädt einen an sein Sterbebett ein, wenn er nicht will, dass man irgendetwas für ihn in Ordnung bringt.«

»Vielleicht möchten *Sie* jetzt Ordnung machen, Mercedes.«

Mercedes zuckte die Achseln. »Ich räume auf. Ordnung ist mein Leben.« Mercedes war stets sehr geduldig. »Aber ich merke, dass Sie noch etwas anderes auf dem Herzen haben. Was ist das?«

»Es ist nichts, wirklich.«

»Sie wollen es mir bloß noch nicht sagen, Mia. Sie können es mir auch gleich sagen. Solange Sie noch in der Stimmung sind.«

Mia starrte sie an. »Sie brauchen mich nicht zu löchern. Mit mir ist alles in Ordnung. Ich hatte einen Schock, aber ich werde schon keine Dummheiten machen.«

»Sie sollten so etwas nicht sagen, Mia. Die Situation ist sehr eigenartig. Die Welt ist sehr eigenartig. Sie leben ganz allein und haben keine Freunde, die Ihnen raten oder Sie aufmuntern könnten. Abgesehen von Ihrer Arbeit üben Sie keine soziale Rolle aus. Sie könnten leicht aus dem Gleichgewicht geraten.«

»Haben Sie schon einmal erlebt, dass ich aus dem Gleichgewicht geraten wäre?«

»Mia, Sie sind klüger als ich, älter und wesentlich reicher, aber Sie sind nicht der einzige Mensch in dieser Lage. Ich kenne eine Menge Leute wie Sie. Menschen wie Sie sind gefährdet.«

Mercedes schwenkte ihren blauuniformierten Arm durch die Wohnung. »Das, was Sie seit all den Jahren als Ihr Leben bezeichnen, ist nicht die Normalität. Es bedeutet auch keine Sicherheit. Es ist bloße Routine. Routine ist etwas anderes als Normalität. Das, was man als Normalität bezeichnet, ist Ihnen nicht gestattet. Für eine vierundneunzigjährige posthumane Frau gibt es keine wirkliche Normalität. Die Lebensverlängerung ist nichts Natürliches, sie wird auch niemals natürlich sein, und man wird sie niemals zu etwas Natürlichem machen können. Das ist Ihre Realität. Und auch meine. Und deshalb schickt mich die Politas zweimal wöchentlich bei Ihnen vorbei. Damit ich die Augen offen halte und aufräume und Ihnen zuhöre.«

Mia schwieg.

»Nur zu, machen Sie nur weiter«, sagte Mercedes. »Es tut mir wirklich Leid, dass Sie heute einen schweren Tag hatten. Der Tod eines Freundes kann uns schwerer treffen, als wir glauben. Selbst stumpfe Menschen können die gleiche Routine nicht auf Dauer durchhalten, und Sie sind kein stumpfer Mensch. Sie sind bloß sehr zurückhaltend und auf eine altmodische Privatheit bedacht, die heutzutage eigentlich niemand mehr braucht.«

»Ich werde drüber nachdenken.«

Mercedes musterte sie ernst. Das Schweigen dehnte sich. Mercedes ließ sich nicht täuschen. Für sie gab es keine Heldinnen.

»Übrigens«, sagte Mercedes schließlich, »in Ihrem Bad sind wieder Pilze aufgetaucht. Wo sind Sie gewesen?«

»Ich war spazieren«, sagte Mia. »Ich habe mich einfach treiben lassen. Ich habe mir die Straßen nicht gemerkt.«

»Bitte denken Sie daran, Ihre Schuhe eine Zeit lang vor der Tür zu lassen, okay? Und duschen Sie nicht zu lange. Die Coccidien sind höllisch gefährlich.«

»Ist gut. Ich werde Ihren Rat beherzigen.«

»Ich muss jetzt gehen«, sagte Mercedes und erhob sich. »Ich habe noch Termine. Aber rufen Sie mich an, wenn Sie irgendetwas brauchen. Rufen Sie mich jederzeit an. Scheuen Sie sich nicht, mich anzurufen. Ich mag es, angerufen zu werden.«

»Ist gut, Officer«, sagte Mia. Mercedes zog eine Grimasse, sammelte ihre Utensilien ein und ging hinaus.

Martin Warshaw wurde am Nachmittag des einundzwanzigsten bestattet, auf dem alten Friedhof in Palo Alto. Es war ein sonniger, wolkenloser Tag, und das weitläufige Gelände des ehemaligen Seuchenfriedhofs hatte nie grüner, friedlicher oder beschaulicher ausgesehen. Mia kannte keinen der Trauergäste. Niemand beachtete sie.

Die neunzehn älteren Personen, welche der Trauerfeier beiwohnten, waren alle vom gleichen Typus. Hollywoodmenschen hatten noch nie Angst vor dem Messer gehabt. Die Reichen und Schönen hatten schon immer mit besonderer Gier nach allem gegriffen, was Jugend versprach. Vor fünfzig Jahren waren diese Menschen Pioniere der Medizin gewesen. Jetzt waren sie unwiderruflich alt geworden. Die simplen Techniken von damals, das biomedizinische Skalpell der dreißiger und vierziger Jahre, schienen im Rückblick hoffnungslos veraltet und primitiv. Jetzt wirkten sie wahrhaft wie Pioniere: vernarbt, müde und verhärtet.

Friedhofsangestellte öffneten die weiße Klappe des Emulgators, zogen Martins verbrauchtem, verschrumpeltem Leichnam das dünne Totenhemd aus und schoben ihn mit feierlichem Ernst, die Füße voran, in das brodelnde Gel. Die Scanner schalteten sich ein, Martins letzte offizielle medizinische Untersuchung. Ultraschallwellen schüttelten den Körper auseinander, und als die Hochgeschwindigskeitsrotoren zu arbeiten begannen, erbebte der Blumenschmuck des Emulgators. Autopsieautomaten sammelten Proben des Suds ein, analysierten das Ausmaß der genetischen Schäden, bestimmten die Bakterienpopulationen, spürten jede subsymptomatische Virusinfektion und jeden Prionenbefall auf, katalogisierten sie und gaben mit cybernetischer Unfehlbarkeit die Todesursache bekannt (selbstverabreichtes Nervengift). Sämtliche Daten wurden säuberlich aufgelistet und im Netz veröffentlicht.

Irgendjemand – Mia fand nie heraus, wer es gewesen war – hatte einen katholischen Priester gebeten, ein paar Worte zu sagen. Der junge Priester war sehr eifrig und wohlmeinend. Er stand unter dem Einfluss von Entheogenen und war von solch feuriger Inspiration erfüllt, dass er kaum sprechen konnte. Als der Priester seinen transzendenten Vortrag beendet hatte, segnete er förmlich das Gel. Die kleine Trauergesellschaft entfernte sich in Zweier- und Dreiergrüppchen.

Ein Automat gravierte Martins Porträt, seinen Namen sowie Geburts- und Todesdatum in die cremeweiße Seitenwand des Emulgators. Martin Warshaw (1999–2095) war zu einem bunten Bildchen von der Größe von Mias Handfläche geworden, säuberlich angeordnet neben dreihundertneunundachtzig anderen Bildchen von Personen, welche das Gerät bereits durchlaufen hatten. Mia zauderte, ließ den Blick über die in Reihen angeordneten Fotogravuren schweifen. Die trostvolle Anwesenheit all der menschlichen Gesichter ließ das Gerät beinahe als freundliche, wohlmeinende Maschine erscheinen.

Am Ausgang des Friedhofsgeländes rief Mia ein Taxi. Während sie wartete, bemerkte sie einen rehbraunen Hund, der sich im Oleander herumdrückte. Der Hund war unbekleidet und zeigte keinerlei Anzeichen von Intelligenz. Während sie auf das Taxi wartete, beobachtete sie den Hund, doch als sie sich ihm nähern wollte, verschwand er im Gebüsch. Sie verspürte ein vages Bedauern darüber, dass der Hund verschwunden war. Aber große braune Hunde gab es viele.

Mia stieg an der U-Bahnhaltestelle aus dem Taxi aus, flüchtete sich unter die von Verkehrsadern durchschnittene kalifornische Erde und kam an der öffentlichen Telepräsenzsite des Coit Tower heraus. Telegraph Hill war ihr Lieblingsort, wenn sie nicht in San Francisco war. Immer, wenn sie auf Reisen war, stellte sie regelmäßig eine Verbindung zu diesem Ort her, um sich einen stärkenden Sensorzugang zur Bay Area zu verschaffen. Mia hatte sich mittels Telepräsenz schon zu allen möglichen Orten in anderen Städten versetzen lassen, doch wenn sie in einer Stadt nicht spazierengehen konnte, entwickelte sie auch keine Beziehung zu ihr. San Francisco war eine der zum Spazierengehen am besten geeigneten Städte. Aus diesem Grund lebte sie in San Francisco. Und aus Gewohnheit. Sie machte sich zu Fuß auf den Weg.

Auf dem Embarcadero genehmigte sie sich in einem überfüllten und lauten Touristencafé einen Frappé. Bedrückt fragte sie sich, was ihr Exmann wohl von den Ereignissen des heutigen Tages gehalten hätte. Von Warshaws Bestattung. Martin Warshaw war Daniels einziger ernst zu nehmender Rivale gewesen. Hätte er einen Rest von männlicher Eifersucht empfunden, einen Anflug von Genugtuung? Mia hätte gern gewusst, ob ihr Exmann noch an sie dachte – oder ob er überhaupt jemals über irgendetwas eingehender nachgedacht hatte. Daniel lebte an einem sehr abgeschiedenen Ort im Norden Idahos, wo er kaum zu erreichen war. Mia hätte ihre Tochter Chloe in Djakarta anrufen können, doch davon versprach sie sich nichts. Chloe würde bloß an ihrem Batikhemd zupfen und über das sich drehende Rad und spirituelle Authentizität daherfaseln.

Ein langer Spaziergang zum Fisherman's Wharf – Mia hatte es geschafft, den ganzen Tag über nicht an Arbeit zu denken, und das war neu für sie und gewissermaßen ein großer Fortschritt –, dann gelangte sie an ihr Ziel, ein metallverkleidetes zweistöckiges Reihenhaus. Ein verwittertes Rotholzschild in einer unkrautüberwucherten Hecke machte das Gebäude als kommerzielle Netsite kenntlich. Mia entrichtete das Eintrittsgeld und steckte im Innern des höhlenartigen Gebäudes eine Geldkarte in eine Uhr.

Der Besitzer kam herbeigeschlendert. Er war ein schlaksiger älterer Herr, weit über fünfzig, mit langen Gliedmaßen und einer scharfen Hakennase, zwei übergroßen und offenbar höchst wirksamen Hörgeräten und einer zerknautschten Fischermütze. Die Fischermütze war eine Affektiertheit, denn Mr. Stuarts schuppige, welke Haut war seit Jahrzehnten nicht mehr für längere Zeit dem Tageslicht ausgesetzt gewesen. Er trug ein kurzärmliges kotzgrünes Hemd und eine ölverschmierte Hose, an deren Gürtel mit kleinen Kettchen allerlei Vielzweckwerkzeuge befestigt waren.

Mia hatte diese Netsite seit siebenunddreißig Jahren nicht mehr besucht. Das Reihenhaus war radikal umgebaut worden; man hatte Böden und Wände herausgerissen, Fenster zugemauert und die Außenwände zum Schutz vor Streustrahlung mit Kupfer verkleidet. Mia wunderte sich, dass der Besitzer noch der alte war, dass er immer noch unter der alten Adresse zu finden war und anscheinend auch noch dieselbe Kleidung trug wie früher. Mr. Stuart war die Art Mann, der ein Haus mühelos überlebte.

Stuart wirkte kaum verändert, wenngleich seine Nase und seine Ohren in den vergangenen Jahrzehnten merklich angeschwollen waren. Wachstumshormone und Steroidbehandlungen gehörten zu den vernünftigeren und erschwinglicheren lebensverlängernden Strategien. Bei Männern vergrößerten sich dabei Nasen und Ohren, was etwas mit männlichen Steroiden und fortschreitender Verknöcherung des Knorpelgewebes zu tun hatte.

Mia schaute sich um. Graue Schallschluckplatten hingen von der Decke, darüber sah man ein buntes Gewirr von Stromkabeln und Glasfaserleitungen. Auf den metallenen Dachträgern wimmelte es von zwitschernden Sperlingen.

Auf dem Boden war eine seltsame Kollektion von Zugangsgeräten versammelt. An der Westseite von Stuarts Schuppen standen nagelneue Netzgeräte, von denen viele den verwirrenden Eindruck von Prototypen machten. Die Ostseite war vollgestopft mit Sammlerstücken, ausgewählte Relikte der hundertzwanzigjährigen Geschichte des Cyberspace. Mr. Stuart hatte sich schon immer gern mit Medien befasst, die entweder ausstarben oder gerade in der Entwicklung begriffen waren.

An den Wänden waren Kisten und Kübel mit Elektronikteilen gestapelt. Stuarts quietschender Reinigungsautomat schlich umher und staubte sorgfältig die anderen Geräte ab. Für die Hinterlassenschaften der zahmen Vögel gab es einen Sandkasten. Die Beleuchtung war wie früher schrecklich düster.

»Ich dachte, Sie wollten Fenster einbauen«, sagte Mia.

»Demnächst«, antwortete Stuart und kniff die Augen zusammen. »Aber wer braucht eigentlich Fenster? Eine Netsite *ist* ein Fenster.«

»Haben Sie hier etwas, das mit einer Passgeste klarkommt und mich in einen Erinnerungspalast aus den Sechzigern hineinbringen kann?«

»Das hängt vom Setup ab, aber das gilt für das ganze Leben«, antwortete Stuart. Stuart hatte eine ausgeprägte Vorliebe für Aphorismen. »Beschreiben Sie mir die Initialisierungsparameter und die Hardware, auf der er läuft.«

»Darüber kann ich Ihnen nichts sagen.«

Stuart hob die Schultern wie ein Gnom. »Dann könnte es länger dauern. Wenn Sie einen Rat wollen: Versuchen Sie es erst mal auf die einfache Art. Schließen Sie ein Touchpad an eines der Geräte mit den Vorhängen an und schauen Sie, ob Sie in den Palast hinein gelangen.«

»Sie glauben, das könnte funktionieren?«

»Vielleicht. Sie könnten auch die Brille ausprobieren,

wenn Sie mehr verlangen ...« Stuart legte eine bedeutsame Pause ein. »Ich spreche von Diskretion.«

»Berechnen Sie mehr für Diskretion, Mr. Stuart? An Diskretion ist mir sehr gelegen.«

»Ich berechne bloß den Eintritt«, antwortete Stuart. »Den meisten Leuten reicht das schon.« Irgendjemand rief eine lange Frage von den neuen Geräten an der Westseite des Gebäudes herüber – irgendetwas mit ›Baumnamen‹ und ›Entrauschung‹. Stuarts Kopf ruckte auf dem ledrigen Hals herum wie der einer Eule. »Lies das Handbuch!«, brüllte er und wandte sich wieder Mia zu. »Kinder ... Wo waren wir noch gleich stehengeblieben, Ma'am?«

»Mia.«

»Was?«

»Hier *ist* kein Handbuch!«, schrie der Junge zurück.

»Mia, M-I-A«, wiederholte Mia geduldig.

»Oh«, machte Stuart und tippte sich ans Hörgerät. »Schön, dass Sie gekommen sind, Maya. Stören Sie sich nicht an den Kindern, die sind halt manchmal etwas rüpelhaft.«

»Ich würde es gern mal mit dem Vorhanggerät und dem Pad probieren.«

»Ich weise Sie ein«, sagte Stuart.

Diskretion war der einzige Vorteil veralteter Hardware. Veraltete Hardware entzog sich weitgehend der Überwachung. Die modernen Cyberstandards waren viel übersichtlicher, stabiler und verständlicher als der primitive, überholte, häufig auch gefährliche Schrott vom Anfang des Jahrhunderts. Moderne Datenarchive waren erstaunlich freizügig, zugänglich und offen. Doch es gab hunderte veralteter Formate und gewaltige Mengen von Datenmüll, die allein Geräten zugänglich waren, die nicht mehr hergestellt oder gewartet wurden. Derlei Geräte konnten nur von fanatischen Bastlern genutzt werden – oder von Menschen, die so alt waren, dass sie vor Jahrzehnten den Umgang mit ihnen erlernt und seitdem nichts vergessen hatten.

Stuart reichte Mia ein arg mitgenommenes Touchpad und eine Cyberschatulle. Mia zog sich in das Bad mit den auf Sockeln ruhenden Waschbecken zurück und wusch sich vor dem Spiegel die Hände.

Sie klappte die Schatulle auf, nahm die beiden federleichten Ohrhörer heraus und klemmte sie sich an die Ohrläppchen. Das Schönheitsfleckmikrofon pappte sie sich auf die Oberlippe. Sorgfältig klebte sie die falschen Wimpern an. Sie würden die Form ihres Augapfels und damit ihre Blickrichtung überwachen.

Mia öffnete den Deckel des Behälters mit der Handschuhemulsion, tauchte beide Hände bis zu den Handgelenken in das warme Plastik, zog sie heraus und wedelte damit umher, bis der Plastiküberzug abgekühlt und getrocknet war.

Die Handschuhe knisterten beim Trocknen. Mia bewegte die Finger, dann ballte sie rhythmisch die Fäuste. Die Plastikhaut zersplitterte wie trocknender Schlamm in zahllose winzige Plättchen. Anschließend tauchte sie die Hände in einen zweiten Behälter, zog sie wieder heraus. Dünne Adern aus feucht glitzerndem organischem Leitermaterial trockneten rasch in den Rissen.

Als die Handschuhe fertig waren, nahm Mia einen Armfächer aus einem Fach unter dem Waschbecken. Sie schlug sich den Fächer gegen den Unterarm, um ihn zu aktivieren, dann legte sie ihn sich ums linke Handgelenk und drückte ihn zu. Das regenbogenfarbene Gewebe versteifte sich, wie es sein sollte. Als sie den zweiten Armfächer angelegt hatte, standen von ihren Unterarmen zwei Sichtmembranen von der Größe eines Esstellers ab.

Die Plastikhandschuhe erwachten zum Leben, als das Leitermaterial mit den Unterseiten der Armfächer Kontakt bekam. Die Armfächer vermaßen im Handumdrehen die Form der Handschuhe, machten sich mit ihrer Größe, Form und den Bewegungen ihrer Hände vertraut.

Die Fächer wurden undurchsichtig. Sie konnte ihre Hände nicht mehr sehen. Gleich darauf tauchte das Bild ihrer Hände wieder auf, als Projektion auf der Außenfläche der Armfächer. Die Realität verschwand am Außenrand der Fächer, und Mia sah nur mehr die virtuellen Abbilder ihrer beiden Hände vor sich, die in zwei Kreise aus blauer Leere hineinreichten.

Mia klemmte sich das Touchpad unter den Arm, verließ das Bad und ging zu dem Vorhanggerät, das sie sich ausgesucht hatte. Sie trat hinein und schloss hinter sich den Vorhang. Der Stoff erbebte von oben bis unten und versteifte sich, als sich das Gerät einschaltete. Das steife Vorhanggewebe nahm eine einheitlich blaue Farbe an. Ein weiterer großer Teil der Realität verschwand, und Mia stand nun inmitten eines himmelblauen virtuellen Raums – freilich mit Ausnahme des festen Bodens unter ihren Füßen und der Decke mit dem insektenhaften Gewirr der Detektoren, Überwachungs- und Aufzeichnungsgeräte.

Der Vorhang bestand aus Glasfaser, aus tausenden haardünnen, bunten Glasleitern. Gesteuert von den Signalen ihrer falschen Wimpern, leuchtete der Vorhang auf und projizierte seine Bilder, wo immer Mias Blick zur Ruhe kam. Wohin ihr Blick sich auch bewegte, der Vorhang war ihr stets voraus, leuchtete auf und erzeugte im Bruchteil einer Sekunde ein Bild, sodass es den Anschein hatte, als hülle die Illusion sie von allen Seiten ein.

Mia tastete nach dem Stecker und verband ihn mit dem Touchpad. Das Steuergerät des Vorhangs erkannte das kleinere Gerät und hüllte Mia sogleich in die 360-Grad-Projektion eines Touchpads, ein virtueller, rauchgrauer Abgrund. Mia tippte mit den behandschuhten

Fingerspitzen auf dem Touchscreen herum, bis ein paar nützliche Anzeigen aus der glasigen Tiefe hervortauchten: ein rundes Tachometer, eine Uhr, ein Netzwerkwähler.

Sie wählte einen der größeren öffentlichen Netzzugänge von San Francisco aus, hielt den Atem an und gab Martin Warshaws Passgeste ein. Die Wand gab die Bewegungen ihrer behandschuhten Fingerspitze akkurat wieder, tiefschwarze Hieroglyphen vor dem Hintergrund des grauen Gewebes.

Die Berührungsspuren verblassten. Der Vorhang färbte sich wieder himmelblau. Anschließend passierte nicht mehr viel. Das kleine Tachometer zeigte an, dass irgendwo in der Tiefe des Netzes eifrig gerechnet wurde. Mia wartete geduldig.

Nach acht Minuten verschwand das Tachometer. Die Wände wurden weltraumschwarz, dann auf einmal baute sich ein normalgroßes Umgebungsbild auf.

Mia befand sich in einem Architekturbüro, darin ein großer Schreibtisch mit künstlicher Maserung, grell funkelnde Messinglampen und algorithmische Wirbel simulierten Marmors. Die Sessel waren dick gepolstert und wirkten so, als ob man darin versinken könne. Sessel für alte Leute. Die Art Sessel, wie sie Top-Möbeldesigner in den Siebzigern entworfen hatten, als ihnen auf einmal bewusst geworden war, dass alte Menschen über alles Geld der Welt verfügten und dass es von nun an bis ans Ende aller Zeiten auch im Besitz alter Menschen bleiben würde.

Das virtuelle Büro war mit feiner Ironie so gestaltet worden, dass es dem Büro eines klassischen Architekten ähnelte. Architekten, die statt virtueller Strukturen reale Gebäude entwarfen, neigten dazu, ihre intime Beziehung zur physischen Realität aufdringlich zu betonen. Mia war umgeben von Korktafeln, Schiefertafeln, Stiften, Zeichenpapier. Alles analog und berührbar.

Kein einziger Bildschirm war zu sehen. Mal abgesehen davon, dass diese ganze virtuelle Umgebung in sich ein Bildschirm war.

Es bestand eine große Diskrepanz zwischen Martin Warshaws raffiniertem Erinnerungspalast und diesem willkürlich ausgewählten und ein wenig schäbigen Vorhanggerät. Vor dem Hintergrund der runden Gewebewände wirkten die Ecken des virtuellen Raums ziemlich hässlich, voller visueller Verzerrungen, die einem auf den Magen schlugen. Die Simulation wusste offenbar nicht so recht, wo sie den Boden hintun sollte. Die Bodenränder bogen sich empor wie die Seitenwände eines sinkenden Ruderboots.

Ein simuliertes Fenster in der einen Wand bot Ausblick in einen Garten, doch die organischen Formen waren katastrophal schlecht. Die Bäume waren alberne vage Flecken, die albtraumhafte Vision einer röntgenbestrahlten Vegetation unter dem Licht einer fremden Sonne, das so dick wie Käse war. Das Innere des Büros war vollgestopft mit virtuellen Topfpflanzen, deren große gezackte Blätter so steif und leblos wie Waffeleisen wirkten.

Mia schaute sich aufmerksam in dem virtuellen Büro um. An der linken Wand hing ein riesiger gerahmter Bauplan. Er stellte ein großes, vielstöckiges Gebäude dar – wahrscheinlich der Grundriss des Erinnerungspalasts. Die Pläne waren mit zahlreichen Anmerkungen in Form fürchterlich verschwommener, winziger Druckbuchstaben versehen. Der Palast wirkte riesig, wohldurchdacht und ziemlich einschüchternd. Mia fühlte sich, als habe sie ein Weihnachtsgeschenk ausgepackt und festgestellt, dass es sich um eine vollständige Dampflokomotive handelte. Um einen tonnenschweren, mit Kohle befeuerten virtuellen Springteufel.

Sie wandte sich wieder in die Mitte des Zimmers um. Auf dem holzgemaserten Schreibtisch stand ein einzelnes gerahmtes Foto. Mia machte Schrittbewegungen und schaffte es, vor dem virtuellen Schreibtisch stehen zu bleiben, ohne hindurch zu pflügen. Sie streckte die Hand aus und ergriff das Foto. Das Handschuhinterface war jämmerlich schlecht, voller Störungen und Überlappungen.

Das Interface war höchst ungeeignet. Und ein kleines Wunder. Diese virtuelle Umgebung wurde sicherlich verschlüsselt, entschlüsselt, abermals verschlüsselt, anonym über Satelliten und Kabel geleitet, auf einem fremden Rechner mittels schlecht passender, veralteter Protokolle emuliert und anschließend mittels längst nicht mehr gebräuchlicher Grafikstandards dargestellt. Zerstückelt, weitergeleitet, komprimiert, gepackt, entpackt, dekomprimiert und wieder zusammengesetzt. Schlimmer noch, der Palast war alt. Virtuelle Gebäude alterten nicht wie reale, sondern durchliefen ähnlich wie ihre Besitzer subtile Prozesse geheimnisvollen Niedergangs. Ein kleiner Ziertisch in der Ecke litt ganz eindeutig an Datenverrottung; aus einem bestimmten Blickwinkel betrachtet hatte die Oberfläche alle Farbe verloren.

Dennoch war der Ort nicht tot. Ein virtueller Gecko tauchte auf und hangelte sich an der Wand entlang, ein Hinweis auf die Heilkräfte der kleinen Unterprogramme, die sich noch immer durch die feuchten, dunkleren Winkel des Palastcodes hindurcharbeiteten.

Mia nahm das Foto zögernd in die Hand. Als sie es vom Schreibtisch hochhob, platzte es wie ein Blutgerinnsel aus dem Rahmen hervor, sprang an die Gewebewand des Vorhanggeräts und entfaltete sich zu einem 360-Grad-Inferno hellroter Pixel von der Größe eines blutigen Daumenabdrucks. Mia zuckte zusammen, stellte das Foto wieder ab und betrachtete es durch die Membran ihres Armfächers hindurch von der Seite. Die in Griffweite befindlichen Gegenstände wirkten grafisch weitaus besser umgesetzt als die grässliche Bescherung an den Vorhangwänden.

Das Digitalfoto im Rahmen stellte sie selbst dar. Diesmal ein anderes Bild: die ganz junge Mia Ziemann saß in ihrem roten Frotteebademantel auf einem Sofa mit zerschlissenem rotem Bezug und las in einer Zeitschrift, die schlanken, nackten Beine auf einen Couchtisch gelegt. Ihr Haar war feucht. Auf dem Boden waren Collegeutensilien verstreut: Hamburgerverpackungen, Musik-CDs, zwei Schuhe mit verschnürten Schuhbändern. Die junge Mia wähnte sich unbeobachtet. Sie wirkte entspannt, vertieft in die Zeitschrift.

Ein weiteres Andenken Martins. Seine posthume Botschaft an die auserkorene Palasterbin.

Mia öffnete eine Schublade des virtuellen Schreibtischs. Leer. Sie warf das Foto in die leere Schublade und schloss diese wieder. Sie öffnete eine weitere Schublade. Schere, Papier, Stifte, Klebeband, Stecknadeln. Trotz mehrmaligen Versuchs bekam sie die virtuelle Schere nicht richtig zu fassen. Sie öffnete die nächste Schublade, darin ein Karton mit bunter Kreide.

Mia nahm ein Stück blassgrüner Kreide aus der Schachtel und wandte sich der Schiefertafel an der gegenüberliegenden Wand zu. Sie marschierte, auf der Stelle tretend, zu der verstörend schwankenden Tafel und streckte die Hand aus, die behandschuhten Finger fest um die virtuelle Kreide zusammengedrückt.

Offenbar erforderte dieses Unternehmen weitaus bessere Handschuhe als die billigen Einmalhandschuhe, die sie trug. Die Kreide verschwand immer wieder in der Tafel, ganz so, als habe Lewis Carrolls Alice Anfälle im Spiegel. Nach längerem Kampf schaffte es Mia, eine krakelige Botschaft niederzuschreiben, das Erstbeste, was ihr eingefallen war:

Maya was here

Sie fügte noch ein Kilroy-Gesicht mit Knubbelnase hinzu und kritzelte ein paar kindische Miss-Kilroy-Locken auf Kilroys Birnenschädel. Dabei fiel ihr die Kreide aus der Hand, traf mit einem hörbaren Klicken auf dem Fußboden auf und verschwand. Nachdem sie mit den Armfächern ergebnislos danach gesucht hatte, wurde Mia nun ernstlich übel. Sie stöpselte das Touchpad aus, riss den Vorhang auf und trat aus der Kabine.

Sie schluckte sauren Speichel, nahm die Armfächer ab und legte sie weg. Sie pellte sich die Handschuhe in Streifen von den Händen und warf sie in den Recycler. Für einen ersten Versuch hatte das mehr als ausgereicht. Sollte sie je wieder Warshaws Palast betreten, würde sie ihre topmodernen Datenhandschuhe von der Arbeit und eine ordentliche Brille benutzen. Mia fühlte sich elend. Und merkwürdig enttäuscht. Und gründlich verarscht. Und todtraurig.

Schwer atmend bahnte sie sich einen Weg zwischen Stuarts' Gerätephalanx hindurch und versuchte, wieder einen klaren Kopf zu bekommen. Sie ging bis zu den neuen Geräten am anderen Ende des Schuppens. Dort machte sie kehrt und ging zurück. Jetzt fühlte sie sich wieder besser. Umhergehen tat ihr immer gut.

»Komm mit mir nach Europa«, sagte eine Frau. Mia blieb stehen.

»Wir haben keine Zeit für Europa. Und auch kein Geld«, knurrte ein Mann. Die beiden saßen auf einer Decke auf dem Boden, auf einem Gang zwischen den Geräten. Der Mann trug eine große wattierte Jacke, schmutzige Leggings und große Stulpenstiefel; er hatte sich eine glitzernde Cyberbrille in die Stirn geschoben. Die Frau war sehr eigenwillig gekleidet, mit einem zeltartigen braunen Poncho, an dem mittels Hosenträgern eine weite Faltenhose befestigt war. Beide waren mit einer CAD-Vorrichtung beschäftigt. Die Bedienungshandschuhe hatten sie ausgezogen, fläzten sich nun auf der Decke und verzehrten Plätzchen aus einer Papiertüte.

Beide wirkten ziemlich schmutzig. Sie redeten zu laut. Ihre Gesichter waren eigentümlich faltenlos und geschmeidig. Ihre Gesten waren abgehackt. Offenbar regten sie sich über irgendetwas auf.

Sie waren jung.

»In Stuttgart könnte man das Polymer innerhalb von sechs Tagen spinnen«, sagte das Mädchen. »Vielleicht sogar innerhalb von sechs Stunden.«

»Stuttgart ist keine gute Lösung. Hier haben wir wenigstens Kontakte.«

»Der alte Mann duldet uns hier vor allem deshalb, weil er uns beim Fummeln zuschauen will! Wir brauchen *lebendige* Menschen. Menschen wie wir. Einen Ort, wo es passiert. Nicht dieses Museum.«

»In Stuttgart würden wir es zu nichts bringen. Hast du eine Ahnung, wie hoch die Mieten in Stuttgart sind? Und außerdem, willst du damit sagen, wir wären nicht lebendig? Du und ich? Wir müssen auf unsere Art lebendig sein, dort, wo wir leben. Ansonsten wäre es bedeutungslos.«

Mia ging an ihnen vorbei und tat so, als höre sie ihnen nicht zu. Mr. Stuart stand hinter der Theke. Er wühlte gerade mit einem Multifunktionswerkzeug in den silbrigen Innereien eines kaputten Helms.

»Ich bin einstweilen fertig«, sagte Mia.

»Prima«, meinte Stuart gleichgültig und klemmte sich ein Cybermonokel ins Auge.

»Erzählen Sie mir von den beiden jungen Leuten dort drüben, die mit dem CAD-Gerät beschäftigt sind.«

Stuart starrte sie an, sein Monokel funkelte. »Machen Sie Witze? Was geht Sie das an?«

»Ich habe Sie schließlich nicht gefragt, in welche Netzwerke sie sich einklinken«, erklärte Mia. »Ich möchte bloß etwas über ihren persönlichen Hintergrund erfahren.«

»Ach so, kein Problem«, meinte Stuart erleichtert. »Die beiden sind in den Zwanzigern. Haben ständig irgendein kleines Projekt am Laufen, Sie wissen ja, wie das in dem Alter ist. Keinerlei Zeitgefühl, jede Menge überschüssige Energie, den Kopf in den Wolken. Sie machen Mode. Sie versuchen es.«

»Ach.«

»Kleider für andere junge Leute. Sie macht die Entwürfe, und er setzt sie um. Sie sind ein Team. Eine Jugendromanze. Ganz reizend.«

»Wie heißen sie?«

»Nach ihren Namen hab ich sie nicht gefragt.«

»Womit bezahlen sie die Zugangszeit?«

Stuart schwieg vielsagend.

»Vielen Dank«, sagte Mia. Sie ging wieder zurück, um eingehender zu lauschen. Die jungen Leute waren verschwunden. Mia zog ihre Geldkarte aus dem Automaten am Eingang. Viel war nicht mehr drauf, denn Stuart knöpfte Fremden irrsinnig hohe Gebühren ab. Sie eilte auf die Straße.

Der Junge und das Mädchen hatten Rucksäcke geschultert und gingen hügelan zu einer Bushaltestelle.

Als der Bus eintraf, stieg Mia ebenfalls ein. Das Pärchen nahm hinten Platz. Mia setzte sich in ihrer Nähe auf einen freien Platz auf der anderen Seite des Mittelgangs. Die beiden beachteten sie nicht. Junge Leute nahmen alte Menschen nicht gern zur Kenntnis.

»Diese Stadt«, verkündete das Mädchen, »langweilt mich zu Tode.«

»Klar«, meinte der Junge und gähnte.

»Mir ist *jetzt* langweilig«, sagte das Mädchen.

»Du sitzt in einem Bus«, erklärte der Junge mit grenzenloser Geduld. Er wühlte in seinem Rucksack.

Mia holte die Sonnenbrille aus der Handtasche, setzte sie auf und tat so, als blicke sie den Mittelgang entlang. Drei Hunde und zwei Katzen waren an Bord. Weiter vorne verzehrten zwei gut gekleidete Asiaten mit Essstäbchen ein Gericht aus Pappkartons.

Das Mädchen öffnete den Rucksack, holte eine Klapperschlange heraus und hängte sie sich um den Hals. Die Schlange war wunderschön. Die geschuppte Haut wirkte wie Mosaikboden, aus großer Höhe betrachtet. Als sie warme Haut berührte, regte sich die Schlange.

»Werd nicht high«, sagte der Junge.

»Ich werd schon nicht high. Snakey ist nicht geladen.«

»Dann lad sie auch nicht. Wenn wir uns streiten, wirst du immer high. Als wenn das eine Lösung wäre.« Der Junge holte einen Emaillekamm aus dem Rucksack und fuhr sich damit rastlos durchs Haar. »Außerdem würde die Schlange in Stuttgart blöd aussehen. In Stuttgart gibt es keine Klapperschlangen.«

»Wir könnten nach Prag gehen. Oder nach Mailand.« Das Mädchen spielte lustlos mit der Klapper der Schlange herum. »Hier ist es so öde. Nie passiert was. Schatz, ich fühl mich elend.« Sie ließ die Schlange los und zupfte an einer fettigen braunen Haarsträhne. »Wenn ich mich mies fühle, kann ich nicht arbeiten. Du weißt doch, dass ich dann nicht arbeiten kann!«

»Was soll ich mit dir machen, wenn du dich in Europa elend fühlst?«

»In Europa würde ich mich niemals elend fühlen.«

»Klar.«

»Du glaubst, ich wüsste nicht, was ich will«, meinte sie aufgebracht. »Das war schon immer dein Problem.«

»Du weißt nicht, was du willst, und du wirst es auch nie wissen«, fauchte er. »Du gehst mir auf den Geist.«

»Ich hasse dich«, verkündete das Mädchen. Sie stopfte die Schlange wieder in den Rucksack.

»Sie sollten nach Europa gehen«, sagte Mia laut.

Die beiden schauten verwirrt hoch. »Was?«, fragte das Mädchen.

»Sie sollten fortgehen. Einfach so.« Mias Herz setzte für einen Schlag aus, dann begann es zu rasen. »Sie sind sehr jung, aber Sie haben jede Menge Zeit. Gehen Sie für fünf Wochen nach Europa. Für fünf Monate. Für fünf Jahre. Fünf Jahre sind ein Klacks. Sie sollten gemeinsam nach Europa gehen, eine Ortsveränderung würde Ihnen gut tun.«

»Ich bitte um Verzeihung«, sagte der Junge. »Haben wir Sie nach Ihrer Meinung gefragt?«

Mia nahm die Sonnenbrille ab, blickte den beiden in die Augen.

»Lass sie in Ruhe«, meinte das Mädchen rasch.

»Irgendwann wäre es zu spät«, sagte Mia. »Wenn Sie zu lange warten, dann wissen Sie zu viel. Dann ist es überall gleich, ganz egal, wohin Sie gehen.« Sie brach in Tränen aus.

»Na toll«, murmelte der Junge. Er erhob sich, packte die Bambushaltestange. »Komm, wir gehen.«

Das Mädchen rührte sich nicht. »Wieso?«

»Komm schon, sie hat einen Anfall! Das geht uns nichts an. Wir haben auch so schon genug Probleme.«

»Sie sind noch nicht alt genug, um richtige Probleme zu haben«, entgegnete Mia. »Sie können noch eine Menge Risiken eingehen. Sie haben Kraft, und Sie sind frei. Nur zu, riskieren Sie etwas. Gehen Sie mit ihr nach Europa.«

Der Junge starrte sie an. »Sehe ich etwa aus wie jemand, der von fremden alten Damen, die in Bussen weinen, Karriereratschläge entgegennimmt?«

»Sie sehen aus wie … Sie erinnern mich an einen Mann, mit dem ich vor langer Zeit mal befreundet war«, sagte Mia. Ihre Stimme zitterte. Ihre Tränengänge schmerzten. Das Brennen erstreckte sich bis in die Nase.

»Sie gehen ziemlich großzügig mit Ratschlägen um. Wann sind *Sie* zum letzten Mal ein Risiko eingegangen?«

Mia rieb sich die brennenden Augen und schniefte. »Ich gehe im Moment ein Risiko ein.«

»Aber sicher doch,« meinte der Junge höhnisch. »Was für ein Risiko für eine Gerontokratin, sich über uns lustig zu machen! Schauen Sie sich doch einmal an – für Sie stehen die Ambulanzen doch rund um die Uhr bereit! Sie haben alle Vorteile auf Ihrer Seite! Und was haben wir?«

Er funkelte sie aggressiv an. »Wissen Sie was, Madam, auch wenn ich erst zweiundzwanzig bin, ist mein Leben doch ebenso real und lebenswert wie Ihres! Halten Sie uns etwa für *dumm,* bloß weil wir jung sind? Sie wissen nicht annähernd genug, um uns Ratschläge erteilen zu können – Sie wissen gar nichts von uns, von unserem Leben, unseren Lebensumständen oder von sonst irgendwas. Sie blicken bloß auf uns herab.«

»Nein, das tut sie nicht«, sagte das Mädchen.

»Sie wollen uns bevormunden!«

»Ach, das tut sie doch gar nicht! Sieh mal, sie weint, sie meint es ernst!«

»Sie sind unverschämt!«

»Hör auf, die nette Dame zu beleidigen! Sie hat vollkommen Recht, mit jedem einzelnen Wort!«

Der Bus hielt. »Ich steige aus«, verkündete der Junge. »Ich kann es nicht ausstehen, wenn alte Leute meine Erfahrung in Zweifel ziehen.«

»Dann geh doch«, sagte das Mädchen, verschränkte die Arme vor der Brust und ließ sich gegen den Sitz zurückfallen. Der Junge stutzte. Sein Gesicht lief rot an. Er schulterte den Rucksack und stürmte mit polternden Stiefeln die Stufen hinunter.

Der Bus setzte sich wieder in Bewegung.

»Es tut mir Leid«, sagte Mia demütig.

»Das braucht es nicht«, meinte das Mädchen. »Ich hasse ihn! Er engt mich ein! Er glaubt, er könnte mir Vorschriften machen.«

Mia schwieg.

Das Mädchen runzelte die Stirn. »Ich habe noch nie öfter als zweimal mit einem Mann geschlafen, ohne dass er geglaubt hätte, mir Vorschriften machen zu können!«

Mia schaute hoch. »Wie alt sind Sie?«

Das Mädchen reckte das Kinn. »Neunzehn.«

»Wie heißen Sie?«

»Brett«, erklärte das Mädchen. Sie log. »Und Sie?«

»Maya.«

Brett kam zu Mia herüber und setzte sich neben sie. »Freut mich, Sie kennenzulernen, Maya.«

»Freut mich ebenfalls, Brett.«

»Ich gehe nach Europa«, verkündete Brett. Sie wühlte wieder in ihrem Rucksack. »Wahrscheinlich nach Stuttgart. Das ist die bedeutendste Kunstmetropole. Waren Sie schon einmal in Stuttgart?«

»Ich war ein paarmal in Europa. Aber das ist schon ein paar Jahre her.«

»Waren Sie in Stuttgart, seit es wiederaufgebaut wurde?«

»Nein.«

»Waren Sie schon mal in Indianapolis?«

»Einmal mittels Telepräsenz. Indianapolis scheint mir ein unsicheres Pflaster zu sein.«

Brett bot Mia ein Papiertaschentuch an. Mia nahm es dankbar entgegen und putzte sich die Nase. Ihre Tränengänge waren außer Übung. Sie fühlten sich wund an und brannten.

Brett musterte sie mit unverhohlener Neugier. »Sie waren in letzter Zeit nicht mehr viel unterwegs, nicht wahr, Maya?«

»Nein. Das kann ich wirklich nicht behaupten.«

»Möchten Sie mich ein Stück begleiten? Vielleicht könnte ich Ihnen das eine oder andere zeigen. Hätten Sie Lust?«

Mia war überrascht und gerührt. Die Einladung traf sie unvorbereitet, doch das Mädchen wollte ihr einen Gefallen tun. »Ja, einverstanden.«

Brett stieg an der nächsten Haltestelle aus. Sie spazierten gemeinsam die Filmore Street entlang. Der Straßenrand war dicht mit Bäumen bestanden. Eine Giraffe weidete methodisch das Laub ab. Mia war überzeugt davon, dass die Giraffe vollkommen harmlos war, doch sie war das größte Stadttier, dem sie in San Francisco jemals begegnet war. Ein ziemlich exotisches Tier. Irgendjemand vom Stadtrat hatte Initiative gezeigt.

Brett schlenderte zunächst, dann zog sie allmählich das Tempo an. »Sie sind ziemlich gut zu Fuß«, sagte Brett. »Wie alt sind Sie eigentlich?«

»Beinahe hundert.«

»Das sieht man Ihnen nicht an. Sie müssen verdammt smart sein.«

»Ich war bloß vorsichtig.«

»Leiden Sie beispielsweise an Arthritis, Inkontinenz oder irgendwelchen anderen seltsamen Gebrechen?«

»Ich habe einen empfindlichen Vagus«, antwortete Mia. »Nachts bekomme ich schon mal Krämpfe. Und ich habe Hornhautverkrümmung.« Sie lächelte. Das war ein interessantes Thema. Sie erinnerte sich noch an Zeiten, als Fremde miteinander über das Wetter geplaudert hatten.

»Haben Sie einen Freund?«

»Nein.«

»Weshalb nicht?«

»Vor langer Zeit war ich mal verheiratet. Als es vorbei war, erschien mir dieser Aspekt des Lebens nicht mehr so wichtig.«

»Welcher Aspekt *ist* denn wichtig?«

»Verantwortung.«

»Das klingt nicht sonderlich aufregend.«

»Es ist nicht aufregend, aber wenn man keine Verantwortung übernimmt, achtet man nicht genug auf sich. Man wird krank und verfällt.« Diese Binsenwahrheit musste in den Ohren eines jungen Menschen ziemlich fatalistisch, sinnlos und morbid klingen. »Wenn man sehr lange lebt«, fuhr Mia fort, »verändert sich alles. Das Gefüge der Welt, die Politik, die Wirtschaft, die Religion, die Kultur und alles andere. Für diese Veränderungen war man mitverantwortlich, sie haben einem genützt, man hat sie selbst mitbewirkt. Man muss sich sehr anstrengen, um den Ansprüchen der Gesellschaft gerecht zu werden. Ein guter Bürger zu sein, erfordert eine Menge Arbeit und große Opfer.«

»Klar«, sagte Brett und lachte. »Das hatte ich ganz vergessen.«

Brett führte sie in eine Mall – eine Ansammlung von Ramschläden in der Nähe der Haight Street. Eine Menge Leute waren da, ruhten sich auf den Bänken aus, betrachteten die Schaufenster, tranken Tinkturen in einem Café. Zwei Cops in pinkfarbenen Jacken beobachteten von ihren Fahrrädern aus die Menge. Mia ertappte sich dabei, dass sie zum erstenmal seit vielen Jahren vom Police Officer mit einem misstrauischen Blick bedacht wurde.

»Kennen Sie sich in diesem Viertel aus?«, fragte Brett.

»Klar. Sehen Sie den Sammlerladen dort drüben? Da gibt es Medienkrimskrams, hin und wieder kaufe ich dort alte Verpackungen.«

»Wow«, wunderte sich Brett, »ich hab mich immer gefragt, was für Leute in diesem komischen alten Laden wohl einkaufen würden ...«

Brett betrat ein dunkles, winziges Geschäft, ein Loch in der Wand mit einer Rotholzfront. Dort gab es Teppiche, Decken und billigen Schmuck. Mia war in ihrem ganzen Leben noch nicht in einem solchen Laden gewesen. In der Luft hing ein kräftiger, nahezu erstickender

Geruch nach Vanillespray. Die Wände waren mit tiefgrünem Moos überwachsen.

Auf der Glasfläche der Ladentheke schlief eine Tigerkatze, alle Viere von sich gestreckt. Menschen waren keine zu sehen. Brett steuerte schnurstracks auf ein Kleidergestell in einem Winkel zu. »Schauen Sie … das ist von mir.«

»Das alles?«

»Nein, nicht alles«, sagte Brett, eifrig in den Kleidern wühlend, »aber das ist von mir und das da und das da … Das heißt, von mir stammt der Entwurf, Griff hat ihn umgesetzt.« Aus der Zornesfalte auf Bretts ansonsten glatter Stirn schloss Mia, dass Griff ihr Freund war. »Mr. Quiroga, der älter ist als wir, ist der Besitzer. Wir haben eine Art Vereinbarung mit ihm.«

»Die Entwürfe sind sehr interessant«, meinte Mia. Sie waren ausgesprochen eigenwillig.

»Gefallen sie Ihnen wirklich?«

»Aber sicher doch.« Mia nahm eine rote Jacke vom Bügel. Sie war aus bauschigem, gesponnenem Plastik und fühlte sich an wie eine Mischung aus Leder, Segeltuch und weicher Kaumasse. Der Großteil der Jacke war bonbonrot, doch an Ellbogen, Kragen und Saum waren große dunkelblaue Flicken angebracht. Sie hatte eine Menge Taschen mit dicken Knöpfen und eine wasserdichte rote Kapuze, die im dicken Kragen untergebracht war.

»Sehen Sie, wie gut sie die Form hält?«, prahlte Brett. »Außerdem benötigt sie nicht einmal Batterien. Das kommt alles vom Schnitt und vom Material. Und vom Elastizitätsmodul der Faser.«

»Woraus besteht sie?«

»Aus Elastomeren und Polymeren. Und ein wenig Webkeramik für die beanspruchten Teile. Sehen Sie, man kann die Jacke bei jedem Wetter tragen, genau das Richtige für eine Reise! Probieren Sie sie mal an!«

Mia steckte die Arme in die wattierten Ärmel. Brett zupfte an den Schultern, dann schloss sie den Reißverschluss bis ans Kinn. »Passt großartig!«, erklärte Brett. Davon konnte keine Rede sein. Mia hatte das Gefühl, man habe sie in einen monströsen Obstkuchen gestopft.

Mia trat vor einen schmalen Ganzkörperspiegel, der in einem anderen Winkel untergebracht war. Darin erblickte sie eine Fremde in einer grellbunten Jacke. Maya, die Lebkuchenfrau. Sie setzte die Sonnenbrille auf. Mit der Brille wirkte sie bei der düsteren Beleuchtung beinahe jung – wie eine sehr müde, aufgedunsene, kränkliche junge Frau in einer grotesken Kinderjacke. Mit unglaublich adretten, konservativen Hosen und Schuhen.

Mia fuhr sich durchs Haar, schüttelte den Kopf und zerstörte dabei ihre Frisur.

»So ist es besser«, sagte sie mit Blick in den Spiegel.

Brett lachte überrascht.

»Eine wirklich hübsche Jacke. Was brauche ich eigentlich sonst noch?«

»Bessere Schuhe«, meinte Brett ganz ernsthaft. »Einen Rock. Lange Ohrringe. Keine Handtasche, stattdessen einen Rucksack. Echten Lippenstift, nicht dieses medizinische Zeugs für kleine alte Damen. Nagellack. Haarspangen. Halsketten. Keinen Gürtel. Keinen BH, wenn's irgend geht. Und vor allem keine *Uhr.*« Sie zögerte. »Und schwenken Sie beim Gehen ein bisschen mehr die Hüften. Legen Sie ein wenig Schwung hinein.«

»Das ist schon eine ganze Menge.«

Brett zuckte die Achseln. »Wenn man lebendig wirken will, kommt es vor allem darauf an, was man *nicht* kaufen und *nicht* tun darf.«

»Für diese Art Leben habe ich nicht mehr die richtigen Wangenknochen«, sagte Mia. »Ich rede zu langsam. Ich gestikuliere nicht genug. Ich kichere nicht. Würde ich zu tanzen versuchen, hätte ich eine Woche lang Schmerzen.«

»Sie brauchen nicht zu tanzen. Wenn Sie wollen, mache ich einen richtig lebendigen Menschen aus Ihnen. Darin bin ich ziemlich gut. Dazu habe ich Talent. Das sagt jeder.«

»Ich bin sicher, dass Sie das könnten, Brett. Aber weshalb sollte ich es wollen?«

Brett wirkte geknickt. Es versetzte Mia einen Stich, das Mädchen enttäuscht zu haben. Es war, als habe sie auf der Straße ein kleines Kind geohrfeigt. »Ich will die Jacke haben«, sagte Mia. »Sie gefällt mir, ich möchte Sie Ihnen abkaufen.«

»Ist das Ihr Ernst?«

»Ja, natürlich.«

»Könnten Sie mir Erwachsenengeld dafür geben?«

»Wie bitte?«

»Ich meine, richtiges Geld aus einer Langzeitanlage«, erklärte Brett. »Beglaubigtes Geld.«

»Aber beglaubigtes Geld ist nur für spezielle Transaktionen gedacht. Wie Lebensverlängerung, Kapitalgeschäfte, Pensionen, halt solche Sachen.«

»Nein, das stimmt nicht. Beglaubigtes Geld ist das wahre Geld der wahren Wirtschaft. Die Art Geld, die Leute wie Griff und ich niemals in die Hände bekommen.« Bretts Jungmädchenaugen – von einem warmen Haselnussbraun, die Augäpfel so weiß und klar, dass sie nahezu künstlich wirkten – verengten sich. »Sie brauchen mir nicht viel *richtiges* Geld zu geben. Ich wäre schon glücklich, wenn ich nur *ein bisschen* beglaubigtes Erwachsenengeld hätte.«

»Ich würde Ihnen ja was geben«, sagte Mia, »aber es geht nicht. Natürlich verfüge ich über beglaubigtes Kapital, das auf meinen Namen eingetragen ist, aber das ist alles in langfristigen Anlagen gebunden, wie es auch sein sollte. Niemand nutzt diese finanziellen Instrumente für Alltagsgeschäfte wie zum Beispiel den Erwerb von Kleidung oder Nahrungsmitteln. Was haben Sie denn gegen eine Geldkarte einzuwenden?«

»Ohne beglaubigtes Kapital kann man kein richtiges Geschäft aufmachen«, sagte Brett. »Dann muss man sich mit allen möglichen Steuer-, Versicherungs- und Haftungsproblemen herumschlagen. Das ist alles Teil der großen Verschwörung, um die jungen Leute klein zu halten.«

»Nein, das stimmt nicht«, entgegnete Mia. »Sondern es dient der Geldstabilität und der Verminderung der Liquidität auf den Kapitalmärkten. Das ist ein sehr ödes und kompliziertes Thema, Brett, aber zufällig bin ich Medizinökomin und kenne mich ein wenig damit aus. Hätten Sie miterlebt, was in den Zwanzigern, Vierzigern und selbst noch in den Sechzigern auf den Märkten los war, wüssten Sie die heutigen zeitbasierten Beschränkungen der Kapitalflüsse zu schätzen. Sie haben gute Auswirkungen gehabt, das Leben ist jetzt viel vorhersagbarer. Die ganze Struktur des medizinisch-industriellen Komplexes beruht auf verlässlichen Bewilligungsprozeduren und abgestufter Reduzierung der Liquidität.«

Brett zuckte die Achseln. »Ach, schon gut, schon gut … Ich wusste, dass Sie mir nichts geben würden, aber ich musste es trotzdem versuchen. Sie sind mir hoffentlich nicht böse.«

»Nein, schon gut. Ich bin Ihnen nicht böse.«

Brett blickte sich im Laden um, verzog die glänzenden Lippen zu einem affektierten Lächeln. »Mr. Quiroga ist nicht da. Wahrscheinlich hat er wieder Sozialdienst. Er soll den Laden führen, aber wenn man ihn braucht, ist er nicht da … Wahrscheinlich bekommt er mehr Behandlungspunkte von der Regierung, wenn er uns jungen Leuten nachspioniert … Können Sie mir fünfzehn Einheiten dafür geben? In bar?«

Mia holte die Minibank aus der Handtasche, übertrug fünfzehn Einheiten auf die Smartcard und reichte sie Brett.

Brett verstaute die Karte sorgfältig in der Rucksacktasche und entfernte einen kaum sichtbaren Anhänger vom roten Jackenärmel. Sie schob den Anhänger unter die schlafende Katze, die einmal reflexhaft miaute. »Also, vielen Dank, Mia. Griff wird sich mächtig freuen, dass ich was verkauft habe. Das heißt, falls ich Griff jemals wiedersehe.«

»Wollen Sie ihn denn wiedersehen?«

»Ach, er wird sich schon bei mir melden. Er wird mir Honig ums Maul schmieren und sich entschuldigen und alles, aber er ist nicht gut für mich. Er ist intelligent, aber dumm, wenn Sie verstehen, was ich meine. Er wird es nie zu was bringen. Er wird auch niemals von hier fortgehen.« Brett war rastlos. »Gehen wir.«

Sie traten aus der Mall auf die Pierce Street hinaus. Ein Polizei-Pekinese mit einem pinkfarbenen Halsband kam den Hügel heruntergewackelt. Brett blieb stocksteif stehen und starrte den kleinen Hund voll unverhohlener Feindseligkeit an. Als der Hund sie passiert hatte, ging sie weiter.

»Ich könnte heute Abend noch aufbrechen«, erklärte Brett und schwang die jungen, makellosen Arme unter dem Poncho. »Einfach einen Flieger nach Stuttgart besteigen. Nein, besser nicht nach Stuttgart, da wäre es zu voll. Lieber eine andere Stadt in Europa. Vielleicht Warschau. Flugzeuge sind wie Busse. Kaum jemand macht sich die Mühe nachzuprüfen, ob man bezahlt hat.«

»Das wäre unredlich«, sagte Mia mit sanftem Vorwurf.

»Ich würde schon damit durchkommen! Wenn man den Nerv dafür hat, ist es ganz leicht.«

»Was würden Ihre Eltern sagen?«

Brett lachte bitter. »Ich würde mich in Stuttgart nicht

untersuchen lassen. Ich würde mich in Europa versteckt halten, und ich würde mich erst wieder untersuchen lassen, wenn ich zurück bin. In Europa gibt es keine medizinischen Aufzeichnungen über mich. Niemand könnte mich finden. Ich könnte heute Abend noch losfliegen. Niemand würde was merken.«

Sie gingen bergan, und Mia brannten die Knöchel. »Ohne offizielle Dokumente könnten Sie in Europa kaum etwas ausrichten.«

»Die Leute reisen doch ständig umher! Solange man keinen wichtigen Eindruck macht, kann man sich alles erlauben.«

»Wie denkt Griff darüber?«

»Griff hat keine Phantasie.«

»Und wenn er nach Ihnen sucht?«

Bretts Miene umwölkte sich. »Dieser Mann, mit dem Sie mal befreundet waren. Ihr Geliebter. War er Griff wirklich so ähnlich?«

»Schon möglich.«

»Was ist aus ihm geworden?«

»Er wurde heute bestattet.«

»Ach«, meinte Brett. »Allmählich dämmert es mir.« Sie berührte leicht Mias wattierte Schulter. »Jetzt hab ich's kapiert. Tut mir Leid.«

»Schon gut.«

Eine Weile gingen sie schweigend weiter. Mia atmete schwer. Dann brach Brett das Schweigen. »Ich wette, Sie haben ihn insgeheim bis zuletzt geliebt.«

»Nein. So war es nicht.«

»Aber Sie waren heute bei seinem Begräbnis.«

»Ja, schon.«

»Also, ich wette, tief in Ihrem Innern haben Sie ihn die ganze Zeit geliebt.«

»Ich weiß, das würde romantisch wirken«, sagte Mia, »aber so war es nicht. Jedenfalls nicht für mich. Ich habe ihn nicht halb so sehr geliebt wie einen besseren Mann, den ich später kennengelernt habe und an den ich jetzt auch kaum mehr denke. Obwohl ich fünfzig Jahre lang seine Frau war.«

»Nein, nein, nein«, beharrte Brett aufgekratzt, »ich wette, dass Sie zu Sylvester Mnemos nehmen und Alkohol trinken, an Ihre alten Freunde denken und weinen.«

»Alkohol ist Gift«, sagte Mia. »Und Mnemos machen bloß Probleme. Aber junge Frauen glauben eben, alte Frauen würden sich so verhalten. Posthumane Frauen sind ganz anders. Wir sind weder traurig noch nostalgisch. Richtig alte Frauen, die noch gesund und rüstig sind – die sind bloß anders. Wir ... wir kommen darüber hinweg.« Sie stockte. »Richtig alte Männer, jedenfalls manche von ihnen ...«

»Aber er kann Ihnen nicht vollständig gleichgültig gewesen sein, sonst hätten Sie im Bus nicht um ihn geweint.«

»Ach, um Himmels willen«, sagte Mia. »Das galt nicht ihm, das betraf die allgemeine Situation! Die menschliche Situation! Die posthumane Situation ... Wenn ich über den Verlust meines Liebeslebens geweint hätte, wäre ich mit Ihrem Freund ausgestiegen, nicht mit Ihnen.«

»Sehr komisch«, sagte Brett und warf Mia einen eifersüchtigen Blick zu. Sie wurde schneller, ihre elastischen Sohlen quietschten auf dem Pflaster.

»Ich wollte damit keinesfalls andeuten, dass ich versucht hätte, Ihnen den Freund abspenstig zu machen«, sagte Mia sehr vorsichtig. »Ich glaube, er sieht verdammt gut aus, aber das steht nicht besonders weit oben auf meiner Prioritätenliste.«

Sie überquerten den Mittelstreifen. »Ich weiß, weshalb Sie das gesagt haben«, meinte Brett mürrisch, als sie einen halben Block weiter waren. »Ich wette, Sie würden sich richtig gut fühlen, wenn Sie mir einen gut gemeinten Erwachsenenrat geben und mir vielleicht eine Jacke kaufen könnten, und wenn ich zu Griff zurückkehrte und wir gemeinsam nach Europa gingen und uns genau so verhielten, wie ein junges Liebespaar sich verhalten sollte.«

»Weshalb sind Sie so misstrauisch?«

»Ich bin nicht misstrauisch. Ich bin bloß nicht naiv. Ich weiß, Sie glauben, ich wär ein kleines Mädchen, ein neunzehnjähriges kleines Mädchen. Ich bin vielleicht nicht reif, aber ich bin eine Frau. Ich bin sogar eine gefährliche Frau.«

»Ach, wirklich.«

»Ja.« Brett ruckte mit dem Kopf. »Ich habe Wünsche, die dem Status quo zuwiderlaufen, verstehen Sie.«

»Das klingt ziemlich ernsthaft.«

»Und es macht mir nichts aus, andere Menschen zu verletzen, wenn ich dazu gezwungen bin. Hin und wieder tut ihnen das sogar gut. Verletzt zu werden. Ein wenig schockiert zu werden.« Bretts hübsches junges Gesicht nahm einen eigentümlichen Ausdruck an. Nach einer Weile wurde Mia bewusst, dass Brett sich bemühte, verrucht und verführerisch zu wirken. Dabei wirkte sie so durchtrieben wie ein Kätzchen in seinem Korb.

»Ich verstehe«, sagte Mia.

»Sind Sie reich, Mia?«

»Könnte man so sagen«, antwortete Mia. »Ja. Ich bin wohlhabend.«

»Wie haben Sie das geschafft?«

»Durch regelmäßiges Einkommen, niedrige Ausgaben, Grundbesitz und langes Warten.« Mia lachte. »Auf diese Weise können selbst unbelebte Objekte reich werden.«

»Mehr brauchten Sie nicht zu tun?«

»So leicht, wie sich das anhört, ist es nicht. Die niedrigen Ausgaben sind das schwerste. Es ist leicht, Geld zu verdienen, aber es ist schwer, das Geld nicht auf der Stelle auszugeben.«

»Besitzen Sie ein großes Haus, Mia?«

»Ich habe eine Wohnung in der Parnassus Street. Am Gesundheitszentrum. Eigentlich ist es gar nicht weit von hier.«

»Haben Sie dort viel Platz?«

Mia zögerte. »Sie möchten bei mir schlafen, wollen Sie darauf hinaus?«

»Darf ich, Mia? Nehmen Sie mich mit? Bloß für eine Nacht. Ich schlafe auf dem Boden, daran bin ich gewöhnt. Ich will bloß nicht von Griff gefunden werden, verstehen Sie. Ich brauche ein bisschen Ruhe, um über alles nachzudenken. Bitte sagen Sie ja, Sie würden mir einen großen Gefallen tun.«

Mia überlegte. Sie würde sich vielleicht eine Menge Ärger einhandeln, doch aus irgendeinem Grund schreckte sie der Gedanke nicht ab. Sie hatte eine so intensive Beziehung zu dem Mädchen entwickelt, dass sie eine beinahe abergläubische Scheu davor hatte, die Verbindung jetzt abzubrechen. Sie war sich nicht sicher, ob sie Brett mochte und ob sie ihrem eigenen neunzehnjährigen Ich wiederbegegnen wollte. Aber trotzdem: neunzehn Jahre alt! Sie brachte es nicht über sich, Brett den Wunsch abzuschlagen. »Sind Sie hungrig, Brett?«

»Ich könnte was vertragen.« Auf einmal war Brett wieder guter Dinge.

»Es ist hier so ordentlich und sauber«, sagte Brett, als sie beinahe auf Zehenspitzen durch Mias Wohnung schlich. »Sieht es hier immer so aus?«

Mia machte sich in der Küche zu schaffen. Eigentlich war sie kein besonders ordentlicher Mensch, doch in den Siebzigern war ihre Unordentlichkeit von ihr abgefallen. Sie war aus dem Durcheinander einfach herausgewachsen, so wie ein Kind die Milchzähne verliert. Von da an wusch Mia das Geschirr ab, machte stets das Bett, hob herumliegende Sachen auf und räumte sie weg. Auf diese Weise lebte es sich leichter, und es kam ihr auch vernünftiger vor. Schmutz und Unordnung vermittelten ihr nicht mehr das Gefühl von Lockerheit, Freiheit oder Spontaneität. Siebzig Jahre hatte sie gebraucht, um zu lernen, hinter sich aufzuräumen, doch nachdem sie es einmal verinnerlicht hatte, konnte sie nicht mehr davon ablassen.

Sie wusste nicht, wie sie Brett das erklären sollte. Ein solch tiefgreifender Persönlichkeitswandel wäre einer Neunzehnjährigen niemals begreifbar gewesen. Hier war eine Halbwahrheit eher angebracht. »Zweimal die Woche kommt eine Sozialarbeiterin vorbei.«

»Mann, wie lästig.« Brett betrachtete einen gerahmten Verpackungskarton. »Was ist denn *das?*«

»Ein Stück aus meiner Sammlung. Das ist die Verpackung eines Computerspiels aus dem zwanzigsten Jahrhundert.«

»Was, dieses riesige silberne Wesen mit den Fangzähnen und Muskeln und all den Kriegsmaschinen und so?«

Mia nickte. »Das war eine Art von Virtualität, aber sie war flach und langsam und wurde in einem Glaskasten dargestellt.«

»Weshalb sammeln Sie dieses Zeug?«

»Es gefällt mir.«

Brett war noch nicht überzeugt.

Mia lächelte. »Es gefällt mir wirklich! Ich mag es, weil es einerseits so high-tech-mäßig ultrafortschrittlich tut und andererseits so gewalttätig und derb daherkommt. Das Design und die Vermarktung haben eine Menge Geld gekostet, denn damals hat es die Leute beeindruckt, wenn man viel Geld ausgegeben hat. Trotzdem wirkt es dilettantisch und plump. Von dem Spiel gab es mal Tausende von Kopien, jetzt aber sind sie vergessen. Ich mag es, weil sich nur wenige Leute für diesen altmodischen Schund interessieren. Wenn ich mir dieses

Bild anschaue und darüber nachdenke – wo es herkam und was es bedeutet –, also, dann fühle ich mich mir selbst irgendwie näher.«

»Ist es sehr wertvoll? Jedenfalls sieht es grässlich aus.«

»Der Karton wäre wertvoll, wenn das Spiel noch drin wäre. Es leben noch ein paar Leute, die das Spiel in ihrer Jugend gespielt haben. Manche von ihnen sind vernarrt in Museumsstücke, sie horten die uralten Rechner, Disketten, Kassetten, Kathodenstrahlröhren, alles. Sie kennen sich alle durchs Netz und verkaufen einander originalverpackte Spiele. Zu hohen Sammlerpreisen. Aber der Karton allein? Nein. Der ist nicht viel wert.«

»Sie spielen nicht?«

»Gott bewahre. Es ist verdammt schwer, die Spiele zum Laufen zu bringen. Außerdem sind sie fürchterlich.«

Sie aßen Faserfettucin mit Proteinwürfeln in Bratensoße, dazu grüne Kohlehydratflocken. »Das schmeckt wirklich köstlich«, sagte Brett, die eifrig zulangte. »Ich weiß gar nicht, weshalb sich jedermann über medizinische Diät beklagt. So wie Sie es anrichten, schmeckt es richtig gut. Der Geschmack ist so subtil. Viel besser als pflanzliche und tierische Nahrung.«

»Danke.«

»Ich habe bis zum Alter von fünf Jahren bloß Spezialkost gegessen«, prahlte Brett. »Damals war ich so stark wie ein Pferd, ich war kein einziges Mal krank. Ich konnte Klimmzüge machen und den ganzen Tag rumlaufen, ich konnte alle Kinder, die von Milch und solchem Zeug lebten, zusammenschlagen! Und Gemüse! Wer kleinen Kindern Gemüse gibt, den sollte man bestrafen. Haben Sie jemals Gemüse gegessen?«

»Seit fünfzig Jahren nicht mehr. Ich glaube, inzwischen ist es verboten, Kindern Gemüse zu geben. Jedenfalls in Kalifornien.«

»Das Zeug ist *ekelhaft*. Besonders der Spinat. Mais ist auch widerlich. Diese großen gelben Körner mit all den kleinen *Samen* darauf ...« Brett schauderte.

»Haben Sie jemals Eier gegessen? Eier enthalten eine Menge Cholesterin.«

»Tatsächlich? Keine Ahnung, vielleicht hab ich mal eins in einem Nest gefunden und gegessen.« Brett lächelte zufrieden und schob den leeren Teller weg. »Sie sind eine richtig gute Köchin, Maya. Ich wünschte, ich könnte kochen. Mit Tinkturen kenne ich mich besser aus. Sie haben doch bestimmt ein richtig großes Bad, nicht wahr? Könnte ich vielleicht ein Bad nehmen? Hätten Sie was dagegen?«

»Weshalb sollte ich?«

»Anschließend wollen Sie es vielleicht desinfizieren.«

»Oh. Also, ich bin da sehr modern, Brett, damit komme ich klar.«

»Ist gut.«

Während Brett badete, sammelte Mia ihre Sachen auf, bestrahlte sie hygienehalber mit Mikrowellen, wusch und trocknete sie. Die Schuhe mit den elastischen Sohlen sahen aus, als würden sie beim Sterilisieren schmelzen oder platzen, daher rührte Mia sie nicht an. Die Schuhe verströmten einen starken Geruch. Eigentlich war er gar nicht so unangenehm, aber es hatten längere Zeit bloße Füße drin gesteckt, und jetzt labte sich irgendeine Bakterienart in der feuchten Wärme.

Brett kam aus dem Bad, ein Handtuch um den Leib geschlungen. »Sie möchten das Handtuch bestimmt sterilisieren«, sagte sie reumütig und reichte es Mia. Brett war überall behaart. In den Achselhöhlen, an der Scham, um die Brustwarzen. Seidig glänzendes menschliches Fell. Die Wirkung des vielen Haars war erstaunlich sittsam und nüchtern. Brett wirkte kaum verlegen; sie setzte sich nackt und behaart auf den Teppichboden und wühlte in ihrem Rucksack.

»Das war wundervoll«, sagte sie. »Baden ist wundervoll. Seit vier Wochen schlafe ich in einem Zelt.«

»In einem Zelt, ach wirklich? Wie abenteuerlich.«

»Ja, hauptsächlich unter den Bäumen im Buena Vista Park. Das heißt, vor allem *in* den Bäumen, in einer Hängematte. Von dort hat man eine großartige Aussicht auf die Stadt. Wir waschen uns in öffentlichen Toiletten und essen aus Pappkartons, so kann man wirklich billig leben. Aber jetzt wird es allmählich zu kalt dafür.«

»Ist das nicht gefährlich?«

Brett zuckte die Achseln. »Das hier ist San Francisco! Die halbe Bevölkerung ist beim Sozialdienst. Niemand belästigt einen. Was sollte man mir schon antun, mich ausrauben? Meine Kleider sind alle in Läden untergebracht, und die Entwürfe existieren bloß virtuell.« Sie nahm eine kleine Plastikflasche aus der Rucksacktasche, dann holte sie die Klapperschlange heraus.

Sie klappte das strahlend weiße Gebiss des trägen Tieres auseinander und drückte die Giftzähne nacheinander durch ein kleines Loch in der elastischen Spitze des Fläschchens. Dann drückte sie mit dem flachen Daumen auf den eingedellten, geschuppten Kopf. Als die Zähne geladen waren, stopfte sie die Schlange wieder in den Rucksack. Sodann holte sie ein Metallröhrchen mit Schnappverschluss hervor. Sie nahm eine Art Wachsstift aus dem Röhrchen und rieb sich damit sorgfältig die Zwischenräume der Zehen ein.

»Das ist Fußwachs«, erklärte sie. »Lebendige, aber nicht vermehrungsfähige Bakterien. Sie fressen den Schmutz und den Schweiß und so, damit sich dort keine Pilze entwickeln.«

»Sehr praktisch.«

»Man muss schließlich sehen, wie man zurechtkommt! Man kann schließlich nicht alles stehen und liegen lassen und anfangen, unter Bäumen und Brücken zu schlafen. Wenn man's richtig anfängt, gehört eine ganze Menge Know-how dazu. Das ist eine Kunst.« Brett bearbeitete ihre pelzigen Achselhöhlen mit einem Deoroller.

»Wo verwahren Sie eigentlich Ihre überzähligen Klamotten?«

Brett stutzte. »Ich bin ein Profi! Wenn ich neue Sachen brauche, lasse ich sie mir einfach realisieren.« Sie holte ein kleines Netzgerät hervor und zupfte sich mit Blick in den hochgeklappten spiegelnden Bildschirm die Augenbrauen.

Mia räumte derweil das Geschirr ab. »Wie wär's mit Nachtisch?«

»Nein, danke.«

»Möchten Sie was zum Anziehen? Ich könnte Ihnen was borgen.«

»Ach, es geht schon. Es ist warm hier.«

»Dann vielleicht einen Aufguss?«

»Können Sie heiße Schokolade machen?«

»Klar. Kakao wäre prima.« Mia holte das Tinkturenset und machte sich daran, die Katalysatoren und Enzyme neu zu mischen. Dünne Leitungen aus bernsteinfarbenem Polyvinyl und Stahllegierung. Vergoldete Ringe. Emaillierte Klammern. Osmosemembranen. Mischbehälter und Filter und durchsichtige, mit Schläuchen versehene Kammern. Schritt-für-Schritt-Anleitungen. Es hielt die Hände beschäftigt, wenn man sich mit jemandem unterhielt.

Brett holte die Schlange hervor und versetzte ihr einen Schlag auf den Kopf. Die Schlange zuckte zurück und ließ ein zorniges Rasseln vernehmen. Brett hielt ihr den rechten Unterarm hin. Der Kopf der Schlange schnellte vor, und die Zähne gruben sich in Bretts Fleisch.

Brett löste die Schlange behutsam und täschelte sie beruhigend. Sodann tupfte sie Salbe auf die beiden Bissmale. Ein kleines Blutrinnsal trat hervor. »Uff«, machte sie.

»Was haben Sie sich verabreicht?«

»Oh, der Frau, von der ich das Zeug habe, musste ich versprechen, es niemandem zu sagen«, antwortete Brett selbstgefällig. »Es vermittelt mir Sicherheit und Geborgenheit, wenn ich an fremden Orten schlafe … Ich fühle mich gut davon, aber es tut mir nicht wirklich gut. Deshalb achte ich darauf, dass es jedes Mal ein bisschen weh tut. Wenn man ungesunde Sachen macht und es vermeidet, dass sie weh tun, dann ist man auf dem besten Wege, sich große Schwierigkeiten einzuhandeln.«

»Ein Schlangenbiss birgt sicher ein hohes Infektionsrisiko.«

»Was, eklige warmblütige Keime aus einem hübschen Kaltblütermaul? Das kann ich mir nicht vorstellen. Snakey ist schnell und sauber. Sie ist mein guter Freund im Rucksack … Man braucht halt besondere Dinge. Und besondere Freunde.« Brett blinzelte, die Lider wurden ihr schwer. Sie lächelte.

Sie tranken Kakao. Brett schlief ein.

Mia deckte Brett zu und zog sich in ihr schmales Bett zurück. Sie schob das Überdruckzelt beiseite, zog die Decke hoch bis ans Kinn und ließ die Gedanken schweifen. Ihr kleines Schlafzimmer machte einen leblosen, leeren Eindruck, ähnlich der papierenen Hülle eines verlassenen Wespennests.

Tagsüber hatte sie die Gedanken an die Bestattung verdrängt, jetzt aber, da es dunkel und still war, stahl sich das Wissen um ihre eigene Sterblichkeit wieder in ihr Bewusstsein. Mit unerbittlicher Klarheit und Genauigkeit vergegenwärtigte Mia sich die endlose Liste der Syndrome des Alterungsprozesses. Die unendliche Fülle und Vielgestaltigkeit des körperlichen Verfalls.

Nahtstellen bildeten Knoten und verkalkten. Knorpelmembranen verknöcherten. In der Gallenblase, in der Leber und in den Arterien bildeten sich steinharte mineralische Ablagerungen. Die Fingernägel wurden dicker, die Haut wurde schuppig, das Haar dünnte aus, ergraute, wurde spröde. Die Brustwarzen dunkelten ein, die Brüste erschlafften, die Blutgefäße schrumpften, die Drüsen trockneten ein. Die Harn- und Geschlechtsorgane, der schlaue Fruchtbarkeitskompromiss der Evolution mit der Sterblichkeit, bereiteten ständig Probleme. Das Knochenmark starb ab und wurde durch dicke gelbe Fettablagerungen ersetzt. Die Netzhaut und der komplizierte Mechanismus des Innenohrs arbeiteten nicht mehr richtig. Das Gehirn, diese uralte Drüse, stellte seinen hormonalen Ausstoß solange um, bis sich seine reptilienhaften Bereiche mit toxischen Ablagerungen füllten, als wollte es eine Kindheitsneurose austreiben.

Mia war nicht krank, und sie war sicherlich nicht dem Tod nahe, doch die Jugend lag weit hinter ihr. Sie hatte sich einen klaren Kopf bewahrt, doch die wiederholten neuralen Reinigungen hatte gewisse periphere Nerven arg in Mitleidenschaft gezogen. Dies betraf zumal das untere Rückgrat und die langen Nervenleitern der Beine. Ihr Vagus war in besonders schlechter Verfassung. Ihr schwacher Vagus stellte keine tödliche Bedrohung dar, doch die Herzaussetzer waren überhaupt nicht angenehm.

Mias verstopfte Lymphgefäße verursachten ihr ständig Ärger. Im linken Ohr hatte sie häufig Anfälle von Tinnitus, und mit dem rechten hörte sie keine hohen Töne mehr. Die Gelenkschmiere der Fußknöchel und Handgelenke hatte einen Großteil ihrer Gleitfähigkeit eingebüßt. Die Zellen der menschlichen Augenlinsen erneuerten sich nicht, daher musste sie sich mit dem Verlust der Akkomodationsfähigkeit und dem daraus resultierenden Astigmatismus abfinden.

Stress machte alles nur noch schlimmer. Stress machte einen stärker, solange man jung war, er war lehrreich. Im Alter aber war Stress der schnellste Weg zur Senilität.

Heute konnte sie nicht einschlafen. Sie war nicht mehr jung. Der Umstand, dass sie ihre Wohnung mit einer jungen Frau teilte, und sei es nur vorübergehend, hatte ihr diese Tatsache wieder bewusst gemacht. Sie spürte Bretts Anwesenheit, ihren kräftigen Herzschlag und ihren leichten Atem wie die Gegenwart eines wilden Tieres.

Mia stand auf und ging nach dem Mädchen sehen. Brett hatte sich von der Decke freigestrampelt und war in einen ursprünglichen Zustand ergötzlicher Ruhe eingetreten. Sie lag lang ausgestreckt auf dem gemusterten Teppich wie eine Haremssklavin, in jener Art von tiefem, mattem, erotischem Schlummer gefangen, der Frauen nur auf französischen Genrebildern des neunzehnten Jahrhunderts zugänglich war. Neid stieg in Mia auf wie giftiger Rauch. Sie ging zurück zum Bett, setzte sich darauf und dachte voller Bitterkeit über das Ereignisgefüge nach, das sie als ihr Leben bezeichnete.

Schließlich fiel sie in den Schlaf. Um drei Uhr morgens setzten die allnächtlichen Krämpfe ein. Das linke Bein zuckte, als hinge es am Haken, und die Wade wurde unter der Decke steinhart. Nach einem fürchterlichen Moment setzte in der linken Fußsohle ein noch schmerzhafterer Krampf ein. Ihre Zehen krümmten sich wie Angelhaken und verharrten in dieser Haltung.

Mia schrie gedämpft auf. Sie schlug mit den Knöcheln auf das verkrampfte Fleisch ein. Der Schmerz wurde immer schlimmer, die Lebenskraft ihres Körpers hatte sich kurzgeschlossen und gegen sie gewandt. Das hatte mit Kalium und Aminobrenzkatechin und allerlei dummen Begriffen zu tun und bedeutete doch bloß Schmerz. Sie schlug auf den heimtückischen Muskel ein. Mit einem kleinen spastischen Zucken erschlaffte der Wadenmuskel, inwendig nichts als heißes Gummi und Blut. Wimmernd massierte sie den blassen, blutleeren Fuß. Die Sehnen im Fuß und im Knöchel knackten, als sich der Krampf gegen ihren Griff zur Wehr setzte.

Als sie den Fuß aus der bösartigen Umklammerung befreit hatte, erhob sich Mia und humpelte im Nachthemd durchs Zimmer. Sie stützte sich mit beiden Armen gegen die Wand, beugte sich vor und streckte methodisch die Achillessehnen. Der Schlaf war jetzt ebenso fern wie Stuttgart. Ihr linkes Bein fühlte sich an wie ein verbranntes Seil.

Diese Anfälle hatten nichts Mysteriöses an sich. Über ihre Ursache wusste sie genau Bescheid: Kaliummangel, Abnutzungserscheinungen im Bereich der unteren Wirbelsäule, Ausschüttung von Stress-Histaminen durch Nervenleiter eines bestimmten Rückenwirbels, eine zelluläre metabolische Kaskade – doch das war bloß die Diagnose. Stress war der Grund oder aber mangelnde Bewegung, und etwa alle fünf Wochen traten die Krämpfe ganz von alleine auf.

Die Wahrheit war: sie war alt. Nächtliche Krämpfe waren da eher ein geringeres Übel. Die Menschen wurden eben sehr alt, und dann passierten seltsame Dinge mit ihnen, und sie reparierten, was die sich rasend schnell entwickelnde Technik ihnen zu reparieren ermöglichte, und was sie nicht zu heilen vermochten, das erduldeten sie. In gewisser Weise waren die nächtlichen Krämpfe sogar ein gutes Zeichen. Sie bekam die Krämpfe, weil sie noch laufen konnte. Sie war nicht bettlägerig. Sie konnte sich glücklich schätzen. Das musste sie sich vor Augen halten: ihr Glück.

Mia wischte sich mit dem Ärmel den Schweiß von der Stirn. Sie humpelte ins vordere Zimmer. Brett schlief noch. Sie lag ganz entspannt da, den Kopf auf einen Arm gebettet. Plötzlich hatte Mia ein Déjà vu.

Im nächsten Moment hatte sie die Erinnerung parat,

und das Herz zappelte ihr im Leib wie die Motte im Spinnennetz. Eines Nachts hatte sie nach ihrer schlafenden Tochter geschaut. Chloe war damals fünf, sechs Jahre alt gewesen. Daniel war bei ihr gewesen. Das Kind ihrer Liebe hatte tief und fest geschlafen; es fühlte sich behütet.

Menschenleben, ihr Menschenleben. Eine Nacht, die sich nicht sehr von tausend anderen Nächten unterschied, bloß dass sie in diesem Moment eine tiefe Freude verspürte, eine Art heiliges Feuer. Ohne ein Wort mit ihm zu wechseln hatte sie gewusst, dass ihr Mann das gleiche empfand wie sie, und sie hatte ihm den Arm um die Hüfte gelegt. Es war ein wortloser, zeitloser Moment gewesen.

Und jetzt betrachtete sie eine nackte Fremde unter Drogeneinfluss, die auf ihrem Teppich lag, und dieser geheiligte Moment war ihr wieder gegenwärtig geworden, so wie er gewesen war und immer sein würde. Diese Fremde war nicht ihre Tochter, und dieser eine Moment des langen Jahrhunderts war anders als jener andere verflogene Augenblick, doch darauf kam es nicht an. Das heilige Feuer war wirklicher als die Zeit, wirklicher als alle äußeren Umstände. Sie lebte nicht bloß eine glückliche Erinnerung nach. Sie erlebte Glück. Sie war glücklich.

Die heiße Glut der tiefen Freude hatte ihr Aschebett verlassen. Noch immer voller mysteriöser, unergründlicher Bedeutung. So kostbar und lebendig und authentisch wie nur irgendein Gefühl, das sie jemals empfunden hatte. Eine Emotion, die andauern würde bis zu ihrem Tod, eine Emotion, die sie am Tag der Abrechnung würde in Betracht ziehen müssen. Ein umfassenderes Gefühl als das Bewusstsein ihrer Identität. Sie spürte, wie die Freude in ihr knisterte und knackte, und im flackernden Licht ihrer Glut erkannte sie, wie armselig ihr Leben war.

Ganz gleich, wie sorgsam sie sich behütete, das Leben war zu kurz. Das Leben würde immer zu kurz sein.

Mia vernahm ihre eigene Stimme in der Stille des Zimmers. Als die Worte an ihre Ohren drangen, spürte sie die Kraft einer unerbittlichen Entschlossenheit. Ein Augenblicksentschluss, plötzlich, unbewusst, ungewollt, aber unwiderruflich: »Ich kann so nicht weitermachen.«

2

Was den Umfang, die technischen Details und die Fähigkeit zu onkelhafter Beruhigung betraf, kam der medizinischen Netzberatung niemand gleich. Eine umfassende Lebensverlängerung war eine persönliche Krise, ähnlich der Pubertät, dem Bau eines Hauses oder dem Eintritt in die Armee.

Der medizinisch-industrielle Komplex nahm in der globalen Ökononomie eine dominierende Stellung ein. Die Biomedizin wies von allen Industrien die höchsten Investitions- und Innovationsraten auf. Die Biomedizin war in einem Zustand kontrollierter Raserei begriffen und gab dabei genug Hitze ab, um die ganze Kultur voranzutreiben. Die Regierungsausgaben auf diesem Gebiet übertrafen die Aufwendungen für Verkehr, Polizei und die so genannte Verteidigung. Auf dem Gebiet, das früher einmal als privater Sektor gegolten hatte, war die Biomedizin größer als die chemische Industrie und fast so groß wie die Computerindustrie. Die verschiedenen Bereiche des medizinisch-industriellen Komplexes beschäftigten 15 Prozent der arbeitenden

Weltbevölkerung. Der Bereich der gerontologischen Forschung allein war größer als die Landwirtschaft.

Der Preis hieß Überleben. Niemand ließ sich von der Aussicht zu scheitern abhalten. Das Spektrum der Forschung war breit gefächert. Für jede einzelne lebensverlängernde Maßnahme, die für die Anwendung beim Menschen zugelassen wurde, gab es Hunderte von Vorhaben, welche über die gewaltigen Mengen gepeinigter Labortiere niemals hinausgekommen waren. Neue Verfahren wurden von Medizinethikern zugelassen. Ältere und weniger erfolgreiche Techniken wurden ausgemustert und mit ihnen die glücklosen Investoren.

Es gab hundert verschiedene kluge Methoden, eine Lebensverlängerung zu beurteilen. Hielt man sich an die Standardmethoden, war einem eine durchschnittliche Lebensverlängerung praktisch garantiert. Stellte man sich jedoch einer brillanten Neuerung als Freiwilliger zur Verfügung, überlebte man möglicherweise den Rest seiner Generation. Dabei galt es allerdings zu bedenken, dass Neuheit und technische Raffinesse an sich keine Garantie für lang anhaltenden Erfolg waren. Zahlreiche Entwicklungslinien des medizinischen Fortschritts beschrieben eine nach innen gerichtete Spirale, bis sie in einer Art Schwarzem Loch verschwanden, während die Überlebenden als körperliche und seelische Wracks zurückblieben.

Die Technik medizinischer Upgrades entwickelte sich nicht stetig, sondern in konvulsiven organischen Sprüngen. Ein beliebiges, in den Neunzigern zugelassenes Standardupgrade war (grob geschätzt) etwa doppelt so wirksam wie das beste Upgrade der achtziger Jahre. In den Sechzigern und Siebzigern hatte es auf dem Gebiet der Lebensverlängerung paradigmatische Durchbrüche gegeben. Die Kunststückchen, die man in den Fünfzigern als ›Medizin‹ bezeichnet hatte (und die damals höchst eindrucksvoll gewesen waren), konnten nach modernen Maßstäben kaum als Lebensverlängerung gelten. Die medizinischen Techniken der Fünfziger hatten heute allenfalls noch als allgemein gebräuchliche Hygienemaßnahmen Gültigkeit. Sie waren sogar erschwinglich.

Und was die traditionellen medizinischen Verfahren aus der Zeit vor 2050 betraf, so waren diese kaum mehr gebräuchlich. Sie waren gefährlich, kontraproduktiv und basierten auf einer grundlegend falschen Sicht der biologischen Realität.

Unter diesen Umständen war man gut beraten, sein Upgrade möglichst lange hinauszuschieben. Je länger man wartete, desto bessere Wahlmöglichkeiten hatte man. Bedauerlicherweise schritt der natürliche Alterungsprozess in der Zwischenzeit voran, sodass man aufgrund des natürlichen metabolischen Verfalls kumulative Schäden erlitt, wenn man zu lange wartete. Früher oder später musste man sich an die eigene Nase fassen und eine Entscheidung treffen. Da der Erfolg der Avantgardeforschung definitionsgemäß ungewiss war, gaben die staatlichen Behörden auch keine Garantien ab. Das Streben nach einem längeren Leben war somit zu einem fundamentalen Freiheitsrecht geworden, welches der Entscheidung des Einzelnen unterworfen war. Die Politas bot einem ihren Rat an, der in endlosen öffentlichen Anhörungen einer Unzahl von Experten zustandegekommen war, doch ein Rat war eben bloß ein Rat.

Wenn man schlau war oder Glück hatte, wählte man eine Upgrademethode mit ausgezeichnetem Langzeitpotenzial. Dann standen die eigenen Chancen gut. Man hatte eine ganze Weile zu leben. Die gewählte Methode würde populär werden und es auch bleiben. Die Basis der Anwender würde breiter werden, und das brächte einige Vorteile mit sich. Kam es zu Komplikationen, dann stünde eine Menge Sachverstand zur Verfügung, um damit umzugehen.

Hatte man kein Glück oder war man einfach dumm, bezahlte man den kurzfristigen Nutzen mit langfristigen Nachteilen. Im Laufe der Jahre geriet man in die Isolation und wurde zum Außenseiter.

Die wahrhaft schlechten Methoden waren die, welche den Wechsel zu anderen und besseren Upgrades erschwerten. War die eigene Lebensqualität erst einmal irreparabel beeinträchtigt, blieb einem keine andere Wahl mehr, als sich um die Todesqualität zu kümmern.

Es gab zahlreiche Methoden, die eigenen Chancen zu verbessern. Beispielsweise konnte man sich durch wiederholtes Wohlverhalten hervortun. Man beteiligte sich stets an der Wahl, engagierte sich bei wohltätigen Einrichtungen, kümmerte sich mit einem Lächeln auf den Lippen und einem Lied im Herzen um seine Mitmenschen. Man trat dem Sozialdienst bei und beteiligte sich an Netzkomitees. Man nahm aufrichtig und nachprüfbar am grundlegenden Wohlergehen der Gesellschaft Anteil. Offiziell wollte die Gesellschaft, dass man am Leben blieb. Wahrscheinlich war man alt, angepasst und eine Frau. Die Politas, welche das wertvolle öffentliche Engagement zu schätzen wusste, belohnte einen mit gewissen Vergünstigungen. Dann war man genau die Art Person, die in der modernen Gesellschaft im wesentlichen die Macht ausübte.

Übernahm man selbst die Verantwortung für seine tägliche Gesundheitspflege, zeigte sich die Politas für die Entlastung des Gesundheitswesens erkenntlich. Man hatte seinen Lebenswillen objektiv unter Beweis gestellt. Die Ernsthaftigkeit, mit der man sich um Langlebigkeit bemühte, ließ sich aufgrund der allgemein zugänglichen medizinischen Daten von jedermann mühelos überprüfen. Man zeigte Disziplin und Weitblick. Man war verhältnismäßig kostengünstig am Leben zu erhalten, denn man hielt sich gut in Schuss. Man hatte es verdient zu leben.

Manche Leute zerstörten ihre Gesundheit, jedoch nur selten mit Absicht. Vielmehr mangelte es ihnen an Weitblick, denn sie waren leichtsinnig, ungeduldig und handelten unverantwortlich. Es gab viele medizinisch leichtsinnige Menschen auf der Welt. Früher waren es sehr viel mehr gewesen, doch die leichtsinnigen Menschen waren an den Seuchen der dreißiger und vierziger Jahre zu Milliarden gestorben. Die Überlebenden waren im wesentlichen vorsichtig und weitblickend. Der Bevölkerungsanteil der leichtsinnigen Menschen war im Schrumpfen begriffen.

Früher einmal war ein Vermögen nahezu eine Garantie für gute Gesundheit oder zumindest gute medizinische Versorgung gewesen. Heutzutage garantierte Reichtum weit weniger. Menschen, die öffentlich ihre Gesundheit zerstörten, hatten es sehr schwer, vermögend zu bleiben – nicht weil Gesundheit erforderlich gewesen wäre, um reich zu werden, sondern weil man das Vertrauen anderer Menschen brauchte, um Geld zu verdienen und es zu behalten. War öffentlich bekannt, dass man sich gegen die eigene Gesundheit versündigte, so genoss man heutzutage kein Vertrauen mehr. Man war ein Kreditrisiko und ein schlechter Geschäftspartner. Man bekam Punkte abgezogen und erhielt eine billige medizinische Versorgung.

Auch die billigen Behandlungsmethoden wurden ständig radikal verbessert, daher konnte man ziemlich sicher sein, nach historischen Maßstäben gut abzuschneiden. Doch wer seine Gesundheit zerstörte, starb im Vergleich zur Elite noch immer jung. Es stand jedem frei, seine Gesundheit zu zerstören. Hatte man sich erst einmal ruiniert, ermutigte einen die Politas zum Sterben.

Es war ein unerbittliches System, doch es war von Menschen erfunden worden, welche zwei Jahrzehnte verheerender Seuchen überlebt hatten. Nach den Seuchen war alles anders geworden, so wie nach einem Weltkrieg nichts mehr bleibt, wie es einmal war. Die Erfahrung des Massensterbens, der Ansteckungsangst und der entvölkerten Städte hatte der Kultur die Bedenken ausgetrieben. Manche Menschen starben, andere nicht. Diejenigen, die sich gegen den Tod zur Wehr setzten, wurden systematisch belohnt, und die, welche sich wie Narren verhielten, wurden zusammen mit dem Rest begraben.

Natürlich gab es auch Leute, die das ganze Konzept der technischen Lebensverlängerung für moralisch fragwürdig hielten. Ihre moralische Entscheidung wurde respektiert, und es stand ihnen frei, auf der Stelle tot umzufallen.

Mias Upgrademethode wurde als neotelomerische dissipative Zellentgiftung oder NTDZ bezeichnet. Es handelte sich um eine äußerst radikale, noch wenig angewandte und sehr kostspielige Behandlung. Mia wusste eine ganze Menge über die NTDZ, denn sie war schließlich Medizinökonomin. Sie war zu der Behandlung berechtigt, weil sie gut auf sich achtgegeben hatte. Sie entschied sich dafür, weil sie ihr vielversprechend erschien und weil sie in Spielerlaune war.

Mia steckte 90 Prozent ihres gesamten Vermögens in die dreißig Jahre gültige Berechtigung, mit NTDZ behandelt zu werden und an ihrer kontinuierlichen Weiterentwicklung zu partizipieren.

Die NTDZ galt als besonders vielversprechender Entwicklungspfad. In medizinischer Hinsicht erwies sich die Umsetzung als äußerst schwierig. Bei medizinischen Upgrades waren der Umfang des Versprechens und die Schwierigkeit der Umsetzung zumeist eng verknüpft. Wollte man sich für ein solch luxuriöses Upgrade qualifizieren, musste man erschreckend hohe Opfer erbringen. Patienten, die sich für diese Behandlung qualifizierten, investierten auf Zeit ihr gesamtes Vermögen in die Behandlung und die Forschung und Weiterentwicklung. Die finanziellen Aufwendungen wurden mit ordentlichem Gewinn zurückerstattet, falls sich der eingeschlagene Entwicklungsweg auszahlte. Falls nicht, dann war der Geldgeber möglicherweise schon verstorben, ehe die Mittel wieder flüssig wurden.

Auf Jahre hinaus die Verfügungsgewalt über sein Vermögen zu verlieren, war ein hoher Preis, doch das war nicht das Schlimmste. Der Verlust des Geldes war nicht mehr so schmerzhaft wie in früheren Zeiten. Geld war nicht mehr das, was es einmal gewesen war. Die Politas war niemals eine Gesellschaft der freien Marktwirtschaft gewesen. Von Seuchen bedrohten Menschen lag nichts an freien Märkten. Die Politas war eine von Seuchenpanik getriebene Zwangsverteilungsgesellschaft, und die Peitsche schwangen die lächelnden, beherzten Angestellten des medizinischen Rettungsdienstes. Und die Sozialarbeiter. Und die netten alten Leute.

Mias bevorstehende Tortur war in allen Einzelheiten ausgearbeitet.

Als erstes musste sie das Essen einstellen. Ihr gesamter Verdauungstrakt würde mit einer sterilisierenden Masse gefüllt werden.

Dann musste sie aufhören zu atmen. Man würde ihre Lungen mit einer sterilisierenden, sauerstoffangereicherten Silikonmischung füllen. Diese beiden Prozesse würden den Großteil der körpereigenen Bakterien abtöten.

Als drittes musste sie aufhören zu denken. Die Blutbarriere zum Gehirn würde von den Schädelkapillaren losgeschabt werden, und die Gehirnflüssigkeit würde durch eine sterilisierende Salzlösung ersetzt werden. Dies hatte tiefe Bewusstlosigkeit zur Folge.

Als Nächstes musste sie aufhören, sich wie ein ausgereiftes Lebewesen zu verhalten, was gar nicht so leicht zu bewerkstelligen war. Man würde Mia wie einen Embryo in einen Tank mit einer zähen Flüssigkeit stecken. Ihr Stoffwechsel würde durch eine frisch angebrachte Nabelschnur vonstatten gehen. Haar und Haut würden sich ablösen. Blutkreislauf und Lymphsystem würden für die verbleibende Zeit der Behandlung dem Tank gegenüber offen sein. Die Produktion der roten Blutkörperchen würde eingestellt und das Plasma durch eine strohfarbene Flüssigkeit ersetzt werden, die allein für Säugetierzellen ungiftig war. Sämtliche Schmarotzerorganismen im menschlichen Körper mussten zerstört werden.

Sobald die Bakterien vollständig zerstört wären, würde die Jagd auf Viren und Prionen eröffnet. Es würde etwa eine Woche dauern, um die genetische Menagerie der im Körper befindlichen Viren aufzuspüren und zu zerstören. Drei Wochen würde es dauern, den riesigen Kosmos der einstmals unverdächtigen menschlichen Prionen zu zerstören. Diese bösartigen Proteine würden vor allem durch magnetische Resonanztechniken zerlegt werden.

Wäre dies vollbracht, hätte Mia sich in einen vollkommen antiseptischen Organismus verwandelt, der in einer fruchtwasserartigen Gelkultur schwamm.

Dann würden die DNS-Behandlungen beginnen. Die interzelluläre Reparatur machte die radikale Lockerung der intrazellulären Bindungen erforderlich, um auf diese Weise den Zugang durch die Zelloberfläche des Körpers als Ganzem zu erleichtern. Der hautlose Körper würde teilweise mit dem Stützgel verschmelzen. Der fluidierte Körper würde auf das zweieinhalbfache Volumen anschwellen.

Zu diesem Zeitpunkt konnten sich flexible Plastikschläuche ins Körperinnere schlängeln. Der hautlose, aufgeblähte, larvenhaft fötalisierte und mit Schläuchen gespickte Körper würde einer chinesischen Elfenbeinpuppe ähneln, wie sie bei der Darstellung von Akupunkturpunkten Verwendung fand.

Im Mark der beiden Oberschenkelknochen und der Wirbelsäule sowie in den Hirnkammern, den Sehnen und anderen tiefliegenden Bereichen würden spezielle Prozeduren stattfinden. Toxische Abfallprodukte und mineralische Ablagerungen in den Arterien, der Gallenblase und dem Lymphsystem – zumal die metabolisch relevanten Ablagerungen in der Zirbeldrüse – würden reduziert oder vollständig beseitigt werden.

Auf genetischer Ebene würde man Mias Zellen nach kumulativen Replikationsfehlern absuchen. Präkanzerogene und/oder verschlackte Zellen würden mit künstlichen Antikörpern markiert und Opfer einer programmierten Apoptose werden. Etwa 15 Prozent der Körperzellen würden in diesem Stadium absterben und von künstlichen Phagozyten entfernt werden. Allein dieser Vorgang würde mehr als einen Monat in Anspruch nehmen.

Die überlebenden Zellen würden anschließend zu neo-telomerischem Wachstum angeregt werden. Die telomerischen Enden der Chromosomen waren eine genetische Uhr und nutzten sich in dem Maße ab, wie die menschliche Zelle sich der maximal möglichen Anzahl der Replikationen annäherte. Neues telomerisches Material würde in die Chromosomen eingefügt werden, um den alternden Zellen vorzugaukeln, sie seien wieder jung. Sodann würden die Zellen sich in der Nährlösung hektisch replizieren, und der Körper würde 15 Prozent seines verlorenen Gewichts zurückgewinnen.

Das rasche Wachstum in einem Flüssigkeitstank ähnelte stark dem fötalen Wachstum. Man musste damit rechnen, dass es dabei zu Anomalien kam, zumal in den ausgewachsenen Gelenken und der Muskulatur. Dies war der Preis für das Bad im Jungbrunnen.

Der Erholungsprozess brachte Schwierigkeiten ganz

eigener Art mit sich. Die Haut musste nachwachsen, Wirtsbakterien mussten behutsam in den Körper eingeschleust werden, die im Körper befindlichen Lösungen mussten sorgfältig gegen körpereigene Flüssigkeiten ausgetauscht werden. Es war völlig ungewiss, wann der Patient das Bewusstsein wiedererlangen oder welche somatischen Empfindungen damit einhergehen würden.

»Ich glaube, Sie wollen mich darauf vorbereiten, dass es äußerst schmerzhaft sein wird«, sagte Mia.

Ihr Berater war Dr. Rosenfeld, ein äußerst gut erhaltener Kliniker mit scharf geschnittenen Gesichtszügen und dunklem Haar, das er in der Mitte gescheitelt hatte. Er hatte sich bemüht, Mia zu erklären, dass er sich dem hippokratischen Eid, den er vor siebzig Jahren abgelegt hatte, noch immer verpflichtet fühlte. Dr. Rosenfelds Ansicht nach gab es einige hundert Millionen Medizintechniker, und dann erst kamen die eigentlichen Ärzte. Dr. Rosenfeld war ein traditioneller, ein richtiger Arzt. Er hätte niemals zugelassen, dass sich einer seiner Patienten ohne ausführliche Beratung dieser tiefgreifenden Umwandlung unterzog.

»Der Begriff ›Schmerz‹«, sagte Dr. Rosenfeld, »beruht auf landläufigen Vorstellungen der mentalen Funktionen. Wir müssen unterscheiden zwischen der subjektiven Schmerzempfindung auf einer höheren Ebene und der zugrunde liegenden Abfolge somatischer Nervenreizungen. Sämtliche Prozesse der NTDZ wären bei einem voll funktionsfähigen Gehirn äußerst schmerzhaft, doch die Funktionsweise Ihres Gehirns wird stark beeinträchtigt sein. Haben Sie schon einmal vom Korsakov-Syndrom gehört?«

»Ja, hab ich.«

»In der modernen Praxis unterscheiden wir einunddreißig Substadien des Korsakov-Syndroms … Man wird sie für die Dauer der Behandlung in einen dieser amnetischen Zustände versetzen. Das ist eine Art von Virtualität, allerdings ausgesprochen heilsam. Extreme Schmerzzustände könnten gewisse, die Reize vorbewusst verarbeitende Hirnzentren zwar durchdringen, doch würden sie nicht durch normale Kanäle weitergeleitet. Wir werden die Emissionen ständig überwachen, und ich kann Ihnen garantieren, dass nichts von dem, was vorbewusst passieren mag, Ihrem Bewusstsein zugänglich werden wird, weder während der Behandlung noch später.«

»Dann fühle ich zwar den Schmerz, nehme ihn aber nicht wahr.«

»Das ist wiederum reine Semantik. ›Fühlen‹ ist ein sehr breitgefasster, ungenauer, umgangssprachlicher Begriff. Das gilt übrigens auch für den Begriff ›Ich‹. Vielleicht könnte man sagen, dass Empfindungen auftreten werden, jedoch ohne jede Ichverknüpfung.« Dr. Rosenfeld lächelte. »Ontologie ist faszinierend, nicht wahr? Ich hoffe, wir können dieses Gespräch fortsetzen, ohne auf René Descartes zurückgreifen zu müssen.«

»Ich habe René Descartes gelesen.«

»Der alte Bursche hat die Zirbeldrüse vorausgeahnt.« Dr. Rosenfeld breitete seine langfingrigen, gepflegten Hände aus. »Die NTDZ ist keine reine Wartungstechnik. Sie kommt dem, was man als wahre Verjüngung bezeichnen könnte, so nahe wie nur irgend möglich. Dieses Behandlungsprogramm könnte unseren Patienten den Weg zur Unsterblichkeit eröffnen.«

Mia lächelte bloß. Dies hatte sie schon häufiger gehört und gelesen. Medizinunternehmer behaupteten gerne, dass ausgerechnet ihre Methode der Lebensverlängerung die Patienten geradewegs zu einem künftigen medizinischen Durchbruch führen werde.

»Dieser Werbespruch wurde in der Vergangenheit überstrapaziert«, räumte Dr. Rosenfeld ein. »Aber betrachten Sie die Zahlen und den Trend. Es lässt sich nicht übersehen, dass sich das Tempo der Fortschritte bei der Lebensverlängerung beschleunigt. Früher oder später erreichen wir das Plateau. Wir werden die Lebensspanne um ein Jahr pro Jahr erhöhen. Dann werden die Patienten praktisch unsterblich sein.«

»*Einige* Patienten«, sagte Mia. »Vielleicht.«

»Ich behaupte nicht, wir wären schon so weit oder könnten das Plateau bereits sehen. Offenbar liegen noch viele harte Jahrzehnte der Forschung vor uns. Aber mit der NTDZ könnten einige unserer Patienten diesen Tag erleben.«

»Ich habe Sie nicht um Versprechungen gebeten, Doktor. Ich werde dann an Unsterblichkeit glauben, wenn sie bei Ratten und Hunden verwirklicht ist.«

»Bei Fruchtfliegen und Nematoden sind wir bereits so weit«, meinte Dr. Rosenfeld.

»Ich bin keine Fruchtfliege«, wandte Mia ein.

»Wohl wahr«, sagte Dr. Rosenfeld. »Ich verstehe Ihren Standpunkt. Aber Sie sind eine außergewöhnliche Frau in privilegierter Stellung. Bislang haben sich erst vierzig Personen dieser Behandlung unterzogen. Keine von ihnen hatte exakt die gleiche klinische Vorgeschichte wie Sie. Die Behandlung in ihrer gegenwärtigen Form ist erst zwei Jahre alt. Es gibt kaum postoperative Erfahrungen mit Patienten. Und dies geht uns beide etwas an.«

Mia nickte.

»Sobald Sie den Tank verlassen haben, werden Sie sich der Folgen einer sehr tiefgreifenden metabolischen Veränderung bewusst werden. Wenn Sie in die Rekonvaleszenzphase eintreten, werden Sie nicht mehr die Frau sein, die jetzt hier vor mir sitzt. Sie werden feststellen, dass Sie nicht einmal mehr Herr über Ihren Körper sind. Einen Großteil der Nerven- und Muskelkoordination werden Sie eingebüßt haben.«

Dr. Rosenfeld klappte ein Notebook auf. »Sie sind

vierundneunzig Jahre alt. Aus Ihrer Krankenakte geht hervor, dass Sie seit dem zwanzigsten Lebensjahr etwa 12 Prozent des neuronalen und glialen Gewebes abgebaut haben. Das ist ganz normal und natürlich, aber die NTDZ ist alles andere als normal und natürlich. Sie werden all dieses Gewebe zurückerhalten – natürlich nicht das Originalgewebe, aber frisches Gehirngewebe, das im wesentlichen jungfräulich ist. Und Gehirngewebe kann man nicht einfach ein- oder abschalten, ein- oder ausbauen. Es wird ein Teil von Ihnen sein. Ein Teil Ihres neuen Ich.«

»Wie gefährlich ist das?«

»Sagen wir, Sie werden während des integrativen Prozesses eine Menge Zuwendung und Unterstützung benötigen.«

»Was habe ich schlimmstenfalls zu erwarten?«

»Nun ja … Wie Sie wissen, hatten wir in der Anfangsphase zwei Todesfälle zu verzeichnen. Nervenversagen, Ausfall der höheren Körperfunktionen, Euthanasie. Die übliche ethische Prozedur – tragisch, aber nicht ungewöhnlich. Sie könnten im Verlauf der Behandlung sterben. Das ist bereits vorgekommen.«

»Und was noch?«

»Tiefgreifende psychische Dissoziation. Das, was man früher als schizoides Verhalten bezeichnete. Präepileptische Symptome. Wir verstehen diese psychischen Prozesse auf zellulärer Basis mittlerweile recht gut. Wenn es zu keinen schwerwiegenden körperlichen Schäden wie Gehirnschlag, Infarkt, Amyloidose kommt, lassen wir einfach nicht zu, dass unsere Patienten ins Stadium des Schwachsinns eintreten. Wir greifen vorher ein und verhindern größere neuronale Schäden.«

Er lehnte sich zurück. »Doch es gibt noch andere, subtilere Probleme: Kulturschock, Anomie, postoperatives Trauma, ein paar Hinweise auf bipolare Störungen.

Dazu kommt die altbekannte sture Ungeduld des Menschen … Das menschliche Bewusstsein ist die höchststehende und komplizierteste metabolische Funktion in der ganzen Natur. Wir können die Seele mit medizinischen Begriffen belegen, aber wir vermögen sie nicht in einen Kasten zu sperren. Wir können Menschen nicht so einfach eine Identität verpassen, wie wir ihnen eine Injektion verabreichen; letzten Endes müssen die Menschen ihre Seele selbst finden.«

»Sind Sie religiös, Doktor?«

»Ja, das bin ich. Ich bin katholischer Laienbruder.«

»Ach. Das ist ja interessant.«

»In Ihrer Lage würde ich Ihnen nicht zum Gebrauch von Entheogenen raten, Mia. Wenn Sie Ihrem Heiland von Angesicht zu Angesicht gegenübertreten wollen, dann wird Er auf Sie warten. Sie haben noch sehr viel Zeit.« Dr. Rosenberg lächelte.

Mia nickte und enthielt sich klugerweise eines Kommentars.

Dr. Rosenfeld zögerte. »Dürfte ich Sie etwas fragen? Wann hatten Sie das letzte Mal einen Orgasmus?«

Mia überlegte. »Ich würde sagen, vor etwa zwanzig Jahren.«

»Sehr klug. Ich bin sicher, das hat Ihrem Metabolismus gut getan. Allerdings werden sich jetzt, da Ihr Stoffwechsel nahezu wiederhergestellt wird, bei Ihnen auch wieder sexuelle Empfindungen einstellen. Ich will nicht sagen, dies sei unangenehm, denn Sexualität ist sehr erfreulich, aber es wird nicht leicht für Sie sein. Tatsächlich stellt die Sexualität das schwerwiegendste Problem dar, mit dem unsere Patienten bei ihrer Genesung konfrontiert werden.«

»Wirklich? Wie eigenartig.«

»Menschen in unserem fortgeschrittenen Alter finden sich mit dem Verlust der Libido ab. Unsere älteren Patienten meinen häufig, sie könnten den Geschlechtstrieb durch einen reinen Willensakt unterdrücken. Das ist eine Täuschung. Könnten Menschen ihre Sexualität beherrschen, wäre die Menschheit bereits im Pleistozän ausgestorben.« Einen Moment lang schwieg er versonnen. »Sie haben die Wechseljahre längst hinter sich. Für die Eileiter können wir nicht viel tun. Wir würden die Eizellen sowieso nicht wiederherstellen wollen, denn die Ethiker missbilligen das. Daher werden Sie nicht wieder fruchtbar werden.«

Mia lächelte. »Hören Sie, Doktor. Ich war einmal eine junge Frau. Ich war verheiratet, ich hatte ein Kind. In meiner Jugend sind viele Menschen an Geschlechtskrankheiten gestorben. In dieser Hinsicht war ich immer sehr vorsichtig.«

»Aber damals hatten Sie Jahre Zeit, die Pubertät zu verarbeiten. Ihr limbisches und hormonales System wurde nicht von einem Moment zum anderen einer Generalüberholung unterzogen. Wir erneuern Ihr Gehirn, und der Großteil des Gehirns denkt und argumentiert nicht. Das menschliche Gehirn ist eine Drüse, kein Computer.«

Dr. Rosenfeld trommelte mit den makellosen Fingerspitzen auf die Schreibtischplatte. »Die Menschen leben nicht aufgrund einer rationalen Entscheidung. Die Menschen stehen morgens nicht aufgrund einer Kosten-Nutzen-Analyse aus dem Bett auf. Die Menschen schlafen nicht deshalb miteinander, weil sie aufgrund einer logischen Beweiskette zu diesem Entschluss gelangt sind. Sexualität ist ein Aspekt des Lebens, den man nicht mittels eines Willensaktes unterbinden kann. Sie werden eine vierundneunzigjährige Frau sein, die in der Lage ist, wie ein zwanzigjähriges Mädchen auszusehen, zu handeln und zu empfinden. Dabei wird es selbstverständlich zu Komplikationen kommen.«

»Könnte ich nicht einfach Libidorepressoren einnehmen?«

»Das wäre eine Möglichkeit. Libidorepressoren sind im Moment sehr beliebt, doch ich würde von ihrem Gebrauch abraten. Hormone sind bei der körperlichen Entwicklung von großer Bedeutung. Junge Menschen haben viele Hormone, weil sie diese Hormone brauchen, und auch Sie brauchen die Hormone, damit sich das frische Hirngewebe richtig entwickeln kann. Ich als Arzt rate Ihnen, die damit einhergehenden Probleme in Kauf zu nehmen. Betrachten Sie sie als Wachstumsschmerzen.«

Mia lächelte. »Wollen Sie mir raten, mir Liebhaber zu nehmen?«

»Mia …« Er legte ungeduldig die Handflächen zusammen. »Selbst wenn Sie Liebhaber finden sollten, was in Ihrer Lage gar nicht so einfach sein dürfte, dann würde Ihnen das auch nicht weiterhelfen. Das ist ein schwieriges Thema. Unsere Patienten sind ältere Menschen, sie waren verheiratet, sie hatten Kinder. Sie wollen nicht wieder anfangen, zu flirten und zu werben. Sie wollen sich keinem Lebenspartner anvertrauen oder neue Familien gründen. Diesen Aspekt menschlicher Erfahrung haben sie bereits durchlaufen, sie haben dadurch dazugelernt und ihn hinter sich gelassen. Das heißt nicht, dass sie unfähig wären, andere Menschen zu lieben, aber sie haben einen Zustand hoher Reife und posthumaner Selbstverwirklichung erlangt. Es entspricht ihnen einfach nicht mehr, eine hingebungsvolle, leidenschaftliche sexuelle Beziehung einzugehen. Gleichwohl ist der Geschlechtstrieb nach der Behandlung sehr stark. Unsere Patienten finden dies verstörend. Es ist entwürdigend und schwer zu integrieren.«

»Wie ich sehe, nehmen Sie das Problem sehr ernst, Doktor.«

»So ist es. Die NTDZ ist eine bedeutsame technische Neuerung. Ich sage das nicht bloß deshalb, weil ich an der Entwicklung beteiligt war. Die Erfahrungen mit den ersten NTDZ-Patienten sind für Gesellschaft und Politas von allerhöchstem Interesse. Bitte schauen Sie sich das einmal an.«

Dr. Rosenfeld klappte das Notebook auf und drehte es herum, sodass sie den Bildschirm sehen konnte.

Ein Video wurde abgespielt. Ein nackter Jüngling tauchte auf. Von Kopf bis Fuß war er anscheinend mit billigem Schmuck herausgeputzt. Mit einer Plastikkrone. Ohrringen. Falschen Augenwimpern. Einer kleinen, festgeklebten Brustplatte. Armbinden. Armspangen. Zehn gleichartigen Fingerringen. Einem Dutzend Klebepflastern auf Brust, Lenden und Schenkeln. Mit Knieschützern, Fußspangen und funkelnden kleinen Zehenringen. Sein Haar war sehr kurz geschnitten. Er tappte unbeholfen in einer Wohnung umher und streichelte währenddessen eine schwarze Katze.

»Das sind Bewegungsdetektoren«, sagte Mia.

»Ja. Außerdem werden der Hautwiderstand, die Hirnströme und die Basaltemperaturen gemessen, sowie Stuhl- und Urinproben genommen. Zweimal wöchentlich kommen umfassende Labortests hinzu.«

»So viele Bewegungsdetektoren an einem Menschen habe ich noch nie gesehen. Als ob er sich im virtuellen Raum bewegen würde.«

»Ja, so in etwa. Die Muskelkoordination ist einer der kritischen Faktoren bei der Rekonvaleszenz. Wir benötigen ständig vollständige und exakte Daten über die Positionierung der Gliedmaßen. Für den Fall, dass Zittern, Krämpfe oder Lähmungserscheinungen auftreten … Zumal nachts, denn Schlafstörungen sind häufig zu beobachten. Das Enzephalometer, das er auf dem Kopf trägt, dient zur Überwachung der Parameter, die auf Gehirnschlag, Infarkt und neuronale Fehlfunktionen hindeuten … Der Patient ist Professor Oates, er ist einer unserer Stars. Er ist hundertundfünf.«

»Du meine Güte.« Mia betrachtete ihn. Er war ein gut aussehender junger Mann.

»Er war ausgesprochen kooperativ. Ich muss Ihnen leider sagen, dass die Mitarbeit für unsere Patienten große Unannehmlichkeiten und Mühen mit sich bringt. Sie stellt eine große Beeinträchtigung der Karriere und des sozialen Lebens dar. Professor Oates nimmt die notwendigen Opfer um des medizinischen Fortschritts und des Wohlergehens der Politas auf sich.«

Mia betrachtete den Bildschirm. Der nackte Professor Oates wirkte nicht sonderlich glücklich. Vorsichtig sagte sie: »Ich bewundere den Mut, mit dem er diesen Akt der Selbstverleugnung auf sich nimmt.«

»Professor Oates ist ein sehr diszplinierter, am öffentlichen Wohl interessierter Mann. Was in Anbetracht der Situation nicht verwundern mag … Er war früher Physiker. Jetzt will er die Physik aufgeben und sich stattdessen der Architektur widmen. Er begeistert sich sehr für Architektur. Wie ein frischgebackener Student.«

Mia beugte sich weiter vor. Trotz seines attraktiven Äußeren wirkte Professor Oates nicht sonderlich menschlich. Er wirkte wie ein begabter Profischauspieler, der vor den Kameras die Rolle des linkischen nackten Studenten gab. »Meinen Sie richtige Architektur oder virtuelle?«

»Das kann ich Ihnen nicht sagen«, antwortete Rosenfeld überrascht. »Wenn Sie möchten, können Sie den Professor selbst danach fragen. Wir haben natürlich eine eigene NTDZ-Unterstützungsgruppe. Sie trifft sich regelmäßig im Netz. Brillante Leute, reizende Leute. Ich will Ihnen nicht verschweigen, dass Ihnen schwere Zeiten bevorstehen – zumindest aber werden Sie in guter Gesellschaft sein.«

Mia lehnte sich zurück. »Also, Professor Oates ist sicherlich ein sehr kultivierter junger Mann. Ich bitte um Verzeihung – jung wohl kaum. Ein verdienter Gelehrter.«

»Sie sind nicht die erste, die diesen Fehler macht«, meinte Dr. Rosenfeld erfreut. »Die Leute halten diese Patienten natürlich für jung. Die Menschen glauben gern, was sie sehen.«

»Das ist wundervoll. Das freut mich für ihn. Das macht mir richtig Hoffnung.«

»Da wäre noch etwas. Sie haben die Katze des Professors bemerkt?« Dr. Rosenfeld langte unter den Schreibtisch und holte einen Laborkäfig aus Plastik hervor. Darin befand sich Papierstreu und ein kleines schlafendes Nagetier. Ein Hamster.

»Ja?«, sagte Mia.

»Wir werden dieses kleine Tier der gleichen Prozedur unterziehen wie Sie. Der Hamster ist fünf Jahre alt. Das ist ein hohes Alter für einen Hamster. Alles, was Sie durchmachen, wird auch er durchmachen. Natürlich nicht im selben Tank, aber doch im wesentlichen dasselbe. Sie werden in Kürze posthuman sein. Und dieser weibliche Hamster wird postrodential sein. Wir möchten, dass Sie sich um ihn kümmern, wenn es soweit ist.«

»Ich mag keine Haustiere.«

»Das ist nicht Ihr Haustier. Das ist ein wertvoller Begleiter, der Ihren einzigartigen Zustand mit Ihnen teilen wird. Bitte machen Sie mit. Wir wissen, was wir tun.« Dr. Rosenfeld klopfte mit dem Fingernagel an den Käfig. Der alte Hamster erwachte nicht aus seinem Erschöpfungsschlaf. »Die Prozedur zu überleben und anschließend richtig gesund zu werden, sind zwei grundverschiedene Dinge. Und wir wollen, dass Sie gesund werden, Mia, wir wollen, dass alles glatt geht, und wir wissen, dass sich der Hamster günstig auf Ihren Heilprozess auswirken wird. Aus der Art und Weise, wie Sie mit einem Mitgeschöpf umgehen, welches das gleiche Purgatorium durchlaufen hat wie Sie, können wir eine Menge schließen. Das posthumane Leben kann sehr einsam sein. Betrachten Sie ihn als Glücksbringer und Totemtier. Glauben Sie an ihn. Ich wünsche Ihnen beiden viel Glück.«

Mia machte ihr Testament. Sie fastete drei Tage lang. Dann wurde sie am ganzen Körper enthaart. Man entkleidete sie. Man füllte sie mit der Paste. Dann wendete man sich der Lunge zu, und Mia verlor das Bewusstsein. Alles andere verschwand an jenem Ort, der all die Erfahrungen, die sich nicht erfahren lassen, aufnimmt.

Als sie erwachte, war es Januar. Sie war sehr geschwächt und müde und hatte keine Haare mehr. Ihre Haut war fleckig und mit Flaum bedeckt wie bei einem Säugling. An den Fingern steckten kalte harte Ringe, und sie hatte etwas Lästiges, Enges um den Kopf, aber man zwang sie, es anzubehalten. Die ersten beiden Tage verbrachte sie größtenteils damit, die Fäuste zu ballen, die Finger vor die Augen zu heben, sich langsam und genussvoll übers Gesicht zu streicheln und bisweilen an den Fingern und den kalten, glatten Ringen zu lecken.

Sie aß, was man ihr gab, denn wenn sie nicht aß, schimpfte man mit ihr.

Sie konnte nicht mehr lesen.

Als sie am dritten Tag erwachte, verspürte sie eine ungewohnte Klarheit und stellte fest, dass sich die kleinen, eckigen Zeichen wieder zu Buchstaben und Worten fügten. Sie klappte ihr Notebook auf und betrachtete die Eintragungen mit tiefem Erstaunen. Es war vollgestopft mit abstrusem, vollkommen lächerlichem ökonomischem und bürokratischem Blödsinn. Den Tag über brach sie immer wieder in schallendes Gelächter aus, strampelte, betrachtete den Bildschirm und kratzte sich die juckende Kopfhaut.

Nachmittags erhob sie sich rastlos aus dem Bett und tappte im Krankenzimmer umher. Sie gab dem Hamster Futter und frisches Wasser, doch der schlief die ganze Zeit und lag reglos und rosig und nur ganz leicht bepelzt herum. Eine der Krankenschwestern erkundigte sich, ob sie dem Hamster bereits einen Namen gegeben habe. Ihr fiel kein Name ein, der unter den gegebenen Umständen gepasst hätte, daher verzichtete sie darauf, den Hamster zu taufen.

Am Abend rief ihre Tochter aus Djakarta an, Mia aber wollte niemanden aus Djakarta sprechen. Sie bat die Schwestern, ihrer Tochter auszurichten, es gehe ihr gut. Den restlichen Abend über war sie wortkarg und passiv. Sie hatte bemerkt, dass das Zimmer mit Geräten vollgestopft war, die sie beobachteten, und manche der Geräte waren so raffiniert, dass sie praktisch unsichtbar waren.

Am vierten Tag gab man ihr andere Nahrung, die sie kauen musste, und auch ein paar köstlich süße Sachen. Sie bat um mehr und schmollte, als man ihr nichts mehr geben wollte. Dann kleidete man sie in einen sehr hübschen blauen Overall mit doppelten Nähten und brachte sie in einen Raum, der als Kinderzimmer bezeichnet wurde. Doch es waren keine Kinder da, daher hatte sie es ganz für sich allein, und es war ein hübsches Zimmer. Die Farben waren freundlich und die Beleuchtung so klar und frisch wie Sonnenschein im Sommer, und es gab Klettergeräte darin und eine Schaukel. Sie kletterte und schaukelte und ließ sich auf den gepolsterten Boden fallen, bis sie sich in einen Lachanfall hineinsteigerte und ihr ein Malheur passierte. Daraufhin musste sie das Spiel unterbrechen und sich waschen.

Anschließend ging sie wieder auf ihr Zimmer und sah sich auf dem Notebook ein paar politische Nachrichten an. Sie führte mit Dr. Rosenfeld ein langes, intensives Gespräch über die Politik während der globalen Krise in den dreißiger Jahren, und als sie sich vorstellte, was damals geschehen war, regte sie sich so auf, dass sie laut hätte schreien können. Sie ließ sich ausführlich über die ihr meistverhassten Politiker und Themen der Dreißiger aus und redete sich eine Menge Groll von der Seele. Dr. Rosenfeld meinte, sie mache sich sehr gut. Er erkundigte sich, ob sie dem Hamster bereits einen Namen gegeben habe. Sie verstand nicht, weshalb man ein solches Aufhebens darum machte. Sie mochte den Hamster nicht besonders.

Am fünften Tag machte man sie mit einer weiteren NTDZ-Patientin namens Juliet Ramachandran bekannt, einer reizenden jungen Frau, die hundertdreizehn Jahre alt war. Juliet war vor der Behandlung aufgrund einer Netzhautverkümmerung blind gewesen und hatte einen postcaninen Sehhund dabei, der sprechen konnte. Mrs. Ramachandran war viele Jahre lang im Sozialdienst tätig gewesen und hatte sehr gepflegte Umgangsformen. Mia, Juliet und der Hund verstanden sich ausgezeichnet und unterhielten sich ausführlich über die Behandlung und andere Dinge. Dem Hund war das Fell bereits nachgewachsen, während Juliet einen hübschen Seidenturban trug. Der Hund war ein rechtes Plappermaul, doch Juliet meinte, er werde diese Phase bald überwunden haben.

Juliet wiederholte ständig: »Mia Ziemann.« Das brachte sie zum Lachen.

»Wussten Sie, dass Sie Mia Ziemann heißen?«

Mia stellte fest, dass Juliet in Aufregung geriet. »Schon gut, wie Sie wollen, Miasmamann, Miasmamann, reiten Sie nicht drauf rum.« Das Leben war nicht leicht für Juliet, jetzt, da sie wieder sehen konnte. Juliet sprach sehr freimütig über ihre Probleme und redete ständig über das eigentümliche Gefühl, wenn Gegenstände »den Hintergrund meiner Augen berühren«. Man musste Nachsicht mit der armen Juliet haben. Mia nahm sich fest vor, jedes Mal zu reagieren, wenn jemand ›Mia‹ sagte.

Am sechsten Tag reagierte sie, als man sie ›Mia‹ nannte, worauf die Schwestern sie anders und besser behandelten. Als sie sich erkundigten, ob sie dem Hamster einen Namen gegeben habe, antwortete sie: »Fred.« Als die Schwestern meinten, dies sei ein Jungenname, erwiderte sie, Fred sei die Kurzform von Frederike. Sie nahm den Hamster aus dem Käfig, streichelte ihn und achtete darauf, dass er genug zu fressen hatte. Damit zeigten sich die Schwestern sehr zufrieden.

Der Hamster war ein hässliches kleines, rattenhaftes Ding mit Watschelgang, schwarzen Knopfaugen und winzigen zitternden Pfoten. Allmählich aber entwickelte er ein angenehm weiches braunes Fell. Irgendwann bekam der Hamster in seinem Käfig einen kurzen Anfall, Mia aber erzählte niemandem davon. Die Schwestern und der Arzt hätten sich bloß aufgeregt.

Am siebten Tag wurde ihr bewusst, dass man sie früher wirklich Mia Ziemann genannt hatte und dass wahrscheinlich irgendetwas mit ihr nicht stimmte. Bloß fühlte sie sich überhaupt nicht krank. Sie fühlte sich prächtig, großartig. Sie war sehr froh, das Privileg zu haben, die Person zu sein, die sie offenbar war. Wenn sie ernsthaft darüber nachdachte, dass sie Mia Ziemann war, dann stellte sich ein Geschmack ein, als habe sie sich auf die Zunge gebissen. Dann verspürte sie eine merkwürdige Angst, als verstecke Mia Ziemann sich im Schrank und warte darauf, dass es dunkel wurde. Als würde sie dann hervorkommen und wie ein Gespenst im Krankenzimmer umhertappen.

Nachmittags zog sie ein paar von Mia Ziemanns Sachen an und unternahm einen langen Spaziergang, fünf-, sechsmal um das Krankenhausgelände herum. Mias Sachen waren gut gearbeitet, bedauerlicherweise aber passten sie nicht. Sie war nicht bloß magerer und schlanker, sondern auch fünf Zentimeter größer geworden. Sie konnte wieder recht gut gehen, doch ihre Hüften neigten zu einem eigenartigen Schlenkern. Während des Spaziergangs begegnete sie einer Menge ernstlich kranker Leute. Ihr wurde bewusst, wie glücklich sie sich schätzen konnte.

Am Abend nahm sie zum ersten Mal an der Netzdiskussion der NTDZ-Unterstützungsgruppe teil. Der Umstand, dass so brillante Menschen ihre Intelligenz weit überschätzten, war sehr schmeichelhaft. Sie hatte den Eindruck, dass sie auch selbst etwas beitragen und vielleicht über ihre medizinischen Erfahrungen schreiben solle, kam aber nicht mehr mit dem Tippen zurecht.

Die Untersuchungen ließ sie geduldig über sich ergehen, obwohl sie bisweilen ein wenig schmerzhaft waren. Andere Untersuchungen hingegen waren reine Denksportaufgaben: sie sollte Schachprobleme bewältigen, Kreuzworträsel lösen und sonderbar geformte Klötze stapeln. Die Worttests waren ziemlich anstrengend, doch das Klötzestapeln fiel ihr leicht. Ihre geometrische Vorstellungskraft hatte sich offenbar um 15 Prozent verbessert. Teilweise war dies wohl ihrer verbesserten Reaktionsschnelligkeit zuzuschreiben, stand den Messergebnissen zufolge aber auch in Beziehung zur neonneuronalen Integration. Als sie sich durch die medizinische Prognose hindurchgearbeitet hatte, war sie sehr stolz auf ihre Fortschritte und nahm sich fest vor, fortan weniger zu reden und stattdessen mehr Bilder zu betrachten. Mit ihren kognitiven Stärken zu spielen. Vielleicht sogar ein paar Bilder zu malen, Fotos zu machen oder mit Ton oder virtuell zu modellieren. Es gab so viele wunderbare Möglichkeiten.

Als man ihr Knetmasse gab, hatte sie eine Eingebung und modellierte den Hamster. Sie gab sich große Mühe. Als sie das Ergebnis betrachtete, zeigte man sich hocherfreut, womit sie fest gerechnet hatte. Man sagte ihr, sie werde bald entlassen werden und könne ihre Rekonvaleszenz in ihrer umgebauten Wohnung fortsetzen.

Sie hatte es schon eine ganze Weile vermutet, doch erst jetzt wurde ihr vollständig bewusst, dass die Aufpasser strohdumm waren. Sie musste unbedingt machen, dass sie von hier fortkam, damit sie sich anderen Aktivitäten zuwenden konnte – etwas Interessanterem, als herumzuhängen und zusammen mit einem Hamster medizinische Pampe zu essen. Diese Aussicht war sehr verlockend. Bedauerlich war bloß, dass einer der männlichen Hilfskräfte wirklich gut aussah und sie sich ein wenig in ihn verliebt hatte. Aber es war schon gut so. Selbst wenn sie ihn gebeten hätte, sie zu küssen, und er ihrer Bitte nachgekommen wäre, so hätte dies doch bloß mit diesen strengen ethischen Standards zu tun gehabt. Er hätte es niemals bis zum Ziel geschafft.

Mittlerweile reagierte sie ständig auf den Namen ›Mia‹. Sie erledigte sogar einen Teil von Mias Arbeit. Da war ein Trick dabei, etwa so, als stellte man seinen Blick unscharf. Sie entspannte sich tief in ihrem Innern und ließ das Mia-Gefühl hochkommen, und dann konnte sie eine ganze Menge nützlicher Dinge tun, viel schneller tippen, im LEL-Bewertungslabor in San Francisco Passwörter eingeben, Tabellen zusammenstellen, ihre Flowware überprüfen, sogar mit dem Namen Mia unterschreiben. Sie gelangte zu der Einsicht, dass diese Mia ihr nicht übel wollte. Mia war nicht eifersüchtig und wollte ihr nicht weh tun. Mia war sanftmütig, verbindlich, entgegenkommend und nicht sehr interessant. Mia war nichts weiter als ein Haufen Gewohnheiten.

Sie hatte gelernt, mit weniger Reden zurechtzukommen, einfach indem sie zuhörte und beobachtete. Es war erstaunlich, wie viel Menschen preisgaben, wenn man ihre Mimik und Gestik aufmerksam beobachtete. Meistens hatten ihre Äußerungen mit ihren wahren Gedanken nichts zu tun. Das galt besonders für die Männer. Man brauchte bloß ein wenig auf dem Stuhl zu rutschen, zu nicken, freundlich zu lächeln und ihnen tief in die Augen zu blicken, und schon schlossen sie einen in ihr Männerherz.

Frauen ließen sich nicht so leicht an der Nase herumführen, doch auch sie zeigten sich beeindruckt, wenn man glücklich wirkte und selbstsicher auftrat. Die meisten Frauen waren weit davon entfernt, glücklich und selbstsicher zu sein. Die meisten Frauen hatten es wirklich nötig, sich zu beklagen. Wenn man sie ermunterte, einem ihr Herz auszuschütten, und häufig nickte und Ach-Sie-Arme und Ich-hätte-genauso-gehandelt sagte, dann schütteten sie einem ihr Herz aus. Sie wurden ganz zutraulich und dankbar. Beim Abschied hielten sie einen für eine famose Person.

Man machte großes Aufhebens darum, dass sie zur Rekonvaleszenz nach Hause ging. Sogar die Presse zeigte Interesse – ein Netzreporter stellte ihr Fragen. Er sah gut aus, und im Verlauf des Interviews flirtete sie ein wenig mit ihm, was ihn ganz wirr machte und rührte. Sie nahm den Hamster mit nach Hause in die Parnassus Avenue und auch den Reporter. Sie bereitete ihm ein leckeres Essen. Der Reporter folgte ihr willig wie ein Lamm. Offenbar mochte er sie wirklich gern.

Sie war froh, Gelegenheit zum Kochen und Essen zu haben, denn im Krankenhaus hatte man ihr gesagt, sie habe Probleme mit ihrem Appetit. Das stimmte auch – stellte man etwas vor sie hin, dann langte sie bereitwillig zu, gab man ihr aber nichts, dann nahm sie auch nichts zu sich. Der Magen knurrte ihr, und sie fühlte sich schwach und vielleicht ein wenig benommen, hatte aber keinen richtigen Hunger. Man hätte meinen können, sie sei ein wenig nahrungsblind geworden. Sie konnte Nahrungsmittel riechen und schmecken und verspeiste sie auch gerne, doch der Stirnreif meinte, ihr Hypothalamus sei nicht ganz in Ordnung. Man hoffte, es werde sich legen. Andernfalls würde man etwas unternehmen müssen.

Das Kochen war großartig – sie brauchte sich nie Gedanken übers Kochen zu machen, sie entspannte sich einfach, und schon floss es ihr aus den Händen. Sie hörte zu, während sich der Reporter zwei Stunden lang über seine wichtigen Kontakte ausließ. Sie setzte ihm Essen vor und bereitete ihm einen Aufguss. Er war bloß ein Junge, gerade erst vierzig. Sie hätte ihn wirklich gern geküsst, war sich aber bewusst, dass dies zum gegenwärtigen Zeitpunkt ein schwerer Fehler gewesen wäre. Man hatte ihre Wohnung wie eine Telepräsenzsite ausgestattet. Sie konnte sich nicht einmal kratzen, ohne dass ihre Fingerbewegungen in irgendeiner medizinischen 3-D-Datenbank aufgezeichnet wurden.

Zum Abschied umarmte sie den Reporter an der Tür und küsste ihn. Ein richtiger Kuss war das nicht, aber ihr erster Kuss seit einer Ewigkeit. Sie begriff nicht, wie sie es so lange ausgehalten hatte, ohne jemanden zu küssen. Es war unglaublich dumm, etwa so, als wollte man aufs Trinken verzichten.

Dann war sie wieder allein in der Wohnung. Ein wundervolles, köstliches, unglaubliches Gefühl. Abgesehen von den medizinischen Überwachungsgeräten. Bloß sie. Und die Geräte. Sie wusch das Geschirr ab und räumte auf.

Anschließend saß sie vollkommen reglos am Küchentisch aus lackiertem Karton. Sie hatte ein seltsames Gefühl. Sie spürte, wie sie inwendig wuchs. Ihr Ich fühlte sich so groß und frei an. Größer als ihr Körper. Ihr Ich war größer als die ganze Wohnung. In der Stille und Einsamkeit der Wohnung spürte sie, wie ihr Ich lautlos gegen die Fensterscheiben drückte.

Sie sprang rastlos hoch und legte ein Stück aus Mias Musikvorrat auf. Es handelte sich um diese grässliche Hintergrundmusik, die heute so beliebt war, eine dahinplätschernde, diskrete Musik, die sich anhörte, als bestünde sie aus Staub. An den Wänden hingen scheußliche alte Kartonverpackungen. Die Vorhänge sahen aus wie abgestorben. Irgendjemand war in dieser Wohnung vertrocknet; man fühlte sich darin wie im Innern einer verschrumpelten Walnuss. Die faltige, trockene Haut einer toten Frau.

Sie versuchte, in Mias Bett zu schlafen. Das Bett war eine hässliche Altweiberpritsche mit einem großen, scheußlichen Sauerstoffzelt. Die Matratze verfügte über spezielle Funktionen zur Unterstützung der Wirbelsäule. Sie wollte ihre Wirbelsäule nicht mehr stützen lassen, außerdem hatte sie jetzt ein ganz anderes Rückgrat. Und die Detektoren juckten und drückten gegen das Federbett. Sie ging ins Vorderzimmer hinüber, wickelte sich in eine Decke und legte sich auf den Boden.

Der nachtaktive Hamster war mittlerweile aufgewacht und nagte heftig an den Gitterstäben des Käfigs. Nag, nag, nag. Im Dunkeln. Kratz, kratz, kratz.

Gegen Mitternacht wurde es ihr zu viel. Sie erhob sich, zog Unterwäsche an und schlüpfte in Mias Hose. Zu kurz, die Knöchel guckten hervor. Dann legte sie einen von Mias BHs an. Ein Witz, der BH war einfach abartig. Dann einen von Mias Pullovern. Im Schrank war eine wirklich hübsche rote Jacke. Die Jacke passte großartig. Mias Schuhe drückten ein wenig. Eine Handtasche. Zu klein. Eine große Tasche. Unterwäsche in die Tasche. Lippenstift aufgelegt. Ein Kamm, eine Haarbürste, ein Rasierer. Ein Buch, um unterwegs was zum Lesen zu haben. Ein paar Socken. Rouge und Eyeliner. Eine Zahnbürste.

Ihr Netzgerät begann durchdringend zu piepsen. Das Netzgerät hatte sie satt.

»Ständig müssen sie einen nerven«, sagte sie zum leeren Zimmer. »Das ist nicht meine Wohnung. Das ist gar nichts. So kann ich nicht leben. Das ist kein Leben. Ich bin weg.« Sie trat durch die Tür und warf sie hinter sich zu.

Auf dem Treppenabsatz zögerte sie, dann machte sie kehrt, öffnete die Tür, betrat wieder die Wohnung. »Schon gut, schon gut«, sagte sie. »Komm her, du blödes Vieh.« Sie öffnete den Käfig, packte den Hamster. »Du kannst mitkommen«, sagte sie.

Kaum stand sie auf der Straße, warf sie den Stirnreif weg. Ein Krankenwagen mit eingeschaltetem Blaulicht traf ein und hielt vor dem Gebäude, in dem sie wohnte. Auf dem Weg durch die Parnassus Avenue riss sie sich die Ohrringe und alle zehn Fingerringe ab. Während sie auf ein Taxi wartete, schlüpfte sie aus den Schuhen, zog die Socken aus und entledigte sich der lästigen Zehenringe. Darunter war die Haut ganz blass und klebrig.

Das Taxi traf ein.

Im Taxi schlüpfte sie aus der Hose und entfernte die Knieschoner und mehrere große, klebrige Pflaster. Aus dem Fenster damit. Im Zug auf dem Weg zum Flughafen ging sie auf die Toilette und befreite sich von der Brustplatte und einem Dutzend weiterer Pflaster. Die Pflaster juckten höllisch, und als sie sie los war, fühlte sie sich himmlisch.

Die schwarze Rollbahn war voller leuchtender Flugzeuge. Es sah hübsch aus, wie sie die Flügel bogen und sich einfach in die kalte Nachtluft emporschwangen, wenn sie abheben wollten. Aufgrund der hauchdünnen Hüllen konnte man die Menschen in den Flugzeugen sehen. Manche hatten die Leselampen eingeschaltet, doch die meisten machten in ihren Sitzsäcken die Beine lang und betrachteten durch den Rumpf hindurch den Nachthimmel. Oder aber sie schliefen, denn dies war ein Billigflug nach Europa. Alles ging nahezu lautlos vonstatten und war wunderschön anzusehen. Und es war überhaupt nichts dabei.

Sie ging zum Abflugsteig und stieg hinauf. Die Stewardess sprach sie auf deutsch an, als sie das Flugzeug betrat. Sie öffnete die Tasche, holte den Hamster heraus und zeigte ihn der Stewardess, steckte den Hamster wieder hinein. Dann wandte sie sich ab und schritt voller Zuversicht über den Mittelgang davon. Die Stewardess unternahm nichts.

Sie wählte einen hübschen braunen Sitzsack in der Business Class aus und legte sich hinein. Später brachte ihr die Stewardess einen heißen Frappé.

Um drei Uhr morgens startete das Flugzeug, und sie schlief endlich ein.

Als sie aufwachte, war es acht Uhr morgens, der 10. Februar 2096. Sie war in Frankfurt.

Sie stieg aus dem Flugzeug und wanderte im Frankfurter Flughafen umher, verloren und mit verklebten Augen und völlig unbeschwert von Plänen. Sie hatte nicht einmal Geld. Keine Geld- und keine Kreditkarte. Keinen Ausweis. Die Sozialdienstleute vom Flug ließen sich brav überprüfen, aber wenn man es nicht darauf angelegt hatte, beachteten einen die deutschen Beamten nicht.

Sie trank etwas Wasser an einem Trinkbrunnen, ging dann auf die Toilette, wusch sich Gesicht und Hände und wechselte Unterwäsche und Socken. Ihr Gesicht hatte offenbar kein Make-up mehr nötig, aber es fehlte ihr doch sehr. Ohne Make-up herumzulaufen verunsicherte sie mehr, als keinen Ausweis zu haben.

Sie trat aus der Toilette und schloss sich anderen Leuten an, damit sie niemandem auffiel.

Die Menge spülte sie durch zahllose verglaste Hallen und Kioske und über Aufzüge hinunter in einen efeuüberrankten Bahnhof. Die Deutschen mochten Efeu offenbar sehr, zumal wenn es unter der Erde wuchs, wo es eigentlich nichts zu suchen hatte.

Sie bemerkte ein junges europäisches Mädchen mit sehr kurzem Haar und einer hellroten Jacke. Da sie ebenfalls sehr kurzes Haar hatte und eine hellrote Jacke trug, hielt sie es für geraten, der jungen Frau zu folgen und das gleiche zu tun wie sie. Dies war ein kluger Plan, denn die Frau wusste genau, wo sie hinwollte. Die Frau erstand an einem Sozialdienstkiosk Kekse in einer Papiertüte. Somit holte auch Mia sich eine solche Tüte. Zu bezahlen brauchte sie nicht. Die Kekse waren richtig gut. Sie spürte, wie die vitaminangereicherten, von der Regierung subventionierten nichttoxischen Bestandteile sich in ihrem dankbaren Körper ausbreiteten.

Als sie ein halbes Dutzend Kekse verschlungen und noch etwas Wasser getrunken hatte, fühlte sie sich recht behaglich und zufrieden mit sich selbst. Ein paar Krümel gab sie dem Hamster.

Im Bahnhofsgebäude spielten zwölf Männer in weiten Webponchos und mit flachen schwarzen Hüten auf dem Kopf mit Flöten und Gitarren Volksmusik aus den Anden. Die Südamerikaner hatten ein Kartenlesegerät auf einem Pfosten aufgestellt, aber wenn man nicht wollte, brauchte man ihnen nichts zu geben. Man konnte einfach dasitzen und der Gratismusik lauschen. Es gab genügend freie Sitzsäcke und kostenloses Wasser und jede Menge Gratiskekse und eine sehr hübsche Toilette. Soweit sie erkennen konnte, sprach nichts dagegen, dass sie den Rest ihres Lebens im schönen alten Frankfurter Bahnhof verbrachte.

Es war warm und behaglich, und es war faszinierend, all die unterschiedlichen Europäer mit ihrem Gepäck vorbeiwandern zu sehen. Sie kam sich ein wenig exponiert vor, wie sie da in dem öffentlichen Sitzsack saß und öffentlich ihre öffentlichen Kekse knabberte, aber schließlich belästigte sie ja niemanden. Vielmehr schienen alle, die sie bemerkten, sie für toll zu halten. Die Deutschen lächelten sie an. Zumal die Männer lächelten viel. Als sie eine Stunde totgeschlagen hatte, bemerkte sie in der Menge eine Gruppe Kinder. Sogar die Kinder lächelten sie an.

Offenbar glaubten alle, sie hätten etwas Wichtiges zu erledigen. Was für ein Witz. Weshalb konnten sie nicht einfach stillsitzen und das Leben genießen? Wozu die ganze Eile? All dieses ziellose Rumgerenne ... Sie würden alle eine Million Jahre leben – war das nicht das Entscheidende? Man konnte einfach in einem Sitzsack liegen, sich im Einklang mit dem Universum fühlen und vollkommen glücklich sein.

Etwa anderthalb Stunden lang amüsierte sie sich prächtig. Dann schlug ihre Stimmung um. Sie empfand Langeweile. Unruhe. Sie wurde nervös und konnte schließlich nicht mehr stillsitzen. Außerdem hatten die Männer aus den Anden damit begonnen, ihre Lieder zu wiederholen, und das Pfeifinstrument, das sie benutzten, war wirklich nervig. Sie erhob sich und wählte einen Zug aus, wie alle anderen es ebenfalls taten.

Im Innern des Zuges war es lärmig. Vor lauter Gerede. Der Zug selbst machte überhaupt kein Geräusch, aber die Leute plapperten und aßen Nudeln und tranken Malzbier aus großen Bechern. Der Zug war äußerst schnell und bewegte sich so lautlos wie ein Aal. Er lief auf Schienen, die er jedoch nicht berührte. Sie verstaute die Tasche unter dem Sitz und wünschte, sie hätte Deutsch gesprochen.

Als sie die Tasche wieder hervorholte, war diese weit geöffnet, und sie stellte fest, dass der Hamster entkommen war. Das hässliche kleine Pelzmonster war geflohen, entweder im Zug oder schon im Frankfurter Bahnhof. Zunächst regte sie sich ein wenig auf, dann aber wurde ihr bewusst, wie komisch das war. Der Hamster ist los! Massenpanik in Europa! Also, Lebewohl und viel Glück, Postnagetier! Kein Bedauern, okay?

In Munchen stieg sie aus, weil ihr der Name der Stadt gefiel. Früher einmal hatte sie Munich, Muenchen, Moenchen oder sogar München geheißen, doch im

Zuge der gesamteuropäischen Schreibreform war Munchen daraus geworden. Munchen, Munchen, Munchen. Irgendjemand hatte mal gesagt, Stuttgart sei die weltweit bedeutendste Kunstmetropole, doch der Name Stuttgart klang nicht halb so hübsch wie Munchen.

Als sie entdeckte, dass man an den Kiosks Brezeln bekam, wusste sie, dass ihr Munchen gefallen würde. Keine kleinen, vertrockneten amerikanischen Stangenbrezeln mit Jodsalz, sondern große, warme, knusprige Brezeln, die wahrscheinlich noch Spuren von Weizen und Hefe enthielten. Im Munchener Bahnhof standen etwa hundert fröhliche Jugendliche aus ganz Europa für diese handschellengroßen Brezeln an. Die bayerischen Sozialdienstleute von der Bäckerei wirkten angesichts der Situation ausgesprochen blasiert. Man sah ihnen an, dass sie irgendwelche Hintergedanken hatten.

Sie verspeiste genussvoll zwei dieser Riesenbrezeln, trank noch etwas Wasser, und dann suchte sie sich ein anderes, noch hübscheres Mädchen mit langem blondem Haar und einem Mantel aus blauem Samt und folgte ihm. Und so gelangte sie zum Marienplatz.

Auf dem Platz waren U-Bahn-Ausgänge und ein Springbrunnen mit einer kreisförmigen steinernen Brüstung und einer großen Marmorsäule mit vier Bronzeengeln, die Teufeln schräge Blicke zuwarfen. Oben auf der Säule stand eine vergoldete Jungfrau Maria, welche den Platz offenbar überwachte. In einer Ecke war eine Telepräsenzsite und ein paar Boutiquen mit beweglichen Schaufensterpuppen. Viele lange, schlanke Euro-Fahrräder waren abgestellt. Alle möglichen Leute schlenderten über den Marienplatz. Touristen aus aller Welt. Vor allem Indonesier.

Wie andere Jugendliche auf dem Platz lehnte auch Maya sich an die Brüstung des Springbrunnens. Aus den großen Bronzekübeln dreier muskulöser Bronzestatuen ergossen sich nicht abreißende Wasserströme. Die

Sonne ging bereits unter, und es war recht kühl. Die Kinder hatten rote Backen und windzerzaustes Haar und trugen Jacken und bunte Halstücher und seltsame Euro-Kinderstiefel.

Hin und wieder trotteten zwei große Polizeischäferhunde über den Platz, dann verstummten die Kinder und versteiften sich ein wenig.

Der Marienplatz war wunderschön. Es gefiel ihr, dass die Munchener ihre Kirchen gut in Schuss hielten: Spitzbögen, Balkons, das Fleisch transzendierende Heiligenfiguren aus glitschig wirkendem Stein. Besonders gefielen ihr die bunten mittelalterlichen Holzroboter der Turmuhr.

An der Turmspitze waren drei nackte Katholiken an den Füßen aufgehängt, die Hände zum Gebet gefaltet. Offenbar handelte es sich um ein Bußritual. Man konnte nicht behaupten, dass sie um Aufmerksamkeit heischten; die Katholiken dort oben waren sogar recht schwer zu bemerken, wie sie da nackt von den Zacken des gotischen Turms hingen. Sie boten ihre Körper dem Wind und der Kälte dar, fromm und hingebungsvoll, in so großer Höhe, dass nicht einmal ein Drache an sie herangereicht hätte.

Irgendjemand sprach sie an. Sie riss den Blick von den Turmbüßern los und wandte sich um. »Wie bitte?«, sagte sie.

Vor ihr stand ein gut aussehender junger Mann in Schafsfelljacke und Schafsfellhose – eigentlich war der Typ mit einem ganzen Schaf bekleidet, einschließlich des braun verfärbten, augenlosen Kopfes, der Teil des Jackenkragens war. Am ganzen Körper war er mit weißer, lockiger Wolle bedeckt. Allerdings hatte er schwarzes, angeklatschtes Haar, das ihm bis in die ziemlich fliehende Stirn und über die schrägen schwarzen Augenbrauen fiel. »Ah, Englisch«, sagte er. »Kein Problem, ich spreche englisch.«

»Tatsächlich? Schön. Hi!«

»Hi. Woher kommst du?«

»Aus Kalifornien.«

»Heute erst in Munchen eingetroffen?«

»Ja.«

Er lächelte. »Wie heißt du?«

»Maya.«

»Ich heiße Ulrich. Willkommen in meiner wunderschönen Heimatstadt. Dann bist du also ganz allein, ohne Eltern, ohne Freund? Du treibst dich seit zwei Stunden auf dem Marienplatz herum, triffst niemanden, tust nichts.« Er lachte. »Hast du dich verlaufen?«

»Ich habe kein bestimmtes Ziel, ich bin bloß auf der Durchreise.«

»Also hast du dich doch verlaufen.«

»Na ja«, meinte Maya, »könnte man vielleicht so sagen. Aber wenigstens spioniere ich nicht geschlagene zwei Stunden lang anderen Leuten nach, so wie du.«

Ulrich lächelt bedächtig, schwang den großen braunen Rucksack von den Schultern und stellte ihn sich vor die Füße. »Wie hätte ich eine so schöne Frau nicht beobachten sollen?«

Maya spürte, wie sich ihre Augen weiteten. »Ist das dein Ernst? Ach, du meine Güte …«

»Ja, ja! Ich bin doch bestimmt nicht der erste Mann, der dir das sagt! Du bist schön. Wunderschön! Du bist so niedlich wie ein großes Kaninchen.«

»Ich wette, auf deutsch klingt das richtig nett, Ulrich, aber …«

»Ich kann dir bestimmt helfen. Wo liegt dein Hotel?«

»Ich habe keins.«

»Und wo ist dann dein Gepäck?«

Sie hob die Handtasche hoch.

»Kein Gepäck. Kein Hotel. Keine Adresse. Hast du Geld?«

»Nein.«

»Und wie steht's mit einem Ausweis? Du hast doch hoffentlich einen Ausweis.«

»Auch nicht.«

»Aha. Dann bist du also eine Ausreißerin.« Ulrich ließ sich das durch den Kopf gehen; offenbar erfüllte es ihn mit Genugtuung. »Dann habe ich eine gute Neuigkeit für dich, Miss Maya, die Ausreißerin. Du bist nicht die einzige Ausreißerin, die es nach Munchen verschlagen hat.«

»Eigentlich wollte ich heute Abend mit dem Zug nach Frankfurt zurückfahren.«

»Nach Frankfurt! Welche Schande! Frankfurt ist eine Gruft. Ein Grab! Komm mit, dann zeige ich dir das berühmteste Lokal der ganzen Welt!«

»Weshalb sollte ich mit einem Typen mitgehen, der so grausam zu Schafen ist?«

Ulrich fasste sich bestürzt an den Schafsfellmantel. »Du machst wohl Witze! Ich bin nicht grausam! Ich habe das Schaf im Kampf Mann gegen Mann getötet! Der Schafsbock wollte mich ermorden! Komm mit, dann zeige ich dir das berühmte Hofbräuhaus. Dort gibt es Fleisch! Und Bier!«

»Du willst mich verarschen.«

»Es ist nicht weit.« Ulrich verschränkte die mit weißem Fell bedeckten Arme. »Du willst es doch bestimmt sehen, oder?«

»Klar. Ich will es sehen. Also gut.«

Wie versprochen führte er sie zum Hofbräuhaus. Es hatte einen überwölbten Eingang und Messingtüren, und davor standen uniformierte Sozialdienstleute. Ulrich streifte die Jacke ab und schlüpfte in Sekundenschnelle aus der Hose. Das Schafsfell stopfte er in seinen geräumigen Rucksack. Unter dem Fell war er mit einem bunt gemusterten Gymnastikanzug bekleidet.

Das Hofbräuhaus hatte eine hohe Gewölbedecke, geschmückt mit Wandmalereien, Eisenbeschlägen und

Laternen. Es war wundervoll warm und roch stark nach Kerzen und gebratenem Fleisch. Ergraute Blasmusiker mit komischen Hüten und breiten Hosenträgern spielten zweihundertfünfzig Jahre alte Polkas, die Art Volksmusik, die so abgenutzt war, dass sie wie Flusskiesel durch die Ohren flutschte. Die Besucher drängten sich auf Holzbänken an langen Tischen und gaben sich dem alkoholisierten Frohsinn hin. Zu ihrer Erleichterung stellte Maya fest, dass die meisten keinen Alkohol tranken. Stattdessen tranken sie kühles Malzbier aus großen Gläsern und atmeten den Alkohol aus seitlich angebrachten befeuchteten Inhalatoren ein. Auf diese Weise wurde die Dosis reduziert und die Leber nicht in Mitleidenschaft gezogen.

Es war laut. »Möchtest du etwas essen?«, brüllte Ulrich.

Maya blickte auf ein Tablett, das vorbeigetragen wurde. Tierfleischbrocken schwammen in brauner Soße, dazu gab es zerfetzten Kohl und Kartoffelstücke. »Ich habe keinen Hunger!«, sagte sie.

»Möchtest du Bier trinken?«

»Igitt!«

»Was willst du dann?«

»Keine Ahnung. Vielleicht die seltsamen Leute beobachten. Gibt es hier einen ruhigen Ort, wo man sich hinsetzen und unterhalten kann?«

Ulrich kniff ungeduldig die Augen zusammen, dann musterte er die Menge. »Würdest du mir einen Gefallen tun? Siehst du die alte Touristin mit dem Noteboook dort drüben?«

»Ja?«

»Frag sie doch mal, ob sie einen Stadtplan hat. Rede einen Moment mit ihr, eine Minute, das reicht schon. Bitte sie … bitte sie, dir zu zeigen, wo der Chinaturm liegt. Dann gehst du nach draußen. Ich warte auf dich. Auf der Straße.«

»Warum?« Sie musterte ihn forschend. »Du hast irgendetwas Schlimmes vor.«

»Nichts richtig Schlimmes. Aber es könnte sehr nützlich für uns sein. Rede mit ihr. Reden ist nicht verboten.«

Maya ging zu der alten Dame hinüber, die mit Messer und Gabel Nudeln in sich hineinschaufelte. Sie trank ein Getränk, das mit ›Fruchtlimo‹ beschriftet war, und war sehr gut gekleidet. »Entschuldigen Sie, Ma'am, sprechen Sie englisch?«

»Ja, allerdings, junge Frau.«

»Haben Sie einen Stadtplan von Munchen? In Englisch? Ich suche nach einem bestimmten Ort.«

»Aber gern. Freut mich, wenn ich Ihnen behilflich sein kann.« Die Frau klappte das Notebook auf und öffnete allerlei Fenster. »Wie heißt der Ort, den Sie suchen?«

»Chinaturm.«

»Ah, ja. Den kenne ich. Da haben wir ihn schon ...« Sie zeigte darauf. »Er liegt im Englischen Garten. Der Park wurde um 1790 von Graf Rumford entworfen. Graf Rumford hieß mit richtigem Namen Benjamin Thompson und war ein amerikanischer Emigrant.« Sie schaute lächelnd hoch. »Ist es nicht seltsam, dass eine so alte Stadt von einem unserer Landsleute umgestaltet wurde!«

»Fast so seltsam wie der Umstand, dass Indianapolis von einem Indonesier umgestaltet wurde.«

»Nun«, meinte stirnrunzelnd die Frau, »damals waren Sie noch nicht geboren. Aber ich bin zufällig aus Indiana und habe dort gelebt, als die Indonesier die Stadt kauften, und glauben Sie mir, das fanden wir damals gar nicht komisch.«

»Vielen Dank für Ihre Hilfe, Ma'am.«

»Soll ich Ihnen den Stadtplan ausdrucken? Ich habe einen Scroller in der Handtasche.«

»Schon gut. Ich werde von jemandem erwartet, ich muss jetzt gehen.«

»Aber es ist ein weiter Weg bis zum Turm, Sie könnten sich verlaufen. Ich könnte ...« Sie stockte. »Meine Handtasche ist weg.«

»Sie haben Ihre Handtasche verloren?«

»Nein, nicht verloren. Sie war hier, gleich unter der Bank.« Sie schaute umher, dann sah sie zu Maya auf. Sie senkte die Stimme. »Ich fürchte, jemand hat meine Handtasche mitgenommen. Sie gestohlen. O je. Das ist wirklich schlimm.«

»Das tut mir Leid«, meinte Maya hilflos.

»Ich fürchte, ich muss zur Polizei gehen.« Die alte Dame seufzte. »Das ist wirklich unangenehm. Sie werden so verlegen sein, die armen Leute ... Es ist schrecklich, wenn einem Gast so etwas passiert.«

»Es ist nett von Ihnen, dass Sie sich über ihre Empfindungen Gedanken machen.«

»Das Schlimme ist ja nicht der Verlust der paar Wertsachen, sondern die Verletzung des Gastrechts.«

»Ich weiß«, sagte Maya, »und es tut mir aufrichtig Leid. Ich würde Ihnen gern meine Handtasche geben.« Sie legte ihre Tasche auf den Tisch. »Es ist nicht viel drin, aber Sie können sie haben.«

Die alte Dame sah ihr zum erstenmal in die Augen. Dann geschah etwas Seltsames. Die Frau riss die Augen auf und erbleichte. »Meinten Sie nicht, Sie hätten eine Verabredung?«, sagte sie schließlich mit schwankender Stimme. »Ich möchte Sie nicht aufhalten.«

»Schon gut«, erwiderte Maya. »Leben Sie wohl, und *auf Wiedersehen.*« Sie trat auf die Straße. Ulrich hatte wieder das Fell angezogen. »Du hast viel zu lange gebraucht«, neckte er sie. »Komm mit.« Er wandte sich zu einer U-Bahnstation.

Auf der Rolltreppe öffnete Ulrich seinen braunen Rucksack und wühlte darin. »Ah! Ja, ich hab's doch gewusst.« Er holte einen federleichten Ohrclip hervor. »Hier, leg das an.«

Maya klemmte sich den Clip ans rechte Ohr. Ulrich begann deutsch zu sprechen. Ein Schwall deutscher Worte floss von seinen Lippen, während der Clip simultan übersetzte.

»[So ist es besser]«, wiederholte der Clip in melodischem Ostküstenamerikanisch. »[Damit wäre die intellektuelle Parität wieder hergestellt.]«

»Was?«, meinte Maya.

»Der Übersetzer funktioniert doch, oder?« Ulrich sprach englisch und tippte sich nervös ans Ohr.

»Oh.« Maya fasste sich an den Clip. »Ja, er funktioniert.«

Ulrich wechselte sogleich wieder ins Deutsche. »[Dann ist es ja gut! Jetzt kann ich dir beweisen, dass ich schlauer und einfallsreicher bin, als man aufgrund meiner beschränkten Englischkenntnisse meinen mag.]«

»Du hast der Frau eben die Handtasche gestohlen.«

»[Stimmt. Das musste sein. Auf die Dauer wäre es zu mühselig gewesen, mich mit dir zur unterhalten. Ich war mir sicher, dass eine Frau ihres Alters und ihrer sozialen Stellung einen Übersetzer dabei hätte. Und wer weiß, vielleicht sind in der Handtasche ja noch andere interessante Sachen.]«

»Und wenn du erwischt wirst? Wenn wir erwischt werden?«

»[Man wird uns nicht erwischen. Als ich die Handtasche gestohlen habe, hatte ich das bunte Trikot an, das beim Betreten und Verlassen des Gebäudes aufgezeichnet wurde. Es gibt bestimmte Techniken, die es einem gestatten, derlei Transaktionen gefahrlos durchzuführen. Einem Neuling lässt sich das Handwerk schwer erklären.]« Ulrich strich heftig über die wollenen Jackenärmel. »[Aber zurück zum Thema. Ich verstehe recht gut englisch, spreche es aber nicht so gut.]« Er lachte. »[Du kannst also englisch mit mir reden, und ich antworte dir auf deutsch über den Ohrhörer, dann kommen wir schon klar.]«

Sie hatten das Ende der Rolltreppe erreicht und bahnten sich einen Weg durch ein Labyrinth von Kübelpflanzen: Zykadeen, Farne, Ginkgos. »[Wenn jemand eine Sprache nur gebrochen spricht]«, sagte Ulrich, »[neigt man dazu, seinen Intellekt zu unterschätzen. Man wirkt dann immer ein wenig dumm. Dieses Missverständnis hätte uns auf ein völlig falsches Gleis gebracht.]«

»Okay. Ich verstehe. Du kannst dich hervorragend ausdrücken. Aber du bist ein Dieb.«

»[Ja, die europäischen Handtaschendiebe können zumeist auf eine gediegene Erziehung verweisen.]« Trotz der Simultanübersetzung hörte sie aus Ulrichs Stimme den sarkastischen Unterton heraus. Der Übersetzer quetschte die englischen Worte mit genau der richtigen Betonung auf die gleiche Länge wie die sperrigen deutschen Silben zusammen. Daran musste sie sich erst gewöhnen.

Sie stiegen in die U-Bahn ein und nahmen hinten im Wagen Platz. Ulrich machte sich nicht die Mühe zu bezahlen. »[Man sollte den Schauplatz des Verbrechens möglichst rasch hinter sich lassen]«, murmelte er. Er nahm ihr die Handtasche ab, öffnete sie und leerte den gesamten Inhalt der gestohlenen Handtasche hinein. Diese Operation führte er im höhlenartigen Inneren seines Rucksacks durch. »[Da]«, sagte er und reichte ihr die Handtasche zurück. »[Das gehört jetzt alles dir. Schau mal, was du davon gebrauchen kannst.]«

»Das ist unredlich.«

»[Maya, du bist unredlich. Du reist illegal, ohne Ausweis]«, entgegnete Ulrich. »[Willst du redlich sein und wieder heimfliegen? Willst du wirklich zurück zu den Menschen, vor denen du geflohen bist?]«

»Nein. Nein, das will ich auf gar keinen Fall.«

»[Damit verstößt du bereits gegen die Regeln. Und du wirst gegen noch mehr dumme Regeln verstoßen müssen. Ohne Ausweis kannst du keinen Job bekommen. Du kannst nicht zum Arzt, du kannst dich nicht versichern. Sollte dich die Polizei mal richtig in die Mangel nehmen, wird man sich deine DNS anschauen und herausfinden, wer du bist. Ganz gleich, woher du kommst, ganz gleich, wer du bist. Die medizinischen Datenbanken der Politas sind ausgezeichnet.]« Ulrich rieb sich das Kinn. »[Maya, weißt du, was der Begriff ›Informationsgesellschaft‹ bedeutet?]«

»Klar. Ich denke schon.«

»[Europa ist eine wahre Informationsgesellschaft. Und eine wahre Informationsgesellschaft setzt sich aus Informanten zusammen.]« Ulrich kniff die dunklen Augen zusammen. »[Aus Ratten. Petzen. Judassen. Fieslingen. Bringt der Übersetzer das rüber?]«

»Ja.«

»[Dann ist das Gerät gut! Welch hervorragendes Verständnis der deutschen Umgangssprache!]« Ulrich lachte herzhaft und senkte die Stimme. »[Munchen ist ein guter Ort, um sich zu verstecken, denn die Polizei arbeitet sehr langsam. Wenn man es schlau anstellt und Freunde hat, kann man in Munchen als Ausreißer überleben. Aber man braucht bloß einmal aufzufallen, und schon kommen die Bullen und sperren einen ein. Darauf kannst du dich verlassen.]«

»Bist du ein Illegaler, Ulrich?«

»[Keineswegs, ich bin ein legaler Deutscher. Dreiundzwanzig Jahre alt.]« Er streckte sich, legte ihr den Arm um die Schulter. »[Ich führe das Leben eines Kleinkriminellen spaßeshalber und aus ideologischen Gründen. Zu viel Ehrlichkeit ist schlecht für die Menschen.]«

Maya blickte in die Handtasche. Sie verspürte den vagen Drang, sich weiter zu beklagen, doch als sie sah, was für einen Fang sie da gemacht hatten, beschloss sie, den Mund zu halten. Mit der Minibank konnte sie natürlich nichts anfangen, doch es waren auch ein paar Geldkarten dabei. Außerdem ein Munchener U-Bahnticket. Eine Sonnenbrille. Bürste und verschiedene Kämme. Haarlack. Lippenstift (nicht ihre Farbe), Nachtcreme (eine Feuchtigkeitscreme), pH-regulierende Kreide (mit Pfefferminzgeschmack). Mineraltabletten für Aufgüsse. Ein Spritzen-Set. Papiertaschentücher. Ein hübsches kleines Netzgerät. Ein Scroller. Und eine Kamera.

Maya nahm die Kamera heraus. Ein kleines Digitalgerät für Touristen. Es schmiegte sich wunderbar in ihre Hand. Sie blickte versuchsweise durch den Sucher, dann wandte sie sich herum und zielte auf Ulrichs Gesicht. Er zuckte zurück und schüttelte rasch den Kopf.

Maya überprüfte die Kameraanzeige und löschte die gespeicherten Fotos. »Möchtest du wirklich, dass ich das alles behalte?«

»Ich weiß, dass du es brauchst«, antwortete Ulrich auf englisch.

»Toll.« Sie reinigte die Kamera sorgfältig mit einem Papiertaschentuch.

»[Während du die verrückten Katholiken auf dem Turm angestarrt hast]«, gestand Ulrich, »[habe ich einen Blick in deine Handtasche geworfen. Außer einem angenagten Brezel und ein paar mit Rattenkot verschmutzten Slips war nichts drin. Das hat meine Neugier geweckt.]« Ulrich lehnte sich weiter zu ihr hinüber. »[Ich habe davon Abstand genommen, dir deine wertlose Handtasche zu stehlen. Ich hielt es für besser, dir meinen Schutz anzubieten. Ich weiß nicht, wer du bist, kleine Kalifornierin. Aber du bist ausgesprochen weltfremd. Ohne einen Freund wirst du in Munchen nicht lange durchhalten.]«

Sie schenkte ihm ein Lächeln. Strahlend und voller Zuversicht. »Dann bist du also jetzt mein Freund?«

»[Klar. Ich bin genau die richtige Gesellschaft für dich.]«

»Du bist sehr großzügig. Mit anderer Leute Eigentum.«

»[Ich wäre auch mit meinem eigenen Eigentum großzügig, wenn ich welches hätte.]« Er ergriff ihre Hand und drückte sie ganz sanft. »[Vertraust du mir nicht? Du kannst mir ruhig vertrauen. Dann werden wir viel Spaß miteinander haben.]« Er führte ihre Finger an seine Lippen und hauchte einen Kuss darauf.

Sie entzog ihm ihre Hand, fasste ihm in den Nacken und lehnte sich an ihn. Ihre Lippen trafen sich.

Küssen war einfach toll. Sein Hals, der in dem Wollkragen steckte, strahlte Hitze aus. Sein männlicher Geruch rief alte, erregende Erinnerungen wach. Sie spürte, wie ihre ganze Persönlichkeit ins Wanken geriet und einstürzte, als habe ihr Gehirn in eine Zitrone gebissen. Sie küsste ihn, was das Zeug hielt.

»[Vorsicht, kleine Maus]«, sagte Ulrich und machte sich von ihr los. »[Man beobachtet uns.]«

»Wieso darf ich denn in der U-Bahn keinen Typen küssen?«, fragte sie und wischte sich den Mund am Jackenärmel ab. »Was ist denn dabei?«

»[Eigentlich gar nichts]«, meinte er. »[Aber die Leute könnten sich später an uns erinnern. Das wäre nicht so gut.]«

Maya blickte sich im Wagen um. Ein Dutzend Munchener starrten sie an. Die Deutschen erwiderten ihren Blick ohne ein Fünkchen Zurückhaltung mit tiefem, ernsthaftem Interesse. Maya runzelte die Stirn und hob die Kamera schützend vors Gesicht. Die Deutschen lächelten bloß, winkten ihr zu und schnitten Grimassen. Widerwillig steckte sie die Kamera wieder in die Handtasche. »Wohin fahren wir eigentlich?«

»[Wo möchtest du denn hin?]«

»Irgendwohin, wo wir uns hinlegen können.«

Ulrich lachte erfreut. »[Genau wie ich dachte. Du bist wirklich verrückt.]«

Sie boxte ihn in die Rippen. »Erzähl mir bloß nicht, das hätte dir nicht gefallen, du großer Schwindler.«

»[Klar hat's mir gefallen. Du bist genau die Frau, nach der ich mein ganzes Leben lang gesucht habe. Du siehst toll aus, weißt du. Wirklich. Du solltest dir das Haar lang wachsen lassen.]«

»Ich besorge mir eine Perücke.«

»[Ich besorge dir sieben Perücken]«, versprach Ulrich. Allmählich bekam er einen Schlafzimmerblick. »[Für jeden Wochentag eine. Und Klamotten. Du magst doch hübsche Klamotten, oder? Das sehe ich an deiner Jacke.]«

»Ich mag lebendige Klamotten.«

»[Du bist ausgerissen, um zu leben, kleine Maus? Lebendige Menschen haben eine Menge Spaß.]« Einen Moment lang hatte es ihm den Atem verschlagen, doch die Küsserei hatte noch eine andere Auswirkung auf Ulrich. Er hatte wieder die Initiative übernommen, und es fiel ihm schwer, seine Hände unter Kontrolle zu halten.

»[Fummeln macht mich immer ganz blöd]«, erklärte Ulrich und massierte sich versonnen den linken Oberschenkel. »[Eigentlich sollte ich mit dir in eine billige Absteige gehen, aber ich glaube, ich nehme dich mit in meine Lieblingsräuberhöhle.]«

»Eine Räuberhöhle? Wie spannend. Was bräuchte ich mehr?«

»[Bessere Schuhe]«, sagte er ganz ernsthaft. »[Kontaktlinsen. Geldkarten. Perücken. Hautfärbemittel. Minimale Deutschkenntnisse. Einen Stadtplan. Etwas zu essen. Ein Bad. Ein hübsches warmes Bett.]«

In Schwabing stiegen sie aus. Ulrich führte sie zu einem besetzten Haus. Es handelte sich um ein vierstöckiges Wohnhaus aus dem zwanzigsten Jahrhundert, mit einer vulgären, hässlichen Fassade aus gelben Klinkern. Irgendjemand hatte systematisch alle elektrischen Leitungen herausgerissen, sodass es nicht mehr zu vermieten war. Ulrich hob eine Öllampe mit Drahtgriff hoch, die im Eingang stand.

»[Man kann die Gesundheitsinspektoren nicht aus einem besetzten Haus heraushalten]«, meinte Ulrich warnend. Den kaputten Aufzug ließen sie links liegen und stiegen die dunkle, stinkende Treppe hoch. »[Sozialdienstleute sind sture Böcke, und sie sind sehr tapfer. Die Munchener Polizei ist allerdings sehr effizient und daher faul. Sie lassen die Arbeit lieber von Maschinen erledigen, und ein besetztes Haus ohne Strom zu verwanzen oder anzuzapfen, ist nicht leicht.]«

»Wie viele Leute leben in dieser Bruchbude?«

»[Sie kommen und gehen. Etwa fünfzig Personen. Wir sind Anarchisten.]«

»Alles junge Leute?«

»Mit vierzig ist das Leben zu Ende«, sagte Ulrich auf englisch. »[Wir gelten als jung … Alte mögen keine besetzten Häuser. Sie legen keinen Wert auf Freiheit und Selbständigkeit. Sie brauchen ihre Archive, ihre Reinigungsgeräte, ihre Lehnsessel, richtiges Geld, überall Sensoren und Alarmanlagen, sämtlichen Komfort. Richtig alte Leute besetzen keine Häuser. Sie haben keinen Grund dazu.]« Ulrich setzte ein halbherziges anzügliches Grinsen auf. »[Einer der vielen Gründe, weshalb alte Leute nichts mehr empfinden …]«

»Hast du Eltern, Ulrich«

»[Jeder hat Eltern. Manchmal verlegen wir sie.]« Sie waren im dritten Stock angelangt, und er hob die fauchende Lampe und sah ihr ins Gesicht. Er schaute sehr ernst drein. »[Frag mich nicht nach meinen Eltern, und ich werd dich nicht nach deinen fragen.]«

»Meine sind tot.«

»[Wie schön für dich]«, sagte Ulrich und stieg ungeduldig zum nächsten Absatz hoch. »[Wenn ich dir das abnähme, würde ich dich bedauern.]«

Atemlos gelangten sie am obersten Absatz an. Sie schritten durch einen kalten Korridor mit kahlen, graffitibeschmierten Wänden. Die Graffitis waren sehr subversiv, säuberlich mit Schablonen gemalt und hochpolitisch. Das meiste war in englisch. KAUF DIR EINEN NEUEN WAGEN, DAS MACHT SEXY, verkündete eine Inschrift. STEIGERT DEN VERBRAUCH AN BODENSCHÄTZEN, UM KURZFRISTIGE BEDÜRFNISSE ZU BEFRIEDIGEN, lautete ein weiterer ominöser Spruch.

Ulrich öffnete ein altes Vorhängeschloss mit einem Metallschlüssel. Die Tür öffnete sich quietschend. Der dahinter befindliche Raum war dunkel und kalt und stank. Die Innenwände waren zum größten Teil eingerissen und durch Stoffdecken ersetzt worden, die an gespannten Seilen aufgehängt waren. Es roch nach Moder und Mäusen.

Ulrich schlug die Tür zu und legte den Riegel vor. »[Ist das nicht luxuriös?]« Seine Stimme hallte in dem stinkenden Gemäuer wider. »[Hier stört einen niemand! Ich rede nicht von privater Abgeschiedenheit. Ich will damit sagen, dass diese Räumlichkeiten jeglicher Überwachung unzugänglich sind.]«

»Kein Wunder, dass es hier so stinkt.«

»[Dagegen hab ich was.]« Ulrich entzündete ein halbes Dutzend Duftkerzen. Das Zimmer füllte sich mit dem aufdringlichen Geruch tropischer Früchte: Ananas, Mango. Maya bezweifelte, dass Ulrich jemals Ananas oder Mango gegessen hatte. Wahrscheinlich bewirkte der Mangel an unmittelbarer Erfahrung, dass ihm die Düfte noch exotischer erschienen.

Sie musterte das stinkende Zimmer im romantischen Kerzenschein. »Dafür, dass es hier keinen Strom gibt, hast du hier aber eine Menge elektronischer Geräte.«

»[Enteigneter Privatbesitz.]« Ulrich nickte. »[Zufällig

teile ich diese Räumlichkeiten mit drei anderen Herren mit ganz ähnlich gelagertem Interesse. Wir haben festgestellt, dass ein Leben außerhalb des Gesetzes es notwendig macht, seine Fähigkeiten zu vereinen.]«

Er hängte die Laterne an eine von der Decke baumelnde Schnur und stupste sie sachte an. Schatten schwankten über die Wände. »[Wir wohnen hier nicht. Enteigneten Privatbesitz würden wir unter keinen Umständen in unserer Wohnung verwahren. Aufgrund der zeitbasierten Währungen, des Informantennetzwerks, der panoptischen Überwachungsmaßnahmen und anderer Methoden gerontokratischer Unterdrückung ist es schwer, die Sachen kommerziell zu verwerten. Daher benutzen ich und meine Genossen diese Räumlichkeiten als gemeinsames Lager. Hin und wieder schlafen wir hier auch mit einer Frau.]«

»Was für ein Saustall. Phantastisch. Darf ich ein Foto machen?«

»[Nein.]«

Sie schaute sich verwundert in dem Durcheinander um: Handtaschen, Schuhe, Sportgeräte, Recorder, auseinander genommene Laptops, haufenweise Touristenklamotten aus gestohlenen Koffern. »Dieser Raum ist ein richtiges Archiv. Hast du hier einen Touchscreen, der eine Passgeste erkennen und mich in einen Erinnerungspalast der sechziger Jahre bringen kann?«

»[Tut mir Leid, Schatz]«, sagte Ulrich, »[aber ich habe keine Ahnung, wovon du redest.]« Er näherte sich ihr mit ausgebreiteten Armen.

Sie küssten sich fieberhaft. Es wurde wärmer im Raum, aber nicht so warm, dass man gerne die Kleider abgeworfen hätte. »Wo können wir es tun?«

»[Dort drüben ist ein Schlafsack. Ich hab ihn einem Skifahrer geklaut, und er ist sehr warm. Groß genug für zwei.]«

»Okay«, sagte sie und löste sich aus seiner hartnäckigen Umklammerung. »Ich möchte, dass du es tust, und du weißt, dass ich es tun möchte. Klar? Aber ich weiß, dass du es dringender willst als ich. Deshalb bestimme ich die Regeln. Okay?«

Ulrich hob die Brauen. »[Regeln?]«

»Genau, Ulrich, Regeln. Regel Nummer eins: Du weißt nicht, wer ich bin oder woher ich komme. Und du wirst auch nicht versuchen, es herauszufinden.«

»[Oh, die Vorstellung, Regeln aufzustellen, gefällt mir, Schatz. Das macht bestimmt Spaß.]«

»Regel Nummer zwei: Du redest mit deinen verlotterten Freunden nicht über mich. Du redest mit niemandem über mich.«

»[Das ist ausgezeichnet, ich bin kein Informant. Das sind zwei Regeln, aber …]« Ulrich stockte. »[Du weitest das begriffliche Territorium rasch aus.]«

»Regel Nummer drei: Ich werde solange in diesem Haus bleiben, bis du genug von mir hast, und du hast dafür zu sorgen, dass ich nicht erfriere, und musst darauf achten, dass ich esse.«

»[Wir sollten besser später über all diese Vorschläge reden]«, meinte Ulrich. »[Das klingt anspruchsvoll. Außerdem habe ich selbst unter den günstigsten Umständen niemals mehr als zwei Regeln gleichzeitig beachten können.]«

Sein Vorschlag hatte einiges für sich. Sie schlüpfte mit ihm zusammen in den Schlafsack. Sie zogen sich aus und umarmten sich. Erst streichelten und betasteten sie einander, was köstlich war, dann wurde es leidenschaftlich. Maya hatte den Eindruck, es dauere eine wundervolle Ewigkeit, doch in Wirklichkeit währte es bloß acht Minuten. Was ebenfalls in Ordnung war.

Als er gekommen war, setzte sie sich im Schlafsack auf. Der Schlafsack des Skifahrers war mit Webfolie gefüttert, und mittlerweile war es darin so heiß wie in einem Backofen. »Das war schön. Ich fühle mich sehr glücklich.«

»[Ich bin auch glücklich]«, erklärte Ulrich zuvorkommend. Er befand sich in der Phase postkoitaler Depression und war sichtlich bemüht, sich dem Einfluss der Hormone zu entziehen. Es war lange her, dass sie dies bei einem Mann beobachtet hatte, aber irgendwie kam es ihr rührend vertraut vor. Mit den Realitäten der männlichen Physiologie hatte sie sich schon vor sehr langer Zeit abgefunden. Sie hätte ihn gern noch weiter geküsst, aber wenn er ins Raster passte, würde er entweder ein Sandwich wollen oder gleich einschlafen.

»[Ich könnte uns etwas Leckeres zu essen holen«], sagte Ulrich mit roboterhafter Förmlichkeit. »[Möchtest du etwas?]«

»Ja, etwas Amorphes. Etwas Vernetztes und Tryptophanhaltiges.«

»[Wie bitte?]«

»Irgendwas, nur bloß kein Gemüse und kein totes Tier.«

»[Ist gut.]« Ulrich kleidete sich methodisch an. Er schaffte es, ihr aufmunternd zuzublinzeln. »[Ich hab's gern, wenn ein Mädchen nichts weiter trägt als einen Übersetzer im Ohr. Dann scheint das Leben so voller Versprechen.]« Er ging hinaus. Sie hörte, wie er von draußen das Vorhängeschloss vorlegte, dann entfernten sich seine Schritte über den Korridor.

Die Vorstellung, in dieser Räuberhöhle eingesperrt zu werden, schreckte sie überhaupt nicht. Sie stand sogleich auf und begann, zwanghaft aufzuräumen. Die Unordnung machte sie wahnsinnig.

Als sie einen kleinen gestohlenen Fernseher mit Flachbildschirm entdeckte, hielt sie mit ihrem Wüten jäh inne. Richtige Fernseher mit funkübermittelten Daten, ohne Keyboard und mit einem jämmerlichen einseitigen Interface, das war schon seltsam. Sie hatte jahrelang kitschige Seltsamkeiten aus den gewaltigen, freakigen Müllhaufen der Fernsehkultur des zwanzigsten Jahrhunderts gesammelt, bis sie entdeckte, dass die CD-ROM- und Softwarenischen noch uriger waren.

Sie versuchte, den Fernseher einzuschalten, doch die Batterien fehlten. Nach kurzer Suche stellte sich heraus, dass in sämtlichen elektronischen Geräten die Batterien fehlten. Abgesehen natürlich von den frisch gestohlenen Geräten in ihrer Handtasche. Sie öffnete das Netzgerät und legte die Batterien in den Fernseher ein. Sie schaltete den Fernseher ein.

Eine deutsche Talkshow erschien auf dem Bildschirm. Der Moderator war ein Bernhardiner. Er hatte eine Schauspielerin eingeladen. Maya räumte systematisch auf, während sie mit einem Ohr die Sendung verfolgte.

»[Ich habe Probleme mit dem Lesen]«, gestand der Hund in fließendem Deutsch. Er hatte ein struppiges Fell, war aber sehr gut gekleidet. »[Das Sprechen ist etwas anderes. Das kann jeder Hund, wenn er nur die richtige Software hat. Das Lesen aber spielt sich auf einer völlig anderen semantischen Ebene ab. Meine Förderer haben sich alle Mühe mit mir gegeben – das wissen Sie ebensogut wie ich, Nadja. Aber ich möchte hier in aller Öffentlichkeit gestehen, dass das Lesen für die Postcaninen eine große Herausforderung darstellt.]«

»[Du Armer]«, sagte die Schauspielerin voller Mitgefühl. »[Aber wo liegt das Problem? Es heißt, wir leben in einer postliterarischen Epoche.]«

»[Wer das sagt, hat nichts begriffen]«, entgegnete der Hund sehr ernsthaft und würdevoll. »[Goethe. Rilke. Grass. Böll. Das sagt doch alles.]«

Maya war fasziniert von der Kleidung der Schauspielerin. Sie trug ein transparentes Militärkostüm, grünliche durchsichtige Kampfpyjamas und einen Fallschirmspringersweater aus Satin. Ihr Gesicht war wie aus Kamee geschnitten, und ihr Haar war wahrhaft ehrfurchtgebietend. Ihr Haar hätte einen Doktortitel im Fach Faserverarbeitung verdient gehabt.

»[Wir sind in dieser Epoche ganz auf uns allein gestellt]«, klagte die Schauspielerin. »[Wenn man sich mal vorstellt, was uns heutzutage auf dem Set alles zugemutet wird – diese seltsamen geistigen Räume, in die man die Leute steckt, um eine ordentliche Performance zu erzielen … Und dann sind da noch diese widerlichen Netzfreaks, diese stinkenden Paparazzi … Aber weißt du was, Aquinas: Du bist ein Hund. Ich weiß, dass du ein Hund bist. Das ist kein Geheimnis. Aber ehrlich – und das ist mein voller Ernst –, in deiner Sendung fühle ich mich so wohl wie nirgendwo sonst.]«

»[Das ist sehr freundlich von Ihnen]«, antwortete schwanzwedelnd der Hund. »[Das freut mich mehr, als ich sagen kann. Nadja, erzählen Sie uns ein wenig über diese Geschichte, die bei den Dreharbeiten mit Christian Mancuso passiert ist. Worum ging's da eigentlich?]«

»[Also, Aquinas, ganz im Vertrauen]«, sagte die Schauspielerin. »[Ich würde das nicht jedem erzählen … Aber es war so. Christian und ich sind beide in den Sechzigern, wir sind natürlich keine jungen Leute mehr. Wir waren beide mit diesem Projekt für die Hermes Kino Filmgesellschaft beschäftigt. Wir waren sechs Wochen miteinander auf dem Set. Wir verstanden uns wundervoll – ich hatte mich an seine Gesellschaft gewöhnt, weißt du, wenn wir vom Set kamen, haben wir uns entspannt, zusammen gegessen, über das Drehbuch geredet … Und eines Abends nahm Christian mich in die Arme und küsste mich! Ich glaube, wir waren beide ziemlich überrascht. Aber es war sehr schön.]«

»[Natürlich]«, pflichtete der Hund ihr bei.

»[Und dann kamen wir beide überein, uns einer Hormonbehandlung zu unterziehen. Ich glaube, das war seine Idee.]«

Das Publikum spendete höflichen Applaus.

»[So war das. Wir machten gemeinsam eine Hormonbehandlung. Der Sex hat alles verändert. Das war schon eine erstaunlich intensive Erfahrung. Ich muss sagen, dass es mir auf lange Sicht gut getan hat. Es hat mich kreativ weitergebracht. Ich habe es genossen. Sogar sehr. Und Christian auch, das weiß ich.]«

»[Woher wissen Sie das?]«, fragte der Hund.

»[Eine Frau weiß das eben … Ich glaube, es war die stärkste erotische Erfahrung meines ganzen Lebens! Ich habe Dinge getan, die ich als junge Frau niemals getan hätte. Wenn man jung ist, bedeutet einem Sex zu viel. Man geht zu ernsthaft und verkrampft heran …]«

»[Berichten Sie weiter]«, meinte der Hund. »[Sie sollten uns ruhig mehr erzählen, solange Sie dazu aufgelegt sind.]«

»[Na ja, gewisse Dinge wie – also, wir haben gern Verkleiden gespielt. Im Bett.]« Sie lächelte strahlend. »[Ihm hat's auch gefallen, es war für uns beide wunderbar. Eine Art von Rausch. Ein Hormonrausch. Wenn du mir nicht glaubst, kannst du gern einen Blick in meine medizinische Akte werfen.]«

»[Verkleiden?]«, fragte der Hund skeptisch. »[Das war schon alles? Das klingt ziemlich unschuldig.]«

»[Aquinas, hör mir mal zu. Christian und ich sind beide vom Fach. Du hast ja keine Ahnung, wozu Profis fähig sind, wenn sie sich aufs Verkleiden verlegen.]«

Das Publikum lachte, offenbar auf Aufforderung.

»[Wann war das?]«, fragte der Hund.

»[Na ja]«, antwortete die Schauspielerin, »[vor etwa achtzehn Monaten – ich will nicht sagen, dass wir die Sache leid waren, aber wir waren sicherlich ruhiger geworden. Dann erfuhr Christian bei einer Routineuntersuchung, dass er Zysten in der Blase hatte. Das kam von den Hormonen. Christian beschloss, die Behandlung abzubrechen. Ich tat natürlich das gleiche. Und in dem Moment verlor unsere Beziehung an Schwung. Wir wurden … irgendwie verlegen im Umgang miteinander. Wir lebten und schliefen nicht mehr zusammen.]«

»[Das ist bedauerlich]«, bemerkte der Hund wenig einfallsreich.

»[Mit dreißig mag man das so sehen.]« Die Schauspielerin zuckte die Achseln. »[Aber wenn man erst einmal sechzig ist, dann findet man sich mit den Tatsachen des Lebens ab.]« Dünner Applaus.

Die Schauspielerin straffte sich erregt. »[Ich verstehe mich noch immer gut mit ihm! Wirklich! Ich würde jederzeit wieder mit Christian Mancuso zusammenarbeiten. Bei welchem Projekt auch immer. Er ist ein guter Schauspieler! Ein wahrer Profi! Wegen unserer erotischen Affäre habe ich keinerlei Schuldgefühle. Sie hat uns beiden geholfen. In künstlerischer Hinsicht.]«

»[Würden Sie es wieder tun?]«

»[Also ... ja! Vielleicht ... Wahrscheinlich nicht. Nein, Aquinas. Ich will ganz offen sein. Nein, ich würde es nicht wieder tun.]«

Die Tür öffnete sich knarrend. Ulrich trat ein und rief etwas auf deutsch. Der Übersetzer zeigte sich überfordert. Das kleine Gerät vermochte sich nicht zu entscheiden, ob es Mayas Aufmerksamkeit auf Ulrich oder das Fernsehgeplapper lenken sollte, und verstummte daher.

Maya schaltete den Fernseher aus. Der Übersetzer schaltete sich mit dem sprichwörtlichen leisen Knacken wieder ein.

»[Ich hoffe, du magst chinesisches Essen]«, sagte Ulrich.

»Ich liebe die chinesische Küche.«

»[Das habe ich mir gedacht. Kleingehackte Bröckchen, die nach nichts aussehen. Genau das Richtige für eine Kalifornierin.]« Er reichte ihr einen Karton und Essstäbchen.

Sie setzten sich auf den kalten Boden und aßen. Ulrich blickte sich im Zimmer um. »[Du hast einiges umgestellt.]«

»Ich hab aufgeräumt.«

»[Du bist ein richtiger Schatz]«, meinte Ulrich, hingebungsvoll kauend.

»Wozu verwahrst du den ganzen Krempel? Du hättest das Zeug längst verkaufen sollen.«

»[So einfach ist das nicht. Man kann die Batterien verkaufen. Für Batterien ist auf dem Schwarzmarkt immer Bedarf. Alles andere ist zu gefährlich. Besser, man wartet ab, bis sich die Lage wieder beruhigt hat.]«

»Offenbar wartest du schon eine ganze Weile. Das Zeug ist völlig verstaubt, außerdem leben Mäuse darin.«

Ulrich zuckte die Achseln. »[Wir haben uns überlegt, eine Katze anzuschaffen, aber wir kommen hier nicht häufig her.]«

»Weshalb stiehlst du überhaupt, wenn du nicht vorhast, deine Beute zu verkaufen?«

»[Oh, wir verkaufen sie!]«, beharrte er. »[Klar verkaufen wir sie! Ein kleiner Zusatzverdienst ist nie verkehrt.]« Er wedelte mit den Essstäbchen herum. »[Aber das ist nicht unser Hauptbeweggrund, verstehst du. Wir leisten einfach unseren Beitrag dazu, die gerontokratische Bourgeoisie zu ärgern.]«

»Klar«, meinte sie skeptisch.

»[Geld ist nicht alles im Leben. Gerade eben hatten wir Sex]«, erklärte Ulrich triumphierend. »[Weshalb redest du über Geld?]«

»Ich weiß nicht, mir war eben danach.«

»[Vielleicht hast du wirklich einen Grund, über Geld zu reden. Du bist eine Illegale. Ich aber bin europäischer Staatsbürger! Man gibt mir zu essen, man gibt mir Obdach und Erziehung, man unterhält mich sogar, und das alles kostenlos! Sollte ich mich freiwillig stellen, würde man sogar nützliche Beschäftigungen wie Unkraut jäten und den Wald aufräumen und anderen gesunden, öden Blödsinn für mich finden. Ich brauche nicht zu stehlen, um zu überleben. Ich bin ein Dieb, weil ich anders denke.]«

»Warum leistest du dann nicht unmittelbarer Widerstand, wenn du schon so wunderbar radikal bist?«

»[Ich rebelliere auf die Art, die mit einem Maximum an Erniedrigung und einem Minimum an Aufwand und Risiko einhergeht! Touristen zu bestehlen ist optimal.]«

Maya verspeiste das zerkleinerte chinesische Protein und musterte Ulrich von oben bis unten. »Ich kann mir nicht vorstellen, dass du das ernst meinst, Ulrich. Ich glaube, du bist besessen davon, Touristen zu beklauen. Und ich glaube, du hortest dieses ganze Zeug, weil du dich von deinen wundervollen illegalen Trophäen nicht trennen kannst.«

Ulrich stocherte mit den Essstäbchen im Karton. Sein zarter milchweißer Jünglingshals überzog sich mit Röte. »[Scharfsinnig geschlossen, Liebling. Sowas Ähnliches hat auch der Motivationsberater in der Schule immer gesagt. Und jetzt sagst du es. Also, worauf willst du hinaus?]«

»Also, es gibt hier ein paar hübsche Sachen, aber nicht das, was ich bräuchte. Darauf will ich hinaus.«

Ulrich verschränkte die Arme. »[Und was brauchst du, kleine Maus?]«

»Bessere Schuhe«, zitierte sie. »Kontaktlinsen. Geldkarten. Perücken. Hautfärbemittel. Minimale Deutschkenntnisse. Einen Stadtplan. Etwas zu essen. Ein Bad. Ein hübsches warmes Bett.«

Ulrich zuckte zusammen. »[Du hast ein gutes Gedächtnis.]«

»Das für den Anfang«, sagte sie. »Außerdem käme mir ein gefälschter Ausweis sehr gelegen.«

»[Den Ausweis kannst du vergessen]«, knurrte er. »[Die Bullen haben das Fälschungsproblem längst gelöst. Leichter wäre es, den Mond zu fälschen.]«

»Aber du könntest diesen wertlosen Plunder verkaufen, und den Rest behalten wir.«

»Vielleicht. Schon möglich«, antwortete er auf englisch. »Aber du hast mir was vorgemacht. Du hättest mich in deine ehrgeizigen Pläne einweihen sollen, bevor wir ein Paar wurden.«

Sie schwieg. Es rührte sie, dass er sie als Paar bezeichnet hatte. Darin zeigte sich eine so reizende jugendliche Hingabe, dass es ihr beinahe Leid tat, ihn auszunutzen, obwohl er es ihr unglaublich leicht machte.

Sie aß methodisch. Ihr verbissenes Schweigen fraß sich in ihn hinein wie eine langsam reagierende Säure.

»[Also, ich wollte es sowieso verkaufen]«, sagte schließlich Ulrich, prahlerisch und nicht wahrheitsgemäß. »[Es gibt da ein paar Möglichkeiten. Gute Möglichkeiten. Aber leicht ist es nicht. Es ist riskant.]«

»Lass mich das Risiko tragen«, erwiderte sie und zerschmetterte ihn mit einem einzigen Schlag. »Weshalb solltest du ein Risiko eingehen? Das ist unter deiner Würde. Ich sehe dich in der Starrolle des geheimen Drahtziehers. Des wahnsinnigen Verbrechergenies. Hast du mal den alten Spielfilm ›Dr. Mabuse, der Spieler‹ gesehen?«

»[Was redest du denn da?]«

»Es ist ganz einfach, Ulrich. Ich mag das Risiko. Ich liebe das Risiko. Risiko ist mein Leben.«

»[Das ist wunderbar]«, sagte Ulrich. Er wirkte sehr niedergeschlagen.

Sie verbrachte zwei Tage in Munchen und fuhr mit ihrem gestohlenen U-Bahnticket umher; am besten gefiel ihr der Viktualienmarkt. Auf diesem alten Marktplatz waren in vorindustrieller Zeit einmal Lebensmittel, ›Viktualien‹, feilgeboten worden, jetzt aber war er ein beliebter Treffpunkt für Jugendliche und Touristen, wo viele Bargeschäfte abgeschlossen wurden. Es wurden auch noch immer ein paar Lebensmittel verkauft, unter anderem die allgegenwärtigen Munchener ›Weißwürste‹, vor allem aber Touristentinneff und Straßenkleidung.

Die Straßenkleidung hatte es ihr angetan. Außerdem brauchte sie unbedingt richtige Kosmetika. Bislang hatte sie sich mit dem halb eingetrockneten Zeug aus Ulrichs gestohlenen Handtaschen beholfen – in einer war sogar eine hässliche Perücke gewesen –, doch sie wollte ihre eigenen Vorstellungen verwirklichen, mit den richtigen Farben, greller, bunter, fremdartiger. Auf dem Viktualienmarkt gab es Verkaufsbuden mit mysteriösen deutschen Kosmetika. Kosmetika gegen Bares. Lippenstift – *mit lichtreflektierenden Farbpigmenten. Sehr modisch. Äußerst frivol! Radikales Lifting und Intensivpeeling. Der Kampf mit dem Spiegel. Äußerst feminin! Schönheitscocktail, die beruhigende Feuchtigkeitscreme. Revitalisierend! Nach neuesten wissenschaftlichen Erkenntnissen! Die Eleganz der neuen Diva!*

Für den Körper: Eau essentielle, le parfum. Das Parfüm duftete betörend. Zufällig ergatterte Maya eine Gratisprobe eines klassischen Parfums, das sie aus besonderem Anlass vor sechzig Jahren einmal angelegt hatte. Der Duft versetzte sie in einen solchen Zustand der Verzückung, dass sie die Handtasche fallenließ und beinahe zusammengebrochen wäre. *Elixier des Lebens!* Einiges fotografierte sie. Anderes stahl sie.

Am dritten Tag packte Ulrich Maya und einen mit sorgfältig ausgewählter Diebesbeute prall gefüllten Matchbeutel in einen gestohlenen Wagen. Sie ließen Munchen hinter sich und fuhren in die Außenbezirke von Stuttgart. Maya trug die Jacke, eine etwas zu enge Thermoskihose und schicke gestohlene Wanderstiefel. Sie hatte eine neue Perücke aufgesetzt, einen wirren, gelockten Haarschopf. Und dazu trug sie ein hübsches buntes Halstuch. Sonnenbrille. Grundierung, Rouge, Wimperntusche, falsche Augenwimpern, Lippenstift.

Lackierte Finger- und Zehennägel, Fußwachs, Nährlotion und ein Duft, der sie Mia ein wenig näherbrachte. Wenn sie sich wieder ganz wie Mia fühlte, würde sie sich von alldem wieder lösen.

Es war ein kalter, regnerischer Tag. »[Ein Freund von mir hat den Wagen geklaut]«, erzählte Ulrich. »[Er hat sich am Bordrechner zu schaffen gemacht. Ich hätte natürlich auch einen Wagen mieten können, aber dann hab ich dran gedacht, wohin wir wollen und was wir transportieren. Ich mache mir Sorgen, dass man unseren Weg zurückverfolgen könnte, sollte man zufällig den Speicher überprüfen. Ein gestohlener und dummer Wagen ist für uns sicherer.]«

»Natürlich.« Er war ja so komisch. Sie hatte sich in kürzester Zeit an ihn gewöhnt. Der Sex mit Ulrich war vergleicbar mit dem Verlust ihrer Unschuld. Die gleiche milde Verachtung für den Mann und das gleiche Triumphgefühl, ihre Kindheit endgültig überwunden zu haben, hatte sie auch damals verspürt. Sex war wie schlafen, bloß besser für den Kreislauf und vergnüglicher. Sex sollte man haben, wenn man sich innerlich wie ein Trümmerfeld von Felsbrocken fühlte. Er half gegen die Einsamkeit, und hinterher fühlte man sich wohlig entspannt. Jedes Mal, wenn sie es miteinander trieben, stellte sich bei ihr das Gefühl ein, in ihrer Haut stecke mehr, als sie ahnte. Sie waren jetzt seit drei Tagen zusammen und hatten seitdem etwa zehnmal gebumst. Zehn Kletterhaken in einer Felswand, hoch über allem, was der Vergangenheit und Mia angehörte.

»[Ich wünschte, ich könnte die Automatik vollständig ausschalten und den Wagen von Hand steuern]«, meinte Ulrich, während er beobachtete, wie die alten Vororte von Munchen vorüberzogen. »[Das muss aufregend sein.]«

»Durchs Fahren von Hand sind mehr Leute umgekommen als im Krieg.«

»[Ach, ständig wird von den Todesraten geredet, als wenn Todesraten das einzige wären, worauf es im Leben ankommt… Es wird dir bestimmt gefallen. Die Leute, die wir treffen, sind wahre Feinde der Politas.]«

Der Wagen fädelte sich auf die Autobahn ein und fuhr mit wahnsinniger Geschwindigkeit fast lautlos dahin. Die anderen europäischen Wagen waren stromlinienförmig und höllisch schnell und sahen aus wie angelutschte Bonbons. Manche Fahrer waren eingenickt oder lasen. »Hat die Politas denn richtige Feinde?«

»[Aber sicher doch! Viele! Unzählige! Ein breites Spektrum von Verweigerern und Dissidenten! Amische. Anarchisten. Andamaner. Australische Ureinwohner. Einige afghanische Stämme. Gewisse amerikanische Indianer. Und das sind bloß die, die mit ›A‹ anfangen!]«

»Prima«, meinte Maya.

»[Du darfst nicht glauben, die Leute duckten sich alle, bloß weil ihnen die Politas ein paar zusätzliche Lebensjahre zu bieten hat.]«

»Fünfzig oder sechzig Jahre. Und es werden immer mehr.«

»[Ein wundervolles Bestechungsgeld]«, räumte Ulrich ein. »[Aber auf der ganzen Welt gibt es Leute, die sich nicht korrumpieren lassen. Sie leben außerhalb des medizinischen Gesetzes. Außerhalb der Politas.]«

»Über die Amischen weiß ich Bescheid. Das sind keine Gesetzlosen. Die Leute bewundern sie. Sie beneiden sie um ihre Ernsthaftigkeit und Schlichtheit. Außerdem betreiben die Amischen noch richtige Landwirtschaft. Das finden die Leute rührend.«

Ulrich trug wie gewöhnlich sein Schafsfell. Er zupfte verärgert an einem kahlen Fleck am Ellbogen. »[Ja, die Amischen sind in Mode, aber das ist billig. Die Politas hat Popstars aus ihnen gemacht. Auf diese Weise versucht die Politas, alles Subversive zu integrieren. Sie stellt sie in ihrem Kulturzoo aus. Damit sie sich ihrer sogenannten Toleranz rühmen kann, während gleichzeitig der kulturellen Bedrohung ihrer Hegemonie die Spitze genommen wird.]«

Maya tippte sich ans Ohr. »Ich glaube, das Gerät hat alles übersetzt, aber es scheint mir nicht viel zu bedeuten.«

»[Es geht um die Freiheit! Um Mittel und Wege, sich seine Freiheit und individuelle Autonomie zu bewahren. Wer außerhalb des Gesetzes lebt, muss ein Gesetzloser werden.]«

Sie ließ sich das durch den Kopf gehen. »Vielleicht kannst du dir ein paar Jahre der Autonomie erstehlen. Die Vorsichtigen aber werden dich auf lange Sicht überleben.«

»[Das wird sich noch zeigen. Die Politas wurde für alte Menschen erschaffen. Das Regime selbst aber ist noch nicht so alt. Im Grunde setzt es sich zusammen aus einem Haufen panischer Tattergreise, die alles in Strickwolle hüllen wollen. Sie glauben, sie hätten ein tausendjähriges Reich begründet. Die Amischen sind schon seit vierhundert Jahren Amische. Warten wir mal ab, ob diese kläglichen Omas und Opas die Amischen überleben.]«

Am Horizont ragten die Hochhäuser von Stuttgart auf. Sie hatten vierhundert Stockwerke, bestanden aus geschuppter Gelatine und sahen aus wie Riesenfische. An der Spitze traten kleine weiße Fahnen aus reinem Wasserdampf aus. Sah man genauer hin, konnte man erkennen, dass die Wände der Häuser sachte atmeten. Falten werfend und funkelnd, ein und aus.

»Ich hätte nicht gedacht, dass Stuttgart Indianapolis so ähnlich ist«, meinte Maya.

»[Warst du schon mal in Indianapolis?]«

»Mittels Telepräsenz.«

»[Ah, ja.]«

Sie betrachtete die Hochhäuser in der Ferne und seufzte. »Man sagt, Stuttgart sei die bedeutendste Kunstmetropole auf der ganzen Welt.«

»[Ja]«, meinte Ulrich versonnen, »[Stuttgart ist sehr künstlich.]«

Große grüne Hügel umgaben die Stadt. Die Hügel bestanden aus dem komprimierten Schutt des alten Stadtkerns. Stuttgart hatte unter den Seuchen der vierziger Jahre schwer zu leiden gehabt. Der größte Teil der Stadt war niedergebrannt, nachdem die Bevölkerung in Panik geflohen war. Die Rückkehrer hatten die verkohlten, ansteckenden Trümmer abgerissen und Stuttgart in den grellen und visionären fünfziger und sechziger Jahren vollständig neu aufgebaut. Die Architekten des neuen Stuttgart waren durch keinerlei Überreste der Vergangenheit behindert worden, daher krempelten sie in einem biomodernistischen Taumel die Ärmel hoch und versuchten, faszinierende Sinnbilder ihrer eigenen kulturellen Epoche zu erschaffen. Menschen neigen ein wenig zur Hysterie, wenn sie sich selbst zu beweisen suchen, dass sie zu Recht zu den Überlebenden gehören.

Der Wagen fuhr von der Autobahn ab. Der Nieselregen hatte aufgehört, und die blasse Wintersonne kam hervor. Die Hügel waren mit kahlen, jungen Walnussbäumen bestanden. An manchen Stellen ragten pittoreske Trümmerteile aus dem Erdboden hervor.

Sie parkten und stiegen aus. Ulrich gab dem Wagen Anweisung, umherzufahren und auf Befehl zurückzukommen. »[Auf der Straße ist es sicherer]«, meinte er und fädelte das Netzgerät auf eine Kordel, die er auf der Hemdinnenseite befestigt hatte. »[Wir wollen schließlich nicht unmittelbar neben diesen Leuten parken.]«

Sie stapften bergan, durch den jungen Wald. Sie kamen an zwei Männern in Mänteln aus braunen Lederflicken vorbei, mit dunklen Bärten, metallenen Halsbändern, Ohrringen. Die Männer saßen auf Klappstühlen unter einem großen Sonnenschirm, vor sich einen kleinen Korbtisch. Einer der Männer fotografierte systematisch die Passanten. Der andere sprach in einer Maya unbekannten Sprache in ein Handy. Er nickte und grinste beim Reden und wirbelte einen meterlangen Bergstock umher. Der Stock war hübsch poliert, schwer, sehr massiv. Er sah aus, als sei er schon häufiger gegen anderer Leute Köpfe eingesetzt worden.

Die beiden Wachposten nickten leicht, als Maya und Ulrich an ihnen vorüberstapften. Grüppchen von Eurobürgern bahnten sich einen Weg zwischen den Bäumen einher, vermischt mit großen Trauben von Fremden, die sie mit verlegenem Gelächter begrüßten.

Auf der anderen Seite des Hügels gelangten sie zu einer Lichtung. Auf dem Hang waren große, schwarze Zelte verteilt, Lagerfeuer qualmten, und überall standen mit allerlei Waren und Ramsch überhäufte Klapptische herum. Dutzende von Gebrauchtwagen nahmen mit Seilen abgeteilte Parkplätze ein; davor feilschten lautstark Gruppen bärtiger Männer mit Perlen im Ohrläppchen, paillettenverzierten Hüten und silbernen Halsketten. Dunkeläugige Frauen in bunt gestreiften Röcken, mit Zöpfen, Ohrringen und silbernen Fußspangen schlenderten durchs Lager. Erstaunlich viele Kinder tollten umher.

Ulrich wirkte angespannt und lächelte starr. Zahlreiche Deutsche schlenderten an den Tischen vorbei, überwiegend junge Leute, doch die Fremden waren weit in der Überzahl.

Diese Leute waren wirklich außergewöhnlich. Maya blickte in Gesichter, wie sie sie seit vierzig Jahren nicht mehr gesehen hatte. Gesichter aus einer anderen Zeit. Krähenfüße, Altersflecken, ein Netzwerk von Falten. Ergraute Frauen, auf eine Art und Weise erschlafft, wie es eigentlich nicht mehr hätte vorkommen sollen.

Patriarchische alte Männer in barbarischem Putz, deren Gesten stolz und sogar bedrohlich wirkten.

Und die Kinder – haufenweise lärmende kleine Kinder. So viele Kinder an einem Ort zu sehen, war ausgesprochen ungewöhnlich. Und so viele Kinder aus einer einzigen ethnischen Gruppe an einem Ort versammelt zu sehen, war eine beispiellose Erfahrung.

»Was *sind* das für Leute?«, fragte Maya.

»[Das sind *tsiganes.*]«

»Was?«

»[Sie selbst bezeichnen sich als *Roma.*]«

Maya tippte sich ans Ohr. »Das Wort hat der Übersetzer auch nicht verstanden.«

Ulrich überlegte. »Das sind Zigeuner«, sagte er auf englisch. »Das ist ein großes Sammellager für europäische Zigeuner.«

»Wow. So viele unbehandelte Leute auf einem Fleck habe ich noch nie gesehen. Ich wusste ja gar nicht, dass es noch so viele Zigeuner gibt auf der Welt.«

Ulrich wechselte wieder ins Deutsche. »[Zigeuner sind gar nicht so selten. Man bemerkt sie bloß nicht. Die Roma haben ihre eigene Art des Umherreisens. Außerdem wissen sie, wie man sich versteckt. Diese Leute sind schon seit achthundert Jahren Ausgestoßene.]«

»Weshalb haben sich die Zigeuner mittlerweile nicht angepasst?«

»[Das ist eine interessante Frage]«, meinte Ulrich erfreut. »[Das habe ich mich auch schon häufiger gefragt. Wenn ich ein Zigeuner werden könnte, wüsste ich die Antwort, aber einen *Gajo* nehmen sie nicht bei sich auf. Wir sind nämlich beide Gajos, weißt du. Du bist Amerikanerin, und ich bin Deutscher, aber für diese Leute sind wir beide Gajos. Sie sind Nomaden, Ausgestoßene, Räuber, Taschendiebe, Betrüger, Anarchisten und dreckiges Lumpenproletariat, das weder Lebensverlängerung noch Geburtenkontrolle praktiziert!]« Ulrich musterte sie mit besitzergreifender Genugtuung, dann machte sein Lächeln tiefer Besorgnis Platz. »[Trotzdem sind all diese wunderbaren Eigenschaften noch längst kein Beweis dafür, dass es sich um romantische, wundervolle Menschen handelt.]«

»Oh.«

»[Wir wollen diesen Leuten Diebesgut verkaufen]«, rief Ulrich ihr in Erinnerung. »[Sie werden versuchen, uns übers Ohr zu hauen.]«

Drei Roma mit einem Lamm kamen an ihnen vorbei. Sogleich bildete sich ein Auflauf gaffender Gajos. Maya vermochte den drängelnden Leuten nicht über die Schulter zu blicken, hörte aber das angstvolle Blöken des Lamms und das Aufstöhnen der Menge, gefolgt von lauten Jubelrufen und schockiertem Seufzen.

»Die bringen das Tier ja um«, sagte sie.

»[Ja, das tun sie. Und dann häuten sie es ab, nehmen es aus, stecken den Kadaver auf einen Spieß und braten ihn über einem Feuer.]«

»Wozu?«

Ulrich lächelte. »[Weil Lammbraten hervorragend schmeckt. Ein bisschen Lammfleisch würde dir auch nicht schaden.]« Er kniff die Augen zusammen. »[Wenn du das Tier isst, dann macht es dir nicht mehr so viel aus, dass du ein schmutziges Vergnügen bei seiner Schlachtung empfunden hast. Die Leute werden gut dafür bezahlen, ein Tier zu essen, bei dessen Tod sie zugegen waren.]«

Am Fuße eines nahen Hügels bot ein Zigeuner akrobatische Vorführungen auf einem Motorrad dar. Das alte, unglaublich gefährliche Gefährt hatte keinen Autopiloten. Der benzinbetriebene Motor erzeugte mit seinen Verbrennungskammern ein ohrenbetäubendes Getöse und spuckte giftige blaue Qualmwolken aus.

Der Zigeuner stellte sich auf den Sitz, vollführte einen Handstand auf dem Lenker, fuhr knatternd bergauf und bergab, raste eine Rampe entlang und setzte über ein Metallfass hinweg. Er trug Stiefel, eine mit Pailletten besetzte Lederjacke und keinen Helm.

Schließlich sprang er behende von der Maschine herunter, breitete die Arme aus und vollführte auf dem feuchten, von Reifenspuren durchpflügten Erdboden einen flotten kleinen Jig. Die Gajos waren verblüfft von der Tollkühnheit des Mannes. Sie spendeten frenetischen Applaus. Einige bewarfen ihn mit dünnen, kleinen Glitzerscheiben. Ein junger Roma klaubte sie eifrig aus dem abgestorbenen Wintergras, während der Held seine barbarische Maschine davonschob.

»Womit haben sie ihn beworfen?«

»[Mit Münzen. Mit Silbermünzen. Die Zigeuner sind Silberschmiede. Will man ernsthaft mit ihnen ins Geschäft kommen, muss man ihnen Silbermünzen anbieten. Dass sie Münzen verwenden, stürzt die Finanzbeamten in tiefe Verwirrung.]«

»Ein Schwarzmarkt, der auf altem Metallgeld basiert«, meinte Maya. »Das ist *klasse.*« Sie horchte dem Klang des Wortes nach. »*Klasse.* Super.«

»[Ja, wir werden unser lästiges Diebesgut heute gegen Silbermünzen eintauschen. Münzen lassen sich leichter verstecken, lagern und transportieren.]«

»Bekommen wir echte Silbermünzen? Ich meine, historische europäische Währung?«

»Mal abwarten. Sollte irgendein Zigeuner versuchen, uns die Taschen zu leeren oder den Kopf einzuschlagen, dann sind die Münzen wahrscheinlich echt. Ansonsten handelt es sich um wertlose Fälschungen aus Blei.«

»Du zeichnest ein ziemlich negatives Bild von den Roma.«

»[Negativ? Wieso denn negativ?]« Ulrich zuckte die Achseln. »[Sie haben nie einen Krieg erklärt. Sie haben nie ein Pogrom veranstaltet. Sie haben nie andere Menschen versklavt. Sie haben weder Götter noch Könige, noch eine Regierung. Sie sind ihre eigenen Herren. Daher verachten sie uns und rauben uns aus und verhöhnen unsere Gesetze. Sie sind ein fremdes Volk und stehen wahrhaft außerhalb der Gesellschaft. Ich bin ein Dieb, und du bist eine Illegale, aber im Vergleich mit ihnen sind wir verdorbene Kinder der Politas, bloße Amateure.]« Er seufzte. »[Ich mag die Roma und bewundere sie sogar, aber für sie bin ich bloß irgendein verrückter Gajo.]«

Die Zigeuner verkauften Papierblumen, Wäscheklammern, Teppichklopfer, Besen, Matten aus Kokosfaser, Steppdecken, Gebrauchtkleidung, Gebrauchtreifen, Autositze. Auf einigen Tischen waren Glücksbringer, Parfums auf pflanzlicher Basis und seltsame Tinkturen ausgebreitet. Die Zigeuner hingen offenbar sehr an ihren alten Autos und Lastern; die geräumigen bunten Wohnwagen waren mit Plaketten gespickt. Es wurden sogar ein paar Schafe ausgestellt, säuberlich geschoren und gestriegelt wie Museumsstücke, auch einige Pferde mit Glöckchen am Zaumzeug, die aussahen, als würden sie sogar noch zu Arbeiten herangezogen.

Überall wurde eifrig gefeilscht, einhergehend mit viel Gefuchtel und Bartgestreichel, doch nur wenige Waren wechselten tatsächlich den Besitzer. Die hinter den Tischen postierten Frauen machten zudem nicht den Eindruck, sie nähmen den Kleinhandel ernst. »Ulrich, das ist wirklich interessant. Aber das ist nicht die eigentliche wirtschaftliche Aktivität.«

»[Was erwartest du denn? Das sind keine effizienten, fleißigen Zigeuner. Zigeuner, die effizient und fleißig werden, bleiben keine Zigeuner.]«

»Ich finde es unglaublich, dass sie sich keiner lebensverlängernden Behandlung unterziehen. Sie lassen sich noch nicht einmal untersuchen, hab ich Recht? Warum nicht? Weshalb ziehen sie es vor, auf diese Weise zu leben und zu sterben? Was treibt sie an?«

»[Du bist sehr neugierig, Schatz.]« Ulrich verschränkte die fellumhüllten Arme vor der Brust. »[Also gut, ich erklär's dir. Vor fünfzig Jahren gab es in ganz Europa Zigeunerpogrome. Die Leute glaubten, die schmutzigen Zigeuner verbreiteten die Pest. Es hieß, die Zigeuner verstießen gegen die Quarantänebestimmungen. Daher griffen die Leute, stinknormale zivilisierte Europäer, zu Beilen, Schaufeln, Ketten und Eisenstäben, rannten in die Romaghettos und Romalager, verprügelten die Romas, quälten und vergewaltigten sie und steckten ihre Unterkünfte in Brand.]«

Maya war wie vor den Kopf geschlagen. »Ja, das war eine schreckliche Zeit. Damals gab es alle möglichen Verirrungen ...«

»[Das waren keine Verirrungen!]«, erklärte Ulrich triumphierend. »[Der Rassismus ist tief verwurzelt. Andere Menschen zu verachten und ihnen den Tod zu wünschen – das ist integraler Bestandteil der menschlichen Psyche. Das muss man niemandem erst beibringen. Die Menschen warten bloß auf eine Gelegenheit, es auszuleben.]«

Er zuckte die Achseln. »[Willst du die Wahrheit über die Zigeuner hören? Das hier ist Europa, und wir nähern uns dem Ende des einundzwanzigsten Jahrhunderts. Die Leute, die heute an der Macht sind, haben auch schon vor sechzig Jahren gelebt, in der Zeit der Seuchen und der Zigeunerpogrome. Heute bringen sie keine Zigeuner mehr um. Nein, wenn sie die Zigeuner heute überhaupt zur Kenntnis nehmen, verhalten sie sich wie oberflächliche Romantiker und affektierte Snobs, die ein feudales Relikt hegen und pflegen. Würde eine neue Seuche auftreten, könnte es jederzeit wieder zu Pogromen kommen.]«

»Das klingt grausam.«

»[Grausam, aber es stimmt. Die Roma haben wahrscheinlich *tatsächlich* die Pest übertragen. Das ist das

Komische dabei, Maya. Und weißt du, was noch komischer ist? Wären die Roma nicht selbst eingefleischte rassistische Chauvinisten, hätten wir den letzten Zigeuner schon vor Jahrhunderten assimiliert.]«

»Du bist wirklich grässlich, Ulrich. Willst du mich schockieren? Es wird keine Seuchen mehr geben. Die Zeit der Seuchen ist vorbei. Wir haben alle Seuchen ausgemerzt.«

Ulrich schnaubte. »[Lass dir nicht von mir die Laune verderben, Schatz. Du wolltest herkommen, nicht ich. Du hast doch die Liste mit den Sachen? Dann schau doch mal, ob sie dir was verhökern.«

Maya entfernte sich. Sie nahm ihren Mut zusammen und näherte sich einer Zigeunerin, die hinter einem Tisch saß. Die Frau trug ein gemustertes Kopftuch und rauchte eine kurze Tonpfeife.

»Hallo. Sprechen Sie englisch?«

»Ein wenig.«

»Ich habe ein paar Sachen, die nützlich für Reisende sind. Ich würde sie Ihnen gern verkaufen.«

Die Frau überlegte. »Gib mir deine Hand.« Sie beugte sich vor, besah sich eingehend Mayas Handfläche, dann lehnte sie sich auf dem leinwandbespannten Klappstuhl wieder zurück. Sie stieß eine Rauchwolke aus. »Du bist von der Polizei.«

»Ich bin nicht von der Polizei, Ma'am.«

Die Frau musterte Maya von oben bis unten. »Okay, vielleicht weißt du nicht, dass du von der Polizei bist. Aber du bist ein Bulle.«

»Ich bin keine Polizistin.«

Die Frau nahm die Pfeife aus dem Mund und deutete mit dem Stiel auf Maya. »Du bist kein junges Mädchen. Du kleidest dich wie ein junges Mädchen, aber das ist Täuschung. Du kannst vielleicht den Kerl dort drüben zum Narren halten, mich aber nicht. Hau ab und lass dich hier nicht wieder sehen!«

Maya entfernte sich eilig. Sie war verwirrt. Sie hielt Ausschau nach einem Händler, der kein Zigeuner war.

Sie entdeckte eine junge Deutsche mit modisch frisiertem rötlichem Haar, wulstigen Lippen und einem großen Sortiment an Gebrauchtkleidung. Hier rechnete sie sich bessere Chancen aus.

»Hallo. Sprichst du englisch?«

»Aber sicher.«

»Ich würde dir gern etwas verkaufen. Klamotten und andere Sachen.«

Die Frau nickte bedächtig. »Das ist eine hübsche Jacke. *Très chic.*«

»Danke.«

Die Frau starrte sie nach Art der Deutschen unverhohlen an. Ihre Brauen bildeten zwei makellose Bögen, und sie hatte lange, geschwungene Wimpern. »Du lebst in Munchen, nicht wahr? Ich habe diese Jacke am Viktualienmarkt gesehen. Du warst zweimal in meinem Laden und hast dir Klamotten angeschaut.«

»Tatsächlich?«, sagte Maya. Ihr sank der Mut. »Ich lebe in Munchen, hier bin ich bloß auf der Durchreise.«

»Amerikanerin?«

»Ja.«

»Aus Kalifornien?«

»Ja.«

»Los Angeles?«

»Bay Area.«

»San Francisco, hätte ich mir denken können. Dort stellt man solche Polymere her. Weißt du, diese Jacke hätte man binnen ein paar Stunden auch in Stuttgart anfertigen können. Und zwar besser.«

Ulrich trat hinzu. Die Frau schaute zu ihm hoch. »Ciao, Jimmy.«

»Ciao, Therese.«

Sie unterhielten sich auf deutsch. »[Deine neue Freundin?]«

»[Ja.]«

»[Sie ist sehr hübsch.]«

»[Das finde ich auch.]«

»[Versuchst du, neue Ware loszuschlagen?]«

»[Keineswegs, Schatz]«, antwortete Ulrich eilig. »[In Munchen würde ich nie was verhökern, ich will doch keine Bekannten mit reinziehen. Sie weiß es nicht besser, daher bin ich hergekommen, um die Sache zu Ende zu bringen. Ist ja nichts passiert. In Ordnung?]«

»Sie hat dich ›Jimmy‹ genannt«, sagte Maya.

»Manchmal reagiere ich auf den Namen«, antwortete Ulrich auf englisch.

Therese lachte und wandte sich auf englisch an Maya. »Armes kleines Würstchen! Liebst du deinen neuen Freund? Unser Jimmy ist ein wahrer Tausendsassa. Ein wahrer Schatz.«

Ulrich runzelte die Stirn. »Sie hat einen kleinen Fehler gemacht, das ist alles.«

»Ich liebe ihn nicht«, sagte Maya laut. Sie nahm die Sonnenbrille ab. »Ich brauche bloß ein paar Sachen.«

»Was denn?«

»Kontaktlinsen. Silbergeld. Perücken. Stadtpläne. Etwas zu essen. Ein Bad. Ein hübsches warmes Bett. Und ich möchte ein wenig Deutsch lernen, damit ich nicht mehr wie eine Idiotin herumlaufe.«

»Sie ist eine Illegale«, sagte Ulrich und legte die Hand um Mayas Oberarm. »Die Kleine ist heiß.«

Therese musterte sie beide. »Was habt ihr denn zu verkaufen?«

Ulrich zögerte. »Gib ihr die Liste«, meinte er schließlich.

Therese besah sich die Liste. »Ich kann das Zeug losschlagen. Falls es in gutem Zustand ist. Wo ist es?«

»Im Kofferraum meines Wagens.«

Therese wirkte überrascht. »[Jimmy, du hast einen Wagen?]«

»[Eine Leihgabe von Herrn Schrottplatz.]«

»[Du hast ja hübsche Freunde.]«

Ulrich wandte sich mit säuerlichem Lächeln an Maya. »[Bei der Aufzählung von Feinden der herrschenden Ordnung eben hab ich vergessen, die Trödelhändler zu erwähnen.]«

»[Zwanzig große Silberstücke]«, meinte Therese gelangweilt.

»[Dreißig.]«

»[Fünfundzwanzig.]«

»[Siebenundzwanzig.]«

»[Geh und hol das Zeug. Zeig mir die Ware.]«

»Komm mit«, sagte Ulrich und zupfte Maya am Arm.

»Lass die Amerikanerin mal einen Moment in Ruhe«, sagte Therese, »ich möchte mich ein bisschen auf englisch unterhalten.«

Ulrich überlegte kurz. »Mach keine Dummheiten«, sagte er zu Maya und ging.

Therese musterte Maya kühl und abschätzend. »Magst du nette Jungs?«

»Sie haben ihre Vorzüge, schätze ich.«

»Also, das ist kein netter Junge.«

Maya lächelte. »Das weiß ich.«

»Wann bist du nach Munchen gekommen? Wann hat er dich aufgelesen?«

»Vor drei Tagen.«

»Was, erst vor drei Tagen, und ihr seid schon in einem Zigeunerlager und verhökert Hehlerware? Du musst hübsche Klamotten wirklich sehr mögen«, sagte Therese. »Wie heißt du?«

»Maya.«

»Weshalb bist du in Munchen? Wer ist hinter dir her? Die Bullen?«

»Schon möglich.« Sie zögerte, dann beschloss sie, das Wagnis einzugehen. »Ich glaube, vor allem Leute aus dem Medizinbusiness.«

»Medizinbusiness? Und was ist mit deinen Eltern?«

»Nein, meine Eltern sind bestimmt nicht hinter mir her.«

»Also«, sagte Therese mit weltmännischer Selbstsicherheit, »die Leute aus dem Medizinbusiness kannst du vergessen. Die stellen niemals Nachforschungen an, weil sie wissen, dass man sich irgendwann eh wieder bei ihnen meldet. Und die Bullen – also, solange die Eltern keinen Druck machen, lassen sich die Munchener Bullen wegen einer Ausreißerin nicht aus der Ruhe bringen.«

»Das freut mich zu hören.«

»Schlaf unter Brücken. Iss Brezeln. Dann kommst du schon klar. Und deinen Freund solltest du sausen lassen. Das ist ein fieser Typ. Eines Tages werden ihm die Bullen den Schädel einschlagen und in seinem Hirn rühren, als wär's Haferschleim. Und ich werde ihm bestimmt keine Träne nachweinen.«

»Er hat mir von den europäischen Radikalen erzählt.«

»Munchen ist kein gutes Pflaster für dieses Thema, meine Liebe«, sagte Therese trocken. »Wie sieht eigentlich dein Haar aus, wenn du keine Perücke trägst?«

Maya nahm Halstuch und Perücke ab und legte sie auf den Tisch.

»Zieh die Jacke aus und dreh dich mal um«, sagte Therese.

Maya schälte sich aus der Jacke und drehte sich langsam auf der Stelle.

»Du hast einen interessanten Knochenbau. Gehst du oft schwimmen?«

»Ja, das stimmt«, sagte Maya. »Ich bin in letzter Zeit viel geschwommen.«

»Ich glaube, ein Mädchen wie dich könnte ich gebrauchen. Ich bin nicht so schlimm. Kannst dich ruhig in der Stadt nach mir erkundigen, jeder wird dir sagen, Therese ist in Ordnung.«

»Bietest du mir einen Job an?«

»Einen Job könnte man es nennen«, antwortete Therese. »Es geht um Mode, um Kleidung, um die Modebranche. Du weißt, worum es geht, nicht wahr? Du bekommst von mir Klamotten und einen Schlafplatz.«

»Ich brauche wirklich einen Job«, sagte Maya. Auf einmal brach sie in Tränen aus. »Tut mir Leid«, sagte sie und wischte sich über die Wangen. »Es ist komisch, in letzter Zeit fügt sich alles. Aber bitte gib mir den Job, ich brauche einen Ort, an den ich mich zurückziehen und wo ich wieder zu mir kommen kann.«

Therese war gerührt. »Komm her und setz dich.«

Maya ging um den Tisch herum und nahm gehorsam auf Thereses Klappstuhl Platz. »Ich beruhige mich schon wieder, normalerweise bin ich nicht so, und ich werde auch bestimmt hart arbeiten.«

»Beruhig dich, Mädchen, hör auf zu plärren. Erzähl mir was von dir. Wie alt bist du?«

»Ich glaube, ich bin zwei Wochen alt.«

Therese seufzte. »Wann hast du zum letzten Mal richtig gegessen?«

»Das weiß ich nicht mehr.«

Therese bückte sich und wühlte unter dem Tisch. Mit einer Tüte voller Regierungskekse und einer Mineralwasserflasche richtete sie sich wieder auf. »Hier. Iss das. Trink. Und vergiss nicht, wenn du mir auch nur eine Stecknadel klaust, werfe ich dich raus.« Sie blickte hangabwärts. »Welche Freude. Da kommt dein Freund zurück.«

Maya probierte die Kekse. Sie schmeckten wundervoll. Sie steckte sich eine ganze Handvoll in den Mund und mampfte wie ein Hamster.

Ulrich näherte sich schnaufend, mit gerötetem Gesicht, und warf den Matchbeutel auf den Tisch. »Lass uns übers Geschäft reden.«

»Prima«, meinte Therese. »[Übrigens, ich hab dein Mädel gerade für meinen Laden angeheuert.]«

»[Was?]« Ulrich lachte. »[Du machst doch Witze,

oder? Sie kann sich ja nicht mal mit den Kunden unterhalten.]«

»[Ich brauche keine weitere Verkäuferin, ich brauche ein Model.]«

»[Therese, das ist wirklich kurzsichtig und kontraproduktiv von dir. Ich muss sagen, ich bin enttäuscht. Dass du mir das aus reiner Bosheit antust]«, sagte Ulrich. »[Ich dachte, du wärst über unseren kleinen Streit längst hinweg.]«

»[Ich und boshaft? Niemals! Die Kleine ist hübsch, sie kann nichts ausplaudern, und sie hat einen ausgewachsenen Vogel. Sie ist das perfekte Model.]«

»Du solltest dieser Frau nicht trauen«, wandte Ulrich sich auf englisch an Maya. »Sie hält dich für verrückt.«

»Das hast du auch gesagt«, entgegnete Maya kauend. Sie trank gluckernd ein paar Schlucke Mineralwasser. »Es ist ein Job, und ich bin eine Illegale. Das ist eine prima Gelegenheit für mich. Natürlich will ich sie ergreifen. Was hast du denn erwartet?«

Ulrich errötete. »Ich habe dir jeden Wunsch erfüllt. Ich habe alle deine Regeln eingehalten. Du bist undankbar.«

Maya zuckte die Achseln. »Jimmy, am Marienplatz gibt es drei Millionen Mädchen. Such dir eine andere. Ich komme allein zurecht.«

Ulrich riss den Beutel vom Tisch und warf ihn sich über die Schulter. »[Wenn du meinst, du würdest gesellschaftlich aufsteigen, bloß weil du in dem dämlichen kleinen Laden dieser Kuh arbeitest, dann täuschst du dich. Wenn du gehen willst, dann geh doch! Aber glaub ja nicht, du könntest wieder angekrochen kommen und um ein Leben in Freiheit betteln!]«

»Ihr Laden ist geheizt«, erklärte Maya.

Ulrich wandte sich heftig ab und schlurfte davon.

Lange Zeit schwiegen sie. »Mädchen, du bist ein richtig kalter Fisch«, sagte Therese schließlich mit einem Unterton von Bewunderung.

3

Maya arbeitete in Thereses Laden auf dem Viktualienmarkt. Der Laden hatte eine Backsteinfassade mit einem großen Schaufenster und war vollgestopft mit Klamotten und Schuhen. Hinten lag ein winziges Büro, in dem Therese ums Überleben kämpfte. Die meisten Geschäfte wickelte sie in bar ab, häufig auf Tauschbasis, bisweilen auch gegen Edelmetalle. Maya wohnte im Laden, trug Thereses Klamotten und schlief unter ihrem Schreibtisch. Therese nächtigte in der Hochhauswohnung ihrer Eltern, zusammen mit wechselnden schmuddeligen, gefährlich wirkenden, wortkargen Freunden.

Es bedeutete eine große Erleichterung für Maya, zur Arbeit gezwungen zu sein, anstatt ständig frei, glücklich und zuversichtlich sein zu müssen. Das war auf die Dauer fürchterlich anstrengend.

Eines Nachts gegen Ende Februar erwachte Maya im Laden und stellte fest, dass sie schlafwandelte und zwanghaft damit beschäftigt war, die Waren in Ordnung zu bringen. Das war Mia zuzuschreiben. Mia ging es gut. Mia mochte dieses Leben. Mia fühlte sich jetzt, da sie eine Aufgabe hatte, ganz in ihrem Element.

Maya arbeitete hart, ohne sich zu beklagen und ohne großen Lohn zu erwarten, und das beeindruckte Therese. Wie die meisten jungen Leute, die sich in der modernen Wirtschaft selbständig gemacht hatten, wusste Therese unentgeltliche Leistungen sehr zu schätzen. Gleichwohl war Maya unzufrieden. Sie konnte die Etiketten nicht lesen, und sie konnte sich nicht richtig mit den Kunden unterhalten. So ging es nicht weiter.

Maya erbettelte sich ein wenig Bargeld von Therese, ging zu einer preiswerten Sprachschule in Schwabing und erstand 500 Milliliter Lehrtinktur. Dieser spezielle Trank sollte einen für Sprache besonders empfänglich machen und dem ›Erwachsenenhirn die syntaktische Aufnahmefähigkeit eines dreijährigen Kindes‹ verleihen. Zwar konnten sämtliche intelligenten Drogen der Welt nicht bewirken, dass die deutsche Sprache leicht zu erlernen gewesen wäre – das mit der ›Aufnahmefähigkeit eines dreijährigen Kindes‹ aber stimmte. Die Neuraldroge machte ihre verinnerlichten Englischkenntnisse ausfindig und stieß unmittelbar hinein, so wie ein Stiefel eine Glasscheibe zerbricht.

»Ist mein Deutsch wirklich so schlecht, Fräulein Obermufti?«

Therese seufzte. »Maya, du überanstrengst dich. Die Leute mögen Ausländerinnen in Boutiquen. Es ist schick, Ausländerin zu sein. Du gibst das Wechselgeld jedenfalls korrekt heraus, und das ist mehr, als Klaudia je zuwege gebracht hat.«

»Ich verstehe nur Wurstsalat. Am Montag muss ich wieder malochen.«

»Würdest du bitte *aufhören?* Das ist grauslich.«

»Ich muss das tun … äh … *könnten Sie mir mal das Dingsda im Schaufenster zeigen?«*

»Hör mal, meine Liebe, du kannst Kunden in Modefragen nicht beraten. Dir fehlt das Gespür für Chic. Du kleidest dich wie eine kalifornische Göre.« Therese erhob sich. »Ich hätte mir nie träumen lassen, dass du den Job wie eine Erwachsene angehen würdest. Entspann dich. Du bist eine Illegale, oder hast du das vergessen? Wenn du immer nur ans Geldverdienen denkst, wird irgendwann die Polizei auf dich aufmerksam werden.«

Maya runzelte die Stirn. »Jede Arbeit, die getan werden muss, ist es wert, ordentlich getan zu werden.«

Therese dachte darüber nach. Der Tonfall und die dahinterstehende Haltung sagten ihr gar nicht zu. »Das hätte von meiner Großmutter stammen können. Ich glaube, ich kenne da ein paar Leute, die dir helfen könnten. Hör auf mit dem Unsinn, heute ist sowieso nicht viel los.«

Therese tätigte einige Netzanrufe, dann schloss sie den Laden. Sie fuhren mit der U-Bahn in die Landsbergerstraße und überquerten die Hackerbrücke. Hinter dem Bahnhof ragten die Türme der Marienkirche auf, dem Wahrzeichen des alten Munchen – vereint mit der verführerischen Möglichkeit augenblicklicher Flucht.

Alle jungen Leute schienen Therese zu kennen. Therese hatte zahllose lebendige Freunde. Therese kannte sogar ein paar alte Leute, und es war rührend zu beobachten, dass diese beinahe von gleich zu gleich mit ihr verkehrten. Bisweilen hatte es den Anschein, als sei Thereses Laden nur Fassade. Der Laden war nichts weiter als die physische Konkretisierung ihres weitläufigen, zart geknüpften Graumarktnetzes von Tipps, Unterpfänden, Geld- und Tauschgeschäften, Klamotten von der Stange, subtilen Verpflichtungen und unverhohlenen Schmiergeldzahlungen.

Heute besuchte Therese Freunde, die im Keller eines Wohnhauses in Neuhausen ein Produktionsstudio unterhielten. In der Munchener Innenstadt gab es eindeutige Vorschriften, welche verhindern sollten, dass das

Stadtbild mit Hochhäusern verschandelt wurde, daher waren die hiesigen Bauunternehmer unter die Erde gegangen. Die damals so beliebten unterirdischen Gebäude waren mit Anlagen zur Belüftung und Wärmeableitung überbaut und gingen so häufig kaputt, dass man sie irgendwann nur noch an Jugendliche hatte vermieten können.

Thereses Freunde waren Bildner. Ihr Studio lag tief im Innern des Gebäudes, eigentümlich geschnitten und erfüllt vom Röcheln des Ventilators neben der Tür. »Ciao, Franz.«

»Ciao, Therese.« Franz war ein stämmiger Deutscher, mit braunem Bart und einem zerknitterten Laborkittel. An seiner Halskette war eine Cyberbrille befestigt. »[Das ist also das neue Model?]«

»Ja.«

Franz fummelte an seiner Brille herum und scannte Maya, während er ins Studio hinüberging. Er lächelte. »[Interessanter Knochenbau.]«

»[Was meinst du?]« fragte Therese. »[Kannst du mir ein Modell von ihr anfertigen? Vielleicht eine hübsche poröse Plastik?]« Sie feilschten miteinander, in einem mit so vielen Slangausdrücken durchsetzten Deutsch, dass Mayas Übersetzer streikte.

Aus den Tiefen des Labors näherte sich ein weiterer Mann. »He, hallo, wie schön.«

»Ich heiße Maya. Und ich spreche auch englisch.« Maya schüttelte dem Mann die Hand. Er trug einen Plastikhandschuh.

»Ciao, Maya. Ich bin Eugene.« Eugene nahm die Brille ab, ließ sie an der Halskette baumeln und musterte Maya eingehend. »Mir gefällt dein Gespür für Farben. Du hast echt Mut.«

»Bist du Amerikaner?«

»Aus Toronto.« Ohne die Brille sah Eugene richtig nett aus. Ein wenig schlaksig und mit scharf gezeichneten Gesichtszügen, aber voller Energie. Eugene hatte seit längerem nicht mehr gebadet, doch er verströmte einen faszinierenden Geruch, der an warme Bananen erinnerte. »Du warst noch nicht in unserem Studio, hab ich Recht? Komm, ich führ dich mal herum.«

Eugene zeigte ihr eine mit Kameras gespickte Scanmulde und zwei große, durchscheinende Assembletanks. »Hier erfassen wir die Modelle«, erklärte Eugene, »und darin findet die physische Umsetzung statt. Dieser alte Kasten«, er täschelte die transparente Tankhülle, »ist ein thermoplastischer Realisator mit Laserhärtung. Aber wir betreiben hier keine industrielle Fertigung. Wir sind Kunsthandwerker. Franz hat ein paar faszinierende kulturtechnische Modifikationen entwickelt.«

»Wirklich? *Wunderbar.*«

»Kennst du dich mit thermogehärteten Arbeiten aus?«

»*Nein.*«

Eugene war sehr geduldig. Offenbar gefiel sie ihm. »Man füllt den Tank mit einem speziellen Flüssigkunststoff. Dann feuert man Laserstrahlen in den Kunststoff hinein, bis er sich dauerhaft verfestigt. Die Umrisse des Objekts werden von den Bewegungen des Strahls definiert – im Fokus des kohärenten Lichts verfestigt sich die Flüssigkeit. Der Strahl ist natürlich Ausfluss unseres virtuellen Designs – somit können wir reale Gegenstände vollständig im Computer entwerfen. Oder aber wir fotokopieren 3-D-Realitäten. Zum Beispiel deinen Körper. Was wir heute tun werden.«

Der technische Wortschwall schien die Sprachtinktur aus ihrem Kopf zu vertreiben. »Ich glaube, ich habe es begriffen. Das ist so etwas ähnliches wie Fotografie.«

»Genau! Ganz ähnlich wie Fotografie! *Plastische* Fotografie. Der Kunststoff ist teuer, aber wir können ihn karbonisieren. Wir fertigen davon billige 3-D-Schaumobjekte an, die hauptsächlich aus Gas bestehen. Am meisten Spaß macht es, das Plastik zu einem schaumigen Aerogel zu schlagen. Auf diese Weise können wir ein Gebilde von der Größe eines Elefanten herstellen, das nicht einmal drei Kilo wiegt.«

Maya blickte das Gerät respektvoll an. »Das ist ein großer Tank, aber nicht groß genug für einen Elefanten.«

»Elefanten stellt man in Einzelteilen her, die anschließend zusammengeklebt werden«, erklärte Eugene und verdrehte ein wenig die Augen.

»Tut mir Leid«, sagte sie vorsichtig. »Normalerweise bin ich nicht so begriffsstutzig, aber ich stehe unter Drogen.«

Eugene brach in Gelächter aus. »Du machst mir wirklich Spaß.«

»Dann bist du also eine Art Bildhauer? Ein Künstler?«

»Kunsthandwerk ist nicht dasselbe wie Kunst.«

»Dann bist du also ein Techniker?«

»Kunsthandwerk ist auch nicht bloß Technik. Ich will dir noch etwas zeigen. Du bist ein Model, okay? Das müsste dir eigentlich gefallen.«

Eugene geleitete sie zu einer lebensgroßen unbekleideten Plastikfigur. Die Nackte lag auf dem Rücken, hatte die Hände unter dem Kopf verschränkt und strahlte animalische Gelassenheit aus.

»Wer war das Modell?«

»Niemand. Und jeder. Die Munchener sonnen sich gern nackt, verstehst du. Also gingen wir letzten Sommer eines Sonntags zum Flauchersteg und scannten ein paar Leute mit unserer Brille. Dann fertigten wir ein virtuelles Mischbild an, das wir im Kunststoff abbildeten; und das kam dabei heraus: die Munchener sonnenbadende Durchschnittsnackte.« Eugene betrachtete die Figur voller Stolz, dann deutete er mit dem Daumen über die Schulter. »Ihr männliches Gegenstück, der Munchener Durchschnittsnackte, steht dort in der Ecke; im Moment ist er nicht so leicht zu erkennen, weil sich die Beschichtung abgenutzt hat und er aus durchsichtigem Material besteht.«

»Ah ja.«

»Du siehst, dass sie als Model nicht sonderlich attraktiv ist; ich meine, Durchschnittsmenschen sind definitionsgemäß nicht sonderlich auffallend, nicht wahr? Aber das war bloß der erste Schritt. Als Nächsten haben wir sie von etwa hundert Männern betrachten lassen – die alle Brillen trugen, damit wir ihre Augenbewegungen registrieren konnten.«

»Wie hast du hundert Männer dazu bekommen, eine nackte Plastikfigur anzustarren?«

»Wir sind einfach zum Marienplatz geradelt und haben eine Performance veranstaltet. Die Touristen haben bereitwillig mitgemacht.«

»Oh.«

»Dann haben wir die Aufmerksamkeitsstatistik in Algorithmen zusammengefasst, virtuell umgesetzt und das Ergebnis ausgehärtet. Schau dir das mal an.«

Er ging zu einer Ecke und hob ein dünnes schwarzes Tuch hoch.

»Warte einen Moment«, sagte Maya. »Das … das kenne ich doch. Das ist …«

»Die Venus von Willendorf.«

»Ja, das ist sie. Genau.«

»Anfangs habe ich geglaubt, wir würden die schönste Frau der Welt herstellen«, sagte Eugene, »eine Frauengestalt, welche die männliche Aufmerksamkeit wie ein Magnet fesselt! Aber herausgekommen ist eine recht ordentliche Replik einer Figur, die irgendein paläolithischer Kerl vielleicht aus einem Mammutzahn geschnitzt hat. Wenn man sich mit Archetypen beschäftigt, kommt automatisch so etwas dabei heraus.«

»Wie sieht der Mann aus?«

»Aus Sicht der Männer oder aus Sicht der Frauen?«

»Aus Sicht der Frauen.«

Eugene zuckte die Achseln. »Ich wusste, dass du das fragen würdest … Gut, sehen wir ihn uns an.« Er entfernte ein weiteres Tuch.

»Was ging schief?«, fragte Maya.

»Also, das wissen wir nicht genau. Wir glauben, dass es vielleicht am Samplevorgang lag. Ich meine, da rennen ich und Franz, zwei ziemlich merkwürdige Kunsthandwerker, auf dem Marienplatz rum und bitten Fremde, die Brille aufzusetzen und einen nackten Plastikmann anzugucken … Wir hatten ein paar Freiwillige, aber die Gruppe war zufällig zusammengesetzt, und das ist dabei herausgekommen.«

Die Figur sah aus wie eine große, zornig blickende gehörnte Maske, verbunden mit zwei angeschwollenen Kugeln.

»Sieht so aus, als hätten sie versucht, ihn zu kochen.«

»Siehst du diese drei … äh … beinartigen Anhängsel? Eigentlich sollten sie frei im Raum schweben, aber das konnten wir natürlich nicht realisieren. Uns ist immer noch nicht klar, was eigentlich mit der Nase passiert ist; es sieht so aus, als hätten sie unmittelbar durch ihn hindurchgeguckt.«

Maya betrachtete die Statue versonnen. Nach einer Weile verlor sich der anfängliche Eindruck von Hässlichkeit. Es fiel ihr immer schwerer, den Blick davon zu wenden. Sie spürte eine wachsende Erregung. Es war, als entstammte die Figur einem düsteren Winkel ihrer eigenen Vorstellung. »Eugene, dieses Kunstwerk übt eine starke Wirkung auf mich aus. Das kommt mir sehr … unwirklich vor.«

»Danke.« Eugene zuckte die Achseln. »Als wir dahinterkamen, dass es einen Fehler in der Vorgehensweise gab, verloren wir das Interesse daran. Ich glaube jetzt, dass Selbstportraits vielleicht der nächste Schritt sind. Wir werden dich scannen, dann zeigen wir dir das Ergebnis und zeichnen deinen Aufmerksamkeitsalgorithmus auf, während du deinen eigenen replizierten Körper betrachtest. Auf diese Weise können wir dein Selbstbild in dauerhaftes Plastik gießen.«

»Ich glaube, dieser verbrühte Kugelmann wäre weniger furchteinflößend, wenn er kleiner wäre«, meinte Maya versonnen. »So klein, dass ich ihn zum Beispiel als Amulett an einer Halskette tragen könnte.«

»Das solltest du Franz mal sagen. Franz ist bei uns für die Vermarktung zuständig.«

Therese trat hinzu. »Franz hat gemeint, er gewährt mir einen Preisnachlass, wenn wir sechs Kopien von dir machen«, wandte sie sich an Maya.

»Ich dachte, wir wollten bloß eine hübsche Puppe fürs Schaufenster anfertigen.«

»Klar, aber wenn wir sechs Kopien machen lassen, kann ich dich weiterverkaufen. Vorausgesetzt, es besteht Nachfrage.«

»Das Mädchen wird sich bestimmt gut verkaufen«, meinte Franz zuversichtlich.

»Das Problem bei Schaufensterpuppen ist, dass sie nicht sehr berührungsfreundlich sind«, bemerkte Eugene. »Aber wir haben uns große Mühe mit den Oberflächen gegeben. Die neuen Beschichtungen fühlen sich an wie nasse Robbenhaut.«

Therese gab einen Laut des Abscheus von sich. »Wir wollen nicht, dass die Leute die Puppen betasten, Eugene. Dabei zerknittern sie bloß die Klamotten.«

Eugene wirkte enttäuscht. Er überlegte, ob er etwas erwidern sollte, dann sah er auf die Uhr. »Also, ich kann nicht länger bleiben, ich muss mich mit einem Hund treffen ...« Er sah Maya an. »Hat mich gefreut, dich kennenzulernen. Es war richtig nett, mit dir zu plaudern. Hättest du vielleicht Lust, am nächsten Dienstag im Tête du Noyé in Prag vorbeizuschauen, falls du nicht zu viel zu tun hast? Weißt du, wo das ist?«

»Nein.«

»In der Prager Altstadt, der Staromestska. Das Tête ist ein Treffpunkt für Kunsthandwerker. Wir sind ein recht munterer Haufen und treffen uns einmal im Monat in Prag. Ich glaube, jemand wie du würde gut dazupassen.«

Franz und Eugene lieferten die sechs Mayas am folgenden Montag ab. Eugene hatte Schultern, Knie, Ellbogen und Hüften mit Gelenken versehen. Den Schädel hatte er virtuell bearbeitet, sodass die fertigen Schaufensterpuppen kahlköpfig waren.

Der Laden verfügte nun über sechs große Plastiknackte mit leicht verwundertem Gesichtsausdruck. Jede Puppe wog nur etwa fünf Kilo, sodass man ihre Füsse beschweren musste, damit sie nicht umfielen.

Maya und Klaudia verbrachten den Tag damit, die Plastikpuppen anzukleiden, ihnen Perücken aufzusetzen, sie zu schminken und vor dem Laden in Position zu bringen.

Klaudia war erstaunlich gut darin. Klaudia war kein Genie im Umgang mit Geld, aber sie verstand sich darauf, die Puppen zur Geltung zu bringen – Puppen, die über Cafétische kletterten, Tennisschläger schwangen oder einander hingebungsvoll an den Zehen knabberten. Diese Freiluftorgie gut gekleideter Mayas war ein wahrer Publikumsmagnet. Maya nahm zwischen den reglosen Plastikpuppen Platz und vollführte auf Klaudias Stichwort hin plötzlich eine Bewegung. Die Wirkung war erstaunlich.

Maya gefiel es, vom Publikum bewundert zu werden. In aller Öffentlichkeit, und noch dazu gleich in mehrfacher Ausführung. Die romantische, naive Maya; die pink gepuderte Maya; die tanzende Maya, behängt mit Modeschmuck und auffallendem, weit geschwungenem Lidstrich; die Maya im weißen, batteriebetriebenen

Neonanzug; die lebhafte, Hallo-Seemann-Maya im rot-weißen Hosenrock; die sportliche Maya auf Gebirgswanderung; die kühle, klassisch gekleidete Maya mit einem Frappéglas in der Hand. Gleich mehrfach vorhanden zu sein, machte ihr Spaß; ein kleines Spektakel. Als der Tag vorbei war, fühlte Maya sich gleichwohl ausgelaugt und merkwürdig erschöpft.

Es war Thereses kommerziell erfolgreichster Tag seit Monaten. Sie verkauften so viel Ware (einschließlich sämtlicher Maya-Puppen), dass Therese beschloss, die Stadt zu verlassen, um sich auf Einkaufstour zu begeben.

»Du kannst dich ruhig in Prag vergnügen, während ich unterwegs bin«, meinte Therese zu Maya. »Aber du solltest Klaudia mitnehmen. Soviel ich weiß, ist dies das erste Mal, dass Eugene ein Mädchen um ein Date bittet. Wenn du Klaudia mitnimmst, stehen dir mehr Optionen offen.«

»Eugene hat mich nicht um ein Date gebeten, und ich mag ihn nicht mal. Jedenfalls nicht besonders. Außerdem, weshalb sollte ich nach Prag fahren? Hier in Munchen gibt es genug interessante Cafés.«

»Sei doch nicht so stur, Schätzchen. Prag ist eine bedeutende Modestadt. Das Tête du Noyé ist in. Du bist ein Model in der Modebranche, daher ist es wichtig für dich, Kontakte zu knüpfen.«

»Das klingt nach mächtig viel Arbeit.«

»Na ja, zumindest ist es eine andere Art Arbeit. Klaudia hat sich mal Ausgang verdient, und du auch. Und wenn du nicht auf Klaudia aufpasst, bekommt sie bloß Ärger. Den kriegt sie immer, wenn sie ausgeht.«

»Das klingt alles so umsichtig und praktisch, Therese. Du bist immer so voller Schliche und Ränke.«

»Ich habe einiges zu erledigen. Von einem leeren Laden kann ich nicht leben, das weißt du ebenso gut wie ich. Schaff mir Claudia für eine Weile aus den Augen –

und nimm deine Kamera mit. In Prag gibt es Scharen interessanter Frauen.« Therese kniff die Augen zusammen. »Die lebendigen Prager Mädchen … Die verstehen sich darauf, fragil und exotisch zu wirken.«

Wenn Therese sich einmal etwas in den Kopf gesetzt hatte, war Widerstand zwecklos. Maya und Klaudia packten ihre Rucksäcke und Kleidersäcke und bestiegen am Dienstagvormittag den Zug nach Prag. Klaudia zahlte. Klaudia zahlte fast immer; sie bekam ein kleines Gehalt sowie eine erkleckliche Summe von ihren wohlhabenden und einflussreichen Munchener Eltern.

Sie machten es sich sogleich in den Sitzsäcken bequem. Maya fühlte sich gereizt und erschöpft. Klaudia war zweiundzwanzig; die Aufregung und die anstrengende Arbeit vom Vortag hatten ihre Laune nur gehoben. Klaudia war zu allem bereit. »[Du solltest besser etwas essen, Maya]«, sagte sie auf deutsch. »[Du isst nie.]«

»Ich bin eben nie hungrig.«

Klaudia stellte ihren Übersetzer richtig ein. Trotz der guten, jahrelangen staatlichen Ausbildung, die sie genossen hatte, war Klaudia im Englischen sehr unsicher. »[Also, heute isst du etwas, sonst kriegst du es mit mir zu tun. Du bist so blass. Schau dir bloß mal die Perücke an. Kannst du dir nicht etwas Mühe geben?]« Klaudia rückte grob Mayas gebrauchten blonden Haarschopf zurecht. »[Du hast wirklich seltsames Haar, Mädchen, weißt du das? Dein eigenes Haar fühlt sich eher nach Perücke an als die Perücke.]«

»Das kommt von meinem Shampoo.«

»[Von welchem Shampoo? Willst du mich verarschen? Du benutzt niemals Shampoo. Ich sollte dir mal einen ordentlichen Proteinkräftiger verabreichen. Ich weiß, dass du dir das Haar lang wachsen lassen willst, aber du solltest es doch ein bisschen schneiden. Ohne Perücke siehst du aus wie eine große *ragazzina.*]«

»Ja, Klaudia, ich bin die große Ragazzina.«

Klaudia sah sie so an, wie Deutsche sie immer ansahen, wenn sie gebrochen deutsch sprach – als zweifelte sie mit einem Mal an ihrer Intelligenz.

Der Zug fuhr so geschmeidig und lautlos an, wie ein Schlittschuh übers Eis gleitet. Die Plätze waren zu zwei Dritteln besetzt. Klaudia musterte jeden einzelnen Passagier mit der unverhohlenen Neugier der Deutschen. Plötzlich stupste sie Maya mit dem Ellbogen an. »*Na, Maya!*«

»Was ist denn?«

»[Siehst du die alte Dame mit dem Polizeihund und dem Jungen dort drüben? Das ist die Präsidentin von Magyae Koztarsasag.]«

»Die Präsidentin *wovon?*«

»[Von Ungarn.]«

»Oh.« Maya schüttelte den Kopf. »Ich weiß, man soll heute alle Leute bei ihren richtigen Namen nennen, aber ungarisch zu sprechen scheint mir zu viel verlangt.«

»[Sie ist eine bedeutende Politikerin. Du solltest dich bei ihr nach der Zugangsadresse ihres Publicity-Palasts erkundigen.]«

»Ich? Ich bin so müde«, erwiderte Maya.

»[Sie ist eine bedeutende Politikerin. Sie spricht bestimmt englisch. Schade, dass du so schlecht gekleidet bist. Ich wünschte, ich wüsste ihren Namen. Du könntest mich mit ihr zusammen fotografieren.]«

»Wenn sie wirklich eine Politikerin ist, wird sie es zu schätzen wissen, dass wir ihre Privatsphäre respektieren.«

»[Wieso?]« fragte Klaudia skeptisch. »[Politiker *hassen* alles Private. Regierungsleute haben mit Privatsphäre nichts am Hut.]«

Maya gähnte. »Ich weiß nicht, wie es kommt, aber ich fühle mich fix und fertig heute. Mir ist ganz flau. Ich glaube, ich mache ein Nickerchen ...«

»[Ich hol dir was]«, erbot sich Klaudia mit funkelnden Augen und bewegte die Füße in den hochhackigen Schuhen. »[Einen Aufguss. Wie wär's mit Koffein?]«

»Koffein? Das macht doch süchtig. Und ist die Wirkung nicht unheimlich stark?«

»[Wir haben heute unseren freien Tag! Lass uns mutig sein! Trinken wir Koffein, bis wir *sternhagelvoll* sind! Wir werden den ganzen Tag in Prag rumlaufen! Prag, die Goldene Stadt!]«

»Okay«, sagte Maya, ließ sich in ihren pastellblauen Sitzsack sinken und klopfte sich gegen das Bündchen. »Nur zu. Hol mir etwas ...«

Maya entspannte sich in der wohligen Tiefe des Sitzsacks und blickte zur Wagendecke hoch. Ein leere, glänzende Metallfläche. Dieser Wagen war wirklich antik. Er war für Werbung gebaut worden, bevor man die Werbung weltweit verboten hatte. Zwischen den kahlen Bäumen am Schienenrand hindurch fielen Sonnenstrahlen an die funkelnde Decke. Blitz, blitz, blitz.

Sie erwachte aus dem Schlummer mit einem bohrenden Schmerz hinter den Augen. Irgendetwas tat ihr im Ohr weh. Sie nahm es heraus. Ein Ohrhörer. Die Haut darunter war ganz wund, als trüge sie das Ding schon seit Wochen. Sie hielt das kleine Gerät in der Hand, starrte es verständnislos an, dann ließ sie es auf den Boden fallen ... Was hatte sie da eigentlich an?

Sie trug eine rote Jacke über einem langärmligen, tief ausgeschnittenen Hemdkleid, ein hautenges Teil, das wie Spitze und Schlangenhaut an ihr klebte. Das Kleid endete in der Mitte des Schenkels. Darunter trug sie eine metallische Hose und Halbstiefel mit hohen Absätzen.

Mia erhob sich schwankend. Sie wankte in den grotesken Stiefeln den Mittelgang entlang. Ihre Zehen waren zusammengequetscht, und die Knöchel taten ihr weh. Sie hatte ein sehr eigenartiges Gefühl – sie war ausgehungert, hatte Kopfschmerzen und fühlte sich richtig mies.

Sie befand sich zusammen mit zwanzig bis dreißig Fremden in einem Zugabteil. Am Fenster raste mit erschreckender Geschwindigkeit eine unbekannte Landschaft vorbei.

Ihr wurde ganz mulmig zumute; sie erlebte eine jähe Identitätskrise und einen Kulturschock, sodass sie schwankte und ihr der Schweiß aus allen Poren brach. Dann ließ das Schwindelgefühl nach, und auf einmal fühlte sie sich vollständig verwandelt.

Sie war Mia Zeemann. Sie war Mia Ziemann und reagierte sehr eigenartig auf die Behandlung.

Ein Hund starrte sie an. Es war der Polizeihund der ungarischen Präsidentin. Der Hund hockte auf seinem Sitzsack am Rand des Mittelgangs und wirkte sehr tüchtig in seiner mit Riemen und Knöpfen versehenen Polizeiuniform. Mit wachsam aufgestellten Ohren fixierte er Mia.

Neben dem Hund saß die ungarische Präsidentin mit einem zehnjährigen Jungen. Sie zeigte dem Jungen etwas auf dem Bildschirm ihres Notebooks, deutete mit einem VR-Stab in die virtuelle Tiefe, ein schlankes, elegantes Zugangsgerät, das aussah wie ein Essstäbchen aus Elfenbein. Der Junge blickte vertrauensvoll und fasziniert auf den Bildschirm, und die Präsidentin erklärte ihm mit sanfter Stimme etwas auf ungarisch.

Die alte Frau hatte erstaunliche Hände. Faltige, grobe, starke Hände. Ein Gesicht voller Charakter, ein postmortales Gesicht. Das Gesicht einer willensstarken, sehr gesunden, sehr intelligenten Frau, die hundertzwanzig Jahre alt war, viel Elend gesehen, zahlreiche schmerzhafte Entscheidungen getroffen und alle Illusionen, aber niemals die Selbstachtung oder ihre Hilfsbereitschaft verloren hatte.

Die Dame sprach bestimmt englisch. Sie war eine europäische Intellektuelle, sie sprach bestimmt nicht nur englisch, sondern beherrschte auch noch fünf oder sechs weitere Sprachen. Sie strahlte Autorität aus – nein, sie *war* eine Autorität. Also würde Mia diese heiligmäßige Frau um Hilfe bitten und sagen, ich bin krank, ich bin hungrig, ich bin schwach, ich habe mich verlaufen, ich bin weggelaufen, ich habe unredlich gehandelt und all meine Verpflichtungen vernachlässigt, ich habe etwas Schlimmes getan, und es tut mir Leid. Es tut mir ja so Leid, bitte helfen Sie mir.

Und die Präsidentin würde sie ansehen und sogleich Herrin der Situation sein. Sie würde weder verlegen noch verärgert reagieren, sondern sehr weise, und sie würde genau wissen, was zu tun sei. Die Präsidentin würde sagen: Meine Liebe, beruhigen Sie sich, setzen Sie sich einen Moment, natürlich werden wir Ihnen helfen. Man würde Netzkonferenzen abhalten, Erklärungen abgeben, sie bekäme Rat und Hilfe und etwas zu essen und einen warmen, sicheren Platz zum Schlafen. Und die zerfledderten Fetzen ihres Lebens würden wieder zusammengeflickt werden und Mia Ziemann in einen großen, warmen Umhang des offiziellen Verzeihens und der Gnade hüllen.

Sie stolperte vorwärts.

Der Hund sagte etwas auf deutsch.

»Wie bitte?«, sagte Mia.

Der Hund wechselte ins Englische. »Ist alles in Ordnung mit Ihnen, Miss? Soll ich den Steward rufen? Sie riechen ein wenig aufgeregt.«

Die Präsidentin lächelte Mia höflich an.

»Nein«, sagte Mia, »nein. Es geht mir schon wieder besser.«

»Ein hübsches Kleid. Wie heißen Sie?«, fragte die Präsidentin.

»Maya.«

»Dieser reizende junge Mann ist Laszlo Ferencsi«,

sagte die Präsidentin, dem Jungen die Schulter tätschelnd.

»Ich habe im Aufsatzwettbewerb gewonnen!«, platzte Laszlo auf englisch heraus. »Den heutigen Tag darf ich mit der Präsidentin verbringen!«

Maya schluckte mühsam. »Das ist ja toll. Da kannst du wirklich stolz sein.«

»Ich bin die Zukunft«, erklärte Laszlo schüchtern.

»Ich bin ein großes Straßenkind«, erwiderte Maya. Sie tappte zur Toilette, kniete mit quietschenden Strümpfen auf dem Boden nieder und würgte, doch es kam nichts heraus.

Klaudia fand sie auf der Damentoilette, schleppte sie heraus und nötigte sie zum Essen. Als die Kraftbrühe in ihren Kreislauf überging, begann Maya sich wieder besser zu fühlen.

Klaudia drückte Maya behutsam den Übersetzer ins Ohr. »[Als ich den Übersetzer fand, wusste ich, dass du in Schwierigkeiten bist … Nur gut, dass Therese mich als Aufpasserin mitgeschickt hat!]«

Maya tupfte sich kalten Schweiß von der Stirn. »Kaninchen haben solange keine Probleme, bis sie sich richtig postkaninchenhaft verhalten.«

»[Kein Wunder, dass Eugene dich mag. Du redest genauso verrücktes Zeug wie er. Du solltest bei der Party heute Abend besser in meiner Nähe bleiben. Diese Kunsthandwerker sind ziemlich eingebildete Käuze.]«

Maya blickte aus dem Fenster und löffelte farblose Brühe. Es war ein gutes Gefühl, jemand anders zu sein. Wieder man selbst. Lebendig. Es war viel, viel wichtiger, lebendig zu sein, als eine bestimmte Person. Der dichte böhmische Wald draußen vor dem Fenster, die Bäume schlugen bereits aus. Dann glitten sie mit hoher Geschwindigkeit auf skelettartigen Bögen lautlos über intensiv bebaute grüne Felder hinweg. Künstlich bewässerte Anpflanzungen hoch aufragender Manschettenpilze.

Die riesigen Pilze waren keine Pflanzen. Diese biotechnischen Erzeugnisse waren so konstruiert, dass sie Luft, Wasser und Licht mit einem bislang in der Natur unbekannten Wirkungsgrad in Fette, Kohlenhydrate und Proteine umwandelten.

Ein Feld von Manschettenpilzen konnte eine kleine Stadt versorgen. Die Pilze waren zwei Stockwerke hoch: grün, blattlos, eckig geformt und so porös wie ein Schwamm. Hatte man sich an den Anblick dieser monströsen Gebilde erst einmal gewöhnt, wirkten sie sogar recht hübsch. Und das war gut so, denn sie bedeckten den Großteil des europäischen Ackerbodens.

Den Nachmittag verbrachten sie im Prager Stadtzentrum. In Mala Strana. In der Altstadt, Stare Mesto. Kopfsteinpflaster. Kirchen. Türme, alter Backstein und abgewetzte Steine. Vergoldete Spitztürme, Brücken, feucht glänzende Skulpturen. Die Moldau. Jahrhundertealte Architektur.

Klaudia shoppte wie wild und mästete Maya systematisch mit dem Fast Food der Imbissbuden. Der schmackhafte, nahrhafte Brei hatte auf Maya die Wirkung einer Droge, und die Welt sah auf einmal rosiger aus. Alles war schön und sinnerfüllt.

Sie nahmen die Kameras zur Karel-Brücke mit. Dies war nicht der Höhepunkt der Touristensaison, aber Prag war stets in Mode. Prag war eine Kunststadt, eine Modestadt. Die Menschen kamen hierher, um sich zu zeigen.

Die meisten Touristen waren natürlich alte Leute. Es gab überhaupt viele alte Leute. Und nirgendwo sonst kleideten sich die Frauen bis ins hohe Alter mit solchem Chic. Die Brücke wimmelte von älteren Frauen, von Europas weiblichen Gerontokraten, von gelassenen, heiteren, erfahrenen, besonnenen und allein stehenden Damen. Von energischen, aber sanftmütigen *femmes du monde,* die menschlichen Schwächen gerade deshalb so große Nachsicht entgegenbrachten, weil ihnen selbst so wenige geblieben waren. Von eleganten Frauen, die sich aufs Zuhören verstanden und ihre Feinde liebten, bis diese zerbröselten. Von schönen, klugen, kultivierten Frauen, die von der Elektrizität ihrer entschlossenen und ausgiebig getesteten Egos ganz sachte vibrierten.

Alte Frauen in Skijacken und weitmaschigen nattierblauen Pullovern. Alte Frauen in schicken, hoch geschlossenen Geschäftsanzügen in pinkfarbenem Apricot, Uniformblau, Eukalyptus. Frauen in modisch gepolsterten Winterpyjamas in Blassgelb und Zwielichtblau. Strenge, elegante Frisuren ohne jede Spur von Grau, kurz geschnitten und mit Seitenscheitel, dazu Schultertücher, über eine Schulter geworfen und mit Muschelbroschen säuberlich befestigt. Chorhemden und Fransenrevers, Musselin, Ripsseide, Chiffons aus Polycarbonat, Marquisette, Matelassé, prachtvoller Krepp und zurückhaltender Lamé. Futteralkleider über den schlanken, flachen Linien unauffälliger medizinischer Korsetts. Ein schlankes, postsexuelles Profil mit einer Taille, die in der Mitte des Oberschenkels anzusetzen schien und in schicke Volants und elegante kleine Knoten aus Astrachan und Breitschwanz auslief. Ein wundervolles Gewimmel posthumaner Frauen.

Die alten Männer in der Menge kleideten sich mit säulenhafter abweisender Würde in gegürtelte Mäntel, dunkle medizinische Westen und maßgeschneiderte Jacketts, als wären sie aus der Phase intimen zwischenmenschlichen Kontakts hinausgewachsen. Die alten Männer wirkten distinguiert, unwirklich und äußerst distanziert, eine Rasse gelehrter Eiskönige, die in ihren wunderschönen glänzenden Schuhen so gemessen einherschritten, als würden sie für jeden einzelnen Schritt bezahlt.

Und dann waren da die lebendigen Menschen. Sie waren natürlich in der Minderheit, doch in Prag gab es mehr von ihnen als anderswo, und das machte sie kühn und auffallend.

Junge Männer. Scharen von kühnen, auffallenden jungen Männern, der Männerüberschuss, mit dem jede Generation sich brüstete, bevor ihre erhöhte Sterblichkeitsrate zum Tragen kam. Hüften schwingende junge Kerle mit der glatten, faltenlosen Haut von Engeln, denn Akne war ebenso ausgestorben wie die Pocken. Sie bevorzugten glänzende Jacken, eigenartige schwere Stiefel und gemusterte Halstücher. Diese Generation junger Männer war von Geburt an mit biochemischem Manna gefüttert worden, sie hatte makellose Zähne, scharfe Augen und bewegte sich mit tänzerischer Anmut. Die wahren Dandies unter ihnen trugen dekorative Ohrübersetzer und verschmähten auch nicht einen Hauch von Rouge, um die Wangenknochen zu betonen.

Lebendige Frauen. Gemusterte Kleider mit schwarzen Ärmeln, grell gemusterte Schals, wirbelnde Capes aus Webpelz, Galoschen aus Geschützlegierung mit geschwungenen kleinen Knöchelkrägen. Kokette kurze Jäckchen, jede Menge roter Lack. Rucksäcke mit kleinen Glöckchen, klirrende Spangen und dick aufgetragener Lippenstift. Prag hatte eine Vorliebe für karierte Winterhandschuhe, die an den Fingerspitzen abgeschnitten waren, sodass die dolchartigen lackierten Fingernägel herausschauten. Breite, eng geschnallte Gürtel, welche die Hüften betonten. Und Decolletés, hormonpralle halb enthüllte Busen, trotz des Winters. Große, kissenartige, lebendige Brustansätze, die jenseits allen modischen Anspruchs zum politischen Statement wurden.

Die jungen Frauen ließen sich bereitwillig fotografieren. Sie lachten Maya an und posierten vor der Kamera.

Viele Leute in Prag, selbst die Kinder, trugen Cyberbrillen, jedoch keiner mehr eine Sehbrille. Korrekturlinsen als Sehprothese waren ebenso ausgestorben wie das Holzbein.

Prag vermittelte Maya neue Einsichten.

Auf einmal begriff sie die tiefe Verbundenheit zwischen den alten europäischen Stadtzentren und den jungen Europäern. Die realen und ernsthaften Geschäfte wurden in den riesigen, hochtechnisierten, intelligenten Hochhaussiedlungen rings um die Stadtzentren getätigt – in Gebäuden mit hoch entwickelter Infrastruktur, in denen die Technik des späten einundzwanzigsten Jahrhunderts in Diamantgerippe und optisch leitende Glasfasern eingebettet war.

Gleichwohl brachten es die Machthaber nicht über sich, ihr kulturelles Erbe zu zerstören. Ohne ihre kulturellen Wurzeln wäre ihnen nicht einmal mehr die Fiktion einer Alternative geblieben, und sie wären in der schrecklichen Leere des postindustriellen Pragmatismus gefangen gewesen. Sie schätzten die alternden Backsteine und verschimmelten Mauern, und die europäische Jugend wurde aus ganz ähnlichen Gründen hoch geschätzt und gleichzeitig an den Rand gedrängt.

Junge Menschen lungerten in alten Städten herum. Sie bildeten eine urbane Symbiose mit dem wirtschaftlichen Abseits, das Bindeglied zwischen der unzerstörbaren Vergangenheit und einer Zukunft, die man noch nicht zulassen wollte.

Maya und Klaudia kleideten sich auf einer Toilette um und ließen das Gepäck in einem öffentlichen Schließfach zurück. Das Tête du Noyé lag in der Opatovicka-Straße; ein dreistöckiges Gebäude mit einem schindelgedeckten Steildach. Man gelangte über eine kleine Treppe mit abgewetzten Stufen und schmiedeeisernem Geländer hinein und musste anschließend eine etwas längere Holztreppe zu einem fensterlosen

Kellerraum hinuntersteigen, in dem die Bar untergebracht war. Die ganzen Treppen machten architektonisch kaum Sinn, doch das Gebäude war mindestens fünfhundert Jahre alt. Es hatte so viele historische Umbrüche mitgemacht, dass es eine Patina hatte wie ein metamorpher Stein.

Klaudia und Maya wurden am Fuß der Treppe von einer älteren gefleckten Dogge in einem zerschlissenen Pullover und gestreifter Hose in Empfang genommen, wahrscheinlich das hässlichste intelligente Tier, das Maya jemals gesehen hatte. »Wer hat euch hergebeten?«, fragte der Hund auf englisch und knurrte unverhohlen drohend.

Maya blickte sich rasch in der Bar um. Der Raum wurde von ein paar flackernden bläulichen Glühbirnen und einem blass schimmernden rechteckigen Wandbildschirm erhellt. Es roch nach Jod und Tang. Vielleicht auch nach Blut. Zwanzig Leute waren anwesend, düstere Gestalten, die sich um niedrige Tische herum auf Sofas fläzten. Viele von ihnen trugen Brillen. Das Licht des Cyberraums sickerte an den Linsenrändern vorbei. Von Eugene war nichts zu sehen.

»Der Typ dort drüben hat uns eingeladen«, log Maya schlagfertig, zeigte in eine Ecke und winkte. »Hey!«, rief sie. »Na, *Mensch!* Ciao!«

Der Fremde schaute natürlich hoch und winkte höflich zurück. Maya zwängte sich am Hund vorbei.

»[*Na,* Maya]«, flüsterte Klaudia, Tuchfühlung haltend. »[Wir sind ein bisschen overdressed. Das ist ja ein Leichenkeller.]«

»Mir gefällt's«, sagte Maya voller Optimismus und Zuversicht. Sie ging zur Bar.

Es spielte leise, blecherne Instrumentalmusik. Der Barkeeper war damit beschäftigt, ein winziges Ventil an einem gewaltigen, verästelten Tinkturenset zu reparieren und blickte ratsuchend auf einen Bildschirm. Das

Tinkturenset nahm die ganze Breite der Mahagonibar ein, wog etwa vier bis fünf Tonnen und sah aus, als wären die damit hergestellten Getränke in der Lage, ein ganzes Stadtviertel zu zerstören.

Der Barkeeper trug einen dünnen, geschmeidigen, transparenten Schutzanzug. In dieser Kleidung hatten mutige Sozialdienstler dereinst verseuchte Orte aufgesucht. Unter dem glänzenden, luftdichten Überzug war der Barkeeper nackt. Sein Körper war von Kopf bis Fuß mit dichtem grauem Pelz bedeckt. Aus der Ferne betrachtet wirkte seine Körperbehaarung wie ein graues Wolltrikot.

Beunruhigenderweise nahm der Barkeeper nun endlich Notiz von ihnen. Er klappte das Notebook lautstark zu und kam herbeigeschlurft. Er war entweder sehr alt oder sehr krank und bewegte sich, als habe er Fußschmerzen.

Sein Gesicht war vollständig von grauem Bart überwuchert – weder die Augenbrauen noch Nase, Stirn, Ohren oder Schläfen waren zu sehen. Die unbehaarten Lippen und Augenlider waren drei bleiche Flecken inmitten des ausladenden, alles erstickenden Schnäuzers.

»Ihr seid neu hier«, bemerkte der Barkeeper mittels eines Außenlautsprechers.

»Das stimmt. Ich bin Maya, das ist Klaudia. Wir machen Mode.«

Der Barkeeper musterte sie im relativ hellen Licht der unmittelbar über der Mahagonibar angebrachten Lampen. Auf dem Scheitel hatte er einen kleinen, schorfigen kahlen Fleck. »Ich mag junge Mädels in hübschen Klamotten«, meinte er schließlich augenzwinkernd. »Wenn der Hund Ärger macht, sagt ihm, er soll sich an den alten Klaus wenden.«

Maya schenkte ihm ein strahlendes Lächeln. »Vielen Dank. Es ist sehr freundlich von dir, uns in dein berühmtes Lokal einzulassen. Wir machen auch bestimmt keinen Ärger. Dürfen wir fotografieren?«

»Nein. Was wollt ihr trinken?«

»Koffein«, sagte Klaudia tapfer.

Nach einer Weile knallte Klaus zwei Mokkatassen auf die Bar. »Wollt ihr tierische Sahne?«

»Nein, danke«, entgegnete Klaudia mit kaum verhohlenem Abscheu.

»Dann kostet's nichts«, meinte Klaus und nahm seine Reparaturarbeit wieder auf.

Maya und Klaudia nahmen die Tassen und Unterteller zu einem Couchtisch mit und setzten sich nebeneinander aufs Sofa. Klaudia legte den gerippten Umhang ab und schauderte in ihrem pinkfarbenen zerknitterten Top.

»[Hier bin ich offenbar auf der falschen Party]«, stöhnte sie verhalten. »[Ich dachte, hier gibt es Tanz und Musik und öffentlichen Sex und vielleicht ein paar Anandamine. Diese Bar ist ja eine Gruft. Was spielt da eigentlich für eine fürchterliche Musik?]«

»Das ist alte akustische Analogmusik. Damals hatte der Sound wenig vertikale Farbe. Die Instrumente wurden aus Holz und Tierorganen gefertigt.«

Klaudia nippte nervös am Mokka. »[Weißt du, wo das Problem liegt, Maya? Das hier ist eine Party für Intellektuelle. Wenn man jung ist, ist es dämlich, intellektuell zu sein. Intellektuell sollte man sein, wenn man hundert ist und nichts mehr empfindet. Intellektuelle sind ja so eingebildet! Sie verstehen nicht zu leben!]«

»Klaudia, entspann dich, okay? Es ist noch früh am Abend.«

Der Wandschmuck war das Wärmste und Einladendste am Tête du Noyé. Er wirkte weder glas- noch bildschirmartig, sondern eher wie Leinwandmalerei. Der Bildschirm war in Hunderte von Fragmenten aufgeteilt, in ein Wabenmuster einzelner Zellen, die langsam durcheinander wogten. Die Zellen schwammen umeinander, pulsierten, rotierten und veränderten sich. Ein digitaler Blumentanz.

Maya hob die Mokkatasse, führte sie vorschriftsmäßig an die Unterlippe und setzte sie wieder ab. Sie beobachtete eine Weile, wie Klaudia nervös auf dem Sofa herumrutschte, dann blickte sie wieder den Wandschirm an. Das bernsteinfarbene Blumenmuster war fast vollständig verschwunden und hatte einer wachsenden Anzahl kalter, geometrischer Kristalle Platz gemacht.

Sie wusste nicht genau, wie sie darauf kam, hatte aber irgendwie das Gefühl, die Wand beobachte sie. Vielleicht waren Kameras hinter dem Bildschirm versteckt. Sah man das Wandbild unmittelbar an, verlangsamte sich die Bewegung drastisch. Es geriet erst dann in Bewegung, wenn niemand hinsah.

Maya öffnete den Rucksack und betrachtete die Wand verstohlen im Make-up-Spiegel. Die Wand wähnte sich offenbar unbeobachtet. Die kleinen Zellen wurden quicklebendig, wechselten Informationsfunken aus, paarten sich, wirbelten umher, veränderten sich ständig. Maya klappte das Etui zu und wandte das Gesicht abermals dem Bildschirm zu. Sogleich erstarrten die Zellen schuldbewusst und krochen nur mehr brav umher.

Eugene kam hereingeschlendert. »Ciao, Maya!«

»Ciao, Eugene.« Sie war froh, ihn zu sehen. Eugene hatte gebadet. Er hatte sich gekämmt. Er sah sehr elegant aus in dem langen Brokatmantel und den Röhrenhosen.

Eugene lächelte einnehmend. »*Was ist los,* Camilla?«

»Klaudia«, sagte Klaudia stirnrunzelnd und zog die Beine aufs Sofa.

Eugene setzte sich. »Ihr hättet euch an der Bar einloggen sollen! Das ist hier im Tête so üblich. Ich wusste nicht mal, dass ihr schon da seid.«

»Es gibt immer ein erstes Mal, Eugene.«

»Die meisten Leute loggen sich schon zu Hause ein

und kündigen an, dass sie kommen. Die Szene ist voll vernetzt. Das Tête ist unser Treffpunkt, wenn wir mal Tuchfühlung brauchen. Freut mich, dass ihr gekommen seid. Wie gefällt euch unser Wirt?«

»Mir gefällt er nicht besonders«, erklärte Klaudia in affektiertem Englisch.

»Ein erstaunlicher Typ, findet ihr nicht? Er ist ein faszinierender Geschichtenerzähler. Hat zahllose Stories auf Lager. Er war mal Kosmonaut.«

»Tatsächlich?«

»Ja, in der einzigen tschechischen Mondkolonie. Hat die Seuchenjahre auf dem Mond verbracht. Deshalb trägt er den Anzug. Damals haben sie aufgrund der Langzeitstrahlung Probleme mit dem Immunsystem bekommen. Anfangs hat er es auf der Erde ohne Schutzanzug versucht, aber da bekam er Staphylokokken und hat 'ne Menge Narben zurückbehalten. Deshalb hat er sich auch den dichten Pelz machen lassen.«

»Einem Kosmonauten bin ich noch nie begegnet.«

»Also, jetzt kennst du einen. Klaus gehört das Tête. Ich muss dich warnen, Klaus redet nicht gern über die Zeit auf dem Mond. Die meisten seiner Freunde sind bei der Explosion, dem Putsch und den Säuberungen umgekommen. Aber für die hiesige Szene ist er eine Bereicherung. Er ist der einzige tschechische Lunarier, ein Nationalheld. Daher lässt ihm der Prager Stadtrat freie Hand. Klaus ist kein spießiger Gerontokrat, er hat eine Menge durchgemacht. *Mit ihm konnte man Pferde stehlen.*«

»Wegen mir brauchst du nicht deutsch zu sprechen«, meinte Klaudia schmollend.

»Deutsch ist kein Problem! Dort drüben sitzt ein Skipetare, der jemanden sucht, der Gegisch spricht. Gegisch oder Toskisch.«

»Wo kommt er her?«

»Aus Tirana.«

Klaudias Miene hellte sich ein wenig auf. »[Ich mag Skipetaren]«, sagte sie auf deutsch. »[Sie sind so industriell und romantisch. Was macht er so?]«

»VR«, antwortete Eugene.

»[Prima].« Klaudia erhob sich und ging weg.

Maya klopfte auf den freien Platz. »Komm, setz dich zu mir.«

Eugene rückte vorsichtig näher.

»Erzähl mir von der Frau, die das Wandbild gemacht hat.«

»Woher weißt du, dass es von einer Frau stammt?«

»Das sehe ich einfach.«

Eugene blickte zur Wand, deren Bewegung sich sogleich verlangsamte. »Das ist ein automatisches Zelldisplay. Offenbar aus den Sechzigern. Ich hoffe, sie hat es solide gebaut, denn eine so alte Plattform zu reparieren, ist ziemlich schwierig.«

»Es ist wunderschön, findest du nicht? Dieser Trick hat mich fast wütend gemacht, bis mir klar geworden ist, was sie damit sagen wollte.«

Eugene kratzte sich am Kopf. »Da muss ich passen. Das geht über meinen Horizont. Paul weiß bestimmt darüber Bescheid, Paul ist ein Gelehrter.«

»Wer ist Paul?«

Eugene lächelte zurückhaltend. »Paul macht die Gesetze der Szene. Weißt du, ich hab's nicht gern, wenn man mir vorschreibt, was ich denken soll. Für Ideologie hab ich nichts übrig. Aber Paul vertraue ich. Und ich glaube, Paul vertraut mir.«

»Ist Paul zufällig hier? Stellst du mich ihm vor?«

»Klar.«

Eugene geleitete sie durch die Bar. Ein halbes Dutzend Leute drängten sich um einen muskulösen rothaarigen jungen Mann in einem auffallenden Display-Anzug. Auf der Jacke war ein eindrucksvolles Satellitenbild des nächtlichen Prag abgebildet, beleuchtete Straßen zogen sich über das schwarze Revers und beide glänzende Ärmel. Er gab gerade auf französisch eine amüsante Anekdote zum Besten. Die hingerissenen Zuhörer lachten laut, vermischt mit den geselligen Lauten, wie sie Insider-Witze begleiten.

Maya wartete geduldig, bis die Geschichte in unverständlichem Kauderwelsch endete. Dann ergriff sie eilig das Wort. »Ciao, Paul! Würde es dir etwas ausmachen, englisch zu sprechen?«

Der Rothaarige kratzte sich im Bart. »Ich schätze die englische Sprache durchaus, aber Paul sitzt dort am Tischende, Schätzchen.«

»Oh.«

»Mach das nicht wieder, okay?«, murmelte Eugene. Er geleitete sie an einem Durcheinander von Beinen und Getränken vorbei.

Paul war dunkelhaarig, untersetzt, glattrasiert und in eine Unterhaltung mit einer hakennasigen Frau mit schwarzem Pony und ungeschminkten Lippen vertieft. Paul hantierte mit einer übergroßen Serviette. Das quadratische Tuch besaß anscheinend ein Eigenleben. Es zuckte und wand sich und wollte offenbar Pauls Unterarm hinaufklettern.

»Ich hol dir was zu trinken«, flüsterte Eugene.

»Ein Mineralwasser? Danke.« Maya setzte sich auf die Sofakante und hörte zu, wie Paul und die dunkelhaarige Frau in fließendem Italienisch über das funkelnde, eigenwillige Tuch plauderten.

Paul trug graue Stoffhosen und ein verblasstes, khakifarbenes geknöpftes Stoffhemd; den Mantel hatte er über die Sofalehne geworfen. Die Frau trug eine dunkle Strumpfhose, Stiefel und ellbogenlange weiße Datenhandschuhe. Sie gab sich große Mühe, Maya zu übersehen.

Paul kniff nachdrücklich in eine Ecke des Tuches. Das sich windende Tuch erschlaffte. Er verband das Tuch mit einem dünnen Kabel, zog ein Notebook unter dem Sofa hervor, hämmerte, unablässig auf italienisch weiterredend, auf die Tasten und kommentierte die Anzeige in grusligem englischem Technikjargon.

Schließlich drückte Paul die Entertaste. Dann wandte er sich wachsam Maya zu. »Amerikanerin?«

»Ja.«

»Kalifornierin?«

»Das stimmt.«

»Aus San Francisco.«

»Gut geraten.«

»Ich bin Paul, aus Stuttgart. Ich programmiere. Das ist Benedetta, eine Programmiererin aus Bologna.«

»Maya. Ich komme eigentlich nirgendwo her. Und ich mache auch nicht viel.« Sie reichte der Frau die Hand über den Tisch.

»Du bist ein Model«, sagte Benedetta gelangweilt.

»Ja. Manchmal. Hin und wieder.«

»Schon mal einen Gedanken in deinem hübschen Kopf hin und her gewälzt?«

»Eigentlich nicht, aber sollte ich mal über einen stolpern, kann ich mir alleine den Staub abklopfen.«

Paul lachte. »Benedetta, sei nicht taktlos.«

Benedetta streifte mit dem Datenhandschuh über Mayas Finger und ließ sich ins Polster zurücksinken. »Ich habe einen weiten Weg zurückgelegt, um mich mit diesem Mann zu unterhalten. Ich hoffe, du kannst dich mit dem Flirten so lange zurückhalten, bis alle besoffen sind.«

»Benedetta ist katholisch«, erklärte Paul.

»Ich bin *nicht* katholisch! Bologna ist die unkatholischste Stadt in ganz Europa! Ich bin Anarchistin, Künstlerin und Programmiererin! Ich will den letzten Gerontokraten an den Eingeweiden des letzten Priesters baumeln sehen!«

»Benedetta ist ein Musterbeispiel an Takt«, meinte Paul.

»Ich wollte mich bloß nach dem Wandbild erkundigen«, sagte Maya.

»*Der Garten Eden,* Eva Maskova, 2053«, antwortete Paul.

Eugene war mittlerweile von der Bar zurückgekehrt, wurde aber von einer weiteren Geschichte des Erzählers aufgehalten. Eugene stützte sich mit den Ellbogen auf die Sofalehne, lachte prustend und nippte geistesabwesend an Mayas Mineralwasser.

»Erzähl mir von dieser Eva. Wo lebt sie jetzt?«

»Sie hat zu viele Tinkturen getrunken, ist vom Fahrrad gefallen und hat sich den Hals gebrochen«, erklärte Benedetta ungerührt. »Die Ärzte haben sie aber wieder zusammengeflickt. Dann hat sie einen reichen spanischen Banker geheiratet und arbeitet jetzt in einem dämlichen Hochhaus in Madrid für die Politas.«

Paul schüttelte leicht den Kopf. »Du bist nachtragend. Damals hatte Eva das heilige Feuer.«

»Das sagst du, Paul. Ich habe sie getroffen. Sie ist eine perfekte kleine Bourgeoise in mittleren Jahren, die ihre Topfpflanzen pflegt.«

»Trotzdem hatte sie das heilige Feuer.«

Maya ergriff das Wort. »Das Wandbild. Das sagt eine Menge aus über Leute wie euch, nicht wahr? Wenn ihr allein seid, bewirkt ihr wahre Wunder. Aber wenn man auch genauer unter die Lupe nimmt und von außerhalb analysiert, dann vertrocknet ihr.«

Paul und Benedetta wechselten überraschte Blicke, dann wandten sie sich Maya zu.

»Ich hoffe doch, du bist keine verhinderte Schauspielerin«, sagte Benedetta.

»Keineswegs.«

»Du tanzt nicht? Singst nicht?«

Maya schüttelte den Kopf.

»Du beschäftigst dich überhaupt nicht mit Kunst?«, fragte Paul.

»Nein. Na ja – hin und wieder fotografiere ich.«

»Hab ich's mir doch gedacht«, meinte Benedetta triumphierend. »Zeig mir deine Brille.«

»Ich habe keine Brille.«

»Dann zeig mir deine Kamera.«

Maya holte die Touristenkamera aus der Webtasche. Benedetta lachte auf. »Ach, das ist hoffnungslos! Welche Erleichterung! Einen fürchterlichen Moment lang habe ich gedacht, ich hätte eine Intellektuelle vor mir, die gerne Paillettenhosen trägt.«

Ein hochgewachsener Mann in einem langen grauen Mantel und schmutziger Arbeitshose kam die Treppe heruntergestolpert. »Emil ist da«, meinte Paul erfreut. »Emil hat es nicht vergessen! Erstaunlich! Einen Moment.« Er stand auf und entfernte sich.

Benedetta sah Paul irritiert nach. »Jetzt hast du es geschafft«, sagte sie. »Wenn Paul sich erst einmal mit diesem Narren im Geiste einlässt, findet er kein Ende mehr.« Sie zog den sich windenden Datenhandschuh aus und erhob sich.

So wollte Maya sich nicht abspeisen lassen. Nicht jetzt, wo sie kurz vor dem Durchbruch stand. »Benedetta, bleib hier.«

Benedetta war verblüfft. Sie blickte Maya unmittelbar in die Augen. »Weshalb sollte ich?«

Maya senkte die Stimme. »Kannst du ein Geheimnis wahren?«

Benedetta runzelte die Stirn. »Was für ein Geheimnis?«

»Ein Programmiergeheimnis.«

»Was weißt du schon vom Programmieren?«

Maya beugte sich vor. »Nicht viel. Aber ich brauche einen Programmierer. Weil mir ein Erinnerungspalast gehört.«

Benedetta nahm wieder Platz. »Tatsächlich? Ein großer?«

»Zweimal ja.«

Benedetta beugte sich vor. »Illegal?«

»Wahrscheinlich.«

»Wie kommt eine wie du an einen illegalen Erinnerungspalast?«

»Was glaubst du denn, wie eine wie ich an einen illegalen Erinnerungspalast kommt?«

»Ich spekuliere nicht gern«, sagte Benedetta und spitzte die Lippen. »Soll ich raten? Als Gegenleistung für sexuelle Gefälligkeiten.«

»Nein, bestimmt nicht! Na ja ... Ja, irgendwie schon. Könnte man so sagen.«

»Dann wollen wir mal deinen Palazzo aufsperren und einen Blick hineinwerfen.« Benedetta wickelte sich das Tuch energisch um den Hals. Es zuckte ein wenig, dann leuchtete es in einem goldfarbenen und braunen Muster auf. Benedetta ergriff ihr kleines Notebook und die mit Zierknöpfen besetzte Handtasche. »Wir ziehen uns besser hinter die Bar zurück, dort ist es diskreter.«

»Du hast so viel Geduld mit mir, Benedetta. Ich möchte nicht aufdringlich sein.«

Benedetta starrte sie eine Weile an, dann senkte sie den Blick. »Schon gut. Ich war unhöflich. Tut mir Leid. Ich werde mich bessern. Können wir?«

»Ich nehme deine Entschuldigung an.« Maya erhob sich. »Gehen wir.«

Benedetta führte sie in eine besonders blau ausgeleuchtete Nische hinter der langgestreckten Mahagonibar. Jemand hatte auf dem Tisch Blutproben untersucht. Zerknüllte Chromatogramme und ein Moskito mit Diamantrüssel lagen auf dem Tisch.

Benedetta wischte den Abfall beiseite, stellte das Notebook ab und zog die Antenne heraus. »So. Was brauchen wir noch? Handschuhe? Brille?«

»Ich brauche einen Touchscreen für mein Passwort.«

»Einen Touchscreen! Muss wohl Schicksal sein, dass

ich meinen Furoshiki dabeihabe.« Benedetta riss sich das Tuch herunter, legte es auf den Tisch und strich glättend darüber. »Damit wird es gehen. Er ist aus Japan. Die Japaner lieben seltsame Geräte.« Sie steckte einen Zipfel des reglosen Tuchs ins Notebook, worauf das Tuch plötzlich das strahlende Weiß einer Eierschale annahm.

»Einen Furoshiki habe ich noch nie gesehen.« Maya beugte sich über den Tisch. »Davon gehört allerdings schon ...« Das intelligente Tuch bestand aus einem dichten Geflecht optisch leitender Fäden, organischer Schaltkreise und piezoelektrischer Faser. Die hauchdünnen optischen Fäden sonderten winzige farbige Lichtpixel ab. Ein gewebter Bildschirm. Ein biegsamer Stoffcomputer.

Benedetta öffnete die Handtasche, holte eine exquisite italienische Designerbrille hervor und setzte sie auf.

»Die ist toll«, sagte Maya.

»Brauchst du Brille und Handschuhe? Da bist du hier richtig. Am besten fragen wir mal Bouboule. Bouboule können wir vertrauen. Einverstanden?«

»Ich denke schon.«

Benedetta schloss die Brille an und tippte in paar Befehle in die Luft. »Du wirst Bouboule mögen«, meinte sie. »Jeder mag Bouboule. Sie ist reich, großzügig, komisch, promiskuitiv und zeigt den Bullen gern eine lange Nase. Mit vierzig ist sie tot.«

Benedatta streichelte die Notebooktasten. Dann fixierte sie Maya über den Tisch hinweg. Mayas farbiges Ebenbild erschien auf dem Tuch.

»Das Wunder der Heiligen Veronica!«, scherzte Benedetta. »Zeig mir mal die Passgeste.«

»Die ist ein großes Geheimnis. In der Beziehung bin ich vorsichtig. Das wirst du doch wohl verstehen, Benedetta.«

»Du bist sehr hübsch«, meinte Benedetta bedächtig,

blickte auf den Bildschirm und tippte etwas. »Du solltest nicht so hübsch sein und mich nicht so sehr unter Druck setzen.«

»Mein Aussehen ist eine Frage der Technik. Du bist hübsch. Wenn du möchtest, sorge ich dafür, dass du richtig lebendig aussiehst.«

»Ich hasse Körperverschönerung«, sagte Benedetta und ließ die Finger kundig über die Tasten gleiten. »Jetzt, da Frauenkörper ewig in Form bleiben, ist es noch schlimmer geworden. Wir Frauen sind so sehr weiblicher Körper, dass es geradezu tödlich ist, wir müssen sogar in Schönheit sterben. Selbst Paul ... er unterhält sich mit mir über irgendein theoretisches Problem. Wie ein Kollege! Wie ein Philosoph! Dann taucht dieses Glamourgirl mit den geschminkten Lippen und der Perücke auf, und man könnte meinen, seine kleine Muse sei eben aus dem Zug gesprungen. Frauen werden niemals klug! Männer denken über Schönheit nach, wir aber müssen schön *sein.* Daher verkörpert immer die andere das Weibliche, und wir stehen niemals im Mittelpunkt.«

Maya blinzelte. »Männer und Frauen denken einfach unterschiedlich, das ist alles.«

»Ach, das ist doch dumm! ›Anatomie ist Schicksal.‹ Das alles gilt jetzt nicht mehr, verstehst du? Anatomie ist jetzt ein *Geschäft!* Du möchtest ein paar komplizierte männliche Gleichungen lösen, kleines Glamourgirl? Dann ramm dir ein paar Stecker in den Kopf, und in einer Woche bringe ich dir das Rechnen bei!«

»Dabei können Blutgefäße platzen.«

»Hab dich doch nicht so, Schätzchen. Ich wette, was du mit deinen Brüsten angestellt hast, war tausendmal radikaler als Mathematik. Warte mal – ich hab's gleich.«

Benedettas eierschalenfarbener Furoshiki färbte sich schiefergrau. »Das ist gut. Gleich habe ich eine öffentliche Netsite gefunden ... So, das wär's.«

Bouboule gesellte sich zu ihnen. Bouboule hatte einen lackierten, klassisch geformten Mund, kein Kinn und große, leuchtende braune Augen. Sie trug einen bowlerartigen Hut mit schmaler Krempe, eine schicke Brille an einer Halskette, einen Strickpullover, ein langes Halstuch und einen großen gelben Rucksack.

»Ciao, Benedetta.«

»Bouboule ist aus Stuttgart«, sagte Benedetta. »Wie heißt du noch gleich?«

»Maya.«

»Maya wird uns ein Geheimnis zeigen, Bouboule.«

»Ich liebe Geheimnisse«, sagte Bouboule und nahm kichernd Platz. »Wie reizend von dir, Maya, deine Geheimnisse mit Nobodys wie uns zu teilen. Hast du was dagegen, wenn mein Affe zusieht?«

Ein goldfarbener Krallenaffe kletterte Bouboules kräftigen Rücken hoch und setzte sich auf ihre Schulter. Der Affe trug Abendkleidung, Schlips und Smoking. Seine Augen waren zwei funkelnde metallische Knöpfe. Eine implantierte Spiegelbrille.

»Spricht dein Affe?«, fragte Maya. Der Affe trug keine Schuhe. Die pelzigen Pfoten, die aus den Hosenbeinen herausschauten, wirkten eigentümlich abstoßend.

»Mein Affe ist ein Virtualist«, meinte Bouboule leichthin. »Maya, wo hast du deine Brille?«

»Ich habe keine Brille. Und auch keine Handschuhe.«

»*Quel dommage!*«, sagte Bouboule hocherfreut. »Meine Onkel stellen hier in Stuttgart Brillen her. Ich habe vier Onkel. Alles Brüder meiner Mutter. Weißt du, wie selten heutzutage vier Brüder sind? Fünf Kinder! Sowas kommt kaum noch vor! Aber mir passieren immer unwahrscheinliche Sachen.« Bouboule öffnete den Rucksack und reichte Maya eine in Plastik verpackte Brille mit Metallfassung.

»Flüssigkeitsfilm?«, bemerkte Maya, als sie die Linsen begutachtete.

»Wegwerflinsen«, meinte Bouboule achselzuckend. »Nimm diese Datenhandschuhe – allerdings würde ich nicht gerade behaupten, die seien der letzte Schrei. Sowas trägt man auf Parties, wenn man nicht weiß, wo man am nächsten Morgen aufwacht. Brich dir nicht die Finger, streck sie vorsichtig aus ... so ist's gut.«

»Das ist nett von dir, dass du sie mir ausborgst«, sagte Maya.

»Ich hab auch was für dich, Maya«, meinte Benedetta impulsiv. Sie langte mit zwei Fingern hinter den Rollkragen ihrer Bluse und zog ein Diamantcollier mit einem an einer dünnen Goldkette befestigten Anhänger hervor. »Hier. Für dich. Du hast eher Verwendung dafür als ich.«

»Eine Diamanthalskette?«

»Guck nicht so überrascht, jeder Idiot kann Diamanten herstellen«, sagte Benedetta. Sie reichte das Collier Maya. »Sieh dir mal den Anhänger an.«

»Eine kleine Nachtigall in einem goldenen Nest! Das ist wirklich hübsch, Benedetta. Aber das kann ich nicht annehmen.«

»Gold ist Dreck. Krieg dich wieder ein und hör zu. Das Vogelnest steckst du dir ins Ohr. Die Diamanten sind Speicher, sie enthalten die europäischen Sprachen. Siehst du die kleinen Zahlen? Der Vogel bebrütet im Moment gerade Englisch, Italienisch und Französisch. Italienisch brauchst du nicht so dringend, also leg Englisch ein, das ist das Ei Nummer eins ... Leg Englisch mitten ins Nest und befestige Italienisch wieder am Halsband. Italienisch ist das Ei Nummer siebzehn.«

»Italienisch kommt an *siebzehnter* Stelle?«

»Das ist ein Schweizer Gerät. Aus Basel.«

»Was sind die Schweizer doch für humorlose Leute«, meinte Bouboule. »Bloß weil Mailand Genf gekauft hat ... Welch ein Groll.«

Maya löste das englische Ei von der Kette. Sie nahm das italienische Ei aus dem goldenen Nest und steckte das englische Ei behutsam unter die leitenden Füße des Vogels. Die winzigen Eier rasteten mit einem angenehmen Klicken ein.

Sie steckte sich den kleinen Anhänger vorsichtig ins rechte Ohr. Der Anhänger wand sich wie ein metallener Ohrwurm. Irgendetwas Dünnes, Wachsartiges kroch in ihre Gehörwindung. Maya hätte das Gerät am liebsten gleich wieder herausgerissen, ließ die kitzelnde Penetration aber schaudernd über sich ergehen.

»[Er hat keine Batterie]«, erklärte Benedetta auf Italienisch. »[Du musst den Vogel ständig am Körper tragen. Wenn er auskühlt, stirbt er.]«

Der neue Übersetzer erzeugte einen wundervollen Flötenton, unmittelbar an ihrem Trommelfell. »Die Sprache ist so wohlklingend! So klar!«

»Und keine Batterie – stell dir mal vor.«

»Keine Batterie. Okay. Aber das kommt mir eher wie ein Versehen vor.«

»Das ist kein Versehen, sondern gewollt«, meinte Bendetta düster. »Der Vogel ist Shareware. Die Schweizer haben sich alle Mühe gegeben.«

Maya legte das Collier an und stopfte es unter die Bluse. Sie freute sich. »Das ist sehr großzügig von dir. Möchtest du meinen Deutschübersetzer haben?«

Bendetta besah ihn sich. »Deutsch-Englisch. Kein Bedarf. Das ist Touristenramsch.« Sie schob ihn wieder Maya hin. »[Jetzt können wir uns endlich wie zivilisierte Menschen unterhalten. Zeig uns deinen Palazzo.]«

»Ich hoffe, es klappt.« Maya vollführte auf der glänzenden Oberfläche des Stoffcomputers die Passgeste. »Sind die Handschuhe angeschlossen?«

»[Da tut sich was]«, bemerkte Benedetta skeptisch.

Bouboule streifte maßgeschneiderte zitronengelbe Datenhandschuhe über und justierte sorgfältig die Brille. »Das ist ja so aufregend. Patapouff und ich, wir lieben Erinnerungspaläste. Nicht wahr, Pouffpouff?«

Maya straffte sich in Erwartung einer Antwort des Affen. Doch der schwieg. Maya entspannte sich wieder. Sprechende Hunde waren okay. Sprechende Affen aber waren unheimlich.

Mayas Brille zeigte ein verschwommenes Testmuster. Sie fuhr mit dem Finger an der rechten Linse entlang, bis das Muster scharf wurde. Sie drückte den Brillensteg, um Tiefe hineinzubringen. Dies waren Gewohnheitsgesten, kleine technische Handlungen, die sie seit Jahrzehnten vollführte.

Mit einem Mal aber war sie ganz aufgeregt. Ihr Sehfehler war verschwunden. Vollständig behoben, und bis jetzt hatte er sich noch jedes Mal bemerkbar gemacht.

»[Das ist ein Büro!]« sagte Benedetta triumphierend. »[Was für ein seltsames, altes Büro! Ich schaue mich mal um, okay?]«

»Ein Männerbüro«, meinte Bouboule gelangweilt.

»[Wo hat der Kerl die Pornos versteckt?]«, fragte Benedetta.

»Was?«, sagte Maya.

»[Hast du seine Pornos etwa noch nicht entdeckt? Es gibt keinen lebendigen Mann, der nicht irgendwo in seinem Erinnerungspalast Pornos versteckt hätte.]«

»Er lebt nicht mehr«, erklärte Maya.

Bouboule machte eine anzügliche Bemerkung und lachte. »Ein französisches Wortspiel«, säuselte der Vogelübersetzer in seinem wohlklingenden, aber eigentümlich unpersönlichen Englisch. »Der Kontext ist unverständlich.«

»[Ich sehe da gerade den großen Bauplan]«, meinte Benedetta. »[Die Sechziger, wie? Damals haben sie wie die Wahnsinnigen gebaut. Bibliothek. Galerie. Ein Zoo für Kunstgeschöpfe – das klingt gut! Geschäftsakten. Gesundheitsakten. CAD-CAM-Muster-Speicher.] ›Filme‹. Gibt es Filme in dem Palast?«

»Wie übersetzt man das Wort ›Filme‹?«, fragte Bouboule.

»Cinematographique.«

»Prima.«

»[Schneidermaße … Aufgussrezepte. Baupläne. Ach, das ist ja reizend! Reale Baupläne in einem Palast zu verwahren. Drei oder vier verschiedene Häuser! Der Mann muss ziemlich reich gewesen sein.]«

»Er ist mehrmals in seinem Leben zu Reichtum gekommen«, sagte Maya.

»[Oh, seht euch das mal an! Er hatte einen Ptydepe-Scanner.]«

»Was ist das?«, wollte Maya wissen.

Jetzt, da es um technische Informationen ging, wechselte Benedetta wieder ins Englische. »Das kommt von der Abkürzung PTP kommt – ›Public Telepresence Point‹, öffentliche Telepräsenzsite. Er ist – er war im Besitz eines Scanners, der Telepräsenz-Daten aufzeichnen kann. Eignet sich gut dazu, Freunden nachzuspionieren. Oder Feinden. Das Programm zeichnet über Jahre hinweg Millionen von Telepräsenzsitzungen auf und katalogisiert sie entsprechend der Eigenschaften der Zielperson. Das ist eine wahre Datenfundgrube. Für die Industriespionage.«

»Illegal?«, fragte Bouboule interessiert.

»Wahrscheinlich. Wenn er das Gerät selbst entwickelt hat, dann vielleicht nicht.«

»Weshalb sagst du ›Ptydepe‹ dazu?«, fragte Maya.

»Ptydepe nennt man hier in Prag die PTPs … *Tschesky* ist schon eine eigenartige Sprache.«

»*Tschesky* ist nicht das Substantiv«, warf Bouboule ein. »Das ist, wie sagt man noch, das Adverb. Die Sprache wird *Czestina* genannt.«

»*Czestina* ist das Ei Nummer zwölf, Maya.«

»Danke«, sagte Maya.

Sie spürte, wie sich kleine Pfoten in ihren Ärmel schoben. Maya schrie auf und riss sich die Brille herunter.

Der erschreckte Affe brachte sich auf Bouboules Schulter in Sicherheit, wo er seine spitzen Zähne entblößte.

Bouboule tastete blind in der Luft herum. »Schlechte Taktilität?«

»Veraltete Protokolle«, meinte Benedetta, die wegen der Brille ebenfalls nicht sah, was um sie herum vorging.

Maya fixierte stumm die silbrig überwölbten Augäpfel des Affen. »Wenn du mich noch einmal anfasst, schlag ich dich«, formte sie lautlos mit den Lippen. Der Affe strich glättend über das Smokingrevers; sein Greifschwanz zuckte, dann sprang er von der Sofalehne hinunter.

»Ich habe einen Ausgang gefunden!«, verkündete Benedetta. »Lasst uns aufs Dach gehen!«

Maya setzte die Brille wieder auf. In der Wand öffneten sich Schiebetüren. Sie traten in die virtuelle Dunkelheit. Weiße Ringe liefen ihnen voraus wie galoppierende Zebrastreifen.

Sie gelangten auf ein mit Zinnen versehenes Dach. Der Boden war bedeckt mit virtuellem Kies.

Es gab noch weitere Erinnerungspaläste. Vielleicht Warshaws Geschäftspartner bei kriminellen Machenschaften? Maya verstand nicht, weshalb Leute, die Erinnerungspaläste einrichteten, ihre Räumlichkeiten fremden Blicken preisgaben. War es vielleicht beruhigend zu sehen, dass auch andere Leute etwas zu verbergen hatten? In der virtuellen, horizontbegrenzten Ferne ragte eine chinesische Klippe aus dem Dunst empor, ein digitaler Stalagmit, gefärbt in den subtilen Monochromtönen der Suiboku-Tuschemalerei. In einem eindeutig nichteuklidischen Abstand davon befand sich ein gewaltiges, aufgeblähtes Gebilde, das Ähnlichkeit mit einer Gewitterwolke hatte und schimmerte wie gemaserter schwarzer Marmor, während es gleichzeitig den

Eindruck gläserner Luftigkeit oder vielleicht eher luftiger Sprödigkeit vermittelte … Eine glatte, mit eleganten Lamellen versehene Konstruktion mit pilzartigem Abschluss, unten fädig und an den Seiten mit Säulen und Adern versehen. Ein weiterer Palast wie eine hochkant gestellte Honigwabe, umringt von Hunderten von Motten, die das Bauwerk langsam umflatterten, daran saugten und sich wieder lösten, eine Art Taubenschlag für virtuelle Flugsaurier.

»Eine eigenartige Metapher«, meinte Boulboule erregt. »Einen so alten, noch immer funktionsfähigen virtuellen Raum habe ich noch nie gesehen.«

»Ich frage mich, wo wir sind«, sagte Maya. »Ich meine, ich wüsste gern, wo, in aller Welt, das alles läuft.«

»Das beruht womöglich gar nicht auf realer Rechenleistung«, meinte Benedetta. »Es sieht phantastisch aus, könnte aber auch der Ausfluss eines kleinen Geräts in irgendeinem Kabuff in Macao sein. Man sollte sich vom Augenschein nicht blenden lassen. Durch ein anderes Interface betrachtet sieht das womöglich ganz banal und bourgeois aus.«

»Sei doch nicht so biestig, Benedetta«, meinte Bouboule aufgeregt. »So leben Gerontokraten nicht! Wer einen solchen Palast bewohnt, würde niemals herkommen, um sich etwas vormachen zu lassen. Das ist die Seelenherberge eines alten Mannes. Ein exklusiver Zufluchtsort! Eine kriminelle Enklave.«

»Ich frage mich, ob manche dieser seltsamen Orte noch bewohnt sind. Vielleicht sind die Besitzer ja alle tot, und alles läuft automatisch weiter. Spukschlösser in virtuellem Sand.«

»Sag sowas nicht«, meinte Maya beklommen.

»Lasst uns fliegen!« Benedetta sprang anmutig von der Brüstung.

Die Brille verdunkelte sich.

Benedetta schnappte nach Luft. »Schade! Das hat den Kontakt unterbrochen.«

Sie nahmen die Brillen ab und blickten einander schweigend an.

»Wie bist du hierher gekommen?«, fragte schließlich Bouboule.

»Stell keine Fragen«, sagte Benedetta.

»Ah.« Bouboule lächelte. »Ich hoffe, der alte Mann hat dir auch Geld hinterlassen?«

»Falls ja, so habe ich den Schatz nicht gefunden«, antwortete Maya und klappte die Brille zusammen. »Jedenfalls bis jetzt noch nicht.« Sie wollte Bouboule die Brille zurückgeben.

»Nein, nein«, meinte Bouboule, »behalt sie nur. Ich besorg dir auch noch eine hübschere. Wie lautet deine Adresse?«

»Ich habe keine feste Adresse. Keine Netzadresse. Ich bin wirklich bloß auf der Durchreise.«

»Wohn doch bei mir, wenn dich dein Wanderjahr schon nach Stuttgart geführt hat. Bei meinen Onkeln ist jede Menge Platz.«

»Das ist sehr freundlich von dir«, sagte Maya. »Ihr seid beide so nett und großzügig – ich weiß gar nicht, was ich sagen soll.«

Benedetta und Bouboule sahen einander merkwürdig an. »Keineswegs«, meinte Benedetta. »So ist es bei uns üblich. Wir merken es immer, wenn wir eine Schwester im Geiste vor uns haben.«

»In der Szene sind wir moderne Frauen«, erklärte Bouboule dunkel, »die beschlossen haben, frei zu sein! Wir alle haben Wünsche, die sich mit dem Status quo nicht vereinbaren lassen. Wir sind Frauen der Gegenwart! Wir blicken alle gemeinsam auf die Sterne, sonst verrecken wir eine nach der anderen in der Gosse.«

Bouboule beugte sich plötzlich vor. »Was ist denn das? Patapouff hat einen hübschen Moskito gefunden!

Das ist ein gutes Omen. Lasst uns unser Blut testen, und dann genehmigen wir uns zur Feier des Tages ein paar Pflaster. Irgendetwas Warmes, Behagliches.«

»Ich weiß nicht«, murmelte Benedetta, »mein Lipidspiegel ist in letzter Zeit so niedrig ... Vielleicht ein Mineralwasser.«

»Für mich auch«, sagte Maya.

»Suchen wir uns einen netten Kerl, der uns die Drinks holt«, meinte Bouboule. Sie zupfte den reglosen Stoffcomputer los und schlang ihn sich um den Kopf.

»Was ist mit dem Typen, mit dem du gekommen bist?«, wandte Benedetta sich an Maya. »Mit diesem Eugene?«

»Ich bin nicht mit Eugene hergekommen.«

»Eugene ist ein Idiot, findest du nicht? Leute, die Algorithmen und Archetypen durcheinander bringen, kann ich nicht ausstehen. Übrigens ist er aus Toronto.«

»Est-il Québecois?«, fragte Bouboule interessiert.

»Toronto liegt nicht in Quebec«, erwiderte Maya.

»*C'est triste.* Oh, ciao, Paul.«

»Du hast mir die Party verdorben, Benedetta«, sagte Paul lächelnd. »Das ist Emil, aus Prag. Er ist Keramiker. Emil, das ist Maya, ein Model, und das ist Benedetta, Programmiererin. Und das ist Bouboule. Sie ist die Schutzheilige unseres Gewerbes.«

Emil verneigte sich vor Bouboule. »Ich glaube, wir sind uns schon einmal begegnet.«

»Könnte man so sagen«, erwiderte Bouboule, deren Miene sich verdüstert hatte. Sie erhob sich, küsste Emil flüchtig auf die Wange und entfernte sich. Der Krallenaffe rannte ihr nach und sprang ihr auf die Schulter.

»Sie waren einmal ein Liebespaar«, erklärte naserümpfend Benedetta.

Emil setzte sich betrübt. »Stimmt das wirklich?«

»Red kein dummes Zeug, Benedetta«, scherzte Paul. »Zeig mir mal deinen Furoshiki.« Er stellte sein Notebook ab. »Emil, dieses Teil ist faszinierend, du solltest es dir mal genauer ansehen.« Er krempelte sich die Ärmel hoch.

Emil blickte Maya an. Er hatte wunderschöne dunkle Augen. »Waren wir vielleicht einmal ein Liebespaar?«

»Weshalb fragst du?«, entgegnete Maya.

Emil seufzte schwer. »Paul ist so hartnäckig«, murmelte er. »Er schafft es jedes Mal, mich zu solchen Parties zu überreden, und dann begehe ich schreckliche Peinlichkeiten.«

Paul schaute vom Bildschirm hoch. »Hör auf zu jammern, Emil. Du hältst dich prima heute. Guck dir mal das Gerät an, das wird dich aufmuntern. Es ist wundervoll.«

»Ich bin kein digitaler Mensch, Paul. Ich mag Ton. Ton! Das am wenigsten digitale Material auf Erden.«

»Du sprichst wirklich gut englisch«, sagte Maya und rückte ein Stück näher.

»Danke, meine Liebe. Sind wir uns wirklich noch nie begegnet?«

»Nein. Ich war noch nie in Prag.«

»Dann solltest du dir von mir die Stadt zeigen lassen.«

Maya blickte von Paul zu Benedetta. Sie unterhielten sich angeregt auf italienisch, fasziniert von dem Stoffcomputer. »Das wäre bestimmt nett«, meinte sie bedächtig. »Was machst du nach der Party?«

»Was mache ich im Moment?«, konterte Emil. »Bringe mich und alle anderen in Verlegenheit, so ist das. Lass uns spazierengehen. Ich brauche frische Luft.«

Maya ließ den Blick durch die Kellerbar schweifen. Niemand beobachtete sie. Es stand ihr frei, zu tun, wonach ihr der Sinn stand. »Also gut«, sagte sie. »Wenn du magst.«

Sie holte ihre rote Jacke. Emil zog einen langen, schmutzigen Mantel an und setzte einen Schlapphut auf. Klaudia ließ sich nicht blicken. »Ich bin mit einer Freundin hier ins Tête gekommen«, sagte Maya zu Emil. »Wir müssen später wieder herkommen. Bloß eine kleine Runde um den Block, okay?«

Emil nickte geistesabwesend. Sie verließen das Tête. Emil steckte seine langen, knochigen Hände in die Manteltaschen. Der Himmel war klar und wolkenlos, und es wurde immer kälter. Emil ging die Opatovicka entlang.

»Möchtest du etwas essen?«, fragte Emil.

»Nein.«

Emil ging schweigend weiter, den Blick aufs Pflaster gesenkt. Sie kamen an Straßen mit unaussprechlichen Namen vorbei: Kremencova, Vjircharich, Ostrovni.

»Sollten wir nicht allmählich wieder umkehren?«, sagte Maya.

»Ich befinde mich in einer Krise«, erklärte Emil mit matter Stimme.

»Worum geht es?«

»Das sollte ich dir besser nicht sagen. Das ist eine komplizierte Geschichte.«

Emil hatte einen tschechisch-britischen Akzent. Maya kam es unglaublich vor, dass sie in einer so klaren Nacht durch eine so schöne Stadt spazierte und dabei einen so anrührend exotischen Akzent ihrer Muttersprache vernahm. »Das macht mir nichts aus. Jeder hat Probleme.«

»Ich bin fünfundvierzig.«

»Wieso ist das eine Krise?«

»Es liegt nicht an meinem Alter«, sagte Emil, »sondern an den Schritten, die ich unternommen habe, um anderen Schwierigkeiten aus dem Weg zu gehen. Ich war Töpfer, verstehst du. Ich war fünfundzwanzig Jahre lang Töpfer.«

»Ja, und?«

»Ich war ein schlechter Töpfer. Hab das Rad getreten und im Dreck gewühlt. Technisch versiert, aber ohne das heilige Feuer. Ich konnte mich dem Handwerk nicht vollständig hingeben, und je besser ich in technischer Hinsicht wurde, desto weniger Inspiration war im Spiel. Ich habe unter meiner Unzulänglichkeit gelitten.«

»Das klingt sehr ernst.«

»Es ist in Ordnung, ein glücklicher Amateur zu sein. Und es ist in Ordnung, wirklich begabt zu sein. Aber eine Kunst, die man schätzt, mittelmäßig auszuüben – das ist ein Albtraum.«

»Ich hätte den Unterschied nicht bemerkt«, sagte Maya.

Diese Bemerkung schien Emil endgültig zu zerschmettern. Er zog sich den Schlapphut tief in die Stirn und stapfte weiter.

»Emil«, sagte Maya schließlich, »würde es dir helfen, tschechisch zu reden? Ich habe zufällig einen Tschechischübersetzer dabei.«

»Vielleicht kannst du das nicht verstehen, aber mein Leben war unerträglich«, sagte Emil. »Ich kam zu dem Schluss, dass ich zu weit gegangen war. Ich musste meine Fehler wiedergutmachen und einen Neuanfang wagen. Daher redete ich mit ein paar Freunden. Mit Drogenleuten. Die wirklich hart drauf sind. Sie gaben mir ein starkes Breitbandamnetikum.«

»Du meine Güte.«

»Ich habe es injiziert. Als ich am nächsten Morgen aufwachte, konnte ich nicht einmal mehr sprechen. Ich wusste nicht, wer oder was ich war und wo ich mich befand. Ich wusste nicht mehr, was eine Töpferscheibe ist. Ich konnte bloß erkennen, dass ich mich in einem Atelier mit einer Töpferscheibe und einem feuchten Dreckklumpen befand. Scherben lagen herum. All die wertlosen, hässlichen Sachen hatte ich am Vorabend nämlich zerbrochen.« Er schlug sich mit der flachen Hand gegen den Schädel. »Bevor ich mir den Kopf ruiniert habe.«

»Und dann?«

»Ich legte den Dreckklumpen auf die Scheibe, versetzte sie in Drehung und machte mich ans Werk. Es war ein Wunder. Ich konnte töpfern, ohne mir Gedanken darüber zu machen, es floss alles aus meinen Händen. Ton war alles, was ich hatte – alles, was ich war. Ton war alles, was von mir übrig geblieben war. Ich war ein Tier, das töpferte.«

Emil lachte. »Ich töpferte ein Jahr lang. Die Sachen waren wirklich gut. Das sagten alle. Ich verkaufte sie alle. An große Sammler. Für viel Geld. Ich hatte es endlich drauf. Und ich war gut.«

»Das ist eine erstaunliche Geschichte. Wie ging es weiter?«

»Ach, ich kassierte das Geld und lernte wieder Lesen und Schreiben. Und ich nahm Englischunterricht. Bis dahin hatte ich nie richtig Englisch gelernt, aber in meinem damaligen Zustand fiel mir das Lernen leicht. Nach und nach stellten sich auch wieder einige Erinnerungen ein. Der Großteil meiner Persönlichkeit aber ist unwiederbringlich verloren. Kein großer Verlust. Ich war niemals glücklich.«

Maya dachte darüber nach. Sie war froh, dass sie nach Prag gekommen war. Hier hatte sie endlich einen wahren Wesensverwandten gefunden.

»Lass uns jetzt zurückgehen.«

»Nein, das ertrage ich nicht. Mein Atelier liegt gleich dort drüben.« Emil zuckte die Achseln. »Paul ist ein netter Kerl, er meint es gut. Auch einige seiner Freunde sind in Ordnung. Aber sie sollten jemanden wie mich nicht bewundern. Mir sind ein paar gute Stücke gelungen, aber ich bin nicht Pauls Studienobjekt für die Befreiung des heiligen Feuers. Ich bin ein verzweifelter Mensch, der sich um des Drecks willen zerstört hat. Das sollten sich Pauls Freunde mal klarmachen. Ich bin ein Riesenidiot. Sie sollten aufhören, posthumane Extreme zu verklären.«

»Du kannst jetzt nicht nach Hause gehen und vor dich hinbrüten, Emil. Du hast gesagt, du wolltest mir die Stadt zeigen.«

»Hab ich das?«, fragte Emil höflich. »Das tut mir wirklich Leid, meine Liebe. Weißt du, wenn ich morgens etwas zusage, dann halte ich mein Versprechen meistens auch ein. Jetzt aber ist es spät abends ... ich glaube, das hat etwas mit meinem Biorhythmus zu tun. Ich werde vergesslich.«

»Also, dann zeig mir wenigstens dein Atelier. Wo wir schon mal hier sind.«

Emil sah ihr tief in die Augen. Ein sehr wissender Blick. »Du bist in meinem Atelier willkommen«, sagte er, obwohl er etwas ganz anderes meinte. »Wenn du es unbedingt sehen möchtest.«

Das Haus war dunkel und unglaublich alt. Emils Atelier lag in der zweiten Etage, zu der eine knarrende Treppe hochführte. Der Holzboden war uneben, und die Wände waren mit alten Blümchentapeten bedeckt.

Der größte Teil des Bodens wurde von hohen Holzregalen voller Töpferware eingenommen. Zwei dreckverschmierte Waschbecken, ein Wasserhahn tropfte. Ein weißer Brennofen und fleckige Werkzeugtafeln mit Draht- und Holzgerätschaften. Eine Töpferscheibe, eine unaufgeräumte Werkbank. Verstaubte Säcke mit Glasurmasse. Eine primitive Küche voller selbstgemachter Töpferware in weißen Schränken, die Türen voller schmieriger Fingerabdrücke. Alte Fenster, zugestellt mit feuchten, hübschen Blumentöpfen, darin die verdorrten Überreste verschiedener Pflanzen. Schwämme. Handschuhe. Der durchdringende Geruch von Ton. Keine Dusche, keine Toilette; das Bad lag auf dem Gang. Ein wackliges Holzbett mit schmutzigen Laken.

»Wenigstens gibt es bei dir Strom. Hast du keinen Computer? Keine Netzverbindung? Keine Bildschirme?«

»Ich hatte mal ein Notebook«, sagte Emil. »Ein tolles Gerät. Da hab ich meine Termine drin gespeichert, Adressen, Telefonnummern, Verabredungen. Allerlei Hinweise. Eines Morgens wachte ich mit schlimmen Kopfschmerzen auf. Das Notebook wollte mir vorschreiben, was ich tagsüber zu erledigen hätte. Da öffnete ich das Fenster« – er zeigte darauf – »und warf das Gerät auf die Straße. Jetzt ist mein Leben einfacher.«

»Emil, weshalb bist du so traurig? Die Sachen hier sind wunderschön. Du hast einen medizinisch unwiderruflichen Schritt getan. Na und? Viele Leute haben Pech mit ihren Upgrades. Ist es erst einmal geschehen, hat es keinen Sinn, sich darüber aufzuregen. Du musst dich damit abfinden.«

»Du musst es ja wissen«, knurrte Emil. »Sieh dir das mal an.« Er reichte ihr eine gedrungene, rundliche Urne, glasiert in den Farben Ocker, Cremeweiß und Schwarz. Das Muster wirkte unglaublich energiegeladen, etwa wie ein vom Blitz getroffenes Schachbrettmuster, gleichwohl aber strahlte es eine enorme Klarheit und Ruhe aus. Die Urne war dicht und schwer und glatt, wie ein fossiliertes Ei, das einem zeitlosen Geisteszustand als Hülle dient.

»Meine neueste Arbeit«, sagte er verbittert.

»Aber Emil, das Stück ist wundervoll. Es ist so schön, dass ich wünschte, darin bestattet zu werden.«

Er nahm ihr die Urne wieder ab und stellte sie ins Regal. »Und jetzt sieh dir das mal an. In dem Katalog sind alle meine Arbeiten seit der Veränderung aufgeführt.« Er seufzte. »Ich wünschte, ich würde die Kraft aufbringen, dieses blöde Ding zu verbrennen.«

Maya setzte sich auf Emils Arbeitshocker und blätterte in dem Katalog. Darin waren Emils Töpferwaren abgebildet, liebevoll ausgeleuchtet und dokumentiert. »Wer hat die Fotos gemacht?«

»Irgendeine Frau. Zwei oder drei verschiedene Frauen,

glaube ich … Die Namen habe ich vergessen. Sieh dir mal Seite vierundsiebzig an.«

»Oh, ich verstehe. Das Stück ähnelt deiner letzten Arbeit. Gehört das zu einer Serie?«

»Es ähnelt ihr nicht nur, es ist *identisch.* Dabei habe ich das Stück *spontan* gemacht. Ich hatte eine *Inspiration.* Begreifst du, was das bedeutet? Ich fange an, mich zu wiederholen. Ich habe mich erschöpft. Ich bin an meine schöpferische Grenze gelangt. Meine so genannte schöpferische Freiheit ist nichts weiter als ein billiger Schwindel.«

»Du hast das gleiche Stück zweimal hergestellt?«

»Genau! So ist es! Kannst du dir mein Entsetzen vorstellen? Als ich das Foto sah – das war, als hätte mir jemand ein Messer ins Herz gestoßen.« Er ließ sich aufs Bett sinken und barg den Kopf in Händen.

»Ich verstehe, dass dir das Sorge bereitet.«

Emil zuckte zusammen und schwieg.

»Weißt du, viele Keramiker arbeiten mit Abgüssen. Sie stellen von einem Stück Hunderte identischer Kopien her. Was ist schon dabei?«

Emil öffnete die Augen. Er wirkte verletzt und verbittert. »Du hast mit Paul über mich gesprochen!«

»Nein, hab ich nicht! Aber … Weißt du, ich fotografiere. So etwas wie ein digitales Originalfoto gibt es nicht. Die digitale Fotografie war schon immer eine Kunst ohne Originale.«

»Ich bin keine Kamera. Ich bin ein Mensch.«

»Dann denkst du halt in falschen Bahnen, Emil. Anstatt dich zu quälen, solltest du dich vielleicht mit der Tatsache abfinden, dass du posthuman bist, dann ginge es dir bestimmt besser. Ich meine, die Menschen verändern sich halt heutzutage, hab ich Recht? Damit muss sich jeder früher oder später abfinden.«

»Tu mir das nicht an«, stöhnte Emil. »Sag das nicht. Wenn du solches Zeug schwätzen willst, geh zurück zur

Party. Du verschwendest hier mit mir deine Zeit. Red mit Paul, mit dem kannst du ewig labern.«

Emil kickte einen zerknautschten Bademantel von der Bettkante. »Ich bin nicht posthuman. Ich bin bloß ein dämlicher, beschädigter Mensch, der kein Talent hatte und einen schweren Fehler begangen hat. Ich kann mich nicht mehr an alles erinnern, aber ich weiß genau, wer ich bin. All diese klugscheißerischen Theorien lassen mich kalt.«

»Wirklich? Mir scheint, du hast dich bereits entschieden. Wie gedenkst du aus dieser so genannten Krise herauszukommen?«

»Was habe ich schon für Möglichkeiten?«, sagte Emil. »Was soll ich denn tun? Ich kann nicht mein ganzes Leben lang im Kreis herumrennen. Ich werde aus dem Fenster springen.«

»Du meine Güte.«

»Die Einnahme des Amnetikums war ein fauler Kompromiss. Bloß ein halber Schritt. Ich bin nicht der, der ich werden wollte. Ich werde niemals diese Person sein. Und mit weniger kann ich nicht leben.«

»Also«, sagte Maya, »ich bin bestimmt nicht grundsätzlich gegen den Freitod. Der Freitod ist in Ordnung, er stellt eine ehrenhafte Option dar ... Aber ...«

Emil schlug die Hände über die Ohren.

Maya setzte sich neben ihm aufs Bett und seufzte. »Emil. Es ist dumm, sterben zu wollen. Du hast so schöne Hände.«

Er schwieg.

»Es wäre doch schade, wenn sich diese schönen, starken Hände in Staub verwandeln würden. Tief in der kalten, harten Erde. Wo du sie mir stattdessen doch unter den Rock schieben kannst.«

Emil richtete sich auf. Seine Augen funkelten. »Warum tun Frauen mir das an?«, fragte er schließlich. »Siehst du denn nicht, dass ich ein emotionales Wrack bin? Ich kann dir nichts geben. Morgen früh erinnere ich mich nicht einmal mehr an deinen Namen!«

»Das weiß ich«, sagte Maya. »Das ist mir schon klar. Ich bin noch niemandem wie dir begegnet. Das ist eine sehr reizvolle Eigenschaft. Ich weiß nicht warum, aber die Verlockung ist so groß, dass ich ihr kaum widerstehen kann.« Sie küsste ihn. »Ich weiß, das klingt grausam. Also lass uns aufhören zu reden.«

Sie erwachte mitten in der Nacht, in einem fremden Bett in einer fremden Stadt, und vernahm den leisen Atem eines anderen Menschen. Das Gefüge ihres Universums hatte sich erneut verändert. Sie verspürte eine angenehme Erschöpfung, eine wohlige Wärme, die von dem schlafenden Mann ausging. Einen Geliebten zu haben, das war, als hätte man eine zweite Seele. Sie hatte genug Seelen für alle Männer auf der Welt.

Am Morgen bereitete sie das Frühstück. Wie vorausgesagt, hatte Emil ihren Namen vergessen. Ein rasches Gerangel im Bett brachte ihre Beziehung wieder ins Lot. Emil frühstückte und machte sich mit einem triumphierenden Grinsen an die Arbeit. Maya, die Unordnung nicht vertrug, machte sich ans Aufräumen.

Nach dem Zustand des Katalogs zu schließen, lebte Emil jetzt seit zwei bis drei Monaten allein. Das Werkverzeichnis war nicht mehr auf dem neuesten Stand. Sie würde sich darum kümmern müssen, wieder Ordnung hineinzubringen. Dies war offenbar der Preis dafür, mit Emil zusammen zu sein. Der unterschiedlichen Qualität der Fotos nach zu schließen, war sie die vierte in der Reihe.

Das Aufräumen war noch aufschlussreicher. Die verschiedenen Frauen waren wie aufeinander folgende Sturmfronten durch Emils Wohnung gefegt. Haarnadeln hier. Ein einzelner zusammengeknüllter Strumpf dort. Schuheinlagen. Ein aufgebrauchter Lippenstift. Pinkfarbene Federn von einem längst verschollenen Kostüm. Eine billige Sonnenbrille. Nicht zusammenpassende Kochutensilien. Gleitmittel. Bluttests. Und natürlich die Fotos. Die Frauen hatten sich wirklich Mühe gegeben.

»Ich fühle mich gut heute«, erklärte Emil, wie man wohl auch erwarten konnte. »Ich werde heute ein neues Stück extra für dich erschaffen, Maya. Ein Stück, das deine einzigartigen Qualitäten einfangen soll. Deine Großzügigkeit. Deine Güte.«

»Ich bin nicht dein Tongefäß, weißt du.«

»Aber natürlich bist du das, meine Liebe! Wir sind alle Tongefäße. Weshalb sollte man der Heiligen Schrift widersprechen?« Emil machte sich kichernd daran, einen Tonklumpen zu klopfen.

Maya fand den Weg ins Stadtzentrum und holte ihren Koffer aus dem Schließfach. Klaudias Rucksack und ihre Reisetasche waren verschwunden. Klaudia hatte ihr eine Notiz dagelassen. Auf Deutsch. Maya konnte natürlich nicht lesen, was sie geschrieben hatte, doch anhand des eckigen Gekritzels und der zahlreichen Ausrufezeichen schloss sie, dass Klaudia rasend gewesen war.

Maya suchte einen öffentlichen Netzzugang. Sie schloss die Kamera an und schickte Therese ihre Fotos in den Laden. Dann aß sie zu Mittag.

Als sie sich pflichtbewusst gestärkt hatte, rief sie in Munchen an.

»Wo steckst du?«, fragte Therese.

»Ich bin immer noch in Prag. Was macht Klaudia?«

»Sie ist wieder da. Sie ist außer sich. Sie macht sich Sorgen. Sie hat einen Kater. Sie fühlt sich gedemütigt. Das war nicht nett von dir, Maya.«

»Ich habe einen Typ aufgerissen.«

»Das hab ich mir schon gedacht … Wann kommst du zurück?«

Maya schüttelte den Kopf. »Therese, wenn ich mich nicht um ihn kümmere, springt er aus dem Fenster.«

Therese lachte. »Hast du den Verstand verloren? Das ist doch ein ganz alter Hut. Sei vernünftig und komm auf der Stelle zurück. Ich habe eine Menge neuer Sachen eingekauft.«

»Therese ...« Maya seufzte. »Du hattest Recht. Das Tête ist ein richtiger Szenetreff. Dieses Künstlervolk hat's mir angetan. Sie werden mir zeigen, wie man lebt. Ich komme nicht nach Munchen zurück.«

Therese schwieg.

»Therese, hast du die Fotos gesehen?«

»Die Fotos sind gar nicht so schlecht«, sagte Therese. »Ich könnte vielleicht was damit anfangen.«

»Sie sind grässlich. Aber ich will Unterricht nehmen. Im Fotografieren und in VR-Design. Ich will besser werden. Ich will mir eine bessere Ausrüstung besorgen und mich ernsthaft mit Kunst beschäftigen. Ich will einer von denen sein.«

»Bist du hier im Laden nicht glücklich, Schätzchen?«

»Ich will nicht glücklich sein, Therese. Dazu reicht es bei mir nicht. Ich bin noch keine richtige Frau, ich muss noch lernen, ich selbst zu sein. Ich glaube, diese Künstler können mir dabei helfen. Sie haben die gleiche Sehnsucht wie ich.«

»Du scheinst dir ja auf einmal sehr sicher zu sein. Was hat dich zu deiner Sinnesänderung bewogen? Eine Nacht in einem fremden Bett? Weshalb steigst du nicht in den Zug und kommst wieder zurück? Es geht ganz leicht.«

»Wenn du möchtest, schicke ich dir jede Menge Fotos. Aber in den Laden komme ich nicht mehr zurück.«

»Wenn du nicht nach Munchen zurückkommst, muss ich mir jemand anderen suchen. Dann ist hier kein Platz mehr für dich.«

»Such dir jemand anderen, Therese.«

»Arme, kleine Maya! Stets so ehrgeizig. Und Künstler sind ja so schick.« Therese seufzte. »Cleverness allein macht noch keine netten Leute, weißt du. Du bist sehr unerfahren, und sie könnten dir weh tun.«

»Wenn ich nette Leute um mich haben wollte, wäre ich in Kalifornien geblieben. Ich lebe gefährlich. Ich bin eine Illegale. Ich bin unterwegs, das ist mein Wanderjahr. Du warst sehr gut zu mir, aber Munchen ist nicht mein Zuhause. Irgendwann musste ich fortgehen. Das hast du gewusst.«

»Ja, das wusste ich«, räumte Therese ein. Sie senkte die Stimme. »Aber du stehst trotzdem in meiner Schuld. Findest du nicht?«

»Das stimmt. Ich stehe in deiner Schuld.«

»Ich habe dir zu essen gegeben, dich gekleidet und bei mir aufgenommen, und ich habe dich nie hängen lassen. Das war eine ganze Menge, meinst du nicht?«

»Ja. Das war eine ganze Menge.«

»Deswegen werde ich dich um einen großen Gefallen bitten, Schätzchen. Irgendwann.«

»Was immer du verlangst.«

»Du wirst sehr diskret sein müssen.«

»Ich kann diskret sein«, versprach Maya. »Diskretion ist meine Spezialität.«

»Wenn es so weit ist, melde ich mich. Aber vergiss nicht, dass du mir etwas schuldig bist. Und pass auf dich auf. Auf Wiedersehen, Schätzchen.« Therese legte auf.

Obwohl er nicht dazu zu bewegen war, sich vernünftig zu ernähren, aß Emil doch ausgesprochen gerne. Jetzt, da er mit einer Frau zusammenlebte, beklagte er sich heftig, wenn es nicht regelmäßig etwas zu essen gab, ganz so, als werde dadurch das Universum in seinen Grundfesten erschüttert.

Emil hatte nicht viel Geld. Er war zu zerstreut, um

mit seinen Einnahmen vernünftig umzugehen; in den Winkeln und Ecken seines Ateliers lagen überall halb leere Geldkarten herum. Und so ging Maya einkaufen und aß regelmäßiger und mit größerer Entschlossenheit als je zuvor. Tschechische Gesundheitsnahrung wie Noki. Chutovky. Knedliky. Kascha und Gulasch. Die Nahrung war schmackhaft und nahrhaft, und sie machte ihr gute Laune und kräftigte sie.

Hatte Emil ordentlich gegessen, wurde er im Allgemeinen munter. Es war angenehm, Emils Geliebte zu sein, denn er war niemals gleichgültig. Jedes Mal, wenn er mit seinen flinken, geschickten Händen über ihren Körper streichelte, ging mit seiner Liebkosung ein Überraschungsmoment einher. Sex erstaunte ihn, machte ihn froh und dankbar.

Unter Mayas liebevollem Regiment wurde Emil sehr produktiv. Sein Brennofen wurde niemals kalt. Die Wärme wurde nicht mit Mikrowellen erzeugt, sondern mit einem speziellen Resonator. Wie die meisten modernen Geräte war Emils Brennofen narrensicher und sehr sauber und arbeitete mit beinahe unheimlicher Geschwindigkeit. Mit einer großen gepolsterten Zange holte er den frisch gebrannten Gegenstand heraus. Der bestrahlte Ton gab ein grässliches kristallines Kreischen von sich, wenn er mit der Luft in Berührung kam und abzukühlen begann. Er verstrahlte Hitze wie ein Kaminziegel. Dann wurde es im Atelier richtig gemütlich. Maya lief in Pantoffeln und offenem Bademantel umher, darunter bis auf das Collier nackt. Ihr Haar war mittlerweile so lang, dass man etwas damit anfangen konnte. Es war ziemlich steif und unansehnlich, aber die Wachstumsgeschwindigkeit war erstaunlich.

Gefiel ihm das neue Stück, warf er Maya aufs Bett, um zu feiern. Gefiel es ihm nicht, warf sie ihn aufs Bett, um ihn zu trösten. Hinterher schlichen sie auf Zehenspitzen auf den Korridor, um gemeinsam ein heißes Bad zu nehmen. Anschließend aßen sie etwas. Sie sprachen englisch miteinander, in intimeren Momenten tat Emil hin und wieder auch gutturale Äußerungen auf tschechisch. Das Leben war sehr einfach und direkt.

Emil hasste es, von der Arbeit abgehalten zu werden. Seiner Ansicht nach bedeutete jeder Tag, der für die alltäglichen Erfordernisse des Lebens draufging, ein kleines Stück verlorener Ewigkeit. Mit einem unerschöpflichen magischen Vorrat an Nahrungsmitteln und Strom wäre Emil dem Solipsismus anheimgefallen.

Morgens war Emil schwer erträglich, weil er jedes Mal so überrascht von ihrer unerwarteten Anwesenheit war. Nach einer Woche stellte sich auf unbewusster Ebene dennoch eine Art Vertrautheit ein. Ihre intime Kenntnis seiner Wünsche und Vorlieben versetzte ihn nicht mehr so sehr in Erstaunen, und er wurde zugänglicher für ihre Vorschläge.

Eines Abends schickte sie ihn fort mit dem Auftrag, neue Unterwäsche zu besorgen und sich die Haare schneiden zu lassen; die Geschäfte, die er aufsuchen sollte, und die benötigten Gegenstände und Dienstleistungen schrieb sie ihm genau auf. Sie notierte alles auf einer Geldkarte, die sie ihm an einem Kettchen um den Hals hängte.

»Weshalb tätowierst du es mir nicht gleich auf den Arm?«

»Sehr komisch, Emil. Und jetzt los.«

Als er fort war, fühlte sie sich gleich viel besser. Vielleicht lag es an der regelmäßigen, nahrhaften Ernährung, vielleicht an der niemals nachlassenden Intensität ihrer Beziehung, aber heute war sie unruhig. Reizbar, im Begriff, aus der Haut zu fahren. Deshalb zog sie Hose und Pullover an.

An der Tür wurde geklopft. Sie nahm an, dass es Emils Händler war, ein obskurer Galeriebesitzer namens Schwartz, der alle paar Tage vorbeischaute, doch er war es nicht. Vor der Tür stand eine korpulente Tschechin in taubenblauer Uniform. In der Hand hielt sie einen Koffer.

»Dobry vecer.«

Maya steckte sich rasch den Vogelnestübersetzer ins Ohr, was ihr mittlerweile zur Gewohnheit geworden war. »Guten Tag. Sprechen Sie englisch?«

»Ja, ein wenig. Ich bin die Vermieterin. Das Haus gehört mir.«

»Ah, ja. Freut mich, Sie kennenzulernen. Kann ich Ihnen irgendwie helfen?«

»Ja. Bitte lassen Sie mich rein.«

Maya trat beiseite. Die Hauseigentümerin stürmte ins Zimmer und blickte sich aufmerksam um. Nach und nach glätteten sich ihre Sorgenfalten. Maya schätzte sie auf fünfundsiebzig, vielleicht achtzig. Sehr kräftig. Sehr gut erhalten.

»Sie gehen hier seit Tagen ein und aus«, erklärte die Vermieterin schroff. »Sie sind seine neue Freundin.«

»Ich schätze schon. Äh … *jmenuji se* Maya.« Sie lächelte.

»Ich bin Frau Najadova. Sie sind viel *reinlicher* als das letzte Mädchen. Sind Sie Deutsche?«

»Also, ich bin von Munchen hergekommen. Aber eigentlich bin ich bloß auf der Durchreise.«

»Willkommen in Prag.« Frau Najadova öffnete den Koffer und wühlte in mehreren Faltmappen. Sie nahm einen dicken Stapel laminierter Blätter in englischer Sprache heraus. »Die Broschüren sind für Sie. Lesen Sie sie. Da steht drin, wo man gefahrlos essen kann. Unterkünfte sind aufgeführt. Medizinische Beratung. Ein Stadtplan von Prag. Kulturelle Ereignisse. Das ist ein Gutschein für Schuhe. Bahn- und Busfahrpläne. Hier eine Broschüre der Polizei.« Frau Najadova reichte Maya die Broschüren und einen kleinen Stapel billiger Smartcards. »Viele junge Leute kommen nach Prag.

Junge Leute sind sorglos. Einige sind böse. Ein Mädchen im Wanderjahr muss vorsichtig sein. Lesen Sie die offiziellen Broschüren aufmerksam durch. Lesen Sie alles.«

»Das ist sehr freundlich von Ihnen. Wirklich, das bedeutet eine enorme Hilfe für mich. *Dekuji.*«

Frau Najadova holte eine Smartcard mit goldenem Prägedruck aus der Jackentasche. »Da sind die Gottesdienste drauf gespeichert. Sind Sie religiös?«

»Eigentlich nicht. Vor Drogen nehme ich mich sehr in Acht.«

»Armes Mädchen, da entgeht Ihnen das Beste im Leben.« Frau Najadova schüttelte betrübt den Kopf. Sie setzte den Koffer ab und nahm einen Teleskopgriff und eine Packung steriler Saugschwämme heraus. »Ich muss das Zimmer jetzt untersuchen. Das verstehen Sie doch?«

Maya legte die Broschüren auf die neue Tagesdecke. »Sie meinen, Sie wollen feststellen, ob Ansteckungsgefahr besteht. Ja, das habe ich mich auch schon gefragt. Haben Sie vielleicht ein paar maßgeschneiderte Bazillen oder vielleicht Cholibakterien? Irgendetwas, um andere Pathogene zu vertreiben. Dort unter dem Waschbecken riecht es verschimmelt.«

»Die bekommen Sie bei der medizinischen Beratung«, antwortete Frau Najadova sichtlich erfreut. »Melden Sie sich dort zur offiziellen Untersuchung. Dort bekommen Sie alles, was sie zur ordentlichen Haushaltsführung brauchen.«

»Gibt es nicht eine andere Möglichkeit, an Bakterienkulturen heranzukommen? Meine nächste Untersuchung steht eigentlich noch nicht an.«

»Aber die Untersuchung ist kostenlos! Finanziert von der Stadt! Das steht alles in den Broschüren. Wohin man sich wenden soll. Wo man sich melden soll.«

»Ich verstehe. Okay. Vielen Dank.«

Frau Najadova setzte den Mopp zusammen und kroch systematisch wischend und tupfend durchs Atelier. »Der Töpfer hat Mäuse.«

»Hm.«

»Seine Hygiene lässt zu wünschen übrig. Er lässt Essensreste herumstehen, und die ziehen Ungeziefer an.«

»Ich werde darauf achten.«

Frau Najadova war zu einem Entschluss gelangt und hob den Kopf. »Mädchen, Sie sollten das wissen. Die Freundinnen von diesem Verrückten sind nicht glücklich. Vielleicht am Anfang. Am Ende weinen sie immer.«

»Es ist sehr freundlich von Ihnen, sich wegen mir Gedanken zu machen. Aber seien Sie unbesorgt. Ich verspreche Ihnen, ihn nicht zu heiraten.«

Die Tür ging auf. Herein trat Emil mit ordentlichem Haarschnitt und einer Einkaufstüte in der Hand. Sogleich entspann sich eine heftige Auseinandersetzung auf tschechisch. Es wurde geschrien und gestampft, man überhäufte sich gegenseitig mit Verwünschungen und Vorwürfen. Der Streit wollte gar kein Ende nehmen. Schließlich flüchtete Frau Najadova aus dem Atelier, indem sie den Mopp schüttelte und eine letzte Salve ätzender Drohungen ausstieß. Emil schlug die Tür zu.

»Also wirklich, Emil. War das nötig?«

»Diese Frau ist eine dumme Kuh!«

»Es wundert mich, dass du dich überhaupt an ihren Namen erinnerst.«

Emil funkelte sie an. »Eine Geliebte zu vergessen, ist betrüblich. Eine Tragödie. Aber einen Feind zu vergessen, wäre eine tödliche Dummheit! Sie ist ein *Bulle!* Und ein *Spion!* Und eine Gerontokratin! Sie ist eine Bourgeoise, ein Philister! Ein fetter, reicher Privatier! Und obendrein ist sie noch meine Vermieterin! Als wenn das nicht schon schlimm genug wäre!«

»Du hast Recht, Vermieterin im Verein mit all diesen sozialen Funktionen ist ziemlich stark.«

»Sie spioniert mir nach! Sie schwärzt mich beim Gesundheitsamt an. Sie wiegelt meine Freundinnen gegen mich auf.« Er legte die Stirn in Falten. »Habt ihr euch unterhalten? Was hat sie gesagt?«

»Wir haben uns nicht richtig unterhalten. Sie hat mir bloß ein paar Gutscheine gegeben. Schau mal, damit kann ich ein Fahrrad mieten. Und auf dieser Chipkarte ist das Prager Netzverzeichnis auf englisch gespeichert. Ich bin gespannt, was für Fotostudios darin aufgeführt sind.«

»Das ist alles Blödsinn. Wertlos! Kommerzielle Lockangebote!«

»Wann hast du ihr eigentlich zum letzten Mal Miete gezahlt? Ich meine, wie schaffst du es, daran zu denken?«

»Oh, selbstverständlich zahle ich Miete. Natürlich zahle ich! Glaubst du etwa, die Najadova ließe mich aus reiner Nächstenliebe hier wohnen? Ich bin sicher, sie erinnert mich rechtzeitig daran.«

Maya kochte. Sie aßen. Emil war immer noch aufgebracht. Der vertane Morgen und der Streit mit der Vermieterin hatten ihn aus der Bahn geworfen. Sein Haar sah jetzt viel hübscher aus, doch Emil war Verschönerungsmaßnahmen gegenüber weitgehend resistent. Den Abend verbrachte er damit, in seinem Werkverzeichnis zu blättern. Das war kein gutes Zeichen.

Maya fiel es schwer, den Streit zu vergessen – er hatte an ihren Nerven gezerrt. Im Laufe des Abend wurde sie immer reizbarer. Sie war unstet, nervös. Sie empfand eine eigenartige Anspannung.

Ihre Brüste schwollen an und schmerzten. Dann auf einmal dämmerte es ihr. Es war so lange her, dass es ihr beinahe wie eine Krankheit vorkam. Sie war im Begriff, ihre erste Periode seit vierzig Jahren zu bekommen.

Sie legten sich ins Bett. Der Sex zerstreute ihre schlechte Stimmung, doch anschließend kam sie sich vor, als habe man sie mit Sandpapier bearbeitet. Allmählich wurde ihr klar, dass ihr eine schwere Zeit bevorstand und nicht bloß eine Unterbrechung der erotischen Lustbarkeiten. Das Ereignis, das ihren Körper beschlich, bedeutete eine Art Rache und war postfraulicher und medizinischer Natur. Ihre Augenlider waren geschwollen, ihr Gesicht fühlte sich wächsern und aufgedunsen an, und im Beckengürtel baute sich ein Schmerz auf. Ihre Stimmung schwankte stark. Sie hatte das Gefühl, mit jedem Atemzug entweder in die Höhe katapultiert zu werden oder in die Tiefe zu stürzen.

Emil schlief ein. Nach einer Stunde begann sie vor Verwirrung und Schmerzen lautlos zu weinen. Das Weinen half ihr in letzter Zeit sehr, die Tränen spülten jegliche Traurigkeit mit sich fort, wie klares Wasser über sauberen Sand. Als die Tränen versiegten, fühlte sie sich geistig sehr klar und körperlich matt.

Sie schüttelte Emil wach, der friedlich an ihrer Seite schlummerte.

»Liebling, wach auf, ich muss dir etwas sagen.«

Emil erwachte, hustete, setzte sich im Bett auf und schaffte es anscheinend nur unter Mühe, seine Englischkenntnisse zu reaktivieren. »Was ist denn? Es ist spät.«

»Du weißt doch noch, wer ich bin, oder nicht?«

»Du bist Maya, aber wenn du mir jetzt etwas sagst, hab ich's morgen vergessen.«

»Ich will nicht, dass du dich daran erinnerst, Emil. Ich möchte es dir bloß sagen. Ich muss es dir sagen. Jetzt gleich.«

Emil war mittlerweile hellwach geworden. Er stopfte den schweren Vorhang hinter das Kopfbrett des Bettes, sodass Mondschein und Straßenlicht ins Atelier fielen. Er sah ihr in die Augen. »Du hast geweint.«

»Ja …«

»Und du willst mir ein Geständnis machen? Ja, das sehe ich … Ich weiß es bereits. Ich erkenne die Wahrheit in deinen Augen … Du hast mich betrogen!«

Verwundert schüttelte sie den Kopf.

»Nein, nein«, beharrte er und hob die Hand. »Sag nichts mehr! Leugnen ist zwecklos! Ein hübsches junges Mädchen und ein verrückter Spinner – niemand wäre leichter zu betrügen! Ich weiß – ich habe einer Frau nichts zu bieten – weshalb sollte sie mir dann treu sein? Meine Arme, meine Lippen – was zählen die schon? Wenn Emil ein Gespenst ist! Ein Mann, den es kaum gibt!«

»Emil, jetzt hör mir mal zu!«

»Habe ich dich jemals *gebeten*, mir treu zu sein? Niemals! Ich habe dich bloß gebeten, mich nicht zu erniedrigen. Ich habe dir alle Freiheit gelassen – nimm dir ein Dutzend Liebhaber, nimm dir hundert! Du darfst es mir bloß nicht sagen. Aber du *musst* es mir sagen, nicht wahr? Du musst meine Illusionen mit diesem … diesem letzten schändlichen Geständnis zerstören.«

»Emil, hör auf! Du bist kindisch.«

»Nenn mich nicht kindisch, du Flittchen! Ich bin doppelt so alt wie du!«

»Nein, das bist du *nicht*, Emil. Jetzt sei mal still! Ich bin viel, viel älter als du. Ich bin alt, eine alte Frau. Ich heiße Mia Ziemann und bin fast hundert Jahre alt.« Sie brach in Tränen aus.

Emil verschlug es die Sprache. Es entstand ein unangenehmes Schweigen. Nach und nach wich Emil bis an die Bettkante zurück.

»Das soll wohl ein Scherz sein, oder was?«

»Nein, ich scherze nicht. Ich bin vierundneunzig Jahre alt – oder fünfundneunzig –, und ich bin anders als du. Ich habe mich einer radikalen Verjüngungsbehandlung unterzogen. Erst vor wenigen Monaten. Dadurch bin ich so geworden, wie ich bin, und ich bin dabei zerbrochen und zu einem Außenseiter geworden.«

»Du hast mich nicht betrogen?«

»Nein! Emil, dein Verdacht ist an den Haaren herbeigezogen! Ich sage dir die Wahrheit. Kapier das endlich.«

»Du willst behaupten, du wärst hundert Jahre alt. Obwohl du ganz offensichtlich um die zwanzig bist.«

»Ja.«

»Aber du bist keine alte Frau. Mit alten Weibern kenne ich mich aus. Ich habe sogar schon mit alten Weibern *geschlafen.* Du magst alles Mögliche sein, meine Liebe, aber eine alte Frau bist du nicht.« Er seufzte. »Du hast irgendwas genommen. Du bist high.«

»Falls ich high bin, dann allenfalls von neo-telomerischer dissipativer Zellentgiftung, und glaub mir, verglichen mit dem harmlosen Tinkturendope, mit dem ihr Kids herummacht, ist das ein echter Hammer.«

»Willst du behaupten, du wärst eine Gerontokratin? Weshalb bist du dann nicht in deinem behaglichen Penthouse und lässt dich von hundert Scannern überwachen?«

»Weil ich die Scanner abgelegt und die Stadt verlassen habe, deshalb. Ich habe erst sämtliche Verträge für eine sehr weitgehende Behandlung unterzeichnet und dann gegen sämtliche Gesetze verstoßen. Ich bin ohne zu bezahlen nach Europa geflogen. Ich bin auf der Flucht. Ich bin eine Illegale und habe mich aus einem Forschungsprogramm abgesetzt. Und irgendwann wird man mich schnappen, Emil. Ich weiß nicht, weshalb ich das getan habe. Ich weiß nicht, was mit mir los ist.« Sie schluchzte bitterlich.

Er wartete eine Weile, und als er weitersprach, hatte sich sein Tonfall verändert. Jetzt klang er eigenartig verstört. »Warum erzählst du mir das?«

Sie war zu gefangen in ihrem Schmerz, um fortzufahren.

Er wartete wiederum, dann wechselte er abermals

den Tonfall. Jetzt klang er neugierig, verblüfft. »Was soll ich jetzt mit dir anfangen?«

Sie heulte laut.

»Ich glaube, jetzt begreife ich«, sagte Emil abschließend. »Du bist ein *richtiger* Freak, hab ich Recht? Du bist ein kleiner *Vampir!* Du nährst dich von mir! Von meinem Leben und von meiner Jugend! Du bist eines dieser Fabelwesen, wie sie in Büchern vorkommen. Ein kleiner … blutsaugender … posthumaner … dämonenhafter … Inkubus!«

»Hör auf! Schluss damit! Sonst bringe ich mich um!«

»So etwas kann auch nur in Prag passieren«, erklärte Emil bedächtig und voller Genugtuung. »Nur hier in der Goldenen Stadt. In der Stadt der Alchemisten. Du hast mir da eben eine sehr, sehr seltsame Geschichte erzählt. So seltsam, dass man sie fast nicht glauben möchte! Hat man sowas schon mal gehört! Irgendwie bin ich stolz, ein Tscheche zu sein.«

Sie wischte sich mit dem Lakenzipfel die strömenden Tränen ab. »War das alles?«

»Ich bin doch in dieser Geschichte das *Opfer,* oder? Ich bin das Opferlamm. Ich bin das Spielzeug eines sexuellen Golems. Also, das ist wirklich erstaunlich … das ist geradezu mystisch … Es ist so dunkel und seltsam und erotisch.« Er blickte sie an. »Weshalb hast du ausgerechnet *mich* ausgewählt?«

»Ich mochte … ich mochte einfach deine Hände.«

»Das ist wirklich erstaunlich.« Emil rückte das Kissen zurecht. »Du kannst jetzt aufhören zu weinen. Mach schon, hör auf!« Er lehnte sich zurück und faltete die Hände auf seiner behaarten Brust. »Ich werd's auch niemandem sagen. Deine grauenhaften Geheimnisse sind bei mir gut aufgehoben. Außerdem würde mir sowieso niemand glauben.«

Das Ausmaß seiner Selbstgefälligkeit setzte sie dermaßen in Erstaunen, dass sie ihre Verzweiflung beinahe vergaß. »Du glaubst doch nicht etwa … dass ich mich umbringen sollte?«, fragte sie kleinlaut.

»Meine Güte, Frau, was ist los mit dir? Mit *dir* ist alles in Ordnung. Du bist keine Kriminelle, du hast die Gerontokraten bloß um ein paar Laborrattentests geprellt. Was können sie dir schon anhaben – sollen sie dich etwa wieder *alt* machen? Dich bei Tageslicht verschrumpeln lassen wie einen Apfel im Keller? Das können sie nicht tun. Sie glauben, sie würden die Welt beherrschen, aber sie sind alle verdammt, sie sind eine Bande kranker Hundertjähriger mit lächerlichen Techniken … Mit Menschen herumzupfuschen, ohne jede Ahnung von der Macht der Imagination … Und das alles, bloß um dich mir zu schicken! Dich! Wie eine kleine rosa Strandkrabbe, die eben aus der Schale gekrochen ist!«

»Ich bin keine kleine Strandkrabbe. Und ich bin auch kein Inkubus.« Sie sog scharf den Atem ein. »Ich bin eine Gesetzlose.«

Er lachte.

»Ja, wirklich! Ich habe mich als jemand anders ausgegeben, als ganz jemand anders, damit ich mich nicht mit meinen wahren Wünschen beschäftigen musste. Aber das war falsch, denn ich war die ganze Zeit Mia, ich war immerzu Mia, und ich bin auch jetzt im Moment Mia, und ich *hasse* diese Leute! Sie wollen nicht, dass ich *lebe!* Sie wollen bloß, dass ich vegetiere und meine Zeit absitze, genau wie sie! Ich könnte jetzt auf die Straße gehen – jedenfalls wenn ich vorher was anziehen würde – und das Labor in San Francisco anrufen und sagen: ›Hallo, ich bin's, Mia Ziemann, ich hab schlecht auf die Behandlung reagiert, tut mir Leid, ich bin in Europa, ich hab vorübergehend den Kopf verloren, bitte holt mich zurück, steckt eure Instrumente in mich rein, pflastert mich voll damit, ich hab mich wieder gefangen, ich werd auch ganz brav sein.‹ Und sie würden mich holen! Sie würden ein Flugzeug schicken und wahrscheinlich auch gleich einen Reporter, und sie würden mir meinen Job zurückgeben und mir einen nassen Waschlappen auf die Stirn legen. Sie sind ja so *blöde,* sie sollen alle krepieren! Ich werde nie wieder in dieses Leben zurückkehren, lieber sterbe ich, eher springe ich aus dem Fenster.« Sie zitterte.

Emil berührte schweigend ihre Hand. Schließlich stand er auf und holte ihr ein Glas Wasser. Sie trank gierig und wischte sich die Augen.

»War's das, was du mir sagen wolltest?«

»Ja.«

»Das war alles?«

»Ja, schon.«

»Hast du mir das schon einmal erzählt?«

»Nein, Emil, noch nie. Weder dir noch sonst jemandem. Du bist der erste, ehrlich.«

»Glaubst du, du musst es mir noch einmal erzählen?«

Sie überlegte. »Glaubst du, du wirst es im Gedächtnis behalten?«

»Ich weiß nicht. Könnte sein. Es kommt nicht oft vor, dass ich etwas behalte, was man mir spät nachts sagt. Mit einer anderen Frau wäre es auch wieder was anderes, aber zwischen uns besteht eine tiefe Verbindung. Ich glaube ... ich glaube, es war Schicksal, dass wir uns begegnet sind.«

»Also ... vielleicht ... Nein. Nein, das glaube ich nicht, Emil. Ich bin nicht religiös, ich bin nicht abergläubisch, halte nichts von Esoterik, ich bin nun einmal nicht mystisch veranlagt, ich bin bloß posthuman. Ich bin posthuman, ich habe mich dafür entschieden, hinter die Grenze vorzustoßen. Diese Entscheidung habe ich sehenden Auges getroffen, und jetzt muss ich lernen, mit meinem privaten Albtraum weiterzuleben.«

»Ich wüsste einen Ausweg.«

»Und wie sähe der aus?«

»Du müsstest sehr tapfer sein. Aber ich könnte dich

wieder heil machen. Keine Zweifel, keine Geheimnisse, keine Schmerzen mehr. Du wärst wieder eine vollständige, neue Frau. Wenn du willst.«

»Ach, Emil …« Sie starrte ihn ungläubig an. »Kein Amnetikum.«

»Natürlich das Amnetikum. Du glaubst doch hoffentlich nicht, ich könnte etwas so Kostbares verlegt haben. Diese Ziemann, von der du gesprochen hast, diese alte Frau, dein Inkubus … Wir könnten dich von ihr befreien. Wie durch Zauberei.«

»Würde uns das wirklich helfen? Ich wäre immer noch eine Illegale.«

»Nein, wärst du nicht. Dieses Problem würden wir ebenfalls lösen. Du wärst meine Frau. Du wärst jung. Und neu. Und frisch. Und du würdest mich lieben. Und ich würde dich lieben.« Er setzte sich gestikulierend im Bett auf. »Wir könnten alles aufschreiben. Wir könnten festhalten, wie wir vorgehen wollen, dann könnten wir es morgen lesen. Paul würde uns helfen. Paul ist in Ordnung, er ist klug, er hat Freunde und verfügt über Einfluss, er mag mich. Wir heiraten, verlassen die Stadt, gehen nach Böhmen. Wir legen einen Garten an und arbeiten mit Ton. Wir werden ganz neue Menschen sein und miteinander auf dem Land leben, und wir werden auf ewig außerhalb der Gesellschaft stehen!«

Er war erfüllt von leidenschaftlicher Begeisterung und aufrichtig überzeugt von seinem Plan, und sie hätte sich von ihm gern mitreißen lassen, als sie vom schwarzen Blitz des Misstrauens getroffen wurde und ihr auf einmal bewusst wurde, dass er dieses Angebot auch schon anderen Frauen gemacht hatte.

Als sie am Morgen erwachte, war Emil verschwunden. Es roch nach Blut. Ihr Blut hatte sich im ganzen Bett verteilt. Sie stand auf, stopfte sich einen Lappen in den Slip, zog ein Kleid an und bereitete eine Schmerztinktur. Sie trank den Aufguss, dann zog sie das Bett ab, drehte die verschmutzte Matratze um und legte sich erschöpft wieder hin.

Gegen Mittag wurde an der Tür geklopft. »Geh weg«, stöhnte sie.

Der Schlüssel klirrte im Schloss, und die Tür ging auf. Es war Paul.

»Ach, du bist es«, stieß sie hervor. »Ciao, Paul.«

»Guten Tag. Darf ich reinkommen?« Paul trat ins Atelier. »Wie ich sehe, lebst du noch. Das ist eine ausgezeichnete Neuigkeit. Bist du krank?«

»Nein. Ja. Nein. Wie soll ich mich ausdrücken? Ich bin unpässlich.«

»Das ist schon alles? Mehr nicht? Na gut.« Paul lächelte kurz. »Ich verstehe.«

»Wo ist Emil?«

»Tja«, meinte Paul ausweichend. »Lass uns drüber reden, okay? Du heißt Maya, nicht wahr? Wir haben uns beim letzten Monatstreffen im Tête kennengelernt. Du warst in Begleitung einer Modedesignerin, die sehr high war und sich mit Niko angelegt hat.«

»Das tut mir Leid.«

»Hast du schon gegessen?«, fragte Paul und ließ den Rucksack neben dem Brennofen zu Boden gleiten. Er strich sich das dunkle Haar mit beiden Händen zurück. »Ich habe heute noch nichts gegessen. Lass uns etwas kochen. Die Küche ist ja anscheinend gut bestückt. Wie wär's mit Gulasch?«

»Bloß nicht.«

»Ein wenig Kascha. Etwas Leichtes, Nahrhaftes.« Paul ließ Wasser in einen Topf laufen. »Wie lange kennst du unseren guten Freund schon?«

»Ich wohne hier seit dem Abend im Tête.«

»Drei Wochen mit Emil! Du bist eine tapfere Frau.«

»Ich bin nicht die erste.«

»Du hast hier einiges verändert«, sagte Paul und ließ

den Blick durchs Atelier schweifen. »Ich bewundere deine Hingabe. Emil braucht viel Zuwendung. Er hat mich heute Morgen angerufen. Er war sehr aufgeregt. Ich bin gleich mit dem Express von Stuttgart hergekommen.«

»Ach so.« Maya zog die Bettdecke über die Knie hoch. »Er meinte, du wärst ein guter Freund von ihm. Er hält große Stücke auf dich.«

»Tatsächlich? Das ist ja rührend. Dass Emil mich anruft, damit war zu rechnen. Schließlich hat er sich meine Netzadresse auf den Unterarm tätowiert.«

Sie blinzelte überrascht. »Die Tätowierung ist mir gar nicht aufgefallen.«

»Sie ist sehr unauffällig. Die Tätowierung wird nur dann sichtbar, wenn er sehr aufgeregt ist.«

»War Emil heute Morgen aufgeregt?«

Paul schüttete gelbes Pulver in eine Pfanne. »Er hat mich aufgeweckt und mir gesagt, in seinem Bett liege eine Fremde im Sterben. Vielleicht sei sie auch schon tot. Ein Inkubus. Ein Golem. Er war völlig konfus.«

»Wo ist er jetzt?«

»Er entspannt sich in der Sauna. Schwartz kümmert sich um ihn. Ich rufe ihn mal an. Einen Augenblick.« Paul löste das Netzgerät von seinem Kragen und sprach auf deutsch hinein, während er behutsam in der Pfanne rührte. Paul war einfühlend, dann komisch, dann autoritär, dann leicht ironisch. Als Paul den Sinn und die Ordnung des Universums wiederhergestellt hatte, klemmte er sich das Telefon wieder an den Kragen.

»Du solltest auf deinen Flüssigkeitshaushalt achten«, sagte er. »Wie wär's mit einem Mineralka? Vielleicht mit zweihundert Mikrogramm Enkephalin und einem harntreibenden und entspannenden Mittel. Das würde dir gut tun.« Er öffnete seinen Rucksack und holte einen Beutel mit Reißverschluss hervor. Darin verwahrte er ein ganzes Arsenal von Pflastern und luftdicht verschlossenen Kapseln.

»Hast du beim Hereinkommen geglaubt, ich wäre tot, Paul?«

»Möglich ist alles.« Paul öffnete einen Schrank, nahm Löffel und Schüsseln heraus. »Ich wollte einfach als erster hier sein, das ist alles.«

»Um die Indizien zu beseitigen, bevor die Polizei auftaucht?«

»Schon möglich.« Er brachte ihr eine schöne Keramikschüssel mit dampfendem Brei und eine Porzellanvase mit schmalem Hals, gefüllt mit Mineralwasser. »Wenn du das gegessen hast, wirst du dich besser fühlen.« Er ging seine eigene Schüssel holen.

Sie probierte das sprudelnde Mineralka. *»Merci beaucoup.«*

»Englisch ist schon in Ordnung, Maya. Ich bin Programmierer, ich bin ein Opfer des globalen Technikjargons. Wir können ebensogut englisch sprechen. Es hat keinen Zweck mehr, sich dagegen zu wehren.«

Sie schnitten eine gelbe Lipidstange in Scheiben, rührten weiße Zuckerwürfel in die Kascha und aßen beide auf dem Bett. Das gemütliche kleine Ritual bewirkte, dass Maya sich wieder wie fünf vorkam. Sie fühlte sich sehr schwach und gereizt. Es schien ihr nicht ratsam, sich mit Paul zu streiten.

»Wenn ich meine Tage habe, bin ich unleidlich«, sagte sie. »Gestern Abend hatten wir einen Streit, und er hat sich aufgeregt. Es ist nicht gut, wenn man ihm spät nachts etwas erzählt, dann schläft er schlecht.« Sie seufzte. »Abgesehen davon, dass ich heute Morgen aussehe, als wär ich halbtot.«

»Keineswegs«, sagte Paul. »Ohne Perücke und ungeschminkt hat dein Gesicht eine Menge Charakter. Nach konventionellen Maßstäben ist es weniger attraktiv, dafür aber viel reizvoller. Es drückt eine Art melancholische Entrücktheit aus, eine Art Weltschmerz. Dein Gesicht hat etwas Ikonenhaftes.«

»Du bist sehr taktvoll und galant.«

»Nein, ich spreche bloß als Ästhet.«

»Was machst du in Stuttgart, Paul? Es tut mir Leid, dass ich dich heute von der Arbeit abhalte, was immer das sein mag.«

»Ich programmiere. Und ich lehre an der Universität.«

»Wie alt bist du?«

»Achtundzwanzig.«

»Und in dem Alter lässt man dich schon lehren?«

»Das europäische Universitätssystem ist sehr alt, verknöchert und bürokratisch, aber wenn man Publikationen vorweisen kann und Sponsoren hat, und es besteht Nachfrage seitens der Studenten, dann darf man lehren. Sogar mit achtundzwanzig.« Er lächelte. *»C'est possible.«*

»Was lehrst du denn?«

»Ich lehre Kunsthandwerk.«

»Oh. Natürlich.« Sie nickte mehrmals hintereinander. »Weißt du, ich suche jemanden, der mir das Fotografieren beibringt.«

»Josef Novak.«

»Wer?«

»Josef Novak, er lebt hier in Prag. Seine Arbeiten kennst du bestimmt nicht. Aber er ist ein wahrer Meister seines Fachs. Ein Pionier der Virtualität. Ich bin mir nicht sicher, ob Novak noch Schüler annimmt, er kam mir halt in den Sinn.«

»Ist er ein Gerontokrat?«

»Ob er ein ›Gerontokrat‹ ist? Einen guten Lehrer sollte man nicht geringschätzen. Der Umgang mit Novak ist natürlich nicht leicht. Sehr alte Menschen sind meistens schwierig im Umgang.«

»Josef Novak … warte mal, ist das nicht der, der Anfang des Jahrhunderts die Desktop-Umgebung *Glaslabyrinth* entworfen hat?«

»Das war lange vor meiner Zeit.« Paul lächelte. »Novak war in seiner Jugend sehr produktiv. Die meisten Arbeiten sind mittlerweile natürlich verloren. Der tragische Verlust der frühen digitalen Standards und Plattformen … das war eine kulturelle Katastrophe.«

»Klar, *Glaslabyrinth, Der Skulpturengarten, Verschwundene Statuen,* das stammte alles von Novak. Damit hat er damals großen Erfolg gehabt! Das waren wundervolle Arbeiten! Ich wusste gar nicht, dass er noch lebt.«

»Er wohnt ganz in der Nähe.«

Sie setzte sich auf. »Tatsächlich? Dann lass uns zu ihm gehen! Du stellst mich ihm vor, würdest du das tun?«

Paul sah aufs Handgelenk. »Ich habe heute Nachmittag eine Vorlesung in Stuttgart … Tut mir Leid, ich stehe im Moment ein wenig unter Zeitdruck.«

»Ach, das ist aber schade.«

»Aber es freut mich, dass es dir wieder besser geht.«

»Die Wirkung des Schmerzmittels hat eingesetzt. Vielen Dank. Außerdem geht's mir immer besser, wenn ich gegessen habe.«

»Dann kennst du also Josef Novaks Frühwerk. Du bist ja eine richtige Altertumsforscherin, Maya. Das ist wirklich interessant. Erstaunlich. Wie alt bist du?«

»Paul, vielleicht sollte ich Emil in den nächsten Tagen aus dem Weg gehen. Es wäre vielleicht besser, wenn ich für eine Weile aus seinem Leben verschwände. So wie die Dinge liegen. Was würdest du mir raten?«

»Ich glaube, Emil geht es morgen bestimmt wieder besser. So ist es bei ihm meistens. Aber wahrscheinlich hast du trotzdem Recht. In Anbetracht der Umstände.«

»Vielleicht sollte ich mich ein paar Tage lang einfach herumtreiben. Hättest du was dagegen, wenn ich dich nach Stuttgart begleiten würde? Dann könnten wir uns unterwegs unterhalten. Aber ich will mich nicht aufdrängen.«

»Davon kann doch gar keine Rede sein, ich würde mich über deine Gesellschaft freuen.«

»Ich ziehe mich an. Okay?«

Im Atelier gab es keine Gelegenheit, sich unbeobachtet umzukleiden. Die jungen Leute machten um die Privatsphäre kein großes Aufhebens. Maya zwängte sich unbeholfen in eine Freizeithose und einen Pullover. Paul wusch ab, ohne sie zu beachten.

Als sie einen Blick in den Taschenspiegel warf, war sie entsetzt. Die Wahrheit war so offensichtlich, als wenn sie ihr in Leuchtfarben auf die Stirn gemalt gewesen wäre. Dies war nicht das Gesicht einer jungen Frau.

Das Gesicht war posthuman, blass, abgehärmt und randvoll mit exotischen Spielarten des Schmerzes, deren vollständiger Ausdruck ihm nicht gestattet war. Das künstlich geformte, wächserne Gesicht einer altmodischen Schaufensterpuppe.

Sie eilte zur Küchenspüle und machte sich mit Reinigungsgel an die Arbeit. Toning-Lotion. Porenreiniger. Nährlösung. Grundierung. Rougepinsel. Lidstrich. Lipgloss. Wimperntusche. Skleralaufheller. Die Brauen nachziehen. Das Zähneputzen hatte sie vergessen. Dazu war es jetzt zu spät.

Der Spiegel lieferte ihr die Bestätigung dafür, dass sie die Wahrheit erfolgreich in die Schranken gewiesen hatte. Mit Kosmetika zugekleistert. Ihr Haar sah noch immer schrecklich aus, aber Naturhaar war stets problematisch.

Sie legte einen hellen tschechischen Schal um, schlüpfte in die Schuhe, setzte sich die große warme, graue Baskenmütze auf. Sie steckte ein paar noch halb volle Geldkarten in den Rucksack. Irgendwie würde es schon gehen. Jetzt war sie eingemummt, geschützt. Voller Optimismus und Zuversicht.

Paul hatte sich derweil geduldig Emils neueste Arbeiten angeschaut. Er öffnete einen Holzkasten. »Hat er dir das schon mal gezeigt?«

»Ich glaube nicht.«

»Das ist sein Lieblingsstück.« Paul griff mit übertriebener Vorsicht in den mit zerschlissenem Futter ausgekleideten Kasten hinein und holte eine zarte weiße Tasse mit Unterteller heraus. Beides stellte er auf Emils Werkbank. »Das hat er kurz nach der Veränderung gemacht. Damals hat er sich gegen die Realität gewehrt wie ein Ertrinkender.«

»Eine Tasse«, sagte Maya.

»Fass sie an. Nimm sie in die Hand.«

Maya wollte die Tasse ergreifen, doch sie prickelte, sodass sie die Hand zurückriss. Paul kicherte.

Maya tippte die Untertasse behutsam mit dem Zeigefinger an. Sie spürte ein schwaches elektrisches Kribbeln, als streife ihr etwas Stachliges über die Haut. Ein knisterndes Sandpapier-Gefühl.

Paul lachte.

Sie packte entschlossen die Tasse. Obwohl sie die Hand nicht rührte, hatte Maya den Eindruck, die Tasse summe und winde sich in ihrer Hand. Sie setzte sie wieder ab. »Ist da eine Batterie drin? Funktioniert der Trick so?«

»Das ist kein Porzellan«, meinte Paul.

»Was ist es dann?«

»Keine Ahnung. Es sieht aus wie Porzellan und glänzt auch so, aber ich glaube, es ist piezoelektrisches Schaumglas. Ich habe mal beobachtet, wie er eine Tinktur in die Tasse gegossen hat. Die Flüssigkeit sickerte langsam durch die Tasse und den Unterteller hindurch. Aufgrund irgendeiner Eigenschaft – sei es die Porösität, die Fraktaldimension oder vielleicht durch van der Waals-Kräfte – reagiert das Material eigentümlich bei Berührung.«

»Aber warum?«

»Das ist ein *objet gratuit*. Ein Kunstwerk, das den Bankrott des Alltäglichen demonstrieren soll.«

»Soll das ein Witz sein?«

»Ist Emil ein Witz?«, entgegnete Paul. »Ist es witzig, kein Mensch mehr zu sein? Sicherlich. Was ist ein Witz? Ein Witz bringt das gewohnte Vorstellungsgebäude ins Wanken.«

»Aber das ist noch nicht alles.«

»Natürlich nicht.«

»Erzähl mir den Rest.«

Paul packte Tasse und Unterteller wieder in den Kasten und stellte den Kasten behutsam ins Regal. »Bist du fertig? Dann sollten wir allmählich aufbrechen.« Er nahm ihren Rucksack, hielt ihr die Tür auf und schloss hinter sich sorgfältig ab.

Sie polterten die knarrende Treppe hinunter. Draußen war es bedeckt und windig. Sie wandten sich zur U-Bahnhaltestelle Narodni. Maya hielt sich dicht bei Paul. In ihren flachen Schuhen war sie ebenso groß wie er. »Paul, bitte verzeih mir, wenn ich zu direkt bin. Ich komme aus einem anderen Land, und ich bin naiv. Ich hoffe, du kannst mir das verzeihen. Du bist ein Lehrer, ich weiß, dass du mir die Wahrheit sagen kannst.«

»Dein Vertrauen rührt mich«, sagte Paul.

»Bitte sei nicht so. Was soll ich tun, damit du mir die Wahrheit sagst?«

»Vergegenwärtige dir das Objekt«, riet Paul ihr höflich. »Es durchbricht den alltäglichen Schwindel. Es konfrontiert uns mit einer taktilen Verletzung unserer konventionellen Erfahrung.«

»Und?«

»Die Destruktion unserer normalen Befindlichkeit eröffnet uns eine Unzahl neuer, kreativer Sichtweisen. Diese Möglichkeiten müssen von den Erben der Menschheit assimiliert und systematisch fortentwickelt werden. Kunsthandwerk ist nicht dasselbe wie Kunst.

Zwar entfaltet sie die Imagination des Vorbewussten, erkennt dabei aber an, dass die Vorstellungskraft des Unbewussten verarmt ist. Wir respektieren die Irrationalität des schöpferischen Impulses, leugnen aber die Vorherrschaft oder überhaupt die Relevanz der Halluzination. Wir machen uns die ganze Kraft der bewussten Rationalität und der wissenschaftlichen Methode nutzbar, um die menschliche Kultur vorsätzlich zu destruieren und zu überwinden.«

Sie stiegen die Treppe zur U-Bahnstation hinunter. Paul holte diskret einen laminierten Reiseausweis aus der Innentasche seines Jacketts. »Die Conditio Humana ist Vergangenheit. Die Natur ist Vergangenheit. Die Kunst ist Vergangenheit. Das Bewusstsein ist formbar. Die Wissenschaft ist ein unerschöpfliches Pulverfässchen. Wir stehen vor einer neuen Realität, die bislang von den angeborenen Beschränkungen der Säugetierprimaten verdeckt wurde. Wir müssen Werke erschaffen, welche diese neue Wirklichkeit ans Licht bringen, eine Abfolge uneigennütziger Gesten, die in ihrer Gesamtheit das Bewusstsein der Posthumanität formen werden.« Pauls ruhiger Blick wurde intensiver. »Gleichzeitig dürfen wir in politischer Hinsicht die fragile Oberflächenspannung einer alternden Zivilisation, die vorgibt, utopische Gelassenheit erlangt zu haben, obwohl sie insgeheim unheilbar traumatisiert ist, nicht zerstören. Unter der abstoßenden Hülse der absterbenden menschlichen Agenda müssen wir die biologische Basis der Wahrnehmung und die Verfassung der Kultur systematisch verändern und von den Ergebnissen aufrichtig, objektiv und demütig Zeugnis ablegen. Das ist im wesentlichen unser Programm als Kunsthandwerker.«

»Ich verstehe. Kannst du mir ein Ticket kaufen?«

»Ein Ticket für die U-Bahn oder eins nach Stuttgart?«

»Könntest du mir vielleicht beide kaufen? Inklusive Rückfahrt.«

»Weshalb nimmst du nicht meinen Europapass? Der ist bis Mai gültig.«

»Meinst du wirklich, Paul? Das ist sehr großzügig.«

Er reichte ihr den laminierten Ausweis. »Nein, nein, ich bekomme eine neue Smartcard von den Universität. In Europa gibt es lauter Vergünstigungen.« Er machte sich an einem Automaten zu schaffen.

Sie stiegen in die U-Bahn und hielten sich an Haltegurten fest. Maya musterte Paul. Sie mochte die Art und Weise, wie er sich das Haar hinter die Ohren streifte. Sie bewunderte den grazilen Schwung seiner beweglichen dunklen Augenbrauen, den Schnitt seiner Lider. Seine Nähe tat ihr gut. Er war so jung.

»Erzähl mir noch mehr, Paul. Red weiter.«

»Wir müssen uns bereit machen, die kommende Epoche kreativ in Besitz zu nehmen. Eine Epoche mit so großem poetischem Reichtum, so unendlich siegreich, so aufgeladen mit Bedeutung, dass nur diejenigen, welche darauf vorbereitet sind, im Kataklysmus zu baden, die Singularität transzendieren werden. Eines Tages werden wir allem Hass auf das Wunderbare die Spitze nehmen. Das Erstaunliche am Phantastischen ist, dass der Inhalt zum Gefäß wird; das Fantastische infiltriert unausweichlich den Alltag. Das ist bloß eine Frage der Zeit, und Zeit ist ein unerschöpfliches Gut. Die Normalität hat keine Kraft mehr; es gibt bloß noch Routine.«

»Das hast du wunderschön gesagt.«

Er lächelte. »Das möchte ich auch fast meinen.«

»Ich wünschte, ich wäre auch so schön.«

»Ich glaube, du verwechselst da die Kategorien, meine Liebe.«

»Also gut – dann wünschte ich, ich könnte etwas Schönes *erschaffen.*«

»Vielleicht hast du das bereits getan.« Er stockte. »›Schönheit‹ ist ein wirklich interessantes Konzept. Der Schnittpunkt dreier Welten ...«

Die U-Bahn hielt am Museum, und eine plappernde Touristenhorde strömte in den Wagen, eine drängelnde Ansammlung von Rucksäcken und Taschen. Maya und Paul standen mitten in der Menge, an den Haltegriffen schwankend. Er hatte sie davon zu überzeugen versucht, dass er das Universum zu erschüttern vermochte, dabei waren sie inmitten einer Horde teilnahmsloser Fremder wie in einem Viehtransporter eingekeilt.

Allmählich wurde es heiß im Wagen. Irgendetwas verkrampfte sich tief in ihrem Innern, und als sie den Schmerz ausgeschwitzt hatte, wurde ihr bewusst, dass sie heute etwas wahrhaft Verrücktes tun würde. Irgendetwas Wahnsinniges, Spontanes, das sich ganz von selbst ergab. Vom Boden abheben. Von einem Gebäude springen. Sich auf den Bauch werfen und die Füße eines Polizisten küssen. Zum Mond fliegen und die Füße in den kreidig-weißen Boden graben und nach *Luna* suchen ... Paul musterte sie mit unverhohlener Besorgnis. Sie schenkte ihm ihr strahlendstes Lächeln.

Am Hauptbahnhof schleppte sie sich auf die Toilette. Sie hantierte mit den Hygienegeräten, trank zwei Becher Wasser und trat in besserer Verfassung wieder auf den Gang. Das hübsche Gesicht im Spiegel mit den großen Augen und den kleinen Schweißperlen unter den verschiedenen Schminkschichten glühte, als werde es vom heiligen Feuer verzehrt.

Paul war aufmerksam. Er besorgte zwei Sitzsäcke mit einem hübschen Klapptisch in der Ersten Klasse. Der Stuttgart-Express fuhr sehr schnell.

»Ich liebe die europäischen Züge«, plapperte Maya drauf los. »Auch die richtig schnellen, die den größten Teil des Weges unterirdisch zurücklegen.«

»Vielleicht solltest du mal nach Wladiwostok fahren«, sagte Paul.

»Warum sollte ich das tun?«

»Das hat in unserer Gruppe Tradition. Wladiwostok,

der äußerste Punkt des eurasischen Kontinents. Du hast jetzt einen Europass und hast gesagt, du wolltest dich treiben lassen. Warum nicht nach Wladiwostok? Du wärst eine ganze Weile allein. Du könntest dich erholen und deine Gedanken sammeln. Bis zum äußersten Rand von Asien und wieder zurück bräuchtest du etwa fünf Tage.«

»Und was fängt man am pazifischen Rand an?«

»Also, wenn du einer von uns bist, dann gehst du in Wladiwostok zu einem gewissen obskuren Ptydepe – Verzeihung, ich meine natürlich eine öffentliche Telepräsenzsite – und vollziehst dort eine spontane Handlung. Unsere Gruppe überwacht diese PTS ständig mittels eines Konzeptfilters. Jede Geste, welche die Aufmerksamkeit des Scanners erregt, wird automatisch an alle Teilnehmer der Mailingliste übermittelt.«

»Wie erfahre ich, ob meine Geste spontan genug ist?«

»Mittels Intuition, Maya. Es ist hilfreich, wenn du dir vorher andere Performances anschaust. Das ist nicht bloß eine menschliche Ermessensfrage – unser Filterprogramm entwickelt seine eigenen Standards. Das ist die Schönheit der inhärenten Schönheit.« Paul lächelte. »Woher weiß man, dass etwas ungewöhnlich ist? Was ist gewöhnlich? Was lässt das Alltägliche so zerbrechlich und doch so allgegenwärtig erscheinen? Die Membran zwischen dem Bizarren und dem Langweiligen ist notwendigerweise durchlässig.«

»Offenbar entgeht mir als Nichtteilnehmer an eurem Netzwerk eine Menge.«

»Zweifellos.«

»Weshalb trefft ihr euch überhaupt noch physisch in dieser Prager Bar, wo ihr doch so eng vernetzt seid?«

Paul ließ sich die Frage durch den Kopf gehen. »Hast du einen Übersetzer? Funktioniert er?«

»Ja. Benedetta hat mir im Tête einen Übersetzer geschenkt.« Sie zeigte Paul das Collier.

»Wirklich reizend von meiner geschätzten Kollegin Benedetta. Ich nehme an, dann beherrscht das Gerät auch Französisch. Schalt es ein.« Paul steckte sich ein kleines Gerät ins Ohr.

Maya hantierte mit den Diamanten und steckte sich das goldene Vogelnest ins Ohr. Paul sprach französisch weiter. »[Ich nehme an, du verstehst mich immer noch.]«

»Ja. Das Gerät funktioniert ausgezeichnet.«

»[Es zirkulieren zahllose Ohrübersetzer. Die sind heutzutage allgemein verbreitet. Du sprichst englisch, ich spreche französisch, das Gerät übersetzt für uns. Und wenn der Hintergrundlärm gering ist … und wenn wir nicht allzu viele Jargonausdrücke gebrauchen … und wenn nicht zu viele Leute gleichzeitig reden … und wenn wir nicht irgendwelche Bezüge einfließen lassen, die das Begriffsvermögen des Minirechners übersteigen … und wenn wir unsere Unterhaltung nicht mit zu vielen nonverbalen Interaktionen wie Gesten und Mimik anreichern – nun, dann verstehen wir einander.]« Er vollführte eine weit ausholende Geste. »[Das heißt, allen Unzulänglichkeiten zum Trotz pressen wir ein Fünkchen Bedeutung durch diese schrecklich intime technische Ohrmembran hindurch].«

»Ja, das trifft es! Genau so funktioniert es.«

»[Betrachte mal mein Gesicht, während ich spreche. Verschiedene Muskeln treten in Aktion, es stellt sich ein gewisser Spannungszustand ein, der das Gesicht zu einer charakteristischen Abfolge verbaler Äußerungen befähigt – auf französisch. Bewusst nehme ich keinen Einfluss auf meine Mimik. Bewusst nimmt man nicht wahr, was da vor sich geht. Gleichwohl sind große Bereiche unseres Gehirns mit der Analyse des Gesichtsausdrucks und der Sprache beschäftigt. Untersuchungen haben ergeben, dass wir uns gegenseitig nicht aufgrund unserer Haltung, unserer Gene oder der Kleidung als Fremde wahrnehmen, sondern weil die jeweilige Sprache unser Gesicht geformt hat. Das ist vorbewusste Wahrnehmung. Ein Übersetzer ist dazu nicht in der Lage. Auch ein Netzwerk nicht. Netzwerke und Übersetzer denken nicht. Sie rechnen bloß.]«

»Ja, und?«

»[Du siehst mich im Moment, hörst mich mit einem Ohr französisch sprechen und empfängst mit dem anderen Ohr rechnergenerierte Daten. Irgendein Teil von dir, der sich deiner Wahrnehmung entzieht, spürt, dass das ein einziges Durcheinander ist.]«

Er langte über den Tisch und ergriff ihre Hand. »[Jetzt halte ich deine Hand, während ich französisch mit dir rede. Sieh mal, ich halte deine Hand mit beiden Händen umfasst. Ich streichle deine Hand. Wie fühlt sich das an?]«

»Angenehm, Paul.«

»Und wie fühlt es sich an, wenn ich englisch mit dir rede?«

Überrascht entzog sie ihm ihre Hand.

Er lachte. »Da. Hast du gesehen? Deine Reaktion enthüllt die Wahrheit. Mit Netzwerken ist es das gleiche. Wir treffen uns physisch, weil wir die Netzwerke ergänzen müssen. Nicht deshalb, weil es den Netzwerken an Intimität mangeln würde. Im Gegenteil, Netzwerke sind viel zu intim, auf einer zu schmalen Bandbreite. Wir müssen uns auf eine Weise begegnen, die unseren grauen Zellen Nahrung gibt.«

»Das ist sehr klug. Aber sag mal – was wäre eigentlich gewesen, wenn ich meine Hand nicht weggezogen hätte?«

»[Dann]«, sagte Paul mit großem Scharfsinn und Feingefühl, »[hätte man daraus schließen können, dass deine Wahrnehmung gestört ist. Was offenbar nicht der Fall ist.]« Und damit war das Thema erst einmal erledigt.

Jetzt erst fiel ihr auf, dass er am Mittelfinger der Rechten einen Ring trug. Der Ring sah aus wie ein eingraviertes dunkles Band – doch es war gar kein Ring. Es war ein schmaler Pelzstreifen. Ein dichtes braunes Pelzband, das in Pauls Finger verwurzelt war.

Auf Magnetfeldern schwebend, glitten sie mit enormer Geschwindigkeit durch die mit Diamantbohrern ausgehöhlten Tunnel in der europäischen Erde. Maya empfand in Pauls Gesellschaft großes Vergnügen und verspürte überhaupt kein Bedürfnis, mit ihm zu flirten. Das wäre das gleiche gewesen, als machte man einem Stalaktiten aus Kalkstein schöne Augen. Es reizte sie nicht, mit ihm intim zu werden. Tagtäglich die Qual einer solchen Bewusstseinsklarheit zu ertragen, hätte einer Frau eine Menge Selbstverleugnung und Geduld abverlangt. Falls er eine Freundin hatte, so saß sie ihm bestimmt mit der Gabel in der Hand am Frühstückstisch gegenüber und wurde von den vier Stahlzinken seiner Intelligenz, seiner Auffassungsgabe, seines Ehrgeizes und seines Selbstbewusstseins durchbohrt.

Paul musterte sie schweigend, offenbar mit ganz ähnlichen Gedanken beschäftigt. Sie meinte beinahe, das Hochgeschwindigkeitsknistern der neurochemischen Denkprozesse in den feuchten Drüsentiefen seines Löwenhauptes wahrzunehmen.

Um ein Haar hätte sie alles gebeichtet. Dies wäre eine große Dummheit gewesen, die sie bereits zum zweiten Mal begangen hätte, doch sie war heute dermaßen aufgedreht, dass sie das Risiko so dringend brauchte wie Sauerstoff zum Atmen, und vor allem war ihr wirklich danach. Sie wollte Paul nicht berühren, ihn in den Armen halten und liebkosen, aber sie verspürte das Bedürfnis, sich ihm zu offenbaren. Sich zu opfern und ihn dadurch zu zwingen, sie ernst zu nehmen.

Doch bei ihm wäre es anders als bei Emil. Armer Emil, auf seine eigentümliche animalische Art stand er außerhalb der Zeit und war unverwundbar, unzerstörbar. Paul war ganz gegenwärtig. Paul redete über kosmische Umwälzungen und befand sich trotzdem nicht jenseits des Jordans. Paul war jung, er war bloß ein junger Mann. Ein junger Mann, der keinen Bedarf für ihre Probleme hatte.

Ihre Blicke trafen sich. Auf einmal bestand eine wahnsinnige Spannung zwischen ihnen. Bei jedem anderen hätte es sich wie sexuelle Anziehung angefühlt. Mit Paul war es ein telepathischer Angriff.

Er starrte sie an. Die Überraschung war ihm deutlich anzumerken. Seine zarten Brauen wölbten, seine Augen weiteten sich.

»Was denkst du gerade, Paul?«

»Ist die Frage ernst gemeint?«

»Ja, klar.«

»Ich überlege, warum ich diese frivole junge Schönheit vor mir sehe. Hier, auf der anderen Seite des Tisches.«

»Weshalb sollte ich nicht da sein?«

»Weil das eine Fassade ist. Hab ich Recht? Du bist nicht frivol. Und ich bin mir auf einmal ziemlich sicher, dass du nicht jung bist.«

»Wieso sagst du das?«

»Du bist sehr schön. Aber das ist nicht die Schönheit einer jungen Frau. Du bist wunderschön. In deiner Gegenwart empfinde ich einen Anflug von Grauen.«

»Vielen Dank.«

»Jetzt, da ich es erkannt habe, frage ich mich, was du von uns willst. Bist du ein Polizeispitzel? Bist du vom Sozialdienst?«

»Nein. Bin ich nicht, ehrlich.«

»Ich war mal beim Sozialdienst«, sagte Paul ruhig. »Bei der Jugendliga, in Avignon. Ich war ziemlich engagiert und habe eine Menge interessanter Dinge gelernt. Aber ich hab aufgehört, hab's hingeschmissen. Weil sie die Welt zum Besseren verändern wollten. Und ich wusste, dass ich das nicht wollte. Ich wollte, dass die Welt interessanter wird. Findest du das verbrecherisch, Maya?«

»Auf diese Weise habe ich es noch nicht betrachtet. Mir erscheint es nicht sonderlich verbrecherisch.«

»Eine ganz gute Bekannte von mir ist Polizeispitzel. Du erinnerst mich stark an sie. Sie verfügt über die gleiche eigentümliche Selbstbeherrschung wie du und besitzt eine ähnlich intensive Ausstrahlung als Frau. Als ich dich gerade so angeschaut habe, wurde mir bewusst, dass du der Witwe ähnlich siehst. Und dann wurde mir auf einmal alles klar.«

»Ich bin keine Witwe.«

»Sie ist eine erstaunliche Frau. Unglaublich schön, sublim. Sie ist eine Art Sphinx. Ein unberührbares mythisches Wesen. Sie interessiert sich sehr fürs Kunsthandwerk. Vielleicht lernst du sie ja mal kennen. Falls du in unserer Nähe bleibst.«

»Diese Witwe – ist eine Kunstpolizistin? Ich wusste gar nicht, dass sich die Polizei auch mit Kunst beschäftigt. Wie heißt sie?«

»Sie heißt Helene Vauxcelles-Serusier.«

»Helene Vauxcelles-Serusier ... Du meine Güte, was für ein wundervoller Name!«

»Wenn du Helene noch nicht kennst, kannst du sie kennen lernen.«

»Ich will sie bestimmt nicht kennen lernen. Ich bin nämlich keine Informantin. In Wirklichkeit bin ich eine flüchtige Kriminelle.«

»Informantin, Kriminelle ...« Er schüttelte den Kopf. »Der Unterschied ist geringer, als man meinen möchte.«

»Wie immer hast du Recht, Paul. Das ist wie der verschwommene Unterschied zwischen Grauen und Schönheit. Oder Jugend und Alter. Oder Kunsthandwerk und Verbrechen.«

Er blickte sie verwundert an. »Gut gesagt«, meinte er schließlich. »So hätte Helene es auch ausgedrückt.«

»Ich schwöre dir, ich bin keine Polizeiagentin. Wenn ich könnte, würde ich's dir beweisen.«

»Vielleicht bist du wirklich keine. Nicht, dass Sozialdienstler nicht hübsch sein könnten, aber normalerweise finden sie deine Art des Glamours verdächtig.«

»Ich bin nicht verdächtig. Weshalb sollte ich verdächtig sein?«

»Ich verdächtige dich, weil ich meine Freunde schützen muss«, sagte Paul. »Wir leben unser Leben, das ist keine bloße theoretische Übung. Unsere Generation wurde oft getäuscht. Wir müssen unsere Vitalität behüten, denn die wird systematisch erstickt. Andere Generationen hatten dieses Problem nicht. Wenn ihre Eltern ins Grab sanken, fiel ihnen die Macht in den Schoß. Wir aber sind nicht einmal eine richtige Generation. Wir sind die ersten wahrhaft posthumanen Menschen.«

»Und ihr habt Wünsche, die mit dem Status quo unvereinbar sind.«

»Mais oui.«

»Also, die habe ich auch. Sogar eine ganze Menge.«

»Niemand hat dich gebeten, sich uns anzuschließen.«

Diese Bemerkung verletzte Maya. Sie hatte das Gefühl, man habe ihr ein Messer in den Leib gerammt. Paul starrte sie herausfordernd an, doch Maya fühlte sich auf einmal zu müde, um ihm zu trotzen. Er war zu jung, zu stark und schlagfertig, und sie war zu aufgeregt und innerlich zerbrochen, um ihn in die Ecke zu drängen. Sie brach in Tränen aus. »Wie geht es jetzt weiter?«, fragte sie. »Soll ich dich um Erlaubnis bitten, leben zu dürfen? Wenn du willst, bettele ich darum. Du musst es mir bloß sagen.«

Paul blickte sich verlegen im Abteil um. »Bitte mach jetzt keine Szene.«

»Ich muss weinen! Ich will weinen, ich hab's nötig!

Mir geht es nicht gut. Ich habe keinen Stolz. Ich habe keine Würde – ich habe überhaupt nichts. Ich bin so verletzt, wie du es dir gar nicht vorstellen kannst. Was bleibt mir anderes übrig, als zu weinen? Du hast mich ertappt. Ich bin dir auf Gnade und Ungnade ausgeliefert. Wenn du willst, kannst du mich vernichten.«

»Du könntest uns vernichten. Vielleicht willst du das ja.«

»Nein, das will ich nicht. Gib mir eine Chance! Ich kann lebendig sein. Ich kann sogar schön sein. Lass es mich versuchen. Gib mir eine Chance, Paul – ich wäre ein interessantes Studienobjekt für euch.«

»Ich würde ja gern«, sagte er. »Ich schmause gern mit Raubkatzen. Aber die Sicherheit meiner Freunde aufs Spiel setzen? Ich weiß nichts von dir, bloß dass du gut aussiehst und posthuman bist. Weshalb sollte ich dir vertrauen? Warum fliegst du nicht einfach wieder heim?«

»Weil ich nicht nach Hause zurückkehren kann. Man würde mich wieder alt machen.«

Paul riss die Augen auf. Sie war zu ihm durchgedrungen, sie hatte ihn berührt. Schließlich reichte er ihr ein Taschentuch. Sie blickte ihn übers Taschentuch hinweg an, betastete es sorgfältig, um sicherzugehen, dass es keine Hardware war, dann wischte sie sich die Tränen ab und putzte sich die Nase.

Paul drückte einen Knopf am Rand des Tisches.

»Du hast Emil in der Gruppe bleiben lassen«, meinte sie schließlich, »und Emil ist gefährlicher als ich.«

»Ich bin für Emil verantwortlich«, sagte er düster.

»Was soll das heißen?«

»Er hat das Amnetikum auf meine Veranlassung eingenommen. Ich habe alles arrangiert.«

»Du warst das? Wissen das die anderen?«

»Es war eine gute Idee. Du hast Emil damals nicht gekannt.«

Eine Riesenkrabbe stakste die Decke des Abteils entlang. Sie bestand aus Knochen, Chitin, Pfauenfedern, Innereien und Stahldraht. Sie hatte zehn mehrgelenkige Beine und kleine Gummifüße, die an hakenförmigen stählernen Knöcheln befestigt waren. An der Oberseite des flachen, gesprenkelten Rückenschilds war mittels Saugnäpfen ein Tablett befestigt.

Sie tastete sich an kaum wahrnehmbaren Vertiefungen in der Decke entlang und ließ sich neben Maya und Paul zu Boden fallen. Die Krabbe musterte sie mit ihren kreisförmig angeordneten babyblauen Augen. »*Oui, monsieur?*«

»[Die Mademoiselle möchte eine Flasche *eau minerale* und zweihundert Mikrogramm Alcion]«, sagte Paul. »[Ich nehme ein *limoncello* und ... ach, bring uns doch ein halbes Dutzend Croissants].«

»*Très bien.*« Die Krabbe stakste davon.

»Was war das denn?«, fragte Maya.

»Das ist der Steward.«

»Das habe ich mir auch schon gedacht, aber was *war* das? Lebt es? Ist es ein Roboter? Eine Art Krabbe?«

Paul wirkt leicht genervt. »Mit Verlaub, das ist der Stuttgart-Express, weißt du?«

»Oh. Okay. Tut mir Leid.«

Paul musterte sie nachdenklich. »Armer Emil«, meinte er schließlich.

»Sag das nicht! Dazu hast du kein Recht! Ich tue ihm gut. Davon verstehst du nichts.«

»Tust du Emil *wirklich* gut?«

»Was soll ich tun, damit du mir vertraust? Du kannst mich nicht einfach abschreiben, du kannst mich nicht einfach rauswerfen. Du sagst, du möchtest, dass ungewöhnliche Dinge passieren. Also, ich bin wirklich ungewöhnlich, findest du nicht? Und ich passiere.«

Paul trommelte mit den Fingerspitzen auf den Tisch und ließ sich das durch den Kopf gehen. »Ich würde gern einen Bluttest mit dir machen«, sagte er.

»Einverstanden. Klar.« Sie krempelte sich den Pulloverärmel hoch.

Er erhob sich, nahm seinen Rucksack aus dem Gepäckfach, öffnete ihn, wühlte darin und zog ein Bluttestmoskito hervor. Er legte ihr das kleine Gerät auf den Unterarm. Es schnüffelte umher, hockte sich hin und versenkte den haardünnen Rüssel. Es tat überhaupt nicht weh. Allenfalls spürte sie ein leichtes Jucken.

Paul nahm ihr das blutgefüllte Gerät wieder ab. Es klappte die Flügel aus, auf denen daumennagelgroße Displays angebracht waren. Paul beugte sich vor und betrachtete die Anzeigen.

»So«, meinte er nach einer Weile. »Wenn du dein Geheimnis wahren willst, solltest du dein Blut besser nicht testen lassen.«

»Okay.«

»Du bist ausgesprochen anämisch. In deinen Adern kreisen außer Blut noch eine Menge anderer Flüssigkeiten.«

»Ja, das sind die Entgiftungsdetergentien und katalytischen Sauerstoffträger.«

»Ach so. Jedenfalls reicht die DNS aus, um deine Identität festzustellen. Und dich an den Sozialdienst auszuliefern. Sollte das jemals erforderlich sein.«

»Hör mal, Paul, du brauchst dir gar nicht erst die Mühe zu machen, meine Krankenakte ausfindig zu machen. Jetzt kann ich dir auch ebenso gut *sagen*, wer ich bin.«

Paul veranlasste den Moskito, ein Chromatogramm auszustoßen, und faltete das Papier sorgfältig zusammen. »Nein«, sagte er, »das ist nicht nötig. Ich halte es nicht einmal für ratsam. Ich will gar nicht wissen, wer du bist. Das geht mich nichts an. Ich erwarte etwas anderes von dir.«

»Und das wäre?«

Er sah ihr in die Augen. »Ich möchte, dass du mir beweist, dass du immer noch eine Künstlerin bist, obwohl du kein Mensch mehr bist.«

Stuttgart war eine große, laute Stadt. Groß, laut, stickig und grün. Eine Stadt des Keuchens, Grunzens, Schnaufens und des komplexen organischen Gurgelns. In Stuttgart schrien die Menschen einander an. Aus schließmuskelartigen Wandöffnungen quollen plötzlich Horden von Fußgängern hervor.

Die Hochhäuser waren weithin bekannt, doch ihr rhythmischer Atem ließ eher an ein beruhigendes Meer denn an Berge denken. Der Atem der Monstertürme klang rau und tuberkulös. Er wehte über die pelzigen Straßen hinweg und roch nach Dampf und Zitronen.

»Meine Familie war am Bau der Stadt beteiligt«, bemerkte Paul, während er einen Bogen um eine Pfütze machte, die wie Müsli aussah. »Meine Eltern waren Müllschürfer.«

»Waren?«

»Sie haben's aufgegeben. Mit dem Müll lief es wie mit anderen Industrien zur Gewinnung von Rohstoffen auch. Die besten, ergiebigsten Vorkommen waren bald erschöpft. Heutzutage beschäftigen sich vor allem Einzelgänger damit, Kleinunternehmer, die es auf Methan abgesehen haben.«

»Ich verstehe.«

»Schade drum war's nicht, meine Mutter hat ihren Schnitt gemacht. Ich bin ein privilegiertes Kind.« Paul lächelte. Er wirkte entspannt, froh darüber, wieder daheim zu sein.

»Sind deine Eltern Franzosen?«

»Ja. Ursprünglich stammen wir aus Avignon. Die halbe Einwohnerschaft von Stuttgart ist französisch.«

»Wie das?«

»Weil Paris zu einem Museum geworden ist.« Das Licht veränderte sich. Von einem Hochhaus schälte sich eine gewaltige geriffelte Membran ab und breitete sich über die Straße. Ein Schwarm weißer Kraniche zog darunter seine Kreise, dann landeten die vielen weißgefiederten Nachzügler auf der Straße. Die Vögel pickten so heftig auf den Gehsteig ein, dass sich einzelne Brocken lösten.

»Die besten Extrakte der Müllhalden«, sagte Paul, »wie Eisen, Aluminium, Kupfer und so weiter verloren rapide an Wert, als sich die modernen Materialien durchsetzten. Billiger Diamant übertrifft natürlich alles. Aber Zuckerglas, optisch leitende Kunststoffe, Fullerene und Aerogele ...« Er deutete auf die Stadtlandschaft ringsumher. Ein kleiner, gewandter Mann mit einem ganz persönlichen Interesse an vierhundertstöckigen Gebäuden. »Die kohlenstoffbasierten Produkte haben die Metallkonstruktionen vom Markt verdrängt. Die Stuttgarter sind progressiv, sie verachten Platitüden.«

»Die Stadt hat große Ähnlichkeit mit Indianapolis.«

»Keineswegs! Überhaupt nicht!«, protestierte Paul. »Indianapolis ist aus einem politischen Willensakt heraus entstanden, die Missgeburt revanchistischer Asiaten. Stuttgart ist ernsthafte Architektur! Stuttgart bedeutet etwas! Es ist die einzige wirklich moderne Stadt in Europa! Die einzige Stadt, deren Erbauer ernsthaft an die Zukunft glaubten – anstatt immer nur die Vergangenheit zu recyclen.«

»Ich möchte nicht, dass die Zukunft so aussieht.«

»Das wird sie auch nicht. Ebensowenig wie die Welt vor einem Jahrhundert aussah wie New York. Es reichte aus, dass die Welt eine Zeit lang wie New York City aussehen *wollte.* Stuttgart ist auch so eine urbane Attraktion. Die einzige Stadt der Welt, bei deren Entstehung es der modernen Gesellschaft gestattet war, sich architektonisch authentisch auszudrücken.«

»Mir fällt auf, dass du in der Vergangenheit sprichst.«

»Es wird nicht viele weitere Stuttgarts mehr geben.

Der gerontokratischen Gesellschaft mangelt es an der nötigen Willenskraft und Energie, um eine Innovation in so großem Maßstab zu erschaffen. Es sei denn, irgendeine Großstadt würde bei einer Katastrophe zerstört und die Überlebenden hätten gar keine andere Wahl.« Paul hob die Schultern. »Keine angenehmen Aussichten! Es mag einige Fanatiker geben, die glauben, der Holocaust sei ein angemessener Preis für den Wandel, aber ich habe den Holocaust studiert, und der Holocaust ist abscheulich. Der Wandel tritt unausweichlich ein. Das Überleben hat eine Menge für sich. Wer lang genug lebt, dem bricht die Realität unter den Füßen weg.« Er stockte, dachte nach. »Prag mag ich sehr gern. Die Stadt hat der Welt wahrscheinlich ebenso viel zu sagen wie Stuttgart. Prag hat seine eigene Epoche überlebt und sich in einen wundervollen Freak, einen reizvollen Atavismus verwandelt. Prag hat eine zweite Chance bekommen. Jetzt ist Prag die Puppe, worin die Larvenform der Posthumanität beheimatet ist.«

Sie gingen weiter. Der Himmel über Stuttgart war voller Lufttransportmittel, die sich wie Schmetterlingszungen von einem Hochhaus ausgehend entfalteten, an einem fernen Gebäude festmachten und sich dort anschließend wieder zusammenrollten. Im flexiblen Innern dieser Verbindungselemente befanden sich Gleitkapseln. Sie waren unheimlich effizient und erinnerten an geschmeidige Fußgängerboas.

Paul geleitete Maya eine lange Treppe hinunter und durch einen beeindruckenden Gewölbebogen mit mehreren dicken Perlenvorhängen. Der Himmel verschwand. Es wurde wärmer. Sie gelangten unter ein moosbewachsenes Dach mit Höckern, die aus Stoff zu bestehen schienen, aber so fest wie Beton waren. Die Wände waren schwammig und unregelmäßig, an der Decke führten lange, sonnenhelle Streifen optisch leitender Fasern entlang. Es war schwül wie in einem steinernen Gewächshaus. Es roch nach Vanille und Bananen. »Dieses Stadtviertel mag ich am liebsten«, sagte Paul. »Hier habe ich jahrelang gewohnt, bevor ich den Lehrauftrag bekommen habe. Das Viertel wurde von Theoretikern des essbaren Stadtbilds geplant und verwirklicht.«

»Von *was* für Theoretikern?«

»Die Wände hier bestehen aus Manschettenpilz. Man kann die Stadt verzehren. Die Wände sind sehr nahrhaft.« Ihr schien es wenig ratsam, die Pilzwände zu essen. Die Einheimischen hatten mit irgendeinem Herbizid Graffiti eingeätzt. Fleckige, gelbliche Buchstaben. UNTER DEM PFLASTER LIEGT DER STRAND. Geschwungene arabische Schriftzeichen. Ein Kilroy-Gesicht mit Lockenschopf.

Seite an Seite schlenderten sie durch das hell erleuchtete vielstöckige Gebäude. Auf den offenen Etagen gab es durchnummerierte Mulden. Darin lagen Menschen unter dem blendend hellen künstlichen Sonnenlicht. Sie trugen Brillen und waren von Kopf bis Fuß mit einem graugrünen organischen Überzug bedeckt.

»Was ist das hier? Ein Leichenschauhaus?«

»Das ist ein öffentliches Bad.«

»Wo ist das Wasser?«

»Hier wird nicht in Wasser gebadet, sondern man lässt sich die Haut abschälen. Man taucht in Gelatine ein, dann legt man sich unter die Lampen. Man wird mit Pilzsporen bestäubt, die sich in der Haut verwurzeln. Wenn der Schimmel zu wachsen aufhört, wird man mit mechanischen Schabern bearbeitet. Der Schimmel schält sich ab. Der ganze Schmutz und die Hautflora werden dabei entfernt. Es ist sehr belebend.«

»Die Leute baden in lebenden Schimmelpilzen?«

»Ja, das ist ein mühevoller Prozess. Um die Zeit im Tank zu überbrücken, tragen die Leute Cyberbrillen, wie du siehst. Das ist eine kleine Annehmlichkeit, zumal für die Leute, die im essbaren Viertel ein schweres Leben führen. Der Service ist kostenlos. Wenn man fertig ist, wird man mit der hiesigen Mischung körpereigener Mikroben bepinselt.«

»Ja, aber es ist *Schimmel.*«

»Eine völlig harmlose, nützliche Schimmelart. Völlig ungefährlich.« Er stockte. »Ich hoffe, du findest öffentliche Nacktheit nicht schockierend. In Stuttgart ist das ganz normal.«

»Natürlich bin ich nicht geschockt, aber es ist Schimmel!«

»Wie provinziell«, meinte Paul, angestrengt lächelnd. Offenbar war er gekränkt. »Das Ziel der Planung war es, die menschenfreundlichste Stadt in ganz Europa zu errichten. Nicht, dass die Einwohner besonders umgänglich wären – das sind Menschen wie in anderen Großstädten auch. Aber die Stadt als solche ist besonders benutzerfreundlich.«

Paul deutete zur anderen Straßenseite, wo sich mit tiefem Summen ein Mückenschwarm sammelte. »Solltest du das Glück haben, in dieser exklusiven Herberge dort drüben ein Zimmer zu bekommen – nun, sie ist durch und durch organisch. Man kann die Mauern essen. Man kann seine Ausscheidungen hinterlassen, wo man will. Legt man sich zum Schlafen nieder, bildet sich unter einem ein weiches Mooslager. Es ist ständig warm und feucht. Sehr sinnlich, sehr hautfreundlich, extrem zivilisiert. Hier sind die Mikroben alle domestiziert. Das Leben wird recycelt, aber die Verwesung ist besiegt. Die Verwesung hat sich verflüchtigt wie ein böser Traum.«

»Hmmm.« Sie musterte die Fassade, eine zottelige, feuchte Kaskade verschiedenfarbiger Moose. »Wie du es ausdrückst, klingt es gar nicht so schlecht.«

Als ein Lastwagen vorbeifuhr, der die Umgebung in

dichten gelben Nebel hüllte, zogen sie sich in einen Eingang zurück.

»Die Erbauer waren Visionäre. Eine Stadt, die den Bewohnern keinerlei biologische Zwänge auferlegt. Die ihnen eine Heimstatt bietet, Nahrung, Anregung und natürlich dauerhaften Schutz vor den Schrecken der Pest. Mag sein, man hat das Ergebnis so nicht gewollt, aber die Stadt selbst ist so großzügig, dass sie die Gesetze der Ökonomie außer Kraft setzt. Es erfordert schon einen besonders uneigennützigen Charakter, dauerhaft hier zu leben. Rebellen, Träumer, Philosophen … Auch bei den geistig Minderbemittelten ist dieses Viertel sehr beliebt … Im Laufe der Jahre hat es immer mehr Mystiker angezogen.«

»Büßer?«

»Ja, katholische Extremisten jeglicher Couleur, aber auch viele Sektierer. Ekstatiker, Charismatiker. Mohammedaner. Bedauerlicherweise sind die Ekstatiker und Charismatiker erbitterte Rivalen und hassen einander bis aufs Blut.«

»Ist es nicht immer so?« Sie machten drei nackten Frauen Platz, die auf Fahrrädern vorbeisausten, die angeschwollenen, steinharten Waden unermüdlich pumpend.

»Fanatiker hassen und fürchten ihre eigenen Abtrünnigen stets mehr, als sie die Bourgeoisie verachten. Daran erkennt man sie … Dies ist ihre große Schwäche. In der Vergangenheit gab es Gewaltausbrüche in Stuttgart, Straßenkämpfe, sogar Morde … Hast du schon mal Entheogene probiert, Maya?«

»Nein, noch nie.«

»Ich schon. Und zwar hier.«

Sie blickte sich um. Zottelige Wände, frisches Grün, heiße, neblige Beleuchtung, ein urbanes Universum voller Krabbeltiere. »Wie war es?«

»Ich habe Gott geschaut. Gott war sehr warmherzig,

liebevoll und weise. Ich empfand eine überwältigende Dankbarkeit und Liebe zu Ihm. Es war eine klare, ausgesprochen platonische Realität, völlig authentisch, das kosmische Licht. Es war die Realität, wie Gott sie sieht, nicht die fragmentarische, schwankende Rationalität des menschlichen Geistes. Es war eine elementare mystische Erkenntnis, über jeden Zweifel erhaben. Ich befand mich in der lebendigen Gegenwart des Schöpfers.«

»Warum hast du das getan? Waren deine Eltern religiös?«

»Nein, überhaupt nicht. Ich habe es getan, weil ich erlebt habe, wie andere Menschen von Religion verzehrt wurden. Ich wollte wissen, ob ich stark genug wäre, mich dagegen zu wehren.«

»Und?«

»Ja, ich war stark genug.« Pauls Blick schweifte in die Ferne. »Ah, dort drüben ist eine Rohrpost. Ich habe Vorlesung. Tut mir Leid, aber ich muss dich jetzt allein lassen.«

»Wirklich? O je.«

Paul näherte sich der Rohrpost und tippte eine Adresse ein. Eine Klapptür öffnete sich. Er warf den Rucksack in die gepolsterte Kapsel. »Ich lasse dich allein, weil ich muss«, sagte er geduldig, »aber du befindest dich im schönen Stuttgart. Ich hoffe, du wirst deinen Aufenthalt gut nutzen.« Die Kapsel verschwand. Sogleich nahm eine andere Kapsel ihren Platz ein. Paul drückte die Wiederholtaste, kroch behende ins gepolsterte Innere und legte die Arme um die angezogenen Knie. »Wir sehen uns in Prag wieder, Maya.«

»*Au revoir,* Paul.« Sie winkte ihm zum Abschied, und die Tür schloss sich mit einem pneumatischen *Plopp.*

Maya verbrachte drei seltsame Tage in Stuttgart und trieb sich auf den wabenartigen Plätzen und in den besonders freizügigen Apothekenmalls herum. Im Nachtzug nach Prag ließ sie sich erschöpft in den Sitzsack sinken und genoss die Stille und das Alleinsein. Es war ein angenehmes Gefühl, sich wieder in der vertrauten Umgebung eines fahrenden Zuges zu befinden. Sie vibrierte von Hormonen und dem Kulturschock und hatte längere Zeit nicht mehr richtig gegessen. Mit jeder Stunde drang sie in neue Erfahrungsbereiche vor, in fremdartige, weite somatische Räume, die sich mit Begriffen wie ›Hunger‹ und ›Erschöpfung‹ nur unvollständig charakterisieren ließen.

Der Schlaf lockte. Doch dann begann auf einmal der Übersetzer zu tönen, der noch immer in ihrem Ohr steckte. Zunächst ganz leise, eine ferne Musik, die allmählich lauter wurde. Bislang hatte das Gerät immer tadellos funktioniert, daher war sie vorbereitet, als es eine Art musikalisches Räuspern ertönen ließ, worauf es sie unmittelbar ansprach. »[Hallo, Benutzerin Maya.]«

»Hallo?«, sagte sie.

»[Dies ist eine interaktive Nachricht von Ohrschmuck Enterprises in Basel. Wir haben das Übersetzungscollier entwickelt und hergestellt. Verstehen Sie uns? Bitte bestätigen Sie mit ›Ja, ich verstehe Sie‹ auf englisch, in ihrer Vorzugssprache.]«

»›Ja, ich verstehe Sie.‹«

Sie blickte sich im Abteil um. Obwohl sie laut ins Leere sprach, nahm niemand Anstoß an ihrem ungewöhnlichen Gebaren. Anscheinend nahm man an, sie benutze ein Netzgerät.

»[Benutzerin Maya, das Collier befindet sich seit zwei Wochen in Ihrem Besitz. Sie haben seine Funktionen bereits auf englisch, italienisch, tschechisch, deutsch und französisch kennengelernt. Wir hoffen, dass die Übersetzungen prompt und präzise erfolgten.]«

»Ja, das war sicherlich der Fall.«

»[Haben Sie die exquisite Ausführung des Colliers

bemerkt? Es wäre ein Leichtes gewesen, eine billige Ausführung in Kupfer und Silizium zu wählen, wir aber ziehen den klassischen Chic echter Juwelen vor. Wir von Ohrschmuck sind stolz auf unsere traditionelle europäische Handwerkskunst, und dass sie unsere Shareware benutzen, weist Sie als Frau von gutem Geschmack aus. Jede beliebige Firma kann heutzutage Übersetzer für den Touristenbedarf herstellen. Wir von Ohrschmuck bieten Ihnen eine ganze Bibliothek moderner europäischer Sprachen an, einschließlich gesetzlich geschützter Wortschätze, welche die moderne Umgangssprache sowie Fachsprachen abdecken. Es ist nicht leicht, unser Niveau sprachlicher Dienstleistungen aufrecht zu erhalten.]«

»Das leuchtet mir ein.«

»[Sollte unser Sharewarecollier Ihren persönlichen Ansprüchen genügen, wäre es nur angemessen, wenn Sie unsere Mühe belohnen würden. Finden Sie das nicht auch, Maya?]«

»Was wollen Sie eigentlich von mir?«

»[Wenn Sie uns siebenhundert Mark überweisen, statten wir Ihren Übersetzer mit den neuesten Wortschatzupdates aus. Darüber hinaus werden Sie bei uns registriert, erhalten Unterstützung im Problemfall und können sich mit Fragen an uns wenden.]«

»Sollte ich jemals eine solche Summe besitzen, werde ich Ihnen das Geld bestimmt überweisen.«

»[Wir halten den Preis für angemessen, Benutzerin Maya. Wir verlassen uns darauf, dass Sie uns bezahlen werden. Unser Geschäft basiert auf gegenseitigem Vertrauen. Wir wissen, dass wir Ihnen vertrauen können. Schließlich vertrauen Sie unserem Gerät das Trommelfell Ihres rechten Ohrs an, ein sehr zartes und intimes Organ. Wir glauben, dass gegenseitiger Respekt zu einer langen Bindung führen wird. Unsere Netzadresse ist überall auf der Welt erreichbar und nimmt auch Bargeld entgegen. Wir freuen uns darauf, in Kürze von Ihnen zu hören.]«

Um Mitternacht war sie wieder in Prag angelangt, bepackt mit ihrem Rucksack und einer Einkaufstüte, ein wenig schwindelig, erschöpft, mit Blasen an den Füßen und von Schmerzen geplagt. Prag aber sah wunderschön aus. So solide, so anorganisch, so gegenwärtig, so wundervoll alt. Die Bartolomejskastraße sah wundervoll aus. Das Haus sah wundervoll aus. Vor Emils Tür zögerte sie kurz, dann stieg sie die Treppe zu Frau Najadovas Wohnung hoch.

»Was gibt es?« Frau Najadova stutzte, musterte Maya von oben bis unten. »Was hat er Ihnen angetan?«

»Es gibt gewisse Tage im Monat, an denen eine Frau Zeit für sich selber braucht. Aber das versteht er nicht.«

»Ach, dieser schmutzige, gedankenlose Grobian. Das sieht ihm ähnlich. Kommen Sie rein. Ich sehe gerade fern.« Frau Najadova bot ihr einen Platz auf dem Sofa an. Sie holte Maya eine Decke und ein Heizkissen und machte ihr einen Frappé. Dann nahm sie in einem Schaukelstuhl Platz und beschäftigte sich mit ihrem Notebook, während der Fernseher auf tschechisch daherplapperte.

Frau Najadovas Wohnzimmer war vollgestopft mit Weidenkörben, Krügen, Flaschen, Treibholz, Vogeleiern, Nippes. Darunter eine blaue Glasvase mit einem Strauß Gewächshauslilien. Und ausgesprochen nostalgische Erinnerungsstücke an Herrn Najad, einen großen, stämmigen Burschen mit breitem Grinsen, der offenbar Skilaufen und Angeln gemocht hatte. Dem Schnitt seiner Sportkleidung nach zu schließen, war er entweder tot oder seit mindestens zwanzig Jahren abwesend.

Beim Betrachten der Fotos verspürte Maya jähes Mitgefühl mit all den Frauen, die ein Menschenleben lang verheiratet gewesen waren und ihren Mann geliebt und überlebt hatten. Mit all den echten und virtuellen Witwen und denen, die nach dem Witwenstand strebten oder denen er auferlegt worden war. Man konnte über die Sexualität hinauswachsen, aber ganz darüber hinwegkommen, das konnte man nicht – so wenig wie über die eigene Kindheit.

Mayas goldener Vogel meldete sich zu Wort. Neuerdings sagte er die Stunden an, mit leisen, aber deutlich vernehmbaren Kuckucksrufen, offenbar ein taktvoller Hinweis auf die ohne Bezahlung verstreichende Zeit. Sie steckte sich den Vogel ins Ohr. Sogleich übersetzte er das Fernsehergebrabbel.

»[Eigentlich sind wir eine Spezies des ontologischen Übergangs]«, sagte der Fernseher. Es war Aquinas, der Hund mit der deutschen Talkshow. Der Hund war tschechisch synchronisiert. »[Was ich als meine Intelligenz bezeichne, hat seinen Ursprung in drei Welten. In meiner angeborenen hündischen Erkenntnisfähigkeit. In dem künstlichen intelligenten Netzwerk außerhalb meines Schädels. Und in den internen Schaltungen, die in den Zwischenräumen meines Hundehirns gewachsen sind, programmiert mit menschlicher Sprache. Wo innerhalb dieser dreifachen Intelligenz ist nun meine Identität angesiedelt? Bin ich das Anhängsel eines Computers oder ein Hund mit einem cybernetischen Bewusstsein? Und welcher Anteil dessen, was ich als Denken bezeichne, beruht lediglich auf meiner flüssigen Ausdrucksweise?]«

»[Ich nehme an, dieses Problem stellt sich jedem Talkshowmoderator]«, pflichtete der Gast ihm bei.

»[Ich verfüge über bemerkenswerte kognitive Fähigkeiten. Beispielsweise vermag ich mathetische Probleme beinahe jeden Schwierigkeitsgrades zu lösen. Gleichwohl versteht mein Hundehirn so gut wie nichts von Zahlen. Ich löse die Probleme, ohne sie zu verstehen.]«

»[Das Verständnis der Mathematik stellt eines der größten intellektuellen Vergnügen dar. Ich bedaure, dass Ihnen diese geistige Erfahrung abgeht, Aquinas.]«

Der Hund nickte wissend. Ungeachtet seiner Kleidung war es eigenartig, einen Hund im Verlauf einer Unterhaltung nicken zu sehen. »[Diese Einschätzung bedeutet mir umso mehr, als sie von Ihnen kommt, Professor Harald. Sie sind ein Mann mit großen wissenschaftlichen Meriten.]«

»[Wir haben mehr gemeinsam, als der Laie meinen mag]«, erklärte der Professor huldvoll. »[Schließlich besitzt jedes Säugetierhirn, das menschliche Gehirn eingeschlossen, zahlreiche funktionale Bereiche mit unterschiedlichen kognitiven Fähigkeiten. Ich muss Ihnen etwas gestehen, Aquinas. Die moderne Mathematik ist ohne Rechnerunterstützung undenkbar. Ich habe mir einen Simulator implantieren lassen]« – der Gast tippte sich taktvoll an die gefurchte Stirn – »[und bin doch nicht in der Lage, die Lösungen zu fühlen, obwohl ich sie laut ausspreche und intuitiv spüre, dass sie richtig sind.]«

»[Beschäftigen Sie sich manchmal im Schlaf mit Mathematik, Professor?]«

»[Ständig. Auf diese Weise komme ich zu meinen besten Ergebnissen.]«

»[Bei mir ist es auch so. Im Schlaf – vielleicht treffen sich die Säugetiere in diesem Punkt.]«

Der Professor schüttelte dem Hund bedächtig die elegante Greifpfote. Das Publikum spendete höflichen Beifall.

4

Maya erwachte gegen fünf Uhr früh. Ihre Fingernägel juckten, als passten sie nicht mehr auf die Finger. Die Hormone in ihrem Blut veranlassten die Nägel, wie tropischer Bambus zu sprießen. Die Deckhaut wuchs unregelmäßig, das Keratin war eigenartig dünn. Die Nägel kamen ihr künstlich vor.

Sie erhob sich von Frau Najadovas Sofa, schnappte sich den Rucksack, schlüpfte lautlos aus der Tür, stieg die Treppe hinunter und betrat Emils Atelier. Emil war allein und schlief tief und fest. Am liebsten hätte sie sich zu ihm gelegt und weitergeschlafen, widerstand aber der Versuchung. Sie fühlte sich nicht mehr wohl in der eigenen Haut. Da hätte sie die Nähe zu ihm kaum ertragen.

Sie suchte ihre rote Jacke und fand sie. Sie schenkte sich Wasser ein, dann wühlte sie in ihrer Schmerzmittelsammlung. Sie entschied sich, keine Pillen mehr zu nehmen. Vielleicht würde sie sie bald dringend brauchen, und die Apotheker waren nicht überall so verständnisvoll wie in Stuttgart.

Emil erwachte und setzte sich im Bett auf. Er musterte sie verständnislos, aber höflich, dann zog er sich die Decke übers Gesicht und schlief weiter. Maya packte methodisch ihren Rucksack. Dann trat sie auf den Korridor. Sie wusste nicht, ob sie jemals hierher zurückkehren würde. Der Abschied fiel ihr nicht schwer.

Sie trat auf die von Sternen erhellte Straße hinaus, betrat eine mild leuchtende Netzzelle und rief die Hilfefunktion auf. Die Netzberatung war wie immer hervorragend. Sie ließ sich mit der Netsite in San Francisco und gleichzeitig mit Mr. Stuart verbinden.

»Was kann ich an diesem schönen Abend für Sie tun?«, sagte Stuart mit zweihundertfünfzig Millisekunden Verzögerung, aber völlig klarer Stimme.

»Mr. Stuart, ich bin seit langem Ihr Kunde und brauche Zugang zu einem Cyberraum mit veralteten Protokollen.«

»Also, Ma'am, wenn wir sie auf Lager haben, ist das kein Problem. Besuchen Sie mich in meinem Schuppen.«

»Zufällig bin ich gerade in Prag.«

»Prag ist wirklich eine schöne Stadt«, bemerkte Stuart ohne jedes Erstaunen. »Wenn der Preis stimmt, kann ich Sie verbinden, falls Ihnen die Verzögerung nichts ausmacht, ist das kein Problem. Weshalb legen Sie nicht auf und loggen sich über unseren Primärserver ein?«

»Nein, nein – das ist sehr großzügig von Ihnen, aber ich habe mich gefragt, ob Sie hier in Prag vielleicht einen Kollegen kennen, der Verständnis hätte für meinen Wunsch nach Diskretion. Können Sie mir nicht jemanden empfehlen? In diesen Dingen vertraue ich auf Ihr Urteil. Bedingungslos.«

»Sie vertrauen also meinem Urteil? Bedingungslos?«

»Ja.«

»Das ist wirklich nett. Vertrauen ist die wesentliche

globale Infrastruktur. Wollen Sie mir nicht sagen, wer Sie sind?«

»Nein. Ich würde ja gern, aber … dafür haben Sie doch sicherlich Verständnis.«

»Also schön. Dann will ich mal diese nützliche Geschäftsbeziehung anrufen. Ich melde mich gleich wieder.«

Mayas zarte Fingerspitzen zuckten.

»Versuchen Sie es mal im Zugangsbüro in Narodni Obrany in Prag Sechs. Fragen Sie nach Bozhena.«

»Ist gut, habe verstanden. Vielen Dank.« Sie legte auf.

Sie suchte sich die Adresse auf einem Stadtplan des Sozialdienstes heraus und machte sich auf den Weg. Es war ein langer Weg durch Dunkelheit und Kälte. Menschenleeres Kopfsteinpflaster. Geschlossene Läden. Einsamkeit. Hohe Wolken und Mondschein auf dem Fluss. Das unwirkliche Leuchten des Hradschin, der die Altstadt überragenden Burg, die so alt war wie die Aristokratie, welche einmal über Europa geherrscht hatte. All die vielen Türme des schlafenden Prag. Schmiedeeiserne Laternen, Statuen, Ziegeldächer, dunkle Torbögen und verschwiegene Durchgänge, streunende großäugige Katzen. Was für eine Stadt – ihre Geschichte war weit realer als die Stadt selbst.

Allmählich bekam sie Blasen an den Füßen. Die Rucksackriemen schnitten in ihre Schultern. Dieser Schmerz und die Erschöpfung versetzten sie in einen Zustand der Hellsichtigkeit. Regelmäßig blieb sie stehen, peilte durch den Sucher der Kamera, brachte es aber nicht über sich, ein Foto zu machen. Sobald das Gerät ihr Gesicht berührte, zeigte ihr der Sucher bloß Lügen. Dann auf einmal fand sie die Lösung: die Linse saß weiter hinten. Alle Kameralinsen saßen hinter der Kamera. Sie bemühte sich so sehr, sich an die Welt zu binden, doch ihr eigentliches Thema lag hinter ihren Lidern.

Am frühen Morgen hatte sie die Adresse gefunden. Sie stand vor einem abweisend wirkenden Gebäude, dessen verwitterter, noch aus der Kommunistenära stammende Beton längst zerbröselt und mit modernem, grünlichem Plastikschaum ausgebessert worden war. Es hatte noch geschlossen. An den Türen waren dezente Plakate in blau-weiß befestigt, die Maya jedoch nicht lesen konnte.

Sie setzte sich in ein Frühstückscafé, wärmte sich auf, aß etwas, erneuerte ihr Make-up und beobachtete, wie das Leben mit dem behäbigen Klappern der Fahrräder zurückkehrte. Als die Eingangstür des Gebäudes zum vorprogrammierten Zeitpunkt aufging, trat sie als erste ein.

Die Netsite lag im dritten Stock, am Ende der Treppe. Die Tür war noch verschlossen. Maya schleppte sich auf ihren wunden Füßen auf die Toilette, setzte sich in eine Kabine, schloss die Augen und döste ein wenig.

Beim nächsten Versuch war die Tür angelehnt. Dahinter entdeckte sie wundervolle Gewölbedecken, Türen mit Messingklinken, in Plastik eingeschweißte Bedienungsanleitungen, uralte Geräte, miteinander durch ein Kabelgewirr verbunden. Die Fenster waren zugemauert. Die getünchten Wände waren fleckig, und in den Ecken hingen Spinnweben.

Bozhena bürstete sich gerade das Haar, verspeiste Frühstücksbrötchen und trank tierische Milch aus einer Flasche. Für eine Frau im fortgeschrittenen Alter hatte Bozhena ausgesprochen üppiges Haar. Auch ihre Zähne waren eindrucksvoll: so groß wie Grabsteine, tadellos erhalten und strahlend weiß.

»Sie sind bestimmt Bozhena. Guten Morgen.«

»Guten Morgen und willkommen im Koordinierten Zugangsbüro.« Bozhena war offenbar stolz auf ihr unbeholfenes Technikerenglisch. »Was wünschen Sie?«

»Ich brauche einen Touchscreen, um mich in einen

Erinnerungspalast aus den Sechzigern einzuloggen. Mein Kontaktmann in San Francisco hat mir versichert, Sie würden die notwendige Diskretion gewährleisten.«

»Aber ja, wir sind hier im Zugangsbüro sehr diskret«, versicherte ihr Bozhena. »Und völlig veraltet! Alte Paläste, alte Burgen, Labyrinthe und Verliese! Das ist unsere hiesige Spezialität.« Bozhena fasste sich unvermittelt an den Ohrhörer, wandte sich von der Theke ab und zog sich in ein vollgestopftes Hinterzimmer zurück.

Die Zeit verstrich nur langsam. Staubteilchen tanzten in den Lichtkegeln der wenigen Deckenstrahler. Die Netzgeräte hockten so reglos da wie nutzlose Hydranten.

Vier ältere tschechische Damen, offenbar Angestellte, betraten nacheinander das Büro. Sie hatten ihr Frühstück und ihr Strickzeug dabei. Eine hatte sogar ihre Katze mitgebracht.

Nach einer Weile näherte sich ihr eine der Frauen gähnend mit einem Touchscreen, setzte ihn auf die Theke, machte ein Kreuz auf einer Liste und entfernte sich wortlos. Maya hob den Touchscreen aus der körnigen Plastikbox und pustete den Staub weg. Vom Touchscreen blätterten unleserliche Aufkleber ab. Alter präelektronischer Text, die tschechische Orthographie aus der Zeit vor der europäischen Rechtschreibreform. Kleine Kreise, eigentümliche Einschaltungszeichen, eine Unmenge von Akuten, Zirkumflexen und Betonungszeichen, sodass die Worte wie in Stacheldraht gehüllt waren.

Bozhena kam wieder herbeigeschlendert, raffte umständlich den wadenlangen grauen Rock und nahm hinter ihrem einschüchternd wirkenden Plastikschreibtisch Platz. Nacheinander wühlte sie in sechs Schubladen. Schließlich legte sie einen hübschen gläsernen Briefbeschwerer auf den Tisch und begann damit herumzuspielen.

»Entschuldigen Sie«, sagte Maya. »Haben Sie zufällig Material über Josef Novak?«

Bozhenas Gesichtszüge erstarrten. Sie erhob sich und kam hinter der Theke hervor. »Weshalb interessieren Sie sich für Mr. Novak? Wer hat Ihnen gesagt, wir hätten Informationen über ihn archiviert?«

»Ich bin Mr. Novaks neue Schülerin«, log Maya lächelnd. »Er unterrichtet mich in Fotografie.«

In Bozhenas Zügen spiegelte sich tiefe Verwirrung wieder. »Sie? Warum? Novaks Schülerin? Aber Sie sind nicht von hier. Was hat der arme Kerl denn jetzt schon wieder angestellt?« Bozhena holte eine Bürste aus der Handtasche und striegelte sich mit frischer Energie das Haar.

Die Tür ging auf, und zwei tschechische Polizisten in pinkfarbenen Uniformen traten ein. Sie setzten sich an einen Holztisch, schalteten einen Bildschirm ein und tranken heiße Aufgüsse aus Pappbechern.

Auf einmal hielt Maya es nicht mehr für ausgeschlossen, dass Mr. Stuart sie geradewegs zu einer Prager Polizeistation geschickt hatte. Diese Leute waren bestimmt alle Polizisten. Das war eine Rechercheeinrichtung der Polizei. Sie war umringt von tschechischen Cyberpolizisten. Gewiss, die Netsite war antiquarisch – aber bloß deshalb, weil die tschechische Polizei denkbar schlecht ausgerüstet war.

»Kennen Sie Helene?«, fragte Maya beiläufig und stützte sich auf die Theke. »Helene Vauxcelles-Serusier?«

»Die Witwe kommt und geht«, meinte Bozhena achselzuckend und betrachtete ihre Fingernägel. »Ständig. Keine Ahnung, wieso. Für uns hat sie nie ein gutes Wort übrig.«

»Ich muss sie heute noch anrufen und ein paar Dinge mit ihr klären. Kennen Sie zufällig Helenes Netzadresse?«

»Das hier ist eine Netsite, keine Auskunft«, erwiderte Bozhena scharf. »Wir helfen Ihnen gern, wir sind offen und freundlich in Prag, wir haben nichts zu verbergen! Die Witwe aber wohnt nicht in Prag, daher geht sie mich auch nichts an.«

»Hören Sie«, sagte Maya, »wenn Sie mir mit Novak nicht weiterhelfen wollen, dann brauchen Sie es bloß zu sagen.«

»Das habe ich nicht gemeint«, entgegnete Bozhena.

»Ich kenne nämlich noch andere Kanäle und verfüge über eine Menge Kontakte, wissen Sie.«

»Das glaube ich Ihnen aufs Wort, Miss America«, sagte Bozhena mit ätzender Ironie.

Maya rieb sich die geröteten Augen. »Also gut, machen wir uns doch nicht gegenseitig das Leben schwer«, sagte sie. »Ich werde mir jetzt einen Weg durch das Gewühl Ihrer Kunden bahnen und dem alten magnetischen Trackerset einen Lebensfunken entlocken. Und wir tun beide so, als wäre nichts passiert. Okay?«

Bozhena schwieg. Sie zog sich wieder hinter die Theke zurück.

Die Angst und das Adrenalin hatten Maya unbesiegbar gemacht. Irgendwo fand sie Brille und Handschuhe. Auf einmal musste sie daran denken, dass Leute, die mit Brille und Handschuhen zugange waren, niemals gestört wurden. Die Brille und die Handschuhe würden sie unsichtbar machen.

Sie schaffte es, das uralte Gerät in Gang zu bringen, und gab die Passgeste ein. Dabei kam es ihr so vor, als beschwöre sie den Erinnerungspalast mit bloßer Willenskraft herauf.

Das schon vertraute Architektenbüro tauchte um sie herum auf und bedeckte die einen Handbreit vor ihren feuchten Augäpfeln befindlichen Displays. Jemand hatte sich an der Tafel zu schaffen gemacht. Neben dem lockigen Kilroy-Gesicht und dem grünlichen Schriftzug

MAYA WAS HERE stand nun in Druckbuchstaben MAYA, HIER DRÜCKEN. Darunter befand sich ein mit bunter Kreide gemalter Knopf.

Nach kurzem Überlegen drückte Maya auf den bunten Knopf auf der Tafel. Die Handschuhe machten einen soliden Eindruck, doch nichts geschah.

Sie ließ den Blick durchs virtuelle Büro schweifen. Es wimmelte von Geckos. Überall waren Reparaturgeckos bei der Arbeit, manche so groß wie Brotlaibe, während andere wie Ameisen umherwimmelten. Der kaputte Tisch war verschwunden. Die Pflanzen im Garten waren diesmal besser gerendert. Sie wirkten fast natürlich.

Einer der Sessel erlitt eine plötzliche Identitätskrise und verwandelte sich mittels Morphing in Benedetta. Die virtuelle Benedetta trug ein schwarzes Cocktailkleid und eine kurze pinkfarbene Jacke mit schwarzem Besatz. Sie hatte die unnatürlich langen Beine einer Modezeichnung; die Absätze ihrer Schuhe waren unglaublich hoch. Das Gesicht wies eine große Ähnlichkeit mit Benedetta auf, bloß das Haar war schlecht geraten. Virtuelles Haar wirkte fast immer unnatürlich, entweder wie aus Gummi oder wie eine hyperaktive Subroutine der Medusa. Benedetta hatte sich bedauerlicherweise für eine bohemienhafte Medusa-Variante entschieden, was die Übertragungskapazität beinahe überforderte. Als sie eine rasche Bewegung vollführte, löste sich die Frisur teilweise auf.

Das virtuelle Model bewegte lautlos die Lippen. »Ciao, Maya.«

Maya entdeckte an der Brille ein herabhängendes Kabel und steckte sich das Ende ins Ohr. »Ciao, Benedetta.«

Benedetta vollführte einen kleinen Knicks. »Bist du überrascht?«

»Ich bin ein wenig enttäuscht«, sagte Maya. »Wird meine Stimme ordentlich übertragen?«

»Ja, ich verstehe dich gut.«

»Ich hätte nie geglaubt, dass du meine Passgeste stehlen und mein Vertrauen missbrauchen würdest. Wirklich, Benedetta, das war kindisch von dir.«

»Ich wollte dir nicht schaden«, erklärte Benedetta zerknirscht. »Ich wollte die Palastarchitektur und die historischen Details bewundern. Und die wundervollen veralteten Programmcodes.«

»Schon klar, Schätzchen. Und hast du die Pornos entdeckt?«

»Ja, natürlich habe ich die Pornos gefunden. Aber ich habe ein kleines Problem, und deshalb« – Bendetta deutete auf die Tafel – »habe ich dir den Rufknopf hinterlassen. Ein kleines Problem mit dem Palast.«

»Ja, das haben wir wohl.«

»Irgendetwas geht hier vor. Irgendetwas lebt hier.«

»Etwas, das du in Gang gesetzt hast, oder etwas, das schon da war?«

»Das kann ich dir nicht sagen, denn ich weiß es nicht. Ich habe versucht, es herauszufinden, doch es ist mir nicht gelungen. Den anderen auch nicht.«

»Ich verstehe. Und wie viele ›andere‹ hast du hier hereingelassen?«

»Maya, dieser alte Palast ist riesig. Wundervoll geräumig. Es gibt hier eine Menge Platz. Niemand hat ihn benutzt, und es ist toll, dass es hier keine Netzpolizisten gibt. Bitte sei nicht eifersüchtig. Glaub mir, du hättest uns bestimmt nicht bemerkt. Wenn dieses kleine Problem nicht gewesen wäre.«

»Das sind keine guten Neuigkeiten.«

»Aber es gibt gute Neuigkeiten. In dem Palast ist Geld versteckt. Hast du das gewusst? Richtiges Geld! Beglaubigtes Alte-Leute-Geld!«

»Wunderbar. Und habt ihr mir Geld übrig gelassen?«

»Hör mal, ich möchte so gern mit dir reden. Über

alles Mögliche. Aber das ist wirklich kein guter Zeitpunkt. Ich spiele gerade mit meinem Vater Karten. Ich möchte eine solche Unterhaltung nicht vom Haus meines Vaters aus führen. Kannst du nach Bologna kommen und mich besuchen? Ich hätte dir eine Menge zu bieten. Ich möchte deine Freundin sein.«

»Vielleicht ginge das. Wie viel Geld hast du eigentlich entdeckt? Muss ich diese Schweizer Shareware-Nervensägen für das Diamantencollier bezahlen, das du mir geschenkt hast?«

»Mach dir wegen des Colliers keine Sorgen«, sagte Benedetta. »Ohrschmuck ist pleite. Sie haben zu viel verlangt, und kein Mensch hat gezahlt. Schenk das Collier einfach jemand anderem. Es fängt erst nach einem Monat an, einen zu nerven.«

»Du bist ein richtiger Schatz.«

»Ich ruf dich später nochmal an, Maya. Das war nicht nett von mir, ich geb's zu. Wenn du mir eine Chance gibst, mache ich's wieder gut! Aber noch was, ich kann dir eine viel bessere Online-Präsenz verschaffen – weißt du, dass du mir wie ein großer, hässlicher blauer Block erscheinst? Wo bist du im Moment?«

»Das geht dich nichts an. Hinterlass mir bei Paul eine Nachricht.«

Benedettas virtueller Mund dehnte sich überrascht. »Du hast Paul doch hoffentlich nichts von dem Palast erzählt?«

»Weshalb hätte ich Paul nicht davon erzählen sollen?«

»Schätzchen, Paul ist reiner Theoretiker. Ich bin Praktikerin.«

»Vielleicht bin ich auch eine Theoretikerin.«

»Das glaube ich nicht«, sagte Benedetta. »Ganz bestimmt nicht. Oder sollte ich mich täuschen?«

Maya überlegte. »Also gut, wenn Paul nichts erfahren soll, dann hinterlass mir eine Nachricht im Tête. Ich bin fast täglich dort. Ich verstehe mich ziemlich gut mit Klaus.«

»Ist gut. Im Tête. Das ist ein guter Vorschlag. Klaus ist in Ordnung, er ist ja so diskret. Jetzt muss ich aber wirklich Schluss machen.« Benedetta morphte. Der Stuhl stellte sich wieder her, lag allerdings jetzt auf dem Boden.

Maya versuchte, den umgekippten Stuhl wieder aufzurichten. Mit den Handschuhen griff sie wiederholt hindurch; die ontologische Sinnlosigkeit fehlerhafter Software. Sie mühte sich eine ganze Weile mit dem Stuhl ab und probierte in gebückter Haltung unterschiedliche Winkel aus.

Plötzlich hatte sie das Gefühl, nicht mehr allein zu sein. Sie blickte sich verstohlen im Büro um, ohne sich zu rühren. Die virtuelle Wesenheit sickerte durch die Wände, bewegte sich wie ein Windhauch durch ihre Projektion hindurch, entschwand durch die gegenüberliegende Wand. Ein gebrochenes Leuchten durchwaberte die rechnergenerierte Substanz.

Maya riss sich Brille und Ohrhörer herunter. Sie streifte sich die Handschuhe von den geschwollenen Fingern. Sie schaltete das Gerät ab. Dann betrachtete sie die verschwitzte Ausrüstung, voller Bedauern darüber, dass sie auf tschechischer Polizeiausrüstung eine belastende Wolke menschlicher DNS zurückgelassen hatte. Sie rieb ein wenig mit dem Ärmel an der Brille, als könnte ihr diese symbolhafte Geste etwas nützen. DNS war mikroskopisch. Die Beweise waren überall verteilt und allgegenwärtig. Die Wahrheit lag unterhalb der Bewusstseinsschwelle verborgen, genau wie die Mikroben.

Ein Verbrechen aber war erst dann ein Verbrechen, wenn man sich erwischen ließ.

Sie beschloss, den praktischen Touchscreen nicht mitgehen zu lassen.

Sie war jetzt müde, daher stieg sie in einen Zug und schlief zwei Stunden lang, während sie unter der Stadt hin und her fuhr. Dann betrat sie eine Netsite an der Malostranska U-Bahnstation und bat um Informationen über Josef Novak. Sogleich wurde seine Adresse angezeigt. Maya fuhr mit der U-Bahn zurück nach Karlovo Namesti und schleppte sich zu Josef Novaks Wohnung. Das Haus sah nicht sonderlich einladend aus. Sie zog den Stadtplan zu Rate, überprüfte zweimal die Adresse, dann drückte sie den Klingelknopf. Keine Reaktion. Sie drückte fester, worauf die defekte Türglocke in ihrem Gehäuse schnarrte.

Sie schlug mit der Faust gegen die eisengerahmte Holztür. Von innen kamen gedämpfte Geräusche, doch niemand öffnete ihr. Sie schlug fester zu.

Eine ältere Tschechin öffnete die Tür, die mit einer kurzen Messingkette gesichert war. Sie trug ein Kopftuch und eine Cyberbrille. »[Was wollen Sie?]«

»Ich möchte zu Josef Novak. Ich muss mit ihm sprechen.«

»[Ich spreche nicht englisch. Josef empfängt keine Besuche. Zumal keine Touristen. Gehen Sie.]« Die Tür wurde zugeschlagen.

Maya entfernte sich und aß etwas Chutovky mit Knedliky. Diese kleinen Rückschläge waren sehr nützlich. Wenn sie jedes Mal etwas aß, wenn sie ausgesperrt oder hinausgeworfen wurde, würde sie bei guter Gesundheit bleiben. Nachdem sie noch einen Pappbecher mit schmackhaftem Regierungs-Pudding verzehrt hatte, kehrte sie zu Novaks Haus zurück und klopfte erneut.

Dieselbe Frau öffnete ihr, diesmal mit einem dicken Nachthemd bekleidet. »[Sie schon wieder! Das Mädchen, das nach Stuttgart riecht. Lassen Sie uns in Ruhe, Sie sind unhöflich, und es hat überhaupt keinen Zweck.]« Wumm.

Eine weitere nützliche Erinnerung. Maya ging ein

paar Straßen weiter zu Emils Atelier. Emil war nicht da. Seine Abwesenheit hätte sie beunruhigen können, doch aus dem Zustand seiner Küche schloss sie, dass er essen gegangen war. Sie wischte und putzte eine Weile herum, dann nebelte sie das Atelier mit gewissen Substanzen ein, die sie in Stuttgart erstanden hatte. Alsbald roch es nach frischen Bananen. Dieser Sieg über die unsichtbare Welt der Mikroben erfüllte Maya mit großer Genugtuung. Sie ging in der kalten Dunkelheit zurück zu Novaks Haus und klopfte erneut.

Diesmal wurde die Tür von einem gebeugten weißhaarigen Mann geöffnet. Er trug eine einarmige schwarze Jacke. Der alte Mann hatte nur noch einen Arm. »[Was wollen Sie?]«

»Sprechen Sie englisch, Mr. Novak?«

»Wenn es sein muss.«

»Ich bin Ihre neue Schülerin. Ich heiße Maya.«

»Ich nehme keine Schüler an«, erwiderte Novak höflich, »und reise morgen nach Rom.«

»Dann reise ich morgen ebenfalls nach Rom.«

Novak musterte sie aus dem Lichtkeil hervor, der aus der kettengesicherten Tür fiel.

»Glaslabyrinth«, sagte Maya. *»Die Skulpturgärten. Die Wasser-Anima. Verschwundene Statuen.«*

Novak seufzte. »Die Titel haben auf englisch einen schlechten Klang … Na ja, ich glaube, du solltest wohl besser reinkommen.«

Die Wände von Novaks Erdgeschosswohnung waren eine Bienenwabe aus Holz; eine Phantasmagorie sechseckiger Regalelemente. Darin untergebracht waren Holzpuppen mit beweglichen Gliedern. Glassachen. Schnitzwerkzeuge. Federn. Weidenruten. Briefmarken. Steineier. Murmeln. Schreibfedern und Büroklammern. Brillengläser. Reliefmasken. Kompasse und Sanduhren. Medaillen. Gürtelschnallen. Billige Pfeifen und Blechspielzeug zum Aufziehen. Einige Elemente waren bis zum Platzen vollgestopft. Andere wiederum waren nur sparsam bestückt, einige wenige ganz leer. Wie ein hölzerner Bienenstock, bewohnt von einer intelligenten Rasse zeitreisender Bienen.

Im Raum gab es Arbeitstische, aber keine Sitzgelegenheit. Der Holzboden war gebohnert und glänzte.

Von der Treppe rief eine schläfrige Frauenstimme herunter: »[Was gibt es?]«

»[Wir haben einen Gast]«, antwortete Novak. Er fischte ein emailliertes Feuerzeug aus seiner weiten Hosentasche.

»[Schon wieder diese lästige Amerikanerin mit dem kurzen Haar?]«

»[So ist es.]« Das Feuerzeug klickte, und Novak entzündete nacheinander die Kerzen eines Kandelabers, bis sechs Flammen brannten. Die Deckenbeleuchtung ging aus. Der Raum war in tiefgelbes Licht gehüllt. »[Würdest du uns einen Sitzsack herunterbringen, Schatz?]«

»[Es ist schon zu spät. Sag ihr, sie soll weggehen.]«

»[Sie ist sehr hübsch]«, sagte Novak. »[Für die hübschen gibt es manchmal Verwendung.]«

Schweigen. Dann kamen zwei schwarze Sitzsäcke wie Blutwürste die kerzenerhellte Treppe heruntergeschlittert.

Novak setzte sich auf seinen Sack und bedeutete Maya mit der Linken, ebenfalls Platz zu nehmen. Er schien mit dem Verlust des rechten Arms ausgezeichnet zurecht zu kommen, so als wäre ein Arm völlig ausreichend.

Maya wuchtete ihren Rucksack auf den Holzboden. Sie setzte sich. »Ich möchte fotografieren lernen.«

»Fotografieren.« Novak nickte. »Die Fotografie ist wundervoll! So real, so lebensecht. Wenn man ein Zyklop ist. Wie angewurzelt. Für eine fünftausendstel Sekunde.«

»Ich weiß, Sie können es mir beibringen.«

»Ja, ich habe früher Fotografie gelehrt«, räumte Novak wie unter Qualen ein. »Ich habe anderen beigebracht, wie eine Kamera zu sehen. Was für eine Errungenschaft! Schau dir doch bloß mal mein armseliges kleines Haus an. Ich war neunzig Jahre lang Fotograf – neunzig Jahre! Und was haben wir für all die harte Arbeit bekommen, die alte Frau und ich? Nichts. All die schrecklichen Wirtschaftskrisen! Die Abwertungen! Die ruinösen Steuern! Aufstände und Säuberungen! Politische Wirren. Seuchen! Bankzusammenbrüche! Nichts ist sicher, nichts ist von Dauer.«

Novak musterte sie voll resignativem Misstrauen; von einem Moment auf den anderen wirkte er bäurisch-durchtrieben mit seinen abstehenden Ohren, den struppigen Augenbrauen und der geschwollenen Altmännernase, die an eine Kartoffel erinnerte. »Wir besitzen nichts, wir haben kein Vermögen. Wir sind alte Leute, aber wir können dir nichts bieten, Mädchen. Du solltest fortgehen, dann ersparst du uns allen Ärger.«

»Aber Sie sind berühmt.«

»Ich habe meinen Ruhm überlebt, ich bin vergessen. Ich mache nur deshalb weiter, weil ich nicht anders kann.«

Maya blickte sich im Wohnzimmer um. Eine einzigartige Mischung aus eklektischem Krimskrams und äußerster Sauberkeit. Zahllose kleine Objekte aus dem Grenzbereich von Kunst und Kitsch. Eine Bibliothek vom Zahn der Zeit angenagter technischer Spielereien. Gleichwohl war kein einziges Staubkörnchen zu sehen. Wer die Musen verehrt, betreut am Ende ein Museum.

Die brennenden Kerzen schmolzen ihre weißen Flammen in die Wachsschäfte ein. Dem weißhaarigen Novak machte das lang währende Schweigen offenbar nichts aus.

Maya deutete auf ein Fach weit oben im Bienenwabenregal. »Diese Kristallvase«, sagte sie, »diese Karaffe.«

»Altes böhmisches Glas«, meinte Novak.

»Sie ist wunderschön.«

Novak stieß einen leisen Pfiff aus. In der Wand neben der Küche öffnete sich eine Klapptür, und ein menschlicher Arm fiel heraus.

Der Arm landete mit dem fleischigen Klatschen der fünf gespreizten Finger auf dem Holzboden. Die nackte Schulter endete in einem gekräuselten Stummel, ähnlich dem Fuß einer Entenmuschel.

Der Arm krümmte sich und sprang, krümmte sich und sprang, kapriolte über den kerzenerhellten Boden. Er krümmte sich erneut und spannte sich, dann schlängelte er sich mit unglaublicher Geschwindigkeit in Novaks leeren Jackenärmel.

Novak verdrehte die Augen, zuckte ein wenig, dann hob er die künstliche Hand und bog die Finger.

Dann stützte er sich beiläufig auf den linken Ellbogen und langte weit durchs Zimmer. Der rechte Arm dehnte sich, die unbehaarte Haut wurde blasig und körnig, der Unterarm kontrahierte, bis er so dünn wie ein Vogelknochen war. Mit der weit entfernten Hand packte er die Karaffe. Als er den Arm wieder einzog, nahm dieser mit einem leisen inwendigen Knirschen wieder seine normale Größe an; es hörte sich an, als liefe jemand über Asche.

Er reichte Maya die Karaffe. Sie musterte das Gefäß im Kerzenschein.

»So etwas ähnliches habe ich schon einmal gesehen«, sagte sie. »Ich habe eine Zeit lang darin gelebt. Es war ein ganzes Universum.«

Novak zuckte die Achseln. Mit dem neuen Arm gelang ihm dies erstaunlich gut. »Die Dichter haben dies auch schon von einem einzigen Sandkorn behauptet.«

Maya schaute hoch. »Das Glas besteht aus Sand, nicht

wahr? Eine Kameralinse besteht aus Sand. Ein Datenbit ist ein einzelnes Sandkorn.«

Novak lächelte. »Ich habe eine gute Neuigkeit für dich«, sagte er. »Du gefällst mir.«

»Es ist wundervoll, das Glaslabyrinth zu halten«, sagte sie, die Karaffe in Händen wendend. »In virtueller Form kam es mir viel realer vor.« Sie reichte ihm das Gefäß zurück.

Novak betrachtete die Karaffe, streichelte mit der Linken darüber; die Rechte ähnelte einer handschuhförmigen Ansammlung von Gummipinzetten. »Das Gefäß ist sehr alt. Ein Stück vom Dachboden der Antike. Ach, die griechische Attika!« Er begann auf tschechisch zu rezitieren. »[Gestaltet mit marmornen Männern und Frauen und Ästen aus dem Wald und von Füßen zertretenem Kraut. Du stilles Gebilde. Du bewegst unseren Geist, als wärst du die Ewigkeit. Du Gedicht aus Eis! Wenn das Alter diese Generation dahinrafft, wirst du im Dickicht anderer Menschen Sorgen überdauern. Ein Freund der Menschheit. Du sprichst zu uns: ›Schönheit ist Wahrheit, und Wahrheit ist Schönheit.‹ Wir wissen nicht mehr, und mehr brauchen wir auch nicht zu wissen.]«

»War das ein Gedicht?«

»Ein altes englisches Gedicht.«

»Weshalb rezitieren sie es dann nicht auf englisch?«

»Das Englische hat keine Poesie. Bei der weltweiten Ausbreitung hat sie all ihre Poesie eingebüßt.«

Maya dachte darüber nach. Es klang pausibel und schien eine Menge zu erklären. »Finden Sie denn, dass das Gedicht auf tschechisch noch richtig klingt?«

»Das Tschechische ist eine veraltete Plattform«, sagte Novak. Er erhob sich, streckte den Arm wie Plastilin und stellte die Karaffe wieder auf ihren Platz.

»Wann brechen Sie auf?«, fragte Maya.

»Morgen. In aller Frühe.«

»Darf ich hier sitzen bleiben und auf Sie warten?«

»Wenn Sie mir versprechen, die Kerzen auszublasen«, antwortete Novak. Und stapfte die Treppe hoch. Zehn Minuten später kam sein Arm heruntergehüpft und verschwand hinter der Wandklappe.

Am Morgen brachen sie auf nach Rom. Frau Novakova hatte ihrem Mann einen gewaltigen Koffer mit Tragriemen gepackt. Novak verzichtete darauf, seine Armprothese mitzunehmen.

Maya schulterte ihren Rucksack. Brav erbot sie sich, Novaks Koffer zu tragen. Novak reichte ihn ihr bereitwillig. Er wog eine halbe Tonne. Novak sammelte sich, seufzte verstimmt, öffnete widerwillig die Tür und überquerte mit drei Schritten den alten Gehsteig. Am Bordstein parkte eine brandneue, funkelnde Limousine.

Maya verstaute das Gepäck im Kofferraum und stieg in den Wagen, der sich lautlos öffnete. »Weshalb kommt Ihre Frau nicht mit nach Rom?«

»Ach, diese geschäftlichen Anlässe sind äußerst öde, reine Verpflichtung. Sie langweilt sich dabei.«

»Wie lange sind Sie schon mit Milena verheiratet?«

»Seit 1994«, brummte Novak. »Mittlerweile besteht die Ehe nur noch auf dem Papier. Wir leben wie Bruder und Schwester zusammen.« Er rieb sich das Kinn. »Nein, das ist nicht ganz zutreffend. Wir haben die Bürde der Geschlechtlichkeit abgestreift. Wir bilden eine Art Lebensgemeinschaft.«

»Es kommt nicht oft vor, dass Menschen ein ganzes Jahrhundert lang verheiratet sind. Sie sind bestimmt sehr stolz darauf.«

»Machbar ist es schon. Man muss einander die schreckliche Vulgarität des geschlechtlichen Begehrens verzeihen – außerdem sind Milena und ich beide Sammler, wir werfen nicht gerne etwas weg.« Novak langte unter seinen Kragen und holte das Netzgerät hervor. Er tippte eine Adresse ein.

»Hallo?«, blaffte er. »Ah, Voice-Mail, ja?« Novak wechselte gereizt ins Tschechische. »[Gehen Sie mir immer noch aus dem Weg? Dann hören Sie mir mal zu, Sie Schmarotzer! Es ist einfach unglaublich – unvorstellbar! –, dass ein alter Invalide ohne rechten Arm, vergessen von der Welt, ohne richtiges Atelier und ohne professionelle Unterstützung, jährlich dreißigtausend Mark Umsatzsteuer zahlen soll! Das ist grotesk! Zumal was das Jahr 2095 angeht, ein Jahr mit äußerst kargen Einkünften! Und was soll dieses Gewäsch von wegen ausstehender Zahlungen? Sie verlangen eine Nachzahlung? Säumniszuschläge obendrein? Nachdem Sie uns haben ausbluten lassen? Einen Verdienten Künstler der Tschechischen Republik! Den fünfmaligen Gewinner des Preises der Stadt Prag! Nachdem Sie uns mit Ihren wahnsinnigen Nachstellungen an den Rand des Ruins getrieben haben! Das ist ein Skandal! Sie werden noch von mir hören, Sie skrupelloser Gauner.]« Er unterbrach die Verbindung.

»Man sagt es ihnen immer wieder«, klagte er. »Man überhäuft sie mit Attesten, Ersuchen, Dokumenten, die Korrespondenz zieht sich Jahr um Jahr hin! Ach, es ist zwecklos. Die sind wie Capeks Roboter.« Er schüttelte den Kopf, dann lächelte er grimmig. »Aber ich bin trotzdem guten Mutes! Denn ich bin sehr geduldig, deshalb werde ich sie aussitzen.«

Am Prager Flugplatz erwartete sie ein Privatflugzeug, eine elegante Maschine in Weiß, Silber und Pfauenblau. »Sehen Sie sich das mal an«, grollte Novak am Fuß der ausgeklappten perforierten Gangway. »Giancarlo hätte mir einen Steward mitschicken sollen. Er weiß doch, wie es um mich steht.«

»Lassen Sie mich Ihre Stewardess sein.« Maya öffnete den Kofferraum und holte das Gepäck heraus.

»Giancarlo ist ja so *di moda.* Sie sollten mal sein Schloss in Gstaad sehen, wo es von diesen Stuttgarter Krabben nur so wimmelt. Wenn die durchdrehen, bringen einen diese verrückten Maschinen glatt um. Schneiden einem mit ihren Zangen im Schlaf die Kehle durch.« Novak trat beiseite, und Maya schleppte das schwere Gepäck ins Flugzeug. Anschließend stieg er hurtig die Gangway hoch.

Es gab keine Sitzsäcke. Maya sah sich verwirrt um. Als Novak Anstalten machte, sich auf den Boden zu setzen, entfaltete sich unter ihm lautlos und mit wahnsinniger Geschwindigkeit ein Sessel. Der Boden ähnelte edlem italienischem Marmor, doch wenn man sich setzte, stieß er blitzschnell einen durchsichtigen, luftgefüllten Sessel aus. Auch Maya setzte sich und wurde ebenfalls von einem Sessel aufgefangen. »Ein hübsches Flugzeug«, sagte sie, die nachgiebigen Armlehnen tätschelnd.

»Danke, Madam«, sagte das Flugzeug. »Sind Sie bereit zum Abflug?«

»Ich denke schon«, knurrte Novak. Die langen, schlanken Flügel begannen lautlos zu vibrieren. Das Flugzeug stieg senkrecht in die Luft.

Novak blickte in schweigender Konzentration aus dem Fenster, bis sein geliebtes Prag nicht mehr zu sehen war. Dann wandte er sich an Maya.

»Arbeitest du als Model? Ja, bestimmt«, sagte er.

»Manchmal.«

»Hast du eine Agentur?«

»Nein. Ich habe noch nie Geld dafür bekommen.« Sie stockte. »Ich will nicht für Geld als Model arbeiten. Aber wenn Sie möchten, stehe ich Ihnen Modell.«

»Kannst du Kleider herzeigen? Weißt du, wie man richtig geht?«

»Ich habe beobachtet, wie Models gehen ... Aber nein, ich weiß es nicht.«

»Dann bringe ich's dir bei«, sagte Novak. »Pass gut auf, wie ich die Füße setze.« Als sie aufstanden, verschwanden die Sessel so blitzartig wie geplatzte Seifenblasen. Jetzt hatten sie eine Menge Platz zum Üben.

Im Jahr 2065 unterzog Innozenz XIV. sich als erster Papst einer Lebensverlängerung. Die Details der Behandlung blieben geheim, eine seltene und sehr diplomatische Ausnahme von der üblichen Praxis totaler medizinischer Offenheit. Die Entscheidung des Papstes sowie die damit einhergehende tief greifende Verletzung des gottgegebenen Gesetzes, wonach jedem Lebewesen eine bestimmte Lebensspanne zubemessen ist, stellte den normalen Prozess der päpstlichen Nachfolge infrage und stürzte die Kirche in eine Krise.

Die Kardinalsversammlung, welche die Implikationen der päpstlichen Handlungsweise beraten wollte, erlebte eine göttliche Vision. Ihre spirituelle Verzückung, ihr ekstatisches Tanzen und das Reden in Zungen hatten auf Skeptiker die Wirkung einer chemisch induzierten Halluzination. Diejenigen aber, welche bei der Herabkunft des heiligen Geistes zugegen gewesen waren, hegten keinerlei Zweifel an seinem göttlichen Ursprung. Die Kirche hatte die lieblosen Spekulationen der Skeptiker bislang stets überlebt.

Auf diese göttliche Offenbarung folgte alsbald die offizielle kirchliche Missbilligung gewisser Methoden der Posthumanisierung. Stattdessen empfahl die Kirche nun ihre eigenen lebensverlängernden Techniken. Diese anerkannten medizinischen Prozeduren wie auch die modernen Abendmahlsfeiern mit entheogenen Tinkturen sowie verschiedene spirituelle Disziplinen firmierten unter dem Oberbegriff ›Die neue Nachfolge Christi‹.

Der demütige und metabolisch unermüdliche Heilige Vater, dessen langer weißer Bart mittlerweile zur Hälfte schwarz nachgewachsen war, hatte sich zur zentralen, ikonenhaften Figur der europäischen Moderne entwickelt. Viele hatten in Innozenz zunächst einen bloßen Karrieristen gesehen, den genialen Verwalter eines im Niedergang begriffenen uralten Glaubens. Nach der Herabkunft des Heiligen Geistes aber wurde offenbar, dass der wiedergeborene Papst wahrhaft übermenschliche Qualitäten besaß. Seine erstaunliche Eloquenz, seine Ernsthaftigkeit und sein offensichtlicher guter Wille beeindruckten selbst die zynischsten Kritiker.

Während seine chemisch gestärkte Kirche den verlorenen Boden des alten Christentums zurückeroberte, bewirkte der Statthalter Christi Wunder, wie man sie seit der Zeit der Apostel nicht mehr gesehen hatte. Der Papst heilte Lahme und Hinkende mit einem Wort und einer Berührung. Er trieb Geisteskranken die Dämonen aus. Deren Besserung war zudem häufig von Dauer.

Außerdem sprach er Prophezeiungen aus – detailliert und häufig zutreffend. Viele Menschen glaubten, der Papst könne Gedanken lesen. Paranormale Fähigkeiten wurden ihm nicht nur von gläubigen Katholiken zugeschrieben, sondern auch von Diplomaten, Staatsmännern, Wissenschaftlern und Rechtsanwälten. Sein unheimlich anmutendes Einfühlungsvermögen hatte er des Öfteren auf der politischen Bühne unter Beweis gestellt. Seelisch verhärtete Kriegsherren und erfolgreiche Kriminelle verließen die Privataudienz beim Pontifex als gebrochene Männer, die öffentlich ihre Sünden bekannten.

Papst Innozenz hatte den Armen geholfen, den Heimatlosen Obdach gegeben, widerspenstige Regierungen beschämt und zu einer neuen, menschlicheren Politik bewegt. Er hatte große Hospitäler gegründet, dazu Lehrorden, Bibliotheken, Netsites, Museen und Universitäten. Er hatte Europa mit einem Netzwerk von Herbergen und Unterkünften für die Bettelorden und Pilger überzogen. Er hatte den Vatikan restauriert und alte Kathedralen und Kirchen in spirituelle Zentren der Christenheit verwandelt, die widerhallten von der eindrucksvollen himmlischen Virtualität der modernen Messe. Er war gewiss der bedeutendste Papst des einundzwanzigsten Jahrhunderts, wahrscheinlich sogar der bedeutendste Papst des vergangenen Jahrtausends, vielleicht der bedeutendste Papst überhaupt. Die Heiligsprechung war ihm gewiss, sollte er jemals Zeit und Gelegenheit finden, zu sterben.

Maya besuchte in Rom eine Messe. Tags zuvor hatte sich ein Wunder ereignet. Seit es Entheogene gab, waren Wunder recht alltäglich geworden; mittlerweile bedurfte es schon außergewöhnlicher Umstände, um dem Übernatürlichen öffentliche Aufmerksamkeit zu verschaffen. Dieses neueste Wunder hatte mehr als genug an Übernatürlichem geboten: die Jungfrau Marie war zwei Kindern, einem Hund und einer öffentlichen Telepräsenzsite erschienen.

Kinder nahmen normalerweise keine Entheogene. Selbst postcanine Hunde waren im Allgemeinen nicht sonderlich empfänglich für spirituelle Erfahrungen. Und die Aufzeichnungen öffentlicher Telepräsenzsites galten als fälschungssicher; jedenfalls war es nicht normal, dass sie über der Viale Gugliemo Marconi schwebende kissenförmige leuchtende Flecken zeigten.

Die Römer waren Wundern gegenüber normalerweise ziemlich gleichgültig. Die Vorgänge im Vatikan ließen gebürtige Römer meistens kalt. Gleichwohl waren aus ganz Europa Gläubige herbeigeströmt, um zu beten, Buße zu tun, Reliquien zu besuchen und das Medienspektakel zu genießen. Der Verkehr – Busse, Fahrräder, Wohnwagen, Touristengruppen in den Gewändern des Franziskanerordens – war unglaublich dicht, laut, festlich, außer Rand und Band, eben wahrhaft italienisch. Außerdem regnete es.

Maya blickte durch das regenüberströmte Fenster der Limousine. »Josef, sind Sie religiös?«

»Es gibt viele Welten. Es gibt eine Welt, die man im Dunkeln wahrnimmt«, sagte Novak und tippte sich an die Stirn. »Da ist einmal die materielle Welt, die von der Sonne erhellt wird. Dann gibt es die Virtualität, unsere moderne, immaterielle Scheinwelt. Die Religion ist auch eine Art Virtualität. Eine sehr alte.«

»Aber sind Sie gläubig?«

»Ich habe ein paar sehr bescheidene Überzeugungen. Ich glaube, wenn man einen Gegenstand nimmt und ihn mittels Licht zum Leben erweckt und diese Wahrnehmung von Leben in eine virtuelle Darstellung aufnimmt, erzielt man das, was man als ›Ästhetik‹ bezeichnet. Manche Leute haben ein starkes irrationales Verlangen nach Religion. Ich habe ein starkes irrationales Verlangen nach Ästhetik. Ich kann nicht anders, und darüber zu debattieren interessiert mich nicht. Daher lasse ich die Gläubigen in Ruhe, solange sie mich in Ruhe lassen.«

»Aber heute sind hier bestimmt eine halbe Million Menschen auf den Beinen! Und das alles wegen einem Hund, einem Computer und zwei Kindern. Was halten Sie davon?«

»Ich glaube, Giancarlo wird verärgert sein, dass man ihm die Schau stiehlt.«

Die für den römischen Verkehr viel zu sperrige Limousine brachte sie zum Hotel, das natürlich völlig ausgebucht war. Novak ließ sich mit der Dame an der Rezeption auf eine mehrsprachige Diskussion ein und rang ihr zum Missvergnügen der übrigen Bewerber in der Lobby zwei Einzelzimmer ab. Maya badete und gab ihre Kleider zur Reinigung.

Als sie zurückkamen, war auch ein Abendkleid dabei. Novaks Vorstellung von einem femininen Abendkleid wirkte rührend altmodisch, doch das Kleid war frisch hergestellt und passte dank Novaks ausgezeichnetem Sinn für Proportionen auch hervorragend.

Giancarlo Vietti, der Meistercouturier des Emporio Vietti, stellte seine fünfundsiebzigste Frühjahrskollektion vor. Ein Ereignis dieser Größenordnung verlangte nach einer angemessenen Umgebung. Vietti hatte das Kio-Amphitheater gemietet, ein Kolosseum von exquisitem Stil, erbaut von einem exzentrischen japanischen Milliardär, nachdem der Flaminio-Bezirk bei einem Erdbeben verwüstet worden war.

Das Taxi hielt vor den rosenaroten Marmorsäulen des Kio, und sie stiegen auf einer Promenade aus, die von römischen Paparazzi mit Cyberbrillen wimmelte. Novak war offenbar nicht sonderlich bekannt in Rom, doch als Einarmiger fiel er sofort auf. Er ignorierte die lärmenden Paparazzi, ließ sich aber Zeit damit.

Sie stiegen die Treppe hoch. Novak musterte die Fassade aus falschem Marmor mit wildem Blick. »Der lebende Beweis dafür, dass die Vergangenheit einen unerschöpflichen Vorrat an Vorbildern liefert«, murmelte er. »Es wäre besser gewesen, Indianapolis nachzuahmen, als den Versuch zu unternehmen, den faschistischen Mussolini zu übertreffen – noch dazu mit billigen Materialien.«

Maya hingegen gefiel das Bauwerk. Ihm fehlte die unkrautüberwucherte steinerne Authentizität der echten römischen Ruinen, doch es wirkte transzendentalfunktional und besaß die unfreiwillige Anmut eines gut designten Fotokopierers.

Sie betraten das Gebäude, loggten sich ein und stießen auf dreihundert Personen, die im Begriff waren, sich dem Essen zuzuwenden, das von Krabben serviert wurde.

So viele Alte. Maya zeigte sich beeindruckt von der monumentalen Feierlichkeit der Anwesenden, vom erstaunlichen Umstand, dass diese plappernde Schar manikürter und äußerst geschmackvoll gekleideter Menschen so viel älter war als das Gebäude, das sie beherbergte.

Das war die europäische High Society. Menschen, die sich die Zeit unterworfen hatten und mit ihren hinter Cyberbrillen verborgenen, wissenden Augen den Eindruck machten, als könnten sie durch massiven Fels hindurchblicken. Als Veteranen der europäischen Couture hatten sie sich die Essenz der neophilen Vergänglichkeit angeeignet und sie wie ein Leichenhemd um sich herum konserviert. Sie waren ebenso bezaubernd wie die pharaonischen Grabgemälde.

Novak setzte seine Brille auf, dann bahnte er sich energisch einen Weg zu seinem Platz, wobei er sich von irgendwelchen an die Brille fernübertragenen Hinweisen leiten ließ. Novak und Maya nahmen nebeneinander an einem kleinen, runden Tisch mit einer cremefarbenen leinenen Tischdecke Platz, der umringt war von Polsterstühlen.

»Guten Abend, Josef«, sagte der Mann, der Novak gegenübersaß.

»Hallo, Daizaburo, alter Kollege. Es ist lange her.«

Daizaburo musterte Maya über den Rand seiner teuren Brille hinweg mit dem distanzierten, kühlen Interesse eines Schmetterlingskundlers. »Sie ist hübsch. Wo hast du bloß dieses Kleid aufgetrieben?«

»Das erste Original von Vietti, das ich fotografiert habe«, sagte Novak.

»Es erstaunt mich, dass Vietti dieses Exemplar überhaupt noch auf Lager hat.«

»Giancarlo hat es vielleicht aus seinem Speicher gelöscht. Meiner hat eine höhere Kapazität.«

»Giancarlo war damals noch so jung«, sagte Daizaburo. »Wir trinken Wasser. Möchtest du auch eins?«

»Warum nicht?«, meinte Novak.

Daizaburo winkte eine Krabbe herbei. Sie sprach ihn auf Japanisch an. »Englisch, bitte«, sagte Daizaburo.

»Antarktisches Gletscherwasser«, sagte die Krabbe. »Aus tiefen Ablagerungen aus der Zeit des Pleistozän. Völlig unverschmutzt, unberührt seit der Entstehung des Menschen. Vollkommen rein.«

»Eine reizender Einfall«, meinte Novak. »Das sieht Vietti ähnlich.«

»Wir haben auch Mondwasser«, sagte die Krabbe. »Mit sehr interessanten isotopischen Eigenschaften.«

»Hast du schon einmal Mondwasser getrunken, meine Liebe?«

Maya schüttelte den Kopf.

Novak bestellte Mondwasser.

Eine zweite Krabbe brachte ein vakuumisoliertes Gefäß. Mit ihren funkelnden Zangen kippte sie zwei winzige, dampfende blaue Eiswürfel in Brandygläser.

»Wasser ist das perfekte soziale Vergnügen«, meinte Daizaburo, als sich die Krabben entfernten. »Wir können dem animalischen Akt der Flüssigkeitsaufnahme vielleicht nicht alle etwas abgewinnen, teilen aber gewiss die unbeschreibliche Freude, Eis beim Schmelzen zuzusehen.«

Die andere Frau an ihrem kleinen Tisch beugte sich vor. Sie war klein, verschrumpelt und beinahe kahl, eine Person unbestimmter ethnischer Herkunft mit einem gewaltigen schwarzen Hut auf dem Kopf. »Es stammt von einem Kometen vom Rande des Universums«, lispelte sie lebhaft. »Es war sechs Milliarden Jahre gefroren. Hat niemals die Wärme des Lebens kennengelernt – bis jetzt, da wir es trinken.«

Novak hob sein Glas und schwenkte es, sein zerfurchtes Bauerngesicht strahlte erwartungsvoll. »Es wundert mich, dass es noch genug Lunarier gibt, um Mondeis abzubauen.«

»Dort oben gibt es noch siebzehn Überlebende. Schade, dass sie sich alle gegenseitig hassen.« Daizaburo ließ ein eisiges Lächeln aufblitzen.

»Kosmische Rebellen, kosmische Visionäre«, sagte Novak und schnupperte vorsichtig am Glas. »Arme Kerle, sie haben die existenziellen Schwierigkeiten eines Lebens ohne Überlieferung erfahren müssen.«

Maya musterte die Leute an den anderen kleinen Tischen, und auf einmal machte es bei ihr Klick. Sie fing an, die Behandlungsmethoden zu katalogisieren. All diese alten Menschen und ihre alten Techniken. Faltenentfernung, künstlicher Haarwuchs, Hauttransplantate. Blutfilterung. Synthetische Lymphe. Zu neuem Wachstum angeregte Nerven und Muskeln. Beschleunigte Zellteilung. Intrazelluläre antioxidative Enzymierung; verjüngende Hexengebräus, bestehend aus Arginin, Ornithin und Cystein, Glutathion und Katalase. Villi-Laminierung des Darmtrakts (VLD). Affektive circadianische Anpassung (ACA). Künstliches Knochenwachstum. Keramische Gelenkprothesen. Gezielt eingesetztes Aminogluanidin. Gezielt eingesetztes Dehydroepiandrosteron. Autoimmune Reprogrammierung (AR). Arteriosklerotische mikrobiologische Ausschabung (AMA). Neuronale dissipative Defibrillation (NDD). Kinetisch-metabolische Breitbandbeschleunigung (KMBB). Das waren veraltete Techniken. Längst hatte die Medizin sich höhere Ziele gesteckt.

Ein Bronzegong ertönte. Die dreihundert Gäste erhoben sich einmütig von ihren Plätzen, gingen, humpelten, schlurften oder rollten davon und spielten wohlgeordnet Bäumchen-wechsle-dich. Anschließend fanden sich alle in der intimen Gesellschaft neuer Freunde wieder, die einander mit spontanem Entzücken begrüßten. Eifrige Roboter servierten frische Getränke und die Vorspeise.

Josefs neue Tischgenossen – offenbar kannte er sie gut, oder aber sie hatten ihre Biographien an seine Brille übermittelt – sprachen deutsch. Maya hatte ihren Übersetzer auf Tschechisch und Italienisch eingestellt. Sie hätte gern das kleine Diamantei für Deutsch eingesetzt, doch wenn sie sich am Collier zu schaffen machte, verweigerte es neuerdings unweigerlich die Arbeit und beklagte sich darüber, wie viel sie der Firma schuldete.

Sie schämte sich wegen ihres Colliers. Die billige Goldkette und die Diamanten funkelten in ihrem Décolleté wie radioaktiver Abfall. Und so schwieg sie, ohne dass ihre Zurückhaltung aufgefallen wäre. Sie war jung. Sie hatte nichts Interessantes zu sagen.

Die Roboter räumten die Suppenteller ab, worauf erneut die Plätze getauscht wurden. Als Nächstes wurden höchst appetitlich anzusehende, äußerst fade und leicht verdauliche Cannelloni serviert. Einige Gäste verspeisten sie, während andere sie mit Nichtbeachtung straften. Dann wechselte man erneut die Tische, worauf hübsch geformte und ziemlich geschmacklose kleine Gnocchi aufgetragen wurde. Dann gab es geriffelte gelbe Keile geruchloser Käsemasse. Anschließend eine in Kegelform gegossene Süßspeise. Das ganze Mahl war äußerst kunstvoll angerichtet, ohne die Zähne zu beanspruchen.

Nun begab sich die Gästeschar zu der in düsterer Pracht gehaltenen Präsentationsabteilung des Kio. Da und dort hatte man an den Wänden Vitrinen aufgestellt, sehr gewagte Vitrinen, die beinahe den Eindruck von Werbung machten. Dieser Regelverstoß von Vietti war reines Imponiergehabe, denn marktschreierische Kommerzialität war bei der Haute Couture fehl am Platz. Wahre Haute Couture, die Suche nach der wahrhaft exquisiten Kleidung, erforderte vor allem Geduld. Und über Geduld verfügte die heutige Glitzerwelt im Übermaß. Mode war ein Spiel, bei dem es um Prestige ging, und das Geld dafür stammte teilweise von den Reichen und vor allem aus Viettis Lizenzgeschäften: Cyberbrillen, Düfte, Badezubehör, Privatbäder, medizinische Kosmetik. Ein Arsenal intellektuellen Eigentums für einen Couturier, der weniger Kleider entwarf als vielmehr eine Lebensweise.

Hier fanden die glücklichen Anwesenden, deren Knochen von den asketischen Stühlen schmerzten, endlich bequeme Sessel vor. In Reihen geordnet wie in einer Kirche bildeten sich miteinander wetteifernde Untergruppen. Verschiedene indonesische, japanische und amerikanische Politiker nahmen die vorderen Reihen in Beschlag, dazu entschlossen, einander zu beeindrucken. Hinter ihnen kamen die Netz-Designer, Geschäftsleute, Fotografen, Schauspieler und Schauspielerinnen, Geschäfts- und Salonmillionäre, Männer und Frauen von Welt.

Für alle reichten die Sitzgelegenheiten nicht aus: ein absichtliches und kaum überraschendes Versehen. Novak geleitete Maya durch eine wogende Menge von Angehörigen der oberen Zehntausend, Nachwuchsdesignern und kleineren Berühmtheiten hinter die Bühne.

Dort wimmelte es von europäischen Störchen, afrikanischen Sekretärvögeln und amerikanischen Kranichen. All diese großen Vögel mit dem feierlichen Gefieder warteten mit eindrucksvoller Würde auf ihren Auftritt und gingen den ängstlichen Menschen aus dem Weg.

Der sagenumwobene Couturier stand im Mittelpunkt einer lärmenden, hochmotivierten Schar von Mitarbeitern. Vietti trug seine Version von Arbeitskleidung: ein seehundschwarzes, irgendwie pelzig wirkendes Teil mit vielen Taschen, zu dem Luftflaschen hervorragend gepasst hätten. Er ging gerade den Ablauf der Show auf einem regenbogenfarbenen Paar flatternder, an seinen Handgelenken befestigter Displayfächer durch.

»Josef, wie schön, dass du gekommen bist«, sagte Vietti auf englisch. Er war groß und breitschultrig, hatte ein kantiges Kinn und gehörte zu den wenigen Anwesenden, die es verschmähten, eine Cyberbrille zu tragen. Man sah sogleich, dass Vietti einmal sehr attraktiv gewesen war. Viele Jahre und viele Schmerzen lagen hinter ihm. Nun strahlte er die ein wenig düstere Würde des römischen Colosseums aus – wenngleich Giancarlo Vietti nicht aus Rom, sondern aus Mailand stammte.

Vietti musterte Maya mit dem gleichen abwesenden, nachsichtigen Blick wie seine gehorsamen Störche. Plötzlich weiteten sich seine blassblauen Augen. Schließlich ließ er seine Keramikzähne aufblitzen. »Aber, Josef. Die ist ja ganz reizend! Du alter Gauner. Also wirklich, das hättest du nicht tun sollen.«

»Dann erinnerst du dich also noch.«

»Hast du etwa gedacht, ich hätte meine erste Kollektion vergessen? Das wäre ja, als könnte ich mich nicht mehr an meine erste Operation erinnern.« Vietti musterte Maya; offenbar faszinierte sie ihn. »Wo hast du sie aufgetrieben?«

»Das ist meine neue Schülerin.«

Vietti berührte Mayas Kinn ganz sachte mit einer schwarz behandschuhten Fingerspitze. Er zupfte an einer Strähne ihrer Perücke und glättete rasch die Schulternaht. Er lachte verzückt.

Nach etwa zehn Sekunden herzhaften Gelächters überzogen sich Viettis Wangen mit roten Flecken, und unter dem Anzug kamen seltsame Gurgelgeräusche hervor. Vietti fasste sich mit der Linken an die Hüfte, zuckte zusammen und fummelte an den verborgenen Schaltern seines lebenserhaltenden Apparats herum. Anschließend sah er auf den Cyberfächer und tippte die Membran mit der Fingerspitze an.

»Lassen wir sie heute Abend auf den Laufsteg raus«, sagte er. »Eine Präsentation in Rom verläuft sowieso immer chaotisch. Und das ist wirklich hübsch.«

»Das kannst du nicht machen, Giancarlo. Das Kleid ist aus Plastik, das ist eine Kopie.«

»Ich weiß, du hast dir einen Scherz mit mir erlaubt, aber das kriegen wir schon hin. Kann sie laufen?«

»Ein wenig.«

»Sie ist noch sehr jung, man wird ihr nachsehen, wenn sie nicht laufen kann.« Vietti sah Maya erwartungsvoll an. »Wie heißt du?«

»Maya.«

»Kleine Maya, ich habe hier eine tolle Mannschaft. Ich würde dich ihr gern anvertrauen. Kannst du vor all den Wichtigtuern laufen? Sie sind schrecklich alt, tragen alle diese blöden Brillen und haben zu viel Geld.« Vietti zwinkerte ihr zu, eine unbeholfene kameradschaftliche Geste über den Abgrund eines Jahrhunderts hinweg.

»Klar kann ich das.« Voller Optimismus und Zuversicht.

Vietti blickte sie mit seinen klaren Augen an. »Noch was, Josef – ein paar Fotos für mich. Für meinen kleinen Winkel im Netz.«

»Ach, das geht nicht«, sagte Novak. »Ich habe meine Ausrüstung nicht dabei.«

»Josef, um der alten Zeiten willen. Du kannst Madrackis Ausrüstung benutzen, Madracki ist ein Poseur, ein Idiot, außerdem schuldet er mir noch einen Gefallen.«

»Ich bin ganz aus der Übung. Wirklich, in letzter Zeit brauche ich schon meine ganzen Kräfte, um eine Eierschale oder ein Spinnennetz zu fotografieren …«

»Josef, wo du dir so viel Mühe mit ihrem Kleid gemacht hast! Zier dich nicht. Das Gesicht ist furchtbar, das stimmt, dieses Klein-Mädchen-Make-up, lebendiger Kitsch für Kinder, aber das kriegen wir schon hin. Und die Perücke ist eine Katastrophe … Aber sie ist so sexy, Josef! In den Zwanzigern waren alle so sexy. Selbst ich war damals sexy.« Vietti seufzte wehmütig. »Weißt du noch, wie sexy ich damals war?«

»In deiner Jugend waren sogar der Mond und die Sterne sexy.«

»Aber die Leute sind in den Zwanzigern so jung gestorben, deshalb waren sie sexy und alles andere auch. Sogar Aids war in den Zwanzigern sexy. In dieser ganzen Kollektion habe ich kein einziges sexy Model, dein kleines Mädchen wäre die einzige sexy Erscheinung heute Abend, das wäre doch ein Spaß. Barbara wird sich drum kümmern.« Vietti klappte die Fächer zu und klatschte in die Hände. »Barbara!«

»Du hast Glück«, wandte Novak sich leise an Maya. »Er ist entschlossen, dich zu mögen. Enttäusche uns nicht.«

»Aber er wird mich doch nicht bezahlen?«, flüsterte Maya zurück. »Solange er mich nicht bezahlt, geht es in Ordnung.«

»Ich kümmere mich drum«, versicherte ihr Novak. »Sei tapfer.«

Barbara war Viettis Oberassistentin. Barbara hatte den Akzent des Londoner Westend und die breiten Gesichtszüge und das krause schwarze Haar einer Inderin, kombiniert mit dem Pfirsichteint eines präraphaelitischen Mädchens. Barbara war sachlich und tüchtig und so hübsch gekleidet wie eine hochrangige Diplomatin. Barbara war achtzig Jahre alt.

Barbara nahm Maya mit in den Schminkraum mit lauter männlichen Models. Vor hell ausgeleuchteten Videospiegeln saßen etwa zehn erstaunlich gut aussehende, nur teilweise bekleidete Männer, spannten Bizeps und Quadrizeps an und bereiteten sich systematisch auf ihren Auftritt vor.

»Das ist Philippe, er wird sich um dich kümmern«, sagte Barbara und drückte Maya auf einen Stuhl an der Seite des Kosmetikers nieder. Philippe war ein kleiner Mann mit einem winzigen verkniffenen Mund, pomadisiertem blondem Haar und einer riesigen Brille. Philippe sah sie an, stieß ein entsetztes »Lieber Gott, nein!«, hervor, ließ Spachtel, Reinigungscreme, saugfähige Papiertücher, Puderquasten bringen und verlangte dringend nach dem Friseur.

Die beiden Models neben Maya unterhielten sich miteinander. »Hast du Tomi heute Abend schon gesehen? Er ist dick geworden. Richtig dick.«

»Das kommt vom Enkel«, meinte das zweite Model. »Ich meine, übers eigene Kind kommt man hinweg, aber wenn das Kind ein Kind bekommt, also, ich weiß nicht.«

»Was macht dein neues Haus, Brandon?«

»Bis jetzt läuft alles glatt, aber wir hätten in dem erdbebengefährdeten Gebiet nicht so tief bohren sollen. Das macht mir Sorgen.«

»Nein, jetzt habt ihr es geschafft, jetzt kannst du es mit Bobby versiegeln, Mikroben einsetzen, eine diskrete Sache da unten, wirklich, ich werde ganz grün vor Neid.« Das Model schaute in den Videospiegel. Das Spiegelbild war nicht seitenverkehrt. »Sind meine Augenlider okay?«

»Hast du sie wieder straffen lassen?«

»Nein, diesmal ist es was Neues.«

»Adrian, deine Lider haben nie besser ausgesehen. Im Ernst.«

»Danke. Hab ich dir schon erzählt, dass ich in die Armee eingetreten bin?«

»Du machst Witze.« Brand beugte sich mühelos vor und setzte die Hände flach auf den Boden. Er machte einen Handstand, dann krümmte er methodisch die Ellbogen. Seine muskulösen Beine, die Zehen zur Decke weisend wie bei einem Turmspringer, wirkten so massiv, als bestünden sie aus Bronze.

»Na ja«, sagte Adrian, »die Behandlungen verschlingen eine Menge Geld, und der Sozialdienst, also das ist ein Haufen Schmutzfinken. Hab ich nicht Recht? Aber die bewaffneten Streitkräfte! Ich meine, die moderne Gesellschaft braucht doch eine ordnende Hand, im

Ernst. Neben all diesen verweichlichten Zivilisten muss es doch auch ein paar ernsthafte Kerle geben, die bereit sind, jemandem in den Hintern zu treten und Tacheles zu reden. Capisci?«

Brandon vollführte einen mühelosen Salto rückwärts. Er betrachtete im Spiegel seinen Waschbrettbauch, runzelte die Stirn und schnappte sich einen reaktiven Gürtel. »Für wie lange hast du dich verpflichtet?«

»Für fünf Jahre.«

»Die fünf Jahre könntest du problemlos auch im Kopfstand runterreißen.« Brando rückte den Gürtel zurecht, der sich mit einem saugenden Geräusch schloss. »Die medizinische Untersuchung und das alles hast du überstanden?«

»Klar, die lieben mich. Sie haben mich ins Offizierskorps gesteckt.«

»Die Sache mit der Prostata hat ihnen nichts ausgemacht?«

»Das ist Geschichte, die Prostata ist nagelneu und knackig. Ich habe am Wochenende Dienst in einer Basis in Kairo.« Adrian hielt plötzlich inne. »Philippe, was stellst du denn da mit den Augenbrauen von dem armen Kind an?«

»Ich bin in Eile«, klagte Philippe.

»Das Kleid ist historisch. Du musst dem Mädel Augenbrauen aus den Zwanzigern machen. Du kannst sie ihr nicht einfach auszupfen, als wäre sie eine wild gewordene Veruzhina, das ist ein naiver Look.« Adrian tätschelte Maya väterlich den Arm. »Hab dich noch nie gesehen, Mädchen. Zum ersten Mal bei Giancarlo?«

»Ja. Es ist überhaupt das erste Mal für mich.«

»Brandon, hör dir das mal an, sie ist Amerikanerin.«

»Seid ihr auch Amerikaner?«, fragte Maya.

»Klar«, antwortete Adrian lächelnd, »Europäer lieben den ursprünglichen Amerikaner, breite Schultern, Muskeln, strohdumm, kann kaum sprechen, wie soll man den nicht mögen?«

»Sie mögen uns gern männlich«, sagte Brandon. »Sie bezahlen gut für Männlichkeit, weil es mörderisch ist, sich die männliche Ausstrahlung zu bewahren.« Er lachte.

»Du hast saure Poren, Schätzchen«, sagte Philippe tief besorgt. »Hast du in Schimmel gebadet?«

»Bloß einmal.«

»Das solltest du aber. Das solltest du wirklich! Ich habe eine Aspergillus-Kultur, die würde Wunder bei dir wirken. Ich muss den Haaransatz verschieben und die Oberlippe depilieren. Das könnte ein bisschen weh tun.«

Pinzetten zupften, Bürsten surrten, Cremes zogen ein, Puder reagierten. Nach einer halben Stunde waren alle Männer perfekt angekleidet. Die ersten traten auf den Laufsteg hinaus.

Philippe zeigte Maya ihr neues Gesicht.

Sie hatte schon viele Gesichtsbehandlungen über sich ergehen lassen, alle möglichen Arten von Gesichtsbehandlung, über Jahrzehnte hinweg. Die meisten waren rein kosmetischer, technischer Natur gewesen. Restaurative Gesichtsbehandlungen, wonach das Gesicht roh und unfertig wirkte, die Art Gesicht, das in einem warmen, dunklen Raum allein gelassen werden wollte, um sich wiederherzustellen. Philippe aber war ein Künstler. Es war noch immer Mayas Gesicht – aber ein gesammeltes, strahlendes, makelloses Maya-Gesicht. Geschwungene, leicht gefärbte Wimpern. Rauchfarbene Augenlider. Brauen wie Schwingen. Die Haut weicher als Damast. Die Iris klar, der Augapfel so strahlend weiß wie Porzellan. Lippen wie Mohnblüten. Ein vollendetes Gesicht. Menschliche Vollkommenheit.

Anschließend setzte man ihr eine neue Perücke auf, und Maya stieg aus dem Reich der menschlichen Vollkommenheit in eine noch höhere Sphäre auf. Es war eine sehr smarte Perücke. Sie hätte wie ein überschallschneller Oktopus von ihrem Schädel springen und ihre Arme durch eine Wand treiben können. Da sie jedoch einem großen Modehaus gehörte, würde sie eine derartige Taktlosigkeit niemals begehen. Die Perücke war unglaublich schön, die Farbe ein tiefes, äußerst überzeugendes, ganz leicht lumineszierendes Kastanienbraun, so teuer, behaglich und gut gebaut wie eine Limousine.

Die Perücke verankerte sich überzeugender auf ihrem Kopf als ihr eigenes Haar. Die glänzenden Wellen, die sich ihr um Hals und Schultern legten, verhielten sich so wie Frauenhaar in Tagträumen.

Ein Gong ertönte. Die letzten Männer verließen den Raum. Vier weibliche Models kamen hereingeschlendert. Die Frauen waren groß und schlank und mit Ausnahme der Schuhe vollständig bekleidet. Die Schuhe waren stets problematisch, und ängstliche Läufer wechselten sie ständig aus. Die Models nippten gelangweilt und geduldig Tinkturen, nahmen Inhalationen und verspeisten Appetithäppchen in Form kleiner weißer, kalorienfreier Stäbchen. Ihre unnatürlich langen Arme beförderten die Speisen mit gespenstischer Anmut vom bunten Tablett an die bemalten Lippen.

Die Models waren alte Frauen, und sie sahen so aus, wie moderne alte Frauen in bester Verfassung eben aussahen: sie wirkten wie Athletinnen jenseits der Wechseljahre. Wie pubertierende Turnerinnen, denen man allen jugendlichen Schwung ausgetrieben hatte. Sie wiesen keines der natürlichen Anzeichen des Alterns auf, sondern waren bloß ein wenig spröde, ein wenig straff. Die Models waren ernst, dunkeläugig, zart und ungewöhnlich kräftig. Sie erweckten den Eindruck, sie könnten mit dem Kopf voran durch eine Glasplatte springen, ohne sich ein Härchen zu krümmen.

Ihre Kleider waren dekorativ, schlauchförmig, eng in den Hüften und eng an der Brust. Beim Anblick dieser Models drängte sich einem der Gedanke auf, dass weibliche Kleidung auch ohne sexuelle Ausstrahlung schön, eindrucksvoll, sogar feminin sein konnte. Die Kleider waren wunderbar geschnitten. Ziemlich ekklesiastisch, ziemlich streng, an die Hofkleidung hochstehender Palasteunuchen aus der Verbotenen Stadt erinnernd. Einige Kleider zeigten Haut, doch es war die Art Haut, wie eine Frau sie zeigen mochte, die sich anschickte, den Ärmelkanal zu durchschwimmen.

Die Kleider geizten nicht mit Federn. Weder dezent noch protzig, sondern in schimmernder, geschäftsmäßiger Anordnung, Federn wie ein Kettenhemd. Giancarlo hatte sich bei seiner Frühjahrskollektion diesmal auf Federn kapriziert. Vor allem die sorgfältige Verarbeitung der Federn hatte diese Kleider ins überirdische Reich des Luxus entschweben lassen.

»[Es geht nicht bloß um die Reduzierung des Risikos]«, sagte das eine Model auf italienisch. »[Es werden sechs Komma fünf Prozent Rendite ausgezahlt.]«

»[Ich bin mir nicht sicher, ob der Zeitpunkt für medizinisch orientierte Investmentfonds günstig ist]«, entgegnete ein anderes Model. »[Außerdem bin ich katholisch.]«

»[Es verlangt ja niemand von dir, dass du dich einer Behandlung von der schwarzen Liste unterziehst, du sollst ja bloß in sie investieren]«, meinte das erste Model geduldig. Sie strahlte eine tiefe, spirituelle, unnahbare Schönheit aus; sie ähnelte einer Figur aus Botticellis *Primavera:* »[Red mal mit einem Banker vom Vatikan, Schätzchen. Die sind sehr simpatico und stets auf dem Laufenden.]«

Das zweite Model musterte Maya überrascht, dann sah sie auf die Uhr. »[Wann bist du dran?]«

Maya fasste sich erst ans Collier und dann ans Ohr. »Tut mir Leid, ich spreche kein Italienisch.«

»Die Diamanten passen so gut zu deinem altmodischen Kleid, ich liebe Diamanten«, meinte das zweite Model in stockendem, aber sympathischem Englisch. »Aber das Haar – das ist nicht so gut. Das ist smartes Haar, das passt nicht zu den Zwanzigern.«

»Du bist sehr sexy«, erklärte das erste Model höflich.

»*Molte grazie*«, erwiderte Maya zögernd.

»Es sollte mehr Mode für sexy Frauen geben, es ist jammerschade, dass sexy Frauen kein Geld haben«, meinte das erste Model. »Als ich jung und sexy war, habe ich viel Geld verdient. Aber jetzt haben es die jungen Mädchen schwer, Sex lässt sich nur schwer verkaufen. Das ist ausgesprochen ungerecht.«

Draußen kam die Show allmählich auf Touren; hin und wieder ertönte Applaus. Man brachte Maya Viettis Kleid, das noch ganz warm war. Dieses Kleid passte besser als Novaks billigere Version. Plötzlich sah sich Maya nackt und zitternd den gleichgültigen Blicken und kundigen Händen zweier Männer und dreier Frauen ausgesetzt. Sie schlitzten das Kleid mit rasiermesserscharfen Keramikscheren auf und pinselten rasch einziehendes Klebemittel auf Mayas Gänsehaut. Im Handumdrehen hatte man sie in das Kleid gezwängt, anschließend quetschte man ihre Füße in zwei Nummern zu kleine Pumps. Dann ging es in einer Traube nervöser Aufpasser zur Tür hinaus. Philippe lief neben ihr her und besserte ihr Make-up aus, während sie auf das Zeichen zum Auftritt wartete.

Als der Moment gekommen war, trat sie hinter dem Vorhang hervor und schritt so einher, wie man es ihr gezeigt hatte. Die Scheinwerfer, welche den Laufsteg beleuchteten, waren so hell wie zwei Vollmonde, und das Publikum war eine funkelnde Ansammlung von Cyberbrillen: Nachtaugen inmitten eines vergoldeten Sumpfes. Es wurde ein Popsong der Zwanziger gespielt, den sie sogleich wiedererkannte, ein Song, den sie einmal für hip gehalten hatte. Jetzt klang die veraltete Musik verloren und primitiv, nahezu barbarisch. Themenmusik für den Triumphmarsch der lebenden Fossilien.

Man hatte sie als Glamourgirl der Zwanziger herausgeputzt. Dabei war sie niemals eine Schönheit gewesen, keinen Moment hatte sie ausgesehen wie jetzt, denn sie war viel zu beschäftigt und viel zu vorsichtig gewesen. Und jetzt hatte sie sich durch eine erstaunlich Fügung dafür gerächt. Die Freude war gleichzeitig voller Wehmut und Unmittelbarkeit, und beides vermischte sich in ihrem Kopf zu einem wahnsinnigen Frohlocken.

Die Kameras im Publikum stießen weiße Laserblitze aus, die sich allmählich zu einem Crescendo steigerten. Maya kam sich so strahlend vor. Sie war eine tolle Person. Sie stob wie ein nostalgischer Wirbelwind an den maschinenverhüllten Augen der Zuschauer vorbei. Sie befand sich im Mittelpunkt der Bewunderung, die Schöne, der Vamp, die Femme fatale. Die unsterbliche verlorene Geliebte, todschick, grabesschick, im Begriff, wiederaufzuerstehen und unter den Sterblichen zu wandeln. Sie hatte das Publikum mit ihrem geklauten Charisma zerschmettert. Man hatte sie als auferstandenes Gespenst in eine Mailänder Modenschau entlassen, auf dass sie die Zeit unter ihren Füßen zertrampelte. Sie brachte das Publikum dazu, sie zu lieben.

Am Ende des Laufstegs vollführte sie eine kleine Pirouette, trat mit knallenden Absätzen ein Stück zurück, strahlte das Publikum glücklich an. Sie stand so weit über ihm und war in lunares Licht gehüllt, und die Zuschauer waren stinkende, dunkle, niedere Kreaturen, für die sie unerreichbar war. Ihr Lauf währte eine Ewigkeit. Sie hatte ganz vergessen zu atmen. Die Beengung in der Brust machte sie fast wahnsinnig vor Erregung. Ein weißer Kranich sprang auf den Laufsteg, bemerkte sogleich seinen Fehler und hüpfte auf seinen dünnen Beinen und mit schlagenden schneeweißen Schwingen ins Publikum. Vor dem Vorhang zögerte Maya kurz, dann wirbelte sie herum und warf dem Publikum eine Kusshand zu. Ein Blitzlichtgewitter war die Antwort.

Als sie hinter dem Vorhang angekommen war, prickelten ihr die zitternden Glieder. In einem Winkel entdeckte sie einen Hocker, setzte sich darauf und rang nach Luft. Der Applaus dauerte noch immer an. Dann wechselte die Musik, und ein anderes Model glitt wie ein Engel auf Laufrollen an ihr vorbei.

Novak kam hinzu. Er lachte.

»Was bist du doch für ein tapferes Mädchen. Du machst Nägel mit Köpfen, was?«

»Wie war ich?«

»Hervorragend! Du hast so glücklich und verrucht gewirkt, wie ein kleines, verdorbenes Kind. Das hast du gut gemacht, das hat gut gepasst.«

»Ob Giancarlo mit mir zufrieden ist?«

»Keine Ahnung. Wahrscheinlich meint er, du hättest zu dick aufgetragen, und hält dich jetzt für ganz durchtrieben. Aber keine Bange, damit ist der Abend für uns gelaufen.« Novak kicherte. So glücklich hatte sie Novak noch nicht erlebt; er glich einem Billardspieler, dem mit einem Gummiqueue ein Trick gelungen ist. »Giancarlo wird schon kommen, sobald er hört, wie sie über dich reden. In dieser Hinsicht ist Giancarlo sehr schlau. Er urteilt erst, wenn er sich vergewissert hat, wie das Publikum reagiert.«

Mayas Begeisterungstaumel ließ allmählich nach. Die reale Welt kam ihr auf einmal so fad vor. Alltäglich, langweilig, flach. »Ich habe mein Bestes gegeben.«

»Aber ja doch, ja«, tröstete er sie. »Nicht weinen, Schätzchen, es ist ja alles gut. Es war nett für uns, so anders. Man heuert Profis an, damit sie richtig laufen, aber du warst so ernsthaft, das kann man nicht kaufen.« Novak fasste sie beim Ellbogen und geleitete sie zu einem Wasserspender. Er füllte einen Becher mit kristallklarem Destillat und reichte ihn ihr. »Wirklich bemerkenswert«, meinte er. »Du kannst ein Kleid natürlich nicht richtig zur Geltung bringen, denn du bist schließlich eine blutige Anfängerin. Aber du hast es drauf! Dir zuzusehen, das war, als schaute man sich ein historisches Video an. Ein Yankeemädchen aus den Zwanzigern, in zu engen Schuhen, so rührend stolz auf ihr wunderschönes Kleid. Ein Déjà vu, ein *mono no aware!* Es war unheimlich.«

Maya wischte sich die Augen trocken und rang sich ein Lächeln ab. »Ach, jetzt hab ich Philippes wundervolles Augenmake-up ruiniert.«

»Nein, nein, mach dir keine Vorwürfe.« Novak rieb sich nachdenklich das Kinn. »Maya, wir machen jetzt eine richtige Fotosession. Du und ich. Wir ziehen Philippe hinzu, die Kosten berechnen wir. Wenn du im Auftrag von Giancarlo arbeitest, dann ist es nur angemessen, ihm ein paar richtig teure Leute in Rechnung zu stellen …«

»Ich sollte mich vielleicht bei Giancarlo bedanken. Was meinen Sie? Er hat mir einen Riesengefallen damit getan, mich auf den Laufsteg zu lassen. Ich meine, neben all den Profis … Und sie waren so nett zu mir, überhaupt nicht eifersüchtig.«

»Das sind alte Hasen. Du bist viel zu jung, um ihre Eifersucht zu wecken. Bei unserem Freund Giancarlo kannst du dich übers Netz bedanken. Es ist besser, wenn wir jetzt gehen.« Novak lächelte. »Du hast sie verprügelt, Schätzchen, du hast sie verprügelt wie kranke alte Hunde. Wir gehen jetzt. Es ist besser, man geht, solange sie nach mehr verlangen.«

»Also, dann ziehe ich mich jetzt um.«

»Behalt das Kleid an. Es gehört dir. Sie waren in Eile, deshalb haben sie's ruiniert.«

»Dann sollte ich wenigstens diese unglaubliche Perücke zurückgeben.«

»Nimm die Perücke mit, die behalten wir. Dann rufen sie uns auch bestimmt an.«

Maya schaffte es, die engen Schuhe auszuziehen. Als sie aus der Garderobe kam, fuchtelte Novak mit seinem Arm in der Luft herum, als wehre er einen Mückenschwarm ab. Doch er war nicht verrückt geworden, er bediente bloß die Menüs seiner Brille. Er bestellte ein Taxi.

Novak bugsierte sie energisch an einer Handvoll Gratulanten vorbei. Die Profis wirkten auf ihre steife, unnahbare Art erfreut und amüsiert. Sie verließen das Amphitheater über einen Hinterausgang. Draußen war es so kalt, dass ihr Atem kondensierte. Mayas Schweiß verdampfte von den nackten Schultern in die römische Nacht. Sie fröstelte.

Als sie um die Ecke des Kio bogen, wurden sie von den Paparazzi entdeckt. Sie eilten herbei und schrien Maya auf italienisch an. Dies waren die jüngsten der Paparazzi, was den Umstand erklärte, dass sie bereitwillig rannten. Einige von ihnen reckten optisch leitende Drahtringe hoch und tauchten das feuchte Pflaster in ein Blitzlichtgewitter. Maya lächelte sie geschmeichelt an. Als die Paparazzi ihre Reaktion bemerkten, schrien sie noch lauter und begeisterter.

»Spricht hier jemand englisch?«, fragte Maya.

Die sie umkreisenden und sie durch funkelnde Linsen hindurch anstarrenden Paparazzi berieten sich kurz. Schließlich drängte von hinten eine junge Frau nach vorn. »Ich spreche englisch! Wollen Sie wirklich mit uns reden?«

»Klar.«

»Großartig! Wir wollen alle wissen, wie Sie das angestellt haben.«

»Was meinen Sie damit?«

»Wie sind Sie an diese Riesenchance gekommen?«, fragte das Mädchen und nahm eilig den Übersetzerknopf aus dem Ohr. Sie war Amerikanerin. »Haben Sie das allein geschafft?«

»Nein, natürlich nicht.«

»Dann verdanken Sie das also Ihrem Begleiter? Sponsort er Sie? Welcher Art ist Ihre Beziehung? Und wie heißen Sie beide eigentlich?«

»Ich bin Maya, und das ist Mr. Josef Novak. Unsere Beziehung ist ganz unschuldig.«

Novak lachte. »Sag das nicht! Ich bin tief bewegt, Urheber eines Skandals zu sein.«

»Woher kennen Sie Giancarlo Vietti? Wie alt sind Sie? Wo kommen Sie her?«

»Sag ihnen gar nichts«, riet ihr Novak, »sollen sich die armen Schweine ruhig den Kopf zerbrechen.«

»Seien Sie doch nicht so«, flehte die junge Paparazza. Sie drängte Maya ihre Visitenkarte auf. Auf der schäbigen Karte waren lediglich ein Name und eine Netzadresse aufgedruckt. »Darf ich Sie später interviewen, Signorina Maya? Wo kommen Sie her?«

»Wo kommen *Sie* her?«, entgegnete Maya.

»Aus Kalifornien.«

»Aus welcher Stadt?«

»San Francisco.«

Maya starrte sie entgeistert an. »Warte mal! Das ist ja unglaublich! Wir *kennen* uns doch! Du bist Brett!«

Brett lachte. »Sorry, so heiße ich nicht.«

»Doch, du bist es! Du heißt Brett und warst mit einem gewissen Griff befreundet, und ich habe dir mal eine Jacke abgekauft.«

»Also, ich heiße nicht Brett, und ein Model von Giancarlo Vietti trägt bestimmt keine Jacke von mir.«

»Du *bist* Brett, du hattest eine Klapperschlange! Was in aller Welt machst du hier in Rom, Brett? Und was hast du mit deinem Haar angestellt?«

»Hören Sie, ich heiße Natalie, okay? Und was glauben Sie wohl, was ich hier mache? Ich hänge vor einer Modenschau auf dem kalten Pflaster rum und klaube die Krümel auf, das mache ich.« Brett nahm die Brille ab und musterte Maya verwundert. »Woher wissen Sie über mich Bescheid? Kennen wir uns wirklich? Woher?«

»Aber ich bin's doch, Brett! Ich bin Maya«, sagte Maya und schauderte plötzlich von Kopf bis Fuß. An ihrem Rücken löste sich ein fingerbreites Stück Klebstoff. Sie fror. Und auf einmal fühlte sie sich elend. Schwindelig und benommen.

»Wir kennen uns nicht«, beharrte Brett. »Ich habe Sie noch nie gesehen! Was geht hier eigentlich vor? Wollen Sie mich verarschen?«

»Das Taxi ist da«, sagte Novak.

»Bleiben Sie!« Brett packte sie am Arm. »Wissen Sie, dass es eine Million Mädchen gibt, die jemanden *umbringen* würden, nur um einmal einen Laufsteg zu betreten? Was muss ich tun, um eine solche Chance zu bekommen? Sagen Sie's mir!«

»Rühren Sie sie nicht an!«, fauchte Novak. Brett prallte zurück, als habe sie eine Kugel getroffen.

»Wenn Sie wüssten, wie es dort drinnen war«, sagte Novak, »würden Sie morgen heimreisen! Legen Sie sich an den Strand, seien Sie eine junge Frau, leben Sie, atmen Sie! Das dort drinnen ist nichts für Sie. Dafür hat man gesorgt, lange bevor Sie geboren wurden.«

»Mir ist schlecht, Josef«, wimmerte Maya.

»Steig ein.« Novak schob sie ins Taxi. Die Türen schlossen sich. Brett stand einen Moment lang wie benommen da, dann sprang sie vor und hämmerte gegen die Scheibe, lautlos schreiend. Das Taxi fuhr los.

Am nächsten Morgen stellte Maya fest, dass im Netz Artikel über sie erschienen waren. Vietti hatte ihr weiße Nachthyazinthen geschickt, und acht Journalisten hatten angerufen. Einer der Journalisten hatte von der Lobby aus angerufen. Er wartete dort auf sie.

Das Frühstück ließen sie sich in Novaks Zimmer servieren. »Du bist nicht in der Verfassung, um mit richtigen Journalisten zu sprechen«, erklärte Novak. »Journalisten sind die natürlichen Feinde der Topmodels. Wenn sie irgendwelche Dinge aufdecken, die dich tief verletzen, geraten sie in hormonelle Erregung.«

»Ich bin kein Topmodel.« Jedenfalls fühlte sie sich nicht so. Sie hatte das Kleid zerreißen müssen. Sie hatte Reinigungscreme, einen Schwamm und eine halbe Stunde gebraucht, um sich den Klebstoff vom Leib zu schrubben. Sie hatte es nicht gewagt, mit der intelligenten Perücke zu schlafen, und beim Aufwachen stellte Maya fest, dass sie schlaff und leblos geworden war. Sie wusste nicht einmal, wie sie neue Software laden sollte.

»Das mag wohl sein, aber ein Sandhaufen ist noch lange kein böhmischer Kristall, meine Liebe.«

»Ich will Fotografin sein und kein Model.«

»Nur nichts überstürzen. Bevor du andere Leute mit einer Linse quälst, solltest du lernen, mit einer Kamera umzugehen. Ein paar Fotosessions vor Ort werden dich das rechte Mitgefühl mit deinen zukünftigen Opfern lehren.« Novak tupfte sich die Lippen mit einer Serviette ab, stand auf und leerte seinen Reisekoffer aufs Bett.

Im doppelten Boden waren zwei Schichten grauer Schaumstoffformteile untergebracht. Vier hochspezialisierte Brillen. Linsen mit 35, 105, 200 und 250 Millimeter Brennweite. Zwei verformbare Fischaugenobjektive und ein Fotogrammeter. Ein Stativ. Filter. Zwei Kameragehäuse. Verbindungskabel. Zehn Meter abstimmbarer laserleitender Blitzdraht. Klebeband. Ein dickes Grafiknotebook mit einem hochempfindlichen Retuschierstab und Zusatzspeicher. Mehrköpfige Fotolampen, zusammengerollte Reflektoren, Filterhalterungen, Adapterringe, Metallfolie, ein kleiner Supraleiter.

Maya blinzelte. »Sie haben doch gesagt, Sie hätten Ihre Ausrüstung nicht dabei.«

»Ich sagte, ich hätte meine Ausrüstung nicht zur *Modenschau* mitgebracht«, meinte Novak. »Außerdem ist das hier nichts Besonderes. Da ich schon mal herkommen musste, dachte ich mir, ich könnte ein paar von diesen hübschen römischen Kanaldeckeln fotografieren … Aber Modeaufnahmen! Welche Herausforderung.«

»Kann Vietti uns nicht helfen? Er beschäftigt doch zahllose Leute, da könnte er uns auch ein paar abtreten.«

»Schätzchen, Giancarlo und ich, wir sind Profis. Das Spiel, das wir miteinander spielen, hat zwei Regeln. Gewinne ich, gebe ich Giancarlo genau das, was ich ihm geben will. Er hält den Mund und bezahlt. Verliere ich, lastet die ganze schreckliche Bürde seines taktvollen Rats auf meinen Schultern.«

»Oh.«

Novak musterte das auf der Bettdecke ausgebreitete Arsenal an Photonensammlern und zupfte nachdenklich an seiner großen, gealterten, verknorpelten Knollennase. »Bei einer Modesession geht es nicht um Stillleben, dazu braucht man ein Team. Modefotos nimmt man nicht auf, man *macht* sie. Ein Stylist für die Kleidung, ein Arrangeur … für die Requisiten ist ein tüchtiger Studioservice unabdingbar. Und wir brauchen einen Location Scout … Und Haardesigner, Kosmetiker …«

»Wo kriegen wir diese vielen Leute her?«

»Wir engagieren sie. Die Rechnungen gehen schließlich an Giancarlo. Das ist das Gute dabei. Weniger gut ist, dass ich in Rom über keine Kontakte verfüge. Und da mich geschäftliche Fehler in den Ruin getrieben haben, besitze ich auch kein Kapital.«

Maya musterte ihn nachdenklich. Sie war felsenfest davon überzeugt, dass Novak eine Menge Geld besaß, doch diese Quelle anzuzapfen hätte bedeutet, ihm zehn Liter Blut abzunehmen. »Ich hätte vielleicht ein bisschen Geld«, meinte sie zögernd.

»Tatsächlich? Das sind ja aufregende Neuigkeiten, meine Liebe.«

»Ich kenne eine Frau in Bologna, die uns helfen könnte. Sie hat eine Menge Freunde, sie sich mit virtueller Realität und Kunst beschäftigen.«

»Junge Leute? Amateure.«

»Ja, Josef, junge Leute. Sie wissen, was das bedeutet, nicht wahr? Es bedeutet, dass sie umsonst für uns arbeiten werden, und anschließend können wir für sie veranschlagen, was wir für richtig halten.«

»Na ja«, meinte Novak nachdenklich, »trotzdem sind sie Amateure, aber fragen kostet nichts.«

»Ich werde sie fragen. Ich glaube, sie werden mitmachen. Um sie zu fragen, brauche ich die nötige Ausrüstung. Kennen Sie zufällig eine hübsche, diskrete Netsite in Rom, die mit veralteten Protokollen arbeitet?«

Die Antwort bereitete Josef Novak keine Schwierigkeit. »Die Villa Curonia«, sagte er sogleich. »Die alte, verruchte Villa Curonia, was sonst. Eine wundervolle Umgebung für ein Location-Shooting.«

Die Villa Curonia war eine ehemalige Privatresidenz und lag in Monteverde Nuovo. Hinter den mit Glasscherben gekrönten Backsteinmauern ragten die struppigen grünen Kronen indiskreter Palmen auf. Eine gewisse Exzentrizität der Fassade deutete darauf hin, dass der Erbauer ein Opium rauchender Ästhet im Stil D'Annunzios gewesen war, mit Beziehungen zu den höchsten und grusligsten Kreisen der Kurie des frühen zwanzigsten Jahrhunderts.

Im Innern lag ein von Säulengängen umgebener Innenhof mit einem ausgetrockneten Springbrunnen und einer Hermes-Statue auf einem Sockel, die perfekte Umgebung für mitternächtliche Zusammentreffen zwielichtiger Gestalten. Der dreistöckige Ostflügel war mit Stromleitungen und optisch leitenden Fasern durchsetzt. Überall abgelaufene Parkettböden, stille, elfenbeinfarbene Gänge und unglaublich alte VR-Geräte, die wie Kröten hinter den verschlossenen Türen der Gesindekammern hockten. Zwei auf komische Weise unheimliche Brüder namens Khornak betrieben das Etablissement für weiß Gott welche Hintermänner, und unter ihrer Schirmherrschaft hatte das alte Gebäude die halbseidene Atmosphäre eines digitalen Bordells angenommen. Ein römisches Haus, das Mensch-Maschine-Affären vorbehalten war.

Novak ging sehr methodisch vor, und Maya wurde beinahe verrückt. Benedetta erwies sich als ausgesprochen hilfreich. Wenn sie erst einmal Feuer gefangen hatte, war sie unermüdlich.

Brett traf gegen drei Uhr nachmittags auf einem Mietfahrrad ein. Maya geleitete sie am Wachposten und den finster dreinblickenden Khornak-Brüdern vorbei.

»Das ist ein erstaunliches Gebäude, so edel«, staunte Brett. »Es ist wirklich nett von Ihnen, dass Sie mich hergerufen haben.«

»Hör endlich auf, mir was vorzujammern, Brett. Sag du zu mir und erzähl mal, wie du nach Rom gekommen bist.«

»Möchtest du das wirklich wissen? Also, zuerst war ich in Stuttgart, aber dort sind die Mieten so hoch, und die Leute sind so von sich eingenommen, also beschloss ich, eine Art Wanderjahr einzulegen, und schließlich führen alle Wege nach Rom, nicht wahr? Niemand interessierte sich für meine Entwürfe, daher hab ich mich rumgehört und diesen Teilzeit-Brillenjob bei dem Boulevardnetz gekriegt, und jetzt hänge ich auf Modenschauen und in Cafés herum, und wenn ich Glück habe, treffe ich jemanden wie dich.«

»Das habe ich mir beinahe gedacht. Du kennst bestimmt eine Menge Second-Hand-Läden in der Gegend, stimmt's?«

»Du meinst Kleiderläden? Klar. Hier in Rom gibt es unzählige. In der Via del Corso, in der Via Condotti, in Trastevere bekommt man gegen Cash alles mögliche …«

»Josef ist oben und stöbert in seinen Prager Files. Er will mir ein paar neue Kleider anfertigen lassen, Sachen aus den Zwanzigern. Darum geht's nämlich. Kennst du dich mit dem damaligen Stil aus?«

»Ja, klar, ein bisschen. In den Zwanzigern waren doch weite Kittelhemden aus Lastex und Tüll mit jeder Menge optisch leitenden Fransenbändern beliebt.«

Maya stutzte. Das mit den Kittelhemden klang plausibel, aber sie konnte sich nicht erinnern, jemals auch nur einen Zentimeter optisch leitendes Fransenband getragen zu haben. »Brett, wir brauchen ein paar Requisiten. Etwas, das Josef inspiriert. Er hat lange keine Modeaufnahmen mehr gemacht, daher brauchen wir eine Menge Atmosphäre, etwas … wie das *Glaslabyrinth* aus Novaks Frühwerk. Josef Novak ging es immer um die inhärente Poesie der Dinge … um diese eigenartig intensive poetische Dinglichkeit, die manchen … äh … Dingen anhaftet … Verstehst du überhaupt, wovon ich rede?«

»Ich glaube schon.«

Maya reichte ihr eine prall gefüllte Geldkarte. Als Brett die Anzeige studierte, machte sie große Augen.

»Alte Spielkarten«, sagte Maya. »Halbmonde. Damenhandschuhe. Buntes Garn. Netze. Skurrile wissenschaftliche Instrumente aus dem zwanzigsten Jahrhundert. Altmodische Prothesen. Treibholz. Prismen. Kompasse. Gehstöcke mit Messingspitze. Ein paar räudige ausgestopfte Tiere mit furchteinflößenden Glasaugen, Nerze oder Wiesel oder Hermeline, weißt du. Kaputtes Blechspielzeug zum Aufziehen. Weißt du, was ein Plattenspieler ist? Na gut, dann vergiss den Plattenspieler. Hast du kapiert, worum es Novak geht?«

Brett nickte unsicher.

»Okay, dann nimm das Geld, durchstöbere die Ramschläden und sag den Verkäufern, du wärst meine Stylistin. Du arbeitest bei einer Fotosession für Giancarlo Vietti mit. Borge so viel wie möglich aus, miete, was du nicht borgen kannst, und kaufe nur das, was du selbst gern behalten würdest. Wir sind hier ziemlich in Eile, also treib ein paar lebendige Freunde auf und lass dir von ihnen helfen. Bring sie anschließend alle mit in die Villa. Beeil dich! Vergiss das Fahrrad, nimm ein Taxi. Wenn du Probleme kriegst, ruf mich an. Hast du mich verstanden? Okay, dann los!«

Brett verharrte blinzelnd auf der Stelle.

»Worauf wartest du noch?«

»Auf gar nichts«, erwiderte Brett. »Das ist bloß alles so aufregend. Ich bin ja so froh, für dich zu arbeiten.«

»Los, beeil dich!«

Brett stolperte los. Josefs erste frisch angefertigten Kleider trafen per Kurier ein. Es handelte sich um Kostüme. Tragekomfort boten sie nicht. Das waren Kamerarequisiten, für Photonen gemacht.

In den Zwanzigern hatte man viel von Naturfasern gehalten, doch die Kostüme enthielten keine einzige Naturfaser. Sie bestanden aus gestrecktem und geschrumpftem Plastikgewebe und kleinen Plastikmaschen. Die Kostüme waren nicht besonders luftdurchlässig und raschelten laut, wenn man sich bewegte, sahen aber himmlisch aus. Zupfte man sie zurecht, behielten sie die Form und spotteten der Schwerkraft.

»Sieht so aus, als hätten sich die Ausgaben gelohnt.«

»Die Khornak-Brüder rauben uns aus«, stöhnte Novak. »Sechzehn Prozent Transaktionsgebühr! Ist das denn zu glauben?«

Maya schälte ein mandarinfarbenes Cape-Kleid vom Kleiderstapel und probierte es an. »Solange sie diskret sind, ist das kein Problem.«

»Maya, bevor wir anfangen, möchte ich etwas von dir wissen. Weshalb wird die Session aus den Mitteln der nicht mehr existierenden Produktionsfirma eines toten Hollywoodregisseurs bezahlt?«

»Tatsächlich?«, sagte Maya und besah sich die bedruckten Ärmel. »Eigentlich sollte das Geld vom Projektfonds eines Bologneser Technikerkollegs kommen.«

»Mit derlei kindischen Ausflüchten kannst du vielleicht einen sehr geduldigen Steuerbeamten zum Narren halten. Bei mir und diesen miesen kleinen Hehlern zieht das nicht.«

Maya seufzte. »Josef, zufällig besitze ich etwas Erwachsenengeld. Es stammt von einem gewissen Erwachsenen, und er hätte es mir wirklich nicht geben sollen. Das Geld ist nicht gut für mich, und ich muss es loswerden. Diese Villa ist eine gute Gelegenheit dazu. Finden Sie nicht? Das hier ist eine Schwarzmarkt-Netsite. Das hier ist Rom, eine sehr alte und sehr verruchte Stadt. Und das ist die Modebranche, wo die Leute ständig aus nichtigen Gründen gewaltige Geldsummen zum Fenster hinauswerfen. Wenn ich das Geld nicht unter diesen Umständen waschen kann, dann schaffe ich es nie.«

»Es ist riskant.«

»Risiko ist mein Leben. Denken Sie nicht an das dumme Geld. Zeigen Sie mir, was Schönheit ist.«

Novak seufzte. »Hier geht es nicht um Schönheit, Schätzchen. Tut mir Leid, aber es geht bloß um Chic.«

»Also gut, dann werde ich mich eben mit Glamour begnügen. Ich hab's eilig. Ich verlange so viel, Josef. Ich will es gleich.«

Novak nickte bedächtig. »Ja. Das nehme ich dir ab. Genau daher rührt dein Charme, Schätzchen ... das heißt, das bist du, und das ist der Moment, Schätzchen.«

Um halb vier traf Philippe ein, um sie zu schminken. Philippe brachte ein Geschenk mit: eine Modeperücke aus dem Emporio Vietti. Die neue Perücke hatte einen eingebauten Übersetzer, der vierundsiebzig Sprachen beherrschte und über ein durchsichtiges Kabel mit dem rechten Ohr verbunden war. Novak meinte, es sei »typisch Vietti«, über die entwendete Perücke so demonstrativ hinwegzusehen und den Einsatz mit einem noch viel besseren Exemplar zu verdoppeln.

Die Perücke war auf dreiundzwanzig Frisuren vorprogrammiert, Viettis taktvoller Versuch, Einfluss auf die Fotosession zu nehmen. Es wäre unhöflich gewesen, ein solch praktisches und nützliches Geschenk zurückzuweisen. Novak aber ärgerte sich über diese kleine Stichelei seines ehemaligen Gönners. Der Ärger versetzte Novak in einen Zustand kreativer Raserei.

»Ich will dir erklären, was ich von dir erwarte, Schätzchen«, murmelte Novak. »Worum es heute geht. Der Reiz des Unheimlichen liegt in der Pikanterie des in sich Widersprüchlichen begründet. Weißt du, wie das Leben in den Zwanzigern war? Natürlich nicht. Das kannst du nicht wissen, aber du musst so tun als ob, mir zuliebe … Als Giancarlo und ich noch jung waren, schien alles möglich. Jetzt schreiben wir die Neunziger, und alles *ist* möglich – aber wenn man jung ist, ist es einem nicht gestattet, diese Möglichkeiten wahrzunehmen. Verstehst du, was ich damit sagen will?«

Maya nickte mit unbewegter Miene, darauf achtend, dass ihr Make-up nicht in Mitleidenschaft gezogen wurde. »Ja, Josef, das verstehe ich. Sehr gut sogar.«

»Das Unheimliche ist Schönheit *macchiato*, Schätzchen, leicht befleckte Schönheit – befleckt mit Schuldbewusstsein, mit dem Monströsen. Das hat Vietti wirklich in dir gesehen, als er meinte, du sähest reizend aus. Und um diese Welt für die Alten vollkommen sicher zu machen, haben wir das Leben der Jungen auf wahrhaft niederträchtige Art und Weise verändert, verstehst du.«

»Ist das nicht ungerecht, Josef? Sie sind sehr streng in Ihrem Urteil.«

»Unterbrich mich nicht. Vietti kann sich diese Wahrheit nicht vergegenwärtigen, ohne sich seine Komplizenschaft einzugestehen. Deshalb war er fasziniert von dir.« Novak schwenkte seinen Arm. »Heute wirst du dich in die längst vergangene Jugend der Gerontokratie verwandeln, in eine gefährliche Liebschaft mit der zerschmetterten Jugend der Moderne. Eine unmögliche Verschwörung, ein traumhafter Bruch. Ein Spiel mit dem Gefühl und der Nostalgie, im Kern aber ein wenig gefährlich, ein wenig pervers. Ich habe vor, den alten Mann mit der Nase drauf zu stoßen. Er wird nicht alles wahrnehmen, weil er die Erkenntnis der ganzen Wahrheit nicht zulassen kann; aber das, was er wahrnehmen kann, wird ihn zur Liebe nötigen.«

Sie machten sich an die Arbeit. Maya in Schwarz, an ein halbtotes antikes VR-Gerät gelehnt. Maya, wie sie ein ausgestopftes Wiesel und einen dicken Umschlag an einen mürrischen, halbnackten Boten überreichte (dargestellt von einem römischen Bekannten Bretts). Maya mit einer Cyberbrille, die an eine Dominomaske erinnerte, während ihr einer von Khornaks Wachposten den Siegelring küsste. (Der vom Glamour geblendete Mann war besonders gut in seiner Rolle.) Maya, ein Paket von Drogenpflastern verschmähend, während sie so tat, als rauche sie eine Zigarette. Eine nachdenkliche Maya im Kerzenschein, in hochhackigen Schuhen auf dem Boden hockend und über eine kleine Spielkartenburg aus römischen Bustickets gebeugt.

Erst zehn, dann ein Dutzend, schließlich zwanzig Jugendliche in Straßenkleidung tauchten in der Villa auf. Novak baute sie in die Bilder ein. Gesichtslos und zu Mayas Füßen über den Boden kriechend, wirkte ihre billige und lebendige Kleidung im Halbdunkel nahezu grotesk.

Als Maya die unfertigen Bilder auf Novaks Notebook betrachtete, war sie entzückt und entsetzt. Entzückt, weil sie so schön wirkte. Entsetzt, weil Novaks Phantasien so aufschlussreich waren. Er hatte sie in einen bezaubernden Atavismus verwandelt, in eine Königin der Unterwelt, deren verbotener Chic auf einen Mob monströser Kinder abzielte. Novaks Glamour war eine Lüge, die die Wahrheit aussprach.

Nachts um halb zwei fuhr Novak mit dem Taxi zum Hotel zurück. Der alte Mann hatte sich lange nicht mehr so verausgabt. Er war ganz zitterig vor Erschöpfung; in Anbetracht seiner hundertzwanzig Jahre kein Wunder.

Als Novak fort war, warfen die Khornak-Brüder, die wegen der lebendigen Jugendlichen zunehmend nervös geworden waren, alle zusammen mit einem Durcheinander von Requisiten hinaus.

Die Jugendlichen verabschiedeten sich mit lautem Hallo, fuhren auf klapprigen Fahrrädern davon oder quetschten sich zu sechst in ein Taxi. Als Brett und Maya die geliehenen Requisiten in Augenschein nahmen, stellten sie fest, dass die Statisten eine Handvoll kleiner, aber wertvoller Gegenstände entwendet hatten. Brett war den Tränen nahe. »Das ist typisch«, sagte sie. »Also wirklich, man gibt den Leuten eine Chance, endlich einmal eine richtige Chance, und das ist nun der Lohn. Ein Schlag ins Gesicht.«

»Sie wollten ein paar Souvenirs behalten, Brett. Sie haben uns ihre Zeit zur Verfügung gestellt, und wir haben ihnen nichts dafür gezahlt, daher macht es mir nichts aus. So teuer kann ein ausgestopftes Wiesel schließlich nicht sein.«

»Aber ich habe den Verkäufern versprochen, gut auf die Sachen aufzupassen. Und ich habe den Kids eine ganz besondere Chance geboten, und sie haben mich bestohlen.« Brett schüttelte den Kopf und schniefte.

»Die kapieren's einfach nicht, Maya. Die römischen Kids sind anders als wir. Das ist, als hätte man alles Lebendige aus ihnen herausgequetscht. Sie tun nichts, sie versuchen's nicht einmal, sie hängen bloß bei der Spanischen Treppe herum, trinken Frappés und *lesen.* Man mag's ja kaum glauben, aber sie *lesen.* Man braucht ihnen bloß ein dickes Papierbuch in die Hand zu drücken, und schon setzen sie sich hin und schalten stundenlang ab.«

»Die römischen Kids lesen?«, half Maya nach, damit beschäftigt, die Schuhe zu sortieren. »Mann, wie klassisch.«

»Es ist schrecklich, eine furchtbare Angewohnheit! In der Virtualität gibt es wenigstens Interaktion! Sogar beim Fernsehen muss man Gehirnregionen nutzen, die visuelle Reize und echte Dialoge verarbeiten! Lesen ist wirklich schlecht für einen, es schadet den Augen, ruiniert die Haltung und macht dick.«

»Meinst du nicht, Lesen könnte bisweilen auch nützlich sein?«

»Klar, das sagen alle. Diese Typen nehmen Sprachtinkturen zu sich, dann können sie tausend Worte pro Minute lesen! Trotzdem *tun* sie nichts! Sie lesen bloß davon, etwas zu tun. Das ist krankhaft.«

Maya richtete sich widerwillig auf. Vom langen Stehen und den vielen Anproben taten ihr die angeschwollenen Beine weh. Posen einzunehmen und zu halten war körperlich anstrengender, als sie sich vorgestellt hatte. »Also, heute ist es schon zu spät, um die Sachen zurückzugeben. Kennst du einen sicheren Ort, wo wir den Plunder verwahren können? Wo wohnst du?«

»Ich glaube, meine Wohnung wäre nicht so geeignet.«

»Lebst du in einem Baum oder was?«

Brett runzelte verletzt die Stirn. »Nein! Ich finde bloß, dass meine Wohnung nicht geeignet wäre.«

»Also, in das Luxushotel, in dem ich abgestiegen bin,

kann ich diesen Krempel nicht mitnehmen, ich würde nicht mal am Türsteherhund vorbeikommen.« Maya warf ihre Löckchen. Die neue, dunkle Perücke stand ihr gut. Sie war sehr viel besser als ihr eigenes Haar. »Wo können wir um zwei Uhr morgens mit einem Haufen Requisiten hingehen?«

»Also, ich kenne da den perfekten Unterschlupf«, sagte Brett, »aber wahrscheinlich sollte ich dich nicht dorthin mitnehmen.«

Bretts Freunde waren um drei Uhr morgens noch auf, denn sie waren süchtig. Sie waren zu sechst und lebten in einem feuchten Keller in Trastevere, der aussah, als habe er bereits Generationen von Drogensüchtigen beherbergt.

Drogensüchtigen der neunziger Jahre standen völlig neue Wege ins künstliche Paradies offen. Die Politas unterband jeglichen Schwarzhandel mit illegalen Drogen, doch mit einem entsprechend ausgerüsteten Tinkturenset und den richtigen biochemischen Rezepten konnte man genug von nahezu jeder beliebigen Droge herstellen, um sich und eine ganze Schar von Freunden ins Jenseits zu befördern. Die Politas fand sich damit ab, dass sich die Herstellung und der Besitz von Drogen der Kontrolle entzogen. Sie begnügte sich damit, den Menschen, die vorsätzlich ihre Gesundheit ruinierten, die medizinische Behandlung einzuschränken.

Wie jede vertrackte Situation war auch diese von der Politas bis in alle Einzelheiten ausgearbeitet. Gefährliche Stoffe, die zum Herzstillstand führten oder die Leber schädigten, verringerten eindeutig die Lebenserwartung, daher zog ihr Gebrauch strenge medizinische Strafen nach sich. Drogen, welche schon in Mikrogrammmengen die kognitiven Prozesse beeinträchtigten, richteten nur geringe metabolische Schäden an und wurden daher weitgehend toleriert. Die Politas war ein medizinisch-industrieller Komplex, eine mit Drogen durchtränkte Gesellschaft. Der primitive Mythos einer drogenfreien Lebensweise übte keinen Reiz auf die Politas aus. Der auf dem neurochemischen Schlachtfeld ausgetragene Kampf gegen die Senilität hatte dazu geführt, dass große und einflussreiche Segmente der wahlberechtigten Bevölkerung permanent in veränderten Bewusstseinszuständen lebten.

Maya – oder vielmehr Mia – hatte auch schon früher mit Junkies zu tun gehabt. Jedes Mal war sie von der Höflichkeit der Junkies beeindruckt gewesen. Junkies war eine übermenschliche Vornehmheit zu eigen, die mit einer völligen Gleichgültigkeit gegenüber konventionellen Vorstellungen und Bestrebungen einherging. Sie war noch keinem Junkie begegnet, der nicht höflich versucht hätte, andere zu der düsteren Transzendenz des Drogenlebens zu bekehren. Junkies teilten alles miteinander: Moskitos, Pillen, Betten, Gabeln, Kämme, Zahnbürsten, das Essen und natürlich auch ihre Drogen. Junkies waren Teil eines losen, globalen Netzwerks, der interkontinentalen Freimaurerloge der Drogenabhängigen.

Da ihnen umfangreiche Vorräte von allen Drogen gestattet waren, die sie zusammenbrauen konnten, waren moderne Junkies nur selten gewalttätig. Sie vermieden es, ins Elend abzurutschen. Gleichwohl war ihr Tun mehr oder minder selbstmörderisch.

Viele Junkies verstanden es, mit erstaunlich poetischer Eloquenz über die Freuden ihres chemisch aufgepeppten Innenlebens zu reden. Die beredsamsten und intellektuellsten Junkies war im Allgemeinen die, deren Verfall am weitesten fortgeschritten war. Junkies waren so ziemlich die einzigen Menschen der modernen Welt, die wahrhaft krank aussahen. Junkies hatten Geschwüre, Karies und sprödes, lebloses Haar; Junkies hatten Flöhe und waren bisweilen auch Träger der gefährdeten Spezies der Läuse. Die von Pilzen befallene juckende

Fußhaut der Junkies schälte sich ab, und ihnen lief die Nase. Junkies husteten und kratzten sich und hatten wässrige blutunterlaufene Augen. Sie gehörten zu den Millionen Menschen, die im fortgeschrittenen Verfall begriffen waren, doch allein die Junkies waren auf die Hygienestandards des zwanzigsten Jahrhunderts zurückgefallen.

Die Junkies – ein Mann und zwei Frauen – hießen sie willkommen. In dem Keller hielten sich noch zwei weitere Männer auf, doch die träumten friedlich in ihren Hängematten. Die Junkies machten kein großes Aufhebens um Bretts Mitbringsel, sondern schafften mit rührender Hilfsbereitschaft eine zerschlissene Decke herbei und deckten alles zu. Dann wandte sich der männliche Junkie wieder seiner unterbrochenen Beschäftigung zu. Er las laut aus der italienischen Übersetzung des Tibetischen Totenbuchs vor und war bereits bis zu Seite 212 vorgestoßen. Die beiden Frauen, die in solchen Höhen schwebten, dass ein Drache nicht an sie herangereicht hätte, brachen hin und wieder in schallendes, zustimmendes Gelächter aus und zupften ansonsten versonnen an ihren Zehennägeln.

Maya und Brett legten sich in eine Zweierhängematte. Sie war mit ein paar Blutflecken verschmutzt, und sie verströmte einen unangenehmen Geruch, doch die Hängematte war hübsch gewebt und viel sauberer als der Fußboden. »Brett, woher kennst du diese Leute?«

»Maya, darf ich dich um etwas bitten? Um einen kleinen Gefallen? Ich heiße wirklich nicht Brett. Ich heiße Natalie.«

»Tut mir Leid.«

»Es gibt zwei Arten von Leben, weißt du«, sagte Natalie, während sie es sich in der schwankenden Hängematte bequem machte; offenbar kannte sie sich damit aus. »Das eine ist das Leben der Bürgerlichen, beim anderen geht es darum, wirklich bewusst zu werden.«

»Das ist nichts Neues für mich, schließlich komme ich aus San Francisco. Und mit welcher Brechstange willst du die Türen der Wahrnehmung aufhebeln?«

»Also, ich stehe auf Lacrimogen.«

»Oh, nein. Konntest du dir nicht etwas Harmloseres aussuchen, wie zum Beispiel Heroin?«

»Heroin kann im Blut und im Haar nachgewiesen werden und bringt einem nur Nachteile ein. Lacrimogen hingegen kommt in jedem Gehirn vor. Lacrimogen ist natürliche Neurochemie. Weil es nicht nachweisbar ist, ist es eine sehr lebendige Droge. Klar, wenn man zu viel nimmt, kriegt man Probleme, eine klinische Depression. Aber in der richtigen Menge genossen, macht es einen viel bewusster.«

»O je, meine Liebe.«

»Hör mal, ich bin eine Jugendliche, okay?«, sagte Brett. »Ich meine, das sind wir beide, aber ich kann mir das eingestehen, ich weiß wirklich, wie schlimm das ist. Weißt du, warum junge Leute es heutzutage so schwer haben? Nicht bloß deshalb, weil sie eine kleine Minderheit sind. Unser wahres Problem liegt darin, dass wir so mit Hormonen vollgestopft sind, dass wir in einer Phantasiewelt leben. Und das ist nicht gut für mich; ich kann mein Leben nicht auf leere Hoffnungen gründen. Ich muss meine Lage klar einschätzen.«

»Brett, ich meine Natalie, es erfordert große Reife, ohne Illusionen zu leben.«

»Also, ich setze auf künstliche Desillusionierung. Ich weiß, es tut mir gut.«

»Ich kann mir einfach nicht vorstellen, dass das stimmt.«

»Dann lass es mich dir beweisen. Lass uns wetten«, erklärte Natalie. »Wir nehmen beide hundert Mikrogramm Lacrimogen, okay? Wenn du dir dadurch nicht mindestens einer fürchterlichen Lebenslüge bewusst wirst, nehme ich nie wieder Lacrimogen.«

»Ist das dein Ernst? Ich kann mir nicht vorstellen, dass du das Versprechen einhalten würdest.«

»Lacrimogen macht nicht süchtig, weißt du. Man bekommt keine Schweißausbrüche oder irgendwelche anderen Entzugserscheinungen oder so. Natürlich würde ich damit aufhören, wenn ich nicht wüsste, dass es mir hilft.«

»Hör mal, die Selbstmordrate ist bei Lacrimogen unglaublich hoch. Alte Leute nehmen Lacrimogen, um den Mut zum Selbstmord aufzubringen.«

»Nein, das stimmt nicht, sie nehmen es, um ihr Leben nachträglich in Ordnung zu bringen. Dafür kann man nicht die Droge verantwortlich machen. Wenn man meint, man müsse Mut sammeln, um sich umzubringen, dann sollte man es wohl auch tun. Die Menschen müssen sich heutzutage umbringen, das ist eine gesellschaftliche Notwendigkeit. Wenn Lacrimogen einem zu dieser Einsicht verhilft und über die damit einhergehende Angst und die Verwirrung hinweghilft, dann spricht das nur für die Droge.«

»Lacrimogen ist gefährlich.«

»Sicherheit kotzt mich an. Sicherheit in jeder Form. Sicherheit korrumpiert. Ich wäre lieber tot als in Sicherheit.«

»Aber würdest du wirklich damit aufhören? Wenn ich es mit dir zusammen einnähme und dich anschließend bitten würde, damit aufzuhören?«

Natalie nickte zuversichtlich. »Das waren meine Worte. Wenn du dich nicht traust, ist das in Ordnung, das verstehe ich. Aber du hast kein Recht, mir deswegen Vorhaltungen zu machen. Weil du keine Ahnung hast, wovon du überhaupt redest.«

Maya blickte sich im Keller um. Sie wusste, dass sie im Moment in Gefahr war. Die Bedrohung ließ die Umgebung noch realer erscheinen. Den abbröckelnden Putz, die Risse in der Decke, das große, altmodische Tinkturengerät. Die herumliegenden Bücher, die Fläschchen mit Tinkturen, das kaputte Fahrrad, die Unterwäsche, den tropfenden Wasserhahn, das sonore Schnarchen des einen bewusstlosen Junkies. Die Haarnetze, die heruntergelassenen Rollläden, das Rumpeln einer vorbeifahrenden Straßenbahn. Hier war Brett zu Hause. Sie war Brett hierher gefolgt. Sie war Brett den ganzen weiten Weg gefolgt.

»Also gut. Ich tu's.«

»Hey!«, rief Brett. »Antonio!«

Antonio unterbrach seine feierliche Rezitation und blickte höflich auf.

»Ich habe bald kein Lacrimogen mehr. Nur noch zwei Dosen. Kannst du mir sagen, wo ich Nachschub herkriege?«

»Klar«, meinte Antonio. »Ich kann dir was machen. Soll ich? Für deine hübsche Freundin? Kein Problem.« Er legte das Buch weg und wandte sich in schnellem Italienisch an die beiden Frauen. Alle wirkten erfreut, etwas tun zu können. Die Herstellung eines Stimulans war natürlich das Naheliegendste.

»Bitte seid nicht so laut«, meinte eine der Frauen, während sie sich die Ärmel hochkrempelte. Sie war sehr mager. »Sonst wacht Kurt noch auf. Kurt mag es nicht, wenn man herumschreit.«

Brett zog das Ende einer Rolle Klebepflaster aus einer Pergamintasche hervor. Sie pellte vier winzige Pflaster davon ab. Zwei davon drückte sie sich am Handgelenk auf die Schlagader, die anderen beiden gab sie Maya.

Nichts geschah.

»Du solltest nichts Sensationelles erwarten«, sagte Brett. »Das ist eine stimmungsbeeinflussende Substanz. Das ist eine Stimmung.«

»Also, bei mir wirkt es nicht«, meinte Maya erleichtert. »Ich fühle mich bloß ein wenig schläfrig. Ein Bad wäre jetzt schön.«

»Hier gibt es kein Bad. Hier gibt's bloß ein Klo. Hinter der Tür. Es macht dir doch nichts aus, dafür zu bezahlen, Maya? Fünf Mark? Für die Grundstoffe?«

Es war illegal, Drogen zu verkaufen. Man durfte sie tauschen, sie verschenken, sie selbst herstellen. Der Verkauf stellte ein Vergehen dar. »Wenn es ihnen hilft.«

Brett lächelte erleichtert. »Ich weiß wirklich nicht, weshalb Novak wollte, dass du so seltsam düster aussiehst. Du bist sehr freundlich, richtig nett.«

»Nun, ich habe Wünsche, die mit dem Status quo unvereinbar sind.« Das hatte sie schon oft gesagt, doch erst jetzt wurde ihr bewusst, was die Phrase wirklich bedeutete. Weshalb lebendige Menschen diese Worte zu ihrem Wahlspruch gemacht hatten, weshalb sie eine solch offensichtliche Dummheit allen Ernstes über die Lippen brachten. Der Status quo war die unerlässliche Vorbedingung des geleugneten Begehrens. Begehren war irrational, obszön und regelwidrig. Das Begehren zu akzeptieren, sich dem Begehren zu überlassen – das Begehren zu erkunden, es zu suchen – das war das genaue Gegenteil von Weisheit und Diskretion.

Und es war der Kern der Junkie-Romantik. Ein Vergnügen, so nackt wie die Geometrie – die euklidischen Freuden des Zentralnervensystems, eine reine Form der Fleischlichkeit für das graue Fleisch des Gehirns. Eine ultimative Form des Begehrens – keine Liebe, keine Wollust, keine Machtgier, stattdessen bloß gereinigte molekulare Gifte, die mit dem grauen Fleisch auf zellulärer Basis wundervolle Dinge anstellten. Die Erkenntnis schlug über ihr zusammen wie eine Woge. Sie hatte die Wahrheit des Junkie-Lebens bisher nicht erkannt, weil sie zu sehr damit beschäftigt gewesen war, es zu verachten. Jetzt aber verstand sie die Junkies und empfand Mitleid mit ihnen. Die Wahrheit und die Traurigkeit waren untrennbar miteinander verknüpft. Diese Wahrheit erkannte man erst dann, wenn man traurig genug war.

Antonio und seine beiden Freundinnen machten sich eifrig am Tinkturenset zu schaffen. Der korrekte Gebrauch eines Tinkturensets war eine Art sozialer Kunst, sie erforderte Gelassenheit und Geschicklichkeit, Weitblick und Genauigkeit im Detail.

Die Junkies besaßen keine dieser Eigenschaften. Sie waren linkisch und gleichzeitig fürchterlich entschlossen. Sie waren durch und durch vergiftet, daher machten sie viele kleine Fehler. Jedes Mal, wenn sie einen Fehler gemacht hatten, hielten sie inne und bemühten sich, darüber nachzudenken, und dann fingen sie von neuem an herumzuprobieren. Es war, als schaute man drei kleinen Spinnen zu, die sich allmählich anschickten, ein gefangenes, zappelndes Insekt zu verspeisen.

Maya schauderte heftig, und Brett streichelte ihr über den Arm. »Hab keine Angst.«

Bis jetzt hatte sie keine Angst gehabt. Aber kaum, dass Brett das Wort ausgesprochen hatte, war die Angst auf einmal da. Ein kalter Schwall hässlicher Angst, der einem überschwappenden, riesigen schwarzen Meer entstammte. Was hatte sie zu fürchten? Weshalb verspürte sie auf einmal Panik? Es gab keinen Grund, Angst zu haben. Abgesehen natürlich davon, dass sie sich dem Begehren überlassen hatte. Das Begehren war in ihrem alternden Gehirn in grauen Lappen aus frischem neuralem Fleisch herangewachsen. Ihre jugendliche Lebensfreude war ebenso falsch wie die spinnenhaften Zuckungen eines Junkies. Sie träumten vom künstlichen Paradies, während sie selbst zum künstlichen Paradies geworden war.

Sie stolperte durch Europa, als ob nie jemand hinter die Wahrheit kommen würde, aber wie sollte das zugehen? Mit großer Unverfrorenheit lebte sie nun seit drei Monaten außerhalb des Gesetzes, beschützt allein von einer verrückten Fassade des Glücklichseins und der

Zuversicht. Von der Eierschale eines trügerischen Selbstvertrauens. Sie wandelte über die Hängebrücke anderer Leute Unglauben. Man musste schon verrückt sein, um zu meinen, dies könne von Dauer sein.

Natürlich würde man sie irgendwann schnappen. Irgendwann würde sie straucheln. Die nackte Wirklichkeit konnte jederzeit das Gewebe ihrer Phantasien durchstoßen. Von allen Seiten drohten Denunziation und Verrat. Von Paul, der zu viel wusste. Von Josef, sollte er sich mal Gedanken machen. Von Benedetta, die sich an ihr rächen könnte, sollte sie die hässliche Wahrheit einmal erfahren. Und wenn Emil sie nun vermisste und sich an die Polizei wandte?

Am liebsten wäre sie Hals über Kopf auf die Straße gerannt, doch die grausame, hellsichtige Kraft der Droge bannte sie auf dem Fleck fest. Angenommen, sie liefe abermals weg. Angenommen, sie bestiege einen Zug nach Wladiwostok oder Ulan Bator oder Johannesburg – was wäre, wenn sie einmal krank würde? Oder wenn sich Nebenwirkungen der Behandlung bemerkbar machten? Wie hatte sie, eine Medizinökonomin, nur so dumm sein können? Eine Behandlung wie die NTDZ hatte natürlich Nachwirkungen – vor allem deshalb hatte man sie so genau unter Beobachtung gehalten. Um die unerwünschten Reaktionen aufzuspüren und zu studieren. Zumal im schnell wachsenden Gewebe wie dem Haar und den Nägeln …

Als Maya ihre schartigen Fingernägel betrachtete, entrang sich ihr ein Wimmern. Warum hatte sie sich das bloß angetan? Sie war ein Monstrum. Sie war ein Monstrum, das aus seinem Käfig geflohen war, und wen sie auch kannte und kennen lernte, alle hatten ein Interesse daran, sie wieder einzusperren. Vor Verzweiflung begann sie zu zittern.

»Vielleicht hätte ich dir nicht so viel geben sollen«, meinte Brett besorgt. »Aber ich wollte nicht, dass du die Wirkung an dir abprallen lässt und mich zum Aufhören zwingst.«

»Ich bin ein Monstrum«, sagte Maya. Ihre Lippen bebten.

Brett legte ihr den Arm um die Schultern. »Schon gut, meine Liebe«, murmelte sie. »Du bist kein Monstrum. Jedermann weiß, wie schön du bist. Du solltest ein wenig weinen. Das hilft bei Lacrimogen immer.«

Antonio kam herbeigeschlurft und blickte in die Hängematte. »Ist alles in Ordnung? Kommt sie klar?«

»Es geht ihr nicht besonders«, antwortete Brett. »Wonach riecht es hier?«

»Da ist was angebrannt«, erklärte Antonio. »Wir müssen es wegspülen und von vorn anfangen.«

»Was meinst du mit ›wegspülen‹?«

Antonio deutete auf die Toilettentür.

Brett setzte sich auf und versetzte die Hängematte in eine unangenehme Schaukelbewegung. »Hör mal, ihr könnt eine verdorbene Tinktur doch nicht einfach im Klo runterspülen! Seid ihr denn wahnsinnig? Man muss die Tinktur in dem Gerät zersetzen. Mann, das Abwassersystem wird überwacht! Man darf es nicht einfach so mit gefährlichen Chemikalien verunreinigen. Die sind womöglich sogar karzinogen! Da spielen die Überwachungsgeräte ja verrückt!«

»Wir haben verdorbene Chargen auch schon früher weggespült«, erwiderte Antonio geduldig. »Das tun wir ständig.«

»Verdorbenes Lacrimogen?«

»Nein, Entheogene. Aber das geht schon klar.«

»Du bist ein verantwortungsloser Soziopath, der keine Rücksicht auf Unbeteiligte nimmt«, sagte Brett in scharfem, bitterem Ton.

Antonio grinste, vielleicht ein wenig verärgert, aber zu höflich, um es zu zeigen. »Wenn du Lacrimogen genommen hast, bist du immer unausstehlich, Natalie. Wenn du jemanden nerven willst, schaff dir einen Freund an. Eine Liebesaffäre kann dich genauso runterziehen.«

Eine der Frauen kam herbeigeschlurft. Sie war keine Italienerin. Vielleicht Schweizerin. »Natalie, wir sind hier nicht in San Francisco«, sagte sie. »Das sind römische Abwasserkanäle, die ältesten Abwasserkanäle der Welt. Dort unten gibt es eine Menge Katakomben und verschüttete Villen, alte Jungfrauentempel, Mosaike, die Gebeine von Christen ...« Sie blinzelte und schwankte leicht. »Das bisschen Lacrimogen schadet den alten römischen Gespenstern nicht.«

Brett schüttelte den Kopf. »Ihr müsst das Tinkturenset reinigen, das Diagnoseprogramm laufen lassen und dann die verdorbenen Chemikalien zersetzen. So wird das gemacht, ganz einfach!«

»Wir sind zu müde«, meinte Antonio. »Willst du noch was haben oder nicht?«

»Von dem Zeug will ich nichts«, sagte Brett. »Haltet ihr mich etwa für wahnsinnig? Ich könnte mich vergiften!« Sie brach in Tränen aus.

Einer der Junkies meldete sich aus seiner Hängematte zu Wort. Er war groß und kräftig, hatte dichte, drohende Augenbrauen und einen Viertagebart. »Verzeihung«, sagte er mit irischem Akzent. »Lest laut vor, meine Lieben, plaudert miteinander, vergnügt euch. Aber zankt euch nicht. Und vor allem, keine Tränen.«

»Tut mir Leid, Kurt, tut mir echt Leid«, sagte Antonio. Er brachte eine versiegelte Plastikpfanne ins Klo. Eine uralte Kette rasselte, dann gurgelte Wasser.

Kurt setzte sich auf. »Oh, unser neuer Gast ist sehr hübsch.«

»Sie hat Lacrimogen genommen«, meinte Brett abwehrend.

»Frauen, die Lacrimogen genommen haben, brauchen einen Mann«, knurrte Kurt. »Komm kuscheln, Schätzchen. Wein dich in den Schlaf.«

»Mit einem so schmutzigen Mann schlafe ich nicht!«, platzte Maya heraus.

»Frauen, die Lacrimogen genommen haben, sind auch sehr taktlos«, bemerkte Kurt. Er wälzte sich auf die Seite. Die Hängematte ächzte.

Eine Zeit lang war es still. Schließlich nahm Antonio wieder das Buch zur Hand und las weiter vor.

»Ich verrate dir ein Geheimnis«, flüsterte Brett Maya zu.

»Ja?«

»Komm, wir legen uns hin.«

Sie streckten sich in der Hängematte aus. Brett schlang die Arme um Mayas Hals und sah ihr in die Augen. Sie beide empfanden so tiefen Schmerz, dass die Berührung ausgesprochen trostreich war. Als wären sie gemeinsam im letzten Moment aus einem brennenden Fahrzeug gekrochen.

»Ich tu's nie wieder«, sagte Brett. Eine Träne rollte ihre Nase hinunter und fiel auf Mayas Wange. »Ich will Mode machen, mehr verlange ich gar nicht. Aber ich werde es niemals schaffen. Ich werde niemals so gut wie Giancarlo Vietti sein. Er ist hundertzwölf Jahre alt. Er besitzt sämtliche Files, die jemals über Mode veröffentlicht wurden, sämtliche Bücher, die je darüber geschrieben wurden. Seit fünfundsiebzig Jahren leitet er sein eigenes Modehaus. Er ist Multimillionär und hat einen riesigen Mitarbeiterstab. Ihm habe ich einfach nichts entgegenzusetzen.«

»Irgendwann wird er sterben«, sagte Maya.

»Klar. Vielleicht. Aber dann bin ich neunzig. Vorher werde ich keine Chance bekommen zu leben. Vietti hat jung angefangen, er hat Erfahrung erworben, er wird bei seinem Tod ein Jahrhundert lang der König der Modebranche gewesen sein. Diese Erfahrungen werden mir fehlen. Bis ich neunzig bin, habe ich mich in Stein verwandelt.«

»Wenn er dir keinen Platz in seiner Welt einräumt, musst du dir deine eigene Welt erschaffen.«

»Das sagen alle lebendigen Leute, aber die Alten lassen es nicht zu. Sie lassen uns bloß im Sandkasten spielen. Sie geben uns weder richtiges Geld noch richtige Macht, noch richtige Chancen.« Brett atmete stockend ein. »Und was am schlimmsten ist, selbst wenn wir dies alles hätten, wären wir noch lange nicht so gut wie sie. Verglichen mit den Gerontokraten sind wir Abfall, Kitsch, dumme kleine Amateure. Ich könnte das lebendigste Mädchen auf der ganzen Welt sein und wäre doch immer nur ein kleines Mädchen. Die Gerontokraten, die sind wie die Eiskruste auf einem Teich. Wir sind tief unten, wo wir das Tageslicht nie zu Gesicht bekommen. Wenn unsere Zeit kommt, dann sind wir alt – kalte, blinde Fische, schlimmer als Vietti, hundertmal schlimmer. Und dann wird sich die ganze Welt in Eis verwandeln.«

Sie schluchzte hemmungslos.

Kurt setzte sich abermals auf. Diesmal war er wütend. »Hallo? Wer hat euch hergebeten? Wenn ihr nicht klarkommt, verschwindet!«

»Deshalb liebe ich die Junkies!«, rief Brett mit schriller Stimme und setzte sich weinend auf; ihr Gesicht war gerötet. »Weil sie in Bereiche vordringen, wohin ihnen die Gerontokraten niemals folgen werden. Sie spinnen sich in Phantasien ein und sterben. Seht euch doch mal um! So wird einmal die ganze Welt aussehen, wenn man uns nicht gestattet zu leben.«

»Ja, schon gut«, meinte Antonio und legte das Buch sorgsam weg. »Kurt, schmeiß die kleine Spinnerin raus. Wirf sie auf die Straße, Kurt.«

»Mach du das«, sagte Kurt. »Du hast sie reingelassen.«

Auf einmal krachte es auf der Toilette. Die Tür sprang auf und knallte so heftig gegen die Wand, dass sich ein Scharnier löste.

Alle waren wie erstarrt. Es gurgelte, dann gab es eine weitere heftige Explosion. Braunes Abwasser spritzte bis an die Decke. Dann barsten verrostete Bolzen, das Klobecken löste sich aus seiner Verankerung und kippte in den Keller.

Eine funkelnde Maschine mit hundert zappelnden Beinen schlängelte sich aus dem Abflussrohr hervor. Der dicke Metallkopf war gespickt mit dreckverschmutzten Borsten und chemischen Sensoren. Die Maschine klammerte sich mit ihren dicken Borstenbeinen an den Türrahmen, während das Hinterteil stoßweise weißen Schaum freisetzte.

Sie wölbte den gepanzerten Rücken und heulte wie eine Todesfee.

»Nicht weglaufen, nicht weglaufen!«, brüllte Kurt. »Wer wegläuft, wird strenger bestraft!« Natürlich liefen doch alle weg. Sie sprangen auf, polterten die Treppe hoch und rannten auf die Straße wie eine Horde aufgescheuchter Paviane.

Auch Maya stürzte auf die feuchte, eiskalte römische Straße. Dann machte sie kehrt und rannte wieder in den Keller hinunter. Sie schnappte sich den Rucksack. Der Abwasserwächter war halb unter Dichtungsschaum begraben. Er wandte sich ihr zu, nahm sie mit seinen Kameraaugen ins Visier, richtete zwei Flanschen am Hals auf, die sogleich rote Lichtblitze aussandten. Er sagte etwas sehr bedrohlich Klingendes auf italienisch. Maya wandte sich zur Flucht.

Gegen fünf Uhr morgens gelangte sie ins Hotel. Nieselregen hatte eingesetzt.

Sie stolperte in die Hotelbar. Sie hatte weiche Knie. Es wäre netter gewesen, irgendwo anders hinzugehen, aber sie war es leid, nicht zu wissen, wo sie hingehörte. In der leeren Straßenbahn hatte sie einen Plan gefasst.

Sie würde warten, bis Novak aufwachte, und ihm

dann alles beichten. Vielleicht würde er ja seines Abscheus und seines Zorns Herr werden und Mitleid mit ihr haben. Vielleicht würde er sogar irgendwie eingreifen. Und wenn nicht, nun, er hatte die Chance verdient, sie anzuzeigen. Die Chance, sich zu rächen.

Die Prager Polizisten machten einen etwas schrulligen Eindruck und wären daher vielleicht nachsichtiger als die Polizei in Rom, Munchen oder San Francisco. Außerdem stand sie tief in Novaks Schuld; er hatte ihr die Augen geöffnet. Sie war mit ihrem nutzlosen Ich in sein Leben eingedrungen, und nun verdankte sie ihm die Erkenntnis der Wahrheit.

Sie setzte sich auf einen Barhocker, der sich unter ihr zu drehen schien. Einen Moment lang wurde es schwarz um sie. Allmählich dämmerte ihr, dass sie den ganzen Tag über nichts gegessen hatte. Sie hatte einfach nicht daran gedacht.

Die Bar war leer. Ein Barkeeper trat aus der Tür für das Dienstpersonal. Es war fünf Uhr morgens, aber vielleicht hatte ihm der Türsteherhund Bescheid gegeben. Der Barkeeper näherte sich ihr voller Besorgnis. Er war gut aussehend und elegant und ihr unendlich überlegen. Das Hotel hatte nette Angestellte, römische Bürger in den Vierzigern, Jugendliche, die sich ihr Geld damit verdienten, die Reichen zu bedienen. »Signorina?«

»Ich brauche einen Drink«, krächzte Maya.

Der Barkeeper lächelte galant. »Eine lange Nacht, Signorina? Eine unglückliche Nacht? Dürfte ich Ihnen einen Triacylglycerol-Frappé vorschlagen?«

»Großartig. Einen doppelten. Und geizen Sie nicht mit gesättigten Fettsäuren.«

Er brachte ihr einen großen Frappé, klares Protein zum Nachspülen und eine geriffelte Schale mit römischen Snacks. Der erste Happen verursachte ihr einen derartigen metabolischen Schock, dass sie beinahe ohnmächtig geworden wäre. Dann aber wärmte er sie von innen und sickerte in ihren ausgehungerten Blutkreislauf ein.

Als sie den Frappé zur Hälfte getrunken hatte, ließ ihre Panik allmählich nach. Sie konnte wieder aufrecht auf dem Barhocker sitzen. Das Zittern hörte auf, und sie streifte die Schuhe ab. Der Barkeeper verzog sich taktvoll ans Ende der Bar und machte sich an einem teilweise zerlegten Hausroboter zu schaffen.

Maya öffnete den Rucksack, holte die Puderdose heraus und betrachtete schaudernd ihr Gesicht. Sie entfernte das Schlimmste mit einem Papiertuch und erneuerte den Lippenstift.

Ein Römer in eleganter Abendkleidung betrat die Bar vom hoteleigenen Casino her. Er tippte mit einem Pokerchip auf die Theke und bestellte Koffein macchiato. Der angestrengte Ausdruck seines gepuderten Gesichts mit der Adlernase ließ erkennen, dass ihm die Karten heute nicht freundlich gesonnen gewesen waren.

Der Römer nahm die Mokkatasse entgegen, setzte sich zwei Plätze weiter auf einen Barhocker und blickte in den Spiegel hinter der Bar. Dann wandte er sich Maya zu und sah sie unmittelbar an. Er betrachtete ihre Beine, ihre nackten Arme, ihre bloßen Füße. Er musterte ihren Busen, der offenbar seine Zustimmung fand. Er bewunderte ausgiebig den intimen Kontakt ihres Gesäßes mit dem Barhocker. Sein Blick war direkt und aufgeladen mit sexuellem Interesse. Ein Blick, der dem Umstand gegenüber, dass sie völlig durcheinander war vor Angst, nicht gleichgültiger hätte sein können. Ein warmer, haftender Blick, der ihren Körper einhüllte wie mediterraner Sonnenschein.

Zwei Zentimeter cremefarbener Manschetten blitzen auf, als er den Ellbogen auf die Bar setzte und den dunklen, schlanken Kopf darauf stützte. Dann lächelte er.

»Ciao«, sagte sie.

»Ciao *bella.*«

»Sprechen Sie englisch?«

Er schüttelte den Kopf und äußerte einen leisen Laut des Bedauerns.

»Nun, das macht nichts«, sagte sie und winkte ihn mit dem Finger näher. »Heute ist deine Glücksnacht, mein Hübscher.«

5

Novak besorgte ihr in Prag eine Wohnung. Sie musste sich um die Katzen der Eigentümerin kümmern. Die Bezahlung war nicht gut, aber die Katzen waren einsam.

Das Haus gehörte einer ehemaligen Schauspielerin namens Olga Jeskova. Frau Jeskova war in mehreren von Novaks frühen virtuellen Inszenierungen aufgetreten und hatte in einigen Tragödien mitgespielt. Ihr Geld hatte sie in Immobilien angelegt, und nun, siebzig Jahre später, war sie recht wohlhabend. Frau Jeskova verbrachte die nebligen Prager Winter für gewöhnlich im schicken und sonnigen Sinai, wo sie sich irgendwelchen ausgefallenen Kuren unterzog.

Frau Jeskovas Wohnung lag in der fünfzehnten Etage eines siebzigstöckigen Hochhauses am Prager Stadtrand. Mit der U-Bahn waren es zwanzig Minuten bis zur Altstadt, doch das war ein geringer Preis für den vielen Platz und den Luxus. Die Schauspielerin hatte zwei weiße Perserkatzen. Die Katzen machten den Eindruck, als seien sie biocybernetisch mit der Wohnung vernetzt. Vorherrschend war weißes Fell: weißes Fell auf dem Bett, weißes Fell auf der Toilette, weißes Fell auf der Massageliege, weißes Fell für die Kissenbezüge, ein mit weißem Fell bezogenes Terminal. Des Nachts tauchten zwei nussknackerähnliche Apparate auf und bürsteten alles mit den Zähnen durch.

Am 20. April besuchte Maya mit ihrer Ausrüstung Emil. Er war auf und arbeitete gerade. Als er ihr die Tür öffnete, trug er seine schmutzige Schürze.

»Ciao, Emil«, sagte Maya.

»Ciao«, sagte Emil und lächelte wachsam.

»Ich bin die Fotografin«, erklärte sie.

»Oh. Das ist schön.« Emil machte ihr Platz.

In der Wohnung war eine junge Frau. Sie hatte hüftlanges Haar und war mit einem schwarzen Cowboyhut, einem Mantel mit Pelzbesatz und Hose bekleidet. Sie aßen gerade Gulasch. Die Frau war Japanerin. Sie war hübsch.

»Ich bin die Fotografin«, wiederholte Maya. »Ich möchte Emils neueste Arbeiten dokumentieren.«

Das Mädchen nickte. »Ich heiße Hitomi.«

»Ciao, Hitomi, *jmenuji se* Maya.«

»Er ist vergesslich«, meinte Hitomi entschuldigend. »Wir haben dich nicht erwartet. Möchtest du was vom Gulasch?«

»Nein, danke«, sagte Maya. »Hitomi, fotografierst du?«

»Aber nein«, antwortete Hitomi mit Nachdruck. »Ich absolviere gerade mein Wanderjahr, und Kameras können wir nicht ausstehen.«

Maya räumte die Werkbank frei, breitete Chamäleonfolie darüber und stellte das Stativ auf. Weiß vor weißem Hintergrund wäre für das Porzellan am passendsten. Diagonale Beleuchtung, um den Gefäßcharakter der Tassen und Teller zu betonen. Bei den Töpfen und Urnen ging es vor allem um Form und Beschaffenheit. Sie hatte täglich über das Projekt nachgedacht. Sie hatte sich alles zurechtgelegt.

Allmählich lernte sie die wunderbaren Eigenschaften optisch leitenden Stoffs schätzen. Damit konnte man nahezu alles machen; er nahm alle möglichen Farben an, ließ sich mühelos formen, und die Leuchtkraft ließ sich stufenlos regeln. Weiche, gleichmäßige Schatten. Oder kräftige, plastische Schatten. Die tiefen Schatten der Hintergrundbeleuchtung. Oder man konnte das Licht aufdrehen und den Kontrast verstärken.

Novak vertrat die Ansicht, wenn die Schatten stimmten, käme der Rest von allein. Novak meinte, in den Schatten liege das ganze Geheimnis. Navok meinte, er habe die Schatten in den neunzig Jahren seines Schaffens niemals gemeistert. Novak sagte viele wichtige Dinge, und Maya hörte ihm zu, wie sie noch nie jemandem zugehört hatte. Abends fuhr sie heim, machte sich Notizen, fütterte die Katzen der Schauspielerin und dachte nach und träumte von neuen Fotografien.

»Es ist schön, dass du deine Arbeit so gut machst«, meinte Emil herzlich. »Manche dieser Stücke hab ich seit … ach, seit langer Zeit nicht mehr angeschaut.«

»Lass dich nicht von der Arbeit abhalten, Emil.«

»Ach, es ist mir ein Vergnügen, meine Liebe.« Emil holte ihr Sachen, die sie benötigte, rückte Töpfe zurecht und war sehr hilfsbereit.

Sie hätte die Bilder am liebsten in die Katzenwohnung mitgenommen und mit dem Retuschierstab bearbeitet, aber der Stab war eine zu große Verlockung. Begab man sich erst einmal auf die Ebene der Pixel hinab, dann nahm das Verwischen, Verändern, Mischen überhaupt kein Ende mehr … Zu wissen, wann man aufhören und worauf man verzichten musste, war ebenso wichtig wie alle Geschicklichkeit bei der Nachbearbeitung. Eleganz bedeutete Zurückhaltung. Daher druckte sie die Fotos an Ort und Stelle mit Novaks geliehenem Scroller aus. Anschließend pustete sie den Staub vom Fotoalbum und klebte die Fotos säuberlich ein.

»Die sind gut«, erklärte Emil voll aufrichtiger Bewunderung. »Das sind die ersten Fotos, die meiner Arbeit wirklich ganz gerecht werden. Ich finde, du solltest sie signieren.«

»Nein, ich glaube, das ist unnötig.«

»Es war nett von dir, dass du gekommen bist. Was bin ich dir schuldig?«

»Kein Honorar, Emil, ich bin noch Lehrling. Die Erfahrung war wertvoll für mich.«

»Wer so zielstrebig zu Werke geht wie du, ist kein bloßer Lehrling mehr«, meinte Emil galant. »Du besuchst mich hoffentlich wieder. Haben wir schon mal zusammen gearbeitet? Es kommt mir so vor, als würden wir uns kennen.«

»Ach, wirklich?«

Hitomi rutschte näher an Emil heran und legte ihm ihren schlanken Arm um die Schultern.

»Du warst das nicht«, meinte Emil, im Album blätternd. »Deine Fotos sind viel besser.«

»Vielleicht sind wir uns ja im Tête du Noyé begegnet«, schlug Maya vor; sie konnte der Versuchung nicht widerstehen. »Dort bin ich häufiger. Gehst du später noch hin? Heute findet dort ein Treffen statt.«

Emil blickte Hitomi liebevoll an und ergriff ihre schlanke Hand. »Ach, nein«, sagte er, »dort gehen wir nicht mehr hin.«

»[Ich freue mich darauf, meinen alten Freund Klaus wiederzusehen]«, sagte Novak auf tschechisch, als sie gemeinsam die Mikulandska-Straße entlangschlenderten. »[Klaus hat mich immer Dienstags besucht.]«

»Opravdu?«, fragte Maya.

»[Um ehrlich zu sein, war das Milenas Dienstagsveranstaltung. Unsere Freunde haben so getan, als ginge es ihnen um mich, aber ohne Milena wäre kein Einziger gekommen.]«

»War das, bevor Klaus zum Mond geflogen ist?«

»Ja … [Der gute alte Klaus war damals fast unbehaart … Er arbeitete als Mikrobiologe an der Karls-Universität. Klaus und ich, wir haben damals eine Fotoserie mit experimentellen Landschaften gemacht, und zwar mit lichtabsorbierenden Bakterien … Das Licht fiel auf geimpfte Petrischalen. Die Entwicklung dauerte viele Tage. Die Bakterien sind nur dort gewachsen, wo das Licht hinfiel. Diese Bilder wirkten wie organische Daguerrotypien. In den folgenden Wochen beobachteten wir die allmähliche Zersetzung. Manchmal … eigentlich sogar recht häufig … stellte sich eine bizarre Schönheit ein.«

»Ich bin ja so froh, dass Sie mich begleiten und meine Freunde kennen lernen wollen, Josef. Das bedeutet mir wirklich eine Menge.«

Novak lächelte kurz. »[Diese kleinen Emigrantengemeinschaften in Prag mögen zwar die hiesige Architektur lieben, aber uns Tschechen nehmen sie nicht ausreichend zur Kenntnis. Vielleicht gelingt es uns, wenigstens den Kindern bessere Manieren beizubringen.]«

Novak hatte leichthin gesprochen, doch er hatte sich das Haar gekämmt, war sorgfältig gekleidet und trug die Armprothese. Er begleitete sie, weil sie ihm inzwischen einigen Respekt abgenötigt hatte.

Sie hatte ihren Lehrer mittlerweile recht gut kennengelernt. Seine Persönlichkeit war wie alter Käse mit bläulichen Adern der Verstellung, Korruptheit und Gereiztheit durchsetzt. Mit Boshaftigkeit aber hatte das nichts zu tun. Vielmehr handelte es sich um Sturheit, Ausdruck einer halsstarrigen, perversen Integrität. Josef Novak war mit Haut und Haar sein eigener Herr. So hatte er jahrzehntelang gelebt, so offen und schamlos, wie sie selbst es sich nur in der Phantasie gestattete. Obwohl er niemals glücklich schien und wahrscheinlich auch nie ein glücklicher Mensch gewesen war, war er tief im Innern doch vollkommen gelassen. Er war ganz und gar Josef Novak. Er würde Josek Novak bleiben bis zu seinem Tod.

In fünf Jahren wäre er tot – zumindest lautete so ihre Schätzung. Er war gebrechlich und früher einmal schwer verletzt worden. Er hätte durchaus noch Schritte zur Lebensverlängerung unternehmen können, doch dieses Bemühen betrachtete er offenbar als vulgär. Josef Novak war hunderteinundzwanzig Jahre alt, ein weit höheres Alter, als die Angehörigen seiner Generation je erwartet hatten. Er war ein Relikt, gleichwohl kam es Maya ungerecht vor, dass er sterben sollte. Novak sprach häufig über seinen bevorstehenden Tod, ohne dass er sich davor gefürchtet hätte, doch Maya fand, ein gerechtes Universum hätte einem Menschen wie Josef Novak ewiges Leben gegönnt. Er war ihr Lehrer, und sie hatte ihn mittlerweile sehr lieb gewonnen.

Im Tête ging es hoch her. Es waren viel mehr Leute da, als sie erwartet hatte, und es hing eine ungewohnte Spannung in der Luft. Sie und Novak loggten sich an der Bar ein. Novak langte über den Abstand von vier Metern hinüber und tippte sachte gegen Klaus' Helm. Klaus drehte sich um, stutzte, dann grinste er breit. Die beiden alten Männer begannen eine Unterhaltung auf tschechisch.

»Ciao, Maya.«

»Ciao, Marcel.« Marcel kannte sie vom Netz her – so gut wie alle anderen ihn kannten. Der rothaarige und geschwätzige Marcel gab nicht viel von sich preis. Er war siebenundzwanzig Jahre alt und, seiner eigenen Schätzung zufolge, bereits dreihundertvierzehn Mal um die Welt gereist. Marcel hatte keine feste Adresse, und zwar seit dem Alter von zwei Jahren nicht mehr. Marcel hielt sich die meiste Zeit in Zügen auf.

Benedetta, die gern klatschte, behauptete, Marcel habe das Williams-Syndrom. In seinem Fall handele es sich um eine vorsätzlich herbeigeführte Störung, nämlich um eine abnormale Vergrößerung des Heschl-Gyrus im kortikalen Hörzentrum. Marcel litt an Hyperakusie und hatte das absolute Gehör; er war Musiker und stellte Klänge für virtuelle Installationen her. Das Syndrom hatte auch Auswirkungen auf Marcels Sprachvermögen; er war eine unerschöpfliche Quelle von Anekdoten, Spekulationen, brillantem Geplauder, unwahrscheinlichen Verknüpfungen und endlosen faszinierenden Gedankengängen, die irgendwo einen geistigen Schalter betätigten und weitere Gedankengänge auslösten ...

Benedetta behauptete, auch der Papst habe das Williams-Syndrom. Angeblich sei dies das Geheimnis seiner brillanten Predigten. Benedetta wusste über jedermann schmutzige Geschichten zu erzählen.

»Wie schick du bist, Maya. Schön, dich endlich einmal in der Realität wiederzusehen.« Marcels Mantel war ein Flickenmuster von Stadtplänen. Marcel lebte in diesem Mantel, schlief darin und benutzte ihn als Navigierhilfe. Jetzt, da Maya wusste, wie nützlich Marcels Mantel war, kam er ihr weit weniger lebendig vor. Paul hätte diese Wahrnehmung als Kategorienirrtum bezeichnet.

Sie küsste Marcel auf die bärtige Wange. »Ciao.«

»Meinen Glückwunsch zu deinem Italienabenteuer. Es heißt, Vietti wolle ums Verrecken einen neuen Auftritt mit dir vereinbaren.«

»Giancarlo stirbt nicht, Schätzchen, da brauchst du dir gar keine Hoffnungen zu machen.«

»Wie ich sehe, hast du deinen Gönner mitgebracht. Deinen Fotografen. Er ist wohl dein derzeitiger Favorit.«

»Er ist mein Lehrer, Marcel. Sei nicht taktlos.«

»Ich habe mein Postfach so eingerichtet, dass deine Mails auf französisch vorgelesen werden«, sagte Marcel. »Ich wünschte, du würdest mir öfter etwas posten. Auf französisch sind deine Kommentare bemerkenswert. Da sind Geistesblitze drin, die im englischen einfach nicht mehr zu finden sind.«

»Ja, gute Übersetzungen haben eine Qualität, die im Original kaum erreichbar ist.«

»Das war schon wieder einer, Schätzchen. Wie machst du das? Ist das Absicht?«

»Du bist sehr aufmerksam, Liebling. Wenn du mir keinen Frappé holst, muss ich dich küssen.«

Marcel wog die Möglichkeiten gegeneinander ab und holte ihr einen Frappé. Maya kostete davon und blickte sich, auf einen Ellbogen gestützt, in der Kneipe um. »Warum wirkt es heute eigentlich so *lebendig* hier?«

»Tatsächlich? Paul plant einen Frühlingsausflug. Eine größere Immersion. Ich hoffe, du machst mit.«

»Oh, eine größere Immersion möchte ich auf keinen Fall versäumen.« Maya hatte keine Ahnung, wovon Marcel eigentlich sprach. »Wo ist Paul?«

Paul saß inmitten einer Gruppe von etwa zwölf Leuten. Sie lauschten ihm fasziniert.

Paul öffnete eine kleine Versandbox aus Metall und holte eine lebensgroße Krötenfigur hervor. Die gedrungene, glänzende Kröte schien aus massivem Gummi zu bestehen.

»Ist sie nicht wunderschön?«, fragte Paul. »Sergei, sag was.«

»Na ja«, meinte Sergei, »wenn sie aus dem Atelier von Fabergé stammt, wie du sagst, dann ist sie natürlich wunderschön. Sieh dir nur mal die wundervolle Verarbeitung an.«

»Das ist eine Kröte, Sergei. Sind Kröten schön?«

»Natürlich kann eine Kröte schön sein. Hier ist der Beweis.«

»Wenn dir jemand sagen würde, du wärst so schön wie eine Kröte, wärst du darüber erfreut?«

»Du wechselst den Kontext«, erklärte Sergei eingeschnappt.

»Aber macht das nicht eher die Figur? Der Schock des Erstaunens ist der Kern seiner Ästhetik. Stell dir die Menschen im Jahre 1912 vor, die Monate damit zubrachten, einen seltenen Stein in hingebungsvoller Handarbeit in eine Kröte zu verwandeln. Ist das nicht pervers? Aber genau diese Perversität verleiht der Figur ihre besondere Bedeutung. Das ist ein Original von Fabergé, hergestellt für eine zaristische Aristokratin. Die Zarengesellschaft war eine Kultur, die juwelenbesetzte Kröten hervorgebracht hat.«

Pauls kleine Zuhörerschaft wechselte unbehagliche Blicke. Niemand wagte es, ihn zu unterbrechen.

»Aber können wir daraus schließen, dass zaristische Aristokratinnen Kröten schön fanden? Glaubt jemand hier in der Runde, irgendeine zaristische Aristokratin habe das Atelier Fabergé *gebeten,* eine wunderschöne Kröte anzufertigen?« Paul blickte in die Runde. »Aber meint ihr nicht, sie war mit dem Resultat zufrieden? Als es erst einmal in ihrem Besitz war, fand sie es bestimmt wunderschön.«

»Ich mag die Kröte«, warf Maya ein. »Ich hätte nichts dagegen, wenn sie mir gehören würde.«

»Was würdest du damit anfangen, Maya?«

»Ich würde sie auf meinen Schreibtisch setzen und mich täglich an ihr erfreuen.«

»Dann nimm sie«, sagte Paul. Er reichte sie ihr. Die Kröte war erstaunlich schwer; sie fühlte sich genau so an wie eine rote Steinkröte.

»Das ist natürlich nicht das wertvolle Original«, meinte Paul beiläufig. »Es ist ein identisches Museumsreplikat. Fabergés Original wurde mit einer Genauigkeit von ein paar Mikron lasergescannt und anschließend mittels eines modernen Vakuumsedimentverfahrens nachgebildet. Es wurden sogar ein paar Fehler eingefügt, damit der künstliche Rubin vom ursprünglichen Korund, aus dem der natürliche Rubin besteht, unterscheidbar ist. Insgesamt wurden etwa hundert Kröten hergestellt.«

»Ah … ja, natürlich«, sagte Maya. Sie betrachtete die kleine rote Kröte. Auf einmal kam sie ihr nicht mehr ganz so schön vor, aber die Ähnlichkeit mit einer Kröte war noch immer bemerkenswert.

»In Wirklichkeit wurden über zehntausend Exemplare hergestellt. Die Kröte besteht auch nicht aus künstlichem Rubin, da habe ich dich angelogen. Sie besteht bloß aus Plastik.«

»Oh.«

»Man hat nicht einmal frisches Plastik verwendet«, fuhr Paul unerbittlich fort. »Sondern recycelten Plastikmüll, gewonnen aus einer Müllhalde des zwanzigsten Jahrhunderts. Ich habe bloß behauptet, das Original sei von Fabergé, um klar zu machen, worum es mir geht.«

»Oh, nein«, stöhnte Maya. Die anderen Leute lachten.

»Ich scherze natürlich bloß«, meinte Paul fröhlich. »In Wirklichkeit handelt es sich tatsächlich um ein Original von Fabergé. Es wurde 1912 in Moskau hergestellt. Vierzehn Künstler waren volle fünf Monate lang damit beschäftigt. Es ist einzigartig, vollkommen unersetzlich. Ich habe es bei der Antikensammlung in Munchen ausgeliehen. Lass es bloß nicht fallen.«

»Du solltest es besser wieder an dich nehmen«, sagte Maya.

»Nein, halt es nur, meine Liebe.«

»Lieber nicht. Die unablässigen Verwandlungen strengen mich zu sehr an.«

»Und wenn ich dir nun sagte, dass die Figur doch nicht von Fabergé stammt? Dass es sich um eine echte Kröte handelt? Um keine von Menschenhand nachgeformte, sondern eine gescannte Gartenkröte. Bestehend aus – na, du kannst dir das Material aussuchen.«

Maya betrachtete die Figur. Es war angenehm, sie zu halten, und etwas daran gefiel ihr wirklich, doch allmählich bekam sie Kopfschmerzen. »Eigentlich fragst du mich, ob eine fotografierte Kröte ebenso schön wie eine gemalte sein kann.«

»Und, kann sie?«

»Vielleicht geht es dabei um unterschiedliche Kategorien von Schönheit.« Maya blickte in die Runde. »Würde mir jemand das mal abnehmen?«

Sergei nahm ihr die Kröte mit gespielter Tapferkeit aus den Händen und tat so, als wolle er sie gegen die Tischplatte schmettern. »Tu's nicht«, meinte Paul geduldig. »Eben noch hast du sie bewundert. Was hat dich zu der Sinnesänderung bewogen?«

Maya ging fort, um nach Benedetta zu sehen. Sie entdeckte sie in einem kleinen Grüppchen hinter der Bar. »Ciao, Benedetta.«

Benedetta erhob sich und umarmte sie. »[Das ist Maya.]«

Benedetta hatte vier italienische Freundinnen mitgebracht. Sie waren höflich und nüchtern, blickten gelassen und wirkten eigentümlich beherrscht. Sie machten einen sehr intelligenten Eindruck. Sie waren ziemlich gut gekleidet. Sie wirkten so gefährlich wie nur irgendwelche Kids, die Maya in letzter Zeit gesehen hatte.

Benedetta machte für Maya ein Plätzchen frei. »Tut mir Leid, aber ich kann nicht Italienisch«, meinte Maya und nahm Platz. »Ich habe einen Übersetzer, aber ich muss englisch reden.«

»Wir würden gern wissen, welcher Art deine Beziehung zu Vietti ist«, sagte eine der jungen Frauen ruhig.

Maya zuckte die Achseln. »Er findet mich nett. Das ist alles.«

»Und in welcher Beziehung stehst du zu Martin Warshaw?«

Maya blickte Benedetta an, verwundert und verletzt. »Also, wenn du's unbedingt wissen willst, der Palast hat ihm gehört. Du weißt über den Palast Bescheid?«

»Wir wissen alle Bescheid. Und in welcher Beziehung stehst du zu Mia Ziemann?«

»Wer ist das?«, entgegnete Maya.

Die Frau, welche gefragt hatte, lehnte sich achselzuckend zurück und winkte ab. »Also, wir wären blöd, wenn wir dieser Person vertrauen würden.«

»[Natürlich sind wir blöd]«, meinte Benedetta hitzig. »[Wir sind blöd, weil wir einander vertrauen. Wir sind blöd, weil wir überhaupt jemandem vertrauen. Mach einen besseren Vorschlag, wo wir die Geräte installieren sollen.]«

»Benedetta, was sind das für Leute?«

»Das sind Mathematikerinnen«, antwortete Benedetta. »Programmiererinnen. Rebellen. Und Visionäre. Und sie sind eng mit mir befreundet.«

Radikale Studentinnen, dachte Maya. Die sich für Phantasiewelten begeistern, weil sie von der Wirklichkeit keine Ahnung haben. »Wer ist eigentlich die älteste hier?«, fragte sie vorsichtig.

»Du natürlich«, meinte Benedetta augenzwinkernd.

»Ach, vergiss die Frage. Was hat das alles eigentlich mit mir zu tun?«

»Ich will dir mal etwas aufzeichnen«, sagte Benedetta. Sie breitete ihren Furoshiki aus und zog einen Stift hinter dem Ohr hervor. »Ich will dir eine interessante Tatsache des Lebens verdeutlichen. Die mit dem medizinisch-technischen Komplex zu tun hat.« Mit zwei raschen Strichen skizzierte sie ein Koordinatensystem. »Die x-Achse entspricht der verstreichenden Zeit. Und das hier ist der Anstieg der Lebenserwartung. Für jedes verstreichende Jahr erhöht sich die posthumane Lebenserwartung um etwa einen Monat.«

»Und?«

»Die Kurve ist nicht exakt linear. Die Steigung nimmt zu. Irgendwann wird die Steigerungsrate ein Jahr pro Jahr betragen. Dann werden die Überlebenden praktisch unsterblich sein.«

»Kann schon sein. Vielleicht.«

»Das ist natürlich keine wahre ›Unsterblichkeit‹. Unfälle sind niemals auszuschließen. Am Unsterblichkeitspunkt« – Benedetta malte ein kleines schwarzes Kreuz – »beträgt die durchschnittliche Lebenserwartung unter Berücksichtigung von Unfällen etwa vierzehnhundertfünfzig Jahre.«

»Schön für diese Generation.«

»Die erste Generation, die diesen Punkt erreicht, wird die erste wahre Gerontokratie sein. Diese Generation wird nicht mehr aussterben. Eine Generation, welche die Kultur in alle Ewigkeit dominieren wird.«

»Also, von derlei Spekulationen habe ich auch schon gehört, meine Liebe. Das ist ein hübsches Rechenkunststück und eine interessante Theorie, wie ich finde.«

»Es war einmal eine Theorie. Für dich ist es Theorie. Für uns ist es Realität. Maya, wir *sind* diese Leute. Wir sind die glückliche Generation. Wir sind die ersten Menschen, die zum richtigen Zeitpunkt geboren wurden. Wir sind die ersten wahren Unsterblichen.«

»Ihr seid die ersten *Unsterblichen?*«, wiederholte Maya bedächtig.

»Ja, das sind wir; und dazu kommt, dass wir es wissen.« Benedetta lehnte sich zurück und steckte sich den Stift wieder ins Haar.

»Weshalb trefft ihr euch dann in einer schäbigen Künstlerkneipe und schmiedet politische Ränke?«

»Irgendwo müssen wir ja zusammenkommen«, entgegnete Benedetta lächelnd.

»Irgendeine Generation musste es treffen«, meinte eine der Frauen gereizt. »Und das Los fiel auf uns. Wir machen nicht viel her. Es hat auch niemand angenommen, dass wir großen Eindruck auf dich machen würden.«

»Dann haltet ihr euch also wirklich für unsterblich.« Maya betrachtete das Gekritzel auf dem Furoshiki. »Und wenn in euren Berechnungen ein Fehler steckt? Vielleicht fällt die Steigung der Kurve ja geringer aus.«

»Das wäre wirklich schlimm«, sagte Benedetta. Sie nahm den Stift wieder zur Hand und zeichnete die Kurve sorgfältig neu. »Siehst du? Sehr schlimm. Dann würden wir bloß neunhundert Jahre alt.«

Maya betrachtete die fatale Kurve. Für sie selbst stieg sie an. Für die anderen explodierte sie. »Aus der Kurve geht hervor, dass ich es niemals schaffen werde«, meinte sie traurig. »Die Kurve beweist, dass ich verdammt bin.«

Benedetta nickte, erfreut darüber, dass sie es begriffen hatte. »Ja, Schätzchen, das wissen wir. Aber wir machen dir wirklich keinen Vorwurf daraus.«

»Wir brauchen trotzdem den Palast«, sagte eine andere Frau.

»Wozu braucht ihr den Palast?«

»Wir wollen etwas darin installieren«, sagte Benedetta.

Maya runzelte die Stirn. »Gibt es im Palast nicht schon Ärger genug? Was wollt ihr installieren?«

»Erkenntnissachen. Wahrnehmungssachen. Softwarefabriken für das heilige Feuer.«

Maya ließ sich das durch den Kopf gehen. Das klang ihr alles weit hergeholt. »Was versprecht ihr euch davon?«

»Es soll uns in die Lage versetzen, uns zu verändern.

Damit wir unsere eigenen Fehler machen, anstatt die Fehler anderer Leute zu wiederholen. Wir hoffen, dass wir dadurch zu Kunsthandwerkern werden, welche die Unsterblichkeit verdient haben.«

»Glaubt ihr wirklich, ihr könntet – ja, was eigentlich? – euren Wahrnehmungsapparat radikal verändern? Und das ausschließlich in der Virtualität?«

»Nicht mit den Virtualitätsprotokollen, die uns heute zur Verfügung stehen. So etwas lässt sich nicht bewerkstelligen, solange der Sozialdienst zuschaut, denn die öffentlichen Netzwerke sind auf Sicherheit und Zuverlässigkeit hin ausgelegt. Aber mit Protokollen, von denen bislang keiner träumt – damit schon. Genau das versprechen wir uns davon.«

Maya seufzte. »Damit wir uns richtig verstehen. Ihr wollt meinen Palast öffnen und darin irgendein brandneues, illegales, bewusstseinsveränderndes, gehirnschädigendes Virtualitätssystem installieren?«

»Der Ausdruck ›kognitive Verstärkung‹ trifft es besser«, sagte Benedetta.

»Das ist doch verrückt, Benedetta. Ich kann mir nicht vorstellen, dass ihr das ernst meint. Das hört sich an wie ein Plan, den irgendein Junkie unter Drogen ausgeheckt hat.«

»Gerontokraten verwechseln stets die Kategorien«, meinte Benedetta wegwerfend. »Software ist etwas anderes als Neurochemie! Wir – die Angehörigen unserer Generation – sind mit der Virtualität vertraut! Wir sind damit aufgewachsen! Das ist eine Welt, die die alten Menschen von heute niemals verstehen werden.«

»Ihr scheint ja wirklich wild entschlossen zu sein«, sagte Maya, in die Runde blickend. »Wenn das stimmt, was ihr da sagt … nun, dann habt ihr es geschafft. Oder nicht? Eines Tages werdet ihr die ganze Welt beherrschen. Mehr oder weniger jedenfalls. Weshalb macht ihr euch dann überhaupt Sorgen? Weshalb wartet ihr nicht einfach ab? Bis ihr das kleine schwarze Kreuz auf der Kurve erreicht habt.«

»Weil wir vorbereitet sein müssen, wenn wir das Kreuz erreichen. Der Unsterblichkeit würdig. Ansonsten würden wir einmal genauso ausgebrannt und dumm sein wie die derzeitige herrschende Klasse. Diese Leute sind bloße Sterbliche und besitzen die Freundlichkeit, irgendwann zu sterben, wir aber sind unsterblich und werden nicht sterben. Wenn wir uns bei der Machtübernahme an ihre Regeln halten, bringen wir der Welt den Tod. Wenn wir ihre Fehler einmal wiederholen, wird unsere Generation sie in alle Ewigkeit wiederholen. Ihr komfortables kleines Krankenschwesternparadies würde dann zur permanenten Tyrannei.«

»Ihr werdet es niemals schaffen«, sagte Maya mit schonungsloser Offenheit. »Es ist gefährlich. Das ist ein leichtsinniges, törichtes, extravagantes Unterfangen, das euch nur Schwierigkeiten einbringen wird. Man wird bestimmt dahinterkommen, was ihr dort macht, und man wird euch schnappen. Ihr könnt ein größeres Geheimnis nicht achtzig Jahre lang vor der Politas verbergen. Mal ehrlich, ihr seid doch bloß ein Haufen Kids. Ich bin selbst eine Gerontokratin, und ich konnte meine kostbaren Geheimnisse nicht einmal drei lausige Monate hüten!«

Eine andere Frau – bislang hatte sie zumeist geschwiegen – ergriff unvermittelt das Wort. Sehr diplomatisch. »Mrs. Ziemann, es tut uns wirklich Leid, dass wir Ihr Geheimnis lüften mussten. Wir wollten Ihr geheimes Leben nicht stören.«

»Es tut dir nicht halb so Leid, wie du behauptest, Schätzchen.«

Die Sprecherin nahm die Brille ab. »Wir werden es nicht weitererzählen. Wir haben herausgefunden, was Sie sind, Mrs. Ziemann, aber wir waren gezwungen, Nachforschungen anzustellen. Unsere Entdeckung hat uns nicht im mindesten schockiert. Ehrlich. Meint ihr nicht auch?«

Sie blickte die anderen an, die so taten, als seien sie nicht schockiert.

»Wir sind moderne junge Leute«, sagte die kleine Diplomatin. »Wir haben keine altmodischen Vorurteile. Wir bewundern Sie. Wir applaudieren Ihnen. Sie ermutigen uns durch Ihr persönliches Beispiel. Wir halten Sie für eine hervorragende posthumane Person.«

»Das ist wirklich reizend«, meinte Maya. »Ich bin regelrecht gerührt. Ich wäre noch stärker gerührt, wenn ich nicht wüsste, dass ihr mir zu schmeicheln versucht. Aus eigennützigen Motiven.«

»Bitte versuchen Sie, uns zu verstehen. Wir sind nicht leichtsinnig. Hier geht es vielmehr um Weitblick. Wir tun dies, weil wir an die Sache unserer Generation glauben. Wir sind bereit, die Folgen auf uns zu nehmen. Wir sind jung und unerfahren, das stimmt. Aber wir müssen handeln. Selbst auf die Gefahr hin, festgenommen und schwer bestraft zu werden. Selbst auf die Gefahr hin, auf den Mond verbannt zu werden.«

»Warum? Weshalb geht ihr dieses Risiko ein? Ihr habt eure Ziele nie öffentlich erklärt, ihr habt niemanden um Erlaubnis gebeten. Woher nehmt ihr das Recht, die Welt zu verändern?«

»Das Recht haben wir, weil wir Wissenschaftler sind.«

»Soviel ich weiß, habt ihr über diese Frage niemals abstimmen lassen. Dieser Vorschlag wurde nicht hinreichend diskutiert. Das ist undemokratisch. Ihr verfügt nicht über die Zustimmung der Betroffenen. Woher nehmt ihr das Recht, die Denkweise der Menschen zu verändern?«

»Das Recht haben wir, weil wir Künstler sind.«

Plötzlich ergriff eine andere Frau auf italienisch das Wort. »[Hört mal, ich kann dem blöden Englisch kaum folgen. Und politische Diskussionen auf englisch sind am schlimmsten. Jedenfalls ist diese Frau keine hundert Jahre alt. Das kann nicht stimmen.]«

»[Sie ist hundert Jahre alt]«, beharrte Benedetta ruhig, »[und außerdem besitzt sie das heilige Feuer.]«

»[Das glaube ich nicht. Ich wette, ihre Fotos stinken nach Tod, genau wie Novaks. Mag sein, sie ist hübsch, aber mein Gott, jeder Idiot kann hübsch aussehen.]«

»Macht es«, sagte Maya.

Benedettas Miene hellte sich auf. »Wirklich? Ist das dein Ernst?«

»Macht es! Natürlich meine ich's ernst. Es ist mir egal, was aus mir wird. Falls es klappt – falls es auch nur so aussieht, als könnte es klappen – falls sie *glauben* sollten, dass es klappen könnte –, werden sie mich bei lebendigem Leib verbrennen. Aber das macht nichts, denn irgendwann schnappen sie mich sowieso. Ich bin verdammt. Das weiß ich. Ich bin ein Freak. Wenn euch wirklich etwas an meinem kostbaren Leben liegen würde, dann wüsstet ihr das bereits. Also solltet ihr besser tun, was immer ihr tun müsst. Und zwar rasch.«

Sie stieß den Stuhl zurück und ging davon.

Zurück zu Pauls Tisch. Sie war aufgewühlt, doch sich in Pauls charismatischer Aura aufzuhalten, war viel besser, als allein zu sitzen. Paul nippte lächelnd an seiner *limoncello.* Er hatte einen neuen Furoshiki auf dem Tisch ausgebreitet, der ein pointillistisches Foto eines Sonnenuntergangs über der Wüste zeigte, das etwas von einem Gobelin hatte. »Ist der Sonnenuntergang nicht wunderschön?«

»Manchmal«, meinte jemand zurückhaltend.

»Ich habe euch noch gar nicht gesagt, dass ich die Farbskala verändert habe.« Paul tippte den Furoshiki mit dem Fingernagel an. Der Sonnenuntergang veränderte sich drastisch. »Das ist der wahre, originale Sonnenuntergang. Ist er schöner als die veränderte Version?«

Alle schwiegen.

»Angenommen, man könnte einen realen Sonnenuntergang manipulieren – nach eigenen Vorstellungen beeinflussen. Angenommen, man könnte das Rot beliebig hervorheben und das Gelb abschwächen. Könnte man einen Sonnenuntergang schöner erscheinen lassen?«

»Ja«, sagte ein Zuhörer. »Nein«, widersprach ein anderer.

»Denken wir mal an einen Sonnenuntergang auf dem Mars, aufgenommen von einer Telepräsenzsite. Ein Sonnenuntergang von einem anderen Planeten, den wir leibhaftig nicht erleben können. Sind die Marssonnenuntergänge wegen der zwischengeschalteten Geräte nun weniger schön?«

Gequältes Schweigen.

Am Kopf der Treppe erschien eine Frau, bekleidet mit einem schweren gestreiften Cape und grauen Samthandschuhen. Sie trug einen dreieckigen Hut, eine funkelnde Cyberbrille, eine weiße Bluse mit offenem Kragen und eine Halskette aus dunklen Holzperlen. Sie hatte ein klassisches Profil: gerade Nase, volle Lippen, breite Augenbrauen; die Haute-Couture-Schwester der Freiheitsstatue. Sie schritt die Stufen zur Bar mit der bühnenerfahrenen Präzision einer Primaballerina hinunter. Ihr Gang strahlte nicht nur Anmut aus, sondern auch streitbare Autorität. Sie hatte zwei kleine weiße Hunde dabei.

Im Tête du Noyé breitete sich Stille aus.

»Bonsoir à tout le monde«, sagte die Fremde am Fuß der Treppe und lächelte wie eine Sphinx.

Paul erhob sich rasch, deutete eine Verneigung an und winkte sie widerwillig näher. Als die anderen sahen, dass er wirklich mit ihr sprechen wollte, entfernte sich der kleine Kreis seiner Zuhörer hastig.

Paul bot seinem neuen Gast einen Stuhl an.

»Schön, Sie zu sehen, Helene. Was möchten Sie trinken?«

Die Polizistin setzte sich mit elegantem Schwung ihres Capes. »Ich nehme das gleiche wie der Herr im Raumanzug«, antwortete sie auf englisch. Sie machte die Hunde von den schmalen, funkelnden Leinen los – als ob solche Hunde überhaupt eine Leine bräuchten.

Paul machte Klaus eilig ein Zeichen. »Wir haben uns soeben über Ästhetik unterhalten.«

Helene Vauxcelles-Serusier nahm die Brille ab, klappte sie zusammen und ließ sie in einem Schlitz im Cape verschwinden. Maya machte große Augen. Helenes schiefergraue, erstaunlich schöne, äußerst kühl blickende Augen waren weit einschüchternder als jedes rechnergestützte Wahrnehmungsgerät. »Mit welch reizenden Dingen Sie sich beschäftigen, Paul.«

»Helene, finden Sie, dass ein künstlich veränderter Sonnenuntergang schöner ist als ein natürlicher?«

»Mein Lieber, natürliche Sonnenuntergänge gibt es seit der industriellen Revolution keine mehr.« Helene warf Maya einen Blick zu und durchbohrte sie mit dem Stachel ihrer Aufmerksamkeit wie eine Motte. »Sie brauchen doch nicht zu stehen, mein Kind. Setzen Sie sich zu uns. Sind wir uns schon mal begegnet?«

»Ciao, Helene. Ich bin Maya.«

»Aber ja! Viettis Mädchen. Ich wusste doch, dass ich Sie schon einmal gesehen habe. Sie sind wirklich hübsch.«

»Vielen Dank.« Maya nahm Platz. Helene musterte sie voller Interesse und Wohlwollen. Maya hatte das Gefühl, durchleuchtet zu werden.

»Sie sind ganz reizend, meine Liebe. In Natur wirken Sie überhaupt nicht so düster wie auf den Fotos dieses schrecklichen alten Mannes.«

»Der schreckliche alte Mann steht dort drüben an der Bar, Helene.«

»O je«, meinte Helene ungerührt. »Ich lerne es wohl

nie. Also, das war nicht nett von mir. Ich will mich gleich bei Ihrem Freund Josef entschuldigen.«

»Du meine Güte, Paul«, sagte Maya langsam, während sie beobachtete, wie Helene davonschwebte. »So etwas habe ich noch nicht erlebt. Eine solche …«

Paul deutete die Geste des Halsabschneidens an und sah zu Boden. Maya verstummte und senkte den Blick. Einer von Helenes kleinen weißen Hunden sah mit der kalten wissenschaftlichen Intensität einer interplanetarischen Sonde zu ihr auf.

Bouboule tauchte auf. Nüchtern und besorgt. »Ciao, Maya.«

»Ciao, Bouboule.«

»Ein paar von den Mädels wollen mal frische Luft schnappen. Kommst du mit? Nur für einen Moment?«

»Sicher, Schätzchen.« Maya warf Paul einen bedeutungsvollen Blick zu, und Paul erwiderte ihn mit solch maskuliner Grabenkriegsgalanterie, dass sie am liebsten ein seidenes Banner an ihm befestigt hätte.

Sie folgte Bouboule durch eine nicht gekennzeichnete Tür an der Rückseite der Bar, dann ging es über vier Absätze eine steile Wendeltreppe mit schmiedeeisernem Geländer hinauf. Maya war noch nie so froh gewesen, einen Affen zu sehen.

Bouboule führte sie durch den mit allerlei Gerümpel vollgestopften Dachboden hindurch und dann eine schwarze Metallleiter hinauf. Sie drückte eine schwere Holzklappe auf, und sie gelangten auf das sanft geneigte Dach des Tête du Noyé. Es war mittlerweile Frühling, die ständige Bewölkung des Prager Winters war endlich verscheucht worden. Der Himmel war voller junger Sterne.

Erst als Bouboule die Klappe mit dumpfem Poltern geschlossen hatte, sprach sie Maya an. »Ich glaube, jetzt können wir uns ungestört unterhalten.«

»Was macht die Polizistin hier?«

»Hin und wieder schaut sie vorbei«, antwortete Bouboule mürrisch. »Wir können nichts dagegen tun.«

Es war eine kalte, windstille Nacht. Der Krallenaffe beklagte sich schnatternd. »[Sei brav, Patapouff]«, schalt Bouboule ihn auf französisch aus. »[Heute Nacht musst du mich beschützen.]« Der Affe hatte sie anscheinend verstanden. Er rückte sein Hütchen zurecht und schaute so finster drein, wie dies einem hellbraunen Zwei-Kilo-Primaten möglich war.

Maya kletterte mit Bouboule das Dach hoch. Oben angelangt, setzten sie sich auf den unbequemen schmalen Dachfirst aus gewölbten grünlichen Ziegeln.

Die Klappe öffnete sich erneut. Benedetta und Niko kletterten heraus.

»Hat sie es heute auf uns abgesehen?«, fragte Benedetta besorgt.

Bouboule zuckte die Achseln und schniefte. »[Ich hab ihr nichts gesagt. Du und deine kleine Politikerinnen, ihr seid so verschwiegen, dass ich ihr selbst dann nichts hätte verraten können, wenn ich es gewollt hätte.]«

»Ciao, Niko«, sagte Maya. Sie reichte Niko die Hand und half ihr auf den Dachfirst hinauf.

»Wir sind uns noch nicht leibhaftig begegnet«, meinte Niko, »aber was du im Netz so sagst, ist sehr komisch.«

»Das freut mich.«

»Das blaue Auge, das ich deiner kleinen Freundin Klaudia zu verdanken habe, heilt allmählich, deshalb hab ich mich entschlossen, dich trotzdem zu mögen.«

»Das ist wirklich nett von dir, Niko. In Anbetracht der Umstände.«

»Es ist so kalt«, klagte Bouboule und schlang die Arme um die Brust. »Es ist dämlich, dass uns die Witwe so unter Druck setzen kann. Für zwei Mark laufe ich runter und ohrfeige sie.«

»Weshalb wird sie die Witwe genannt?«, fragte Maya.

Sie hockten wie vier lebendige Elstern auf dem Dachfirst. Die Frage war den Umständen angemessen.

»Also«, sagte Bouboule, »die meisten Frauen verzichten im fortgeschrittenen Alter auf Sex. Nicht aber die Witwe. Sie heiratet immer wieder.«

»Sie heiratet stets den gleichen Typ Mann«, meinte Benedetta. »Künstler. Ausgesprochen selbstzerstörerische Künstler.«

»Sie heiratet Männer, die mit vierzig tot sind«, erklärte Niko. »Jedes Mal.«

»Sie versucht die armen, begabten Kerle vor sich selbst zu schützen«, sagte Benedetta.

»Und, hatte sie schon mal Glück?«, fragte Maya.

»Bislang sechs Tote«, antwortete Bouboule.

»Das muss weh tun«, meinte Maya.

»Das mag sein«, sagte Benedetta. »Sie heiratet sie erst im fortgeschrittenen Stadium. Und ich glaube, sie sorgt dafür, dass sie ein wenig länger durchhalten.«

»Wer bei ihr im Bett liegt, traut sich nicht zu sterben«, säuselte Niko.

Bouboule nickte. »Wenn sie die Arbeiten später verkauft, erzielt sie immer Spitzenpreise! Sie erwirbt sich einen Ruf in der Kunstwelt! Ein wirklich hübscher Trick! Ich weiß Bescheid!«

»Ich verstehe«, sagte Maya. »Dann versetzt sie ihnen also den Gnadenstoß. Aus reiner Barmherzigkeit.«

Benedetta nieste, dann schwenkte sie die Hand. »Du fragst dich bestimmt, weshalb ich dich heute hergebeten habe.«

»Sag es uns«, drängte Maya und stützte das Kinn auf die Hand.

»Schätzchen, wir wollen dich heute in unsere Reihen aufnehmen.«

»Wirklich?«

»Zuvor aber müssen wir dich einer kleinen Prüfung unterziehen.«

»Eine kleine Prüfung. Aber sicher.«

Benedetta deutete das Dach entlang. Der Dachfirst erstreckte sich über die ganze Länge der Kneipe. Am anderen Ende ragte ein breiter Metallpfosten auf, an dem eine flache Antenne befestigt war. Klaus' Satellitenschüssel. Der Abstand betrug etwa zwanzig Meter.

»Und?«, meinte Maya.

Benedetta pflückte sich den Stift aus dem Haar. Sie drückte auf einen winzigen Knopf, dann beugte sie sich vorsichtig vor und berührte mit dem Stift einen der Keramikziegel. Funken stoben. Schwärze fraß sich in den Dachziegel vor.

»Unterschreib auf der Mitgliederliste«, sagte Benedetta. Sie reichte den Stift Maya.

»Eine tolle Idee. Wo soll ich unterschreiben?«

»Auf dem Pfosten.« Benedetta deutete zur Satellitenschüssel.

»Du musst hingehen«, sagte Niko.

»Ihr wollt, dass ich auf dem Dachfirst bis zu dem Pfosten gehe.«

»Ein kluges Kind«, meinte Bouboule zu Niko. Niko nickte selbstgefällig.

»Dann soll ich also im Dunkeln zwanzig Meter über einen schlüpfrigen Dachfirst balancieren, zu dessen beiden Seiten es vier Stockwerke in die Tiefe geht«, sagte Maya. »Das verlangt ihr von mir. Richtig?«

»Erinnerst du dich noch an deine lebendige Freundin aus Rom?«, fragte Bouboule leise. »An die kleine Natalie?«

»Natalie. Klar. Was ist mit ihr?«

»Du hast mich gebeten, mich ein wenig um sie zu kümmern.«

»Ja, das hab ich.«

»Ich hab's getan«, sagte Benedetta. »Jetzt kenne ich Natalie. Sie würde die Prüfung niemals bestehen. Weißt du, warum? Weil ihr klar würde, dass sie es niemals schaffen kann, und sie in der Mitte stehenbliebe. Dann würde sie sterben vor Angst. Angesichts der Dunkelheit und der Tiefe würde ihr kleines Herz aus dem Takt geraten, und sie würde ausrutschen. Einfach so. Sie würde vom Dach stürzen, Schätzchen. Bäng, bäng, bäng, über die Dachziegel. Und dann der Aufprall auf dem kalten Straßenpflaster. Wenn sie Glück hätte, würde sie mit dem Kopf aufschlagen.«

»Aber da du eine von uns bist«, meinte Bouboule, »besteht keine Gefahr.«

»Es sieht bloß gefährlich aus«, warf Niko fröhlich ein.

»Lägen die Ziegel auf dem Marktplatz in der Altstadt auf dem Boden, könnte jeder Idiot darüber hinweg balancieren«, sagte Benedetta. »Niemand würde ausrutschen oder stürzen. Die Dachziegel sind nicht gefährlich. Die Gefahr liegt in deinem Innern. In deinem Kopf, in deinem Herzen. Du selbst bist die Gefahr. Wenn du deine Angst beherrschen kannst, dann unterschreibst du auf dem Pfosten und kommst zu uns zurück. Du bist auf dem Dach so sicher wie in deinem Bett; nein, Schätzchen, du bist sicherer, denn dort unten laufen Männer herum. Hier aber wandelst du unter den Sternen – entweder du hast es, oder du hast es nicht.«

»Los, unterschreib für uns«, sagte Bouboule.

»Und dann komm zu uns zurück und sei unsere Schwester«, meinte Niko.

Maya schaute sie an. Sie meinten es vollkommen ernst. So war ihr Leben.

»Also, mit Absätzen geht das nicht«, sagte sie. Sie zog die Schuhe aus und richtete sich auf. Zum Glück hatte Novak sie ein wenig Gehen gelehrt. Sie fixierte die schimmernde Schüssel und wandelte über den Dachfirst. Nichts konnte sie aufhalten. Optimismus und Zuversicht. Dann schrieb sie:

MIA ZIEMANN WAS HERE

Inmitten stiebender Funken. Ihr Name machte sich gut unter all den anderen Namen. Sie fügte auch noch eine kleine Zeichnung hinzu.

Der Rückweg war schwieriger, weil ihre Füße so durchfroren waren. Die Berührung mit den Dachziegeln tat weh, und sie tastete sich langsamer voran und hatte daher mehr Zeit zum Nachdenken. Sie würde nicht hinunterfallen, doch wie ein kalter schwarzer Blitz traf sie der Gedanke, dass sie sich vorsätzlich vom Dach stürzen könnte. Wenn sie Mia Ziemann war, als die sie sich soeben ausgegeben hatte, dann gab es einen Bereich ihrer Persönlichkeit, mit dem sie noch keinen Frieden geschlossen hatte. Und zwar war dies der zutiefst menschliche Bereich von Mia Ziemanns Psyche, der des Lebens wahrhaft überdrüssig war und sich nach dem Tod sehnte.

Mittlerweile aber war sie viel stärker geworden.

»Wir hatten gehofft, du würdest uns eine Kusshand zuwerfen«, sagte Benedetta und rutschte ein Stück beiseite, um Maya Platz zu machen.

»Das behalte ich mir für Gerontokraten vor«, sagte Maya. Sie gab Benedetta den Stift zurück.

Die Klappe wurde angehoben. Einer von Helenes Hunden zwängte sich durch den Schlitz. Ein kleiner weißer Hund, der auf einem schrägen Dach nichts zu suchen hatte, sich aber gleichwohl mit vollkommen unhündischer Gewandtheit bewegte. Er kroch wie ein Gecko, wie ein Salamander. Als er sie entdeckte, wäre er vor Überraschung beinahe ausgerutscht. Er winselte.

»Voici un raton!«, rief Bouboule. *»Patapouff, defends-moi!«*

Ein kreischender Blitz aus goldbraunem Fell. Primaten waren smarter als Hunde. Primaten konnten gut klettern. Der Hund jaulte auf und stürzte winselnd über die Dachkante.

»Ach, mein armer Kleiner«, sagte Bouboule, den zitternden Krallenaffen an sich drückend, »du hast deinen hübschen Hut verloren.«

»Nein, ich sehe ihn«, sagte Niko. »Er liegt in der Dachrinne.« Sie kletterte hinunter und brachte das Hütchen dem Affen.

Eine Weile schwiegen alle und wogen die Konsequenzen ab.

»Wir sollten besser nicht mehr nach unten gehen. Kennt ihr noch einen anderen Ausgang?«, wandte Maya sich an Benedetta.

»Andere Ausgänge sind meine Spezialität«, sagte Benedetta.

Sie nahmen die U-Bahn und trennten sich. Das schien ihnen das Klügste. Maya nahm Benedetta mit zu sich nach Hause. Sie hatten eine Menge miteinander zu bereden. Um zwei Uhr morgens verspeisten sie in der weißen Fellwohnung der Schauspielerin Cocktailhappen. Dann rief Novak über das Netzgerät der Schauspielerin an. Der Bildschirm blieb leer. Novak konnte Videoübertragungen nicht ausstehen.

»Ihr solltet euch nicht noch einmal im Tête treffen«, meinte er düster.

»Nein?«

»Sie hat um ihr Hündchen geweint. Klaus kann das nicht ausstehen. Das war grausam und dumm.«

»Tut mir Leid, dass es zu dem Unfall gekommen ist, Josef. Es ist einfach so passiert.«

»Du bist ein schlimmes, destruktives Mädchen.«

»Ich hab das nicht gewollt. Ehrlich.«

»Helene versteht dich viel, viel besser, als du jemals Helene verstehen wirst. Sie meint es wirklich nur gut, aber wie sehr sie leidet! Sie gesteht sich einfach kein Glück zu.« Novak seufzte. »Helene war heute Abend grob zu mir. Kannst du dir das vorstellen, Mädchen? Es ist tragisch, mitzuerleben, wie eine Dame sich vergisst.

Und noch dazu in der Öffentlichkeit! Das bedeutet, sie hat Angst, weißt du.«

»Tut mir Leid, dass sie grob war.«

»Du hättest sie in ihrer Jugend kennen sollen, Maya. Eine große Förderin der Künste. Eine Frau mit Geschmack und scharfem Urteil. Sie wollte uns lediglich helfen. Aber die Parasiten haben sie umdrängt und sie ausgenutzt. Sich jahrzehntelang von ihr genährt. Ohne ihr jemals etwas zu verzeihen. Das hat sie bitter werden lassen. Sie setzt sich für dich ein, das solltest du wissen. Sie schützt dich vor sehr viel schlimmeren Dingen als Helene Vauxcelles-Serusier. Sie beschützt die jungen Künstler. Helene glaubt noch immer an die Kunst.«

»Josef«, sagte Maya, »rufen Sie von zu Hause an?«

»Ja.«

»Könnte es sein, dass Sie abgehört werden?«

»Zuzutrauen wäre es Helene«, antwortete Novak. Plötzlich klang seine Stimme gepresst. »Das heißt aber nicht, dass sie sich die Mühe machen würde.«

»Tut mir Leid, dass der Abend in einem solchen Debakel geendet hat. Hassen Sie mich jetzt, Josef? Bitte hassen Sie mich nicht. Ich fürchte nämlich, das Schlimmste kommt erst noch.«

»Meine Liebe, ich hasse dich nicht. Ich muss dir leider sagen, dass ich dich gar nicht hassen könnte, ganz gleich, was du anstellst. Ich bin steinalt. Außer meiner Ironie und meinem Stolz und einer nebelhaften Milde ist mir nicht mehr viel geblieben. Ich fürchte, du könntest auf die schiefe Bahn geraten. Doch ich bringe es nicht über mich, dich zu verurteilen oder dich zu hassen. Du wirst immer mein kleines Lieblingsmonster sein.«

Da Maya nicht wusste, was sie darauf erwidern sollte, legte sie auf.

»Damit hat er mich wirklich verletzt«, sagte sie zu Benedetta und brach in Tränen aus.

»Du solltest den alten Narren verlassen«, meinte Benedetta und steckte sich noch einen Happen in den Mund. »Du solltest mit mir nach Bologna kommen. Noch heute Nacht. Wir kriegen bestimmt noch einen Zug. Bologna ist die schönste Stadt Europas. Dort gibt es Kolonnaden, Kommunarden und Miniluftschiffe. Du solltest dir unbedingt mal die Arkaden ansehen, die sind wunderschön. Außerdem schmieden wir in Bologna wundervolle Pläne. Komm mit uns zum Instituto di Estetica. Du kannst uns bei der Arbeit zuschauen.«

»Darf ich euch dabei fotografieren?«

»Tja ...«

»Ich fotografiere so schlecht«, klagte Maya. »Josef Novak macht keine schlechten Fotos. Manchmal sind sie toll. Manchmal sind sie bloß merkwürdig, aber daneben geht bei ihm keins. Niemals, er macht einfach keine Fehler. Und bei mir klappt es einfach nicht. Nicht, dass meine Technik schlecht wäre. Die Technik lässt sich erlernen, aber ich kann immer noch nicht sehen.«

Benedetta nippte an ihrem Aufguss.

»Es fehlt mir an der Persönlichkeit, die sehen könnte, Benedetta. Ich kann schön sein, weil es ohne Eigentümlichkeiten der Proportionen mit der Schönheit nicht weit her ist, und ich bin durch und durch eigentümlich. Aber schön sein allein hilft mir nicht weiter. Ich bin nicht eins mit mir. Ich bestehe aus Fragmenten, und allmählich glaube ich, dass ich immer fragmentarisch bleiben werde. In meinem Innern bin ich ein zerbrochener Spiegel, und deshalb sind meine künstlerischen Arbeiten auch stets entstellt. Die Kunst ist beschwerlich, und das Leben ist nicht mehr kurz.« Maya schlug die Hände vors Gesicht.

»Du bist eine gute Freundin, Maya. Ich habe nicht viele wahre Freunde, aber du bist eine richtige Freundin. Das Alter ist längst nicht so wichtig, wie du glauben magst. Die Bedeutung des Alters liegt auf anderem

Gebiet. Bitte sei nicht traurig.« Benedetta wühlte in ihren Jackentaschen. »Ich habe dir ein Geschenk aus Bologna mitgebracht. Zur Feier des Tages. Weil wir jetzt richtige Schwestern sind.«

Maya sah auf. »Ach, ja?«

Benedetta holte eine Muschel mit Saugfuß aus der Tasche.

Maya machte große Augen. »Ich glaube, da sollte ich besser die Finger von lassen.«

»Weißt du, was eine Zerebraldekantierung ist?«

»Leider ja.«

»Das ist für dich, Maya. Darf ich es dir auf den Kopf setzen?«

»Benedetta, ich glaube, das sollte ich nicht tun. Du weißt, dass ich nicht mehr jung bin. Das könnte schwerwiegende Folgen haben.«

»Natürlich hat es Folgen. Ich habe ein Jahr gebraucht, um mich von der Dekantierung zu erholen. Ich hatte ständig Schmerzen. Immer wenn sich bei mir ein bestimmtes Gefühl einstellte – wenn ich ganz bei mir war … habe ich mir dieses Ding auf den Kopf gesetzt. Es hat mich ausgesaugt und gespeichert. Ich wollte es für den Fall aufbewahren, dass ich mich verliere. Jetzt aber möchte ich es dir schenken. Ich möchte, dass du weißt, wer ich bin.«

Maya seufzte. »Leben bedeutet Risiko.« Sie nahm die Perücke ab.

Die Muschel bohrte sich durch ihren Hinterkopf. Es tat ziemlich weh, und das war gut so, denn ansonsten wäre es zu einfach gewesen. Flüssigkeiten diffundierten, und Maya wurde ganz ruhig und empfand eine unnatürliche Klarheit.

Sie spürte die geistige Anwesenheit einer anderen Frau. Nicht deren Gedanken. Ihr Leben. Das süße Geheimnis menschlicher Identität. Einsamkeit und ein wenig Bitterkeit und ein helles Plateau jugendlicher

Selbstsicherheit. Den unheimlichen Glanz einer anderen Seele.

Sie schloss die Augen. Sie fühlte eine tiefe posthumane Verzückung. Die Erkenntnis stahl sich in ihr Bewusstsein wie das schwarze Licht einer anderen Welt. Und dann verleibten sich die grauen Zellen allmählich die andere Persönlichkeit ein. Saugten sie gierig in zahllose kleine Höhlungen.

Als sie wieder zu sich kam, saß die Muschel nicht mehr auf ihrem Kopf. Sie lag flach auf dem Boden, und Benedetta wischte ihr behutsam das Gesicht mit einem feuchten Handtuch ab. »Kannst du sprechen?«, fragte Benedetta.

Maya bewegte Lippen und Zunge. »Ja, ich glaub schon.«

»Weißt du, wer du bist?«, fragte Benedetta besorgt. »Sag es mir.«

»Das war etwas wahrhaft Heiliges«, sagte Maya. »Das war göttlich. Du musst das an einem besonderen Ort verstecken. Damit niemand es berührt oder besudelt. Es wäre furchtbar und entsetzlich, wenn jemals jemand daran rühren sollte.«

Benedetta umarmte sie. »Tut mir Leid, Schätzchen. Ich weiß Bescheid. Ich weiß, wie es funktioniert. Ich weiß sogar, wie ich es an dich weitergeben kann. Aber wie ich mich vor dem, was ich bin und was ich weiß, verstecken sollte, das weiß ich nicht.«

Drei Wochen verstrichen. Es war Frühling, und Prag stand in voller Blüte. Maya arbeitete noch immer mit Novak zusammen, doch irgendetwas hatte sich verändert. Er behandelte sie jetzt eher wie eine Assistentin denn als magische Waise oder gestrandete Elfe. Milena spürte, dass Ärger in der Luft lag. Milena konnte die Polizei nicht ausstehen, aber noch mehr zuwider als die Polizei war ihr die Störung des häuslichen Einerleis, die Maya bewirkt hatte.

Maya fuhr mit dem Zug nach Mailand und machte eine langweilige Fotosession mit einigen von Viettis langweiligen Angestellten. Da es ein Arbeitstermin war, sah sie kaum etwas von der Stadt und so gut wie nichts vom Emporio Vietti. Vietti selbst machte sich nicht die Mühe, ihr seine Firma zu zeigen; der große Mann hielt sich in Gstaad auf und beschäftigte sich mit seinen Krabben.

Die Ergebnisse der Session waren perfekt, raffiniert aufgemacht und grässlich, denn mit Josef Novak hatte das nichts zu tun. Maya lernte eine Menge dabei, das meiste aber gefiel ihr nicht. Gleichwohl hielt sie es für ratsam, diese Arbeit zu tun. Die Leute hatten viel zu viel Aufhebens um Novaks Fotos gemacht. Das Netz wimmelte davon, doch sie waren zu schön und viel zu wahr. Sie hatte den Eindruck, dass die Menschen glücklicher wären, wenn sie unter Beweis stellte, dass sie langweilig sein konnte. Noch ein dummes Model, noch eine Modeaufnahme. Außerdem gab es gutes Geld dafür.

Sie überredete Benedetta, nach Mailand zu kommen und sich um ihr Geld zu kümmern. Benedetta verwaltete ihr Geld nicht selbst, sondern kannte Leute, die Leute kannten, welche wiederum andere Leute kannten, die mit Geld umgehen konnten. Benedetta schenkte ihr einen wunderschönen und sehr nützlichen Mailänder Designerfuroshiki und einen großen indonesischen Netzserver, der ebenfalls wunderschön und nützlich war. Maya fuhr zurück nach Prag und begab sich zur Wohnung der Schauspielerin, den Furoshiki um den Kopf geschlungen und den Server in einem bruchsicheren Koffer in der Hand.

Die Installationsanweisungen des indonesischen Servers waren in äußerst dürftigem Englisch verfasst. Maya bootete den Server, scheiterte damit, löschte alles, bootete erneut und scheiterte wiederum. Dann fütterte sie die Katzen der Schauspielerin. Anschließend löste sie sämtliche Kabelverbindungen, bootete den Server erneut, was zu einem noch schlimmeren Absturz führte, und machte sich einen Frappé, um sich zu beruhigen. Sie bootete noch einmal, bekam den Rechner teilweise zum Laufen, untersuchte den Kristallprozessor auf interne Konflikte und eliminierte drei hässliche Fehler. Das System stürzte wieder ab. Sie startete den Diagnosetest, löschte eine Reihe wackeliger Speicher, nahm den Hauptprozessor heraus und ließ ihn fallen. Daraufhin funktionierte er. Sie installierte eine Netzwerkidentität. Schließlich schloss sie den Server ans Netz an.

Sogleich klingelte der Server. Es war ein Voice Call von Therese.

»Woher wusstest du, dass ich online bin?«, fragte Maya.

»Ich habe so meine Methoden«, antwortete Therese. »Stimmt es wirklich, dass man dich aus dem Tête hinausgeworfen hat, weil du einen Polizeihund getötet hast?«

»Das hat sich ja schnell rumgesprochen. Nein, das war ich nicht, das war jemand anders, ehrlich.«

»Wenn sich die Neuigkeiten heutzutage unterhalb der Lichtgeschwindigkeit ausbreiten, dann nur deshalb, weil wir nicht aufmerksam genug sind«, meinte Therese. »Ich passe sehr gut auf. Weil ich dich um einen großen Gefallen bitten möchte.«

»Um *den* Gefallen, Therese?«

»Ja, um den Gefallen, Maya, falls du diskret bist.«

»Therese, ich habe im Moment so viele eigene Schwierigkeiten, dass ein Problem mehr oder weniger nicht ins Gewicht fällt. Worum geht es denn?«

»Ich brauche ein Zimmer in Prag«, sagte Therese düster. »Und zwar ein hübsches Zimmer mit einem sehr bequemen Bett. Kein Hotel, da wird man registriert. Und ich brauche einen Wagen. Es muss kein schöner Wagen sein, aber sehr diskret. Kein Leihwagen, da wird man registriert. Ich brauche das Zimmer für eine Nacht und den Wagen für zwei Tage. Anschließend sollte mir niemand Fragen stellen.«

»Keine Fragen und keine Registrierung. Ist gut. Wann brauchst du das alles?«

»Am Dienstag.«

»Ich rufe dich zurück.«

Die Wohnung der Schauspielerin kam nicht infrage. Novak? Das konnte sie nicht machen. Paul? Vielleicht, aber … lieber doch nicht. Klaus? Seit sie regelmäßg im Tête verkehrte, hatte sie herausgefunden, dass Klaus ein sehr interessanter Mensch war. Klaus hatte viele Bekannte auf allen Ebenen der Prager Gesellschaft. Klaus war ein wahrer Doyen. Klaus war überall in Prag bekannt und respektiert, schien aber niemandem gegenüber Verpflichtungen zu haben; Klaus gehörte niemandem. Klaus mochte sie sogar, aber …

Emil! Das war's!

Sie erfüllte Thereses Wünsche, so gut sie konnte. Gegen zwei Uhr in der Nacht zum Dienstag bekam sie einen Dringlichkeitsanruf von Therese. »Bist du schon auf?«

»Jetzt ja, meine Liebe.«

»Kannst du herkommen? Ich sitze im Café Chyba im siebenundvierzigsten Stock dieser übergroßen Kaninchenhöhle, die du mir besorgt hast.«

»Ist alles in Ordnung, Therese?«

»Nein, das kann man nicht sagen«, erwiderte Therese kleinlaut. »Du musst herkommen und etwas mit mir trinken.«

Maya kleidete sich eilig an und fuhr zum Café. Für den Weg brauchte sie vierzig Minuten. Als sie im Café Chyba eintraf, hielt sich niemand darin auf. Es handelte sich um eine makellos saubere und völlig leblose, vollautomatisierte kleine Bar, genau der richtige Aufenthaltsort, wenn man in einem achtzigstöckigen modernen tschechischen Hochhaus um drei Uhr morgens eine emotionale Krise bekam. Dem Mangel an Besuchern nach zu schließen waren emotionale Krisen in dem Hochhaus ziemlich selten. Emils Eltern wohnten hier, weilten derzeit praktischerweise aber für einen Monat in Finnland. Das hieß, in Suomen Tasavalta, wie man jetzt dazu sagte.

Maya bestellte von einem abstoßend aufgeweckten kleinen Roboter ein Mineralka. Sie nippte daran und wartete.

Therese tauchte gegen halb vier auf. Sie setzte sich auf den Rand eines Barhockers und rang sich ein Lächeln ab. Sie hatte geweint.

»Maya«, sagte sie und ergriff ihre Hand. »Du bist ja so erwachsen geworden.«

»Die Perücke lässt mich reifer aussehen«, log Maya fröhlich.

»Du bist so schick! Du bist so … Na ja, um ein Haar hätte ich dich nicht mehr wiedererkannt. Kann ich dir noch vertrauen?«

»Weshalb erzählst du mir nicht einfach von deinen Schwierigkeiten, Therese? Alles andere klären wir dann später.«

»Er hat mich geschlagen.«

»Tatsächlich? Lass uns zu ihm gehen und ihn umbringen.«

»Er ist schon dabei«, sagte Therese und brach in Tränen aus.

Thereses Freund hatte sie bis jetzt noch nie geschlagen, aber da er kurz vor dem Selbstmord stand, war er offenbar geneigt, ihre Beziehung zu verschärfen. Er hatte sie mit einem Ledergürtel auf Rücken und Po geschlagen. Thereses Freund war ein korsischer Gangster.

Thereses Freund war kein netter Gangster. Er hatte nichts Nettes an sich. Er war ein Karrierekrimineller, ein *consiglione* der Schwarzen Hand; Schutzgelderpresser,

Zuhälter, Tinktursüchtige. Geldwäscher in großem Maßstab. Beziehungsmakler. Leute, die Richter bestochen und Polizisten zu Falschaussagen bewegten. Mörder. Männer, welche die Füße ihrer Opfer in Zementeimer steckten. Er war sechzig Jahre alt und nannte sich Bruno, wenn er nicht gerade einen anderen Namen benutzte.

»Wie hast du den Typ kennengelernt?«

»Was meinst du wohl? Ich betreibe einen Graumarktladen in der Modebranche. Da habe ich auch mit Gaunern zu tun. Mafiosi kleiden sich sehr elegant, und manchmal stehlen sie Klamotten und verkaufen sie anschließend. Die Modebranche ist sehr alt. Verstehst du? Sie ist sehr alt und hat ein paar Gespenster im Schrank versteckt. Ich bin eine Kleinkriminelle. Mafiosi sind Großkriminelle. Manchmal fälschen sie Modeartikel, manchmal treiben sie Schutzgelder ein. Sowas kommt vor. Es passiert einfach.« Therese zuckte die Achseln.

Maya trommelte mit den Fingern in langsamem Rhythmus auf die Theke.

»Die Wohnung, die du uns besorgt hast, gefällt ihm«, meinte Therese. »Es ist lustig, die letzte gemeinsame Nacht in der Wohnung einer Bourgeoise zu verbringen.«

»Ich kann's einfach nicht glauben.«

»Bruno ist ein richtiger Mann«, erklärte Therese. »Ich mag richtige Männer. Ich mag es, wenn sie nicht viel Getue machen. Ich mag es, wenn Männer ...« Sie überlegte kurz. »Wenn sie sich *richtig gehenlassen.*«

»Das ist ein ungesundes Hobby, Schätzchen.«

»Leben bedeutet Risiko. Ich mag es, wenn sie richtige Männer sind. Wenn es ihnen allein darum geht, ein Mann zu sein. Das ist aufregend. Das ist das wahre Leben. Ich hätte nie gedacht, dass er mich mal schlagen würde. Aber heute Nacht hab ich alles gemacht, was er wollte. Und dann wollte er mich schlagen. Es ist seine letzte Nacht auf Erden. Ich hätte nicht so viel weinen sollen. Ich hätte dich nicht anrufen sollen. Ich bin ein großes Kind.«

»Therese, das ist wirklich krank.«

»Nein, ist es nicht«, erwiderte Therese verletzt. »Es ist bloß altmodisch.«

»Wie konntest du dir sicher sein, dass er dich nicht *ermorden* würde?«

»Er ist ein Ehrenmann«, sagte Therese. »Jedenfalls erweise ich ihm morgen einen großen Gefallen.«

Bruno war todkrank. Therese vermutete, dass es sich um Leberkrebs handelte. Sicher war sie sich nicht, denn Bruno hatte sich seit fast vierzig Jahren nicht mehr in die Nähe eines Diagnosegeräts begeben. Zunächst hatte ihn sein Strafregister ereilt und ihm den Zugang zu lebensverlängernden Maßnahmen verwehrt. Dann hatte er sich auf dem medizinischen Schwarzmarkt allerlei äußerst interessanten und in höchstem Maße illegalen Behandlungen unterzogen. Der zusätzliche Hoden war noch das mindeste.

Bruno war entschlossen, außerhalb der Reichweite der Politas zu sterben. Sollten die Behörden seinen Leichnam in einem der nekropolitanen Emulgatoren zersetzen, würden von Dublin bis Wladiwostok die Alarmglocken läuten. Die Schwarze Hand stand in der uralten Tradition der *omertà,* des Schweigens bis in den Tod. Heutzutage reichte die Verschwiegenheit bis über den Tod hinaus.

Brunos und Thereses Romanze war ganz simpel abgelaufen. Therese hatte ihn mit zwanzig in Marseille kennengelernt. Bruno war stets gut gekleidet, er besaß eine geheimnisvolle Aura und wirkte sehr gefährlich. Therese fand diese Kombination unwiderstehlich. Bruno gefiel sie, weil sie jung und niedlich war, weil sie keine Belastung für ihn darstellte, zu allem bereit und dankbar für seine Gefälligkeiten war. Hin und wieder machte er ihr ein Geschenk: Schuhe, Kleider, Reizwäsche, ein Kurzurlaub an der Côte d'Azur. Er machte sie mit einer ausgesprochen lebendigen Seite des Lebens bekannt.

Als sie sich dem Kleiderhandel zuwandte, erwies Bruno sich als besonders nützlich. Hin und wieder hatte sie Schwierigkeiten mit den Kunden und Lieferanten. Wenn ihm danach war, kam Bruno auf einen Sprung vorbei und redete mit den Betreffenden mal ein ernstes Wörtchen. Die Wirkung war stets nachhaltig.

Bisweilen behandelte Bruno sie grob. Bei einem Mann, der fähig war, die Füße seiner Feinde in Zement einzugießen, war dies nicht erstaunlich. Nicht, dass Bruno Therese zuliebe tatsächlich jemanden ermordet hätte. Andernfalls hätte er es ihr gesagt. »Er prügelt sich nicht zum Vergnügen«, erklärte Therese. »Er prügelt sich, um seinen Willen durchzusetzen. Er ist der Mann, der Boss, er hat das Sagen. Manchmal *zwingt* er jemanden, ihm zu gehorchen. So ist er halt.«

»Das klingt wirklich schlimm«, sagte Maya.

Therese ruckte gereizt mit dem Kopf. »Glaubst du etwa, jeder Kriminelle in Europa wäre wie dein Jimmy, der Taschendieb, diese Niete? Bruno ist ein Soldat! Er ist ein Boss.«

»Wie ist es Jimmy ergangen?«, fragte Maya. »Ich habe lange nichts mehr von ihm gehört.«

»Ach, er wurde geschnappt«, antwortete Therese. »Jimmy war ein Dummkopf. Er wurde eingesperrt. Man hat ihn einer Gehirnwäsche unterzogen.«

»O je«, meinte Maya. »Armer Ulrich. Hat sich sein Verhalten dadurch geändert?«

»Radikal«, sagte Therese düster. »Früher hat er Touristinnen die Handtaschen geklaut. Jetzt tut er nützliche Dinge rein und gibt sie den Frauen zurück, wenn sie gerade nicht hinsehen.«

»Zumindest hat man ihm seine anarchistischen Überzeugungen gelassen.«

»Ach, die Politas macht so viel Aufhebens um die Verhaltensmodifikation«, meinte Therese. »Kaum dass sie sich einen fiesen Kerl wie Jimmy schnappen, den man eigentlich von einer Brücke stoßen sollte, drücken all die Liberalen im Netz auf die Tränendrüse. Wirklich, die Bourgeois sind verrückt.«

»Was hast du nun mit Bruno vor?«

»Wir fahren morgen in den Schwarzwald. Dann bringt er sich um. Ich begrabe ihn an einem geheimen Ort. So lautet unsere Abmachung. Das ist unser Geheimnis.«

»Junge Dame, man sollte Liebhaber erst dann begraben, wenn sie sehr, sehr alt sind.«

»Ich war schon immer der Zeit voraus, deshalb gerate ich ja auch ständig in Schwierigkeiten.« Therese seufzte. »Würdest du morgen mitkommen? Bitte?«

»Also, das kannst du nicht von mir verlangen. Wenn du glaubst, ich käme mit einem kranken, verzweifelten Mann zurecht, der zum Selbstmord entschlossen ist, also …« Sie zögerte. »Na ja, wahrscheinlich bin ich besser dazu geeignet als sonst irgendjemand, den du kennst.«

»Du bist ja so lieb zu mir, Maya. Ich hab gewusst, dass du mir helfen würdest. In dem Moment, als ich dich zum erstenmal sah, wusste ich, dass du etwas ganz Besonderes bist.« Therese erhob sich. Sie wirkte erleichtert. »Ich muss jetzt zurück zu Bruno und mit ihm bumsen. Ich habe versprochen, die ganze Nacht bei ihm zu bleiben.«

»Und ein Versprechen hält man auch.«

Therese blickte sich in der menschenleeren Bar um. »Es ist so spät, und es sieht hier so seltsam und einsam aus … Magst du nicht mitkommen und mitmachen?«

»Ausmachen würde es mir gewiss nichts«, erwiderte Maya, »aber ich wüsste nicht, was das bringen sollte.«

Sie lernte Bruno morgens um zehn kennen. Brunos unheimliche Ähnlichkeit mit einem Schauspieleridol des zwanzigsten Jahrhunderts war frappierend. Die Ähnlichkeit rührte vor allem von seiner schlechten Gesundheit und seinem schlechten Make-up her. Bruno hatte einen breiten, steinharten Kopf mit welligem Haar und fettigen Poren, die auf eine intensive Behandlung mit männlichen Steroiden hindeuteten. Er trug einen lackierten Strohhut und einen dunklen Anzug mit schmalen Revers, eine scharf gebügelte maßgeschneiderte Hose und ein Hemd ohne Netzgerät.

Bruno krakeelte und drohte nicht. Er trat etwas großspurig auf, doch ihm fehlten die geschmeidigen Muskelpakete der wahren Muskelprotze. Bruno flößte deshalb Angst ein, weil er durchaus fähig schien, Menschen zu töten, und zwar ohne Zögern und ohne darauf folgende Gewissensbisse. Bruno machte einen wahrhaft barbarischen Eindruck. Gleichzeitig wirkte er alt und besiegt, wie ein todkranker Wolf. Er sah so aus, als habe er sich das eigene Bein abgebissen und es mit Behagen verspeist.

Für jemanden, der seinem Ende entgegensah, war Bruno erstaunlich vergnügt und philosophisch. Maya war noch niemandem begegnet, der seinem Tod mit Freuden entgegengesehen hätte. Bruno flachste mit Therese, wobei er sich eines südfranzösischen Gaunerjargons bediente, der Mayas Perückenübersetzer überforderte. Seine Ausdrucksweise war gespickt mit Obszönitäten.

So drückte sich heutzutage niemand mehr aus. Obszönitäten waren einfach nicht mehr gebräuchlich, waren ebenso wie die gewöhnliche Erkältung aus dem sozialen Miteinander verschwunden. Bruno aber schwelgte darin. Therese wiederum erbosten seine verbalen Grobheiten. Jedes Mal schalt sie Bruno mit allen Anzeichen von Empörung deswegen aus. Es war eine

Art Ping-Pong-Spiel, offenbar ihre Art von wechselseitiger Werbung.

Sie frühstückten zu dritt im Wagen. Der Todkranke verzehrte einen herzhaften Lunch. Anschließend fuhren sie in ein dichtes Waldstück im Norden der tschechischen Grenze. Das war zwar nicht der Schwarzwald, doch darauf kam es offenbar nicht an. Die Bäume schlugen gerade aus, und es wehte ein laues Frühlingslüftchen. Der Wagen – er gehörte Emils Exfrau – beklagte sich bitterlich darüber, ins Gebüsch am Straßenrand fahren zu müssen. Dort stiegen sie aus.

Bruno holte einen Klappspaten und einen schweren Koffer aus dem Kofferraum. Dann machten sie sich zu Fuß auf den Weg. Bruno wusste genau, wo er hinwollte.

Sie gelangten zu einer kleinen Hangwiese. Bruno klappte den Keramikspaten auseinander, hängte Hut und Jackett gewissenhaft auf einen Ast und machte sich ans Ausschachten. Er trug einen weiten Kreis von Grassoden ab und legte sie sorgfältig beiseite. Während er grub, gab er sich Erinnerungen hin.

»Er meint, dies sei ein alter geheimer Rastplatz«, übersetzte Therese. »Vor langer Zeit wurde er von den Zigeunern benutzt. Später wurden hier ein paar Störenfriede verscharrt.«

Bruno wischte sich den Schweiß von der Stirn. Auf einmal sprach er englisch. »Ein Mann«, erklärte er, »muss im Leben seine Bestimmung erfüllen.« Er lächelte Maya einnehmend an.

Bruno grub so lange, bis er wegen zu großer Schmerzen nicht mehr weitermachen konnte. Mit aschfarbenem Gesicht setzte er sich nieder und genehmigte sich eine Dosis aus einem Inhalator aus Geschützlegierung. Therese machte an seiner Stelle weiter. Als sie ebenfalls erschöpft war, ergriff Maya den Spaten. Sie trug Schuhe mit flachen Absätzen, Hose und einen leichten Pullover, keine schlechte Kleidung fürs Grabschaufeln. Der einzige modische Akzent rührte vom Furoshiki her. Sie hatte ihn auf Oliv und Khaki eingestellt, um nicht aufreizend zu wirken.

Sie befolgten Brunos Anweisungen. Das Ergebnis war kein normales Grab, sondern eine konisch zulaufende Grube mit einer runden Öffnung von der Größe eines Kanaldeckels. Bruno warf ein paar letzte Schaufeln Erde heraus, dann erklärte er ihnen Theorie und Praxis geheimer Bestattungen.

Vor allem käme es dabei auf rasche und vollständige Zersetzung an. Gehe die Zersetzung rasch genug vonstatten, blähe sich der Leichnam alsbald auf. Dieser Nebeneffekt führe dazu, dass die Grababdeckung in Mitleidenschaft gezogen werde. Daher müsse man die Rippen an beiden Seiten durchsägen, damit sich die Eingeweide entlüften könnten.

Bruno öffnete den Koffer. Er hatte an alles gedacht. Seine Ausrüstung zeugte von häufigem Gebrauch. Er hatte eine altmodische batteriebetriebene Knochensäge aus Keramik mitgebracht und die Spritze irgendeines Pferdedoktors, deren dicke Stahlkanüle selbst Aluminiumblech durchbohrt hätte.

Bruno entkleidete sich. Vom Hals bis zu den Lenden war er mit Tätowierungen bedeckt. Schlangen. Rosen. Handfeuerwaffen. Slogans in französischer Gossensprache. An Lektüre hatte es Therese jedenfalls nicht gemangelt.

Bruno kniff sich herzhaft in die Gänsehaut, um zu zeigen, wo die Nadel eindringen sollte. In die Schenkel. In den Bizeps. Ins Gesäß. In den Schädel. Er hatte einen kleinen Kanister hoch wirksamer Faulbakterien mitgebracht. Das Faulmittel würde sich rasch ausbreiten, und sein Körper würde dahinschmelzen wie Talg.

Wenn er friedlich in der Grube läge, sollten sie ihn mit Erde bedecken und anschließend die Grassoden sorgfältig darüberlegen. Unter der Grabbedeckung sollten sie ein wenig Erde aufhäufen. Zunächst würde das auffällig wirken, doch nur in der ersten Zeit, bis der Leichnam in sich zusammenfiele. Natürlich sollten sie auch die Klamotten und das Werkzeug wieder mitnehmen. Nichts Metallisches dürfe liegenbleiben. Nichts, was Aufmerksamkeit hätte erregen können.

»Frag ihn, ob er Metall im Körper hat«, sagte Maya. »Zahnersatz, irgendwas in der Art.«

»Er meint, er sei nicht alt genug, um metallischen Zahnersatz zu haben«, übersetzte Therese. »Er meint, das Einzige, was bei ihm eisenhart ist, wäre sein Schwanz.« Sie brach in Tränen aus.

Bruno zog zwei daumengroße Flüssigkeitsbehälter aus den Taschen seiner abgelegten Hose. Dann kletterte er nackt und gelassen ins Grab.

Er lehnte sich beiläufig zurück und schüttelte den einen daumengroßen Gegenstand in der geschlossenen Faust. Er sprühte sich eine dünne Schicht schwarzer Farbe auf die rechte Hand. Er winkte Therese näher, rief ihr etwas Unverständliches zu. Sie kam näher, schleppenden Schritts, widerwillig, voller Angst. Er ergriff mit seiner schwarz gefärbten Hand sanft die ihre, schüttelte sie fest, zog sie näher, flüsterte ihr etwas zu, küsste sie.

Dann rief er Maya zu sich. Auch sie küsste er. Ein langer, inniger, kontemplativer und sehr bitterer Kuss. Mit der Linken streichelte er über ihren Nacken. Mit der schwarz gefärbten Hand rührte er sie nicht an.

Schließlich ließ er sie los. Nach Luft schnappend taumelte Maya zurück und wäre beinahe zu ihm in die Grube gefallen. Bruno schaute Therese an. Offenbar kämpfte er mit den Tränen. Therese lag hemmungslos schluchzend auf dem Boden und beobachtete ihn.

Dann nahm er den zweiten Gegenstand in die Hand, einen Inhalator. Er steckte sich die Mündung in den

Mund, drückte den Hebel nieder und atmete tief ein. Anschließend warf er das Ding weg wie eine erloschene Zigarre und krümmte sich sogleich in Krämpfen. Fünf Sekunden später war er tot.

»Mach das ab!«, schrie Therese. »Mach das ab, mach das ab!« Sie schwenkte die schwarz verfärbte Hand, umklammerte mit der Linken das Handgelenk.

Maya begann, mit Brunos abgelegtem Jackett an der verfärbten Hand zu reiben. »Was ist das?«

»Lacrimogen!«

»Du meine Güte.« Sie rieb fester, passte jetzt aber noch besser auf.

»Ach, ich habe ihn so geliebt«, wimmerte Therese, die sich allmählich in einen hysterischen Heulkrampf hineinsteigerte. »Ich dachte, er wollte mich noch einmal schlagen und mich im Grab ein letztes Mal vögeln. Ich hätte nie gedacht, dass er mir die schwarze Hand geben würde. Ich wünschte, ich wäre tot.« Plötzlich wechselte sie ins Deutsche. »[Wo ist das Gift? Sprüh es mir in den Mund. Nein, ich will ihn küssen, das Gift auf seiner Zunge reicht bestimmt aus, um hundert Frauen zu töten.]«

Sie kroch zum Rand des Grabes, geschüttelt von drogeninduziertem Schmerz. Maya packte sie beim Fußgelenk und zerrte sie zurück. »[Rühr ihn nicht an, ich mein's Ernst. Halt auf Abstand. Ich säge ihn jetzt auf.]«

»[Maya, wie kannst du nur! Wie kannst du ihn aufsägen, damit er schneller verwest? Das ist kein Cordon bleu, das ist Bruno!]«

»Tut mir Leid, Schätzchen, aber wenn du wie ich die großen Seuchen überlebt hättest, dann wüsstest du, dass Menschen nach ihrem Tod einfach nur tot sind.« Am liebsten hätte sie sich für dieses Eingeständnis die Zunge abgebissen, doch darauf kam es nicht mehr an; in ihrem Zustand hörte Therese ihr gar nicht mehr zu.

Sie schrie, bis der Wald widerhallte, ein entsetzliches Heulen, Ausdruck elementarer Trauer und Qual.

In Thereses Rucksack entdeckte Maya eine Folie mit Beruhigungsmittel. Das Mittel war recht milde, daher löste sie sechs Pflaster ab. Therese wehrte sich nicht, als Maya ihr die Pflaster auf den Hals drückte. Sie hatte sich wie ein Embryo zusammengekrümmt und umklammerte stöhnend ihre verfärbte Hand. Dann setzte unvermittelt die Wirkung des Tranquilizers ein.

Maya rieb Thereses Hand mit dem restlichen Mineralka ab. Das aufgesprühte Lacrimogen war ein widerliches Zeug. Man konnte damit mühelos jemanden ermorden. Eine geschicktere Methode konnte Maya sich kaum vorstellen.

Sie trat an den Rand des Grabes. Bruno war noch immer tot. Eher ein bisschen toter. Sie drückte ihm die Augen zu. Dann füllte sie die Spritze.

»Also, du großer Bursche«, sagte sie, »ruhe in Frieden. Du hast ein kleines Mädchen gefunden, das dir diesen Dienst wirklich gerne erweist.«

Als sie fertig war, war es dunkel geworden. Die Arbeit war widerlich gewesen, die makabere Parodie eines medizinischen Eingriffs. Gleichwohl hatte sie das Gefühl, ehrliche Arbeit verrichtet zu haben.

Therese ging es wieder besser. Therese war jung und stark. Junge Leute waren in der Lage, an einem Tag mehr Stimmungen zu durchlaufen als alte Leute in einem Monat. Therese wankte mit Maya zum Wagen zurück.

»Wo ist sein Koffer?«, fragte Therese. Ihre Augen waren gerötet, und sie zitterte.

»Den hab ich zusammen mit den Klamotten und dem Werkzeug in den Kofferraum getan.«

»Hol ihn bitte raus.«

Therese durchsuchte Brunos Koffer in rasender Eile. Schließlich holte sie ein längliches Kästchen aus grauer Metallglaslegierung heraus. Sie öffnete es.

»Ich kann's einfach nicht glauben«, sagte sie und betrachtete verzückt den Inhalt. »Ich dachte, er wollte mich verarschen.«

»Ich dachte, er wollte dich ermorden.«

»Nein, wollte er nicht. Dazu hat das bisschen Spray nicht ausgereicht. Er wollte sich bloß von einer Frau beweinen lassen. Nachdem ich so viel geweint habe, geht's mir wieder besser. Alles in Ordnung. Ich werde nie wieder um ihn weinen. Schau mal, Maya, was er mir geschenkt hat. Eine wundervolle Hinterlassenschaft von meinem toten alten Mann.« Sie hielt Maya das kleine Kästchen hin.

Es war mit schwarzem Samt ausgeschlagen und enthielt zwei Dutzend kleine, gesprenkelte Muscheln.

»Muscheln?«, sagte Maya.

»Kaurimuscheln«, erklärte Therese. »Ich bin reich!« Sie schloss das Kästchen behutsam, dann klappte sie den Koffer zu und rammte ihn in den Kofferraum. »Lass uns losfahren«, sagte sie, das Kästchen mit beiden Händen haltend. »Lass uns was trinken. Ich habe so viel geweint, und jetzt bin ich durstig. Ach, ich kann einfach nicht glauben, dass ich das alles getan habe.« Sie öffnete die Wagentür und stieg ein.

Der Wagen fuhr knirschend und knackend durchs Gebüsch. Plötzlich blickte Therese sich um und lachte. »Ich kann's noch nicht recht glauben, aber ich habe gewonnen. Ich komme damit durch. Jetzt wird sich mein Leben von Grund auf ändern.«

»Ein Kästchen mit Muscheln«, meinte Maya versonnen. Der Wagen steuerte selbständig durch den dunklen Wald, suchte sich den Weg zur Autobahn.

»Das ist wenigstens kein Müll. Es gib heutzutage so viel Müll auf der Welt«, meinte Therese und lehnte sich zurück. »Lauter Virtualitäten und Fälschungen. Wir haben alles in wertlosen Müll verwandelt. Diamanten und Edelsteine sind billig. Münzen, jedermann kann heutzutage Münzen fälschen. Briefmarken sind so leicht zu fälschen, dass es geradezu lachhaft ist. Geld besteht nur aus Einsen und Nullen. Aber stell dir mal vor, Maya – *Muscheln!* Niemand kann Muscheln fälschen.«

»Vielleicht sind es billige, nachgemachte Muscheln.«

Voll plötzlicher Besorgnis öffnete Therese abermals das Kästchen. Dann lächelte sie. »Nein, nein. Schau dir mal die Wachstumsringe an oder diese Sprenkelung. Viele Jahre des organischen Wachstums sind notwendig, bis eine echte Muschel entsteht. Kaurimuscheln sind zu komplex, um sie zu fälschen. Die sind *echt.* Eine ausgestorbene Spezies! Überaus kostbar! Es wird nie mehr welche geben. Die sind ein Vermögen wert! Die sind so viel wert, dass ich jetzt tun kann, was ich will.«

»Und was genau willst du damit anfangen?«

»Ich werde jetzt erwachsen! Die kleine Klitsche am Viktualienmarkt kann ich jetzt aufgeben. Ich mache einen richtigen Laden auf. In einem richtigen Gebäude, in einem Hochhaus! Für richtige Kunden, die mir richtiges Geld geben werden. Für eine Ladenbesitzerin bin ich noch sehr jung, aber jetzt, wo ich die Muscheln habe, kann ich es schaffen. Ich kann alte Leute für mich arbeiten lassen. Ich werde meinen eigenen Buchhalter und meinen eigenen Wirtschaftsanwalt beschäftigen. Ich fange neu an, ganz legal. Offen und ehrlich. Mit richtigen Geschäftsbüchern, ich werde sogar Steuern zahlen!«

»Also, das klingt wirklich toll.«

»Mein Traum wird wahr. Jetzt werde ich auch bei richtigen Modemachern Beachtung finden. Ich werde richtige Kollektionen von professionellen Designern kaufen. Kein Kinderkram mehr. Kinderkram, Kinderkram, Kinderkram, ach, ich bin das lebendige Leben ja so leid.«

»Hoffentlich hältst du dich in Zukunft von Brunos Freunden fern.«

»Ganz bestimmt«, sagte Therese. »Was man von der Politas auch halten mag ... aber sie verändert die Welt zum *Besseren.* Ja, wirklich! Brunos Gangster – die soll sich meinetwegen die Polizei schnappen. Das bringen die Medizin, das Geld und die Überwachung mit sich ... Es funktioniert. Die schlimmen Jungs sterben aus. Von Jahr zu Jahr werden es weniger. Die kriminelle Klasse ist im Aussterben begriffen. Diese Typen sind sehr alt, und sie waren lange Zeit stark, aber jetzt sterben sie aus wie eine ansteckende Krankheit. Das hat etwas Tragisches, aber ... aber, na ja, es ist eine große Errungenschaft.«

Maya seufzte erschöpft. »Vielleicht hätte ich dir nicht so viele Beruhigungspflaster verabreichen sollen.«

»Sag das nicht. Das stimmt nicht. Siehst du denn nicht, wie glücklich ich bin? Du solltest dich lieber mit mir freuen.« Sie schaute Maya ins Gesicht. »Wie kommt es, dass du dich so verändert hast, Maya? Weshalb bist du nicht mehr so munter wie damals in Munchen?«

»Deine Stimmung kippt andauernd, Schätzchen. Red lieber nicht so viel. Wir sollten uns ein wenig ausruhen. Ich bin sehr müde.«

Therese kuschelte sich in den Sitz. »Selbstverständlich bist du müde. Du warst so tapfer. Tut mir Leid, Maya ... Vielen Dank für alles.«

Lange Zeit schwiegen sie. Therese weinte noch ein wenig. Schließlich schlief sie ein.

In Schein der vorbeiziehenden Lichter des ländlichen Europas wirkte Thereses Gesicht sehr friedlich. »Du stehst jetzt auf der anderen Seite«, meinte Maya voller Zärtlichkeit. »Du bist jetzt eine richtige kleine Bourgeoise. Ich kann einfach nicht glauben, dass es so funktioniert. So mühelos. Ich habe zugelassen, dass sich die Welt so entwickelt. Das war meine Schuld, das ist genau die Welt, die ich mir gewünscht habe. Ich kann einfach nicht glauben, dass du so begierig darauf bist, in einer Welt zu leben, die ich keinen Moment länger hätte ertragen können. Ich muss mich außerhalb des Gesetzes stellen, um zu leben und zu atmen, und der Rückweg ist mir versperrt. Und die Witwe ist hinter mir her. Sie weiß Bescheid. Ich weiß es einfach. Sie würde mich auf der Stelle festnehmen, wenn sie nicht so sanftmütig und geduldig wäre. Kennst du die Witwe?«

Die schlafende Therese drückte das Kästchen fester an sich.

»Ich wünsche dir, dass du ihr nie begegnest.«

Die Überarbeitung des Palasts stellte sie vor erhebliche Probleme. Kompliziert wurde es vor allem durch den Umstand, dass irgendetwas darin lebte. Benedetta und ihre Freundinnen brauchten eine ganze Weile, um das verstörende Wesen aufzuspüren. Es handelte sich um Martins Hund. Plato trieb sich im Palast herum.

Martin hatte das organische Gehirn des Hundes mit seinem Erinnerungspalast vernetzt. Dieser medizinische Prozess wurde bei Menschen aus guten Gründen nicht gutgeheißen. Die neurale Aktivität war ein in hohem Maße nichtlineares Emergenzphänomen. Gehirne wuchsen, sie entwickelten sich aus physischem organischem Substrat. Versuchte Software, im Verbund mit einem Gehirn, zu wachsen, führte dies zu einer Symbiose von Denken und Rechnen. Normalerweise kam ein summendes, üppig wucherndes Durcheinander dabei heraus. Ließ man es dabei bewenden, führte es geradewegs in den künstlichen Wahnsinn.

Benedetta zeigte Maya den geheimen Palastflügel, wo das Hundehirn aktiv gewesen war. Das cyberorganische Gemisch war seit Jahren in Form von Knoten und Schichten gewachsen, gewaltige Frottagen und funkelnde Ausfällungen, ein Irrgarten wie aus Koralle oder Haferschleim. Das neurale Wachstum war noch nicht beendet, doch sie hatten die Verbindungen zur Wetware des Hundes ausfindig gemacht und blockiert. Hier und da hingen Monsterperlen, mächtige rotierende Knoten wie Albträume, die niemals enden würden.

Seit Warshaws Tod hatten die geistigen Prozesse des Hundes an fünf Stellen den Boden durchbrochen. Die abgeschnittene geistige Aktivität schoss wie Seeigel aus dem Boden.

»Wie sieht das auf der Ebene des Codes aus?«, fragte Maya.

»Ach, der Code ist wundervoll. Man könnte ihn in einer Million Jahren nicht entschlüsseln.«

»Glaubst du wirklich, das hat ihm beim Denken geholfen?«

»Ich glaube nicht, dass ein Hund so denkt wie wir, aber das ist eindeutig die kognitive Datenverarbeitung eines Säugetiers. Warshaw hat seinen Palast mit dem Denken des Hundes verknüpft. Für die damalige Zeit ganz schön raffiniert. Natürlich ist das ein Klacks, verglichen mit den Kunststückchen, die man heutzutage mit Labortieren anstellt. Aber für die Sechziger waren die Bandbreite und die Baud-Rate erstaunlich. Das Rückgrat des Hundes muss mit Antennen durchsetzt sein.«

»Wieso das?«

»Wir vermuten, dass er im Hund bestimmte Daten verstecken wollte. Vielleicht wollte er sogar den ganzen Palast in das Nervensystem des Hundes verlegen. Derlei visionärer Unsinn war in den Sechzigern sehr in Mode. Damals glaubten die Leute alles. Sie romantisierten Computer und mystifizierten die Virtualität. Es wurde viel herumexperimentiert. Man glaubte, alles wäre möglich, und machte sich nicht viele Gedanken. Warshaw aber war kein Programmierer. Er war bloß alt und reich. Und unbekümmert.«

»Ist der Hund noch immer hier online?«

»So kann man das nicht ausdrücken, Maya. Der

Hund trug weder kleine Hundehandschuhe noch eine kleine Hundebrille. Er hat den Palast nie als solchen wahrgenommen, sondern ihn bloß infiziert. Oder er wurde von ihm infiziert … Vielleicht glaubte Warshaw, er könnte eines Tages hier drin leben. Alle Spuren hinter sich verwischen und in den Strukturen des Mediums aufgehen. Damals hielten das die Menschen für möglich, bis sie es ein wenig ausprobierten und lernten, wie schwer das ist. Warshaw hat mal einen dummen Film darüber gedreht.«

»Du hast Martin Warshaws Filme gesehen? Ist das wahr?«

»Wir haben es uns zur Aufgabe gemacht, sie auszugraben.«

»Magst du Warshaws Filme?«

»Er war ein Primitiver.«

»Auf mich wirkt das hier überhaupt nicht primitiv.«

»Aber das ist nicht Kino. Das ist künstliches Leben. Das seit dreißig Jahren Milliarden von Zyklen durchlaufen hat.«

Im Palastkeller hatten sie das Heilige Feuer bereits teilweise geschürt. Die Traummaschinen. Sie sollten schwer beschreibliche Dinge mit den für visuelle und akustische Reizverarbeitung zuständigen Gehirnzentren anstellen. Man würde sie irgendwie sehen und irgendwie hören, jedoch ohne dabei viel zu empfinden. Das menschliche Bewusstsein vermochte die vorbewussten Aktivitäten dieser Systeme ebensowenig wahrzunehmen, wie man die auf die Netzhaut auftreffenden Photonen wahrnahm oder spürte, wie das Gehörknöchelchen im Ohr auf die Cochlea traf. Die Installationen waren nicht unbedingt vage; sie waren einfach nicht richtig gegenwärtig. Die Erfahrung war besänftigend, als befände man sich unter Wasser. Als läge man in einer Farbenfabrik im Halbschlaf. Während ein kaum hörbares Thema einer Nichtmusik erklang.

Es war weder spektakulär noch aufregend. Keine Sensationen, kein Schmettern oder Funkeln. Langweilig war es aber nicht. Es war das genaue Gegenteil von Langeweile. Sie entwickelten ganz, ganz sanfte Erfrischungen für die posthumanen Geister einer neuen Welt. Sie waren noch nicht besonders gut darin. Sie probierten aus, unternahmen erste Schritte und führten Buch über die Ergebnisse.

Maya war nicht ihre Testperson, doch sie zeigten ihr alles, weil sie sie mochten. Es gab da Schachteln in der Schachtel in der Schachtel, die ihre eigene Geometrie vervielfältigten, ein räumliches Kaleidoskop. Dann waren da die Ohrblumen-Windrädchen.

Man hörte, wie sich die Blumen bewegten, doch sie erreichten nie ganz die Netzhaut. Und dann die riesigen Höhlen formenden Gebilde, die sich endlos fortpflanzten.

Maya bekam nicht genug vom heiligen Feuer. Es erschöpfte sich einfach nicht. Es verlangte keine Aufmerksamkeit; es funktionierte auch so. Es geschah einem, anstatt dass man etwas tat. Irgendwann aber drückten sie die Handschuhe und die Ohrhörer, oder sie bekam Rückenschmerzen. Dann loggte sie sich aus und sah an die Wand.

Nach dem heiligen Feuer war eine kahle Wand äußerst aufschlussreich. Sie konnte dasitzen und über die kahle Wand und die schiere Fülle ihrer Dinglichkeit meditieren. Die bloße Gegenwärtigkeit ihres sublimen und ehrfurchtgebietenden Vorhandenseins war überwältigend. Nicht der Inhalt machte die Dinge mehr aus, sondern das Außen, wenn man aus ihnen hervorkam und sie betrachtete …

Bisweilen legte sie sich flach auf den Boden und schaute an die Decke. Dann setzten sich die weißen Katzen der Schauspielerin auf ihre Brust, massierten sie sanft mit ihren Pfoten und blickten ihr ins Gesicht.

Tieraugen, Fenster in eine Welt, die von Worten und Symbolen nichts wusste.

Auch außerhalb des Palasts waren sie geschäftig. Sie hatten Attacken gegen ein paar offenbar verlassene Paläste geführt und es geschafft, in drei von ihnen einzudringen. Auch die physikalische Grundlage von Warshaws Palast hatten sie entdeckt; die Daten liefen über eine Reihe von Servern auf der Pazifikinsel Nauru. Nun lösten sie den Palast Zeile um Zeile aus dem Nauru-Netzwerk heraus und speisten ihn über Marokko und Bologna schließlich Bit für Bit in den Kristallserver in der Wohnung der Schauspielerin ein. Sie glaubten, der veränderte Palast werde schneller und effizienter laufen, sobald er sich vollständig in einem einzigen Rechner befand. Irgendwann würde sie Warshaws Palast in die Hand nehmen können. Eingefroren in einen faustgroßen Brocken optisch geätzten Rechendiamants.

Eines Junitages hielt Maya sich zu lange im Vakuumblizzard der Schneeflockenorgel auf, und als sie die Brille abnahm, wusste sie, dass sie einen Schaden davongetragen hatte. Als sie die Augen schloss, hatte sich die Welt hinter ihren Lidern verändert. Benedetta und ihre Freundinnen waren zu dem intimen Ort vorgedrungen, wo sie sich verbarg, wenn sie die Augen schloss. Machte man im Wachzustand die Augen zu, war es niemals vollständig dunkel. Hinter den geschlossenen Lidern tat sich immer etwas. Trotz des Lichtmangels arbeitete das Sehzentrum weiter und bemühte sich, auf die nichtblinde Art der grauen Zellen die Realität zu erfassen. Und so erschuf es eine kleine Welt. Die intime Welt hinter menschlichen Augenlidern setzte sich zusammen aus sanften, formlosen Blautönen, aufblitzenden trüben Purpurtönen und mausgrauen und braunen Flecken. Nun aber hatte sich etwas verändert. Es war nicht mehr wie vorher. Was Maya nun sah, war neu und ihr nicht mehr zugehörig.

Sie rief Benedetta an. Das war mühsam, denn Benedetta wurde streng abgeschirmt. Doch sie musste mit ihr reden.

»Bendetta, ich habe einen Fehler gemacht.«

»Was für einen Fehler?«

»Das funktioniert bei mir nicht.«

»Du musst Geduld haben«, sagte Benedetta sehr geduldig. »Das ist ein Langzeitprojekt.«

»Es funktioniert bei mir nicht, weil ich nicht mehr jung bin. Ich war einmal jung. Ich war jung in einer anderen Welt. Die Welt da drinnen ist eure Welt. Ihr baut etwas auf, das ich mir nicht einmal vorstellen kann. Ich kann daran Anteil nehmen, ich kann euch sogar dabei helfen, aber ich kann nicht darin leben, weil ich nicht zu euch gehöre.«

»Natürlich gehörst du zu uns. Mach dir keine Sorgen, wenn keine große Wirkung festzustellen ist. Das ist nichts im Vergleich zu dem, was wir in hundert Jahren zustande bringen werden.«

»Ich werde keine hundert Jahre mehr leben. Ich werde nicht lange genug leben, um die Welt jenseits der Singularität zu schauen. Nicht, dass ich nicht wollte. Aber ich wurde eben zu früh geboren.«

»Maya, gib nicht auf. Du solltest nicht so defätistisch sein. Du stärkst unsere Moral.«

»Ich liebe euch und würde alles tun, um euch zu helfen, aber eure Moral müsst ihr schon selber stärken. Ich werde nie wieder dort reingehen. Allmählich fühle und begreife ich, was das wirklich bedeutet. Ich werde niemals fähig sein, mein Bewusstsein so weit auszudehnen. Ich will es nicht, und in meinem Zustand brauche ich es nicht einmal. Das mag euch bei euren Problemen helfen, mir aber kann es nicht helfen. Letzten Endes wäre es schlimmer als der Tod.«

»Gibt es denn Schlimmeres als den Tod, Maya?«

»Du meine Güte, ja.« Sie unterbrach die Verbindung. Anschließend legte sie sich aufs Bett und blickte an die kahle Decke.

Lange Zeit später wurde sie von der Türklingel geweckt.

Maya erhob sich wie eine Schlafwandlerin, schritt über den weißen, flauschigen Teppich und öffnete die Tür.

Ein großer brauner Hund nahm die Pfote vom Klingelknopf. Er ließ sich auf alle Viere niedersinken.

Dann machte er einen Satz nach vorn. Maya taumelte zurück, und der Hund stolzierte in die Wohnung hinein.

»Du hast mir weh getan«, sagte er.

»Komm rein, Plato. Wo hast du denn deine hübschen Sachen gelassen?«

»Du hast mir weh getan.«

»Du siehst nicht gut aus. Hast du denn nicht richtig gegessen? Du solltest besser auf deine Ernährung achten. Das ist wichtig.«

»Du hast mir sehr weh getan.«

Maya zog sich in die Küche zurück. »Möchtest du einen Leckerbissen? Ich habe jetzt viele Leckerbissen.«

»Es hat so weh getan. Im Kopf.« Der Hund stakste durchs Zimmer und ließ den verfilzten Kopf hängen. Er schnüffelte am Boden und schüttelte sich. »Daran warst du schuld.«

Eine der weißen Katzen erwachte, riss die Augen auf, fauchte und machte einen Buckel.

»Kätzchen, sei brav!«, rief Maya. »Plato, ich mach dir jetzt was zu essen! Alles wird gut! Ich mache ein paar Anrufe! Von nun an werde ich mich um dich kümmern! Erst einmal baden wir! Dann ziehen wir uns an und gehen spazieren …«

»Da sind ja Katzen!«, heulte der Hund. Er griff an.

Maya schrie. Weißes Fell flog durch die Luft. Das Zimmer explodierte von animalischem Hass. Plato zermalmte die erste Katze zwischen den Zähnen. Sie fiel zuckend zu Boden. Als die Katze starb, setzte ein Alarm ein.

Als der Hund über die zweite Katze herfiel, warf Maya sich auf ihn. Sie versuchte, ihn am verfilzten Halspelz festzuhalten. Er drehte sich mit enormer Gewandtheit um und biss sie ins Schienbein. Es war, als hätte sie gegen eine Eisentür mit spitzen Zähnen getreten. Sie schrie auf und brach zusammen.

Die Katze versuchte, die Tapete hochzuklettern. Der Hund bekam sie mit seiner Greifpfote am Schwanz zu fassen, schleuderte sie auf den Boden und biss sie tot.

Maya riss die Tür auf und rannte weg.

Sie besaß nichts, nicht einmal Schuhe. Sie wusste, dass sie das nächste Opfer des Hundes sein würde. Ihr Bein blutete, und der Angstschweiß drang ihr aus allen Poren. Sie rannte. Sie rannte den Gang entlang und stürzte in den Aufzug. Dort verharrte sie zitternd und stöhnend, bis sich die Türen schlossen.

Sie wusste nicht, was sie tun sollte, daher stieg sie in einen Zug.

Am ersten Tag stahl sie Sachen zum Anziehen. Das fiel ihr mittlerweile äußerst schwer, denn sie war sehr ängstlich. Wenn man optimistisch und zuversichtlich gestimmt war, fiel es leicht zu stehlen, denn alle liebten hübsche, optimistische und zuversichtliche Mädchen. Niemand aber mochte verrückte Mädchen mit komischem steifen Haar, die humpelten und ständig zusammenzuckten, wie ein Junkie aussahen und keinen Koffer dabeihatten.

Der Hund war im Netz. Sie konnte sich nicht erklären, weshalb sie dem Netz einmal positive Seiten abgewonnen hatte. Mit einem Netz fing man Fische.

Die grauen Zellen des Hundes hatten im Netz Wucherungen gebildet. Er hatte im Palast herumgespukt, und so hatte er sie ausfindig gemacht. Er schnüffelte ihr nach, und er war allgegenwärtig wie ein Gas.

In dem Moment, da sie aufhörte wegzulaufen, würde die Polizei sie finden. Sie war sehr müde, wurde von Schuldgefühlen gepeinigt und hatte Schmerzen. Jedes Mal, wenn sie sich hinsetzte, wurde sie von Panik überwältigt und musste sich übergeben.

Im Sinai aber war es Sommer. Europa war weit. Das Reisen brachte ihr keine Erleichterung mehr; es kam ihr seltsam vor zu reisen. Die Schauspielerin hielt sich in einem Urlaubsort am Roten Meer auf. Ein guter Ort für erschöpfte Menschen. Die Schauspielerin hatte natürlich strikte Anweisung gegeben, sie nicht zu stören.

Maya machte dem Angestellten der Ferienanlage klar, dass sie die Nachricht vom Tod eines Familienangehörigen überbringen müsse. Man sah, dass sie mitgenommen und bekümmert war, daher schenkte man ihrer Geschichte Glauben und begegnete ihr voller Mitgefühl. Die Leute in dieser paradiesischen Enklave des entsalzten Meerwassers und des gehätschelten Dschungels waren freundlich. Sie gaben ihr ein Notebook und setzten sie auf die Fährte der Schauspielerin.

Die Schauspielerin war eine bepelzte Hominide mit dicken schwarzen Fingernägeln und behaarten, schwieligen Füßen. Sie war nackt und mit drahtigem schwarzem Fell bedeckt. Um diesen Effekt zu erreichen, brauchte man bloß einen uralten DNS-Abschnitt zu aktivieren. Dieser medizinische Eingriff verlängerte nicht die Lebensspanne, daher wurde er zumeist im Rahmen einer Kur durchgeführt.

In gewissen modernen Kreisen wurde es als entspannend betrachtet, sich in die Lebensweise eines Prähominiden zu flüchten. Ein paar erholsame Monate lang mit getrübtem Bewusstsein und dem Zwang zur Nahrungsbeschaffung unterworfen, um sich fit zu halten. Die prähominiden Feriengäste verzehrten Obst und erlegten kleine Tiere mit Stöcken. Sie trugen Peilsender und wurden einmal wöchentlich mit Aas gefüttert.

Maya befolgte die Hinweise des Notebooks. Schließlich fand sie Frau Jeskova. Frau Jeskova blickte aufs Meer hinaus und knackte gerade Austern mit einem Faustkeil.

»Sind Sie Olga Jeskova?«

Frau Jeskova schlurfte geräuschvoll eine Auster aus. Das Notebook sagte etwas auf tschechisch. Maya hantierte mit den Menüs. »[Im Moment nicht]«, antwortete der Rechner doppeldeutig.

»Mein Name ist Mia Ziemann, Frau Jeskova«, sprach Maya in das Notebookmikrofon. »Es tut mir Leid, dass wir uns auf diese Weise kennen lernen. Ich komme aus Prag und überbringe Ihnen schlechte Nachrichten.«

»[Schlechte Nachrichten können warten]«, entgegnete das Notebook in unbeholfenem Englisch. »[Schlechte Nachrichten können immer warten. Ich bin hungrig.]«

»Ich habe in Ihrer Wohnung gelebt. Ich habe mich um Ihre Katzen gekümmert. Ich war Ihre Katzensitterin. Verstehen Sie mich?«

Frau Jeskova schlürfte eine weitere Auster. Als ihr Pelz zuckte, kratzte sie sich heftig. »[Meine süßen kleinen Katzen]«, sagte das Notebook nach einer Weile.

Der Hotelangestellte hatte sie darauf vorbereitet, dass die Verständigung Geduld erfordern würde. Die Menschen zogen sich nicht zum Plaudern hierher zurück, behielten gewisse geistige Funktionen aber für den Notfall bei.

»[Was ist mit meinen kleinen Lieblingen?]«, fragte das Notebook schließlich.

»Sie sind tot. Es tut mir sehr Leid. Ich war Gast in Ihrem Haus, und Ihre Katzen sind zu Tode gekommen.

Das tut mir fürchterlich Leid. Es war ganz allein meine Schuld. Ich bin so schnell ich konnte hergekommen, denn ich wollte es Ihnen persönlich mitteilen.«

»[Meine Katzen sind tot?]«, fragte Frau Jeskova. »[Wenn ich heimkomme, werde ich sehr traurig sein.]«

»Ein Hund ist in die Wohnung eingedrungen und hat sie getötet. Es war grauenhaft, und ich war schuld. Ich musste herkommen und es Ihnen persönlich sagen. Ich musste einfach.« Sie zitterte heftig.

Frau Jeskova musterte sie mit ihren alterslosen braunen Augen. »[Hören Sie auf zu weinen. Sie sehen schlimm aus. Sie sind bestimmt hungrig.]«

»Ich glaube schon.«

»[Essen Sie diese Steinleckereien. Sehr saftig und wohlschmeckend.]« Sie zerschmetterte mit dem Faustkeil eine weitere Auster.

Maya fischte die rohe Auster aus der zerbrochenen Schale. Es erforderte eine Menge Mut, das Ding hinunterzuschlucken. Das Gefühl im Mund war widerlich, andererseits aber eine intensive sinnliche Erfahrung.

Maya blickte aufs Rote Meer hinaus. Es war ihr unverständlich, weshalb es als ›rot‹ bezeichnet wurde, wo es doch ein so intensives Blau zeigte. Vielleicht hatte man irgendwas damit angestellt und das Meer verändert. Aber die Wogen brandeten an den Strand, brachen sich in einem langsamen, stetigen Rhythmus an schwarzen Felsen, überwölbt von einem sich Millionen blaue Meilen weit erstreckenden heißen, unbekümmerten Himmel. »Es heißt, das Ertrinken gehe rasch vonstatten. Es sei ein leichter Tod.«

»[Reden Sie keinen Unsinn. Essen Sie.]«

Maya verzehrte noch eine Auster. Ihr Magen entspannte sich allmählich und knurrte verzückt.

»Ich bin hungrig«, sagte sie plötzlich. »Ich kann gar nicht glauben, wie hungrig ich bin. Du meine Güte, ich glaube, ich habe seit Tagen nichts mehr gegessen.«

»[Essen Sie. Tote Mädchen sind schlimmer als tote Katzen.]«

Maya aß noch eine Auster und blickte aufs Meer hinaus. Die Wogen funkelten rhythmisch. Eine seltsame Anspannung ergriff Besitz von ihr. Eine Art Erwachen, als habe sich ihre Haut in ein einziges Augenlid verwandelt.

Das Licht der Welt strömte in sie ein.

Sie war innerlich zerbrochen. Und auf einmal wusste sie, dass sich daran nichts ändern würde. Sie würde nie ein Ganzes sein, die Narben tief in ihrem Innern würden niemals heilen. Sie war aus Bruchstücken und Nähten zusammengesetzt, und so würde es auch bleiben.

Jetzt aber konzentrierten sich all diese Bruchstücke zum erstenmal auf ein und dasselbe. Alles, was sie ausmachte, war ergriffen von diesem heißen Licht und nahm die Außenwelt wahr.

Dann, auf einmal, verschwand das Fenster. Sie befand sich inmitten der Welt. Sie bewohnte diese Welt. Sie schaute nicht mehr aus den Fragmenten innerhalb ihres Schädels zu ihr hinaus, sondern lebte und atmete in der Welt, auf welche die Sonne herabschien. Dies war kein Glück, nicht einmal Freude; doch die Erfahrung erfasste jede Faser ihres Seins.

Die Welt unter der Sonne verblüffte sie. Diese Welt war viel größer und interessanter, als die kleine Welt in ihrem Innern es jemals sein konnte. Diese Welt berührte sie überall. Sie hatte bloß richtig hinschauen müssen. Sie war Teil dieser Welt. Sie war lebendig und bewusst und hellwach, im klaren Tageslicht. Die Welt war vollständig, unübersehbar, unausweichlich und auf befreiende Weise wirklich.

»Ich fühle, wie der Wind durch mich hindurchweht«, flüsterte sie.

Olga grunzte bloß.

Maya wandte sich zu ihrer behaarten Gastgeberin um. »Olga, verstehen Sie, was ich Ihnen sagen will? Ich begreife es selber kaum. Ich habe schwere Zeiten durchgemacht. Ich glaube – ich glaube, ich habe eine Art Anfall.«

»[Sie begreifen überhaupt nichts]«, sagte Olga. »[Zum Leben braucht es Geduld. Sie sind unbedacht, Sie reden zu viel, Sie haben es zu eilig. Ich verstehe mich darauf, geduldig zu sein. Trauer ist schlimm, aber man kommt drüber hinweg. Schuld ist schlimm, aber man kommt drüber hinweg. Das wissen Sie noch nicht. Deshalb bin ich klüger als Sie, obwohl ich eine Äffin bin.]«

»Das mit Ihren Katzen tut mir aufrichtig Leid. Ich würde wirklich alles tun, um es ungeschehen zu machen.«

»[Schon gut, essen wir noch ein paar Steine.]«

»Das sind Austern, Olga. Das sind Austern. Ich hole noch ein paar.« Die Sonne schien aufs Rote Meer, und sie war heiß und wirklich. Es würde bestimmt Spaß machen, im Wasser zu waten. Es wäre bestimmt herrlich zu schwimmen. Maya entkleidete sich.

»Austern«, sagte Olga laut. »[Manche Worte sind wirklich komisch.]«

Seit dem Skandal mit Helene hatten sie keinen Zutritt mehr zum Tête. Ein Skandal allein aber vermochte einen so einfallsreichen Mann wie Paul nicht aufzuhalten. Er hatte in der Helleniki Dimokratia einen neuen Treffpunkt gefunden. Er hatte eine große Immersion arrangiert.

Griechenland im Sommer war wundervoll. Dieses Land hatte eine große Kultur ebenso mühelos hervorgebracht wie Brot den Schimmel. Die Ferienanlage lag außerhalb der kleinen Stadt Kórinthos, in den duftenden, bewaldeten Hügeln der Peleponnes. Die Anlage gehörte einem vierzigjährigen Multimillionär, der in der nur unvollständig erforschten industriellen Wildnis Ostdeutschlands ein Vermögen mit Müll gemacht hatte. Als einer der jüngsten wahren Neureichen in Europa gefiel sich der exzentrische Spekulant darin, anderen ein Ärgernis zu sein.

Und nun lagerten Paul und etwa dreißig seiner lebendigen Anhänger um den funkelnden Pool der Anlage, eingecremt und in große, mit Stecknadeln zu Togas geformte Badetücher gehüllt. Sie waren in größeren Schwierigkeiten als je zuvor in ihrem kurzen Leben, und sie waren bester Stimmung.

»Hier, Weintrauben«, sagte Benedetta und reichte Maya eine gestielte Keramikschüssel.

»Natürliche Früchte sind voller Toxine«, sagte Maya.

»Das ist genmanipuliertes Wunderobst.«

»Okay, gib mir eine Traube.« Sie probierte eine Traube. Sie schmeckte herrlich. Maya stopfte sich eine Handvoll in den Mund.

»Die sind herrlich«, sagte sie. »Gib mir noch ein paar. Mach mich fett, ruinier meine blöde Karriere.«

Benedetta lachte. Die nackte, lachende Benedetta bot einen bezaubernden Anblick. Sie glich einer eingecremten Wassernymphe. Sie waren so unangestrengt nett, diese modernen jungen Leute. Unsterbliche, deren Togas gewebt waren aus der erlesensten technischen Rhetorik. Übernatürlich gesunde Wesen.

»Ich bin in letzter Zeit ständig hungrig«, sagte Maya, auf den Trauben kauend. »Das ist gut. Jetzt gehöre ich endlich wieder zu meinem Körper. Oder vielmehr, mein Körper gehört zu mir …«

»Es macht mehr Spaß, sich den Körper mit anderen zu teilen«, meinte Bouboule, sich Lotion auf die flache Hand drückend. »Ich komme nicht an meine – wie sagt man noch gleich? – an meine Fußsohlen heran. Schafft einen Kerl her, der mir die Beine einreibt. Von der Sonne werden sie nur faul, die Jungs müssen beschäftigt werden.«

»Du siehst wieder besser aus«, meinte Benedetta ganz aufrichtig zu Maya. »Du darfst nie wieder weglaufen. Nimm's leicht, behalt die Kontrolle, bleib in unserer Nähe. Wir kümmern uns schon um dich. Das weißt du doch, Maya. Siehst du?« Sie deutete um den Pool herum. »Ist das nicht schön? Sorgen wir nicht gut für dich?«

»Ich bin eine zu große Last für euch«, sagte Maya.

»*Ich* bin eine Last«, beharrte Bouboule. »Ich bin die Last. Sei nicht unverschämt.«

»Probleme waren schon immer gut für uns«, sagte Benedetta. »Problemen verdanken wir unseren Ruf.«

»Du weißt noch nicht genug über Probleme«, entgegnete Maya.

»Aber Probleme haben uns berühmt gemacht. Probleme machen uns wahrhaft lebendig. Wir definieren jetzt, was lebendig ist! Schau uns an! Wir verlieren das Tête, aber jetzt entspannen wir uns an diesem wunderschönen Pool, und irgendein reicher, dämlicher Mülltycoon übernimmt sämtliche Kosten. Er findet uns interessant, weil die Polizei uns für gefährlich hält. Er ist ein reicher Radikaler. Ist es nicht toll, dass es reiche Radikale gibt? Wir sind die junge europäische Schickeria. Das ist der radikale Chic. Toll, findest du nicht?«

»Épater les bourgeois«, sagte Bouboule. »Succès de scandale. Die alten Spiele sind die guten Spiele.«

»Liest du nicht die Netznachrichten, Maya? Man erfindet so nette Namen für unsere Gruppe.«

»Die Gespensterkinder«, meldete Niko sich säuerlich zu Wort. »Ich hasse diesen Namen.«

»Auf französisch klingt er gut«, meinte Bouboule.

»Was habt ihr eigentlich gegen ›die Tête-Bande‹?«, fragte Niko rastlos. »Wir haben uns immer als ›die Tête-Bande‹ bezeichnet.«

»Es ist gleichgültig, wie wir uns genannt haben«, sagte Benedetta. »Wir sollten ein neues Spiel beginnen. Wir sind kreative Menschen. Wir sollten unsere Publicity in die eigenen Hände nehmen. Mir gefällt die Bezeichnung ›die Illuminaten‹.«

»Das gab es schon«, meinte Niko.

»Die Jungen Unsterblichen«, schlug Bouboule vor.

»Die Menschen, die Paul ernst nehmen«, sagte Maya.

»Die kosmoszertrümmernden anarchistischen Göttinnen«, meinte Niko. »Plus deren Freunde.«

»Die Verdächtigen«, sagte Maya. »Die potentiellen Beklagten.«

»Die Vorschläge stinken«, sagte Niko verletzt.

»Für meinen Namen gilt das nicht«, erwiderte Maya. »Ich bin eine verrückte, gesetzesbrecherische Gerontokratin, die euch alle zu Gesetzesbrechern gemacht hat.«

Benedetta setzte sich schockiert auf. »Das war nicht nett. Wer sagt das?«

»Alle werden es sagen. Schließlich bin ich jetzt ebenfalls berühmt. Früher wusste niemand, wer ich bin, deshalb hat sich auch niemand drum geschert. Jetzt ist das anders, und ich stecke mitten drin. Ich kollaboriere mit euch, bloß dass eure noblen Entschuldigungen für mich nicht gelten. Ihr mögt Visionäre sein, ich aber bin eine illegale Fremde, die äußerst wertvolles medizinisches Eigentum veruntreut hat.« Maya tippte sich ans Brustbein. »Ich weiß, dass ich damit auf die Dauer nicht durchkommen kann. Daher werde ich mich festnehmen lassen. Ich stelle mich freiwillig.«

Benedetta ließ sich das durch den Kopf gehen. »Vermutlich glaubst du, ehrenhaft zu handeln«, meinte sie bedächtig. »Aber du begreifst nicht unsere Strategie. Die haben deinen Netzserver eingezogen und uns den Palast geraubt. Na und? Ein paar Haustiere sind umgekommen. Na und? Das sind bloß kleine Rückschläge, jetzt, wo wir wissen, was möglich ist. Wir sind bereits in andere Paläste eingedrungen. Wir sind der Gerontokratie auf den Pelz gerückt. Die Alten können uns nicht mehr ins Gesicht spucken und uns beiseite schieben. Sollen sie's ruhig versuchen! Wir machen ihnen die Hölle heiß.«

»Nein, Schätzchen, du bist es, die nichts begreift. Du warst nie eine Gerontokratin, ich hingegen schon. Deine Virtualitäten lassen die kalt. Dein dummes Projekt von wegen grenzenloser Vorstellungskraft interessiert die nicht. Sie tun so, als interessierte es sie, was ihr denkt, weil sie sich eingestehen müssen, dass es unhöflich wäre, euch gegenüber gleichgültig zu sein. In Wirklichkeit scheren sie sich nicht um eure Träume. Sie befassen sich mit dem Aktuellen. Mit Verantwortlichkeiten. Sie wissen, dass sie irgendwann sterben werden. Sie wissen, dass ihr auf ihren Gräbern tanzen werdet. Sie würden euch mit Freuden alles mögliche verzeihen, solange ihr ihnen den Gefallen tut, vor ihnen zu sterben. Aber, Schätzchen, ich bin kein Rebell der Zukunft, ich bin eine Häretikerin im Hier und Jetzt. Ich tanze ihnen auf der Nase herum.«

»Maya, hör auf, englische Politphrasen zu dreschen, und tu, was Benedetta sagt«, meinte Bouboule. »Benedetta ist sehr klug. Ach, seht mal! Lodewijk hat sie geküsst!« Vor Erregung wechselte sie ins Französische.

Maya vermisste ihre Übersetzerperücke sehr. Sie hatte sie zurückgelassen, als sie in Prag aus der Wohnung der Schauspielerin geflüchtet war. Sie hatte bei der Flucht ihren gesamten Besitz verloren; viel war es nicht gewesen. Vor allem schmerzte sie der Verlust der Fotos. Sie waren nicht besonders gut, doch es waren die besten Fotos, die sie je gemacht hatte. Sie hatte sie gewissenhaft im Palast gespeichert. Jetzt gehörte der Palast der Witwe.

Niko und Bouboule gerieten in helle Aufregung darüber, dass Lodewijk sich auf einmal an Yvonne heranmachte. Sie plapperten und kicherten. Selbst Benedetta zeigte reges wissenschaftliches Interesse. Wäre Maya dem französischen Wortschwall aufmerksam gefolgt, hätte sie vielleicht jedes zehnte Wort verstanden. Ohne den steten Übersetzerstrom im Ohr wirkten diese jungen Leute unglaublich fremd, eine Generation von einem anderen Kontinent und mit einer anderen Kultur. Eine Generation, von der sie achtzig Jahre trennten.

Auf ihre Weise kannte sie sie: Paul, Benedetta, Marcel, Niko, Bouboule, Eugene, Lars, Julie, Eva, Max, Renée, Fernande, Pablo, Lunia, Jeanne, Victor, Berthe, Endehuanna, die zumeist Hedda genannt wurde, Berthes eigenartigen Freund Lodewijk – wie sah er noch gleich aus? –, den neuen Typ aus Kopenhagen, Yvonne, die bis gerade eben mehr oder minder offiziell mit Max liiert gewesen war, mit diesem russischen Bildhauer mit den zwölf Fingern und der intensiven Ausstrahlung, den netten indonesischen Halbwüchsigen, der sich in letzter Zeit viel herumtrieb und angeblich eine Affäre mit Bouboules Bruder hatte … Ihre Freunde waren wundervoll. Sie hatte großes Glück gehabt, sie in der kurzen Larvenphase kennengelernt zu haben, da sie mehr oder minder menschlich waren. Sie liebten Maya, und sie liebten einander, jedoch nach Art von Freunden oder Liebenden, während sie Maya liebten wie eine sehr kostbare und unwiderstehliche Serie alter Porträtfotos.

Bouboule erhob sich voller Anmut von der Liege und ging zu Yvonne und Lodewijk hinüber, um sie zu necken. Niko folgte ihr, um sicherzustellen, dass Bouboule nicht des Guten zu viel tat, und um das Schauspiel ebenfalls zu genießen. Dies entnahm Maya ihrer Körpersprache. In unbekleidetem Zustand war Körpersprache äußerst aufschlussreich.

Benedetta streckte ihre schlanken Beine auf dem Webbezug des Liegesessels aus und wandte sich an

Maya. »Er hat Yvonne haufenweise Gedichte geschickt, weißt du«, erklärte sie. »Ich musste weinen, als ich sie gelesen habe. Schon erstaunlich, dass dänische Lyrik mich zum Weinen bringt.«

»Wirklich, Benedetta, du brauchst mir nichts zu erklären. Ich bin selbst schuld daran, dass ich meinen hübschen toupierten Übersetzer verloren habe.«

»Ich erklär's dir gern, Maya. Ich möchte, dass du auf dem Laufenden bist.«

»Ich verstehe auch so schon mehr als genug.« Sie überlegte kurz. »Benedetta, eins begreife ich wirklich nicht. Weshalb hat Paul keine Geliebte? Ich sehe Paul nie in Begleitung.«

»Vielleicht ist er ja zu zurückhaltend.«

»Was meinst du mit ›vielleicht‹? Willst du damit sagen, du kennst die Antwort nicht?« Sie lächelte. »Benedetta, bist du's wirklich?«

»Nicht, dass wir es nicht versucht hätten«, meinte Benedetta. »Natürlich haben wir alle probiert, an ihn heranzukommen. Wer möchte nicht Mrs. Ideologe sein? Wer möchte nicht die Favoritin des Genies sein? Hab ich nicht Recht? Sich in seinem heroischen Schatten verlieren. Ich möchte Pauls schmutzige Socken aufsammeln. Ich möchte ihm die kleinen Knöpfe annähen. Das ist das ideale Leben für mich. Nicht wahr? Ich möchte den geliebten Paul anhimmeln, während er vierzehn Stunden am Stück mit meinen Kollegen theoretisiert. Ich möchte, dass sie mich anschauen und sehen, dass ich sein Herz in meiner kleinen Handtasche herumtrage. Damit sie mir innerlich den Tod wünschen.«

»Ist das dein Ernst, Benedetta? Ach, ich glaube schon. Es ist dir ernst. Ach, Schätzchen, das ich wirklich schlimm.«

»Hast du jemals ein gutes Gespräch mit Paul geführt? Ich schon. Trotz alledem.«

»Ja, ich auch«, sagte Maya. »Er hat mir einmal die Hand getätschelt.«

»Ich glaube, da steckt die Polizistin dahinter. Das ist meine Arbeitshypothese. Die Witwe ist unsere wahre Rivalin. Sein Schwarm. Ist das der richtige Ausdruck, ›Schwarm‹? Jedenfalls Helene. Er will Helene. Er schmaust gerne mit Raubkatzen.«

»Oh, nein. Das darf doch nicht wahr sein.«

»Er respektiert Helen. Er nimmt sie ernst. Er redet mit ihr, selbst dann, wenn er nicht muss. Er will etwas von ihr. Er verlangt nach ihrer Bestätigung, sagt man so? Er möchte die Witwe erobern, sie besteigen wie das Matterhorn. Er möchte, dass sie an ihn glaubt.«

»Ach, armer Paul, arme Benedetta. Was für ein Elend.«

»Was geht mich das an?«, sagte Benedetta mit fröhlicher Bitterkeit. »Ich werde tausend Jahre leben. Selbst wenn ich hundert Jahre lang mit Paul zusammenlebte, wäre dies doch bloß eine Episode. Wenn ich Paul jetzt bekäme, was würde ich dann später mit ihm anfangen, wenn es interessant wird? Was die Witwe betrifft, die können wir vergessen. Sie würde sich niemals in einen Mann verlieben, der sie überleben wird.«

»Oh. Also, das erklärt einiges. Schätze ich.«

»Begreifst du jetzt, Maya? Du bist nicht menschlich. Wir sind nicht menschlich. Aber wir können begreifen. Wir sind Kunsthandwerker. Wir wissen etwas, noch ehe wir es aussprechen können. Unser Begriffsvermögen wird dem Denken stets voraus sein.«

Ein Gong ertönte. Es war Marcel. Er rief etwas auf französisch, dann auf deutsch und auf englisch. Der Zeitpunkt für die Immersion war gekommen.

»Ich gehe nicht rein«, sagte Maya.

»Du solltest aber mit uns schwimmen, Maya. Es täte dir gut.«

»Das glaube ich nicht.«

»Das ist keine ernsthafte Virtualität. Das ist nicht das heilige Feuer. Der Immersionspool ist bloß das Spielzeug eines Reichen. Aber es ist nett. Und technisch raffiniert.«

Die anderen sprangen johlend ins funkelnde Wasser. Niemand tauchte wieder auf.

Benedetta schlang ihr üppiges Haar zu einem Knoten, sodass sie aussah wie Psyche. »Ich gehe rein. Ich glaube, heute habe ich Lust auf Sex.«

»Aber mit wem, um Himmels willen?«

»Also, wenn ich keinen finde, der es mit mir treibt, dann probiere ich's vielleicht allein.« Lächelnd rannte sie los und stürzte sich kopfüber ins Nass. Weiße Luftblasen stiegen auf, und weg war sie.

Paul schlenderte am Rand des Pools entlang. Blickte hinein. Lächelte. Der Ingebriff der Zufriedenheit.

»Jetzt sind wir beide ganz allein!«, rief er.

Maya winkte ihm. »Nur zu, du brauchst mir nicht Gesellschaft zu leisten.«

Er schüttelte den Kopf. Er kam näher, mit langsamen Schritten, barfuß. »Ich kann doch nicht zulassen, dass du hier Trübsinn bläst.«

»Paul, weshalb gehst du nicht ins Wasser?«

»Du hast dich mit Benedetta über Politik unterhalten«, bemerkte Paul scharfsinnig. »Wir nehme diese Risiken und Anstrengungen nicht allein zum Spaß auf uns. Das wäre gleichbedeutend mit einer moralischen Niederlage. Wir müssen uns in unserer Jugend amüsieren, sonst hätte es wenig Sinn, jung zu sein. Du siehst, du musst einfach mitmachen.«

»So etwas macht mir Angst.«

»Dann will ich dir mal was drüber erzählen«, sagte Paul und setzte sich vorsichtig aufs Fußende der Liege. »Stell dir den Virtualitätspool als eine Art Crème de menthe vor. Okay? Die oberste Schicht besteht aus atembarer Silikonflüssigkeit. Spaßeshalber haben wir eine Spur Anandamin hineingetan. Unten befindet sich verformbare Flüssigkeit. Sie ähnelt den Flüssigkeiten, aus denen unser Freund Eugene seine Skulpturen gießt. Allerdings ist diese hier viel raffinierter und angenehmer, deshalb können wir darin schwimmen. Es handelt sich um eine tragende, tastbare, atembare Virtualität, in die man eintauchen kann.«

Maya schwieg. Sie bemühte sich, aufmerksam dreinzuschauen.

»Das beste daran ist die Plattform. Die Plattform ist ein Flüssigcomputer. Die logischen Schaltungen werden aus winzigen Schleusen und Kanälen gebildet. Verstehst du? Wir tauchen im Pool und *atmen* dabei die Essenz der Datenverarbeitung! Und der Computer konkretisiert sich, während er arbeitet. Flüssige Flüssigkeit als Software, gehärtete Flüssigkeit als Hardware. Das ist ein zutiefst poetisches Konzept. Wegen sowas kriegen die Gerontokraten Anfälle.« Paul lachte herzhaft.

»Na gut, ich hab's kapiert. Das ist wirklich raffiniert, nicht wahr? Und jetzt geh bitte rein.«

Jetzt erst sah er sie bewusst an. Sie hatte den Eindruck, er blicke durch ihren Kopf hindurch.

»Bist du sauer auf mich, Maya?«

»Nein.«

»Habe ich dich verletzt oder beleidigt? Bitte sei aufrichtig.«

»Nein, ich bin ehrlich nicht verletzt.«

»Dann weis mich bitte nicht ab, wenn ich dich bitte, diese Erfahrung mit uns zu teilen. Wir gehen zusammen am flachen Ende rein. Ganz langsam. Ich bleibe in deiner Nähe. Einverstanden?«

Sie seufzte. »Na gut.«

Er führte sie an der Hand wie ein Mann, der eine Herzogin zu einer Quadrille geleitete. Die Flüssigkeit wimmelte von Millionen prismatischer Flocken. Vielleicht kleine, schwimmende Sensoren. Sensoren, die so winzig waren, dass man sie einatmen konnte. Die Flüssigkeit hatte Körpertemperatur. Sie wateten hinein. Maya hatte das Gefühl, ihre Beine lösten sich auf.

Das Einatmen war leichter, als sie gedacht hatte. Eine Mundvoll Flüssigkeit löste sich auf ihrer Zunge auf wie Sorbet, und als sie in ihre Lunge eindrang, reagierte diese mit verwundertem Entzücken, wie wunde Füße auf eine unverhoffte Massage. Selbst den Augäpfeln schmeichelte sie. Die Flüssigkeit schlug über ihren Köpfen zusammen. Man konnte nur bis zu den Fingerspitzen sehen. Paul hielt sie bei der Hand. Körperteile tauchten aus der funkelnden Düsternis hervor: Pauls Hände, die Ellbogen, die nackte Hüfte.

Sie drangen behutsam ins Tiefere vor, bis sie endlich schwammen. Bis hinunter zu der weißen, viskosen Oberfläche der Crème de menthe. Sie ähnelte smartem Ton. Auf Mayas Berührung hin reagierte sie mit unmissverständlicher Begeisterung. Paul nahm zwei Händevoll heraus, und die Flüssigkeit brodelte in seinen Händen, auf unbeschreibliche Art und Weise aktiv, wie ein Gedicht, im Begriff, sich in ein Puzzle zu verwandeln. Die Substanz kochte über vor Maschinenintelligenz. Irgendwie war sie lebendiger als Fleisch; sie wuchs unter ihren tastenden Fingern wie eine Bach-Sonate. Virtuelle Materie. Ein Gestalt gewordener Traum.

Jemand schwamm wie ein Frosch an ihr vorbei und stürzte sich kopfüber in die Masse, wie ein Skiläufer, der in eine Schneewehe katapultiert wird. Allmählich hatte sie den Dreh raus. Dieses Erlebnis ging über bloßen Eros, bloße Sinnlichkeit hinaus. Hautlos. Hautloses Erinnern. Blutige Nostalgie, ein somatisches Déjà vu, neurales *mono no aware*. Erinnerungen, die sie bislang nicht zugelassen hatte. Von Empfindungen herrührend, die sie bislang unterdrückt hatte.

Die Erinnerung stürzte auf sie ein wie ein mit Nadeln gespickter Hammer. Mit Schmerz war es nicht zu vergleichen. Diese Empfindungen waren weitaus stärker als die Persönlichkeit. Diese Erfahrungen überstiegen das Fassungsvermögen des Bewusstseins. Gewaltige Kräfte durchsiebten das Fleisch, Kräfte, die der Verstand nicht fassen konnte. Ein Softwarecrash für die Seele.

Als sie wieder zu sich kam, lag sie flach auf dem Rücken. Paul drückte mit der flachen Hand rhythmisch auf ihren Brustkasten, um sie wiederzubeleben. Flüssigkeit strömte ihr aus Nase und Mund, und sie hustete bestimmt einen Eimer voll davon aus.

»Ich bin explodiert«, keuchte sie.

»Maya, sag nichts.«

»Das hat mich umgehauen ...«

Er presste sein Ohr zwischen ihre Brüste und hörte ihren Herzschlag ab.

»Wo bleibt der Krankenwagen?«, fragte Benedetta. »Mein Gott, jetzt warten wir schon eine geschlagene Stunde.« Sie wickelte sich zitternd in ein Badetuch.

Paul sagte: »Das war leichtsinnig von mir. Ich habe mal was über die neotelomerische Behandlung gelesen. Man ist in einer Art Virtualität eingeschlossen ... Ich hätte mir denken können, dass sowas passiert.« Er traktierte immer noch Mayas Brustkorb.

Maya drehte den Kopf und versuchte, etwas zu erkennen. Paul hatte sie vom Pool aus über die kalten Fliesen gezerrt und dabei eine glitzernde Fährte zurückgelassen, ähnlich der getrockneten Schleimspur einer Schnecke. Ein Stück weiter drängten sich die anderen, unterhielten sich besorgt, blickten zu ihr her. Ihre Füße ruhten auf Blöcken. Sie begann heftig zu zittern.

»Wenn du nicht aufhörst, kriegt sie wieder Krämpfe«, sagte Benedetta.

»Krämpfe sind besser als Atemstillstand«, erwiderte Paul und drückte fester zu.

Benedetta kniete neben ihr nieder, schaute sie besorgt an. »Hör auf, Paul«, sagte sie. »Sie atmet. Ich glaube, sie ist bei Bewusstsein.« Sie sah zu ihm auf. »Wird sie sterben?«

»Sie wäre mir fast in den Armen gestorben. Als ich sie aus dem Pool gezogen habe, waren ihre Pupillen unterschiedlich groß.«

»Kann sie nicht noch zehn Jahre leben? Das ist bloß ein Klacks, nicht wahr? Bloß zehn Jahre? Ich weiß, sie wird sterben, und ich werde um sie trauern, aber warum ausgerechnet jetzt?«

»Das Leben ist zu kurz«, sagte Paul. »Das Leben wird immer zu kurz sein.«

»Das glaube ich auch«, meinte Benedetta. »Wirklich, ich hoffe es. Ich glaube es mit ganzem Herzen.«

Die Medizinpolizisten brachten sie nach Prag. Dies stand in Zusammenhang mit einer geplanten Anklage wegen Netzwerkmissbrauchs. Offenbar gab es in Prag die meisten Beweise.

Im Zugangsbüro wollte man sie jedoch nicht festnehmen. Die Beamten des tschechischen Zugangsbüros begegneten den griechischen Medizinpolizisten mit Verachtung und Misstrauen; der Grund war offenbar eine eigenartige europäische Behördenrivalität. Als die Beamten im ersten Stock begriffen hatten, worum es ging, reagierten sie ausgesprochen verärgert. Sie meinten, sie würden sich mit ihr in Verbindung setzen, und versuchten sie dazu zu überreden, ihren Zuständigkeitsbereich zu verlassen und mit ihrer Eskorte in ein anderes Land zu gehen.

Die Aussicht, noch länger im Krankenhaus zu bleiben, schreckte Maya, deshalb weigerte sie sich. Sie bat darum, mit Helene Vauxcelles-Serusier sprechen zu dürfen. Voller Widerwillen sagte man ihr dies zu und gab ihr eine Nummer.

Sie und Brett nahmen in einem abgewinkelten Warteraum auf zwei hässlichen pinkfarbenen Plastikstühlen Platz. Nach einer Stunde überprüfte die griechische Medizineskorte sorgfältig Mayas Trackerhandschellen und ihren Stirnmonitor. Zufrieden mit dem Ergebnis, gingen sie wieder hinaus. Anschließend passierte so gut wie nichts mehr.

»Mann, das ist viel härter, als ich dachte«, sagte Brett.

»Gut, dass du mir Gesellschaft leistest, Brett. Ich weiß, es ist öde.«

»Nein, nein«, sagte Brett und rückte die Brille zurecht, »es ist ein großes Privileg, dein persönlicher Medienberichterstatter zu sein. Es hat mich wirklich gerührt, dass deine Freunde mich angerufen und mir diese phantastische Gelegenheit geboten haben. Es ist eine faszinierende Erfahrung. Ich hatte immer solche Angst vor den Behörden. Ich hatte ja keine Ahnung, dass wir ihnen so gleichgültig sind. Für junge Leute haben sie wirklich nur Verachtung übrig.«

»Das trifft es nicht. Man hat ihnen genau erklärt, dass ich nicht jung bin. Wahrscheinlich liegt es daran, dass ich Amerikanerin bin. Ich meine, selbst heute noch ist es schwierig, mit Leuten umzugehen, die einer ausländischen Gerichtsbarkeit unterstehen.«

Brett nahm die Brille ab und betrachtete die abgewetzten Bodenfliesen. »Ich wünschte, ich könnte dich hassen, Mia.«

»Warum?«

»Weil du alles verkörperst, was ich jemals sein wollte. *Ich* hätte Kontakt mit der aufregenden europäischen Künstlerszene aufnehmen sollen. Ich hätte an deiner Stelle auf den Laufsteg treten sollen. Du hast mir mein Leben gestohlen. Und jetzt bist du noch einen Schritt weiter gegangen. Du hast ihnen sogar weh getan. Das hätte ich mir nie zugetraut.«

»Tut mir Leid«, sagte Maya.

»Ich hatte so große Träume. Ich habe nie die Kraft aufgebracht, viel davon in die Tat umzusetzen. Irgendetwas hätte ich schon tun können. Vielleicht. Meinst du nicht auch? Du bist hübsch, aber ich bin ebenfalls hübsch. Du schläfst mit jedem, na ja, das tue ich auch. Ich bin sogar aus derselben Stadt wie du. Ich bin zwanzig, aber ich bin ebenso smart wie du, als du zwanzig warst. Oder nicht?«

»Natürlich bist du das.«

»Ich bin recht begabt. Ich kann Kleider machen. Das kannst du nicht. Was hast du, das mir abgeht?«

Maya seufzte. »Also, ich sitze hier auf einer Polizeiwache. Vielleicht kannst du die Frage besser beantworten.«

»Du bist nicht jung. Das ist der Grund, nicht wahr? Du hast mir mein Leben gestohlen, weil du älter und stärker bist als ich. Denn du hast es immer leicht gehabt. Ich meine, mag sein, du kannst in Panik geraten, mag sein, du kannst von Schuldgefühlen gepeinigt werden, man sein, dass dir irgendein blöder vernetzter Hund einen höllischen Schrecken einjagt. Aber selbst wenn du nicht mehr weißt, wer du bist, weißt du es doch *immer noch.* Du bist fünfmal so alt wie ich und fünfmal stärker. Und du machst mir einfach keinen Platz.«

»Die Leute im Tête sind jung. So jung wie du.«

»Klar, und sie lieben dich, nicht wahr? Wenn du so alt wärst wie ich, würden sie dich für einen Provinztrottel halten. Genau wie mich. Und es stimmt sogar. Sie sind smart und begabt und intellektuell, und ich schaffe es höchstens mal, einen Blick hinter ihre Fassade zu werfen und sie zu beobachten und zu beneiden. In meinem Alter wäre es dir auch nicht besser ergangen als mir. Sogar viel schlimmer. Du hättest dich nicht mal von deinem Freund nach Europa mitnehmen lassen. Du hättest ihn fallengelassen und irgendeinen Biotechniker geheiratet. Du wärst eine Bürokratin geworden, Mia.«

Maya schloss die Augen und lehnte sich an die unbequeme Stuhllehne. Brett hatte vollkommen Recht und lag gleichzeitig völlig daneben. »Mir wäre es lieber, du würdest mich nicht Mia nennen.«

»Und mir wäre es lieber, du würdest mich nicht Brett nennen.«

»Also, gut … dann nenn mich eben Mia.«

»Es stört mich gewaltig, dass du meinen Hass nicht einmal erwiderst. Du schleppst mich nur deshalb mit, weil ich dein Maskottchen bin. Ich bin dein kleiner Hamster. Und nicht mal den Hamster konntest du bei dir behalten.«

»Der Hamster ist mir unheimlich auf den Wecker gegangen. Und du fängst auch an, mir auf die Nerven zu gehen.«

»Du *redest* sogar wie eine Hundertjährige. Die Leute müssen alle verrückt sein! Ich meine, wenn man dich richtig anschaut, ist es doch ganz offensichtlich! Dein Haar ist fürchterlich. Weißt du, dass du am Hals große Falten hast? Ich meine, keine richtigen Runzeln, man hat der Haut nicht gestattet, Runzeln zu bilden – aber ehrlich, natürlich ist das jedenfalls nicht.«

»Brett, hör auf. Du redest Unsinn. Erst sagst du, ich würde dir dein Leben stehlen, und dann sagst du, du hättest sowieso nichts damit anfangen können. Also, worüber beschwerst du dich? Klar, vielleicht hättest du es vor achtzig Jahren viel weiter gebracht als ich. Aber hey, du warst nun mal nicht zur Stelle. Bei einer wie mir ist es zwecklos, die Vergangenheit zu verklären. Ich habe die Vergangenheit schließlich selbst erlebt, kapiert? Vor achtzig Jahren haben wir alles in allem gelebt wie die Wilden. Wir hatten unter Krankheiten und Revolutionen und schweren Wirtschaftskrisen zu leiden. Als ich jung war, haben sich die Leute gegenseitig mit

Pistolen erschossen. Im Vergleich mit damals ist das hier das Paradies! Du tust mir einfach Unrecht, und was du sagst, hat weder Hand noch Fuß.«

»Aber, Mia, ich kann nicht so vernünftig sein wie du. Ich bin gerade mal zwanzig Jahre alt.«

»Ach, hör doch, um Himmels willen, auf mit dem Gejammere.«

»Ich bin zwanzig Jahre alt, und ich bin erwachsen. Aber nichts, was ich tue, ist von Bedeutung. Ich habe nicht mal Gelegenheit, zu beweisen, dass ich dumm bin. Ich vermute, dass ich es bin, und ich könnte damit leben, ganz bestimmt. Ich würde etwas anderes tun, ich würde nicht ins Kunsthandwerk gehen, ich würde einfach leben wie ein kleines Tier. Ich würde Kinder kriegen und vielleicht im Garten herumwerkeln. Aber nicht einmal das bekomme ich hin in dieser großen, sicheren, schönen Welt, die ihr für mich aufgebaut habt. Ich bringe es einfach zu nichts.«

Zwei tschechische Polizisten kamen herein. Die beiden waren nicht fürs Netz zuständig und auch nicht für den Medizinbereich oder das Kunsthandwerk. Offenbar handelte es sich um zwei einfache Streifenpolizisten aus Prag. Sie holten Phonetikkarten aus ihren pinkfarbenen Uniformen und lasen ihr mit starkem Akzent eine lange Liste ihrer Bürgerrechte vor. Dann stellten sie Maya unter Arrest und buchten sie in das lokale Verbundsystem ein. Man warf ihr Verstoß gegen die Einwanderungsbestimmungen und Arbeit ohne Arbeitserlaubnis vor.

Brett wurde hinausgeworfen. Brett schrie und schimpfte laut auf englisch, doch die tschechischen Polizisten waren geduldig, warfen sie hinaus und klopften sich anschließend die Hände ab. Maya musste sich nackt ausziehen und anschließend einen graubraunen Gefängnisoverall anziehen. Die Tracker an Armen und Stirn musste sie anbehalten.

Die Prager Polizisten brachten sie zu einem in der Nähe gelegenen Hochhaus und steckten sie in eine äußerst saubere Zelle. Dort vergegenwärtigte sie sich mit Erleichterung ihre Vergehen, derer sie nicht angeklagt war: (a) Netzmissbrauch, (b) Medizinbetrug, (c) gemeinschaftliche Verunreinigung eines städtischen Abwassersystems, (d) Beihilfe zur Beseitigung eines Mitglieds einer kriminellen Vereinigung und (e) zahlreiche Fälle von Schwarzfahren.

Zwei Tage lang kümmerte sich niemand um sie. Zu essen gab man ihr eine ausgesprochen gesunde medizinische Diät. Sie durfte fernsehen und bekam ein Kartenspiel. Etwa einmal pro Stunde schaute ein Roboter vorbei und verwickelte sie mit seinen sehr beschränkten Englischkenntnissen in eine Unterhaltung. Das Gefängnis war so gut wie leer und daher äußerst ruhig. In der Dekontaminationsabteilung waren ein paar Zigeuner untergebracht; nachts hörte Maya sie singen.

Am dritten Tag warf sie den Stirnmonitor weg. Die Armbänder vermochte sie allerdings nicht zu lösen.

Am vierten Tag ließ Helene sie zum Verhör vorführen. Helene hatte ein winziges Büro im obersten Stockwerk des Zugangsbüros. Maya registrierte voller Erstaunen, wie alt und klein und schäbig Helenes Büro war. Das Büro gehörte eindeutig ihr, denn an den Wänden hingen säuberlich gerahmte kleine Originalzeichnungen, die wahrscheinlich mehr wert waren als das ganze Gebäude. Maya hatte jahrzehntelang in einem weit besser ausgestatteten Büro gearbeitet.

Helene trug eine sehr schicke, gegürtete pinkfarbene Uniform. Der Raum hatte nur ein Fenster und enthielt lediglich einen Stuhl und einen Schreibtisch. Plötzlich sah sie einen kleinen weißen Hund. Und hinter dem Schreibtisch richtete sich ein großer brauner Hund auf.

Maya riss die Augen auf. »Hallo, Plato.«

Der Hund spitzte die Ohren und schwieg.

»Plato redet im Moment nicht«, sagte Helene. »Er ruht sich aus.«

Der Hund war recht mager, doch sein Fell glänzte, und seine Nase war feucht. Er war unbekleidet, doch Helene hatte ihm ein hübsches neues Halsband angelegt. »Plato scheint es wieder besser zu gehen. Das freut mich.«

»Bitte nehmen Sie Platz, Mrs. Ziemann.«

»Hätten Sie was dagegen, wenn wir uns mit Vornamen anreden, dann brauche ich Ihren wunderschönen Nachnamen nicht mit meinem fürchterlichen Französisch zu entstellen.«

Helene überlegte kurz. »Ciao, Maya.«

»Ciao, Helene.« Sie setzte sich.

»Tut mir Leid, aber ich hatte ein paar Tage außerhalb zu tun.«

»Das macht nichts. Was bedeuten unsereins schon ein paar Tage?«

»Nett von Ihnen, dass Sie so verständnisvoll sind. Ich wünschte, Sie hätten unter medizinischer Beobachtung ebenso große Geduld gezeigt.«

»Touchè«, murmelte Maya.

Helene schwieg. Sie blickte versonnen aus dem Bürofenster.

Auch Maya schwieg. Sie musterte ihre lackierten Fingernägel.

Maya brach das Schweigen als erste. »Ich kann nicht so lange warten wie Sie«, platzte Maya vorlaut und unwahrheitsgemäß heraus. »Ich mag Ihre Bilder.«

»Wissen Sie, dass wir hunderttausend Dollar für Ihre Behandlung ausgegeben haben?«

»Hundertzwölftausenddreihundertundzwölf.«

»Und Sie hatten nichts Besseres zu tun, als in Europa Urlaub zu machen.«

»Würde es etwas nützen, wenn ich sage, dass es mir

Leid tut? Natürlich tut es mir kein bisschen Leid, aber wenn es jemandem hilft, dann bin ich gerne höflich.«

»Was *tut* Ihnen denn nun Leid, Maya?«

»Nicht viel. Also, ich bedaure sehr, dass ich meine Fotos verloren habe.«

»Ist das alles?« Helen wühlte in einer Schreibtischschublade. Sie holte eine Diskette hervor. »Hier.«

»Oh!« Maya nahm die Diskette begierig entgegen. »Sie haben sie kopiert! Ach, ich kann gar nicht glauben, dass ich sie wieder habe.« Sie küsste die Diskette. »Vielen, vielen Dank!«

»Sie wissen, dass die Fotos schlecht sind, nicht wahr?«

»Ja, das weiß ich, aber ich werde allmählich besser.«

»Nun, damit war zu rechnen. Sie haben einen Abklatsch von Novaks Bildern zustande gebracht. Aber sie haben kein Talent.«

Maya machte große Augen. »Ich glaube, darüber zu urteilen steht Ihnen nicht zu.«

»Natürlich steht es mir zu«, entgegnete Helene geduldig. »Wer könnte besser darüber urteilen als ich? Ich kannte Patzelt und Paul und Becker. Ich war mit Capasso verheiratet. Ich kannte Ingrid Harmon schon, als noch niemand glaubte, sie könne malen. Sie sind keine Künstlerin, Mrs. Ziemann.«

»Ich glaube, dafür, dass ich erst vor vier Monaten angefangen habe, bin ich gar nicht so schlecht.«

»Kunst entwickelt sich nicht in einem metabolischen Tank. Wenn es so wäre, würde das wahre Begabung und Inspiration ad absurdum führen. Die Fotos sind banal.«

»Paul sieht das anders.«

»Paul …« Sie seufzte. »Paul ist kein Künstler. Er ist ein Theoretiker, ein sehr junger, sehr von sich eingenommener und sehr schlechter Theoretiker. Wenn diese Leute glauben, sie könnten Kunst und Wissenschaft wie Whiskey und Soda mischen, dann begehen sie einen elementaren Irrtum. Das ist ein krasser Fehlschluss. Wissenschaft ist nicht Kunst. Wissenschaft setzt sich zusammen aus objektiven Techniken, die zu reproduzierbaren Ergebnissen führen. Auch Maschinen könnten Wissenschaft betreiben. Kunst ist kein reproduzierbares Ergebnis. Kreativität ist ein zutiefst subjektiver Akt. Und Ihre Subjektivität ist schwer geschädigt und fragmentiert.«

»Meine Subjektivität ist *anders.* Und man kann Kunst und Wissenschaft bestimmt leichter miteinander vereinbaren als Kunstkritik und einen Polizistenjob.«

»Ich bin keine Künstlerin. Ich interessierte mich bloß für Kunst.«

»Wenn Sie die Wissenschaft so sehr verachten, weshalb leben Sie dann noch?«

Helene schwieg.

»Wovor haben Sie solche Angst?«, fragte Maya. »Ich zerstöre ja nur ungern Ihren hübschen Mythos, aber wenn eine Kamera Kunst hervorbringen kann, dann sicherlich auch ein metabolischer Tank. Sie haben bloß nicht in den richtigen Tanks gelegen. Ich verfüge jetzt über das heilige Feuer. Das ist eine blödsinnige Bezeichnung, ich weiß, aber es ist ebenso real wie Dreck, weshalb also sollte ich mich darum scheren, wie Sie es nennen?«

»Dann beweisen Sie's mir«, sagte Helene und verschränkte die Arme. »Zeigen Sie mir etwas wirklich Gelungenes. Zeigen Sie mir etwas wahrhaft Eindrucksvolles, das Sie oder ihre jungen Freunde erschaffen haben. Computer-Hacking zählt nicht, jeder Idiot kann in vierzig Jahre alte Sicherungssysteme eindringen. Neue Medienformen zählen ebenfalls nicht, jeder Idiot kann einem neuen Medium billige Neuheiten entlocken. Sie sind klug, aber es fehlt ihnen an Tiefgang! Die Tête-Leute jammern und klagen gern, dabei haben die

Künstler von heute alle Vorteile auf ihrer Seite. Bildung. Muße. Eine ausgezeichnete Gesundheit. Kostenlose Ernährung, kostenlose Unterkunft. Unbegrenzte Reisemöglichkeiten. Alle Zeit der Welt, um ihre Fähigkeiten zu vervollkommnen. Alle Informationen, die das Netz bereitzustellen vermag, das Welterbe der Kunst. Und was haben sie uns gegeben? Einen zutiefst schlechten Geschmack.«

»Was erwarten Sie denn? Sie sind Produkte Ihrer Welt. Ich bin ein Produkt Ihrer Welt. Was wollen Sie von mir?«

Helene zuckte die Achseln. »Was soll ich mit Ihnen anfangen?«

»Ach, kommen Sie, Helene. Erzählen Sie mir nicht, Sie hätten sich nicht bereits entschieden.«

Helene breitete die Arme aus. »Die Kinder kapieren's einfach nicht. Sie glauben wirklich, die Welt sei im Begriff zu fossilieren. Sie haben keine Ahnung, wie nahe wir dem Chaos sind. Die Kinder wollen Macht. Macht ohne Verantwortung, ohne Umsicht oder Reife. Sie wollen ihr Gehirn verändern! Und Sie haben ihnen dabei geholfen! Sind unsere Gehirne nicht schon genug verändert?«

»Mag sein. Ich weiß, dass sie schon recht stark verändert sind. Glauben Sie mir, ich spüre das. Aber ich kann es Ihnen wirklich nicht erklären.«

»Sie können es mir nicht erklären. Wie beruhigend. Stellen Sie sich vor, es gäbe in der modernen Welt wahre Rebellen. Verrückte Rebellen, richtig altmodische Fanatiker, die aus brandneuen metabolischen Tanks kriechen. Wussten Sie, dass man mit jedem gewöhnlichen Tinkturenset ausreichend Nervengas herstellen kann, um die Bevölkerung einer ganzen Stadt zu vergiften? Und da sitzen Sie, Schätzchen, mit Ihrem hübschen kleinen Furoshiki und vergehen sich mit ungebremster Gewalt an den Naturgesetzen … Die halten Sie für schlau. *Sie* halten sich für schlau. Die glauben, alles wäre einer lähmenden Kontrolle unterworfen. *Nichts* ist unter Kontrolle. Die Hälfte der heutigen Bevölkerung hat den Kontakt zur objektiven Realität verloren. Sie bringen sich mit Entheogenen um den Verstand. Sie glauben, sie würden Gott erfahren, und wenn sie ihre Regierung nicht zufällig lieben und ihr vertrauen würden, dann würden sie sich gegenseitig abschlachten.«

»Dann ist es ja nur gut, dass Ihr Regierungsleute so liebenswert seid.«

»Sie waren ebenfalls Teil der Regierung. Sie sind Medizinökonomin. Nicht wahr? Sie wissen genau, welche Mühen wir auf uns genommen haben. Wie viel Arbeit diese gewaltige Anstrengung erfordert hat. Sie verschwenden das Geld armer, ehrlicher Leute, wenn Sie nach allem, was die Öffentlichkeit in Ihren Körper investiert hat, weglaufen, um sich zu amüsieren. Ist das fair? Es ist ein Wunder, dass wir eine gerechte Gesellschaft aufgebaut haben, in der die Reichen und Mächtigen nicht auf dem Leben anderer Menschen herumtrampeln und es ihnen rauben.«

»Ja, dafür habe auch ich gestimmt«, sagte Maya.

»Diese Kinder halten die Welt, die wir aufgebaut haben, für selbstverständlich. Sie halten sich für unsterblich. Vielleicht sind sie das ja, aber sie glauben, sie hätten die Unsterblichkeit *verdient.* Sie glauben, die Verlängerung der Lebensspanne sei ein mystischer technischer Impuls. Das stimmt nicht. Da ist nichts Mystisches dabei. Reale Menschen arbeiten sehr hart für diesen Fortschritt. Menschen reißen sich entzwei und geben ihr Bestes, um den Tod weiter hinauszuschieben. Sie sind keine Künstlerin, aber wenigstens haben Sie der Gesellschaft einmal genützt. Jetzt schaden Sie ihr aktiv.«

»Die haben Ihnen wirklich weh getan, nicht wahr?«

»Ja, sie haben richtigen Schaden angerichtet.«

»Es freut mich, dass sie Ihnen weh getan haben.«

»Es freut mich, dass Sie das sagen«, meinte Helene aufgeräumt. »Ich dachte, Sie wären verrückt, Ihr moralisches Urteilsvermögen wäre eingeschränkt. Jetzt sehe ich, dass Sie vorsätzlich boshaft sind.«

»Was haben Sie mit mir vor? Sie können mich nicht wieder zu Mia machen.«

»Nein, das kann ich nicht. Ich wünschte, ich könnte es, aber dafür ist es zu spät. Ein gescheitertes Experiment lässt sich nicht rückgängig machen. Experimente scheitern bisweilen, sowas kommt vor, das liegt in der Natur der Sache. Aber wir können die Fehler beheben; und wir können versuchen, in Zukunft produktiver zu sein.«

»Aha.«

»Sie sind Medizinökonomin. Sie haben solche Entwicklungen früher selbst bewertet. Nicht wahr? Wie würden Sie eine Behandlung bewerten, die Betrügereien und Verrückte hervorbringt?«

»Helene, wollen Sie damit sagen, die anderen NTDZ-Patienten hätten sich ebenso merkwürdig verhalten wie ich?«

»Nein, keineswegs. Über die Hälfte waren Musterpatienten. Diese Leute tun mir wahrhaft Leid. Sie haben sich der Behandlung in gutem Glauben unterzogen und sind ihren gesellschaftlichen Pflichten nachgekommen, und jetzt sind sie gestrandet. In einer toten lebensverlängernden Entwicklungslinie gefangen. Und das alles wegen einer rücksichtslosen Unzufriedenen.«

»Das sind ja wundervolle Neuigkeiten.« Maya lachte. »Das macht mich richtig glücklich! Es tut gut zu wissen, dass ich Brüder und Schwestern habe … Und Sie haben mir die Fotos zurückgegeben! Die Fotos sind schlecht, aber zumindest ein untrüglicher Beweis dafür, dass ich nicht Mia bin.«

»Die Fotos beweisen gar nichts.«

»Doch. Na ja, sie werden es. Ich werde beweisen, dass ich jetzt besser bin. Ich werde beweisen, dass ich *besser* als Mia bin. Nur zu, verweigern Sie mir künftige Behandlungen. Ich werde meinen Wert unter Beweis stellen. Ich werde euch zu dem Eingeständnis zwingen. Ich bin viel mehr wert als lausige hunderttausend Dollar.«

»Mir werden Sie gar nichts beweisen.«

»Warten wir's ab. Was wissen Sie schon? Sie sind reich und berühmt, viele Männer haben Sie angebetet, und Sie sind eine der bedeutendsten Kunstsammlerinnen des einundzwanzigsten Jahrhunderts. Toll, aber was beweist das? Verraten Sie mir Ihren Lieblingsfotografen.«

»Da muss ich überlegen.« Helene dachte nach. »Helmut Weisgerber.«

»Was, der Typ, der die arktischen Landschaften fotografiert hat? Der Bergsteiger? Sie mögen Weisgerber?«

»Ich habe ihn so sehr gemocht, dass ich ihn geheiratet habe.«

»Finden Sie wirklich, dass Weisgerber besser als Capasso ist? Eric Capasso war so sinnlich und lebendig. Capasso war bestimmt sehr unterhaltsam.«

»Capasso war hochbegabt, aber melodramatisch. Tief im Innern war er Bühnenbildner. Weisgerber hingegen – an den klassischen Weisgerber reicht niemand heran.«

»Ich muss zugeben, dass ich Weisgerbers Laub-Serie sehr mag.«

»Die habe ich damals in Auftrag gegeben.«

»Wirklich, Helene? Das muss toll gewesen sein ...«

An der Tür wurde zaghaft geklopft.

»Ich habe Mineralka bestellt«, erklärte Helene. »Die Bedienung lässt hier auf sich warten.« Sie hob die Stimme. *»Entrez.«*

Die Tür ging auf. Es war Brett.

»Komm rein, Brett. Wir haben soeben über Ästhetik geplaudert.«

Brett stellte ihren Rucksack auf den Boden.

»Brett, das ist Helene. Helene, Brett. Ich meine, Natalie. Tut mir Leid.«

»Unbefugten ist der Zutritt nicht gestattet«, sagte Helene, sich erhebend. »Ich muss Sie leider bitten, wieder zu gehen.«

»Dann bin ich also unbefugt eingedrungen«, sagte Brett und rückte die Brille zurecht. »Ich habe schon befürchtet, man würde sie mit einem Gummischlauch prügeln oder sowas, und das wollte ich dokumentieren.«

»Wir unterhalten uns gerade über Fotografie«, sagte Maya.

»Will sie dir eine Verhaltensmodifikation verpassen?«

»Nein, ich glaube, man will mich bloß von der lebensverlängernden Behandlung ausschließen. Offenbar habe ich eine Menge Staub aufgewirbelt.«

»Ja, klar. Das ist unheimlich wichtig. Ein Haufen reicher Gerontokraten und eine fehlgeschlagene Lebensverlängerung. Das muss wirklich faszinierend sein.« Brett trat ans Fenster und blickte hinaus. »Hübsche Aussicht. Wenn man Elektrizitätswerke mag.«

Helene musterte sie erstaunt. »Miss, das hier ist eine polizeiliche Befragung. Sie ist vertraulich. Sie haben hier nichts zu suchen.«

»Was werden Sie mit diesen Künstlerkids anfangen?«

»Darüber haben wir noch nicht gesprochen«, sagte Maya.

»Du meinst, während die das Universum aus den Angeln heben, sitzt ihr zwei alten Kühe beieinander und redet über Fotografie.« Brett schnippte mit dem Daumen gegen den Fensterriegel. »Typisch.«

»Ich fordere Sie auf, sofort den Raum zu verlassen«, sagte Helene. »Sie sind nicht nur ungezogen, Sie verstoßen gegen das Gesetz.«

»Hätte ich bloß eine Waffe«, sagte Brett. »Dann würde ich euch beide erschießen.« Sie öffnete das Fenster.

»Brett, was machst du da?«

Brett kletterte aus dem Fenster und stellte sich außen auf den Sims.

»Halten Sie sie auf«, sagte Maya rasch. »Nehmen Sie sie fest!«

»Wie denn? Ich bin unbewaffnet,«

»Mein Gott, warum haben Sie denn keine Waffe?«

»Sehe ich etwa so aus, als würde ich bewaffnet herumlaufen?« Helene näherte sich dem Fenster. »Junge Frau, bitte kommen Sie wieder ins Zimmer.«

»Ich springe«, murmelte Brett undeutlich.

Maya eilte ans Fenster. Brett wich ihr seitlich aus.

»Brett, mach keine Dummheit. Bitte tu's nicht. Du darfst das nicht tun. Du kannst mit uns reden, Brett. Bitte komm wieder rein.«

»Ihr wollt doch gar nicht mit mir reden. Was ich auch sage, es interessiert euch doch gar nicht. Ihr wollt bloß keine Unannehmlichkeiten haben.«

»Bitte komm wieder rein«, flehte Maya. »Ich weiß, du bist tapfer. Du brauchst uns nichts zu beweisen.«

Brett schlug die Hände vors Gesicht. Draußen wehte ein heftiger Wind, der an ihrem Haar zerrte. »Hallo, ihr da unten!«, schrie sie. »Ich springe!«

Maya und Helene drängten sich im offenen Fenster. »Ich klettere ihr nach«, erklärte Maya und kniete sich aufs Fensterbrett.

»Nein, das werden Sie nicht tun. Sie sind in Polizeigewahrsam. Setzen Sie sich!«

»Nein!«

Helene wandte sich um und sagte etwas auf französisch zu den Hunden. Der weiße Hund trippelte durch die geöffnete Tür. Plato stand auf, fixierte Maya und erzeugte ein Knurren tief in seiner Kehle. Maya setzte sich. »Verschwinde, Cop!«, schrie Brett. »Es ist mein gutes Recht, mich umzubringen. Das kannst du mir nicht nehmen!«

»Ich gebe zu, das ist Ihr Bürgerrecht«, sagte Helene. »Niemand hat die Absicht, Sie in Ihren Rechten einzuschränken. Aber Sie können im Moment nicht klar denken. Sie sind sehr verwirrt und stehen offenbar unter Drogeneinfluss. Wenn Sie sich umbringen, ändert das nichts.«

»Natürlich ändert das was«, entgegnete Brett. »Für mich verändert das alles.«

»Da irren Sie sich«, sagte Helene eindringlich. Sie bemühte sich, Brett zu beruhigen. »Es wird allen Schmerzen bereiten, die Sie lieben. Wenn Sie dies um einer bestimmten Sache willen tun, wird das Ihr Anliegen in den Augen aller vernünftigen Menschen lediglich diskreditieren.« Helene blickte sich ins Zimmer um. »Gehört sie zu Pauls Gruppe?«, zischte sie. »Ich habe sie noch nie gesehen.«

»Das ist bloß irgendein Kid«, sagte Maya.

»Wie heißt sie?«

»Natalie.«

Helene streckte den Kopf hinaus, »Natalie, hören Sie! Natalie, hören Sie auf! Natalie, reden Sie mit mir.«

»Sie glauben wohl, ich wollte ewig leben«, sagte Natalie. Und sie sprang.

Maya stürzte ans Fenster. Natalie lag zerschmettert inmitten einer kleinen Menschenmenge. Mehrere Leute sprachen in ihre Netzgeräte und riefen Hilfe herbei.

»Den Anblick ertrage ich nicht«, sagte Helene schaudernd. Sie entfernte sich vom Fenster und fasste Maya beim Arm.

Maya riss sich los.

»Das habe ich schon öfters erlebt«, sagte Helene erschöpft. »Sie tun es einfach. Sie verfügen über sich und beenden ihr Leben. Dazu bedarf es einer enormen Willensanstrengung.«

»Sie hätten mich ihr nachklettern lassen sollen.«

Helene schmetterte das Fenster zu. »Ich bin für Sie verantwortlich. Sie stehen unter Arrest. Sie klettern nirgendwo hin, und Sie bringen sich auch nicht um. Setzen Sie sich!«

Plato richtete sich auf und bellte. Helene fasste ihn beim Halsband. »Arme Kids«, sagte sie und wischte sich die Augen. »Wir müssen ihnen ihren Willen lassen. Es gibt keine Alternative … Arme Kids, das sind doch auch bloß Menschen.«

Maya ohrfeigte sie.

Helene riss erstaunt die Augen auf, dann wandte sie ihr langsam die andere Wange zu. »Geht es Ihnen jetzt besser, Schätzchen? Dann nehmen Sie auch noch die andere.«

6

In Amerika hatte sich die Eisenbahn nie so recht durchgesetzt. Amerika war seit jeher besessen vom Individualverkehr. Einen Wagen konnte Maya sich nicht leisten. Hin und wieder trampte sie. Den Rest des Weges legte sie zu Fuß zurück.

Und so wanderte sie durchs ländliche Pennsylvania. Mittlerweile hatte sie den einfachen körperlichen Vorgang des einen Fuß vor den anderen Setzens lieb gewonnen. Sie mochte die Klarheit des Gehens, das einen außerhalb der Regeln stellte und tief in eine fassbare, unmittelbare Welt hineinversetzte. Das Gehen kostete nichts und hinterließ keine Spuren. Eine angenehme, stille Art, von anderer Leute dummer offizieller Landkarte zu verschwinden.

Sie hatte einen Sonnenhut und einen Rucksack mit Kleidung zum Wechseln dabei. Sie hatte eine billige Kamera. Sie hatte eine Feldflasche und ein wenig Proviant; die Art Nahrung, an der man eine Weile zu kauen hatte. Sie trug altes, aber äußerst solide gefertigtes und nahezu unzerstörbares Schuhwerk. Und niemand störte sie.

Sie war allein, ganz auf sich gestellt. Um ganz allmählich zu sich zu kommen, ohne dass ihr jemand dabei zuschaute und ihren Herzschlag zählte, um die unendliche Gegenwärtigkeit der Welt zu genießen, um sich von der Umklammerung des Alltäglichen zu befreien – was eine stete Folge kleiner Überraschungen nach sich zog.

Pennsylvania gefiel ihr, weil um diese Gegend so wenig Aufhebens gemacht wurde. Solche Orte zog sie inzwischen vor. Die hektischen, schicken Orte waren alle zu kalt. Natürlich war es schwer, in einer Zeit, da die Gesetze, der größte Teil der Medien und auch der Kunst übers Netz zugänglich waren, einen echten Zufluchtsort zu finden; die Orte aber, die am alltäglichsten wirkten, waren für ein exotisches Monster voller Hoffnungen wie sie am besten geeignet.

Europa war eine Boutique. Amerika war eine Farm. Hin und wieder traf man im ländlichen Pennsylvania auf Radfahrer. Oder auf Anhalter. Es gab nicht viele wie sie, Menschen, die vom Gehen und vom Schauen verzaubert waren. Dies war keine beliebte Touristennische des nordamerikanischen Kontinents, nur die hier ansässigen Amischen weckten ein gewisses Interesse.

Außerhalb von Perkasie fuhr ein Wagen an ihr vorbei. Der Wagen hielt am Straßenrand, und zwei gut gekleidete indonesische Touristen stiegen aus. Sie schulterten nagelneue Rucksäcke und machten sich auf den Weg. Sie schritten eilig aus. Maya, die sich von niemandem mehr zur Eile antreiben ließ, stapfte unverdrossen weiter.

Als die beiden näher kamen, zupfte der Mann die Frau am Ärmel. Sie winkten hektisch, dann riefen sie etwas.

Maya blieb stehen und wartete auf sie. »Ciao«, sagte sie wachsam.

»Hallo?«, sagte die Frau.

Maya musterte die beiden verblüfft. Der Fremde trug

ziemlich neue und schicke indonesische Modekleidung, die Fremde aber war Amerikanerin. Maya kannte sie, und nicht nur von ferne. Wie sie so schaute, kam sie sich unglaublich wichtig vor, wie eine Person mit einem Schicksal. Maya wurde überwältigt von übersinnlichem Wiedererkennen, von Zärtlichkeit und Schmerz. Sie schnappte nach Luft, als sei ein Engel zur Erde herabgestiegen.

»Bist du Mia Ziemann?«, fragte der Mann.

Maya klappte den Mund zu und schüttelte vehement den Kopf. »Ich bin Maya.«

»Was hast du dann mit meiner Mutter gemacht?«, fragte die Frau.

Maya starrte sie an. »Chloe!«

Chloe riss die Augen auf. Sie entspannte sich ein wenig und rang sich ein Lächeln ab. »Mom, ich bin's.«

»Kein Wunder, dass ich dich so sehr liebe«, sagte Maya erleichtert und lachte.

Es war komisch, dass sie so viel verloren hatte und dass es so wenig bedeutete. Die Einzelheiten verschwammen, entzogen sich ihr, nicht aber die verwirrende Intensität der Liebe zu ihrem Kind. Sie kannte diesen Menschen kaum, und doch liebte sie Chloe inniger, als sie sich hätte vorstellen können.

Es fühlte sich nicht mehr an wie Mutterschaft. Die Mutterschaft war sehr real gewesen, sehr alltäglich, eine ursprüngliche menschliche Bindung, voller Hingabe und Mühe und Anstrengung, befrachtet mit bitterer Berechnung und dem intimen Aufeinanderprall unterschiedlicher Bestrebungen. Nun aber waren all diese Verwicklungen fortgeweht worden wie Sand. Die Anwesenheit dieser fremden Frau erfüllte sie mit ozeanischer Freude. Allein schon die Existenz Chloes war ein kosmischer Triumph. Es war, als wandelte sie auf den Spuren eines Boddhisattvas.

»Du erinnerst dich doch hoffentlich noch an Suhaery?«, fragte Chloe. »Bestimmt erinnerst du dich noch, nicht wahr?«

»Du siehst gut aus, Mia«, sagte Chloes Ehemann galant. Dieser Indonesier war jetzt seit über vierzig Jahren mit Chloe verheiratet. Das war mehr als doppelt so lange, wie Mia es mit ihrem Mann ausgehalten hatte. Mia hatte damals – sie spürte es noch immer, ein leise sich regendes altes Ressentiment – mit höflichem Entsetzen darauf reagiert, dass ihre Tochter mit einem Indonesier davonlief. Die Indonesier hatten die Seuchenjahre in ihrer riesigen Inselnation recht gut überstanden. Daraus hatten sie in den folgenden Jahrzehnten einen großen Vorteil geschlagen.

Doch das war mittlerweile alles Vergangenheit. Jetzt waren Chloe und Suhaery ein Paar in den Sechzigern. Schlank und reich und vollkommen im Einklang miteinander. Sie kamen aus dem reichsten Land der Erde und machten den Eindruck, als seien sie sehr stolz darauf.

»Wie habt ihr mich gefunden?«, fragte Maya.

»Oh, das war furchtbar schwer, Mom. Wir haben es im Netz versucht, bei der Polizei, überall. Schließlich fiel uns ein, Mercedes zu fragen. Deine Haushälterin.«

»Ja, Mercedes wusste bestimmt Bescheid.«

»Sie hatte so ihre Vermutungen. Mercedes lässt dir ausrichten, es täte ihr Leid, dass sie so mit dir geschimpft hat. Sie hält deine Handlungsweise noch immer für völlig unmoralisch, aber so viele Leute haben sie um Interviews gebeten … na ja, du weißt ja, wie das ist. Berühmt zu sein.«

Maya zuckte die Achseln. »Ich fürchte, das weiß ich nicht. Wie steht es in letzter Zeit um meine Berühmtheit?«

»Mom«, sagte Chloe seufzend, »diesmal hast du es wirklich geschafft. Nicht wahr? Ich wusste ja schon immer, dass die Fassade bei dir täuscht. Ich habe immer gemerkt, dass du dich verstellst. Ich wusste, dass du irgendwann die Bodenhaftung verlieren und abheben würdest. Das war dein Problem, Mom: du hast nie zu wahrer Spiritualität gefunden.«

Maya musterte Suhaery. Der Mann ihrer Tochter war ein stämmiger, nüchterner asiatischer Geschäftsmann. Er stand da wie ein Fels in der Brandung und spielte die Rolle des psychischen Ankers. Suhaery spazierte in seinen sauberen, gebügelten Wandershorts in einem fremden Land am unkrautbestandenen Straßenrand entlang. Auf einmal wurde Maya bewusst, dass Suhaery dies alles äußerst komisch fand. Zumal die Verwandtschaftsverhältnisse seiner Frau amüsierten ihn. Und er hatte Recht.

»Was hältst du von alledem, Harry?«, fragte sie.

»Mia, du siehst wundervoll aus. Wie eine erblühende Rose. Du siehst aus wie Chloe an dem Tag, als ich sie kennen lernte.«

»So etwas solltest du nicht sagen«, meinte Chloe tadelnd. »Das klingt auf mindestens fünf verschieden Arten falsch.«

Suhaery machte eine durchtriebene Bemerkung auf malaiisch und kicherte herzhaft.

»Wir haben in San Francisco nach dir gesucht«, sagte Chloe, »aber in der Klinik war man nicht besonders entgegenkommend.«

»Ja ... äh ... in der Klinik ist man wohl nicht so gut auf mich zu sprechen.«

»Es wäre klüger gewesen, du hättest dich wieder in medizinische Überwachung begeben, Mom. Ich meine, als medizinisches Studienobjekt hast du deinen Wert wohl verscherzt. Aber trotzdem.«

»Ich habe es ernsthaft erwogen«, sagte Maya. »Ich meine, wenn ich zu diesen Rindviechern zurückgelaufen wäre und mich erniedrigt und unter medizinisch definierten Bedingungen gelebt hätte, wäre mein Behandlungsbudget wohl wieder ins Lot gekommen, aber weißt du was? Ich konnte nichts mehr mit ihnen anfangen. Das sind Bourgeois, das sind Philister. Die ertrage ich nicht mehr. Ich mache ihnen keine Vorwürfe, aber … na ja … ich bin jetzt beschäftigt. Ich hab was Besseres zu tun.«

»Und das wäre?«

»Ich laufe in der Gegend herum. Erde, Himmel, Sterne, Sonne. Du weißt schon.«

»Du willst mich wohl verarschen?«

»Na ja, ich fotografiere … Die Amischen, die geben hervorragendes Material ab, und sie sind so gut vor der Kamera … Ich meine, ihre Kinder sehen wie normale Kinder aus, man mag es kaum glauben, sie *sind* normale Kinder, aber man kann ihre Entwicklung Jahrzehnt für Jahrzehnt nachverfolgen. Amische um die siebzig … Der natürliche Alterungsprozess … Das ist erstaunlich und grauenerregend! Und doch hat es auch eine seltsame organische Qualität … Die Amischen sind wundervolle Menschen. Ihren Maßstäben zufolge bin ich ein unglaubliches Monstrum, aber sie sind so nett und freundlich zu mir. Sie finden sich einfach mit uns posthumanen Existenzen ab. Als täten sie uns einen Gefallen.«

Chloe dachte darüber nach. »Was machst du eigentlich mit all den Fotos von den Amischen?«

»Nicht viel. Meine Fotos sind mies. Ich bin ein lausiger Fotografenlehrling und habe eine lausige Kamera. Aber das ist schon okay; ich brauche eine Menge Übung. Zumal was den Bildausschnitt angeht …«

Suhaery und Chloe wechselten Blicke. Dann sagte Chloe: »Mom, Harry und ich finden, du solltest für eine Weile zu uns nach Djakarta kommen.«

»Was, um Himmels willen, sollte ich dort anfangen?«

»In unserer Wohnung ist jede Menge Platz, und in Asien ist es leichter. Die Leute sind verständnisvoller.«

»Wenn du dich doch bloß nach Indonesien abgesetzt hättest«, meinte Suhaery nachsichtig. »In Europa sind alle verrückt. Man hat dort keinen Sinn für Muße, nicht einmal die Reichen. Mit den Europäern stimmt irgendetwas Grundlegendes nicht. Sie verstehen einfach nicht zu leben.«

»Möchtest du wirklich, dass deine verschrobene Schwiegermutter unter deinem Dach wohnt, Harry?«

»Du bist ein harmloses kleines Geschöpf«, sagte Suhaery freundlich. »Ich habe dich von Anfang an gemocht, Mia, auch damals schon, als du noch Angst vor mir hattest.«

»Also, das kann ich nicht. Kommt gar nicht infrage. Tut mir Leid.«

»Mom, du brauchst jemanden, der sich um dich kümmert. Lass uns das übernehmen. Du hast es nämlich verdient. Du hast viel für mich geopfert. Jahre deines Lebens.«

»Vergiss es.«

Chloe seufzte. »Mom, du wirst bald hundert. Und man hat dir die medizinische Behandlung gestrichen!«

»Mache ich etwa einen hinfälligen Eindruck? Ich gehe gut und gerne als zwanzig durch. Klar, wenn ich ins Labor zurückginge und alle abküsste, könnte ich noch länger leben, aber mir geht's gut, ich mache keine Dummheiten. Ich ernähre mich richtig, ich schlafe wie ein Murmeltier, und ich habe viel Bewegung. Guck dir mal meine Beine an. Schau sie dir an! Ich könnte ein Loch in die Scheunenwand dort drüben treten.«

»Mom, sei still und hör mir mal zu. Du lebst wie eine Pennerin, wie ein Tramp. Kapiert? Du verhältst dich seltsam, unverantwortlich. Die anderen Leute, die sich dieser Behandlung unterzogen haben, verhalten sich alle ziemlich eigenartig. Ich glaube, ihr habt einen wohlbegründeten Rechtsanspruch. Ihr solltet für eure Rechte als missbrauchte Patienten eintreten. Ihr solltet den

Rechtsweg beschreiten. Für das, was euch angetan wurde, tragt ihr keine Verantwortung. Ihr solltet euch organisieren.«

»Liebling, wenn wir uns organisieren könnten, könnte man wohl kaum von auffälligem Verhalten sprechen.«

»Ihr solltet miteinander reden. Euch übers Netz miteinander in Verbindung setzen.«

»Ich habe keinen Netzzugang. Und die anderen bestimmt auch nicht.«

»Warum nicht, Mom? Du hättest uns anrufen sollen. Harry und ich waren ganz krank vor Sorge um dich. Nicht wahr, Harry?«

»Das stimmt, Mia«, sagte Suhaery loyal. »Wir machen uns Sorgen.«

Chloe holte tief Luft. »Ich sehe, dass du kein Mensch mehr bist, und ich akzeptiere es. Das ist in Ordnung, sowas kommt vor. Aber du bist meine Mutter. Du kannst nicht einfach davonlaufen und uns das antun. Das ist unverantwortlich.«

»Dein Vater hat das gleiche getan.«

»Nein, das stimmt nicht. Dad hat *dich* verlassen, nicht mich. Er redet mit mir, wann immer ich mit ihm reden möchte. Und ich weiß wenigstens, wo er ist. Wo du bist, weiß ich in letzter Zeit *nicht*. Das weiß *niemand*. Weißt du, wie lange wir hier in der Gegend nach dir gesucht haben?«

»Nein. Wie lange?«

»Ziemlich lange«, meinte Suhaery lächelnd. »Vielleicht zu lange. Deine Tochter und ich sind sehr geduldige Menschen.«

»Kannst du uns nicht wenigstens ab und zu anrufen? Damit wir uns nicht solche Sorgen machen. Bitte, Mom. Ich habe nichts dagegen, dass du umherwanderst, Mom, aber du kannst dich deinem Dharma und deinem Karma nicht auf Dauer entziehen.«

»Aber ich habe kein Geld.«

Suhaery steckte seine braunen Hände in die Taschen seiner gebügelten Shorts. »Das ist kein Problem. Zwanzig Dollar wöchentlich? Wäre das zu viel?«

»Zwanzig Dollar?«, wiederholte Maya. »Wow.«

Suahery nickte glücklich. »Nimm ein bisschen Geld von uns an. Was ist schon dabei? Diese kleine Summe dürfte keinem von uns Probleme bereiten. Ein kleines Taschengeld, Mia. Ein Familienzuschuss. Wir *sind* nämlich eine Familie, weißt du. Es würde uns glücklich machen.«

»Was müsste ich für das Taschengeld tun?«

»Nichts! Bloß anrufen. Mit uns reden. Hin und wieder. Mehr nicht. Ist das zu viel verlangt?«

Chloe nickte eifrig. »Du brauchst jemanden, der sich um dich kümmert, Mom. Das können wir jetzt übernehmen. Wir werden ein kleines Konto für dich eröffnen. Damit kennen wir uns aus.«

»Also …«

»Für mich hättest du das gleiche getan. Nicht wahr? Verdammt noch mal, du hast es sogar getan. Erinnerst du dich an den Zuschuss, den du mir gezahlt hast, als ich noch in der Probezeit war?«

»Hab ich das?« Maya überlegte. »Also gut, das klingt vernünftig. Okay, ganz wie ihr wollt.«

Chloe rieb sich gerührt die Augen. »Ach, das freut mich … Es ist schon seltsam, dass du jetzt so hübsch bist.«

Der Zuschuss brachte einige Veränderungen mit sich. Maya verstand sich nicht mehr so gut auf den Umgang mit Geld, doch die regelmäßig eintreffenden Beträge katapultierten sie vom Wanderjahr-Status an den bröckelnden Rand der Gesellschaft hinauf. Nach wie vor besaß sie nicht mehr, als sie tragen konnte, doch sie badete häufiger, ernährte sich besser und loggte sich hin und wieder ins Netz ein.

Das war nicht ohne Risiko, denn auf diese Weise machte sie der Hund in Des Moines ausfindig. Maya gefiel die Stadt Des Moines viel besser, als sie anhand der Berichterstattung erwartet hätte. In Des Moines gab es ein paar sehr interessante Gebäude, was auf den regionalen Einfluss Indianapolis' zurückzuführen war. Wie ihr nun klar wurde, war Paul hinsichtlich der modernen Architektur ein wenig zynisch und kurzsichtig gewesen. Entwickelte man erst einmal einen Blick für moderne Architektur, nahm man Wellen architektonischer Einflüsse wahr, welche die alten urbanen Strukturen durchdrangen; hier ein Gesims, dort eine Tür, ein Fungarium auf einer Fensterbank, selbst die Kanaldeckel …

Als sie sich anschickte, das Hotel zu verlassen, bemerkte sie den postcaninen Hund und dessen Produzenten, die gerade beim Frühstück saßen. Sie erkannte den Hund sogleich, und er tat ihr Leid. Sie war sich ziemlich sicher, dass der Hund ihr auch dann folgen würde, wenn sie aus dem Hotel entwischte. Der Hund und der Produzent wirkten deplatziert in dem billigen Hotel in Iowa, wie sie da vor ihren Pfannkuchen und einer ganzen Batterie bunter Sirups saßen.

Maya ging zu ihnen hinüber. »Ciao, Aquinas«, sagte sie.

»Hallo«, sagte der Hund überrascht. Sein normalerweise so perfekter Anzug wirkte zerknittert, vielleicht weil er einen Führungskragen trug. Sein Produzent war blind.

Der Produzent regelte einen Übersetzer ein, der an seinem ausgeleierten Ohrläppchen klemmte. Er war Deutscher, sehr alt und sehr zuvorkommend. »Bitte nehmen Sie Platz, Maya. Haben Sie schon gegessen? Gegesst? Geaßt?«

»Okay.« Maya setzte sich.

»Er möchte Sie um ein Interview bitten«, sagte Aquinas in tadellosem Englisch.

»Ach.«

»Herrn Cabane und Signorina Barsotti haben wir bereits interviewt.«

»Wen?«

»Paul und Benedetta«, antwortete der Hund.

Die Erwähnung ihrer beider Namen berührte Maya tief. Sie vermisste sie ebenso sehr, wie sie ihren Herzschlag vermisst hätte. »Wie geht es Paul und Benedetta?«

»Sie sind natürlich sehr berühmt geworden; allerdings haben sie bedauerlicherweise einige Probleme.«

»Wie geht es ihnen wirklich?«

»Sie konnten die gegen sie erhobenen Vorwürfe entkräften. Ein großer politischer Erfolg. Allerdings hatten sie einen Streit, der großes Aufsehen erregt hat. Ihre künstlerische Bewegung hat sich gespalten. Haben Sie noch nicht davon gehört?«

Eine menschliche Serviererin trat an den Tisch. Dass sie von einem Menschen bedient wurden, war typisch für Des Moines. Maya bestellte Waffeln.

»Dürfen wir Sie vor der Kamera zu dieser Angelegenheit befragen?«

»Von irgendwelchen Spaltungen habe ich noch nichts gehört. Die Verbindung ist abgebrochen. Ich habe nichts zu sagen.«

»Beide halten große Stücke auf Sie. Sie haben uns geraten, Sie anzusprechen. Sie haben uns sogar geholfen, Sie hier ausfindig zu machen.«

»Es wundert mich, dass Sie so hervorragend englisch sprechen, Aquinas. Ich habe Sie im Fernsehen deutsch sprechen gehört und sogar tschechisch synchronisiert, aber …«

»Das ist alles eine Frage der Synchronisation«, meinte der Hund bescheiden. »Der dem Gehirn unmittelbar nachgeschalteten Synchronisation. Karl hat Ihnen ein Geschenk mitgebracht, von Ihren Freunden. Hol es doch mal, Karl.«

»Gute Idee«, sagte Karl. Er erhob sich, nahm den weißen Blindenstock, schaltete ihn ein und stapfte zielstrebig davon.

»Ich kann wirklich nicht in Ihrer Sendung auftreten«, sagte Maya. »Ich möchte keine Rollen mehr spielen.«

»Sie sind zu einer Ikone geworden«, meinte der Hund.

»So fühle ich mich aber nicht. Außerdem sollte man die Öffentlichkeit meiden, wenn man eine Ikone bleiben will, hab ich Recht?«

»Genau wie Greta Garbo«, sagte der Hund.

»Sie mögen alte Filme?«, fragte Maya überrascht.

»Offen gestanden, kann ich alte Filme nicht ausstehen; ich mag nicht einmal mein eigenes Medium, das Fernsehen. Das Phänomen des Berühmtseins allerdings interessiert mich sehr.«

»Eine so intellektuelle Unterhaltung habe ich noch mit keinem Hund geführt«, sagte Maya. »Ich kann nicht in Ihrer Sendung auftreten, Aquinas, das verstehen Sie doch hoffentlich. Aber ich unterhalte mich gerne mit Ihnen. In der Realität wirken Sie viel kleiner als im Fernsehen. Und Sie sind sehr interessant. Ich weiß nicht, ob Sie nun ein Hund sind oder ob man bei Ihnen eher von künstlicher Intelligenz sprechen sollte, aber Sie sind unbestreitbar eine eigenständige Persönlichkeit. Sie besitzen Tiefgang. Nicht wahr? Ich finde, Sie sollten der Unterhaltung den Rücken kehren. Vielleicht sollten Sie ein Buch schreiben.«

»Ich kann nicht lesen«, sagte der Hund.

Mayas Waffeln wurden gebracht. Sie langte herzhaft zu.

»Schade, dass ich jetzt umsonst nach Des Moines gekommen bin«, meinte der Hund schmeichelnd.

»Interviewen Sie den Bürgermeister«, erwiderte Maya kauend.

»Davon verspreche ich mir nichts.«

»Fliegen Sie zurück nach Europa und interviewen Sie Helene Vauxcelles-Serusier. Machen Sie sie nieder.«

»Weshalb sollte ich das tun?«, fragte der Hund und spitzte die haarigen Ohren. »Und wo kann ich sie finden?«

Karl kam zurück. Er brachte Pauls und Benedettas Geschenk mit. Maya schob die Waffeln beiseite, öffnete den Karton und nahm das Füllmaterial heraus. Die beiden hatten ihr eine alte Kamera geschickt. Die Art Handkamera, die früher einmal Kleinbildfilme verarbeitet hatte. Das Gerät war mit einer digitalen Bildplatte und Netzanschlüssen ausgestattet. Es war schwer, solide und wunderschön. Verglichen mit einer modernen Kamera wirkte es wie aus Granit gemeißelt.

Und es war noch eine handgeschriebene Karte dabei.

Glaub auf keinen Fall, was man über uns sagt, hatte Benedetta gekritzelt.

Wir lieben unsere Abtrünnigen und verzeihen ihnen, schrieb Paul. In seiner schönen, tadellosen Handschrift.

Daniel lebte jetzt in Idaho. Er war bodenständig geworden.

Sie spürte es, als sie an die Grenze seines kleinen Privatreichs gelangte. Etwa zwanzig Morgen. Kein Stacheldraht, kein Zaun; der Unterschied war an der Beschaffenheit des Erdbodens erkennbar. Vielleicht lag es an den Spurenelenemten. Vielleicht war es Folge seiner speziellen Art des Gartenbaus. Konnte bloße Intelligenz die Bäume zu schnellerem Wachstum veranlassen?

Die Bäume, die Büsche, die Vögel, sogar die Insekten. Sie machten einen ungewöhnlichen Eindruck, als ob ihnen jemand ein unglaubliches Maß an Aufmerksamkeit zukommen ließe. Die Zweige waren wie gemalt, die Vögel sangen mit opernhafter Präzision.

Ihr Exmann grub den Boden gerade mit einem Spaten um. Daniel war nur mehr etwa ein Meter zwanzig groß. Die Knochen waren geschrumpft, die Wirbelsäule hatte sich gestaucht, die Muskeln an Waden und Schenkeln hatten sich zu neandertalhaften Klumpen verdichtet. Er war alt und äußerst stark; er machte den Eindruck, als könne er den Spaten mühelos entzweibrechen.

»Hallo, Mia«, sagte er; seine Stimme war vom vielen Alleinsein eingerostet.

»Hallo, Daniel.«

»Du hast dich verändert«, meinte er blinzelnd. »Ist es lange her?«

»Für mich schon.«

»Du siehst besser aus als Chloe. Wenn ich dich nicht so gut kennen würde, hätte ich dich für Chloe gehalten.«

»Für mich bist du immer noch Daniel«, gestand sie. »Ich weiß nicht, warum.«

Daniel schwieg. Er trat in die Hütte.

Sie folgte ihm in seine einfache Behausung. Ausgekleidet war sie mit Daunen und Zweigen, trockenem Laub und etwa acht Billionen Gigabyte an pilzartig verwobenen Informationen. Er hatte hier in Idaho Wurzeln geschlagen. Er hatte sich tief in die Landschaft von Idaho integriert. Er hatte sich in einen Genius loci, einen Schutzgeist verwandelt. Jeder Baum, jeder Busch, jede Blume, jede Raupe verfügte über eingebaute Lautsprecher und Mikrofone. Er wachte nicht nur über diesen Ort – in einem tieferen Sinn war er identisch mit ihm. Er war ein kleiner Teil von Idaho geworden. Wenn es kalt wurde, fiel er in Winterschlaf.

»Möchtest du Wasser?«, krächzte Daniel.

»Nein, danke.«

Daniel trank gesammelten Tau aus einer blätterförmigen Tasse.

»Was gibt's Neues, Daniel?«

»Neues«, wiederholte Daniel nachdenklich. »Ach, es

gibt immer etwas Neues. Die beschäftigen sich gerade mit dem Himmel, heißt es. Reinigen ihn. Mit Sporen.«

»Sporen«, sagte sie.

Er trank noch einen Schluck Wasser, fuhr sich über die mit erstaunlichen Runzeln bedeckte Stirn und sammelte sich. »Ja, der Himmel wird eine Zeit lang pilzfarben sein. Dürfte zu interessanten Sonnenuntergängen führen. Atmosphärische Reparaturtechniken. Sehr nützlich. Sehr weitblickend, sehr weise. Gutes Haushalten.« Daniel war bemüht, sich verständlich auszudrücken. Sie waren beide Zweifüßer, die unter dem Himmel wandelten und in der Tagwelt lebten. Das immerhin hatten sie gemeinsam.

»Ich kann einfach nicht glauben, dass die Politas den Himmel tatsächlich mit Pilzsporen impfen will. Ich hätte nicht gedacht, dass die Politas noch so viel Phantasie besitzt.«

»Sie hat wirklich keine Phantasie, aber das war nicht ihre Idee. Zuvor wurde der Himmel von anderen Leuten verschmutzt. Das ist jetzt die Reaktion darauf. Neue Monster gegen alte Monstrosität. Wir sind Göttern gleich, Mia. Vielleicht liegt uns diese Rolle sogar.«

»Bist du ein Monster, Daniel? Wer hat dir gesagt, du wärst ein Gott?«

»Was glaubst du?«

Er wandte ihr seinen massigen Rücken zu, ging ins Freie und machte sich wieder an die Arbeit. Ja, er ist ein Gott, dachte Maya. Damals, als sie noch zusammenlebten, war er noch kein Gott gewesen. Er war ihr Mann gewesen, ein guter Mann. Jetzt war er kein Mann mehr. Daniel war ein primitiver Gott. Ein primitiver Dampfmaschinengott. Ein Amphibiengott, der pflichtbewusst den Boden für eine zukünftige Reptilienrasse bereitete. Ein sehr untergeordneter Gott, vielleicht eine Art Gartengnom, eine Dryade, ein Kobold aus der Tiefe. Er hatte mit der verfügbaren Technik sein Bestes getan, aber die verfügbare Technik reichte einfach nicht aus. Maschinen flitzten durchs Gewebe des Universums hindurch wie ein Anfall durch das Gehirn eines Gottes, und in ihrem Gefolge hörten die Menschen auf, Menschen zu sein. Dennoch gaben die Menschen nicht auf.

»Ich muss dich fotografieren, Daniel«, sagte sie. »Stell dich mal in die Sonne.«

Ihm machte es anscheinend nichts aus. Sie hob die neue Kamera ans Auge. Sie betrachtete ihn durch den Sucher. Auf einmal wusste sie, dass es so richtig war. Das würde ihr erstes gutes Foto werden. Dies sah sie an seiner Schulterhaltung und an seiner erstaunlichen Gesichtslandschaft. Eine lebendige Seele, entblößt weit über das notwendige Maß hinaus. Sie verstand Daniel und sich selbst und die sich drehende Welt. Ihr erstes wahres Foto. So wirklich und schön.

Der Auslöser klickte.

HEYNE BÜCHER

Simon Ings

Datafat

06/6316

Der Künstlichen Intelligenz gehört die Zukunft ... und DATAFAT macht`s möglich.

Mit Hilfe dieser biologisch erzeugten Substanz werden Teile des weltumspannenden Datennetzes zu selbstständig agierenden Einheiten. Sie sollen die Probleme lösen, mit denen die unberechenbare und schwerfällige Intelligenz der Menschen nicht zu Rande kommt. Doch bald schon entziehen sich die rasant wachsenden KI`s jeder menschlichen Kontrolle.

Ein nervenzerreißender High-Tech-Thriller, wie ihn William Gibson nicht besser hätte schreiben können.

HEYNE-TASCHENBÜCHER